御製

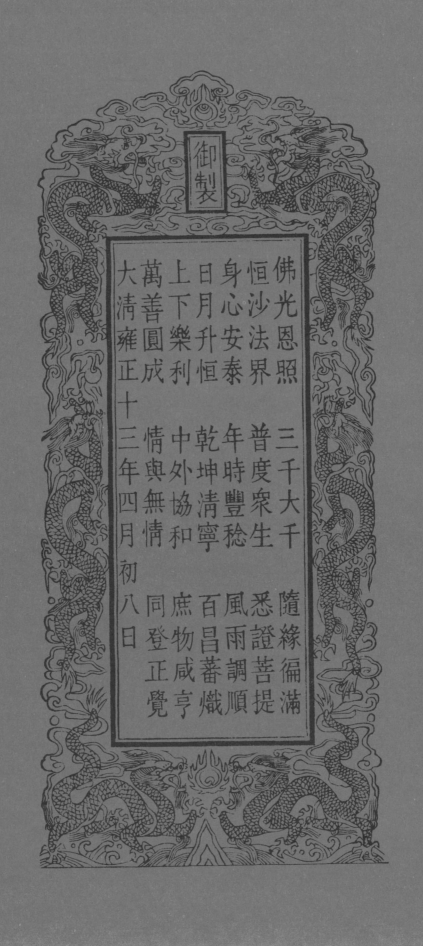

佛光恩照 三千大千 隨緣偏滿

恒沙法界 普度衆生 悉證菩提

身心安泰 年時豐稔 風雨調順

日月升恒 乾坤清寧 百昌蕃熾

上下樂利 中外協和 庶物咸亨

萬善圓成 情與無情 同登正覺

大清雍正十三年四月初八日

第七五册　小乘律（九）

根本說一切有部苾芻尼毗奈耶

唐三藏法師義淨奉制譯

清刻龍藏佛說法變相圖

根本說一切有部苾芻尼毗柰耶卷第十一

唐三藏法師義淨奉　制譯

第三攝頌曰

不看捨不捨　乞金銀滌直　得利有五珠

買藥衣二價

不看五衣學處第二十一

緣在室羅伐城女人性少憶念諸尼不知何者是僧伽胝何者嗢怛羅僧伽何者安怛婆娑何者是厥蘇洛迦何者是僧脚崎時大世主喬答彌詣世尊所頂禮佛足退坐一面以事白佛佛言由此事故諸尼半月內應看守持五衣佛既令持時吐羅尼半月半月不看守持尼白苾芻苾芻白佛佛以此緣同前集尼問實呵責廣說乃至爲諸苾芻尼於毗柰耶中制其學處應如是說若復苾芻尼於半

月内不看五衣守持者尼薩衹波逸底迦其衣應捨罪須説悔此中犯相於半月半月内尼若不看五衣者皆得捨墮

非時捨衣學處第二十二

緣處同前佛令諸尼應捨羯恥那衣時吐羅尼非時欲捨告諸尼曰何用藏置此衣宜共捨却更待何時即便勸捨諸苾芻尼各持五衣遊行人間餘尼問曰聖者豈不張羯恥那衣答曰已張若張何故持五衣行即以此事具向論説尼白苾芻苾芻白佛佛以此緣同前集尼佛問吐羅難陁汝實如是非時令捨羯恥那衣不答言實爾世尊呵責廣説乃至制其學處應如是説

若復苾芻尼非時捨羯恥那衣者尼薩衹波逸底迦

苾芻尼者謂吐羅難陁或復餘尼云何羯恥那衣時謂從八月十六日終至正月半除此皆是非時捨者謂作白二羯磨捨皆得捨墮衣須捨罪應悔此中犯相若有非時作者皆是墮罪無犯者被賊奪將

依時不捨羯恥那衣學處第二十三

緣處同前如世尊教令諸苾芻尼依時應捨羯恥那衣吐羅難陁獨不肯捨同前有過尼白苾芻苾芻白佛佛以此緣同前集尼問吐羅難陁汝實時至不欲捨羯恥那衣白言實爾世尊呵責廣説乃至制其學處應如是説

若復苾芻尼依時不捨羯恥那衣者尼薩衹波逸底迦

時非時等義如上説

乞金學處第二十四

緣處同前時有金師娶妻未久後於異時金師念曰我妻頗能檢校家事令增益不今可試看念已即取金環置於婦前從舍而出時吐羅難陀著衣持鉢因乞食入其舍告金師妻曰賢首可施我食婦即入房出麨將施尼見金環告言汝先與麨是不吉祥可施我金彼聞默爾尼謂與金即取金環從舍而出金師後至問其妻曰金環何在婦言出家者來持金環去金師隨逐告言聖者何故盜我金去尼曰賢首若無人授我何敢取金師報曰可還我金尼以金環置於口內金師苦打擘口奪金種種譏嫌尼白苾芻苾芻白佛佛以此緣同前集尼問吐羅難陀汝實作此不端嚴事非沙門女法白法白言實爾世尊呵責乃至制其學處應如是說

若復苾芻尼乞求金銀者泥薩祇波逸底迦

尼謂吐羅難陀或復餘尼乞者謂巡家從他求索餘義如上

以衣染直充食學處第二十五

緣處同前時吐羅難陀尼五衣破壞食時著衣持鉢詣勝鬘夫人處至彼敷座令坐爲說法已默然而住夫人白言何爲衣服故破吐羅難陀尼告言我今豈可有夫及子與我衣耶夫人白言聖者我與五衣答曰願爾無病今正是時夫人即出衣箱白言聖者隨意當取尼曰雖有施福無受用福應須縫價染價夫人亦與吐羅難陀得已賣却以充食噉同前更著故衣詣夫人所夫人見言聖者何因著此故衣尼曰但當隨喜得離八難前所施者在於無盡藏中夫人白言聖者得衣將作

何用尼曰隨宜而過但得覆體糞掃衣者何用淨潔衣服夫人觀察心生不敬云何苾芻尼五衣之利將充食用諸苾芻尼白諸苾芻苾芻白佛佛以此縁同前集尼問實訶責廣説乃至制其學處應如是説

若復苾芻尼以衣染直將充食用者尼薩祇波逸底迦

尼謂吐羅難陁或復餘尼得衣染直者七種衣如上染直謂得其價將充食用者得如是等衣物賣却作二五食噉餘義如上

以別衣利充食學處第二十六

縁處同前吐羅難陁尼著故壞衣持鉢入城巡婆羅門居士長者家爲説法要俗旅問言聖者何故著此弊衣尼曰我豈有夫男女奴婢而與衣服仁等資施方得充濟俗旅報言我等隨分奉施聖者或有施線或與衣直或與縫衣直或與染直尼得皆貨以充食用同前著故破衣詣長者家爲説法要長者妻問聖者何故還著弊衣尼答如上廣説乃至俗旅譏嫌尼白苾芻苾芻白佛佛以此縁同前集尼問實呵責制其學處應如是説

若復苾芻尼得別衣利充食用者尼薩祇波逸底迦

尼謂吐羅難陁或復餘尼得別衣利者謂從他各得別施充食用者謂賣充食噉釋罪相等義如上説

以卧具利充食學處第二十七

縁處同前吐羅難陁尼在於寺内時有長者共婦來看尼爲説法皆發淨信心生歡喜白言聖者所須幸見相告我等奉施尼曰我須

卧具既聞此語便持卧具以施此尼尼既得已貨充食用復往長者婆羅門家問言聖者我等前施卧具之直今作竟不尼即告曰此身穢汙隨事受用何須更作上妙卧具俗旅聞已咸皆譏嫌云何苾芻尼將卧具利用充食噉尼白苾芻苾芻白佛佛以此緣同前集尼問實呵責廣說乃至制其學處應如是說

若復苾芻尼得卧具利將充食用者尼薩祇波逸底迦

尼謂吐羅難陁或復餘尼得卧具利者謂是財物餘義皆同上說

營寺安居利充食學處第二十八

緣處同前時吐羅難陁作念所住居寺今皆破壞誰當修補遂有婆羅門長者妻等來禮尼足退坐一邊尼說法要復將諸女徧示破處彼諸女人爲欲修補各減資財淨心奉施尼既得已同前食噉後時復來見寺破落問言聖者何故猶不修治尼即報曰小房菴室足得安居何用嚴飾聞已譏嫌云何苾芻尼得僧祇利物迴入自己而爲食用諸尼聞已白諸苾芻苾芻白佛佛以此緣同前集尼問實呵責廣說乃至制其學處應如是說

若復苾芻尼得營寺利充食用者尼薩祇波逸底迦

尼等如上營寺利者謂施主本心與如來聲聞衆利具如前說餘義亦同

得多人利迴入己學處第二十九

緣處同前如世尊說應作五年六年大會時有衆多苾芻尼來由此因緣吐羅難陁入室羅伐城從長者婆羅門妻乞求得多利養便

迴入已諸尼聞已白諸苾芻苾芻白佛佛以此縁同前集尼問實呵責廣説乃至制其學處應如是説

若復苾芻尼得多人利迴入已者尼薩祇波逸底迦

釋相同前

得僧祇利物迴入已學處第三十

縁處同前諸苾芻尼三月安居吐羅難陁從諸俗旅乞隨意時供養衆利得皆入已俗旅聞已咸皆譏嫌云何苾芻尼爲衆乞求物將獨入已安居尼白苾芻苾芻白佛佛以此縁同前集尼問實呵責廣説乃至制其學處應如是説

若復苾芻尼得僧祇利物迴入已者尼薩祇波逸底迦

尼謂吐羅難陁或復餘尼得僧祇利者謂尼衆故得二種利或衣或食迴入已者自將受用釋罪相同前

買藥解繫學處第三十一

縁處同前時珠髻難陁苾芻尼於一賣香男子處有愛染心詣彼鋪所買諸藥物繫竟復解解而復繫談話受樂諸尼見諫聖者勿作如此事彼不納受尼白苾芻苾芻白佛佛以此縁同前集尼問實呵責廣説乃至制其學處應如是説

若復苾芻尼買諸藥物繫竟復解解而復繫者尼薩祇波逸底迦

尼謂珠髻難陁或復餘尼買諸藥物乃至復解者謂從他貨取有染愛心解繫受樂尼薩祇波逸底迦者其物應捨墮罪説悔此中犯

相凡有解繫咸得墮罪

持貴價重衣學處第三十二

緣處同前時憍薩羅勝光大王將貴價重衣賜與軍將彼便以衣施法與尼尼得衣已安於架上時珠髻難陁尼入法與房禮拜見此貴衣問言聖者於何處得報曰執戟軍將持來施我珠髻尼曰聖者福深人天供養法與尼曰意有所愛珠髻尼言聖者神廟殘華萎即須棄聞語知意法與便持與珠髻尼彼既得已即便披著入城乞食俗旅見已咸皆譏誚今觀此尼耽著欲樂云何著此王上服衣隨處遊履尼白苾芻苾芻白佛佛以此緣同前集尼問知實已呵責汝是難養難滿多欲無猒世尊讚歎易養易滿少欲知足杜多功德是妙莊嚴告諸苾芻尼曰我今制其學處應如是說

若復苾芻尼持貴價重衣者尼薩祇波逸底迦

尼謂珠髻難陁或復餘尼持貴價重衣者謂衣重百兩直二十迦利沙波拏或過此衣謂細迦尸衣或上絹衣持謂自受尼薩祇波逸底迦者義如上說釋罪相等亦同上說

持貴價輕衣學處第三十三

緣處同前時勝光大王將貴價輕衣與勝鬘夫人夫人將衣施大世主得安架上珠髻難陁來見問答同前乃至得衣而行乞食俗旅譏嫌尼白苾芻苾芻白佛佛以此緣同前集尼問實呵責廣說乃至制其學處應如是說

若復苾芻尼持貴價輕衣者尼薩祇波逸底迦尼謂珠髻難陁或復餘尼持貴價輕衣者

貫直二十迦利沙波拏或過此輕有五兩餘義同上諸大德我已説三十三尼薩祇波逸底迦法今問諸大德是中清淨不如是三説諸大德是中清淨默然故我今如是持

諸大德此一百八十波逸底迦法半月半月戒經中説

初攝頌曰

妄毀及離間　發舉説同聲　説罪得上人

隨親輙輕毀

故妄語學處第一

爾時佛在王舍城羯蘭鐸迦竹林園中時具壽羅怙羅於此城側温泉林住時有衆多敬信婆羅門居士等來詣其所問言大德世尊今者住在何處若佛世尊在竹林中時羅怙羅恐惱大師即便報云在鷲峯山若在鷲峯山羅怙羅報云西尼迦窟若在西尼迦窟報云在畢鉢羅窟時彼諸人欲求禮佛不能得見身體疲倦極生勞苦詣羅怙羅處時羅怙羅問諸人曰仁等得見世尊不答言不見諸人報云聖者何因故惱我等答言實爾我故相惱時彼諸人各生嫌賤時諸苾芻以緣白佛爾時世尊聞是語已於日初分執持衣鉢入王舍城次第乞食還至本處飯食訖於食後時即便往詣温泉林所羅怙羅住處時羅怙羅遥見佛來爲佛敷座即安置瓶水并洗足器淨洗手已往迎世尊收取上衣白言善來世尊願於此坐佛便就座坐已即取瓶水自洗雙足於洗足器傾去多水餘留少許告羅怙羅曰汝見器中留少水不白言我見羅怙羅若苾芻故以妄語無有慚恥亦無追悔我觀

如是愚癡之人說爲乏少沙門之法世尊復以器中少水總瀉于地告羅怙羅曰汝見少水盡棄地不白言已見佛言羅怙羅若故妄語無有慚恥亦無追悔我觀如是愚癡之人說爲棄盡沙門之法世尊復以其器傾側至地告羅怙羅曰汝見此器傾側不白言已見若苾芻故心妄語廣說乃至說爲傾側沙門之法世尊復以其器覆之于地同前告問羅怙羅乃至說爲傾覆沙門之法復次羅怙羅如醉象王有大力勢牙如車軸肥壯勇猛善能鬪戰往戰場中共他戰時四足兩牙尾及脊悉皆作用唯有其鼻卷而不出羅怙羅此象爲護命故不用其鼻以摧彼軍象師即念此之象王護惜身命羅怙羅若彼象王共鬪之時出鼻戰者是時象師即知此象不惜軀命自軍他軍遇便殘害無惡不作如是羅怙羅若復苾芻故心妄語無有慚恥亦無追悔我說是人無惡不造爾時世尊說伽他曰

若人違實法　故作虛誑語　乃至命終來　無過而不造
寧吞熱鐵丸　猶如猛火焰　不以破戒口　噉他信心食

此是緣起世尊尚未制戒緣在室羅伐城時吐羅難陀苾芻尼故心妄語即以此緣尼白苾芻苾芻白佛佛以此緣同前集尼問吐羅難陀汝實如是故心妄語答言實爾種種呵責乃至我今爲二部弟子制其學處應如是說

若復苾芻尼故妄語者波逸底迦

尼謂吐羅難陀或復餘尼故者謂是故心知其不實妄語者有九種妄語八七六五四三

二種差别不同云何九種妄語謂以無根他勝僧伽伐尸沙波逸底迦提舍尼窣色訖里多以無根破戒破見破威儀破正命而作妄語云何八種妄語謂以無根勝他僧伽伐尸沙波逸底迦提舍尼窣色訖里多以無根見聞疑云何七種妄語謂以無根破戒破見破威儀破正命及無根見聞疑云何六種妄語若苾芻尼欲作妄語生如是念我當妄語正妄語時作如是念我正妄語妄語已作如是念我已妄語以無根見聞疑云何五種妄語謂以無根五部罪而作妄語云何四種妄語謂以無根破戒破見破威儀破正命云何三種妄語謂以無根見聞疑又有三種妄語作如是念我當妄語我正妄語我已妄語云何二種妄語謂我正妄語我已妄語無有一種成妄語者復有五種妄語何者是耶自有妄語得波羅市迦有得僧伽伐尸沙有得窣吐羅底也有得波逸底迦有得窣色訖里多云何妄語得波羅市迦若苾芻尼實不得上人法自稱言得此妄語得波羅市迦云何妄語得僧伽伐尸沙若苾芻尼知苾芻尼清淨無犯以無根他勝法謗此妄語得僧伽伐尸沙云何妄語得窣吐羅底也若苾芻尼在尼衆中故心妄語非法説法法説非法非律説律律説非律此妄語得窣吐羅底也云何妄語得窣色訖里多若苾芻尼半月半月作褒灑陁誦戒經時彼問清淨實不清淨自知有犯作覆藏心默然而住此妄語得窣色訖里多除向所説四種妄語諸餘妄語悉皆得波逸底迦罪此是燒煮墮落義謂犯罪者墮在地

獄傍生餓鬼惡道之中受燒煮苦又此罪若不慇懃説除便能障礙所有善法此有諸義故名波逸底迦此中犯相其事云何若苾芻尼不見不聞不覺不知作如是想如是忍可便云我見我聞我覺我知如是説時語語皆得波逸底迦罪

若苾芻尼曾見聞覺知而忘其事作如是想如是忍可而云不忘語語皆得波逸底迦若實見聞覺知後遂生疑彼作此想如是忍可言於見等無有疑心語語説時皆得墮罪若不見聞覺知有見等想彼作此解言有見等語語説時皆得本罪若實不見有聞覺知彼作此想如是忍可後言我見無有聞等語語説時皆得本罪若實不聞有見覺知彼作此想如是忍可後言我聞無見覺知語語説時皆得本罪若實不覺而有見聞知彼作此想如是忍可後言我覺無見聞知語語説時皆得本罪若實不知而有見聞覺作如是想如是忍可後言我知無見聞覺語語説時皆得本罪若實見而忘聞覺知不忘彼作此想後言我見不忘聞覺知亦不忘語語説時皆得本罪若實聞而忘見覺知不忘彼作此想後言我聞不忘見覺知亦不忘語語説時皆得本罪若實覺而忘見聞知不忘彼作此想後言我覺不忘見聞知亦不忘語語説時皆得本罪若實知而忘見聞覺不忘彼作此想後言我知不忘見聞覺亦不忘語語説時皆得本罪若實見而疑聞覺知不疑彼作此想後言我見不疑聞覺知疑語語説時皆得本罪若實聞而疑見覺知不疑彼作此想後言我

聞不疑見覺知疑說時本罪若實覺而疑見聞知不疑彼作此想後言我覺不疑見聞知疑說作本罪若實知而疑見聞覺不疑說亦如上若實不見而作不見想有聞覺知作聞覺知想後言我見不聞覺知說時本罪若實不聞作不聞想有見覺知作見覺知想後言我聞不見覺知說時本罪若實不覺作不覺想有見聞知作見聞知想後言我覺不見聞知說時本罪若實不知作不知想有見聞覺作見聞覺想後言我知不見聞覺說時本罪若實見聞覺知彼作此想後言我不見聞覺知說時本罪若實見聞覺知而不忘其事彼作此想後言我見聞覺知而忘其事說時本罪若實見聞覺知而無疑心彼作此想後言我見聞覺知而有疑心說時本罪若實見不聞覺知彼作此想後言我不見然有聞覺知說時本罪若實聞不見覺知彼作此想後言我不聞然見覺知說時本罪若實覺不見聞知彼作此想後言我不覺然見聞知說時本罪若實知不見聞覺彼作此想後言我不知然見聞覺說時本罪若實見不忘聞覺知忘彼作此想後言我見而忘聞覺知不忘說時本罪若實聞不忘見覺知忘彼作此想後言我聞而忘見覺知不忘說時本罪若實覺不忘見聞知忘彼作此想後言我覺而忘見聞知不忘說時本罪若實知不忘見聞覺忘彼作此想後言我知而忘見聞覺不忘說時本罪若實見不疑聞覺知有疑彼作此想後言我見有疑聞覺知不疑說時本罪若實聞不疑見覺知有疑彼作此想後言我聞有疑見

覺知不疑説時本罪若實覺不疑見聞知有疑彼作此想後言我覺有疑見聞知不疑説時本罪若實知不疑見聞覺有疑彼作此想後言我知有疑見聞覺不疑説時本罪若實見作見想不聞不覺不知作不聞不覺不知想彼作此想後言我不見然有聞覺知説時本罪若實聞作聞想不見覺知作不見覺知想彼作此想後言我不聞然有見覺知説時本罪若實覺作覺想不見聞知作不見聞知想彼作此想後言我不覺然有見聞知説時本罪若實知作知想不見聞覺作不見聞覺想彼作此想後言我不知然有見聞覺説時得本罪若苾芻尼凡所有語違心而説皆得本罪若不違心而説者並皆無犯

根本説一切有部苾芻尼毗柰耶卷第十一

音釋

僧伽胝梵語也此云重複衣胝張尼切　嗢怛羅僧伽梵語也亦云安陀會此云中宿衣嗢烏沒切怛當割切　僧脚崎梵語也亦云僧祇支此云掩腋崎丘奇切　苾芻苾音弼芻楚俱切草名具含五義以比丘之德似之故名比丘爲苾芻　麨尺沼切乾糧也　擘博厄切鈲也　譏嫌譏居希切謫也嫌胡兼切憎也　蔓莫班切　噉徒濫切食也　戟訖逆切戈戟也　萎於危切蔫也　誚才笑切以辭相責也　耽著耽都含切樂也著直畧切黏也　杜多梵語也亦云頭陀此云修治杜徒古切　脊膂脊資昔切背呂也膂虛業切腋下也　窣蘇骨切

根本説一切有部苾芻尼毗柰耶卷第十二

唐三藏法師義淨奉　制譯

毀呰語學處第二

爾時薄伽梵在室羅伐城逝多林給孤獨園。是時六衆苾芻每於諸苾芻處作毀呰語云：眇目攣躄背傴侏儒太長太短太麤太細聾盲瘖瘂拐行腫脚禿臂大頭哆唇齵齒。是時六衆苾芻作如是等毀呰語時，諸苾芻聞已慚赧憂愁不樂，讀誦思惟悉皆廢闕，懷憂而住。時有少欲苾芻見其事已，咸生嫌賤，作輕毀言：云何苾芻於苾芻處而作毀呰云眇目等？如上所説。時諸苾芻以緣白佛。爾時世尊以此因緣集二部衆，乃至問六衆曰：汝等實作毀呰語惱諸苾芻，云眇目等耶？六衆答曰：實爾，大德。世尊即便種種呵責，廣説如上，乃至此非沙門，汝所應作事。所以者何？汝等當聽。往古世時於聚落中有一長者，娶妻未久歡愛同居，便生一女，年漸長大。長者單身躬爲耕墾。時有居士子，父母俱喪，常於林野販樵爲業。持其樵擔來至耕處田頭樹下，棄擔息肩，見彼長者躬自耕作，就而問曰：阿舅何故衰年自營辛苦？應居村落，翻在田疇。報言：善來外甥，我無兄弟，復無子息，不自躬耕，衣食寧濟？彼便報曰：阿舅，我且代耕，仁當暫息。即便執犂代其耕作，遂至日午。家中食來，喚言：外甥可來共食。既共食已，報言：阿舅宜可還家，然我未知舅之宅處。至日晡後當出村外路首相迎。長者聞已即便歸舍。時居士子耕至日晚，牛放青穖，躬持草擔，并取柴束，驅畜而歸。至彼村隅，長者迎見，遂即將歸，到其

宅所時居士子掃除廠廨布以乾土并設火烟多與牛草長者見已作如是念我由此兒令受安樂我之小女當與爲妻令其食已報云外甥當住於此勤修家業此之小女授汝爲妻報言甚善即依處分營作生業時彼長者家有二牛每令驅使大者爲性調善小者稟識貪饕雖復拘制犯暴是常童子發憤放石遥打折其一角因名禿角後於他日尚犯田苗同前不止便放鎌斫遂截其尾因名禿尾禿角後於異時居士子告長者言阿舅先所許親幸可爲作爾時長者言好便告妻曰賢首衣服瓔珞當可營辦小女不久欲爲婚姻妻便問曰曾未與人如何辦具長者報曰吾已與人妻曰是誰報此居士子妻曰此人宗族本不委知如白胡椒莫了生處如何以

女輒作婚姻凡婚姻者親屬還往飲噉追呼氏族相應我方與女報其妻曰賢首此居士子自至我家由斯代勞得受安樂此若無者還嬰辛苦不免躬耕妻報夫曰我實不能將所愛女與客作人世間之人多用妻語是時長者便作是念我若報云不與女者作人今日便捨我去我還不免自執耕犁今且詭設方便勿令即去時彼作人復於異時告長者曰家長宜應作婚姻事報曰外甥我家親族其數寬廣聚集之時多須飲食宜待秋熟稻穀收成既收穀已復告成婚報言外甥事須沙糖宜待甘蔗此既收已復告成婚報言外甥麨麪是資當待麥熟既收麥已復告成婚報言外甥陳稻將盡可待新粳時居士子見作推延遂生此念無容田實總一時成看此

事由便成誑我今宜可往以告衆人若不與
者經官取定便對衆人告云阿舅可作婚姻
諸人聞已告長者曰許言已久何不爲婚是
時長者怒而告曰諸君當知此是我舍客作
之人我以何緣共爲婚娶時居士子便作是
念我不得錢復不得婦虚淹歲序莫見成功
我今宜可損害其人方隨意去便將二牛半
日驅使多與杖捶繫之枯樹曝以烈日方始
言歸近劫初時畜解人語大牛便告居士子
曰汝先於我共相愛念恩同父母知我劬勞
何故今時多行杖楚繫之枯樹曝以烈日棄
我還家我於汝處有何愆過居士子曰汝無
有咎然汝曹主於我有過牛曰彼有何過報
曰先許與女今者違信牛曰何不經官男子
報曰爲無證人牛曰我等爲汝而作證人男
子曰爲作人語爲作牛音答曰不作人語我
當現相汝當爲盟引我爲證令人表知牽我
二牛繫於廠內莫與水草滿七日已可於地
中多水草處放我令出乃至傍人來覩信驗
我等噤口不噉水草我現相貌令王大臣信
汝言實我當飲噉是時男子聞是計已即便
俱解放茂草中自詣王所致敬白王大王某
村長者許女爲婚使役多年今乃翻悔王喚
長者問其虚實長者白云我實不許王問男
子汝有證不白王言有王曰爲人爲非人白
言非人王曰是何白言是牛王曰爲作人語
爲餘語耶白言不作人語王曰如何成證白
言彼有實信令人表知其牛於七日中繫在
廠內莫與水草滿七日已可於地中多水草
處放牛令出我引爲證必有奇相乃至大王

未信已來牛終不食此若虛者我當死罪王命臣曰當依此言看其證驗大臣奉教便取二牛繫之廠內不與水草時禿角禿尾報大牛曰豈期顛倒唯獨我等日出西方幽閉廠中不聞水草大牛報曰豈非我許居士子爲作保證於七日中自餓而住乃至王未信來不食水草禿尾禿角報大牛曰若放我者逢石尚噉況水草耶大牛報曰此居士子愛念我等事同父母豈得違信誤彼人耶禿尾禿角曰雖實愛念恩同二親然常喚我爲禿尾禿角我聞喚時即欲以角決破其腹大牛聞已默爾而住彼居士子時復來看問其牛曰得安隱不大牛報曰我且安隱汝不安隱居士子曰何意如此大牛具說居士子曰若如是者我於今夜當急逃走對王爲誑命在須臾大牛報曰汝不須走當與禿尾禿角穿鼻安繩其紖促繫我角放出之日若彼違信食水草時我以雙角舉鼻令上汝即報言今此二牛告第五護世世人共許有五種擁護者謂地水火風日時居士子遂與穿鼻禿尾禿角報大牛曰仁當觀此苦虐於我大牛曰與著瓔珞何苦之有便以拘紖繫大者頭至七日已王及諸臣親共觀視多水草田放牛令出禿尾禿角既見水草即便欲食是時大牛遂以雙角舉小牛鼻向日而望王問臣曰何意二牛向日而望時有智臣白言大王今此二牛意欲啓王說如是事非直我二爲證亦兼告彼第五護世明明白日助我證知王見是事極生希有報諸臣曰畜生無知尚能爲人而作保證事既非虛宜以彼女共爲婚事

便放二牛俱食水草時居士子既得勝已娶女爲妻佛告諸苾芻汝等當知在傍生趣聞毀呰言尚懷害念況復於人是故苾芻不應惡語毀呰他人此是縁起猶未制戒佛復告諸苾芻乃往古昔於一村中有長者住以行車爲業彼有二牸牛一名歡喜二名美味於春陽時各生一子毛色斑駁既漸長大歡喜之子其角廣長美味之兒頭禿無角是時長者爲其立字一名歡喜長角二名美味禿頭及其壯盛俱有氣力後於異時諸行車人各因飲牛共集池所作如是言誰牛最勝各云牛勝長者答云我牛極勝何以得知可於峻坂令牽重車共立明言賭金錢五百作是要已便將巳牛於峻坂處牽其重車時彼長者便喚牛曰歡喜長角宜可疾牽美味禿頭亦

當急挽時禿頭牛聞毀呰語即便却住不肯挽車長者大怒便以麤杖而拷楚之餘人報曰汝今豈欲殺此牛耶既其不如宜當放却是時長者便輸五百金錢極大忿怒多與牛杖繫之枯樹牛解人語巳如上說長者報曰今由汝故罰我金錢牛曰由曹主口過長者曰我何口過牛曰何故人前辱毀於我若言好名不毀呰者更於峻坂牽倍重載共立明要倍賭一千長者報曰汝今更欲倍罰我耶牛曰勿毀呰我定當盡力後時共他要契以牛牽車令上峻坂便喚牛曰歡喜宜可急牽美味當須疾挽二牛聞巳便生歡悅盡力牽車令至平地亦既得勝便獲金錢一千時有天神於虛空中說伽他曰

雖有極重載　居在峻坂下　二牛心若喜

能牽出此車　若陳順意語　二牛聞慶悅
牽車出不難　主獲千金賞　是故常愛語
勿作逆耳言　若出愛語時　無罪常安樂

佛告諸苾芻彼傍生類聞毀呰時尚能爲主作無利益何況於人是故汝苾芻等不應於他作毀呰語種種呵責廣說乃至我爲二部弟子制其學處應如是說

若復苾芻尼毀呰語故波逸底迦

尼謂此法中尼毀呰語者謂於他人爲毀辱事出言彰表他領解時得波逸底迦罪廣說如上

此中犯相其事云何

總攝頌曰

種族及工巧　業形相病五　罪及煩惱類
惡罵爲後邊

別攝頌曰

種姓織毛針　鐵銅及皮作　陶師并剃髮
木竹作并奴

若苾芻尼作毀呰語意往婆羅門種苾芻尼處作如是語聖者汝是婆羅門種出家今非沙門女非婆羅門女時彼苾芻尼聞是語已隨惱不惱此尼得惡作罪

若苾芻尼作毀呰意往刹帝利種尼處同前作語廣說乃至隨惱不惱此尼亦得惡作罪

若往薜舍種尼處作如是語聖者汝是薜舍種出家今非沙門女非婆羅門女彼聞語已隨惱不惱此苾芻尼得波逸底迦（已下諸文皆有隨惱不惱恐文多不譯）

若苾芻尼作毀呰意往戍達羅種苾芻尼處作如是語聖者汝是戍達羅種出家今非沙

門女非婆羅門女彼尼聞已此尼得墮罪此論種族訖

若苾芻尼作毀呰意往婆羅門種苾芻尼處作如上語乃至非沙門女非婆羅門女汝今宜應學自工巧及諸伎術謂婆羅門所有威儀法式洗淨執瓶及取灰土讀誦規矩覓聲蓬聲四薜陁論作諸施會施受方法彼尼聞已此尼得惡作罪

若苾芻尼作毀呰意往剎帝利種尼處作如上語乃至汝今宜應學自工巧及諸伎術若剎帝利所有威儀法式謂乘馬車執持弓箭迴轉進趣執鉤執索排鑹之類斬截斫刺相杈相撲射聲等術彼尼聞已同前得罪

若往薜舍種尼處作如上語廣説乃至汝今宜應學自工巧若薜舍所有威儀法式謂耕田牧牛及興易等彼尼聞已此得波逸底迦罪

若往戍達羅種尼處作如上語廣説乃至汝應學自工巧若戍達羅所有威儀法式所謂擔運樵薪餧飼諸畜彼尼聞已此得墮罪

若尼往織師種尼處作如上語乃至汝今宜應學自工巧所謂大氈小氈及披蓋物緝麻紵衣等彼尼聞已得罪同前

若往織毛種尼處作如上語乃至汝今宜應學自工巧所謂大小氍毹或厚或薄方圓座褥等彼尼聞已此同前罪

若尼往縫衣種尼所作如上語廣説乃至汝今宜應學自工巧所謂頭帽衫襖大小裩袴彼尼聞已得罪同前

若往鐵師種尼所作如上語乃至汝今宜學

自工巧所謂鐵針剃刀斧钁等物彼尼聞已此得波逸底迦

若往銅作種尼所作如上語廣説乃至汝今宜應學自工巧所謂銅盤椀等物彼尼聞已同前得罪

若往皮作種尼所作如上語乃至汝今宜應學自工巧所謂富羅鞋履鞍韉坐具等物彼尼聞已同前得罪

若往陶師種尼所作如上語廣説乃至汝今宜應學自工巧所謂瓶坻甌器等物時彼尼聞同前得罪

若往剃髮種尼所作如上語廣説乃至汝今宜應學自工巧所謂剃髮剪爪料理卷舒等事彼尼聞已同前得罪

若尼往木作種尼所作如上語廣説乃至汝今宜應學自工巧所謂牀座窻屋舍等事彼尼聞已餘如上説

若尼往竹作種尼所作如上説乃至汝今宜應學自工巧所謂箱箕席扇傘蓋鼻筒等事彼尼聞已餘如上説

若尼往奴婢種尼所作如上説乃至學自工巧所謂與他濯足洗身驅馳作役等事彼尼聞已餘如上説此論工巧訖

若苾芻尼作毀呰意往婆羅門種苾芻尼所作如是語汝是婆羅門種出家非沙門女非婆羅門女汝今宜應作其自業謂婆羅門所有威儀法式洗淨執瓶等業如前廣説彼尼聞已此得惡作罪如是剎帝利令作自業廣説如前得惡作罪若薜舍戍達羅及餘諸類奴婢所作之業廣説如前准事應説加其罵

具而此苾芻尼得波逸底迦罪此論作業訖
若尼作毀呰意往跛躄苾芻尼所作如是語
汝是跛躄出家非沙門女非婆羅門女時彼
苾芻尼聞是語已此尼得波逸底迦罪如是
乃至眇目盲瞎曲脊侏儒聾瘂拐行可惡相
貌向彼説時彼聞語已此尼皆得波逸底迦
罪此論形相訖
若苾芻尼作毀呰意往病癩苾芻尼所作如
是語汝是病癩出家非沙門女非婆羅門女
彼尼聞已同前得罪如是身生疥癬秃瘡噎
饑變吐乾消熱瘧風氣癲狂水腫痔漏塊等
所有諸病若苾芻尼作毀呰意往如是病尼
所作如上語得罪同前
云何爲罪若尼作毀呰意往苾芻尼所作如
是語汝犯波羅市迦非沙門女非婆羅門女
彼尼聞已同前得罪如是汝犯僧伽伐尸沙
窣吐羅底也波逸底迦波羅底提舍尼突色
訖里多非沙門女非婆羅門女彼尼聞已此
苾芻尼同前得罪此論罪訖
云何煩惱若苾芻尼作毀呰意往苾芻尼所
作如是説汝有瞋恚非沙門女非婆羅門女
彼聞語已隨惱不惱同前得罪如是汝有根
覆惱嫉慳諂誑無羞恥惡行邪見同前得罪
是謂煩惱
云何惡罵若苾芻尼作毀呰意往苾芻尼所
作種種鄙媟語而爲駡詈彼聞語已同前得
罪無犯者爲一住處有多同名苾芻尼若問
他時他不識者應報彼云是如是種類婆羅
門等苾芻尼説皆無犯
離間語學處第三

緣處同前時六衆苾芻於諸苾芻離間語時諸苾芻共相忿恨生大慚恥各懷憂悒不能樂住廢修正業讀誦思惟久愛念心因斯斷絶時諸少欲苾芻聞是事已心生嫌賤作如是語云何苾芻於諸苾芻作離間語即以此緣白佛世尊集衆問實訶責乃至爲二部弟子制其學處應如是説昔緣如大苾芻律

若復苾芻尼離間語故波逸底迦

尼謂此法中尼或更有流類離間語者若苾芻尼於他苾芻尼處作離間意所有言説得波逸底迦義如上説此中犯相其事云何

總攝頌曰

種族及工巧　業形相病五　罪及煩惱類　惡駡爲後邊

別攝頌曰

種謂是四姓　乃至於奴種　工巧事皆同作業亦如是　於中有雜類　織師毛作針鐵匠銅作人　皮作陶師種　剃髮并木作及以竹作人　類有十一殊　奴最居於後

若苾芻尼作離間意往婆羅門種苾芻尼所作如是語聖者有苾芻尼云汝是婆羅門種出家非沙門女非婆羅門女問言是誰答云某甲彰其名者得惡作罪所説種族亦惡作罪刹帝利種罪亦同前若薜舍等乃至於奴若彰其名及以種族皆得波逸底迦罪於中廣説如毁呰語學處

發擧學處第四

緣處同前時六衆苾芻知和合衆如法斷諍已更於羯磨而相發擧乃至世尊訶責告曰我爲二部弟子制其學處應如是説

若復苾芻尼知和合僧伽如法斷諍事已除滅後於羯磨處更發舉者波逸底迦

尼謂此法中尼知者謂自解了說向他人和合者謂同一味衆者謂佛弟子如法斷者謂如律如大師教諍者四諍謂評論諍非言諍犯罪諍作事諍已除滅者謂事消殄後於羯磨更發舉者謂發舉其事令不止息隨義如上此中犯相其事云何若苾芻尼於評論諍事作評論諍事想知事除滅作除滅想或復生疑更發舉者波逸底迦事不除滅作除滅想疑更發舉者得突色訖里多

若苾芻尼於評論諍事作非言諍事想知事除滅作除滅想或復生疑更發舉者波逸底迦餘犯同前若苾芻尼於評論諍事作犯罪諍事想知事除滅作除滅想或復生疑更發舉者波逸底迦餘犯同前若苾芻尼於評論諍事作非事諍想知事除滅作除滅想或復生疑更發舉者得罪同前如以評論諍事爲初望餘三諍而爲四句餘諍爲首類此應知廣說總有十六句有五種別人云何爲五謂主人作羯磨人與欲人述自見人客人言主人者謂於諍事了初中後作羯磨人者謂於此諍事爲秉羯磨與欲人者謂於當時而與其欲述自見人者謂作羯磨時說其自見客人者謂於諍事不了初中後於此五中初之三人知和合衆於其諍事如法除殄更發舉其事者得波逸底迦後之二人於和合斷事更發舉者得突色訖里多境想句數如常應知

獨與男子說法過五六語學處第五

緣處同前時鄔陁夷善解身相於日初分時執持衣鉢入室羅伐城次行乞食至婆羅門居士舍爲說隱密暴惡之相乃至世尊呵責告諸苾芻我爲二部弟子制其學處應如是說廣如大苾芻律說

若復苾芻尼爲男子說法過五六語除有知女人波逸底迦

尼謂此法中尼男子者謂解善惡語不得過五六語者若說五句法時故心至六若說六句法時故心至七法者若佛說若聲聞說說者謂口宣陳有智女人者謂知解女波逸底迦義亦如上此中犯相其事云何若苾芻尼以五六句爲男子說法故心至六至七各得墮罪

與未近圓人同句讀誦學處第六

緣處同前時六衆苾芻與未近圓人同句讀誦便於住處作大閙聲如婆羅門誦諸外論又如俗衆在衆學堂中高聲習讀乃至爲二部弟子制其學處應如是說

若復苾芻尼與未近圓人同句讀誦及教授法者波逸底迦

尼謂此法中尼未近圓人者有兩種圓具謂苾芻苾芻尼餘並名爲未圓具者言句者有同句前句云何同句謂圓具者云諸惡莫作時其未圓具者便共一時云諸惡莫作是名同句云何前句謂圓具者云諸惡莫作聲未絶時其未具者同聲道此句遂在先云諸善奉行是名前句云何同字謂圓具者云惡字時未具者遂同時云惡是名同字云何前字謂圓具者云惡字聲未絶時其未具者同聲

道惡字遂在先云何是名前字言讀誦者謂言領受言法者謂佛法及聲聞所說之法波逸底迦者義如上說此中犯相其事云何若苾芻尼於未圓具人作同句前句讀誦法者得根本罪前字同字亦同前得罪無犯者若口吃者若性急者若捷語者並無犯若教誦時若教問時亦無犯（近圓圓具二義俱通）

向未圓具說麤罪學處第七

緣處同前時有苾芻由未離欲遂犯衆教求悔除罪行徧住法六衆告諸俗人令生不信廣說乃至世尊呵責告諸苾芻我今爲二部弟子制其學處應如是說

若復苾芻尼知他苾芻尼有麤惡罪向未近圓人說者波逸底迦

如是世尊爲諸苾芻尼制學處已室羅伐城有苾芻名曰廣額有苾芻尼名曰松幹時此二人於諸俗舍作汙家事現不善相遂使諸人不生敬信時諸尼衆白諸苾芻苾芻白佛佛告諸苾芻尼應差一尼於諸俗家告語諸人云廣額苾芻松幹苾芻尼所作非法若苾芻尼不具五法即不應差設差不應遣去云何爲五有愛恚怖癡不知說與未說若具五法應差應去謂翻前五應敷座席鳴楗椎衆既集已以言告知先當問能汝某甲能往諸俗家說彼二人所行非法不彼答言能次一苾芻尼爲白羯磨應如是作

大德尼僧伽聽此廣額苾芻松幹苾芻尼於諸俗家作諸非法遂令諸人不生敬信此苾芻尼某甲能往諸俗家說廣額苾芻松幹苾芻尼所行非法若尼僧伽時至聽者僧伽應

許僧伽今差此苾芻尼某甲於諸俗家說廣額苾芻松幹苾芻尼所行非法白如是次作羯磨

大德尼僧伽聽此廣額苾芻松幹苾芻尼於諸俗家作諸非法遂令諸人不生敬信此苾芻尼某甲能往俗家說廣額苾芻松幹苾芻尼所行非法若諸具壽許此苾芻尼某甲於諸俗家爲說過人於諸俗家說廣額苾芻松幹苾芻尼所行非法者默然若不許者說僧伽今已許差此苾芻尼某甲於諸俗家爲說過者向諸俗家說廣額苾芻松幹苾芻尼所行非法由其默然故我今如是持

汝等苾芻尼我今爲彼於諸俗家說過苾芻尼制其行法彼苾芻尼應至俗家作如是說諸仁當聽有汙俗家者有汙出家者譬如田畦稻穀滋茂便遭霜雹遂令苗稼盡見摧殘又如甘蔗莖幹敷榮遭赤節病遂令損壞無有遺餘仁等當知彼二罪惡之人亦復如是仁等莫與共爲雜住虧損聖教當知此人自身損壞猶如焦種不復生牙今於聖教法律之中不能增長汝等當觀如來應供正徧知及觀上座尊者解了憍陳如尊者婆澀婆尊者無勝尊者賢善尊者大名尊者名稱尊者圓滿尊者無垢尊者牛主尊者善臂尊者身子尊者大目乾連尊者俱恥羅尊者大准陀尊者大迦多演那尊者頻蠡迦葉尊者那他迦葉尊者伽耶迦葉尊者大迦葉尊者難提如是等諸大苾芻汝當觀察又復觀大苾芻尼准陀尼民陀尼波吒婆尼波吒折羅尼阿吒毗迦尼佉閃摩尼明月尼瘦喬答彌尼蓮

華色尼大世主尼如是等諸大尼衆汝當觀察時彼告令苾芻尼應於俗家如是告已即出其舍時松幹苾芻尼聞斯事已告言汝於俗家説我過失耶彼便報言我得僧伽如法教令答曰我於是事隨合不合當破汝腹決取中腸掛於樹上彼聞是語即大驚怖具告諸尼我今不能更於俗舍陳説其事諸苾芻尼白諸苾芻苾芻白佛佛言彼之癡人能欺別人不能欺衆由是僧伽應作單白詳説其過敷座席鳴揵椎衆既集已應言告知令一苾芻尼應如是作

大德尼僧伽聽此廣額苾芻松幹苾芻尼於諸俗家作非法事遂令多人不生敬信令無別人能於俗家説其過惡若僧伽時至聽者僧伽應許僧伽令若見廣額苾芻松幹苾芻尼於諸俗家作非法處即應於彼説其過失白如是

如佛所教令諸尼衆於彼行處普告俗家隨知不知悉皆告語遂令衆人不生敬信使乞食者飲食難求即以此緣白佛佛言於諸俗家知彼苾芻尼行惡行處當説其過勿於不知處由此當知除僧羯磨爾時世尊讃歎持戒隨時宣説少欲法已告諸尼曰前是創制此是隨開方至應如是説

若復苾芻尼知他苾芻尼有麤惡罪向未近圓人説除衆羯磨波逸底迦

尼謂此法中尼言近圓者有其二種謂苾芻苾芻尼餘名未具言麤惡者有二種謂波羅市迦因起及僧伽伐尸沙因起此麤惡者有二種相一自性麤惡二因起麤惡説者謂是

彰露其事除僧羯磨者謂除大衆爲其作法波逸底迦義如上説此中犯相其事云何若苾芻尼於不知俗家作不知想疑向彼説他麤惡罪者得墮罪若苾芻尼於知俗家作不知想疑向彼説者得惡作罪無犯者於不知俗家作先知想若大衆詳説其事或時人衆普悉知聞猶如壁畫人所共觀非我獨知説皆無過

實得上人法向未圓具人説學處第八

縁處同前時衆多苾芻精勤練行繫念修習廣説乃至得阿羅漢果皆向眷屬説其果利顯已威德乃至呵責爲二部弟子制其學處應如是説

若復苾芻尼實得上人法向未近圓人説者波逸底迦

尼謂此法中尼餘義如上實得者謂其事實上人法等者此並如前大苾芻第四他勝廣説此中犯相其事云何若苾芻尼無虚妄心作實有想對未圓具人説得惡作罪於中別者前他勝罪此云墮落前云麤罪此云惡作

謗迴衆利物學處第九

縁起廣説具如大苾芻律乃至制其學處應如是説

若復苾芻尼先同心許後作是説諸具壽以僧利物隨親厚處迴與別人者波逸底迦

尼謂此法中人先同心許者先許其事後作是説者謂於後時作如是語隨親厚者謂親厚二師與弟子同師等并餘親友知識彼此相望並爲親厚僧者謂佛弟子物利者有二種一衣物利二飲食利此中利者謂是衣利已

至衆中迴與者謂以僧物轉與別人波逸底迦者義並如上此中犯相其事云何若苾芻尼隨有多少衆僧利物先同心許後作是說者皆得墮罪若僧實不與輙自迴與者說時無犯

輕呵戒學處第十

緣在室羅伐城佛告諸苾芻汝等半月半月應說波羅底木叉經時諸苾芻隨佛所教半月說戒經時六衆苾芻聞說作如是語何故於我所有瘡疣數更傷損此小隨小戒半月半月數宣說時令諸苾芻聞心生憂惱發起追悔少欲苾芻皆生嫌恥乃至世尊呵責爲二部弟子制其學處應如是說

若復苾芻尼半月半月說戒經時作如是語諸具壽何用說此小隨小學處爲說是戒時令諸苾芻尼心生惡作惱悔懷憂若作如是輕呵戒者波逸底迦

尼謂此法中尼餘義如上言半月者謂一月分兩戒者謂從八他勝終至七滅諍經者是次第相應略說者謂宣說時具壽等者謂叙述其情彰憂惱狀輕呵戒者謂出毀語以告前人墮義如上此中犯相其事云何若苾芻尼每於半月說八他勝時乃至說七滅諍時作如是語具壽何須說此小隨小戒令諸苾芻尼心生惡作者得波逸底迦或生惱悔憂熱或云思憶俗事或云不樂出家或云歸俗作斯等語皆得墮罪如是應知於餘十六事處及雜事處尼陁那處目得迦等處及於律教相應經處及在餘處說此等時若苾芻尼作如是語何用說此小隨小戒說此之時令

生惡作者咸皆墮罪若餘經處宣說之時作語令人惱悔等者亦惡作罪

根本說一切有部苾芻尼毗柰耶卷第十二

音釋

毀呰 呰將此切譏也
眇 彌沼切一目小也
攣躄 攣閭緣切手拘攣也躄必益切足不能行也
傴 委羽切背俯不伸也
拐行 拐古買切足跛也
哆脣 哆車者切脣下垂也
齵齒 齵音愚齒偏也
慚赧 赧乃版切面慚而赤也
墾 口很切用力及土也
販樵 販方願切買賤賣貴也樵慈消切柴也
擔 都甘切負荷也
疇 除留切
甥 師庚切姊妹之子也
脯 奔謨切申時也
稊 杜兮切稗草也
廠庳 廠齒兩切庳鳥甲切
處分 處敞呂切處分謂區處分別也
貪饕 饕他結切貪食曰饕
鎌斫 鎌離鹽切斫職畧切
迸麵 迸必鄧切麵眠見切
捶 主蘂切擊也
噤 巨禁切口閉也
紉 丈忍切牛系也
牸 疾置切牝牛也
斑駮 斑逋還切駮北角切斑駁毛色不純也
夋坂 坂甫遠切峻坂高坡也
賭 董五切博財也
薛 蒲計切
瓮聲 瓮烏貢切
鑹 七亂切短矛也
餧飼 餧於偽切飼祥吏切
氎 達協切毛布也
氍毹 氍強魚切毹霜俱切氍毹毛無之類
裩袴 裩音昆袴口護切
钁 厥縛切大鉏也
鞍韉 鞍音安韉則前切馬韉具也
瓨 胡江切長頸罌也
跛 補火切足偏廢也
盲瞎 盲眉庚切瞎許轄切
癩 落蓋切惡疾也
疥癬 疥居拜切癬息淺切
噎饖 噎一結切食窒氣不通也饖於月切嘔也
瘧 逆約切寒熱病也
癲 多年切狂病也
痔 丈里切後病也
媟 私列切嬻也
悒 乙及切不安也
羯磨 梵語也此云辦事又云作法羯居謁切磨莫臥切
殄 徒典切滅也
囂 虛驕切喧也
吃 居乙切言蹇難也
捷 疾業切敏疾也
楗椎 梵語也此云鐘亦云磬律云隨有瓦木銅鐵鳴者皆曰楗椎揵巨寒切椎音地
雹 彌角切雨冰也
頻蠡 梵語具云優樓頻羅迦葉此云木瓜林蠡盧戈切
佉閃摩 梵語也比丘尼名佉丘迦切閃失冉切
創 楚亮切始造也
瘡疣 瘡初良切痍也疣于求切贅也

根本説一切有部苾芻尼毗柰耶卷第十三

唐三藏法師義淨奉　制譯

種子輕惱教　安牀草蓐牽　强住脱脚牀

第二攝頌曰

澆草應三二

壞生種學處第十一

爾時薄伽梵在室羅伐城時六衆苾芻自作使人斬伐樹木及諸生草乃至華果隨取而用于時外道等見是事已各生嫌恥作如是議此諸沙門釋子自作使人斬伐草木然我俗流婆羅門等乃至傭人亦自作使人斬伐諸樹及殺草等雖復出家與俗何別誰當供養如是禿沙門耶諸苾芻白佛佛以此緣同前集衆問實呵責廣説乃至制其學處應如是説

若復苾芻尼自壞種子有情村及令他壞者波逸底迦

尼謂此法中人餘義如上種子村者有五種子一根種二莖種三節種四開種五子種云何根種謂香附子菖蒲黄薑白薑烏頭附子等此物皆由種根乃生故名根種云何莖種謂石榴樹柳樹蒲萄菩提樹烏曇跋羅溺屈路陀樹等此等皆由莖生故名莖種云何節種謂甘蔗竹葦等此皆由節上而生故名節種云何開種謂蘭香芸荾橘柚等子此等諸子皆因開裂乃生故名開種云何子種謂稻麥大麥諸豆芥等此等諸子皆由子生故名子種斯等總名種子村云何有情村有情者謂蟲蠡蛺蝶蚊虻蟯蜋蟻子虵蠍及諸蜂等此等有情皆依草樹木而爲窟宅若苾芻尼

於草樹木若拔若破若斫截皆波逸底迦義如前説此中犯相其事云何

攝頌曰

根等生種想　斫樹草及華　樹等經行處

青苔瓶架等

若苾芻尼於根種作根種想生作生想及疑自斫教人斫得墮罪若乾物作生想疑俱得惡作罪若苾芻尼於根種作莖種想生想及疑自斫教人斫皆得墮罪若乾物作生想疑斷壞之時皆得惡作罪如是根種莖節種開種及子種皆有四番准前應作又以莖種自望及望餘四各有四番若想若疑俱得墮及惡作准事廣説若苾芻尼於五種子自作使人投著火中作如是念令此種子悉皆損壞得五墮罪若不損壞者得五惡作罪若於五種子自作使人投著水中亦如前説若以五種子安著臼中以杵擣築令子損壞得五墮罪若不壞者得五惡作若以五種子置乾燥地或安熱處灰汁瞿昧耶及乾土等和糅一處作損壞心隨事得罪輕重如前若以五種子置在羹臛飯汁之中令其損壞得罪同前若以一方便斫樹斷時得一惡作得一墮罪若以一方便斫兩樹斷時得一惡作得二墮罪若以一斫斷多樹時得一惡作衆多墮罪若以二斫斷一樹時得二惡作一墮罪若以二斫斷二樹時得二惡作二墮罪若以二斫斷多樹時得二惡作衆多墮罪若以多斫斷一樹時得多惡作一墮罪若以多斫斷二樹時得多惡作二墮罪若以多斫斷多樹時得多惡作及多墮罪如樹既爾若於生草及蓮

華等准事得罪多少同前若苾芻尼拔樹根者得墮罪樹皴皮及不堅濕處壞得惡作若壞堅濕處皆得墮罪若損未開華得墮罪若已熟者壞得惡作若於生草地處以熱湯澆及牛糞泥等傾瀉其上令損壞者皆得墮罪若不壞者皆得惡作若作傾瀉物心無損壞意者皆悉無犯若苾芻尼於生草地經行之時起如是念令草損壞者隨所壞草皆得墮罪若但經行心者無犯若於生草地牽柴曳席欲令壞者得墮罪若無壞心者無犯若於青苔地經行之時同前有犯無犯者若於此地牽柴曳席及餘諸物得罪同前若於水中舉浮萍葉及青苔時乃至未離水來得惡作罪離水得墮若拔地菌得惡作罪有損地心亦墮若苾芻尼於瓶堈等處及衣服上若褥席等及衣架飲食等處有青衣白醭生者若作損壞心皆得惡作若令人知淨方受用者無犯若五生種令人知淨者亦皆無犯

嫌毀輕賤學處第十二

緣起廣說具如大苾芻律乃至制其學處應如是說

若復苾芻尼嫌毀輕賤苾芻尼者波逸底迦

嫌毀輕賤者謂對面直言及假託餘事以言彰表波逸底迦義如上說此中犯相其事云何若苾芻尼被僧伽作法爲呵責已於十二種人被衆差者事未停息若嫌毀者波逸底迦若輕賤者波逸底迦若嫌毀輕賤者波逸底迦若復苾芻尼被僧作法爲呵責已於十二種人被衆差者事雖停息而嫌毀者波逸底迦若輕賤者波逸底迦若嫌毀輕賤者波

逸底迦若苾芻尼不被衆僧作法呵責於十二人被差者事未停息而嫌毀者得惡作罪若輕賤者得惡作罪若嫌毀輕賤者得惡作罪若苾芻尼不被衆僧作法呵責於十二種人被衆差者事雖停息而嫌毀者得惡作罪若輕賤者得惡作罪若嫌毀輕賤者得惡作罪境想句數准事應知又無犯者謂最初犯人或癡狂心亂痛惱所纏

違惱言教學處第十三

緣起廣說具如大苾芻律乃至制其學處應如是說

若復苾芻尼違惱言教者波逸底迦

若復苾芻尼者謂是此法中苾芻尼餘義如上違惱言教者作惱他想以言表示波逸底迦義如上說此中犯相其事云何若有苾芻尼往苾芻尼所作如是語阿離移迦頗見苾芻尼新剃鬚髮著赤色大衣以物替鉢手執錫杖或以酥蜜沙糖石蜜盛滿鉢中擎持去不彼見問時答言我實不見如是相狀苾芻尼然我見苾芻尼兩脚行去若苾芻尼別見別說故作是語惱亂他時得波逸底迦如是乃至正學女求寂女同前問答得波逸底迦若他來問頗見俗人擔持甘蔗竹葦柴草酥油瓶等從此過不彼便答言我實不見如是之人但見有兩脚行去若苾芻尼見別語別作是惱者波逸底迦若有問言頗見俗人男子著青黃赤白等衣持酥瓶等從此過不乃至報云但見兩脚行去廣說應知惱心說時皆得墮罪如語既爾默亦同然皆得墮罪無犯者若苾芻尼見有獵人逐麞鹿等來入寺

内苾芻尼見已獵人問言聖者頗見有走鹿從此過不不應答言我見若是寒時報獵人曰賢首汝可暫入温室中少時向火若是熱時報言賢首汝可暫入涼室飲清冷水少時停息若獵者云我不疲倦我問走鹿即應先可自觀指甲報彼人云諾佉鉢奢弭若更問者應自觀太虛報彼人云納婆鉢奢弭此之梵語但以方殊音別極難解義自非通知密意豈能體此言辭自非自指難爲啓悟指甲太虛並說無字有廣註述具如餘處若獵者云我不問指甲及以太虛然問可殺有情於此過不苾芻尼即應徧觀四方作如是念於勝義諦一切諸行本無有情即報彼云我不見有情此皆無犯若苾芻尼於餘問時不如實者皆得墮罪

在露地安僧敷具學處第十四

緣處同前時有長者請佛及僧於舍受食時諸苾芻於日初分執持衣鉢詣長者家于時世尊在寺内住令人取食佛有五緣在寺而食云何爲五一自須宴默二爲諸天說法三爲觀病者四爲觀僧卧具五爲諸苾芻制其學處此時佛欲觀僧卧具幷制學處由此爲緣在寺内住令人取食爾時世尊衆僧去後持戶鑰徧觀寺内所有房舍乃至寺外隨近園林普皆觀察次至僧房於此房中多有敷具置在露地忽有非時風雨蒙密而至佛作是念斯等敷具並皆是信心婆羅門諸居士等自苦已身減妻子分而施僧伽爲求勝福而諸苾芻苾芻尼受用之時不知其量不善守護隨處棄擲風雨欲至世尊見已作神通力屏除風雨而有重雲靉靆垂布不散以待世尊收攝卧褥世尊自取敷具安置室中便

取雨衣出於房外方欲洗沐即攝神通雷霆晝昏遂降洪雨高下同潤佛洗身已洗足入房宴默而住時取食苾芻持食既至安在一處詣世尊所頂禮雙足世尊常法共取食人歡言問訊苾芻僧伽所受飲食得飽滿不答言大德皆得飽滿即便以食進奉世尊食事既訖宴然而住至日晡時於如常座即坐定已告諸苾芻曰向者僧伽出食之後我持戶鑰徧觀房舍見於露地多安卧褥時天欲雨我以神力悉皆屏除躬自收攝告諸苾芻曰諸有施主若自己身施僧求福汝等不能如法受用虛損信施即說頌曰

於他信施物　知量而受用　自身得安隱
令他福業增

爾時世尊讚歎知足依法受用信施物已告諸苾芻廣說如前乃至我今爲二部弟子制其學處應如是說

若復苾芻尼於露地處安僧敷具及諸牀座去時不自舉不教人舉者波逸底迦

如是世尊爲諸苾芻制學處已時有苾芻隨逐商旅人間遊行至一住處遂投寄宿於後夜時商旅發去一人來喚苾芻聞其喚聲即便疾起分付卧具既延時節於後隨行道被賊劫以緣白佛佛言於住止處若有苾芻囑授而去時諸苾芻即聞佛教有因緣者皆囑授去室羅伐城有二長者生生之處共爲讎隙一有信心一無信心其信心者作如是念我今何因增長怨隙可捨怨惡而爲出家無信者聞懷怨告曰縱令汝走入牛角中我終不放苾芻聞已便作是念我由怖彼而來出

家豈於此處還遭彼怖我今宜可逃避他方念已白鄔波馱耶我向何處得免其難親教師曰汝有斯畏可遊人間弟子即去怨者聞已便持路粮隨趂而去苾芻依時而行非時不行俗人則時與非時俱不停息於其中路有一僧寺長者趂及苾芻遥見即入寺内長者念曰明當在路我自知之作是念已别求息處時彼苾芻至天曉已告諸苾芻觀察卧具我欲前行問曰欲何處去答曰欲詣王舍城苾芻報曰應尋此道勿行餘路報言好住遂即前行時彼長者旦入寺中問苾芻曰取何路去答言此路隨路急去趂及苾芻告曰咄禿頭沙門欲向何處苾芻答曰賢首我已出家欲除怨諍彼便答曰我於今時爲除怨諍以杖熟打幾將至死衣鉢破碎餘有殘命覆向寺中以事具説寺中苾芻告曰若不教汝所向之處必定不遭如斯苦惱遂以此緣具白世尊世尊告曰除時因緣餘當囑授前是創制此是隨開應如是説

若復苾芻尼於露地處安僧敷具及諸牀座去時不自舉不教人舉若有苾芻尼不囑授除餘緣故波逸底迦

尼謂此法中人餘義如上僧者謂如來聲聞弟子敷具者謂大牀氈褥被毯等雜物者謂小牀坐枯及餘資具於露地者謂無覆蓋去時者謂離勢分時具壽鄔波離白佛言大德離敷具時齊遠近來名爲勢分世尊告曰如生聞婆羅門種菴没羅樹法相去七尋方植一樹枝條聳茂花果繁實七樹之内有四十九尋若安敷具在露地時齊此遠近當須囑

授離此勢分即須收攝若不自舉不教人舉者謂不收攝有苾芻尼者謂現有人堪可囑授有五種囑授云何為五應報主人曰具壽此是住房此房可觀察此是敷具此應可掌持此是房門鑰若於其處無苾芻尼者應囑求寂女此若無者應囑俗人此若無者應觀四方好藏戶鑰然後方去若於中路逢見應報其處取之言除時因緣者謂除難緣波逸底迦者義如上說此中犯相其事云何若苾芻尼安僧敷具故不囑授捨而去者乃至未離勢分已來得惡作罪若離勢分便得墮罪若苾芻尼於露地處安僧敷具迴入房中為欲安坐寂止亂心既寂定已方隨意出至初更時若不損壞敷具者得惡作罪若損壞者得墮罪具壽鄔波離白佛言世尊大德凡敷具者有幾種損壞佛告鄔波離有二種壞謂風及雨若風吹卷攝是名風壞若雨濕徹是名雨壞若苾芻尼於日暮時露安敷具至半更時而不收攝不自他看守若不損壞者得惡作若壞得墮罪如是乃至一更一更半二更二更半三更三更半四更四更半平旦西方夜有三時分十稍令難解故依此方五更為敷冀令尋者易知耳日出時小食時禺中時欲午時正午時過午時日角時晡時晡後時日暮時若苾芻尼齊此晝夜於時時中安僧敷具不即觀察若未損壞得惡作罪若損壞者得墮罪

不舉草敷具學處第十五

緣處同前有二苾芻為禮佛故向室羅伐城在道日暮入寺寄宿時諸苾芻遙見老者與房臥具其少年者但與其房而無臥具此二

苾芻立性勤策多覓乾草敷令厚煖至曉便去後有衆蟻依此草敷穿壞房舍佛欲觀僧卧具并制學處見草狼藉廣說如上呵責乃至我今爲二部弟子制其學處應如是說若復苾芻尼於僧房内若草若葉自敷教人敷去時不自舉不教人舉若有苾芻尼不囑授波逸底迦如是世尊爲諸苾芻制學處已時有衆多苾芻遊行人間有一長者容其停止多敷乾草積與膝齊至天曉已不告而去長者見譏佛言應白主知應須除棄若違者得越法罪復有衆多苾芻遊行人間廣說同前於一寺内止宿欲棄草敷主人報曰我爲客故遠求此草實是難得無宜輒棄客苾芻報曰仁等無知自身犯罪欲令我等亦犯罪耶作此責已取草棄外以事白佛佛言此不應棄若有苾芻囑授而去遣棄方棄若異此者得越法罪前是創制此是隨開應如是說

若復苾芻尼於僧房内若草若葉自敷教人敷去時不自舉不教人舉若有苾芻尼不囑授除餘緣故波逸底迦

尼謂此法中人僧房者謂是如來弟子住處於中堪得爲四威儀行住坐卧敷具者謂草葉餘廣如上此中犯相亦同前說若在鞔鞕地或在沙石中無蟲蟻處敷草設不數看此皆無犯

强惱觸他學處第十六

縁處同前時具壽鄔陁夷至彼衆多年少苾芻處勸喻之曰汝等共我人間遊行廣說乃至少年苾芻俱出露地而卧於一夜中備受寒苦等具如苾芻律說佛呵責已爲二部衆

制其學處應如是説

若復苾芻尼於僧住處知諸苾芻尼先此處住後來於中故相惱觸於彼卧具若坐若卧作如是念彼若生苦者自當避我去波逸底迦

尼謂此法中尼餘義如上知者謂了其事苾芻尼先此處住者先在此中而爲止宿後來於中等者謂是縱身强爲坐卧彼嫌苦痛者謂被惱不樂自當避我去者謂以此爲緣不由餘事波逸底迦義如上説此中犯相其事云何若苾芻尼了知其事如向所説乃至避我去者皆得波逸底迦

故放身坐卧脱脚牀學處第十七

縁處同前時具壽鄔波難陁至彼衆多少年苾芻處勸喻曰汝等共我人間遊行必當降伏他宗自獲名稱汝等若欲讀誦禪思及以衣食病縁所須皆令無闕時諸少年雖聞此勸共知鄔波難陁禀性惡行不堪共居竟無一人許共同去時有乞食苾芻聞其覓伴遂告鄔波難陁曰我共大德人間遊行有同行人報乞食者曰此鄔波難陁爲人惡行汝今隨去必遭惱觸遂報同梵行者曰我滿十夏不依止他亦不就彼求受學業彼於我處欲何所爲知識報曰不相用語後自當知不受勸言遂共同去廣説乃至鄔波難陁在棚上卧知脱脚牀放身而坐令牀脚脱打破他頭等具如苾芻律説世尊以此因縁種種呵責爲二部弟子制其學處應如是説

若復苾芻尼於僧住處知重房棚上脱脚牀及餘坐物放身坐卧者波逸底迦

尼謂此法中尼餘義如上知者或時自作或

被他教重房者謂居重閣危朽棚上脱脚牀
者謂此牀脚不連上蓋西國床脚安四角頭於上有蓋與脚相連爲此不同及餘諸座放身坐卧者謂極縱身或坐
或卧故令脚出傷損他人波逸底迦者廣釋
如上此中犯相其事云何若苾芻尼知僧房
舍有脱脚牀縱身坐卧欲惱他者皆得墮罪
若是版棚或是敷地或脚以版支或時仰著
此皆無犯

用蟲水學處第十八

緣在憍閃毗時具壽闡陁以有蟲水澆草土
牛糞等用諸少欲者共生嫌賤云何以有蟲
水將澆草等自作使人不顧生命以緣白佛
佛以此緣問實呵責爲二部弟子制其學處
應如是説
若復苾芻尼知水有蟲自澆草土若和牛糞
及教人澆者波逸底迦
餘如上説此中犯相若苾芻尼於有蟲水作
有蟲想若自用若教人用得波逸底迦疑亦
如是若水無蟲作有蟲想得惡作罪疑亦如
是

造大寺過限學處第十九

緣處同前如世尊説修福德者今世後世常
受安樂無福之人恒遭苦惱時諸苾芻教化
婆羅門居士爲僧伽故置立住處時六衆苾
芻説諸過患觀此寺門安置不好廣説如苾
芻律乃至世尊呵責告諸苾芻我爲二部弟
子制其學處應如是説
若復苾芻尼作大住處於門楏邊應安横扂
及諸牕牖并安水竇若起牆時是濕泥者應
二三重齊横扂處若過者波逸底迦

餘義如上大者謂有二種一施物大二形量大此謂形量大言住處者謂於其中得爲行住坐卧四威儀事作者或自作或使人於門梐邊應安横居及牕牖水竇若起牆時是濕泥者始從治地築基創起應二三重布其模墼若過得波逸底迦釋義如上此中犯相廣同大僧

過一宿食學處第二十

緣在室羅伐城世尊現大神通外道摧破悉皆逃散邊方而住時有長者爲諸外道造一住處外道邪師與六十人於此而住後時長者有知識人從室羅伐至長者處告言仁今於此有勝福田可恭敬不長者即將至邪人所知識報曰此是世顛倒物非眞福田即爲長者說諸苾芻德行尊高廣說乃至告六衆知皆來至彼遂令長者心生淨信復打外道驅逐令去苾芻以事白佛佛以此緣種種呵責爲二部弟子制其學處應如是說

若復苾芻尼於外道住處得經一宿一食若過者波逸底迦爾時世尊觀彼長者調伏時至令具壽舍利子爲其說法彼聞法已得見眞諦復爲無量百千有情說法皆悟眞諦時過不食風發遭患乃至廣說佛言前是創制此是隨開應如是說

若復苾芻尼於外道住處得經一宿一食除病因緣若過者波逸底迦

尼謂此法中尼外道住處者謂非同梵行一宿一食者謂於彼衆受食宿止齊限時節除病因緣者謂緣說法事及有病波逸底迦者廣如上說此中犯相其事云何若苾芻尼於

別住處已受一食若更經宿得惡作罪若食者便得墮罪若於此宿餘處受食宿時惡作食時無犯若於餘處宿此處食宿時無過食得墮罪若餘處宿餘處食暫來此者無犯若此處所是多人共作或主見留或是親族造此住處過食無犯

第三攝頌曰

過三不餘處　勸足并別衆　非時觸不受

蟲外道觀裝

過三鉢受食學處第二十一

緣在室羅伐城世尊既證無上智覺名稱普聞爾時北方有大商主來至此城郭外停止時六衆聞已共詣其處而爲説法他便請食既受食已更復相看爲其説法商主慇懃請其受食復還報曰我不須食現相求衣商人捨去隨後而行説伽陁曰

邊方險路不應往　設令去者勿居停
非但處所不堪行　彼人勿共爲親友
山險居人初見好　如金揩石創鮮明
中方居者則不然　始終不動如山嶽

時諸商人聞此語已答聖者曰何因致恨苦見譏誚六衆告曰賢首已與仁等略申情義廢我善品頻爲説法復現相已乃至得衣商人俛仰咸並與之所有路粮無不罄盡悉遭賊劫諸餘商人聞是語已咸共譏嫌此是緣起尚未制戒

緣處同前時此城中有長者娶妻不久便即身死如是乃至第七娶妻悉皆身亡時人並皆喚爲妨婦更欲娶妻人皆不與乃至求得眇右目女彼有知識説伽陁曰

波羅舍條將淨齒　若人頭向西出眠
眇右目女娶爲妻　此等皆爲不善相
兩惡相逢必有損　譬如刀石共相投
夫婦皆是妨害人　若娶定當遭死事

時彼知友雖聞此語竟不齒録猶索不休眇目父母營辦飲食而欲嫁女十二衆來餅食飯盡授不成禮會俗旅譏嫌廣說乃至世尊呵責制其學處應如是說

若復衆多苾芻尼往俗家中有淨信婆羅門居士慇懃請與餅麨飯苾芻尼須者應兩三鉢受若過受者波逸底迦既受得已還至住處若有苾芻尼應共分食此是時

尼謂十二衆或復餘尼過二已去名曰衆多俗家謂白衣家婆羅門等往者謂到其所淨信者謂信三寶深心歸敬慇懃者謂心至極請者謂發言延請麨餅者謂所施食須者謂情愛樂兩三鉢者鉢有三種謂上中下上者謂受摩揭陁國二升米飯中者謂受一升半米飯小者謂受一升米飯應兩三鉢者揩其限齊還至住處者謂至寺中若有苾芻尼應共分食者謂與同梵行者共相分布若過受得波逸底迦者事並如前此中犯相以三大鉢受時得惡作罪若吞嚥者得墮罪

足食學處第二十二

緣處同前佛告諸苾芻曰我爲一坐食時常得少欲無病起居輕利氣力康强安樂而住如佛所說一坐食時有斯勝利時諸苾芻皆一坐食然正食時若見二師及餘耆宿即便離座將爲足食更不敢食由少食故顏色痿黄形體羸瘦世尊見已知而故問阿難陁我

一坐食乃至得安樂住教諸苾芻亦一坐食得安樂住何故諸苾芻顏色痿黃身體羸瘦阿難陁白言時諸苾芻如佛所教爲一坐食正噉食時見二師來及諸尊宿即起離座既離座已將爲足食更不敢食由食少故顏色痿黃身體羸瘦佛告阿難陁若苾芻食時乃至未足已來隨意飽食若受食已更不應起如佛所教乃至不應起者時諸苾芻隨得多少羹菜之類及食熟豆即謂足食起已更不敢食由此因緣身皆羸損世尊見已問阿難陁曰我教諸苾芻凡欲食時行鹽已去乃至未足已來隨意飽食若受食已更不應起何故諸苾芻身體羸瘦不能充悅時阿難陁即以上緣具白世尊佛以此緣告阿難陁曰有五種珂但尼食（是嚼齧義）若食不成足食云何爲五謂一根二莖三葉四華五果食此五時不成足食若苾芻先食五種嚼食後時得食五種噉食若先食五種噉食更不應食五種嚼食若更食者得越法罪如世尊說五種嚼食不名足食五種噉食名足食者時諸苾芻所受得食纔食少許有緣起已即謂成足更不敢食身皆瘦損世尊見已知而故問阿難陁曰我說五種嚼食不成足食五種噉食方是足食皆令飽食何意苾芻身形瘦損阿難陁白佛言如佛所說五種嚼食不名足食五種噉食是足食者時諸苾芻所受得食纔食少許有緣起已即謂成足更不敢食由是因緣身形損瘦佛告阿難陁有五因緣方成足食復有五緣不成足食云何五緣成足食一知是食二知有授食人三知受得而食四知遮

食五知捨威儀云何知食謂知是五嚼食噉食云何知授食人謂知女男半擇迦等云何知受得而食謂二五食從他受得而食云何知遮食謂遮二五食云何知捨威儀謂於此座捨之而起具此五緣名爲足食云何五種不名足食謂知非是食知無授人知受得未食知不遮食知未離座是名五種不足食復有五種足食云何爲五一是清淨食二少有不淨食相雜三非惡觸食四少有惡觸食相雜五捨其本座是名五種足食復有五種不名足食云何爲五一是不清淨食二多有不淨食相雜三惡觸食四多有惡觸食相雜五未離本座是謂五種不名足食復有五種足食云何爲五謂見行食者與食之時苾芻報云我不須或云去或云休或云已足食或云已了斯五皆是決斷不取無餘之言作此語時即名足食復有五種不足食云何爲五謂見行食者與食之時苾芻報云我且未須或云且去或云且休或云且待食或云且待了斯五皆是未爲決斷有餘之言作此語時不名足食如世尊説苾芻不應飽足食已更復受食時十二衆苾芻尼隨足未足更復噉食少欲苾芻尼聞生嫌恥作如是語云何違佛所教白諸苾芻苾芻白佛佛以此緣同前集尼問實呵責廣説乃至制其學處應如是説

若復苾芻尼足食竟更食者波逸底迦

如是世尊制學處已時有長者請佛及僧就舍而食有衆多苾芻尼身嬰病苦其瞻病人亦去就食既自食已并爲病者持食而歸時諸病人不能盡食瞻病之人自足食已更不

敢食復無求寂淨人可令授食便將殘食棄在一邊遂有烏鳥競來噉食因致諠聲佛言我聽作餘食法隨意而食如佛所言聽作餘食法不知云何作以緣白佛佛言若有苾芻尼已足食竟更有施主與五嚼五噉美好飲食情希欲食者彼苾芻尼應淨洗手受取其食可詣彼現食苾芻尼未離座者前而立作如是語具壽存念我苾芻尼某甲已飽滿足食竟更復得此珂但尼食蒲繕尼食等情希更食具壽當與我作餘食法時彼苾芻尼即應爲作餘食法食二三口已告曰可去此是汝物隨意當食時彼苾芻尼既作法已持向一邊任意飽食若苾芻尼既足食已情希更食不作餘法而食者得越法罪

有五因緣不成作餘食法云何爲五謂住界外或遠處障處或居背後或在傍邊或所對人已離本座此皆不成作餘食法有五因緣成作餘食法云何爲五謂同一界內在相近無障處非背後非傍邊其所對人亦非離座此成作餘食法復有五緣不成作餘食法云何爲五謂在界外或遠障處或不以器盛或手不持捧或所對者已離本座此不名作餘食法有五因緣成作餘食法翻上應知若其一人作餘食法已有衆多苾芻尼來共食者悉皆無犯勿致疑惑世尊讚歎持戒告諸苾芻尼前是創制此是隨開應如是說

若復苾芻尼足食竟不作餘食法更食者波逸底迦

尼謂十二衆餘義如上足食竟者謂飽食已離本座不作餘食法者謂不持二五等食對

他作法更食者謂是呑咽此中犯相若苾芻尼足食想疑皆得墮罪足食不足想疑得惡作罪不足食不足食想足食不足想無犯

爾時鄔波離白佛言世尊食何等粥名爲足食佛告鄔波離若粥新熟竪匙不倒或指等勾畫其跡不滅食此粥時名爲足食大德食何等麨名爲足食佛言若初和水攪時竪匙不倒或五指勾其跡不滅食此麨時名爲足食又鄔波離凡是薄粥薄麨皆非足食

勸他足食學處第二十三

緣處同前時有白衣婦人詣苾芻尼所白言聖者我欲出家尼將此女於親教師處便與出家報弟子曰汝當教授時有長者請佛及僧就舍而食隨意食已更得餘食將向池邊師問老者汝欲得不答言欲得師曰汝爲濾水爲作餘食法耶老弟子曰我作餘食法師可取水彼即入水便將已分作餘食法師分不作師取水已即便取食師既食已老者白言師今有罪應如法悔師曰我不見罪答曰不作餘食法師曰我實無罪准斯道理汝當有過即以此事告諸苾芻尼尼白苾芻苾芻白佛佛以此緣同前集僧問實呵責廣説乃至制其學處應如是説

若復苾芻尼知他苾芻尼足食竟不作餘食法勸令更食告言具壽當噉此食以此因緣欲使他犯生憂惱者波逸底迦

尼謂此法中尼知者或自覺知或因他告足食竟者謂飽食已不作餘食法者謂不對於人他不取食勸者謂遣更食以此因緣欲令他犯結罪釋義並廣如前此中犯相若苾芻

尼知他足食不作餘食法勸他今食此可噉嚼者皆得墮罪

根本說一切有部苾芻尼毗柰耶卷第十三

音釋

蓐如欲切草蓐也　蕘古堯切灌也　傭餘封切賃也　芸蔓芸于分切芸蔓菜名也蔓息遺切香菜也　蟲蝨蟲房久切蝨之戎切蟲蝨蝗蟲　蜣蜋蜣音羌蜋音良蜣蜋食糞蟲也　虵蠍虵食遮切蠍香謁切　擣覩老切春也　羹臛臛虛郭切肉羹也有菜曰羹無菜曰臛　皴七倫切皮細起也　菌巨殞切地蕈也　㼜徒故切瓦器也　醭普木切　鑰以灼切關下牡也　擲直炙切投也　靉靆靉於改切靆徒亥切靉靆雲暗貌　雔隙雔市流切仇也隙綺戟切郄也　趁丑刃切逐也　氈諸延切毛席也　毯他感切毛席也　枮知林切木櫍也　禺中禺語居切日在巳曰禺中　鞕魚孟切堅也　梐部禮切行馬也　居徒黜切戶牡也　墼古歷切土墼也　揩口皆切磨也　俛仰俛匪父切又音免低首也　罄苦定切盡也　痿於危切痺疾也　羸力追切瘦也　嚼齧嚼在爵切咀也齧五結切噬也　珂但尼梵語也此云五嚼食謂根莖葉華果等珂丘何切　蒱繕尼梵語也此云五噉食謂飯餅麨等繕時戰切　咽於甸切吞也　攪古巧切攪動也　濾良豫切漉去滓也

根本說一切有部苾芻尼毗柰耶卷第十四

唐三藏法師義淨奉　制譯

別衆食學處第二十四

佛在王舍城時提婆達多於其界內與五百苾芻別衆而食少欲苾芻共生嫌恥以此因緣具白世尊世尊集二部僧問實呵責告言我今與諸苾芻苾芻尼制其學處應如是說若復苾芻尼別衆食者波逸底迦如是世尊制學處已時有苾芻苾芻尼身嬰病苦佛言除病因緣或有道行或緣作務並皆絶食佛言除道行及以作時或有附船而去者佛言除船行時乃至除大施會時于時影勝王未得見諦以竹林園施露形外道得見諦已遂廢外道奉施佛僧而爲受用時影勝王舅在外道中出家起信敬心請白供養乃至白佛佛言除沙門施食時爾時世尊讃歎少欲及尊重戒者爲說法已告諸苾芻前是創制此是隨開我今爲二部弟子制其學處應如是說

若復苾芻尼別衆食者除餘時波逸底迦餘時者病時作時道行時船行時大會食時沙門施會時此是時

餘義如上別衆食者謂別別而食除餘時者謂除別時病時者於一食時不能安坐作時者或窣堵波或是衆事下至掃地大如席許或時塗拭如牛卧處道行時者若行半驛往來或行一驛船行時者若附他船或半驛一驛大會者謂多人聚集沙門者謂佛法外諸外道類亦名沙門以彼勞身求道故此是隨開結罪同前此中犯相其事云何若苾芻尼

於界内作同界想及疑爲别衆食得波逸底迦若在界外作界内想疑得惡作罪若在界外作界外想及在界内爲界外想無犯凡言住處有二種一根本住處二院外住處若於本處苾芻尼食時應問院外苾芻尼同來食不若不問而食者得惡作罪若院外苾芻尼食時應問本處苾芻尼同來食不若不問知四人同食者得波逸底迦若三人食一人不食若三圓具一未圓具食皆無犯若以食送彼及至鹽一匙或草葉一把與彼衆處食皆無犯或時施主作如是語但來入者我皆與食或時施主造别房施云於我房中住者我皆與食斯亦無過

非時食學處第二十五

緣處同前時大目連與十七衆出家於小食時著衣持鉢入城乞食被婆羅門長者等瞋罵乞食不得空鉢而還遂便斷食於衆人前自摩其腹説伽他曰

佛説最妙語　徧滿於人天　飢是苦中極　斯言爲最妙

乃至十七衆詣一長者處非時飲食世尊種種呵責告曰我今爲二部弟子制其學處應如是説

若復苾芻尼非時食者波逸底迦

餘義如上言非時者有其二限一過中已去二明相未出已來結罪同前此中犯相其事云何非時非時想及疑食者波逸底迦若時非時想及疑得惡作罪若時作時想非時時想無犯

食曾觸食學處第二十六

緣處同前時哥羅苾芻常法如是每居村邑行乞食時持鉢及鉢俻若得濕飯以鉢承受若獲乾餅即以俻盛所有濕飯當日皆食乾者曬曝舉之瓮内若遇風寒陰雨即以煖水潤漬充食既飽食已便受靜慮解脫等持等至微妙之樂乃至世尊種種呵責告曰我今爲諸二部弟子制其學處應如是說

若復苾芻尼食曾經觸食者波逸底迦

餘義如上曾經觸食者有二種觸一中前受過午觸二過午受過更觸若苾芻尼知是曾觸食不作法而重呑咽者結罪同前此中犯相其事云何若苾芻尼於曾觸食作曾觸想及疑食者波逸底迦若非曾觸作曾觸想疑得惡作罪若非觸非觸想或觸作非觸想無犯若曾所觸鉢未好淨洗若小鉢若匙若銅盞若安鹽器而用食者皆波逸底迦罪若手觸鉢俻若拭巾錫杖若户鑰及鏁如是等物若觸捉已不淨洗手捉餘飲食乃至果等呑咽之時皆得波逸底迦若苾芻尼欲飲水時不淨洗口呑咽之時得惡作罪若以澡豆土等清淨澡漱者無犯

不受食學處第二十七

緣處同前時大哥羅苾芻於一切時常用深摩舍那處鉢（謂是弃死屍處舊云尸陀者訛也）受用深摩舍那處衣食卧具云何死屍處鉢若有人死瓦甌祭器取以充鉢云何死人衣以衣贈屍取以浣染縫刺爲衣云何死人食是諸親族以五團食祭饗亡靈取而充食云何卧具此大哥羅常在屍處而爲眠卧是謂屍林鉢衣食卧具若人多死時大哥羅身體肥盛不復數

往城中乞食若無人死身形羸瘦數往城中巡門乞食時守城門者作心記念大哥羅食死人肉耶時此城中有一婆羅門身亡送至林所其妻及女哭在一邊時大哥羅看燒死屍時女見已告其毋曰令此聖者猶如瞎烏守死而住時有人聞來告苾芻苾芻白佛佛言彼婆羅門女自爲損害我聲聞弟子德若妙高作麤惡言共相輕毀緣斯惡業於五百生中常爲瞎烏時遠近人衆咸聞世尊所記之事廣說乃至勿令野干噉其祭食即便疾去驅彼野干取其祭食諸人報曰任汝所食何物然聲徧城郭云汝食人作是語已相隨而去告諸苾芻苾芻白佛佛作是念我聲聞弟子由不受食有此過生是故我今勑諸弟子受取應食令他證知故如佛所教受取方食不知如何成受佛言有五種受一身與身受二身與物受三物與身受四物與物受五置地受有五種不成受云何爲五謂在界外或在遠處障處或在傍邊或居背後或時合手是謂五種不成受食廣說乃至獲果不受佛言應受應作淨不知如何作淨佛言有五種作淨云何爲五謂火淨刀淨爪淨蔫淨鳥啄淨復有五種作淨謂拔根淨手折淨截斷淨劈破淨無子淨如佛所說受取應食十二衆苾芻尼隨受不受自取而食少欲尼見生嫌恥心以緣白苾芻苾芻白佛佛以此事同前集尼問實訶責廣說乃至制其學處應如是說若復苾芻尼不受食舉著口中而噉咽者波逸底迦如是世尊制學處已時有苾芻尼水及齒木無人授與入村求授佛言除水

及齒木復有遊行人間經過險路無人授食獼猴熊羆為授果食尼不肯受迴還乃至白佛佛言若諸有情知授未授皆得受食勿致疑心前是創制此是隨開應如是說

若復苾芻尼不受食舉著口中而噉咽者除水及齒木波逸底迦

尼謂此法中人不受者謂不從他受得食者謂二五等噉咽者謂是呑咽除水及齒木者謂除此物餘皆須受若生濕絛火淨應受結罪同前此中犯相不受食作不受想及疑等二重二輕後二無犯廣如上說

飲蟲水學處第二十八

緣在憍閃毗國瞿師羅園爾時闡陀苾芻用有蟲水時諸苾芻見而告曰何因故心用有蟲水報曰此水內蟲誰持付我諸餘盎瓮江河池沼四大海水何不住耶自生自死於我何過聞是語已共生嫌恥以緣白佛佛以此緣集二部弟子問實訶責廣說乃至制其學處應如是說

若復苾芻尼知水有蟲受用者波逸底迦

尼謂此法中人知者或自知或他告水有蟲者蟲有二種一纔觀即見二羅漉方見水謂諸水用水有二一內受用二外受用云何內受用謂是內身所有受用外謂於身外所有受用洗濯衣鉢若浣染衣若灑地若牛糞塗拭等波逸底迦釋義如上此中犯相若苾芻尼用蟲水作有蟲想及疑皆得波逸底迦若水無蟲作有蟲想疑得惡作罪餘二無犯若苾芻尼知麨蜜糖油醋水醬及醋乳酪餅果等有蟲而受用者皆得墮罪

與無衣外道男女食學處第二十九

縁在王舍城時此城内有諸商人來詣佛所頂禮雙足在一面坐爾時世尊爲諸商人説微妙法示教利喜默然而住既聞法已深心歡喜禮佛而去復詣阿難陀所禮已而坐尊者爲説法要乃至白言大德世尊欲向何處人間遊行阿難陀曰仁等自可往問世尊答言世尊大師威德嚴重我等何敢輒有諮問阿難陀曰我觀相貌世尊不久當向室羅伐城既至夏了世尊將諸大衆隨路而行時商旅内有露形外道亦與隨行求食不得現其飢相諸苾芻尼有鉢食餘各持授與餅果之類盛滿其器廣説乃至於其路中逢一露形問言仁等道糧誰復相濟答言諸禿釋女時露形者聞是語已情生不忍爲諸外道説伽他曰

云何汝身不陷地　云何舌不百片裂
云何諸神見此事　不以霹靂破汝身
野干每食師子殘　而常有念害師子
十力聖衆以食濟　汝今見罵不知恩
從定證得一切智　於友非友心平等
汝等外道可惡人　尚亦相依蒙濟給
若人不識恩與義　當知此類不如狗
狗於人處解施恩　汝似惡蛇常吐毒

此是縁起尚未制戒爾時世尊人間遊行至室羅伐城時有五百邑人請佛及僧廣説乃至聞法見諦時有露形外道二女一老一少來從乞食阿難陀不善觀察餅有相粘老者與一少者得二老者曰王子苾芻與我一餅汝便得二定知於汝心生愛念當自嚴飾少

者曰勿作是語今此王子棄上宮闈出家猒俗脱屣塵勞如捐涕唾時諸苾芻以緣白佛佛告諸苾芻我觀十利爲二部弟子制其學處應如是説

若復苾芻尼自手授與無衣外道及餘外道男女食者波逸底迦

尼謂此法中人自手等者謂以手授食食義同前無衣者謂是露形之儔及餘雜類外道得波逸底迦餘義如上此中犯相若苾芻尼自手與食皆得墮罪若是親族或是病人與者無犯或欲以食因緣除彼惡見與亦無犯

觀軍學處第三十

緣在室羅伐城時勝光大王令一大將領兵征伐時六衆苾芻聞兵欲去共相告曰我等宜觀便往路所見象軍來問曰何去答言聖者今有邊隅不臣王命我等往伐六衆報曰看汝形勢有去無歸汝等暫還與宗親取別以苣勝水共相祭祀方可從軍廣説乃至世尊問實呵責告諸苾芻我爲二部弟子制其學處應如是説

若復苾芻尼往觀整裝軍者波逸底迦

尼謂此法中人整裝軍者謂將欲戰整帶甲胄裝束軍儀有一類軍謂唯有象有二類軍謂兼以馬有三類軍謂兼以車有四類軍謂兼以步往觀者謂向其處結罪如上此中犯相若苾芻尼觀整裝軍者得波逸底迦若苾芻尼爲行乞食路見軍來或時寺近大路或軍入寺或苾芻尼爲王所喚或夫人太子大臣及諸人等所請設見軍時並皆無犯若見軍時不應説其好惡又八難緣隨一現前見

亦無犯

第四攝頌曰

觀軍二打擬　覆罪詰俗家　然火與欲過

說欲非障法

軍中過二夜宿學處第三十一

緣處同前時勝光王親帥軍旅自往邊城至彼合圍尚未降伏大臣白王給孤獨長者有大福力彼若來者或可歸降勑書命來雖在軍中但思聖衆時勝光王即便以書白諸僧衆六衆聞已赴王軍所便捉象牙撲之於地見馬兵來捉尾擲置一邊見車兵來云此破車即便捉軸拔之路左見步兵來云如草人便扼其項擲之軍外時彼四兵既見淩辱無可奈何乃至世尊以此因緣集苾芻衆問答同前告曰我觀十利爲二部衆制其學處應如是說

若復苾芻尼有因緣往軍中應齊二夜若過宿者波逸底迦

尼謂此法中人有緣者謂是王等乃至衆庶所有請喚軍中者謂軍兵欲戰四兵如前齊二夜者二夜應宿過此不應若過宿者波逸底迦此中犯相若至軍中過二夜皆得墮罪若其王等請留住宿及入難事過宿無犯

擾亂軍兵學處第三十二

緣處同前餘如上說乃至共行觀兵爲勇爲怯預先藏伏驚怖軍衆共相擾亂廣說乃至世尊呵責同前集衆告諸苾芻我今爲二部弟子制其學處應如是說

若復苾芻尼在軍中宿經二夜觀整裝軍見先旗兵及看布陣散兵者波逸底迦

尼謂此法中人餘義如上旗者有四種一師子旗二大牛旗三鯨魚旗四金翅鳥旗兵有四種謂象馬車步陣有四種一槊刀勢二車轅勢三半月勢四鵬翼勢若觀此等軍陣之時便得墮罪此中犯相若二夜在軍中若觀四兵未著甲冑未執仗者得惡作罪若觀整裝者波逸底迦若其王等請留住者及八難事見亦無犯

打苾芻尼學處第三十三

緣處同前時大目連與十七衆出家若自遊行人間去時告言汝等我若不在依好僧住彼便依止鄔陀夷報言汝等可來作如是如是事報言所有處分我不能作時鄔陀夷便搭一人時十七人高聲啼哭廣説乃至世尊呵責云何苾芻以瞋恚心打他苾芻集苾芻衆告曰我觀十利爲諸二部弟子制其學處應如是説

若復苾芻尼瞋恚故不喜打苾芻尼者波逸底迦

尼謂此法中人瞋者謂恚纏心起忿惱時打者謂打搭也苾芻尼者謂此法中人已受圓具釋罪如上此中犯相若以内身分或以外物或兩俱兼内者若以一指打時得一墮罪若二得二乃至以五得五墮罪若以拳肘頭肩髈膝乃至足指皆得墮罪外者若以細草莛或以箭笴及餘器具乃至棗核或擲芥子遥打擲他隨一著時皆得墮罪是謂外物二俱者手執刀杖擊前人及餘種種之類及篅莛樹葉隨所著處皆得墮罪是謂二俱若爲令彼怖或爲成就呪術打搭前人此皆無犯

擬手向苾芻尼學處第三十四

緣處同前餘如上說時鄔陀夷即便瞋忿擬手向一彼十七人一時皆倒高聲啼泣苾芻嫌賤以事白佛佛便呵責乃至告曰我觀十利爲二部弟子制其學處應如是說

若復苾芻尼瞋恚故不喜擬手向苾芻尼者波逸底迦

餘義如上言擬手者謂舉手擬他釋罪同前

覆藏他罪學處第三十五

緣處同前時難陀苾芻有親教弟子名曰達摩深懷慚愧樂持戒行常自悔謝因白師曰我今欲向閑靜之處隨情作業難陀報曰爾當謹愼鄔波難陀聞是語已告曰汝持我座共爾俱行達摩白言豈詣閑林而遂靜耶鄔波難陀曰癡人汝謂我心散亂無所了知達摩便持彼座往晝遊處廣說乃至時有女來鄔波難陀染心遂起即便捉臂徧抱女身嗚咂其口捨之而去告達摩曰具壽雖知汝見勿告餘人報言大師乃至未見善苾芻來我終不說鄔波難陀曰汝親教師有鄙惡事我常覆蓋汝見我過不藏護耶達摩曰大師知他有麤罪共相覆護如此之事我當先說達摩便去告諸苾芻苾芻白佛佛集苾芻告曰我爲二部弟子制其學處應如是說

若復苾芻尼知他苾芻尼有麤惡罪覆藏者波逸底迦

尼謂此法中人餘義如上麤惡罪者有二種謂他勝罪及衆教罪覆藏者謂掩蔽也釋罪同前此中犯相作心覆藏麤罪皆得墮罪若墮罪者乃至明相未出已來得惡作明相出

已亦得惡作若恐他作梵行等難覆皆無犯

共至俗家不與食學處第三十六

緣處同前鄔波難陀語難陀苾芻大德當知仁之弟子達摩於我有隙彰我惡響令制學處我欲令得不饒益事或令一日絶食受飢廣説乃至六衆將達摩往一俗家互相飲噉令其不食世尊呵責告言由此事故我觀十利爲二部弟子制其學處應如是説

若復苾芻尼語餘苾芻尼作如是語具壽共汝詣俗家當與汝美好飲食令得飽滿彼苾芻尼至俗家竟不與食語言具壽汝去我與汝共坐共語不樂我獨坐獨語樂作是語時欲令生惱者波逸底迦

尼謂此法中人餘義如上共至俗家者謂四姓家言美好飲食謂五嚼食及五噉食令得飽滿者謂恣意而食汝去等者是驅遣言語謂讀誦坐誦禪思獨坐等樂者明作惱意令他絶食以此爲緣不爲餘事釋罪同前此中犯相若苾芻尼故心令他苾芻尼絶食者得波逸底迦若爲病緣醫遣絶食不與無犯

觸火學處第三十七

緣在王舍城時此城中長者婆羅門作如是念世尊夏了欲向何處遊行人間多持財貨隨佛而去多獲福利廣説乃至問阿難陀同前問答觀其先兆欲向王舍城商主問知行日多少即皆預辦供設所須時阿難陀每日常在商主前行遂見岐路一是直道多有師子虎豹恐怖難行一是曲路安隱無礙商人分爲二衆乃至廣説阿難陀言如來大師久離怖畏師子虎豹何所能爲隨佛去者若遭

恐懼無有是處佛漸遊行至一聚落有二童子在村門戲一人持鼓一人執弓時二童子來對佛前聲鼓彈弓爾時世尊即現微笑有種種光從口而出所謂青黄赤白紅頗胝色此之光明或有沉下或復上升其光下者下至速活地獄黒繩衆命小叫大叫小熱大熱阿鼻地獄及八寒地獄光既至彼若諸有情受炎熱者皆得清涼若處寒氷便獲温暖彼諸有情離苦安樂皆作是言我與汝等爲從地獄死生餘處耶爾時世尊爲欲令彼諸有情類生信喜故便遣化身往地獄内彼見化已咸作是説我等不於此死而生餘處此由希奇大人成就力故令我身心除苦得樂既生信已便能消滅地獄諸苦於人天趣受勝妙身常爲法器能見諦理其上升者上至四天王衆天三十三天夜摩天覩史多天化樂天他化自在天乃至色究竟天所至之處光中演説苦空無常無我等法并復説此二伽他曰

汝當求出離　於佛教勤修　降伏生死軍
如象摧草舍　於此法律中　常爲不放逸
能竭煩惱海　當盡苦邊際

時彼光明徧照三千大千世界已還至佛所若佛世尊説過去事光從背入若説未來事光從胷入若説地獄事光從足下入若説傍生事光從足跟入若説餓鬼事光從足指入若説人事光從膝入若説力輪王事光從左手掌入若説轉輪王事光從右手掌入若説天事光從齊入若説聲聞事光從口入若説獨覺事光從眉間入若説阿耨多羅三藐三

菩提光從頂入是時光明繞佛三匝從頂而入時具壽阿難陀合掌恭敬白佛言世尊如來應正等覺非無因緣熙怡微笑即說伽他曰

世尊遠離諸憍慢　於有情中第一尊
降伏煩惱及諸怨　若無因緣不微笑
如來自證眞妙覺　諸有聽者皆樂聞
牟尼最勝願宣揚　大衆疑心爲開決

佛告阿難陀如是如是如來應正等覺非無因緣而現微笑汝見二童子引導我不白佛言見佛告阿難以此善根於當來世十三劫內不墮惡趣生人天中於最後身得成無上正等菩提一名法鼓音如來二名施無畏如來爾時世尊說是記已隨路而去至一村隅林中而宿如佛所說苾芻住處乃至樹下亦應隨次共分時六衆苾芻分得一枯樹夜被寒逼以火燒樹於此樹中有蛇依止蛇被烟熏緣枝而上垂身欲下六衆見蛇高聲唱言欲墮欲墮時諸商人聞是聲已咸作斯念有師子入營跳躑而墮便大驚怖四向奔走于時世尊告阿難陀曰何意商旅四面逃奔阿難陀白佛言大德如佛教勑凡諸苾芻所在之處應隨長幼共分住處六衆苾芻今宵宿處分得枯樹被寒所逼以火燒樹於此樹中有蛇依止蛇被烟熏緣枝而上放身欲下六衆見蛇高聲唱言欲墮欲墮時諸商人聞是聲已咸作斯念有師子入營跳躑而墮便大驚怖四向奔逃世尊告曰汝可急去報諸商人如來在處離師子怖速令商旅勿復驚惶時阿難陀奉教告知諸人咸住時諸苾芻見

是事已悉皆有疑俱來白佛大德何意六衆作墮落聲驚諸商旅世尊因此重爲安慰令離憂怖佛告阿難陀非但今日驚怖商旅乃往古昔已曾恐懼於他令彼四面逃走我爲安慰令離憂惱汝等當聽於過去世於一水側有頻螺果林於此林中有其六兔共爲知友依止而居時頻螺果熟墮水作聲于時六兔聞果落聲形小志怯便大驚怖四向逃走時有野干見其奔走來問其故兔曰我聞水內有非常聲將非猛獸欲來害我緣此事故我等逃奔野干亦走如是猪鹿牛象豺狼虎豹及小師子各相詰問聞斯語已悉皆奔竄去斯不遠於山谷中有一猛師子王依止而住于時師子見諸獸類惶怖奔馳問言汝等何怖皆說其事師子報曰在何處所而作惡聲諸獸答曰我亦不知若未委者且勿馳走我爲審觀即便次第而問兔云此之怖聲是我親證非是傳聞共觀聲處于時諸獸咸悉共至須臾暫住還聞果落墮水作聲報曰此是食果非關恐怖爾時空中有天見已說伽他曰

不應聞他語便信　當須親自審觀察
勿如樹果落池中　山林諸獸皆驚走

汝等苾芻勿生異念往時師子者即我身是往時六兔者即六衆是爾時世尊漸次遊行到王舍城時六衆苾芻於然火處各以火頭共相調弄或作日月形外道見時各生輕賤作如是語仁等知不沙門釋子火頭調戲與彼童兒有何異處云何減割妻子之分給此禿人充其鉢食時諸苾芻聞是語已具白世

尊佛以此緣集諸苾芻問實呵責告言我為二部弟子制其學處應如是說若復苾芻尼若自然火若教他然者波逸底迦爾時世尊為諸尼衆制學處已諸苾芻尼於如來窣堵波處更不燒香然燈以為供養亦不承事親教師軌範師煖湯水等佛知故問乃至佛言若觸火者作時守持雖觸無犯不知云何守持佛言凡觸火時作如是念我為供養佛故今須觸火或云為法為僧為鄔波馱耶阿遮利耶及已自受用并同梵行為其事故今須觸火乃至病緣佛言前是創制今更隨開應如是說

若復苾芻尼無病為身若自然火若教他然者波逸底迦

尼謂此法中人餘義如上此中犯相若苾芻尼以火頭共相戲弄或作日月輪形皆得墮罪凡然火時應觀其事而作守持若不守持輒然輒觸者得波逸底迦若滅火者亦得墮罪亦應准事持心云我滅火若捉火頭前火或抽火頭或翻轉火炭或翻轉糠麩等火隨作何事謂作食煑水然燈燒香等觸著之時皆惡作罪若以毛髮爪唾等棄火中者亦得惡作罪若此等事准時觀察作守持者無犯

根本說一切有部苾芻尼毗柰耶卷第十四

音釋

窣堵波 梵語也亦云塔婆此云圓冢 窣蘇沒切 堵音覩　拭 賞職切 揩也　帒盛 帒徒耐切 囊也 盛是征切 受也　曬暴 曬所戒切 暴步木切 並日乾也　漬 疾智切 漫也　饗 許兩切 歆也　蔫 於乾切 萎也　啄 竹角切 鳥食也　劈 普擊切 剖也　熊羆 熊胡弓切 羆班糜切 並獸名　盎 烏浪切 盆也

漉盧谷切漉也　輒陟葉切忽然也又專也　諮即移切訪問也　霹靂霹普擊切靂良擊切霹靂雷之急激者　粘女廉切著也　闈雨非切宮中小門也　屣所綺切屨也　涕唾涕他計切唾吐臥切　鯨渠京切大魚也　槊色角切矛屬　鵬步崩切大鵬鳥也　搭得合切擊也　莛特丁切草莖也
笴古我切箭簳也　核下華切果中實也　掬居六切以手掬物也　打擲打音頂擊也擲直炙切投也　箒之九切彗也　躑直炙切佐足也　竄七亂切逃也　軌範軌居洧切範音犯軌範法則也　糠麩糠苦岡切穀皮也麩與職切麥麩也

根本説一切有部苾芻尼毗柰耶卷第十五

唐三藏法師義淨奉　制譯

與欲已更遮學處第三十八

縁處同前時六衆中阿説迦補捺伐素二俱命過其難陀鄔波難陀年並衰老彼十七衆年漸長大勇健有力便共詳議我等常被六衆欺輕於二人中鄔波難陀更爲苦切我等宜應爲作捨置羯磨廣説乃至難陀苾芻爲衆上座權爲誘誑不令入衆即鳴楗椎便作捨置羯磨鄔波難陀詣難陀所啼泣而住難陀報曰持欲不成是惡與欲還我欲來以此因縁世尊呵責廣説乃至爲二部弟子制其學處應如是説

若復苾芻尼與他欲已後便悔言還我欲來不與汝者波逸底迦

尼謂此法中人與欲已者先已言與後便等者是索欲辭釋罪同前此中犯相其事云何若先與欲已後便出追悔即報衆云還我欲來我不樂與者便得墮罪

與未近圓人同室宿過二夜學處第三十九

縁處同前爾時世尊大衆圍繞而爲説法言辭美妙令衆樂聞聽者忘疲如蜂食蜜時有貧窮作人聞佛法已作如是言世尊出現皆爲富人若佛世尊於夜説法我得聽聞佛言應夜誦經或爲説法應著燈燭勿令闇昧時有摩訶羅苾芻不用心眠遂即譫言説非法事俗人聞已遂即譏嫌而不聽法以事白佛佛言由與未圓具者同一室宿及然燈燭有是過生是故我今不聽苾芻苾芻尼與未圓具人同一室宿及然燈燭此是縁起尚未制

戒時尊者舍利子有二求寂一是准陀二是羅怙羅欲夏安居大衆集會共分房舍此二求寂不蒙其分情懷憂惱乃至准陀問羅怙羅何故憂住答言仁具福德有大威神化作草菴即堪止宿我無威力其欲如何准陀曰非時見佛欲有諮問無有是處有淨施主以妙香泥塗拭圊廁可於此宿以度一宵遂入廁屋權時而卧即於其夜天降大雨去斯不遠於地穴中有大毒虵依止而住水滿穴中其虵遂出便往廁上如來大師得無忘心作如是念若彼毒虵螫羅怙羅者此必當死但有其名又釋迦種自恃高慢便生不信作如是語若羅怙羅不出家者繼轉輪王位今既出家無所依怙卧於廁上被虵所螫枉苦身亡作是念已便舒右手如象王鼻擎取彼身安自牀上佛於是夜時行時坐以至天明有苾芻往世尊所欲申禮敬世尊常法若欲爲諸聲聞制學處者未至待集至不令去時求寂羅怙羅覺已知是佛牀即便驚起惶怖而立爾時世尊告諸苾芻曰凡諸求寂求寂女無父無母唯有汝等同梵行人共相慈念此不愍護誰當見憂是故我今聽諸苾芻苾芻尼與未近圓人齊二夜同宿無犯時六衆苾芻過二夜宿少欲苾芻聞是語已便生嫌賤云何苾芻不奉佛教以緣白佛佛問呵責告言我觀十利爲二部弟子制其學處應如是說

若復苾芻尼與未近圓人同室宿過二夜者波逸底迦

尼謂此法中人有二圓具謂苾芻苾芻尼餘

非圓具謂求寂女等室有四種一總覆總障如諸房舍及樓觀等上總徧覆四壁皆遮二總覆多障於其四壁少安窻戸三多覆總障即四面舍於四邊安壁中間竪柱四簷内入或可平頭四多覆多障謂三面舍於四面舍無其一邊若半障半覆或多障少覆或簷際等並皆無犯若有病同宿縱過二夜亦無犯

不捨惡見違諫學處第四十

縁處同前時無相苾芻自生惡見作如是語如佛所説障礙之法不應習行我知此法習行之時非是障礙以縁白佛乃至佛告衆應與彼作别諫事若復更有如斯等類苾芻苾芻尼應如是作往至其所告言汝莫作是語如佛所説障礙之法不應習行我知此法習行之時非是障礙汝莫謗世尊謗世尊者不善世尊不説障礙法非障礙法種種方便説是障礙法若習行者定是障礙汝今應捨如是惡見如是應諫奉教而去彼執不捨佛言應作白四羯磨諫彼事同大僧律乃至作捨置羯磨然彼堅執不捨以縁白佛集衆問種種呵責告言我觀十利爲二部弟子制其學處應如是説

若復苾芻尼作如是語我知佛所説法欲是障礙者習行之時非是障礙諸苾芻尼應語彼苾芻尼言汝莫作是語我知佛所説欲是障礙者習行之時非是障礙汝莫謗世尊謗世尊不善世尊不作是語世尊以無量門於諸欲法説爲障礙汝可棄捨如是惡見諸苾芻尼如是諫捨者善若不捨者乃至二三隨正應諫隨正應教令捨是事捨者善若不捨

者波逸底迦
餘義如上作是語者謂說其事我知佛所說法者謂如來應正等覺法謂佛說或聲聞說說是彰表義障礙法者謂八他勝及衆教三十三捨墮百八十墮乃至七滅諍法習行之時非障礙者謂不能障沙門聖果謗者謂出非理言不善者招惡異熟諸苾芻尼見是語時應作別諫若不捨者作羯磨諫乃至結竟廣說如前此中犯相若作如是語我知佛所說等諫時捨者善若不捨者得惡作罪羯磨諫時若白時及初二羯磨若不捨者皆得惡作罪若第三竟時便得墮罪若非法等彼無有犯

第五攝頌曰

與惡見同宿　求寂壞色衣　投寶洗傍生
惱指水同宿

隨捨置人學處第四十一

緣處同前時無相苾芻既得羯磨以掌支頰懷憂而住六衆見問何故懷憂報言諸黑鉢者爲我作捨置羯磨將我同爲旃茶羅不相交涉六衆報曰設與城邑聚落及三界有情作捨置羯磨者豈城邑等而非有耶且勿憂惱便共言說受用衣食同室而卧時少欲者共生嫌賤以緣白佛廣說乃至佛言我觀十利爲二部弟子制其學處應如是說

若復苾芻尼知如是語人未爲隨法不捨惡見共爲言說共住受用同室宿者波逸底迦

餘義如上未爲隨順法者未作隨順懺摩之法不捨惡見共爲言說等者謂作教授依止等事於四室中同宿天明結罪事皆如上此

中犯相其事云何若苾芻尼知如是語人未作隨順法共爲言論同宿等事便得墮罪若彼身病看侍無犯或共同居令捨惡見此亦無犯

攝受惡見不捨求寂女學處第四十二

縁處同前時六衆有二求寂一名利刺二名長大時有乞食苾芻與二共住言戲掉舉後生懊悔便自剋責發勇猛心斷諸煩惱證阿羅漢獲大神通乘空往至二求寂處具説乃至獲得道果求寂聞已便作是念昔與我等共作如是如是非法之事云何於今得增上果以此因縁我知佛所説法云習諸欲是障礙者此非障礙以事白佛佛言此二求寂所言非理應作別諫開曉若更有此類亦如是諫汝某甲等莫作是語我知佛所説法欲是障礙者此非是障勿作是語謗讟世尊謗世尊者不善世尊不作是語佛以種種方便説行諸欲是障礙法汝今二人當捨惡見奉佛教已往彼示語時二求寂堅執不捨以縁白佛佛言應作白四羯磨廣如上説其苾芻尼亦應如是作大德尼僧伽聽此某甲等求寂女自起如是惡見作如是語我知佛所説法欲是障礙者此非是障苾芻尼與作別諫之時彼猶惡見堅執不捨作如是語此是眞實餘皆虛妄若僧伽時至聽者僧伽應許僧伽今與彼作白四羯磨曉喻其事廣説乃至作白報言衆僧與汝作白竟汝今應捨惡見若捨者善若不捨者次作羯磨乃至初了如前令問第二第三了時亦如前問奉教作已彼猶惡見堅執不捨以縁白佛佛言汝等應與

彼求寂女作不捨惡見擯羯磨如是應作鳴揵椎集衆一苾芻尼作白羯磨大德尼僧伽聽彼某甲求寂女自起惡見如前廣說僧伽爲作別諫及白四羯磨曉喻之時堅執不捨云此事是實餘皆虛妄若僧伽時至聽者僧伽應許僧伽今與彼作不捨惡見擯羯磨竟應告之曰汝等從今已去不得更云如來應正等覺是我大師亦復不應隨苾芻尼後同一道行如餘求寂女與大苾芻尼二夜同室宿汝今無是事汝愚癡人今可滅去白如是同前告問若不捨者次作羯磨准白應爲作一番訖還令苾芻尼向彼陳說衆已與汝作初羯磨訖應捨惡見廣說如上乃至第三羯磨竟結文准作承佛教已爲作驅擯羯磨已惡見不捨鄔波難陀苾芻供給供養言談同宿以緣白苾芻苾芻白佛佛問實呵責告言我觀十利爲二部弟子制其學處應如是說

若復苾芻尼見有求寂女作如是語我知佛所說法欲是障礙者習行之時非是障礙諸苾芻尼應語彼求寂女言汝莫作是語我知佛所說欲是障礙法者習行之時非是障礙汝莫謗世尊謗世尊者不善世尊不作是語世尊以無量門於諸欲法說爲障礙汝可棄捨如是惡見諸苾芻尼語彼求寂女時捨此事者善若不捨者乃至二三隨正應教隨正應諫令捨是事捨者善若不捨者諸苾芻尼語彼求寂女言汝從今已去不應說言如來應正等覺是我大師若有尊宿及同梵行者不應隨行如餘求寂女得與苾芻尼二夜同宿汝今無是事汝愚癡人可速滅去若苾芻

尼知是被擯求寂女而攝受饒益同室宿者波逸底迦

餘義如上佛謂如來應正等覺説者開導義法者若佛説若聲聞説欲是障礙者謂是五欲習行者謂作其事非是障礙者謂不能障沙門聖果苾芻尼者謂此法中人語彼求寂女等者述其惡見與作別諫及與衆諫若不捨者應作擯羯磨語言汝從今已去廣説其事是不應作共行同宿汝是癡人可速滅去知者或自知或從他聞攝受者與作依止饒益者謂給衣食同室者四種室中與其同宿結罪同前此中犯相知是被擯求寂女乃至同室宿者波逸底迦若是親族或時帶病若復令彼捨惡見故雖權攝受並皆無犯

著不壞色衣學處第四十三

緣在王舍城時此城中有二龍王一名祇利二名跋窶時影勝王即於城外林泉之所造二神堂每年二時至節會日徧六大城所有諸人並皆雲集曾於一時至節會日有南方樂者來至王城自相謂曰若説大人殊勝行迹可使衆人情生歡愛多獲財物詣六衆所禮足白言聖者爲我宣説如佛往昔爲菩薩時所有勝行六衆問曰汝等問此欲何所爲樂人告曰我欲修入管弦緝爲歌曲告曰癡人汝將我佛法勝事奏入弦歌汝可即行更不須説即便往詣吐羅難陀苾芻尼處爲具宣説始從生位終至菩提樂人聞已咸入弦歌廣集諸人作衆伎樂敬信之類生希有心皆云奇哉樂人善爲歌唱多贈錢財有異常倫復更思惟不信之人終須汲引即作六衆

形儀行動所爲之事時不信人見皆大笑多遺珍財六衆聞說至二神堂所自著俗服皆爲舞樂大衆雲奔棄彼戲場多獲衣物樂兒嫌賤云何苾芻著俗白衣廣說乃至世尊呵責告言我觀十利爲二部弟子制其學處應如是說

若復苾芻尼得新衣當依三種染壞色若青若泥若赤隨一而壞若不作三種壞色而受用者波逸底迦

尼謂此法中人新衣者有二種新一謂體是新衣二謂新從他得此中新者謂是新衣衣有七種具如上說青者謂青色泥者謂赤石赤者謂樹赤皮染壞色者謂壞其色若不壞而受用者得罪同前此中犯相若得衣三種色中不隨一而壞者皆得墮罪

捉寶學處第四十四

緣處同前時鄔波難陀於日初分執持衣鉢入城乞食於其中路見諸童男以瓔珞具置在一邊而共遊戲鄔波難陀見謂藥叉物遂即收取時諸童子便各競來牽其手足咸以塵土而散擲之廣說乃至世尊呵責告言我觀十利爲二部弟子制其學處應如是說

若復苾芻尼寶及寶類若自捉若教人捉者波逸底迦

爾時世尊從廣嚴城至室羅伐城住逝多林時毗舍佉鹿子母聞佛來至欲申敬禮著諸瓔珞周徧嚴身禀性懷慚恥將見佛遂脫瓔珞付其從者禮佛聽法從座而去時彼從者以其瓔珞置花樹下遂忘歸家時阿難陀見已作念世尊所制由此當開即便收取自往

白佛佛言善哉我雖未許汝已知時廣説乃至世尊以此因緣集衆讚歎持戒告曰前是創制此是隨開應如是説若復苾芻尼寶及寶類若自捉教人捉除在寺内及白衣舍波逸底迦若在寺内及白衣舍見寶及寶類應作是念然後當取若有認者我當與之此是時尼謂此法中人寶謂七寶寶類者謂諸兵器弓刀之屬及音樂具鼓笛之流自捉使人及以結罪廣如上説苾芻尼在寺中及以俗舍若見寶等聽作是念且當收取若有主來我當持與此中犯相若自手捉使人捉寶物已磨治者皆得墮罪未磨治者得惡作乃至捉假瑠璃亦惡作罪若捉嚴身瓔珞之具皆得墮罪乃至麥莖結爲鬘者捉亦得惡作若捉琵琶等諸雜樂具有絃柱者便得墮罪無絃惡作乃至竹筒作一絃琴執亦惡作若諸螺貝是堪吹者捉得墮罪不堪吹者惡作諸鼓樂具亦然像有舍利執得墮罪無舍利者惡作若作大師想擎持者無犯

非時洗浴學處第四十五

緣處同前時此城傍有三温泉一王自洗浴二是王宫人三諸雜人其王洗處苾芻亦洗宫人浴處苾芻尼亦浴于時六衆及十二衆苾芻尼往洗浴時便念試王信心厚薄意欲相惱沉吟久之不時速出王遂遣人取水別處而浴不入温泉既洗浴已往詣佛所頂禮雙足聽聞妙法辭佛而退時阿難陀以事白佛佛言由諸苾芻爲洗浴故有是過生不應洗浴身不洗故體多垢膩乞食之時俗旅見問將此垢膩爲清淨耶佛言半月應浴於暑

熱時不數洗故同前見問佛言熱時應洗有苾芻病醫人令洗答言世尊不許佛言病時應洗或營衆作或穿堵波身垢不淨人見譏嫌佛言作時應洗涉道行時來往疲極委身而卧諸人見恠佛言若道行時應洗乃至被風吹時身多塵坌佛言風時應洗又觸雨時又風雨時泥汙身體同前白佛佛言若雨時若風雨時隨意應洗爾時世尊讃歎持戒乃至我觀十利爲二部弟子制其學處應如是説

若復苾芻尼半月應洗浴故違而浴者除餘時波逸底迦

餘時者熱時病時作時行時風時雨時風雨時此是時尼謂此法中人半月應洗浴者謂齊十五日一度聽浴故違者謂不依教行除餘時者若在餘時此則無犯時者春餘一月半在謂有一月半在當作安居從四月一日至五月半是及夏初一月謂入夏一月謂從五月十六日至六月半是此兩月半名極熱時若病時者謂有病除多洗浴不能安隱者是作時者謂爲三寶所有作務下至掃地大如席許或時塗拭如牛卧處行時者謂行一踰膳那或半還來者是風時者乃至風吹衣角摇動雨時者乃至兩三雨滴落在身上風雨時者謂二俱有此是時者是隨聽法結罪同前此中犯相若苾芻尼每於開限洗浴之時常須心念口言而爲守持應云在其時中我今洗浴若不守持者以水洗身水未至臍得惡作罪水至臍者即得墮罪若有事緣渡水過臍無犯

殺傍生學處第四十六

緣在室羅伐城時鄔陀夷因乞食至教射堂中取箭射烏乃至俗衆譏嫌世尊呵責告言我觀十利爲二部弟子制其學處應如是說若復苾芻尼故斷傍生命者波逸底迦

餘義如上故者明非錯誤傍生者謂是飛鳥或復諸餘禽獸之數斷命者謂殺其命根釋罪同前此中犯相言斷傍生命者謂以三事內外及俱而興方便斷彼命根若苾芻尼作殺害心乃至以一指損害傍生因此命終者得波逸底迦或當時不死後時因此死者亦得墮罪若後時不死者得惡作罪如前斷人命學處具說

故惱苾芻尼學處第四十七

緣處同前時十七衆親近六衆告言作如是事答曰我不能作即便駈遣不許同住時十七衆隨向餘處而爲讀誦難陀詣鄔波難陀處告言此諸小師不受我語答曰應可令彼各生惱悔廢其習讀當如是作廣說惱緣令生追悔以緣白佛廣說乃至問實呵責告曰我觀十利爲二部弟子制其學處應如是說若復苾芻尼故惱他苾芻尼乃至少時不樂以此爲緣者波逸底迦

餘義如上故惱者欲令心惡作發起追悔少時不樂者乃至須臾情不安隱以此爲緣者作除緣事結罪如上此中犯相謂問其別事又問律教相應云何問別事若苾芻尼於他苾芻尼處作惱亂心往詣其所作如是言具壽汝憶某王及某長者不答言彼已多時我不記憶報言具壽彼非多時汝不憶者即是生年未滿二十而受圓具更可重受者得墮

罪如是問言汝憶其時日蝕月蝕儉歲豐年廣說如上云何問律教相應如作惱心問言汝先於何處所而受近圓答言某處報曰彼無大界不結界場大衆不集便成別住非善受近圓汝應更受又問誰是阿遮利耶鄔波馱耶答言彼是我二師報曰彼人破戒不合爲師汝則不名善受近圓又問汝向某處不答言去若向彼處皆是愚癡破戒之人或鄙惡類非是善伴汝定破戒作如是等語惱亂他時隨彼前人惱與不惱但使聞知皆得墮罪又問具壽汝取二師衣不答言曾取報言汝若取者有賊心故犯他勝罪問言具壽汝頗曾說諸行無常諸法無我涅槃寂滅不答言我說報曰汝若說此上人法者犯他勝罪若有苾芻尼於諸苾芻尼所作如是問具壽汝憶其王及其長者不答言我不憶報言具壽彼已多時汝雖不憶亦是年滿二十善受近圓又日月博蝕年歲豐儉如上應知是謂問其別事如有苾芻尼詣苾芻尼所作如是問具壽汝先於何處所而受近圓答言某處報曰我知其處先有大界舊結界場汝即善受近圓如是問其二師問所向處問取師衣答曰此皆無過又問具壽汝說諸行無常乃至涅槃寂滅答言我說報曰汝不自稱得此上人法不答言不也若如言者說亦無過是謂問與律教相應

以指擊攊他學處第四十八

緣處同前時有苾芻以指擊攊令他致死世尊呵責乃至爲二部弟子制其學處應如是說

若復苾芻尼以指擊攊他者波逸底迦
餘義如上以指擊攊者謂是身業結罪如上
此中犯相若以一指得一墮罪乃至五指便
得五罪若以指端示其黶處或指瘡處此皆
無犯

水中戲學處第四十九

緣處同前時十七衆中有最大苾芻名鄔波
離斷諸煩惱證阿羅漢果已便作是念我始
觀察於共住同梵行者於此衆中誰有善根
誰無善根觀已知有繫屬於誰知屬於我爲
作引導方便相隨俱往阿市羅跋底河濾水
添瓶觀察水已正念用心爲洗浴事既洗浴
竟住在一邊時十六人亦皆澡浴既入河中
乍浮乍没或往彼岸或還此岸或沿波或泝
流或打水鼓或擊水蛙或爲水索或爲水杵
如是等類作衆伎樂身手掉舉共爲戲笑時
勝光大王於高樓上遥見彼戲告勝鬘夫人
曰試當觀汝所重福田夫人白言大王此輩
少年顏容盛壯能修梵行王不稱奇王雖年
邁未能靜息彼水中戲亦何見責時鄔波離
觀知王心已告諸人曰可各整衣俱持水瓶
共還住處時鄔波離以神通力與同梵行者
各升虚空於王樓上飛騰而過時勝鬘夫人
俯觀其影仰視希奇便白王曰王可觀此勝
妙福田騰空而去王言夫人豈有證阿羅漢
者水中戲耶夫人答曰此則是王之所聞知
有未聞事王所不知王曰何謂也夫人曰猶
如電光須臾改易以堅固定猶若金剛剎那
之間破無明惑王不應怪王聞語已默然無
答時勝鬘夫人令使白佛唯願世尊而爲憶

念爾時世尊知已集衆問實呵責告言我觀
十利爲二部弟子制其學處應如是説
若復苾芻尼水中戲者波逸底迦
餘義如上水中戲者並如上説皆得墮罪此
中犯相作水中戲意入水中乃至未没已來
皆惡作罪身若没時便得墮罪乃至以指彈
作聲皆得墮罪若瓶器盛水而戲者亦墮罪
若羹臛椀中打作聲得惡作罪欲令冷者無
犯
與男子同室宿學處第五十
緣處同前時阿尼盧陀斷衆結惑證阿羅漢
執持衣鉢遊行人間至一聚落此聚落中有
一長者二男一女其女長成行不貞謹彼二
兄弟因與他競他人告曰汝妹未嫁與外人
私通聞已問妹虚實妹即答曰我實清謹世
人漫説於後有娠兄弟問曰汝言清謹何處
得斯妹曰曾有禿人强逼於我因即有娠後
遂生男時人名爲禿子毋號禿子母是時具
壽阿尼盧陀既至此村日將欲暮求宿處所
時諸童子報言聖者彼處禿子母舍必相容
宿隨言投宿時禿子母遂相容止便生邪念
即於夜中欲相抱捉于時尊者知其惡見以
神通力上升虚空女人見已生希有心求哀
懺謝廣説乃至尊者見斯過已更不復於俗
舍中宿以事白佛佛以此緣同前集衆讃歎
持戒告言我觀十利爲二部弟子制其學處
應如是説
若復苾芻尼共男子同室宿者波逸底迦
餘義如上共者兼彼也男子者若丈夫若童
男謂堪行婬境同室宿者室有四種如上釋

罪同前此中犯相若與男子同宿身在中閣男子在閣下應拔梯令上或門安居鏁或遣人看守若異此者乃至明相未出已來得惡作罪若過明相便得墮罪若苾芻尼在閣下男子在中閣或苾芻尼在中閣男子在上閣或復翻此廣說如前或苾芻尼在房男子在簷前唯除梯一事餘並如前若男子在房中苾芻尼簷下應外繫其戶餘如前說若在門屋下苾芻尼門內男子在門前應內安關居翻斯外繫餘並如前假令共室若有妻守護者無犯

第六攝頌曰

怖藏瞋二道　掘地四月請　拒教竊聽言
默然從座起

恐怖苾芻尼學處第五十一

緣處同前時十七衆勤爲習誦六衆知已便於初夜反披毛毯作可畏聲時十七衆各大驚惶廣說乃至世尊呵責告言我觀十利爲二部弟子制其學處應如是說

若復苾芻尼若自恐怖若教人恐怖他苾芻尼下至戲笑者波逸底迦

餘義如上他苾芻尼者謂此法中人此中犯相若苾芻尼爲恐怖他意便作種種可畏形狀所謂諸雜色類如燒杌樹或復作諸鬼神等像云來食汝斷汝命根隨彼苾芻尼怖與不怖而此苾芻尼得波逸底迦

若苾芻尼作恐怖他意便作種種可畏諸聲所謂師子虎豹及諸鬼神等聲云來食汝餘並同前若作可畏諸氣所謂大小便氣或鬼神等氣或作恐怖他意作不可意觸所謂麤

鞕席薦及諸鬼神惡觸之事云來害汝餘並同前或作種種可愛之色所謂國王大臣長者居士天神等像云此來害汝隨彼苾芻尼怖與不怖得惡作罪若作可愛聲所謂琵琶箏笛天龍等聲云此諸聲欲來害汝若作可愛氣所謂栴檀沉水龍腦鬱金天龍等香臭諸氣欲來害汝若作可愛觸謂繒綵細氎等上妙諸觸及天龍等觸云此諸觸欲來害汝隨彼苾芻尼怖與不怖皆得惡作若欲令前人生猒離心爲說捺洛迦傍生餓鬼人天諸趣所有苦樂之事令發怖心者此皆無犯

藏他苾芻尼等衣鉢學處第五十二

緣處同前時有長者請佛及僧就舍而食六衆與十七衆在後徐行至一池所六衆即告十七衆曰未須急去且共入池徐徐澡浴旣入池已告十七衆曰共汝俱沒誰後出頭十七衆旣沒六衆疾出取彼衣裳藏草叢下廣說乃至世尊呵責告言我觀十利爲二部弟子制其學處應如是說

若復苾芻尼自藏苾芻苾芻尼若正學女求寂求寂女衣鉢及餘資具若教人藏者波逸底迦如是世尊制學處已時有苾芻寄餘苾芻衣彼苾芻但藏自衣不藏他衣時有賊至盜他衣去其寄苾芻因此廢闕佛言除時因緣藏者無犯前是創制此是隨開應如是說

若復苾芻尼自藏苾芻苾芻尼若正學女求寂求寂女衣鉢及餘資具若教人藏者除餘緣故波逸底迦

餘義如上苾芻等五衆並此法中人衣有七種腰絛有三及所餘物並如上說此中犯相

其事云何若苾芻尼自藏他苾芻尼等衣鉢資具若教人藏咸得墮罪除餘緣故者謂八難等並皆無犯

以衆教罪謗清淨苾芻尼學處第五十三

緣在王舍城時具壽實力子住鷲峯山於積石池邊經行遊履時嗢鉢羅苾芻尼遥見尊者來申禮敬彼苾芻尼剃髮未久低頭禮拜欲起之時頭戴實力子大衣而起乃至支地二苾芻見斯事已遂還住處告諸苾芻曰諸具壽欲令我等於何人處生信仰心而我自見實力子共嗢鉢羅苾芻尼身相摩觸廣說其事乃至佛令究問答言我有瞋恨忿恚之心故作是說世尊呵責告言我觀十利爲二部弟子制其學處應如是說

若復苾芻尼瞋恚故知彼苾芻尼清淨無犯以無根僧伽伐尸沙法謗者波逸底迦

餘義如前瞋恚者謂懷忿恨清淨苾芻尼者謂此法中人無根者謂無三根見聞疑事餘如上說此中犯相謂知清淨人以無根法謗十事成犯五事無犯事同上說

與男子同道行學處第五十四

緣處同前時此城中有一織師禀性麤獷難爲共住娶妻苦楚鎮無樂意出外見有苾芻往室羅伐城即與相隨尋路而去是時織師尋蹤急逐見一苾芻共婦隨路織師遥見待至一村喚諸相識共打苾芻幾將至死廣說乃至世尊讃歎持戒告言我爲二部弟子制其學處應如是說

若復苾芻尼共男子同道行更無女人乃至一村間者波逸底迦

餘義如上男子者謂堪行婬境更無女人者但有二人道謂曠遠路此中犯相若與男子於逈遠路相隨而去者得波逸底迦若一村間有一拘盧舍如是至七若未滿得惡作若滿得墮罪若於其處他遣男子爲引導者或迷於道路男子來爲指授者此皆無犯

根本說一切有部苾芻尼毗柰耶卷第十五

音釋

譫　之廉切多言也　圊廁　圊七情切廁初吏切圊廁圂廁也　蜇　之列切螫也　覺　居效切寤也　頰　古協切面頰也　謗讟　謗補曠切毀也讟徒谷切痛怨而謗也　擯　必刃切斥也　跋窶　梵語也龍王名跋北末切窶郡羽切　賄　呼罪切財也　踰膳那　梵語也亦云由旬此云限量踰音俞膳時戰切

蝕　實職切日月侵虧曰蝕　擊攊　擊古歷切打也攊郎擊切擊口也　黶　烏忝切黑子也　泝　音素逆流而上也　娠　失人切妊也　絛　他刀切織絲爲絛也　嗢鉢羅　梵語也此云青蓮華苾芻尼名嗢烏沒切　忿恚　忿方吻切怒也恚於避切恨怒也　獷　古猛切麤惡也

根本説一切有部苾芻尼毗柰耶卷第十六

唐三藏法師義淨奉　制譯

與賊同行學處第五十五

緣處同前有一苾芻於王舍城夏安居竟時有商人欲向室羅伐城此之商人是偷稅者苾芻不知共相隨去偷道而行遂便檢獲俱縛將來廣説乃至世尊告言我觀十利爲二部弟子制其學處應如是説

若復苾芻尼與賊商旅共同道行乃至一村間者波逸底迦

餘義如上與賊者謂破壞村坊及偷關稅同道行者謂迥遠處共爲伴侣乃至一村間得波逸底迦若以賊爲防援引導人者同行無犯或迷失道彼來指示者雖同道去此亦無犯

壞生地學處第五十六

緣處同前時六衆苾芻自手掘地或教人掘俗旅見譏乃至以緣白佛佛集苾芻以種種方便讚歎持戒少欲知足呵責多欲告言我觀十利爲二部弟子制其學處應如是説

若復苾芻尼自手掘地若教人掘者波逸底迦

餘義如上自他同前地者有其二種謂生地非生地云何生地謂性是生地或因發掘於三月中經天大雨是名生地若無雨者經六月後方名爲生釋罪如上此中犯相其事云何若尼掘損生地得墮罪若非生地得惡作若舉地皮時若與地性相連者波逸底迦若不相連者得惡作罪若尼釘橛者波逸底迦若拔橛者得惡作罪若尼輒畫地者得惡作

罪若輕爲記數者無犯若牛糞著地而發起者得惡作罪若但取牛糞者無犯若尼崩河岸時損生地者波逸底迦若有璺裂而崩墮者得惡作罪若尼搖動河池中泥者得惡作罪若埦在泥處而擎起者得惡作罪若牆上釘杙者波逸底迦若牛糞著牆發舉者得惡作罪若推牆壁與濕性相連者得波逸底迦若有璺裂者得惡作罪若畫壁得惡作罪若作記數想者無犯若牆上生青衣損動者得惡作罪若掘石地石少土多者得波逸底迦罪若土少者得惡作罪若純石者無犯若掘砂地砂少土多者得波逸底迦若砂多者得惡作罪若純砂者無犯若營作苾芻尼欲定基時得好星候吉辰無有淨人應自以橛釘地欲記壇界深四指者無犯

過四月索食學處第五十七

緣在劫比羅城時釋迦大名請佛及僧三月飲食供養幷及一切所須之物不令有闕時六衆於三月中常噉好食皆如醫教三月既了尚從廚人索好美味大名譏嫌受他請了非分强索以緣白佛佛言勿復從施主强爲乞索因生忿惱廣說先緣乃至種種呵責告諸苾芻我觀十利爲二部弟子制其學處應如是說

若復苾芻尼有四月請須時應受若過受者波逸底迦如是制已時勝光大王請佛及僧三月供養時有苾芻施主復請佛言令我隨開若別請者應受無犯復有客來不被王請遂行乞食王因見之問言我請衆僧何因乞食答言我不受請王曰我今更請食佛言若

更請者應受乃至慇懃重請王請食了而行乞食王復常請佛言若常請者亦應受世尊讚歎持戒少欲呵責多欲告諸苾芻曰前是創制今更隨開應如是說

若復苾芻尼有四月請須時應受若過受者除餘時波逸底迦餘時者謂别請更請慇懃請常請此是時

餘義如上四月者謂齊四月請受者謂許其事若過者謂過期限除餘時者謂别請時即是不同餘人更請謂數數更請慇懃請者謂更慇懃盡心而請常請者謂是長時延請此是時者謂隨開時釋罪如上此中犯相其事云何若尼他請麤食從索美好索時惡作食便墮罪若他與好食從索麤者索時惡作食時無犯如與乳等時便從索酪等索時惡作食時墮罪若病者無犯若巡家乞食主人見已持食而出尼情怖者應告彼曰更不須飯若返問言聖者更何所須者此即是請隨所須者當就覓之無犯

遮傳教學處第五十八

緣在王舍城世尊法爾若制二部共學處時即二部僧伽並皆須集此之學處是二部共有然尼衆不集佛告具壽阿難陀汝可語朱荼半託迦汝當持此學處詣苾芻尼衆而爲宣告彼奉佛教已便往尼寺欲宣佛教於其中路見六衆問是何學處即爲陳說若復苾芻尼有四月請須時應受若過受者除餘時波逸底迦乃至此是時既爲說已六衆報曰汝是愚癡不分明不善好豈用汝言我若見餘善閑三藏者當隨彼言受行學處作是罵

已遂便捨去又至十二衆尼處彼亦作非法言餘衆苾芻苾芻尼聞已歡喜頂受奉行廣說乃至世尊問實呵責告言我觀十利制其學處應如是說

若復苾芻尼聞諸苾芻尼作如是語具壽仁當習行如是學處彼作是語我實不能用汝愚癡不分明不善解者所說之言受行學處我若見餘善閑三藏當隨彼言而受行者波逸底迦若彼苾芻尼實欲求解者當問三藏此是時

餘義如上具壽仁今當習如是學處者謂是所傳學處不能用汝愚癡等者謂思其惡思說其惡說作其惡作名之爲愚若不持經律論名之爲癡若於三藏不了其義名不分明若於三藏不善決擇名不善解餘文易知乃至釋罪皆如上說此中犯相其事云何若尼告餘尼作如是語仁可習行如是學處彼便報云我不能用汝語便以愚等四事一一說時皆得墮罪若彼前人是實愚等說時無犯

默聽鬬諍學處第五十九

緣在室羅伐城時十七衆見六衆中有命過者鄔陀夷依大衆住時十七衆憶先被欺於食堂中共相籌議欲與鄔波難陀作捨置羯磨彼便詣其窻所側耳而聽即入堂中若爲剋責如是十七衆在處議論皆往竊聽共爲鬬亂廣說乃至世尊呵責告言我觀十利爲二部弟子制其學處應如是說

若復苾芻尼知餘苾芻尼評論事生求過紛擾諍競而住默然往彼聽其所說作如是念我欲聽已當令鬬亂以此爲緣者波逸底迦

餘義如上言評論事者謂初見不可意事始作評論言求過者謂求覓過愆更相道説紛擾者謂情不舍忍發舉其事諍競者以此評事入鬪諍門自結朋黨共相扶扇鬪諍而住黙而聽者謂竊聽其言隨彼所説鬪亂者欲令紛競不止息也釋罪如上此中犯相若尼在於閣共爲議論有餘苾芻尼升閣之時應蹈階道作聲或謦欬或彈指若不作如是事升閣之時但聞言聲未解其義得惡作罪若解言義便得墮罪廣説如前乃至門屋輕重之罪隨事應知若經行處若靜林中亦准事應識若隨路行時共爲籌議苾芻尼後來所有行法皆准升閣應知若不作者得罪輕重如上若先無讎隙偶爾聞之或復聽已欲令鬪諍方便殄息者無犯

不與欲黙然起去學處第六十

縁處同前時鄔陀夷斷諸結惑廣如上説乃至十七衆共爲籌議集苾芻衆已詣上座前作如是白我今有所詰問乃至欲與鄔波難陀作捨置羯磨難陀聞已遂生怖懼黙而起去廣説乃至世尊呵責告言我觀十利爲二部弟子制其學處應如是説

若復苾芻尼知衆如法評論事時黙然從座起去者波逸底迦如是制已時諸苾芻尼久在衆中其看病人及授事人事有廢闕由此爲縁佛更聽許若有縁者應囑授去世尊讃歎持戒乃至廣説前是創制此是隨開應如是説若復苾芻尼知衆如法評論事時黙然從座起去有苾芻尼不囑授者除餘縁故波逸底迦餘義如上衆謂佛弟子如法評論者

謂是如法單白白一白四羯磨默然從座起去者謂出勢分外不囑授者有尼不語知而去釋罪同前此中犯相其事云何若苾芻尼知衆有如法事言論決擇有尼不囑授默然從座而起去者乃至言聲所及處來得惡作罪捨此處時得根本罪

第七攝頌曰

不恭敬飲食　入聚往餘家　明相攝耳筒

牀足綿敷具

不恭敬學處第六十一

緣在王舍城時有二苾芻知諸苾芻集食堂中欲殄諍事一順衆命一便違教不赴衆所以緣白佛佛以此緣同前呵責爲二部弟子制其學處應如是說

若復苾芻尼不恭敬者波逸底迦

餘義如上不恭敬者有其二種一謂大衆二是別人於此二處不恭敬時皆得墮罪此中犯相其事云何若尼知大衆集評論事時喚令赴集而不來者便得墮罪喚住不住遣去不去遣取卧具而不肯取不遣取時即便强取遣詣房等事皆同此違衆教時皆得墮罪若尼見親教軌範二師作如是語喚來不來乃至房等事違別人教時皆得惡作若依道理而白知者非不恭敬此皆無犯

飲酒學處第六十二

緣在室羅伐城有一長者名曰浮圖大富多財衣食豐足娶妻未久誕生一女顔貌端正人所愛樂至年長大娉與給孤獨長者男爲妻後誕一息父見歡喜唱言善來善來時諸親族因與立名號曰善來由此孩兒薄福力

故所有家産日就銷亡父母俱喪時諸人衆見其如此遂號惡來與乞丐人共爲伴侶以乞活命廣說乃至修靜處觀影像現前世尊復爲演說法要示教利喜便證見諦出家離俗修持梵行發大勇猛守堅固心於初後夜思惟忘倦斷除結惑證阿羅漢果說伽他曰

昔於諸佛所　但持瓦鐵身　今聞世尊教
轉作眞金體　我於生死中　更不受後有
奉持無漏法　安趣涅槃城　若人樂珍寶
及生天解脫　當近善知識　所欲皆隨意

時不信敬者便生嫌譏沙門喬答摩貧賤愚人皆度出家以爲走使世尊爲欲發起善來德故令調毒龍乃至龍受三歸并五學處

佛告諸苾芻我諸弟子聲聞之中降伏毒龍善來第一時收摩羅山遠近諸人婆羅門等見伏毒龍衆無惱害時有婆羅門奉請善來以上妙飲食至誠供養令飽食已欲使善來食速消化便以少許飲象之酒置飲漿中善來不知飲此漿已醉卧于地諸佛世尊於一切時得不忘念便於善來卧處化爲草菴蓋覆其身不令人見告諸苾芻曰汝等當觀善來所作於江猪山處降伏菴婆毒龍豈復今時能調小鱓汝諸苾芻若飲酒者有斯大失即以無量百千網輓輪相福德殊勝莊嚴王手摩善來頂告言善來何不觀察受斯困頓爾時善來得少醒悟隨從佛後至逝多林佛洗足已於如常座就之而坐告諸苾芻曰汝等當觀諸飲酒者有斯過失讃歎持戒廣說乃至我觀十利爲二部弟子制其學處應如是說

若復苾芻尼飲諸酒者波逸底迦

餘義如上言諸酒者謂米麴酒或以根莖枝葉華果相和成酒此等諸酒飲時令人惛醉飲者謂吞咽釋罪如前此中犯相其事云何若尼飲諸酒時能令人醉波逸底迦若不醉人飲得惡作罪若尼見彼諸酒有酒色酒氣酒味若能醉者波逸底迦若不醉者得三惡作若尼飲諸酒時有酒色酒氣若能醉者波逸底迦若不醉者得二惡作若尼飲諸酒時但有酒色若能醉者墮罪若不醉者得一惡作若食酒糟醉者墮罪若不醉者得惡作罪若尼食諸根莖葉華果能醉人者皆得惡作佛告諸苾芻苾芻尼汝等若以我爲師者凡是諸酒不應自飲亦不與人乃至不以茅端滴酒而著口中若故違者得越法罪若苾芻尼飲醋之時有酒色者飲之無犯若飲熟煑酒者此亦無犯若是醫人令含酒或塗身者無犯

非時入聚落不囑授苾芻尼學處第六十三

緣處同前時有餘處婆羅門來此城中娶婦同居未經多時誕生一女年漸長大共諸童女往逝多林至寺門前時鄔陀夷見此女人顏容姿媚遂起染心即摩觸彼身嗚唼其口是時童女欲行非法鄔陀夷不然其事女懷嗔忿遂以指甲自剺身形既還家已告其父曰鄔陀夷損我童女其父即告五百婆羅門各懷嗔忿共集一處欲打鄔陀夷時五百人既至其所俱共牽曳乃至移足亦不能令動世尊知已作如是念此是最後教誡鄔陀夷事佛衰其力令無所堪諸婆羅門見其力弱

即共熟打幾將至死曳至王門時王於高樓上晝日而睡佛以神力令王警覺廣說乃至勝鬘夫人告令改悔聞斯責已發勇猛心未久之間衆惑皆斷證阿羅漢果廣度人民世尊記爲教化人中最爲第一後因夜入他舍非理被殺棄糞聚中爾時世尊至住處已告諸苾芻此由非時行招斯大過廣說乃至我觀十利爲二部弟子制其學處應如是說若復苾芻尼非時入聚落者波逸底迦如是制已諸苾芻尼有看病人不得非時入村遂闕瞻視知僧事者僧事廢闕以事白佛佛言有苾芻尼者屬授應去應告彼曰具壽存念我有看病因緣或爲衆事須非時入聚落白具壽知彼答云奧箄迦時有苾芻於俗舍內先寄衣鉢其舍非時忽然火起即便往取行至中路憶不囑授遂即迴還衣鉢燒盡佛言除因緣故前是創制今更隨開應如是說

若復苾芻尼非時入聚落不囑授餘苾芻尼除因緣故波逸底迦

餘義如上非時者有二分齊謂從過午至明相未出聚落義如上入者謂至村門餘苾芻尼者謂於其處既有苾芻尼而不告語除時因緣者謂有難緣餘義如上此中犯相其事云何若苾芻尼於非時非時想疑得根本罪於時作非時想疑得惡作罪餘二無犯餘有昔因緣同苾芻說

受食前食後請學處第六十四

緣處同前時此城中有一長者大富多財受用豐足時鄔陀夷因乞食至其舍爲說法要施食之人獲五功德謂長命色力安樂辭辯

長者聞已持食奉施深心歡喜頂禮其足歸依三寶受五學處時鄔陀夷復於他日至長者家長者白言我請佛僧就舍而食仁可早來即於晨朝至長者宅報曰我有緣事暫至餘家我若未來不須行食佛將大衆詣長者家時諸苾芻報長者曰應唱隨意長者報曰聖者我爲大衆設斯座褥佛言此即便是唱隨意訖宜應就座時鄔陀夷時欲將過方至行食諸苾芻輩有噉少許有不食者佛爲長者説施頌已從座而去鄔波難陀即於此住不往寺中當時是十五日衆僧長淨不來赴集復無持欲人衆皆久坐妨廢法事求覓不得令衆疲勞廣説乃至我觀十利爲二部弟子制其學處應如是説若復苾芻尼受食家請食前食後行詣餘家者波逸底迦如是制已時有看病知僧事者同前過起佛聞此已告曰前是創制今復隨開應如是説

若復苾芻尼爲食家請食前食後行詣餘家不囑授者除因緣故波逸底迦

餘義如上食家請者謂他請喚食前者謂是午前若出行時過二家者便得墮罪食後者謂過午已後若出行時過三家者便得墮罪不囑授者謂不報人應囑施主云我往某處或囑苾芻尼云向某處結罪如上此中犯相若受食家請食前行過二家食後行過三家不囑授得墮罪若不以此苾芻尼爲先首而請喚者無犯

入王宮學處第六十五

緣處同前時鄔陀夷不知機變夜聞兵馬鈴鐸之響即便驚覺作如是念豈非王衆有事

他行即於未明作天明想執持衣鉢入王宮中勝鬘夫人聞已迎接敬受經教再三反覆猶未天明宮人譏議王雖敬信情無間然苾芻不識時機中宵而至王未藏寶及諸寶類而便造次輒到宮門廣說乃至佛以此緣告諸苾芻苾芻尼入王宮者有十種過失廣說具如大苾芻律乃至我觀十利爲二部弟子制其學處應如是說若復苾芻尼明相未出剎帝利灌頂王未藏寶及寶類若入過宮門閫者波逸底迦如是制已復於異時王請佛僧世尊不去令舍利子與衆俱行既至王門不敢輒入王命令進舍利子作念世尊制戒不許輒入宮門今得王教復不許違佛以此緣或容開許即入宮內還至佛所述如上事佛告舍利子善哉我未開許汝已知時汝等當知前是創制今更隨開爲諸弟子應如是說

若復苾芻尼明相未出刹帝利灌頂王未藏寶及寶類若入過宮門閫者除餘緣故波逸底迦

餘義如上明相未出者謂天未曉有三種相王及寶等並如餘說宮門閫者有三種別謂城門王門宮門過者謂舉足越除餘緣故者除得勝法如舍利子等釋罪如上此中犯相若尼未曉未曉想及疑越城門者得惡作罪曉未曉想疑亦得惡作王門亦爾若越宮門想疑本罪次二惡作後二句無犯若王妃及太子大臣喚亦無犯

詐言不知學處第六十六

緣處同前佛言半月半月應說波羅底木叉

戒奉教而説六衆聽戒之時作如是語我今始知是法在戒經中説諸苾芻曰仁等比來豈不聞耶答曰豈可我等唯聽説此更無餘事乃至世尊呵責爲二部弟子制其學處應如是説

若復苾芻尼半月半月説戒經時作如是語具壽我今始知是法戒經中説諸苾芻尼知是苾芻尼若二若三同作長淨況復過此應語彼言具壽非不知故得免其罪汝所犯罪應如法説悔當勸喻言具壽此法希奇難可逢遇汝説戒時不恭敬不住心不殷重不作意不一想不攝耳不策念而聽法者波逸底迦

餘義如上説戒經時者謂從八他勝乃至七滅諍法相次而説詮其要義我今始知等者謂六衆與餘苾芻屢同聽戒而彼故言我不知者意欲令他心生憂惱故諠惱時衆諸苾芻當勸喻言等者明不恭敬等有所虧失故此中犯相者尼見説八他勝時如是乃至二十一殘罪七滅諍法作如是説者一一説時皆得墮罪若實不了知如愚癡人者説實無犯

作針筒學處第六十七

緣處同前有一工人名曰達摩善牙骨作先於外道心生敬信因來寺中而聽法要棄彼僞教契想眞宗念曰然我家貧難修福業宜可自勵役已惠人白諸苾芻苾芻尼曰我善牙作及骨若須針筒我當施手爲造時彼工人因致貧困衣不掩形食不充口外道見問汝於先時家道豐贍今依剃髮遂致貧窮以

此察之孰爲勝友廣說乃至世尊訶責告諸苾芻我觀十利爲二部弟子制其學處應如是說

若復苾芻尼用骨牙角作針筒成者應打碎波逸底迦

餘義如上其骨牙角如事可知有二種針筒一筒子二合子若用骨牙角作者二皆不許若自若他並不應作若成者即應打碎其罪說悔其所對人應問云爾針筒打碎未若不問者得惡作罪問已方悔尼應用竹葦爲筒或氈片等以安其針時可數看勿令生垢此皆無犯

作過量牀學處第六十八

緣處同前時有苾芻人間遊行至逝多林間日暮門閉即於門屋下坐短脚牀洗足斂身入定有蛇愛冷在牀前住見苾芻垂頭遂螫其額因即身亡生三十三天廣說乃至以事白佛佛言不應下小牀上而爲寢卧亦不應牀前洗足違者得越法罪時六衆聞是制已遂作高牀脚長七肘緣梯上下俗旅譏嫌世尊訶責告諸苾芻我觀十利爲二部弟子制其學處應如是說

若復苾芻尼作大小牀足應高佛八指若過作者應截去波逸底迦如是制已時鄔陀夷身形長大坐彼牀時頞拄著膝佛言此更隨開除入梐木若過者應截去波逸底迦

餘義如上作大小牀者謂自作使人造此大牀及小牀時應高佛八指者佛謂大師此之八指長中人一肘除入梐木者除牀脚入梐木此非是量若過作者謂量若過應截去墮

罪應説悔此中犯相若爲僧作若自爲作過八指量者應截去其罪説除對説罪者應可問言牀脚截未若不問者得惡作罪其罪不應説悔若依量作者無犯

用草木綿貯牀學處第六十九

緣處同前時鄔波難陀分得大牀以木綿貯安儭而卧有年老者來合與卧具時便去儭物以散木綿令其寢息身衣總白以緣白佛佛言我觀十利爲二部弟子制其學處應如是説

若復苾芻尼以木綿等貯僧牀座者應撤去波逸底迦

餘義如上言貯物者有五種一苫末梨二荻苫三頞迦四蒲臺五羊毛若尼以五種物自貯教人貯皆得墮罪此中犯相者苾芻尼若僧私牀座以木綿等而散貯者皆得墮罪絮應撤去罪應説悔餘並同前

過量作尼師但那學處第七十

緣處同前如世尊説若受用僧伽卧具及餘人物乃至私物應用儭身替卧不識其量遂便大作小者棄擲或嫌長短廣説乃至世尊爲二部弟子制其學處應如是説

若復苾芻尼作尼師但那當應量作是中量者長佛二張手廣一張手半若過作者波逸底迦如是制已時吐羅尼身形長大每至卧時爲護卧具故於其足邊以諸樹葉而爲儭替乃至佛言此復重開長中更增一張手若過作者應截去波逸底迦

餘義如上尼師但那者謂敷具也若自作使人皆悉同犯應量者如文可知若佛一張手

當中人三張手總長九張手合有四肘半廣一張半手者當中人四張手復有六指若不依此量而過作者物應截去罪應説悔餘問答等並如上説

第八攝頌曰

覆瘡佛衣量　蒜剃洗手拍　自煑食水灑
生草棄牆外

作覆瘡衣學處第七十一

縁處同前如世尊説作覆瘡衣苾芻及尼不知當云何作其量過大或時大小乃至世尊制其學處應如是説

若復苾芻尼作覆瘡衣當應量作是中量者長佛四張手廣二張手若過作者應截去波逸底迦

餘義如上覆瘡衣者謂覆身瘡疥也其佛張手及有過截并説罪等廣如上説

同佛衣量作衣學處第七十二

縁處同前時鄔波難陀與佛等量作衣但披一邊餘聚肩上佛以此縁告諸苾芻我觀十利爲二部弟子制其學處應如是説

若復苾芻尼同佛衣量作衣或復過者波逸底迦是中佛衣量者長佛十張手廣六張手此是佛衣量

餘義如上佛衣者大師衣也長佛十張手當中人三十張手有十五肘廣六者當十八張手有九肘或復過此皆犯墮罪廣如上説

根本説一切有部苾芻尼毗柰耶卷第十六

音釋

援于眷切助也
釘橜釘丁定切橜其月切釘橜以杙橜釘地也
蹈徒到切践也
謦欬謦苦定切欬苦蓋切謦欬逆氣聲也小曰謦大曰欬
娉匹正
鱓常演切魚名
網鞔網文紡切鞔毋官切網鞔謂手指間皮相連如鵞鴈掌也
麴若匊切麴蘖也
糟作曹切酒滓也
媢明祕切嫵媢也
唼子合切口
爪古獲切國爪攫也
筆必是切
分齊分扶問切齊在詣切分齊限量也
鈴鐸鈴音靈鐸徒落切
闔若本切門限也
螫施隻切蟲行毒也
貯直呂切盛也
儭初覲切
苫詩廉切
頞阿葛切

根本説一切有部苾芻尼毗柰耶卷第十七

唐三藏法師義淨奉　制譯

噉蒜學處第七十三

佛在室羅伐城時有長者種蒜爲業於其園中多生好菜時世飢儉乞求難得長者每見諸苾芻尼爲行乞食皆空鉢而歸長者告言聖者我園種蒜多生餘菜可隨意取諸苾芻尼頻往彼園多將美菜時吐羅難陀尼亦往取菜并取其蒜餘尼見告仁取蒜耶尼便報曰菜即是蒜蒜即是菜長者見已情生不忍即便苦打奪菜及蒜驅出園外種種譏嫌云何苾芻尼而噉蒜耶諸尼以緣白苾芻苾芻白佛佛由此事集苾芻尼衆佛是知者見者知而問非不知問時而問非時不問有利而問無利不問破決隄防爲除疑惑問吐羅難陀尼曰汝實作斯不端嚴事而噉蒜耶白言實爾大德世尊即便種種呵責汝非沙門汝法非淨行法非端嚴事告諸苾芻尼我觀十利廣説如餘爲諸聲聞苾芻尼弟子於毗柰耶制其學處應如是説

若復苾芻尼噉蒜者波逸底迦

尼謂吐羅難陀或復餘尼噉蒜者謂咽食波逸底迦者謂是燒煮墮落義謂犯罪者墮在地獄傍生餓鬼惡道之中受燒煮苦又犯此罪若不慇懃説除便能障礙所有善法有此諸義故名波逸底迦此中犯相其事云何若苾芻尼噉蒜者皆得墮罪時諸苾芻咸皆有疑請世尊曰唯願大德爲説吐羅難陀尼爲貪心故被他所打驅出園外往昔因緣佛告諸苾芻吐羅尼非但今時爲貪心故遭諸無

利事往昔之時亦遭殃苦至於死處汝等諦聽我當爲説昔有一賊穿牆作孔而入王家盜多金銀諸妙珍寶裹持而出遂於孔邊遺忘一杓却來欲取爲防守人之所擒獲送至王所勑令法官截去手足時有天人爲説頌曰

不應作多貪　貪是罪惡事　若作多貪者
所獲皆散失　如彼求遺杓　遂遭衆苦難

汝等苾芻於意云何昔時賊者豈異人乎今吐羅尼是由其貪心獲無利苦今亦如是復次諸苾芻此尼由懷貪故多遭無利所獲散失汝等諦聽我今更説乃往古昔於婆羅痆斯城中有一金寶作師娶妻未久遂誕一女容儀端正顏色超絶甚可愛樂女年長大其父命過遂生鵝趣得爲鵝王女受貧苦甚大艱辛父爲鵝王憶前生事作心觀女若爲存濟遂見貧窮受諸苦惱戀愛女故飛往寶洲銜一寶珠於晨朝時置女門下女收寶珠遂深藏舉鵝王如是每常送珠女亦收藏竟不費用如是其女有多寶珠念曰誰與我珠即於後夜側門伺候遂見鵝來便作是念此鵝身中並是寶藏每來門首棄一而去作何方便我當捉得總取寶珠爲求鵝故密張羅網鵝王見網作如是念此罪惡物不識恩情而欲害我便即飛去更不重來天説頌曰

不應作多貪　貪是罪惡事　若作多貪者
所獲皆散失　汝今爲捉鵝　寶珠便斷絶

汝等苾芻於意云何昔時女者豈異人乎今吐羅難陀苾芻尼是由貪心故失諸寶物今由貪心被他所打驅出園外絶其希望由是

義故諸苾芻尼不應多貪
剃隱處毛學處第七十四
緣處同前時吐羅難陀尼於顯露處剃腋底毛餘尼見問誰剃腋毛棄於此處吐羅尼曰是我諸尼復問因何事故答言腋毛惱我是以剃却諸尼曰聖姊斯爲淨事耶報曰隨淨不淨我已剃竟諸苾芻尼白苾芻苾芻白佛佛告吐羅難陀尼汝實剃腋毛耶白言實爾大德世尊種種呵責廣說乃至爲諸聲聞苾芻尼弟子於毗柰耶制其學處應如是說
若復苾芻尼剃隱處毛者波逸底迦
若復苾芻尼者謂吐羅難陀苾芻尼或復餘尼隱處者謂非顯處剃毛者謂除其毛墮罪如前乃至犯相其事云何若諸苾芻尼剃隱毛者皆得墮罪
洗淨不過量學處第七十五
緣處同前時吐羅難陀尼欲心熾盛水淨洗時即便以指內生支中爲受樂想如是作時遂成瘡腫受大苦惱告諸弟子曰汝等可求諸餘香物栴檀草香等我有疾痛門徒問言聖者今有何患彼即具說其事諸尼曰聖者合作是事應淨法耶報曰淨與非淨我已作竟尼白苾芻苾芻白佛佛問呵責此諸過患皆由洗淨是故不應令尼洗淨世尊制已後於異時吐羅難陀苾芻尼與長者妻說法身有穢氣他不堪忍問言此氣從何而來又問尼曰豈可世尊制尼不令洗淨有穢氣耶尼曰如是尼白苾芻苾芻白佛佛言由是我今復爲諸尼制其學處應如是說
若復苾芻尼若洗淨時應齊二指節若過者

波逸底迦
尼謂吐羅尼或復餘尼應齊二指節者不得過量若過二指節者皆得墮罪餘如前説

以手拍隱處學處第七十六

緣處同前時吐羅尼欲心熾盛以手拍隱處如是作時遂成瘡腫生大苦惱問答同前乃至聖者今有何患彼即具説其事諸尼白合作是事應淨法耶報曰淨與非淨我巳作竟尼白苾芻苾芻白佛佛問呵責廣如上説乃至制其學處應如是説

若復苾芻尼以手拍隱處者波逸底迦

尼謂吐羅尼或復餘尼隱處者義如上説拍者謂以手指墮罪如前若尼以手拍隱處者皆得墮罪

自手煑生食學處第七十七

緣處同前時有一人性愛苑園命造食人曰我欲遊觀晨朝早來可造食飲便與供直并作食人皆來就宅咸須具辦作是告巳便詣芳園于時家人備辦所須佇待食手竟不見來時將欲過憂愁而住時吐羅難陀苾芻尼因乞食入其舍告言賢首無病可施我食其妻報曰聖者我今憂愁何能施食尼曰賢首所憂何事彼即具説尼曰姊妹唯解針線餘不知耶報言聖者解造食耶尼曰所有功巧我何不解婦人言聖者若爾願哀愍故與造飲食尼曰我若造食當與食不答言與及守房者與不答言亦與尼曰作何等食報言可作種種脂酥果槃及諸餅類隨他所須尼皆爲作衆事辦巳取食歸寺食手後來家人告曰飲食巳蒙吐羅尼爲精煑訖食手聞巳種

種譏嫌出惡言語云何沙門釋子奪人活業非沙門女非淨行女尼白苾芻苾芻白佛佛問呵責廣如上説乃至制其學處應如是説

若復苾芻尼自手煑生食者波逸底迦尼謂吐羅尼或復餘尼生食者自手煑令熟墮罪如前無犯者若爲苾芻僧伽故及餘同梵行者若欲煑食於密室中無外人見者無犯

水灑上衆學處第七十八

緣處同前時有長者娶妻既久更無男女親族皆喪資財罄盡貧窮孤老無所控告以手支頰作如是念我今年邁何用爲財應可出家希求勝處告其妻曰賢首我願出家汝何所作妻曰我亦出家即將其妻詣大世主處白言聖者此是我妻意求出家故來相問時大世主便度出家其夫亦復詣師出家作如是念我先與彼共作要期時數相問今可往見作是念已即詣尼處彼尼遥見即自出迎爲置牀座苾芻便坐尼在一邊爲説妙法聞已欲去女人之輩性多貯畜曾所得物積在房中尼即白言願見少留受我片食將諸食飲授與苾芻尼前扇涼又執瓶水苾芻遂笑尼即問言何意見笑苾芻答曰在家事我今還如是爲此我笑尼便忿恚報言我將作福田虔心供給翻更見笑即以掬水灑苾芻上復以瓶打尼白苾芻苾芻白佛佛問呵責廣如上説乃至制其學處應如是説

若復苾芻尼以水灑上衆者波逸底迦

言上衆者出家在先處在於上以水灑者將水灑身墮罪同前若見悶絶灑時無犯

生草上大小便學處第七十九

緣處同前近尼寺前有生草地諸婆羅門及長者子少年之輩皆來於此作非法談話共相掉弄作大喧擾惱亂諸尼時吐羅難陀見是事已所有弟子皆與瀉藥於大器中承取不淨既見盈滿即將寺前散生草上其婆羅門長者子如前皆來共爲戲弄宛轉于地互相語曰甚有惡氣多有不淨誰作斯事何不滅亡吐羅難陀遥見大笑諸人問曰聖者何笑豈是汙此生草地耶答曰除我更誰汝等惡人正合料理彼諸男子聞皆不悅各還住家向父母親族兄弟姊妹具陳其事悉皆譏恥尼白苾芻苾芻白佛佛問呵責廣如上說乃至制其學處應如是說

若復苾芻尼在生草上大小便洟唾者波逸底迦

尼謂吐羅難陀或復餘尼在生草上者謂青活草地大小便者謂諸不淨墮罪同前無犯者除病因緣

以不淨棄牆外學處第八十

緣處同前時吐羅苾芻尼爲知衆事或爲教授或教諷誦如是經夜多不眠睡飲食不消便患苦腹所有不淨棄於牆外其勝光王有一大臣名曰吉祥擅乘王象王嗔驅出近寺牆行時吐羅尼所棄不淨汙大臣頭諸苾芻尼知此事已共相議曰今此大臣有大勢力我等今者必遭殃禍其臣含忿懷羞詣河洗浴時鹿子大臣爲彼吉祥而白王曰彼臣忠謹於國有功唯願大王捨乘象過王然其奏發使遣追使往告曰大王相憶令我追喚其臣忙懼不測來心便著濕衣急詣王所王見

歡喜還其官位白蓮華象任彼乘騎吉祥歡躍復作是念我從何處重得官榮由彼梵行除棄不淨霑汙我身得斯果報從王宮出詣尼住處告諸尼曰聖者今日何尼以其不淨棄我頭上時吐羅難陀尼見彼尋問心大驚恐却閉其戶於扇隙中報言有一老尼不知好惡不覺擲此霑汙貴人幸無嗔恨臣曰我於彼所誠無恚心欲施衣服故來相問我由斯汙重受官榮尼聞斯語從門而出以手搥胷報言是我麤心作斯罪過臣見尼出脫諸衣服自持奉施臣復含笑作如是言我由聖者不淨威力得勝尊位蒙王褒寵後於異時吐羅尼與諸尼衆共爲鬬競罵彼尼曰我今觀汝不及我糞尼白苾芻苾芻白佛佛問呵責廣說乃至制其學處應如是說

若復苾芻尼不善觀察輒以不淨棄牆外者波逸底迦

若復苾芻尼者謂吐羅尼或復餘尼棄外者棄牆外不觀察者謂不觀看不淨者謂人糞不淨墮罪如前若以物裹持棄外無犯

第九攝頌

爲獨有五種　由耳語有四　若懷瞋恚心
搥胷皆不合

獨與男子屏處立學處第八十一

緣處同前時吐羅難陀尼獨與男子在屏處立婆羅門長者及諸人衆見斯事已遂生疑心共相議曰此非寂靜出家之類獨與男子在於屏處尼白苾芻苾芻白佛佛問呵責廣如上說乃至制其學處應如是說

若復苾芻尼獨與男子在屏處立者波逸底

迦
尼謂吐羅尼或復餘尼獨與男子者謂與俗人丈夫立在屏處者有五種屏障一柵籬二牆壁三帷幔四深林五黑闇處立謂住立乃至皆得墮罪
獨與苾芻屏處立學處第八十二
緣處同前時笈多苾芻尼與鄔陀夷在屏處立婆羅門長者及諸男子見已生嫌共相議曰此尼非是寂靜出家乃與苾芻在屏處立必作期會其不信者作種種譏謗尼白苾芻苾芻白佛佛問呵責廣如上說乃至制其學處應如是說
若復苾芻尼獨與苾芻在屏處立者波逸底迦
尼謂笈多苾芻尼或復餘尼苾芻者謂鄔陀夷苾芻在屏處立者屏有五種義如上說乃至立者皆得墮罪
獨與男子露處立學處第八十三
緣處同前時吐羅難陀苾芻尼獨與男子在露處立婆羅門長者等見已生嫌共相議曰此尼非是寂靜出家遂與男子獨在露處共爲期會尼白苾芻苾芻白佛佛問呵責廣如上說乃至世尊制其學處應如是說
若復苾芻尼獨與男子在露處立者波逸底迦
若復苾芻尼者謂吐羅尼或復餘尼獨與男子者謂白衣丈夫在露處立者謂顯露無障乃至若有立者皆得墮罪
獨與苾芻露處立學處第八十四
緣處同前時笈多苾芻尼獨與鄔陀夷苾芻

在露處立婆羅門長者見議同前乃至共爲期會尼白苾芻苾芻白佛佛問呵責廣如上説乃至世尊制其學處應如是説

若復苾芻尼與苾芻在露處立者波逸底迦

尼謂笈多或復餘尼苾芻者謂鄔陀夷或餘苾芻在露處立者義如上説皆得墮罪無犯者苾芻有伴及尼有侍者

獨住一房學處第八十五

緣處同前珠髻難陀苾芻尼著上妙衣威儀庠序行步端嚴行乞食時有賣香男子見尼容儀情生染著欲心熾盛不知羞恥徐步前進小聲語言聖者可共我作私處交歡尼曰我是出家云何共汝作斯鄙事情復生忿告言爾無賴人父何不教令於我處出此麤語汝何不與象虎師子蚖蛇惡物同爲歡戲男子曰聖者何怪丈夫之類皆作是語尼作是念此非善人既惱於我我當惱彼可共作期便作是念告言賢首我房在於某處當自知時可來同戲時將暮已諸苾芻尼皆禮制底是時男子來入房中尼共餘人同爲諷誦夜將既久即入房内牀上坐已男子遂來執手尼即高聲唱言有賊入我房中男子忙怕速從房出作如是語此尼多妄與我期會既來於此唱言有賊尼白苾芻苾芻白佛佛問呵責廣如上説乃至世尊制其學處應如是説

若復苾芻尼獨在一房者波逸底迦

若復苾芻尼者謂珠髻難陀尼或復餘尼獨住一房者謂無第二尼宿經夜墮罪同前乃至宿者皆得墮罪無犯者第二伴尼身死或彼滅擯或自罷道

共男子耳語學處第八十六

緣處同前時吐羅難陀苾芻尼於小食時入室羅伐城正住威儀而行乞食共諸俗人而爲耳語婆羅門長者及不信敬人見已生嫌共相議曰觀此苾芻尼非是寂靜出家棄自善品與諸男子共爲耳語必作期會尼白苾芻苾芻白佛佛問呵責廣如上説乃至世尊制其學處應如是説

若復苾芻尼共男子耳語者波逸底迦

若復苾芻尼者謂吐羅尼或復餘尼共男子耳語者謂與丈夫耳語共相領納乃至語者皆得墮罪

受男子耳語學處第八十七

緣處同前時吐羅尼如前威儀入城乞食受男子耳語不敬信者見已譏嫌廣如上説乃至與他作期會事尼白苾芻苾芻白佛佛問呵責廣如上説乃至世尊制其學處應如是説

若復苾芻尼受男子耳語者波逸底迦

尼謂吐羅尼或復餘尼受男子耳語者謂將耳受男子語墮罪同前乃至受者皆得墮罪

共苾芻耳語學處第八十八

緣處同前時笈多尼知吐羅尼城中乞食遂與苾芻共爲耳語諸不信者見已譏謗今觀此尼非是寂靜出家爲私竊事而作期會尼白苾芻苾芻白佛佛問呵責廣如上説乃至世尊制其學處應如是説

若復苾芻尼共苾芻耳語者波逸底迦

尼謂笈多尼或復餘尼共苾芻耳語者義如上説皆得墮罪

受苾芻耳語學處第八十九
緣處同前時笈多尼如前乞食受苾芻耳語諸不信者見已譏嫌廣說乃至制其學處應如是說
若復苾芻尼受苾芻耳語者波逸底迦
尼謂笈多或復餘尼受苾芻耳語者義如上說皆得墮罪
搥胷學處第九十
緣處同前時諸苾芻尼互相鬪諍說諸過咎各懷瞋恚便自搥胷唱言苦痛尼白苾芻苾芻白佛佛問呵責廣說乃至制其學處應如是說
若復苾芻尼瞋恚故便自搥胷生苦痛者波逸底迦
若復苾芻尼者謂此法中尼瞋恚故自搥胷者聞違情事而不容忍以手搥胷極生苦痛者同前乃至作斯事者皆得墮罪
第十攝頌曰
呪誓不觀事　坐牀以樹膠　在四白衣家看病不同卧
呪誓學處第九十一
緣處同前時十二衆苾芻尼皆往長者婆羅門家或因乞食或緣問病或爲說法至他舍已俗旅見來皆申敬禮虔恭白言諸聖者甚難值遇我等有福得見聖者來往家中幸願慈悲數能至此令我瞻望時此諸尼見他讃歎稱喚聖者各懷我慢生大貢高俗旅復言恐諸聖者去更不來必若來者爲設呪誓諸苾芻尼曰若去不來我修淨戒當無果利既以自梵行而爲呪誓衆共譏嫌尼白苾芻苾

芻白佛佛問呵責廣説乃至制其學處應如是説

若復苾芻尼以自梵行而爲呪誓者波逸底迦

尼等如上以自梵行者謂不行嫌法呪誓者自出呪言義如上説皆得墮罪方便罪如常

不觀詰他學處第九十二

緣處同前諸苾芻尼和合而住信心長者及婆羅門皆興恭敬尊重供養衣食卧具及施藥直白言聖者受此藥直若有患時隨意充用以自供身時十二衆苾芻尼見此事時情生嫉妬作如是念我等何故不蒙俗旅恭敬供養衣食卧具及諸藥直以充餐噉作是念已共相議曰我等設計令彼長者婆羅門於我等處倍生淨信恭敬供養尊重奉施議已不見聞疑爲見聞疑詰諸苾芻尼某甲尼有斯過失某甲尼犯如是事長淨隨意時不許在衆以無根罪詰苾芻尼呵責而住尼白苾芻苾芻白佛佛問呵責廣説乃至制其學處應如是説

若復苾芻尼不善觀事而詰他者波逸底迦

尼等同前不善觀者謂不審察而詰他者謂以無根事而强詰責義如上説皆得墮罪

不觀牀座坐卧學處第九十三

緣處同前時諸苾芻尼夏安居竟如佛聽許尼安居已遊行人間漸次而行至一聚落時將欲暮從一長者求止宿處長者報言諸聖者於客廳內可爲居止既見聽許不觀處所先有人來途路疲勞復患熱悶不能住內出外而眠於其夜中風雨忽起四面黑闇各大

驚恐咸入内廳互不相見先有俗人住在廳内俗人亦起便執苾芻尼手尼怕唱喚誰無賴人而執我手勝光大王敬奉諸尼事同妃后豈容愚者而强逼耶乃至告官推勘截此人手諸苾芻尼既至室羅伐城即以此縁白尼尼白苾芻苾芻白佛佛問呵責廣說乃至制其學處應如是說

若復苾芻尼於屏闇處不觀牀座而坐卧波逸底迦

尼等同前屏處者謂有覆障不觀者謂不審察坐卧者謂於夜宿餘義如上皆得墮罪

以樹膠作生支學處第九十四

縁處同前時吐羅難陀苾芻尼因行乞食往長者家告其妻曰無病長壽知夫不在問曰賢首夫既不在云何存濟彼便羞恥默而不答尼乃低頭而出至王宫内告勝鬘妃曰無病長壽復相慰問竊語妃曰王出遠行如何適意妃言聖者既是出家何論俗法尼曰貴勝自在少年無偶實難度日我甚爲憂妃曰聖者若王不在我取樹膠令彼巧人而作生支用以暢意尼聞是語便往巧匠妻所報言爲我當以樹膠作一生支如與勝鬘夫人造者相似其巧匠妻報言聖者出家之人何用斯物尼曰我有所須妻曰若爾我當遣作即便告夫可作一生支夫曰豈我不足更復求斯妻曰我有知識故來相憑非我自須匠作與妻妻便付尼時吐羅難陀尼飯食既了便入内房即以樹膠生支繫脚跟上内於身中而受欲樂因此睡眠時尼寺中忽然火起有大喧聲尼便驚起忘解生支從房而出衆人

見時生大譏笑諸小兒見唱言聖者脚上何物尼聞斯言極生羞恥尼白苾芻苾芻白佛佛問呵責廣說乃至制其學處應如是說

若復苾芻尼以樹膠作生支者波逸底迦

尼等同前以樹膠作生支者謂諸樹膠乃至餘物作男根形餘義如上用得墮罪作而不用得惡作罪於中所有方便之罪准事應知

時諸苾芻咸皆有疑詣世尊曰大德唯願爲說吐羅尼令衆人笑佛告諸苾芻此吐羅尼非但今時令大衆笑過去亦爾汝等諦聽我今爲說乃往古昔有一聚落婆羅門娶妻未久便生一男具十八種諸惡相貌年旣長大遊學他方欲求藝業於一聚落有大婆羅門尤善四明妻生一女父作是念若有婆羅門閑四明論者我以此女當與爲妻其婆羅門童子漸漸遊行至此聚落詣大婆羅門處學四明論無不通達婆羅門念曰我先有要若淨行子明四論者以女妻之今此童子淨行種族復該四論可與爲妻即便婚娶旣經多時婆羅門復作是念我此女夫形儀醜陋若在家中人多輕笑又見其女行非貞謹告女夫曰今可將妻還汝本宅夫作是念我妻立性行不貞純對我共他常爲戲笑今可還將詣父母所作是念已即告妻曰賢首汝可裝辦明旦共爾遊觀芳園妻言可爾至明清旦令妻乘驢欲歸本宅妻言君今將我欲往何處夫曰我今將汝往父母家妻便念曰禍來及身於此自在所爲如意共他男子隨意交通今若將我至彼家者即有父母及諸親族護衛於我何能更得自在遊行即共夫鬪悲

啼號哭我終不去夫乃大瞋以繩反縛仰卧驢上驅前而進夫欲心起遂行非法爲洗淨故取瓶注水水出作聲驢聞驚走夫趂不及驢入村中人皆共覩咸悉羞恥問其夫曰何意如此夫乃具答其事聞瓶水聲驢遂驚走聞者大笑而說頌曰

瓶水寫作聲　驢遂驚怖走　由斯薄福女
醜惡令人笑

汝等苾芻勿生異念昔時醜婆羅門妻者豈異人乎今吐羅難陀尼是汝諸苾芻吐羅尼復於往昔令諸人衆作大喧笑汝等復聽我今重說乃往古昔於一聚落有婆羅門娶妻未久後於異時欲往餘處其妻先不貞謹聞夫欲去告外人曰我夫欲行向餘村邑君可來共宿彼人隨語夜至其家夫便却至喚婦開門問言是誰既識夫聲二俱惶怖遂將外人置牛糞篅内方與開門夫入家已妻持水來與夫洗足家忽失火夫主怱遽運出資財妻語夫言諸妙財貨在此篅内宜可先出即欲共舁篅便烈破外人走出柱打頭傷血流而去時有人衆而說頌曰

此女先行私　以人置篅内　被火便舉出
頭破衆人知

汝等苾芻於意云何昔時婆羅門妻者豈異人乎今吐羅難陀苾芻尼是

白衣家說法不囑授卧具學處第九十五

緣處同前時吐羅難陀苾芻尼數往長者婆羅門家爲他說法其長者妻見尼來至倍生敬重敷上妙座尼即爲說經中深義彼聽法時家事憂心嫌時太久作如是念我有俗務

不可久停即便起去尼說經已不見聽者即離其座默然而去後有賊來盜將座具婦人見尼從索坐物尼曰我於當時旣不相見棄座而歸尼白苾芻苾芻白佛佛問呵責廣說乃至制其學處應如是說

若復苾芻尼在白衣家說法去時不囑授家主收攝卧具者波逸底迦

尼等如上說法者謂說經義卧具者謂敷坐卧物去時不囑授者不報主知釋罪相等廣說如前

未許輒坐學處第九十六

緣處同前時吐羅尼因行乞食時有婆羅門樂清淨法尼因乞食入其家中於客廳内有淨牀座覆以白氎復有一女執拂除蠅不令損汙女問尼言聖者何事來此尼曰我爲乞食汝可持來女言聖者我若取食恐蠅汙座尼曰我爲除蠅不令有汙女便入舍尼足不淨坐其牀上并有露血婆羅門見問言聖者足踐塵土云何不洗而坐淨牀尼曰仁旣得坐我梵行者何不得耶即從座起時婆羅門見血汙座種種譏嫌我觀此尼無有慚愧尼白苾芻苾芻白佛佛問呵責廣說乃至制其學處應如是說

若復苾芻尼在白衣家主人未許於牀座上輒坐者波逸底迦

尼等如上若白衣家牀座若他未許不應輒坐釋罪相等廣說如前

不問主人輒宿學處第九十七

緣處同前時諸苾芻尼遊行人間至一聚落爲求宿處織師不在妻擅許之於一房中與

尼共宿織師夜來與妻同卧欲爲非法以手執妻妻遂失聲尼聞便笑夫問妻曰笑者是誰答曰是出家者夫便忿恚驅尼令出尼白苾芻苾芻白佛佛問呵責廣說乃至制其學處應如是說

若復苾芻尼在白衣家不問主人輒宿者波逸底迦

尼等如上不問主人者謂不諮請家主輒宿者謂於中卧坐釋罪相等廣說如前無犯者除婦人無夫自爲家主

根本說一切有部苾芻尼毗柰耶卷第十七

音釋

蒜音筭葷菜也　擒巨今切捉也　婆羅痆斯梵語也此云鹿苑痆女黠切　胺羊益切左右肘脅之間曰胺　控告控苦貢切控告謂控持而告之也　邁莫懈切老也　搥直追切擊也　柵籬柵楚革切編木爲柵也籬呂支切竹藩也　笈極曄切　詰苦吉切問也　廳他丁切屋也　膠古肴切黏也　篅市緣切竹器也　悤遽悤倉紅切遽其據切悤遽急迫也　舁以諸切共舉也　擅時戰切專也

根本説一切有部苾芻尼毗柰耶卷第十八

唐三藏法師義淨奉　制譯

知尼先在白衣家後令他去學處第九十八

緣處同前時有衆多苾芻尼遊行人間至一聚落爲求宿處遂有長者許尼停止時吐羅尼隨後而來亦爲求宿村人告曰有餘尼衆於彼家停聖者亦宜往彼求宿尼即前入告諸尼曰可容我宿諸尼報言此處窄狹不容吐羅尼曰隨宜即得諸尼聞已蹲跪相容時吐羅尼即以手足推排舊尼諸尼告曰聖者何爲如是相逼報曰不能住者任隨意去諸尼議曰此吐羅尼盛壯多力苦見逼迫命難存濟諸尼即起一時而出尼白苾芻苾芻白佛佛問呵責廣説乃至制其學處應如是説若復苾芻尼知苾芻尼先在白衣家後令他去者波逸底迦

尼等如上先在白衣家者謂前到俗家令他去者後至令出釋罪相等廣説如前

弟子有病不瞻視學處第九十九

緣處同前時吐羅難陀尼病有親弟子及依止弟子皆爲供侍病得差已後於異時弟子等患無看病者不淨狼籍不與除棄諸苾芻尼互相問曰病者是誰答言吐羅尼弟子尼白苾芻苾芻白佛佛問呵責廣説如前乃至制其學處應如是説

若復苾芻尼於親弟子及依止弟子見有病患不瞻侍者波逸底迦

尼等如上親弟子者謂與授近圓依止弟子者謂依止而住病者謂四大不調不瞻侍者謂不以慈心供給看養釋罪相等廣説如前

二尼同一牀臥學處第一百

緣處同前時怨愛上愛二苾芻尼同在一牀如男與女共爲戲樂一尼於後遂即有娠日月既滿生一肉團諸根手足並皆未有諸尼聞已擯令出寺尼白苾芻苾芻白佛佛言且未須擯當審觀察將此肉團置於日中若其消化即非有娠如不消滅當實有胎尼依佛教即置日中悉皆消散尼白苾芻苾芻白佛佛問呵責廣說乃至制其學處應如是說

若復苾芻尼二尼同一牀臥者波逸底迦

如是世尊爲諸苾芻尼制學處已時有衆多苾芻尼因行日暮從一長者夜求宿處長者容許與一大牀一尼獨居餘尼更索長者報言家內人多復無餘長聖者處迮何不同牀尼曰世尊不聽尼同牀臥由此事故尼白苾芻苾芻白佛佛言若得大牀難舉舉者尼得同處當以衣隔繫念而眠不得相觸小牀安隔亦得同眠

第十一攝頌曰

二安居二怖　天祠未滿年　畜衆二嫁人
僧未與無限

安居未隨意遊行學處第一百一

緣處同前時吐羅難陀苾芻尼於室羅伐城爲夏安居未作隨意便遊人間諸外道等及婆羅門長者居士皆共譏嫌令觀此尼不樂出家此時諸蟲徧地皆有遊行聚落殘害無窮小鳥之類至夏雨時尚潛巢穴此沙門女乃無慈悲損傷含識誰更興心恭敬供養尼白苾芻苾芻白佛佛問呵責廣說乃至制其學處應如是說

若復苾芻尼夏安居未爲隨意人間遊行者波逸底迦

尼等如上夏安居者謂前後三月安居未爲隨意者謂不作隨意事人間遊行者謂隨心而去釋罪相等廣說如前無犯者若八難中隨有一者遊行無犯

安居滿不遊行學處第一百二

緣處同前時諸苾芻尼夏安居竟欲遊人間告吐羅難陀尼曰可遊人間吐羅尼曰我今何用遊行人間諸尼白佛教令去何因故違尼白苾芻苾芻白佛佛問呵責廣說乃至制其學處應如是說

若復苾芻尼夏安居滿不離舊處人間遊行者波逸底迦

尼等如上夏安居滿者謂安居竟不離舊處者謂不往人間遊行釋罪相等廣說如前

知有怖遊行學處第一百三

緣在王舍城時未生怨王於廣嚴城爲大怨讎欲行討擊鳴鼓宣令告衆人曰在我境内往廣嚴城者即斬其首於要路處皆令防禦捉得依法時有衆多苾芻尼從王舍城欲向廣嚴在路遭賊悉皆惶怖大聲叫喚防守人聞尋聲即至賊見王軍四散奔走問諸尼曰諸聖者等豈不聞王教令往廣嚴者當斬首耶又令我等境内守邏我若不在聖者可不爲賊所擒尼白苾芻苾芻白佛佛問呵責廣說乃至制其學處應如是說

若復苾芻尼知王國中有賊怖處而遊行者波逸底迦

尼等如上知王國中有賊怖處者謂兩國有

怨遊行者謂往他國釋罪相等廣說如前知有虎狼師子遊行學處第一百四

緣處同前有諸尼衆於僻路遊行多遭虎狼師子之戹俗旅譏嫌廣說乃至制其學處應如是說

若復苾芻尼知彼處有虎狼師子怖而遊行者波逸底迦

尼等如上知彼有者謂知有虎狼餘義可知釋罪相等亦如上說

往天祠論議學處第一百五

緣在王舍城時吐羅難陀苾芻尼遊歷天祠及外道處共爲論議時將欲暮至尼寺中告諸弟子我今疲困支節皆疼與我解勞捉搦手足門徒問言聖者何爲疲困若此報曰我詣天祠及諸外道所住之處與彼論議又復問言聖者合往天祠及外道處耶報言合與不合我已去來尼白苾芻苾芻白佛佛問呵責廣說乃至制其學處應如是說

若復苾芻尼往天祠中作論議者波逸底迦

尼等如上天祠中者謂是天神外道住處作論議者謂申難問釋罪相等皆如上說

年未滿與他出家授近圓學處第一百六

緣在室羅伐城時諸苾芻年未滿十歲與他出家及受近圓諸苾芻尼亦然時十二衆尼門徒極衆詣六衆住處六衆告曰汝等徒衆極多圍繞尼言如聖者等與他出家及受近圓我等亦爾問曰汝與我等無差殊耶答言不異尼白苾芻苾芻白佛佛問呵責廣說乃至制其學處應如是說

若復苾芻尼未滿十二歲與他出家受近圓

者波逸底迦
尼等如上與他出家者謂受求寂學處受近圓者謂白四羯磨釋罪相等廣説如前
輒畜弟子學處第一百七
緣處同前爾時世尊制諸苾芻尼滿十二歲得與他出家及受近圓若尼雖滿十二歲愚癡不分明不善解而與他出家并受近圓若自不調而欲調他自不寂靜而欲靜他自未超度而欲度他自不能救而欲救他斯等悉皆無有是處時諸尼實無德能輒度弟子尼白苾芻苾芻白佛佛言尼若有力堪教弟子者從僧伽乞如是應與畜衆羯磨僧伽悉集要滿十二或復過此彼尼隨次禮已於上座前合掌蹲踞作如是語
大德尼僧伽聽我某甲苾芻尼夏滿十二堪教弟子今從尼僧伽乞畜衆羯磨願尼僧伽與我某甲苾芻尼畜衆羯磨哀愍故如是三説次一苾芻尼作白羯磨
大德尼僧伽聽此苾芻尼某甲滿十二夏欲畜門徒此某甲今從苾芻尼僧伽乞畜門徒法若苾芻尼僧伽時至聽者苾芻尼僧伽應許苾芻尼僧伽今與某甲滿十二夏畜門徒法白如是次作羯磨
大德尼僧伽聽此苾芻尼某甲滿十二夏欲畜門徒此某甲今從苾芻尼僧伽乞畜門徒法苾芻尼僧伽今與某甲滿十二夏畜門徒法若諸具壽聽與某甲滿十二夏畜門徒法者默然若不許者説苾芻尼僧伽已與某甲滿十二夏畜門徒法竟苾芻尼僧伽已聽許由其默然故我今如是持如是世尊聽許苾

芻尼有力能教弟子者從僧伽乞畜衆法時吐羅難陁尼未蒙僧伽與畜衆法擅自與他出家及受近圓尼白苾芻苾芻白佛佛問呵責廣説乃至制其學處應如是説

若復苾芻尼僧伽未與畜衆法輒畜弟子者波逸底迦

尼等如上僧伽未與畜衆法者謂衆未許輒畜弟子者謂與他出家及受近圓釋罪相等廣説如前

知曾嫁女人年未滿十二與出家學處第一百八

緣處同前時愚癡人惡生誅伐釋種多有釋女無所依怙得爲出家憂愁親戚思念悲泣後既悟法憂念漸除求受近圓諸苾芻尼曰汝等待年滿二十方受近圓白言聖者待滿二十時極久長諸尼曰若滿二十即能奉事鄔波駄耶及阿遮利耶尼曰我等在家事夫營業尚能成辦今豈不能奉親教師及軌範師耶尼白苾芻苾芻白佛佛言若曾嫁女年滿十二或十八歲者應與二年正學法方授近圓應如是與僧伽悉集令彼隨次禮已於上座前作如是語

大德尼僧伽聽我某甲今因事故以尊重某甲爲親教師今從尼僧伽乞六法六隨法爲正學女願尼僧伽與某甲六法六隨法正學處某甲爲親教師是能愍者願哀愍故如是三説次一苾芻尼作白羯磨

大德尼僧伽聽此求寂女某甲年滿十八某甲爲鄔波駄耶今從苾芻尼僧伽於二年内乞學六法六隨法若苾芻尼僧伽時至聽者

苾芻尼僧伽應許苾芻尼僧伽今與求寂女某甲年滿十八於二年內學六法六隨法某甲爲鄔波馱耶白如是次作羯磨

大德尼僧伽聽此求寂女某甲年滿十八某甲爲鄔波馱耶今從苾芻尼僧伽於二年內乞學六法六隨法某甲爲鄔波馱耶苾芻尼僧伽今與求寂女某甲年滿十八於二年內學六法六隨法某甲爲鄔波馱耶若諸具壽聽與求寂女某甲年滿十八於二年內學六法六隨法某甲爲鄔波馱耶者默然若不許者說苾芻尼僧伽已與求寂女某甲年滿十八於二年內學六法六隨法某甲爲鄔波馱耶竟苾芻尼僧伽已聽許由其默然故我今如是持次應告言汝某甲聽始從今日應學六法一者不得獨在道行二者不得獨渡河水三者不得觸丈夫身四者不得與男子同宿五者不得爲媒嫁事六者不得覆尼重罪

攝頌曰

不獨在道行　不獨渡河水　不故觸男子

不與男同宿　不爲媒嫁事　不覆尼重罪

復言汝某甲聽始從今日應學六隨法一者不得捉屬已金銀二者不得剃隱處毛三者不得墾掘生地四者不得故斷生草木五者不得不受而食六者不得食曾觸食攝頌曰

不捉於金等　不除隱處毛　不掘於生地

不壞生草木　不受食不餐　曾觸不應食

如是世尊令曾嫁女應滿二年學六法六隨法正學法已方受近圓時吐羅難陀尼未滿十二歲女與出家并授近圓尼白苾芻苾芻白佛佛問呵責廣說乃至制其學處應如是

說
若復苾芻尼知曾嫁女人年未滿十二與出
家者波逸底迦
尼等如上知曾嫁女者謂曾適他氏未滿者
謂年未十二與出家者義如上說釋罪等廣
說如前
年滿十二不與正學法授近圓學處第一百
九
緣處同前時吐羅難陀苾芻尼知曾嫁女人
年滿十二得與出家即自念言世尊聽許令
受近圓不與正學法便授近圓尼白苾芻苾
芻白佛佛問呵責廣說乃至制其學處應如
是說
若復苾芻尼知曾嫁女人年滿十二不與正
學法而受近圓者波逸底迦
尼等如上釋罪相等廣說如前
輒多畜衆學處第一百一十
緣處同前時吐羅難陀尼無限與他出家及
受近圓不為作名所謂佛護法護僧護等字
但有作業喚言咄諸弟子聞不知喚誰或復
喚言咄求寂女咄正學女咄少年者或喚言
一年者乃至十歲如是喚時皆悉不知師喚
是誰有尼語彼聖者既能與受近圓可不立
名何因作此鬧亂吐羅尼曰我有多人云何
作字尼言聖者豈合無限畜衆應淨法耶報
曰淨與不淨我已作竟尼白苾芻苾芻白佛
佛言苾芻尼不應無限畜衆然苾芻尼欲求
無限畜衆者彼尼應從僧伽乞無限畜衆法
從僧伽得後方得畜衆若力堪者僧伽應集
要滿十二或復過此彼尼隨次禮已上座前

合掌蹲踞作如是語
大德尼僧伽聽我某甲年滿十二堪能畜衆願尼僧伽與我某甲無限畜衆法願哀愍故
如是三說次一苾芻尼作白羯磨
大德尼僧伽聽此苾芻尼某甲欲畜無限門徒此某甲今從苾芻尼僧伽乞畜無限門徒法若苾芻尼僧伽時至聽者苾芻尼僧伽應許苾芻尼僧伽今與某甲畜無限門徒法白
如是次作羯磨
大德尼僧伽聽此苾芻尼某甲欲畜無限門徒此某甲今從苾芻尼僧伽乞畜無限門徒法苾芻尼僧伽今與某甲畜無限門徒法若諸具壽聽與某甲畜無限門徒法者默然若不許者說苾芻尼僧伽已與某甲畜無限門徒法竟苾芻尼僧伽已聽許由其默然故我今如是持如是世尊聽苾芻尼從僧伽乞無限畜衆法僧伽未許不得無限畜衆時吐羅難陀尼僧伽未與無限畜衆擅自養畜諸苾芻尼白諸苾芻苾芻白佛佛問呵責廣說乃至制其學處應如是說
若復苾芻尼僧伽未與無限畜衆法輒多畜者波逸底迦
尼等如上僧伽者謂如來聲聞弟子未與者謂未蒙衆許無限者謂隨意多少畜衆輒多者謂過限畜衆法者謂白二羯磨釋罪相等廣說如前
第十二攝頌曰
度娠不教誡　不護不隨身　二童女惡人
多憂二六法
與有娠女人學處第一百一十一

緣處同前時吐羅難陀尼與有娠婦女出家時至生女時婆羅門長者見已譏嫌沙門釋女實非清淨於一寺中有二種法謂是俗法及淨行法尼白苾芻苾芻白佛佛問呵責廣說乃至制其學處應如是說

若復苾芻尼與有娠女人出家者波逸底迦

尼謂吐羅難陀或復餘尼有娠者謂是有胎女人者謂是婦人出家者謂授與求寂學處釋罪相等廣說如前

不教誡學處第一百一十二

緣處同前時吐羅難陀諸有來者不擇家族便與出家并受近圓不教誡不指授著衣不如法上下不齊正不知軌則隨處即去諸苾芻尼見共譏嫌問言是誰弟子答言是吐羅尼諸尼即語聖者何不教誡令其知法答言我今弟子衆多何能徧教尼白苾芻苾芻白佛佛問呵責廣說乃至制其學處應如是說

若復苾芻尼與他出家并受近圓不教授者波逸底迦

尼謂吐羅難陀或復餘尼與他出家者謂與他受求寂女學處受近圓者謂白四羯磨不教授者謂不教誡釋罪相等廣說如前

不攝護學處第一百一十三

緣處同前時吐羅難陀苾芻尼諸有女人來者皆與出家并受近圓而不攝受衛護隨情任去或有出門望者有在廊下住者或有上閣者或有窺窓者晝夜如是諸尼見譏問言汝誰弟子答言是吐羅尼諸尼告曰何不聖者攝受衛護諸弟子耶答言弟子衆多何能攝受尼白苾芻苾芻白佛佛問呵責廣說乃

至制其學處應如是説
若復苾芻尼與他出家并受近圓不攝受衞
護者波逸底迦
尼謂吐羅難陀或復餘尼出家等者義如上
説釋罪相等廣亦同前
不將隨身學處第一百一十四
緣處同前時吐羅難陀尼與有夫主婦人出
家彼出家後白吐羅尼言聖者若夫主知我
出家來此必爲留難幸願聖者將我餘方吐
羅尼曰汝今何須更向餘處捨家離俗即是
餘方後於異時夫主來見令脱法衣與著俗
服便將歸舍諸苾芻尼因乞食入其舍彼見
致禮尼便問曰汝今何故自還俗耶若在佛
法念念之中增長善品今居俗累更受嬰纏
婦人答言我不自由身屬於他當時我頻諮
請聖者吐羅尼請將餘方勿遭留難不蒙存
護今至於此諸尼至寺告吐羅尼言聖者何
故不將彼女往詣餘方致使還俗爲出家留
難吐羅尼曰我無餘業一一出家將餘方耶
尼白苾芻苾芻白佛佛問呵責廣説乃至制
其學處應如是説
若復苾芻尼與他出家不將隨身去者波逸
底迦
尼謂吐羅難陀或復餘尼與他出家義同上
説不將隨身去者謂有難事不將餘方釋罪
相等廣説如前
童女年未滿二十受近圓學處第一百一十
五
緣處同前時吐羅難陀苾芻尼與年十八童
女出家與二歳學六法六隨法年未滿二十

便受近圓諸苾芻尼曰如世尊説十八歲童女應與二歲學六法六隨法年滿二十方受近圓聖者云何知年未滿便授近圓可爲淨耶答言淨與不淨我已授近圓竟尼白苾芻苾芻白佛佛問呵責廣説乃至制其學處應如是説

若復苾芻尼知童女年未滿二十與受近圓者波逸底迦

尼謂吐羅難陀或復餘尼童女者謂未適男家未滿二十歲者謂年十九而受近圓餘義如上釋罪相等廣亦同前

不授六學法授近圓學處第一百一十六

緣處同前時吐羅難陀苾芻尼與他年滿二十童女出家而自念曰若年十八可受六法六隨法彼今年滿二十何須更與二年正學法便受近圓尼白苾芻苾芻白佛佛問呵責廣説乃至制其學處應如是説

若復苾芻尼知童女年滿二十不與二歲學六法六隨法即受近圓者波逸底迦

尼謂吐羅尼或復餘尼餘義如上釋罪相等事並同前

度惡性女人學處第一百一十七

緣處同前吐羅難陀苾芻尼入室羅伐城乞食見一女人立性多瞋兇麤樂鬭與餘女人共爲諍競頭髮皆竪作野干鳴餘人聞聲即便倒地吐羅尼見作如是念我能引彼爲出家者必能與力助我相鬭即以方便度彼出家後於異時吐羅尼共餘一尼有少諍競新出家尼黙然看住吐羅尼告曰汝不能活我與出家何故今時黙然而住不見相助尼言

聖者我今不知本事云何相助吐羅尼曰我若與大世主尼相競汝可罵言私剃頭者蓮華色尼於六大城衒色自活法與尼因使得受近圓瘦喬答彌被他抑令食其子肉者當以此詞相助呵罵惡性尼聞吐羅尼共他鬪時調弄諸尼共相鬪諍衆多尼曰誰度如是惡性樂鬪令其出家於中答言除吐羅尼誰當度此尼白苾芻苾芻白佛佛問呵責廣說乃至制其學處應如是說

若復苾芻尼知惡性女人好爲鬪諍與出家并受近圓者波逸底迦

尼謂吐羅難陀或復餘尼惡性女人者謂好鬪諍出家者謂受求寂并餘學處受近圓者義如上說釋罪相等廣亦同前

度多憂女人學處第一百一十八

緣處同前時吐羅難陀尼與無親族懷憂女人出家彼常繫念思想親族悲泣流淚初夜後夜諸苾芻尼多爲驚覺聞彼哭聲心皆散亂不得存念與定者爲刺衆多尼諫勿作悲涕非出家法彼尼不受答言汝等不知他苦父亡母死兄弟姊妹夫主及子悉皆棄背我情痛切寧得不憂諸苾芻尼互相問曰誰度如是憂惱女人而爲出家尼言是吐羅尼度尼白苾芻苾芻白佛佛問呵責廣說乃至制其學處應如是說

若復苾芻尼知多憂惱女人度出家者波逸底迦

尼謂吐羅難陀或復餘尼多憂惱者謂常懷憂愁度出家者義同上說釋罪相等廣亦如前

學法未滿與受近圓學處第一百一十九
緣處同前吐羅難陀尼度他女人出家與二歲學六法六隨法未滿與受近圓彼便白言聖者我正學法猶未得了吐羅尼曰但受近圓正學自滿便即與受近圓尼由苾芻苾芻白佛佛問呵責廣說乃至制其學處應如是說
若復苾芻尼知女人未滿二歲學六法及六隨法與受近圓者波逸底迦
尼謂吐羅難陀或復餘尼未滿二歲者謂學六法六隨法未了與受近圓者謂白四羯磨
作法釋罪相等廣說如前
知學法了不與受近圓學處第一百二十
緣處同前時吐羅難陀尼度他女人出家與二歲學六法六隨法滿已白言聖者可與我受近圓便報彼尼汝可更學極令通利當受近圓彼尼默住後於異時衆多苾芻尼告曰汝既學法已滿何不受近圓耶答言我已諮請聖者吐羅難陀報曰可更學令通利當受近圓尼白苾芻苾芻白佛佛問呵責廣說乃至制其學處應如是說
若復苾芻尼知女人二歲學六法及六隨法了不與受近圓者波逸底迦
尼謂吐羅難陀或復餘尼知女人二歲學者謂學法已滿不與受近圓釋罪相等廣說如前
第十三攝頌曰
未放與我衣　收斂年年受　欲半月無僧
安居隨意責
未放度出家學處第一百二十一

縁在室羅伐城時吐羅難陀尼於其城中因乞食入他家見有婦人爲夫所打置在室中夫行出外吐羅難陀告言賢首願爾無病可施我食婦人報曰聖者我今憂惱無容與食問曰何憂彼便具告尼曰若爾何不出家答言是我所樂吐羅難陀即便將去遂與出家夫主後來覓妻不得家人報曰彼去出家又問曰誰與出家答言吐羅難陀尼彼若去者誰知家務後於異時其尼因行乞食彼見問言聖者旣與我妻爲出家者誰知家業情懷忿恚衣絞尼項共相牽曳告言汝與我妻爲出家者可來爲我而作家業尼白苾芻苾芻白佛佛問呵責廣說乃至制其學處應如是說

若復苾芻尼知他婦人夫主未放度出家者波逸底迦

尼謂吐羅難陀或復餘尼知他婦人者謂他妻妾夫主未放者謂夫未聽許出家者謂與剃髮等餘說如前

從索衣學處第一百二十二

縁處同前時吐羅難陀尼有正學女二歲學法已詣吐羅尼所白言聖者我已學法願授近圓吐羅尼曰若與我衣方可授汝答言我無福力所獲寡少何處得衣諸尼問彼何故不受近圓答言我已諮請聖者吐羅難陀爲受近圓彼云若與我衣方授近圓尼白苾芻苾芻白佛佛問呵責廣說乃至制其學處應如是說

若復苾芻尼知彼女人希受近圓告云汝與我衣當授汝近圓者波逸底迦

尼謂吐羅難陀或復餘尼希受近圓者求進學處與我衣者謂七衣中隨求於一當授近圓者謂得衣後作白四羯磨餘說如前

令他女人收斂家業學處第一百二十三

緣處同前時瘦喬答彌於此城中巡行乞食次第至一大長者家長者身亡妻爲家主大富饒財多諸僕從奴婢給使懷憂而住見瘦喬答彌不申恭敬亦不施食尼曰姊妹因何事故憂惱若斯婦人報言聖者夫主身死親族皆亡我今不知欲何所作煩惱毒箭中我內心常懷憂惱雖有資財奴婢產業夫背親離斯爲何用尼曰若爾何不出家婦人白言聖者幸見與我出家尼曰若能收斂家務棄衆俗網於出家路事亦非難彼即所有庫藏資產即持奉施沙門婆羅門貧窮孤寡悉皆捨已詣尼住處至瘦喬答彌所求請出家尼曰我今不能與汝出家可往餘尼處婦人念曰家產罄盡來求出家既不蒙許憂惱而住時衆多尼見問言賢首情憂何事彼即具答尼白苾芻苾芻白佛佛問呵責廣說乃至制其學處應如是說

若復苾芻尼報俗女云汝應收斂家業我當與汝出家如教作訖不度出家者波逸底迦

尼謂瘦喬答彌或復餘尼報俗女云者謂令他在家婦人收斂家業我當與汝出家者謂許度出家如教作訖者謂彼女人依尼言說不度者謂後不與出家釋相如前

每年與出家受近圓學處第一百二十四

緣處同前時吐羅難陀尼於每年中與他出家并受近圓不施名字若有事至但喚言咄

求寂女咄正學女咄少年者諸苾芻尼聞告吐羅尼曰聖者何故每年與他出家報諸尼曰我與繋怨家項與彼出家有尼問曰誰是怨家報曰汝即大怨家於我生不忍尼白苾芻苾芻白佛佛問呵責廣說乃至制其學處應如是說

若復苾芻尼於每年中與他出家及受近圓者波逸底迦

尼謂吐羅難陀或復餘尼於每年中者謂年年中與他出家及受近圓釋罪相等餘說如前

根本說一切有部苾芻尼毗柰耶卷第十八

音釋

窄狹　窄側革切迫也狹侯夾切隘也　蹲踞　蹲徂尊切踞渠委切　迮　側革切迫迮也　禦　魚據切扞也　邏　郎賀切巡邏也　疼　徒冬切痛也　搦　尼厄切按也　衒　黄絹切自矜也　絞　古巧切縛也

根本説一切有部苾芻尼毗柰耶卷第十九

唐三藏法師義淨奉　制譯

經宿與欲學處第一百二十五

緣處同前時吐羅難陀尼僧伽有急要事苾芻尼衆悉皆同集告吐羅尼曰聖者尼衆皆集可見赴衆吐羅尼曰我已如法與欲所爲隨作復於明日尼衆須集吐羅尼不往衆中授事尼言聖者宜可與欲吐羅尼曰我已昨日如法與欲尼曰經宿與欲可得成耶答曰欲可朽爛而不成乎尼白苾芻苾芻白佛佛問呵責廣説乃至制其學處應如是説

若復苾芻尼經宿與欲者波逸底迦

尼謂吐羅難陀或復餘尼經宿者謂是經夜與欲者謂説意樂釋罪相等餘説如前

求教授學處第一百二十六

緣處同前時吐羅難陀尼與衆多尼伴遊行人間至一聚落彼有住處即求居止憶知今日是十五日應爲長淨餘尼告言聖者來共往僧寺求教授人吐羅尼曰我閑三藏豈可不知更別求他以爲教授此事應作此不應作我皆明了無勞往請尼白苾芻苾芻白佛佛問呵責廣説乃至制其學處應如是説

若復苾芻尼半月半月應求教授若不求者波逸底迦

尼謂吐羅難陀或復餘尼半月半月者謂每月黑白十五日應求教授者謂應求教授人若不求者謂不往請釋罪相等廣説如前

無苾芻處作長淨學處第一百二十七

緣處同前時吐羅難陀尼與衆多尼伴遊行人間至一村中村外有尼住處其日是十五

日長淨日餘尼語吐羅難陀曰聖者如世尊説苾芻尼不應無苾芻處而爲長淨可來共往大僧寺中吐羅尼曰我閑三藏豈可不知長淨法耶何勞更往欲爲請問尼白苾芻苾芻白佛佛問呵責廣説乃至制其學處應如是説

若復苾芻尼無苾芻處作長淨者波逸底迦

尼謂吐羅難陀或復餘尼無苾芻處者謂無大僧作長淨者謂説波羅底木叉戒經釋罪相等廣説如前

無苾芻處作安居學處第一百二十八

緣處同前時吐羅難陀與尼伴遊行至一聚落此有長者大富多財供給尼衆爲造住處彼見尼衆遂前禮敬告言聖者可於此住而作安居諸人聞已欲於此住有尼報言聖者如世尊説諸苾芻尼不應於無苾芻處作安居可共同往近大僧處吐羅尼曰我閑三藏豈可不知安居法耶何勞復往於苾芻處諸尼受語安居過竟尼白苾芻苾芻白佛佛問呵責廣説乃至制其學處應如是説

若復苾芻尼無苾芻處作安居者波逸底迦

尼謂吐羅難陀或復餘尼無苾芻處者義如上説作安居者謂三月夏安居釋罪相等廣説如前

不於二部衆三事作隨意學處第一百二十九

緣處同前時諸苾芻尼夏安居了於十五日欲作隨意事餘尼語吐羅難陀曰聖者可來往僧寺中作隨意事答曰但於此作何勞往耶尼曰如世尊説苾芻尼應於二部衆中説

三事作隨意謂見聞疑吐羅尼曰我是三藏善能問答豈可不知作隨意事更往二部衆中耶尼白苾芻苾芻白佛佛問呵責廣説乃至制其學處應如是説

若復苾芻尼安居了不於二部衆中以三事作隨意者波逸底迦

尼謂吐羅難陀或復餘尼安居了者謂三月安居竟不於二部衆中者謂不於僧尼衆内以三事見聞疑作隨意餘説如前

責衆學處第一百三十

緣處同前時吐羅難陀尼説種種言詞呵責尼衆作邪命事共相誘引語餘尼言汝是惡癡無有善巧不知何者應與應作不閑衆務諸尼諫言聖者豈合如是説呵責言吐羅尼曰合與不合我已説竟尼白苾芻苾芻白佛佛問呵責廣説乃至制其學處應如是説

若復苾芻尼呵責衆者波逸底迦

尼謂窣吐羅難陀或復餘尼呵責衆者謂呵僧伽餘説如前

第十四攝頌曰

罵衆五種慳　讚家寺食法　更食給孩子
洗裙令浣衣

罵衆學處第一百三十一

緣處同前時吐羅難陀尼懷瞋罵衆云汝不能自活故求剃髮貧寒出家罪惡種族聖法無分有賊住心誑惑他人實非清淨是破戒者餘尼告言聖者何故懷瞋説斯鄙語吐羅尼曰我生釋種族姓尊高法合呵罵汝等不知是何族姓但問呵罵默合忍受尼白苾芻苾芻白佛佛問呵責廣説乃至制其學處應

如是說

若復苾芻尼駡衆者波逸底迦

尼謂窣吐羅難陀或復餘尼駡衆者出惡言詞釋罪相等廣亦同前

見他讚譽起嫉妬心學處第一百三十二

緣處同前時婆羅門長者居士讚歎大世主喬荅彌尼蓮華色尼法與尼瘦喬荅彌此等諸尼談其德行若妙高山吐羅尼見便即譏嫉諸尼報言聖者何故作斯譏謗吐羅尼曰我是釋迦種族出家妙閑三藏爲大法師所有論難問荅無滯合歎我德返讚餘人諸尼曰聖者何須歎德報言彼無種族妄談說者自招大過諸尼曰何以慳嫉不耐他榮尼白苾芻苾芻白佛佛問呵責廣說乃至制其學處應如是說

若復苾芻尼見讚歎他起慳嫉心者波逸底迦

尼謂吐羅難陀或復餘尼讚歎他起慳嫉心者謂慳他成德釋罪相等廣說如前

於家慳學處第一百三十三

緣處同前時諸苾芻尼因行乞食入大富信心家皆施清淨上妙飲食既得食已速還本寺吐羅尼見問言汝等誰家得此精食苾芻尼具陳得處吐羅尼譏嫌呵責其家應去其舍不應去其宅不應入諸尼言聖者何故慳此多家報曰何過我是門師勿彼疲勞令失敬信尼白苾芻苾芻白佛佛問呵責廣說乃至制其學處應如是說

若復苾芻尼於家慳者波逸底迦

尼謂吐羅難陀或復餘尼於家慳者謂慳他

舍釋罪相等廣說如前

於寺慳學處第一百三十四

緣處同前時吐羅難陀尼作一尼寺於重棚上有尼居住於上行時有大聲響吐羅尼聞便起瞋嫌何處得有無賴之物行如雌象脚蹋作聲由無教授諸尼白言聖者何意慳寺出此麤言答曰我瞋何過我造寺來手足皴裂身體勞倦種種艱辛所以慳惜尼白苾芻苾芻白佛佛問呵責廣說乃至制其學處應如是說

若復苾芻尼於寺慳者波逸底迦

尼謂吐羅難陀或復餘尼於寺慳者謂慳僧尼住處釋罪相等廣說如前

於利養飲食慳學處第一百三十五

緣處同前時諸苾芻尼於小食時著衣持鉢次第乞食乞已還寺時吐羅尼貪多食故初夜後夜不能眠睡久而方卧每於日出尼乞食迴入寺之時吐羅尼見即作是念今此諸尼乞食極早我今與彼無可言說宜作方便先行乞食令彼後至因教誡時語言汝等盜他飲食於其長夜不能睡眠唯念飲食不思法義不事親教師不恭敬佛不塗壇地讚歎諷誦唯知早起持鉢行乞是何法式尼聞答曰聖者所說斯爲甚善不敢早乞時吐羅尼即於他日天纔曉已著衣持鉢入城乞食時有婆羅門取良吉相欲往他方正出城去門首相見情生忿怒即相羅頓被他苦打尼白苾芻苾芻白佛佛問呵責廣說乃至制其學處應如是說

若復苾芻尼於利養飲食慳者波逸底迦

尼謂吐羅難陀或復餘尼於利養飲食慳者謂惜他施物釋罪相等廣說如前時諸苾芻咸皆有疑請世尊曰大德觀察吐羅難陀尼爲慳他利養飲食自貪心故被婆羅門苦打佛告諸苾芻此尼非但今生以貪心故被他苦打往昔之時亦復如是汝等諦聽乃往古昔有大鸜鵒鳥見烏麻車在路首翻側餘鸜鵒欲來取食大鸜鵒告曰勿於道邊拾此烏麻時將欲暮必有車乘鞍馬象畜於此而過踏殺汝等餘鳥答言如仁所說咸悉散飛既教他已夜便自往喫彼烏麻時有車過爲貪食故不存觀察被車輾死時有天人而說頌曰

自無有慧解　强復見教他　由貪夜食麻
遭此車輾苦

汝諸苾芻以是因緣有所言者如說如行應如是學

慳法學處第一百三十六

緣處同前時諸苾芻尼請吐羅難陀尼言聖者當教授我爲讀誦等彼既聞已教授之時苾芻尼來皆令作務或遣炙衣煖背或授眼藥筒或令掃房或令汲水或敷臥具曬曝衣裳如是種種皆悉遣作諸尼作念今此聖者於我慳法不爲教授但令作使可宜共問便即問曰何不相教吐羅尼曰汝等謂言法可易求我經多時受諸艱苦勤勞晝夜奉事明師如是長時方始求得竟不教授尼白苾芻苾芻白佛佛問呵責告諸苾芻尼慳法之者當招五種過失一得生盲二無智慧三遠離佛法四室有怨家五不入聖位身壞命終墮

於地獄廣説乃至制其學處應如是説
若復苾芻尼慳法者波逸底迦
尼謂窣吐羅難陀或復餘尼慳法者謂不開示教授釋罪相等廣説如前

食竟更食學處第一百三十七

緣處同前時吐羅難陀尼晨朝持鉢入城乞食乞得食已置於房中隨意而食便即經行經行既訖復來噉食鉢中食盡縱身而卧諸尼告曰聖者食竟經行行竟更食食飽而卧耶吐羅難陀聞已惡罵呵責餘尼尼白苾芻苾芻白佛佛問呵責廣説乃至制其學處應如是説
若復苾芻尼食竟更食者波逸底迦
尼謂吐羅難陀或復餘尼食竟更食者謂飽食後重食釋罪相等廣説如前

養他孩兒學處第一百三十八

緣處同前吐羅難陀尼因乞食入他家見其婦人生子未久吐羅難陀尼告言賢首顔爾無病可施我食婦人報曰聖者子多啼泣欲何所爲尼曰既解生兒何不知養法婦人白言聖者頗知止哭方法尼曰世有勝法我尚知之況養孩兒我不明解若教養活施我食不答言與尼曰隨我行尼亦與食不答言亦與守房之人亦與食不答言亦與尼便持兒坐於脞上煖油塗身用麵揩拭温湯淨洗穩卧衣蓋兒便得睡婦人所許皆悉與尼後於異時大世主尼亦因乞食入此家中長者妻言聖者頗能令此小兒得安寧不尼曰此非出家者所爲豈曾見有出家之人作斯事業婦人報言聖者吐羅尼先曾與我作如是事

尼白苾芻苾芻白佛佛問呵責廣說乃至制其學處應如是說

若復苾芻尼給養他孩兒者波逸底迦

尼謂吐羅難陀或復餘尼給養他孩兒者謂供侍他婦人子女釋罪相等廣說如前

不畜洗裙學處第一百三十九

緣處同前時有衆多苾芻尼於阿氏羅河與諸俗女同爲洗浴以指相指看尼妳房腰腹髖踹等隨事譏說尼白苾芻苾芻白佛佛問實呵責廣說乃至制其學處應如是說

若復苾芻尼不畜洗裙者波逸底迦

尼謂此法中尼不畜洗裙者謂無浴裙釋罪相等廣說如前

令浣衣人洗衣學處第一百四十

緣處同前時十二衆苾芻尼夢與男子交漏洩不淨衣服點汙令洗衣人洗其人遂將苾芻尼赤衣與俗白衣一處而洗遂相霑壞衣主來問誰壞我衣浣人報曰我以尼衣一處共浣由斯染壞俗衆譏嫌觀此出家非是寂淨尼白苾芻苾芻白佛佛問實呵責廣說乃至制其學處應如是說

若復苾芻尼令浣衣人洗衣者波逸底迦

尼謂此法中尼令浣衣人洗衣者謂七衣中隨一衣令他浣釋罪相等廣說如前

第十五攝頌曰

上衆沙門衣　二病衣從乞　不共出不分

鬪不囑學呪

共上衆換衣學處第一百四十一

緣處同前時黒名苾芻尼有兒名曰犢子亦爲出家復有四女亦復出家其黒名尼子作

新僧伽胝著詣母所妹見兄衣鮮明光悅情起愛心從兄索衣兄不見與便即涕泣母語犢子何不與衣令惱於我子念母教誡不可違遂便與衣與其妹著寺中次妹尼白言阿姊自著大衣此衣與我既不肯與便即恚泣母即告曰可與勿令惱我不違母教便即與衣諸苾芻尼曰何處得此上妙精細淨居天衣皆受著用報言願兄無病安寧如此衣服誰復在言尼白苾芻苾芻白佛佛問從兄處取衣虛實答言實爾世尊種種呵責廣說乃至制其學處應如是說

若復苾芻尼共上衆換衣者波逸底迦

尼謂此法中尼上衆者謂在巳上者換衣者謂博換釋罪相等廣說如前

輒與俗人衣學處第一百四十二

縁在王舍城時樂兒從吐羅尼索衣尼便與衣彼既得巳即著此衣爲求寂識恚六衆苾芻六衆察知吐羅尼與樂兒衣各懷忿恚只是其尼譏弄我等非彼樂兒遂於一時空閑之處遇吐羅尼共爲苦打身體徧腫在牀而卧諸尼問言聖者何苦答言被六衆打彼是我兄若不教誡誰當責我尼白苾芻苾芻白佛佛問實呵責廣說乃至制其學處應如是說

若復苾芻尼輒將沙門法衣與俗人者波逸底迦

尼者謂吐羅難陀沙門法衣者謂僧尼法衣與俗人者謂授白衣令其著用釋罪相等廣說如前

不畜病衣學處第一百四十三

縁在室羅伐城時諸苾芻尼因行乞食所著内衣血流黕汙婆羅門長者見皆共譏嫌尼以此事白諸苾芻苾芻白佛佛言煩惱未除隨業流注女人每月皆出不淨諸苾芻尼應畜病衣如是世尊制畜病衣吐羅難陀不依教畜尼白苾芻苾芻白佛佛問實呵責廣説乃至制其學處應如是説

若復苾芻尼不畜病衣者波逸底迦

尼謂吐羅難陀或復餘尼不畜病衣者謂是内衣釋罪相等廣説如前

大衆病衣私用學處第一百四十四

縁處同前時吐羅難陀尼語勝鬘夫人曰世尊制尼令畜病衣我今見無夫人持衣奉施吐羅難陀并與大衆皆將私用復有衆多尼詣夫人處白言願施我等病衣夫人告言我已總施問言付誰答言吐羅難陀諸尼從索不與尼白苾芻苾芻白佛佛問實呵責廣説乃至制其學處應如是説

若復苾芻尼大衆病衣將私用者波逸底迦

尼者謂吐羅難陀或復餘尼大衆病衣者謂他施與僧伽將私用者謂迴入已餘如前説

從貧乞羯恥那衣學處第一百四十五

縁處同前時有信心長者先富今貧貲財乏少若苾芻尼張羯恥那衣時常爲施者後一年中張衣時至尼詣長者所告曰可施堅實衣長者報言今現無物後若有時必當奉施尼曰羯恥那衣今時現至不可延遲即可舉便奉施僧田後當還債長者報言可爾即作契限從他舉債後時限滿債主牽挽餘人問曰仁何被牽報言我謂施衣彼即答言若於

沙門釋迦女處發淨信者遭斯苦難尼白苾芻苾芻白佛佛問實呵責廣說乃至制其學處應如是說

若復苾芻尼知是貧人從乞羯恥那衣者波逸底迦

尼者謂此法中尼知是貧人者謂現無物從乞羯恥那衣釋罪相等廣說如前

不共出衣學處第一百四十六

緣處同前時有衆多尼皆共同集如世尊說苾芻尼安居竟應遊行人間並即遊行於路遭賊還至尼寺以告苾芻苾芻白佛佛言我令聽諸遭賊苾芻尼應與羯恥那衣分苾芻尼聞悉皆共集便喚吐羅難陀尼白聖者可來共出羯恥那衣彼不肯來尼白苾芻苾芻白佛佛問實呵責廣說乃至制其學處應如是說

若復苾芻尼不共出羯恥那衣者波逸底迦

尼者謂吐羅難陀或復餘尼不共出羯恥那衣者謂不與同集釋罪相等廣說如前

不共分衣學處第一百四十七

緣處同前時諸苾芻尼出羯恥那衣欲共同分吐羅難陀不肯來分諸尼頻喚來往疲乏其守衣尼心生懊惱尼白苾芻苾芻白佛佛問實呵責廣說乃至制其學處應如是說

若復苾芻尼不共他分衣者波逸底迦

尼謂吐羅難陀或復餘尼不共他分衣者謂不與同集而作留難釋罪相等廣說如前無犯者謂意不欲取其衣分

見鬪不勸止息學處第一百四十八

緣處同前諸苾芻尼鬪競事起分爲二部不

修善品皆詣吐羅尼所互相説意吐羅尼有力不令止息竟不相勸乃至紛競吐羅尼曰我今觀此汝伏我不尼白苾芻苾芻白佛佛問實呵責廣説乃至制其學處應如是説

若復苾芻尼自知有力見他尼鬬不勸止息者波逸底迦

尼謂吐羅難陀等自知有力者謂有力能調伏見他尼鬬不勸止息者謂見尼作黨相鬬不善言勸令止息釋罪相等廣説如前

棄住處不囑授學處第一百四十九

緣處同前時吐羅難陀尼棄舊住處不爲囑授與諸尼伴遊行人間去後失火寺舍被燒所有衣鉢資緣悉皆焚盡後尼還寺見火所燒諸尼告言聖者去時何不囑授施僧伽物被火所燒吐羅尼曰寧遭火燒不應我物與汝受用尼白苾芻苾芻白佛佛問實呵責廣説乃至制其學處應如是説

若復苾芻尼棄住處不囑授者波逸底迦

尼謂吐羅難陀等棄住處謂尼住寺房舍不囑授者謂去時不告餘人等並如前説

從俗人受呪學處第一百五十

緣處同前時吐羅難陀尼從解呪俗人學其呪法呪曰呬里呬里普破忽切莎呵一度受已更復受諸尼告言聖者我聞上人聰明廣識博達强記諷誦三藏何故頻向此人令授小呪吐羅尼曰非不記憶我愛其人欲得共語尼白苾芻苾芻白佛佛問實呵責廣説乃至制其學處應如是説

若復苾芻尼從俗人受學呪法者波逸底迦

尼謂吐羅難陀等從俗人受學呪法者謂從

在家人求受呪法釋罪相等廣說如前

第十六攝頌曰

教呪法賣麨　營理使他尼　撚縷織蓋行

鞋瘡度婬女

教俗人呪法學處第一百五十一

緣處同前時有俗人來從吐羅難陀尼求學呪法尼即與之呪曰呬里呬里普莎呵俗人聞已即便受得尼復更授彼便報曰聖者我已受得無勞更授尼雖聞告仍授不休俗人忿怒報言我不須呪時有餘尼問言聖者何意頻頻授人呪法答曰我愛此人欲得共語爲此頻授尼白苾芻苾芻白佛佛問吐羅難陀汝實如此頻授人法答言實爾廣說乃至制其學處應如是說

若復苾芻尼教俗人呪法者波逸底迦

尼謂吐羅難陀等教俗人呪法者謂授他呪釋罪相等廣說如前

賣麨食學處第一百五十二

緣處同前時吐羅難陀尼因行乞食遂見一人買麨欲食吐羅尼告曰汝隨我來與汝好麨便即賣與彼人即於大衆中高聲唱言於尼寺内有好麨賣餘人聞已來詣寺中求買麨食遂見大世主尼問言聖者頗有麨賣不尼曰何處見有尼賣麨耶彼人報言聖者豈不自知吐羅難陀自賣麨耶城中人民咸悉知委尼有麨賣大世主尼曰尼今至此賣麨之處尼白苾芻苾芻白佛佛問實呵責廣說乃至制其學處應如是說

若復苾芻尼賣麨食者波逸底迦

尼謂吐羅難陀等賣食者如常可知或取金

銀錢等賣易釋罪相等廣說如前

營俗家務學處第一百五十三

緣處同前時吐羅難陀尼行乞食入他家告彼妻曰願爾無病可施我食婦人報言我今不閑俗人家務不知欲何所作尼曰姊妹唯解針線不知餘作營理家務婦人白言聖者頗解家務事不尼曰家有事業我何不知婦人曰若爾願見相助尼曰我與汝作能施食不答言能又云隨我侍者及守房人皆能與不答言亦與即置衣鉢汲水觀蟲徧爲灑掃洗諸瓦器并造飲食羹臛齋菜悉皆辦已即洗手足燒香供養家神靈祇并散祭食持食歸寺後於異時大世主尼亦同乞食入此家中長者妻見告言聖者與我營理家務大世主曰何處見有尼與他俗人營理家務婦言聖者吐羅難陀曾於我家如是營理餘人不及大世主曰尼豈至此與他營事耶尼白苾芻苾芻白佛佛問吐羅難陀汝實如此與他俗人營理家務耶答言實爾世尊呵責廣說乃至制其學處應如是說

若復苾芻尼營理俗人家務者波逸底迦

尼者謂吐羅難陀等營理俗人家務者謂與在家人營作俗業釋罪相等廣說如前

移轉坐牀學處第一百五十四

緣處同前時吐羅難陀尼教授諸尼來受法者遣移坐牀於房外置復更轉移令安門外或令置廊下或置閣上諸苾芻尼悉皆勞倦疲困憂惱共爲譏嫌我等夙夜移轉牀座非蒙教授尼白苾芻苾芻白佛佛問吐羅難陀汝實如此令其諸尼移轉牀座答言實爾世

尊呵責廣説乃至制其學處應如是説

若復苾芻尼令他諸尼移轉坐牀勞倦者波逸底迦

尼者謂吐羅難陀等令移轉坐牀者遣尼舉轝使其疲困釋罪相等廣説如前

自手撚縷學處第一百五十五

緣處同前時吐羅難陀尼自手撚縷賣與一織師餘織師見問言何處得漸好縷答言於沙門女處買得後時織師見大世主尼問言聖者有成撚縷我欲買取尼曰何處見尼賣撚縷耶而今問我答言沙門女人皆共知吐羅難陀常自撚賣豈不聞耶大世主念曰我等今時至如是處即以此緣尼白苾芻苾芻白佛佛問吐羅難陀汝實如此自手撚縷賣與織師答言實爾世尊呵責廣説乃至制其學處應如是説

若復苾芻尼自手撚縷者波逸底迦

尼者謂吐羅難陀等自手撚縷者謂撚七種縷釋罪相等廣説如前無犯者若自爲已須用於密處撚者無犯

自織絡學處第一百五十六

緣處同前吐羅難陀尼自手織絡被俗譏嫌制戒同前應如是説

若復苾芻尼自織絡者波逸底迦（餘義同前）

持蓋行學處第一百五十七

緣處同前時珠髻難陀苾芻尼持蓋乞食不信敬婆羅門長者見已譏嫌禿沙門女雖剃髮出家被欲纏惱尼白苾芻苾芻白佛佛問珠髻難陀汝實如此持蓋乞食答言實爾世尊呵責廣説乃至制其學處應如是説

若復苾芻尼持傘蓋行者波逸底迦

尼者謂珠髻難陀等持傘蓋行者謂持二種傘蓋一者謂竹草葉蓋二繒帛傘釋罪等廣說如前

著彩色鞋履學處第一百五十八

緣處同前時珠髻難陀尼著彩色鞋履而行乞食婆羅門長者見共爲譏嫌禿沙門女雖爲剃髮非有淨行被欲所纏尼白苾芻苾芻白佛佛問珠髻難陀汝實如此著彩色鞋履而行乞食答言實爾世尊呵責廣說乃至制其學處應如是說

若復苾芻尼著彩色鞋履者波逸底迦

尼者謂珠髻難陀等著彩色鞋履者謂畜班雜刺繡鞋履而著用行釋罪相等廣說如前無犯者於已房内著用無犯

有瘡令數解繫學處第一百五十九

緣處同前時珠髻難陀苾芻尼於右臂上生瘡令使喚醫來合生肥膏即以一團傅於瘡上故帛繫之纔繫未久尼言太急且解令緩醫既與解復言太緩如是令他數解數繫醫生忿恚告言聖者瘡差不差不關我事捨之而去諸尼問言聖者何意令他數解數繫答言情愛此人欲得共語故令解繫尼白苾芻苾芻白佛佛問珠髻難陀汝實如此令他於瘡數解數繫答言實爾世尊呵責廣說乃至制其學處應如是說

若復苾芻尼臂上有瘡令他數解數繫者波逸底迦

尼謂珠髻難陀等臂上有瘡者生瘡癬等令他數解數繫者謂頻令解繫釋罪相等廣說

如前無犯者謂繫實急或緩令解繫無犯

度婬女學處第一百六十

縁處同前吐羅難陀尼度一婬女共行乞食諸耽色男子見已譏嫌此女先與俗人常行非法今共出家者同爲聚集尼白苾芻苾芻白佛佛問吐羅難陀汝實如此度婬女出家共行乞食答言實爾世尊呵責廣説乃至制其學處應如是説

若復苾芻尼度婬女出家者波逸底迦

尼謂吐羅難陀等婬女者謂先不貞謹女人出家者謂受求寂學處釋罪相等廣説如前

第十七攝頌曰

尼不許指身　約人有五別　香及胡麻水
輒問俗莊嚴

使苾芻尼指身學處第一百六十一

縁處同前時吐羅難陀尼使餘諸尼令指身體他觸之時自起樂想尼白苾芻苾芻白佛佛問吐羅難陀汝實如此令尼指身自起樂想答言實爾世尊呵責廣説乃至制其學處應如是説

若復苾芻尼使苾芻尼令指身者波逸底迦

尼謂吐羅難陀等使苾芻尼者謂此法中近圓尼指身者謂受樂想釋罪相等廣説如前

使正學女等指身第一百六十二

縁處同前時吐羅難陀尼使餘式叉女令指身體被他觸時便起樂想尼白苾芻苾芻白佛佛問虛實答實呵責乃至制其學處應如是説

若復苾芻尼令式叉摩拏女指身者波逸底迦

尼謂吐羅難陀等式叉摩拏者謂於二年學六法六隨法令彼揩身便得墮罪廣説如前如是若使求寂女及諸俗女外道女揩身者准前問答結罪應知

以香塗身首學處第一百六十三

緣處同前時吐羅難陀以香塗身而行乞食入於他舍香氣芬馥流徧宅中敬信婆羅門長者妻問言聖者香氣何來尼曰我今塗身婦人言聖者既爲沙門釋女還有欲心共爲譏嫌尼白苾芻苾芻白佛佛問吐羅難陀汝實如此以香塗身而行乞食答言實爾世尊呵責廣説乃至制其學處應如是説

若復苾芻尼以香塗身者波逸底迦

尼謂吐羅難陀等以香塗身者謂香塗帶釋罪相等廣説如前 此下脱四學處

根本説一切有部苾芻尼毗柰耶卷第十九

音釋

蹋 吐盍切踐也 鸜鵒 鸜其俱切鵒余蜀切鸜鵒鳥名 輾 尼展切轢也 䏺 部禮切股也 妳 奴蟹切乳也 䯨踹 䯨吐猥切股也踹市兗切腓腸也 浣 胡管切洗也 洩 先結切與泄同 挽 武遠切牽也 懊惱 懊烏皓切惱奴皓切恨痛也 呬 火利切 撚縷 撚乃殄切以指撚也縷力主切綫縷也 虀 祖稽切菜菹也 芬馥 芬撫文切馥房六切香氣

根本説一切有部苾芻尼毗柰耶卷第二十

唐三藏法師義淨奉　制譯

以胡麻滓及水揩身學處第一百六十八

縁處同前如是應知以胡麻滓及使他以水揩身二戒准前問答結罪無異

先未容許輒問學處第一百六十九

縁處同前時有苾芻持四阿笈摩詣尼寺中諸尼設座苾芻便坐吐羅難陀作如是念此解四阿笈摩我今試問即便詰問苾芻不能答所問義深懷羞恥尼即報言虚道持經如鳥亂響無所詮表徒費心力尼聞是語合衆皆嫌共白苾芻苾芻白佛佛問吐羅難陀汝實如此不求容許輒問苾芻答言實爾世尊呵責廣説乃至制其學處應如是説

若復苾芻尼不求容許輒詰問者波逸底迦尼謂吐羅難陀等不求容許輒爲詰問者謂先未諮請輒爲申問難問者謂問佛所説義聲聞説義釋罪相等廣説如前

然諸苾芻尼我今爲説請問之法若苾芻來先須設座虔恭敬禮善言慰問聖者頗習阿笈摩經及論律等皆誦持不唯願聽許少有所問彼許者問若不許者莫問若違此者得惡作罪

著俗莊嚴具學處第一百七十

縁處同前時吐羅難陀尼因行乞食入婆羅門長者家見長者妻著諸瓔珞俗莊嚴具尼便從借用自嚴身問言我今端正可樂有妙相不他便譏言徒剃頭髮爲禿沙門女猶被欲纏尼白苾芻苾芻白佛佛問吐羅難陀汝實如此著俗莊嚴具答言實爾世尊呵責廣

說乃至制其學處應如是說
若復苾芻尼著俗莊嚴具者波逸底迦
尼謂吐羅難陀等著俗莊嚴具者謂著諸瓔珞環玔耳璫等釋罪相等廣說如前
第十八攝頌曰
相牽舞歌樂　獨出大小行　刷篦梳三假
墮罪百八十
相牽洗浴學處第一百七十一
縁處同前時十二衆苾芻尼以手相牽於阿氏羅河而爲洗浴互相掉戲以水濆灑婆羅門長者見已譏嫌此非寂靜剃髮出家沙門女法尼白苾芻苾芻白佛佛問尼衆汝等實如此以手相牽河中洗浴答言實爾世尊呵責廣說乃至制其學處應如是說
若復苾芻尼以手相牽河中洗浴者波逸底迦
尼謂十二衆等以手相牽而洗浴者謂互相執手入河水中釋罪相等廣說如前
自舞教他舞學處第一百七十二
縁處同前時吐羅難陀尼行乞食入他家長者妻言聖者教我作舞尼即教他復告彼曰汝等家中若嫁娶時生男誕女有歡會時如是應舞人皆譏嫌此禿沙門女徒自剃頭情懷欲染皆詣尼處說其所作尼白苾芻苾芻白佛佛問吐羅難陀汝實如此教他作舞及自作舞答言實爾世尊呵責廣說乃至制其學處應如是說
若復苾芻尼自作舞教他作舞者波逸底迦
尼謂吐羅難陀等自作舞者謂自舞教他舞者謂教他作釋罪相等廣說如前

唱歌學處第一百七十三

緣處同前時吐羅難陀尼詣婆羅門長者家諸婦人言聖者教我唱歌尼便教唱俗旅見譏如前所說尼白苾芻苾芻白佛佛問吐羅難陀汝實如此教他唱歌答言實爾世尊呵責廣說乃至制其學處應如是說

若復苾芻尼唱歌者波逸底迦

尼謂吐羅難陀等唱歌者謂唱歌詞音韻釋罪相等廣說如前

作樂學處第一百七十四

緣處同前時吐羅難陀尼詣豪富家與其女人歡娛相愛諸婦人言聖者教我音樂尼便教作俗旅見譏尼白苾芻苾芻白佛佛問吐羅難陀汝實如此教他作樂答言實爾世尊呵責廣說乃至制其學處應如是說

若復苾芻尼作樂者波逸底迦

尼謂吐羅難陀等作樂者謂作音聲絃管釋罪相等廣說如前

獨於空宅大小便學處第一百七十五

緣處同前時珠髻難陀苾芻尼獨出寺外於空閑處爲大小行時有耽色男子見尼入此即來捉尼欲行非法尼曰放我此處不淨可於餘處男捉尼行求淨處旣至露處尼便大叫男子惶怖放尼告言此禿沙門女多虛少實喚我將來反自號叫俗旅見譏尼白苾芻苾芻白佛佛問珠髻難陀汝實如此獨出寺外於空閑處爲大小行答言實爾世尊呵責廣說乃至制其學處應如是說

若復苾芻尼獨出寺外於空宅內大小行者波逸底迦

尼謂珠髻難陀等獨出寺外者謂無第二尼
於空宅內者謂無人住舍墻匡等中大小行
者謂便轉事釋罪相等廣說如前
畜香草刷學處第一百七十六
緣處同前時吐羅難陀因乞食入他家見諸
婦人畜香草根刷梳髮嚴身時吐羅尼自畜
嚴飾復告諸婦人我今極有妙相俗旅譏嫌
尼白苾芻苾芻白佛佛問吐羅難陀汝實如
此畜香草根刷答言實爾世尊呵責廣說乃
至制其學處應如是說
若復苾芻尼畜香草根刷者波逸底迦
尼謂吐羅難陀等畜香草根刷者謂畜香草
刷釋罪相等廣說如前
畜細篦學處第一百七十七
緣處同前時吐羅難陀尼因乞食入他舍取
婦人細篦用梳告言甚善便即自畜俗旅見
譏尼白苾芻苾芻白佛佛問吐羅難陀汝實
如此畜細篦不答言實爾世尊呵責廣說乃
至制其學處應如是說
若復苾芻尼畜細篦者波逸底迦
尼謂吐羅難陀等畜細篦者謂畜篦梳釋罪
相等廣說如前
畜麤梳學處第一百七十八
緣處同前尼畜麤梳制戒如上
用前三事學處第一百七十九
吐羅難陀尼用前三事制戒如上
畜假髻莊具學處第一百八十
緣處同前時吐羅難陀尼作如是念我今有
何戲樂之事而猶未作遂見婬女畜假髻莊
具諸耽色男子之所圍繞尼往竊問曰汝今

云何得爲存濟彼以事意具向尼說但由假髻衆人愛重故得存活尼作是念斯亦好計我所須者用此而得即便作髻安於頭上嚴飾其身同彼婬女一邊而住耽色男子來求歡會高索價直不遣近身時有一人遂與其價便欲抱尼婬女作念我若不告此人恐破苾芻尼戒便即告曰且放且放我今在此男纔放已尼持財走男隨後趂引手撮頭空髻在手尼將物去便出大聲叫言禿沙門女行鄙惡法誑惑世間取我衣直急走而去尼白苾芻苾芻白佛佛問吐羅難陀汝實如此畜假髻莊具答言實爾世尊呵責廣說乃至制其學處應如是說

若復苾芻尼畜假髻莊具者波逸底迦

尼謂吐羅難陀等畜假髻莊具者謂畜僞頭髻釋罪相等廣說如前

諸大德阿離移迦僧伽我已說一百八十波逸底迦今問諸大德是中清淨不（如是三說）

諸大德是中清淨默然故我今如是持（第三部竟）

第四部波羅底提舍尼法

諸大德此十一波羅底提舍尼法半月半月戒經中說

攝頌曰

乳酪及生酥　熟酥油糖蜜　魚肉并乾脯

得法學人家

緣在室羅伐城時十二衆苾芻尼無病爲身而行乞食從他索乳隨意而飲諸外道不信敬長者婆羅門等共爲譏嫌諸苾芻尼非清淨行但自養身從他索乳得便自飲誰不樂欲精淳美味諸尼聞此俗旅譏嫌諸少欲尼

具白苾芻苾芻白佛佛問諸尼汝等如此實無有病爲已身從他乞乳便於俗家隨意而飲答言實爾世尊呵責廣説乃至制其學處應如是説

若復苾芻尼無病爲已詣白衣家乞乳若使人乞而飲用者是苾芻尼應還村外住處詣諸苾芻尼所各别告言大德我犯對説惡法是不應爲今對説悔是名對説法如是世尊爲諸苾芻尼制學處已後於異時苾芻尼病餘尼問病聖者病得損不病尼報曰我先以乳用爲飲食病得除損世尊今制不許尼乞病何能愈即以此緣白諸苾芻苾芻白佛佛言我今聽尼有病乞乳隨意當飲先制不許次復重開如上廣説乃至是名對説法除有病時

尼謂此法中尼無病爲已詣白衣家乞乳者謂身無病患從他求乳若使人乞而食用者謂使餘人乞是苾芻尼者謂犯此學尼應還村外住處者謂往餘尼所各别告言者謂各别説悔大德我犯對説惡法者謂陳所犯罪相是不應爲者謂其非法今對説悔者謂自發露不覆藏是名對説法者謂指其事除病時者謂有患苦若無病乞食者皆得惡作罪是名對説法有病者乞無患者食食者得惡作罪乞者無犯無病者乞有患者食乞者得惡作罪食者無犯爲病者乞無病者食乞者無犯食者應説悔爲病者乞病者食無犯苾芻尼乞得乳更索酪者乞者惡作食者應對説悔尼得酪更從索生酥乞者惡作食者應對説悔尼得生酥更從索熟酥得罪同前尼

得熟酥已更乞油者亦如上説尼得油已更乞沙糖罪亦同前尼得糖已更從索蜜肉同前得罪得蜜肉已更乞魚亦如上説得魚已更乞肉亦同上得肉已乞乾脯亦同上得乾脯已乞諸精食亦如上説得精食已更乞麤食咸得惡作無犯者爲衆營事癡狂心亂痛惱所纏此是最初對説悔法如是應知酪生酥熟酥油糖蜜魚肉乾脯是此十對説法乞者皆犯如上廣説

緣在廣嚴城於此城中有一長者名曰師子得見諦理於佛聲聞衆深生正信所有資財供養三寶如是奉施家財罄盡資産悉空時具壽舍利子與大目連因行人間至廣嚴城其時師子聞二尊至速詣奉請明當就食俗旅譏嫌作如是語師子長者衣不覆身食不充口皆由供養苾芻聞已白佛佛言汝諸苾芻可與師子學家羯磨更有斯類亦如是如常集衆令一苾芻作白羯磨應如是作大德尼僧伽聽此師子長者信心慇重意樂淳善隨其所有悉皆惠施佛法僧伽曾無悋心諸有求人亦皆給與由是衣食悉皆罄盡若僧伽時至聽者僧伽應許僧伽今與師子長者作學家羯磨白如是羯磨准白應作若苾芻尼知僧伽作學家羯磨已不應往彼受其飲食牀座卧具及爲説法違者得惡作罪又因十二衆尼先不受請往此家食以緣白佛佛問實呵責制其學處應如是説

若復苾芻尼知是學家僧伽與作學家羯磨苾芻尼先不受請便詣彼家自手受食食是苾芻尼應還村外住處詣苾芻尼所各別告

言大德我犯對説惡法是不應爲今對説悔是名對説法諸苾芻尼皆不往彼悉不爲受佛言應爲受牀坐上而食有餘菜茹及葉亦可爲受有小男女分與殘食廣嚴城人皆聞師子爲供養故令遭貧苦躬爲耕作收斂穀實倉庫豐盈是時師子詣世尊所白言大德我先有物皆爲供養佛法僧田致令罄盡今者家中多收穀實唯願世尊哀愍我故解學家法聽諸僧尼受我供養佛言諸苾芻應爲將軍解學家法應如是與僧伽悉集令師子隨次禮敬在上座前蹲踞合掌作如是語大德僧伽聽我師子先於三寶所深起信心意樂淳善常樂惠施由施三寶故以至貧窮由此僧伽哀愍我故作羯磨令諸聖衆不入我家我今財食還復豐盈然我師子先得衆法今從大衆乞解羯磨唯願爲我解羯磨法慈愍故三説如是白已禮衆而去是時大衆應令一人准所爲事作白二羯磨解既作解已諸苾芻苾芻尼衆如昔還往隨受供養並皆無犯若復苾芻尼者謂此法中尼餘如上説學者謂信三寶證得見諦家謂四姓尼謂佛弟子羯磨者謂白二法於如是家先不受請輒往受食者得罪此中犯者於如是處受二五食噉咽之時同前得罪説悔如上若得解法食皆無犯又無犯者廣如前説

諸大德我已説十一波羅底提舍尼法今問諸大德是中清淨不（如是三説）

諸大德是中清淨默然故我今如是持（第四部竟）

第五部衆學法

諸大德此衆學法半月半月戒經中説

總攝頌曰

衣食形齊整　俗舍善容儀　護鉢除病人　洟唾過人樹

爾時世尊爲諸苾芻制衆多學法著衣噉食等所有軌儀諸苾芻尼皆須依學時諸苾芻尼雖聞教已未能依法著衣太高淨信婆羅門等見不齊整便生譏誚作如是語此諸苾芻尼衣不齊整同無恥人諸苾芻尼聞已白苾芻苾芻白佛佛言不應太高著衣應當學即著衣太下俗復譏嫌佛言不應太下著衣如新嫁婦女應當學或時當前長垂猶如象鼻或時腰邊細襵如多羅葉諸俗譏嫌佛言不應爾或時攝聚一角反擘腰邊猶如虵頭佛言不應爾或時捉其上角團内腰邊猶如豆團佛言不應如是著衣應當學

緣處同前時吐羅難陀苾芻尼著衣露腹事同婬女諸苾芻尼見共爲譏嫌告言聖者如是著衣應爲淨法吐羅尼曰我曾見諸宫内女人如是著衣尼白苾芻苾芻白佛佛言諸苾芻尼不應著衣露腹應當學

時諸苾芻尼或時高視或復高聲入白衣家諸俗譏嫌佛言不應高視入白衣舍應當學

齊整著五衣應當學

緣處同前時十二衆苾芻尼於婆羅門長者家乞食顧視四方不爲庠序諸根掉動不觀前行入他舍時見諸端正男子欲心熾盛不淨流下乞得不得速便出外俗衆見已譏嫌禿沙門女實非淨行詐言淨行尼白苾芻苾芻白佛佛言苾芻尼若月期將至不應往他舍應當學

時十二衆苾芻尼覆頭偏抄衣雙抄衣叉腰拊肩入白衣舍同無恥人及新嫁女諸苾芻尼聞見譏嫌問言諸具壽豈合如此彼便答言諸耽色男女皆如是作然我等不知欲求相學白佛佛言不覆頭不偏抄衣不雙抄衣不叉腰不拊肩入白衣舍應當學

時十二衆苾芻尼蹲行足指行跳行側足行努身行乃至諸人譏嫌彼答同前佛言不蹲行不足指行不跳行不側足行不努身行入白衣舍應當學

時十二衆苾芻尼摇身掉臂摇頭排肩連手入白衣舍諸人見譏亦同前説佛言不摇身不掉臂不摇頭不排肩不連手入白衣舍應當學

時鄔波難陀於小食時著衣持鉢入室羅伐城乞食時有婆羅門性樂清淨家有牀座鄔波難陀入坐牀上婆羅門見譏嫌佛言在白衣舍未請坐不應坐應當學

時具壽鄔陀夷有淨信婆羅門屈請就座而坐不善觀察輒爾便坐於其牀上有一孩兒遂便壓死佛言在白衣舍不善觀察不應坐應當學

爾時世尊與聲聞衆受淨飯大王宫中供養時具壽鄔陀夷不善斂身令瞿甲夫人恠其非法後於異時獨至宫中夫人令坐朽牀放身而坐牀破倒地因致譏醜廣説乃至佛言苾芻尼若於俗家坐時不應放身而坐可善觀察應當學

或於俗舍疊足而坐或重内外踝而坐或急斂足或長舒足或露身坐諸俗譏嫌佛言不

應如是當制學處
在白衣舍不疊足不重內踝不重外踝不急
斂足不長舒足不露身應當學
時有施主請佛及僧尼就舍而食其行食者
不善用心撥放美團苾芻尼於鉢不恭敬護
遂多損破佛言恭敬受食應當學
時十二衆苾芻尼入菩提長者舍乞食長者
與食滿鉢受飯復受羹臛鉢便溢滿流出汙
地因生譏恥以事白佛佛制學處應如是說
不得滿鉢受飯更安羹菜令食流溢於鉢緣
邊留屈指用意受食應當學
或食未至預申其鉢如乞索人現饕餮相因
生譏恥佛言爲制學處應如是說行食未至
勿預舒鉢應當學
不安鉢在食上應當學

或復食時現憍慢相猶如小兒及諸婬女佛
言不應如是憍慢而食應恭敬食應當學
或復食時極小入口極大入口如貧乞人佛
言不應如是不極小摶不極大摶圓整而食
應當學
時有施主請佛及僧就舍而食時鄔波難陀
苾芻與摩訶羅苾芻隣次而坐時摩訶羅大
開其口向上而望時鄔波難陀便以土塊遥
擲口中報言且食此物佛言不應如是預張
其口若食未至不張口待應當學
時十二衆苾芻尼含食言語諸俗譏嫌佛言
不應如是不得含食語應當學
或復至施主家見羹菜少恐不充足先請得
羹以飯蓋覆更望多得諸俗譏嫌佛言不應
如是不得以飯覆羹菜不將羹菜覆飯更望

多得應當學

時有施主請苾芻食其食過甜十二衆即便彈舌相告謂食大醋或復過醋十二衆即便噂噍相告謂食大甜或有施主請二衆僧伽食其食過熱十二衆即便呵氣相告云食大冷呵熱方食或其食過冷十二衆即便吹氣相告云食大熱吹氣方食此等皆是倒說其事故惱施主佛言不應爾應制學處不彈舌食不噂噍食不呵氣食不吹氣食應當學

或時六衆受請食時以手把散飯食猶如鷄鳥或云食惡共相毀呰或復以食塡頰細細取食或復食時齧半留半或復舒舌舐掠脣口佛言應制學處不手散食不毀呰食不塡頰食不齧半食不舒舌食應當學

時有露形外道鄔波索迦近生敬信歸佛法僧遂請佛就舍而食行諸飲食及以麨團薄餅蘿菔是時六衆欲譏施主便以麨團作窣堵波像上安蘿菔覆以薄餅遂相告曰此是惡趣中露形外道脯刺拏塔漸取食之蘿菔便倒更相告曰此是露形外道作窣堵波今便崩倒施主見已息歸敬心佛言應制學處不作窣堵波形食應當學

或時六衆受他請食其美好者有餘著手中即便以舌重舐其手鉢亦如是或是振手或復振鉢謂以鉢水振灑餘人汙彼衣服見他好衣生嫉妒故佛言如是等皆不應作應當學

時有施主飯食衆僧報言聖者多有好食莫多請麨六衆不信便多受麨後見好食欲棄其麨比座有一摩訶羅苾芻四顧而望于時

六衆苾芻便持麨團置彼鉢内遂令溢滿不暇受餘佛言當看鉢食應當學

時有苾芻食時鉢滿六衆傍觀共生輕慢云此摩訶羅能噉食佛言不輕慢心觀比座鉢中食應當學

時六衆苾芻以不淨手捉淨水瓶遂令諸蠅競來附近招致譏醜佛言不以汙手捉淨水瓶應當學

時苾芻尼在江猪山於菩提長者高樓上食以洗鉢水棄在好地施主生嫌佛言應制學處在白衣舍不棄洗鉢水除問主人應當學

緣在室羅伐城時有婆羅門孩兒遇病有鄔波索迦是彼知識來告之曰孩子若病宜往僧處從諸苾芻乞鉢中水令其洗沐必得平善時婆羅門即往求水見鄔波難陀從乞鉢水鄔波難陀便以殘麨餅内置鉢水中而授與彼彼見雜水起穢惡心作如是語我兒寧死誰能用此鄙惡之物而洗浴耶以事白佛佛言不應以此穢水持施於人若人來乞鉢水時應淨洗鉢置清淨水誦經中要頌阿利沙伽他呪之三徧授與彼人或洗或飲能除萬病

阿利沙伽他者謂是佛所說頌出聖教中若讀誦時有大威力但是餘處令誦伽陀者皆此類也即如河池井處洗浴飲水之時或暫於樹下偃息取涼而去或止客舍或入神堂踏曼荼羅踐佛塔影障蔽尊容或大衆散時或城邑聚落或晨朝日暮禮拜尊儀或每食罷時或灑掃塔廟諸如此事類寔繁皆須口誦伽他奉行獲福若故心違慢咸得惡作之罪但以東川法衆比先不行故因注言知聖教之有在其伽他者即如頌云云也

世間五欲樂　或復諸天樂　若比愛盡樂
千分不及一　由集能生苦　因苦復生集
八聖道能超　至妙涅槃處　所爲布施者

必獲其義利　若爲樂故施　後必得安樂
佛言不得以殘食置鉢水中應當學
時有苾芻安鉢地上下無儭替招致譏醜令
疾損壞佛言應制學處地上無替不應安鉢
應當學
時有尼立洗鉢失手墮地打破其鉢佛言不
立洗鉢應當學
時有尼於危險崖岸置鉢佛言不應爾不於
危險岸處置鉢應當學河水急流逆以鉢㦸
遂令鉢破佛言不應爾不得逆流酌水應當
學
十二衆尼前人坐自已立爲其説法時有敬
信三寶婆羅門居士等譏呵佛言不應爾人
坐已立不爲説法應當學
時有病人不能久立聽法佛言若是病人坐
卧高下於道非道及以車乘著靴覆頭冠華
瓔珞持蓋刀仗并著甲胄等若是病者隨何
威儀爲説無犯非病不合爲制學處當如是
説
人坐已立不得爲説法除病應當學
人卧已立不得爲説法除病應當學
人在高座已在下座不得爲説法除病應當
學
人在前行已在後行不得爲説法除病應當
學
人在道已在非道不得爲説法除病應當學
不得爲覆頭者不爲偏抄衣不爲雙抄衣不
爲叉腰者不爲拊肩者説法除病應當學
不爲乘象者不爲乘馬不爲乘轝不爲乘車
者説法除病應當學

不爲著履靴鞋及履屨者說法除病應當學
不爲戴帽著冠及作佛頂髻或纏頭或冠花者說法除病應當學
不爲持蓋者說法除病應當學
緣在劫比羅城時吐羅難陀立大小便諸俗人見共作譏嫌佛言不應爾不立大小便除病應當學
時吐羅尼持已故衣令浣衣人洗彼不肯洗便起瞋心於彼洗衣水中故放不淨佛言不應爾不得水中大小便洟唾除病應當學
緣在室羅伐城時有施主請僧受食時看寺人恠其遲晚恐日時過遂上高樹望彼歸來時有裕旅見而譏笑沙門釋子升上高樹與俗何殊佛言不應爾不上過人樹時有苾芻尼爲繫染繩不敢升樹復有虎狼難至亦不敢升因被殘害佛言不得上過人樹除爲難緣應當學

七滅諍法

攝頌曰

現前并憶念　不癡與求罪　多人語自言　草掩除衆諍

佛告諸苾芻尼有七滅諍法應當修學應與現前毗柰耶當與現前毗柰耶應與憶念毗柰耶當與憶念毗柰耶應與不癡毗柰耶當與不癡毗柰耶應與求罪自性毗柰耶當與求罪自性毗柰耶應與多人語毗柰耶當與多人語毗柰耶應與自言毗柰耶當與自言毗柰耶應與草掩毗柰耶當與草掩毗柰耶若有諍事起當以此七法順大師教如法如律而殄滅之

忍是勤中上　能得涅槃處　出家惱他人
不名沙門尼
此是毗鉢尸如來等正覺説是戒經
明眼避險途　能至安隱處　智者於生界
能遠離諸惡
此是尸棄如來等正覺説是戒經
不毀亦不害　善護於戒經　飲食知止足
受用下卧具　勤修增上定　此是諸佛教
此是毗舍浮如來等正覺説是戒經
譬如蜂採花　不壞色與香　但取其味去
尼入聚落然
此是俱留孫如來等正覺説是戒經
不違逆他人　不觀作不作　但自觀身行
若正若不正
此是羯諾迦如來等正覺説是戒經

勿著於定心　勤修寂静處　能救者無憂
常令念不失　若人能惠施　福增怨自息
修善除衆惡　惑盡至涅槃
此是迦攝波如來等正覺説是戒經
一切惡莫作　一切善應修　徧調於自心
是則諸佛教　護身爲善哉　能護語亦善
護意爲善哉　盡護最爲善　尼若護一切
能解脱衆苦　善護於口言　亦善護於意
身不作諸惡　常淨三種業　是則能隨順
大仙所行道
此是釋迦如來等正覺説是戒經
毗鉢尸式棄　毗舍俱留孫　羯諾迦牟尼
迦葉釋迦尊　如是天中天　無上調御者
七佛皆雄猛　能救護世間　具足大名稱
咸説此戒法　諸佛及弟子　咸共尊敬戒

恭敬戒經故　獲得無上果　汝當求出離
於佛教勤修　降伏生死軍　如象摧草舍
於此法律中　常爲不放逸　能竭煩惱海
當盡苦邊際　所爲說戒經　廣釋戒要義
當共尊敬戒　如犛牛愛尾　我已說戒經
衆僧長淨竟　福利諸有情　皆共成佛道

根本說一切有部苾芻尼毗柰耶卷第二十

音釋

滓壯士切柤也　阿笈摩梵語正云阿達婆外道書名笈極曄切　環玔環胡關切指鐶也玔樞絹切臂鐶　璫都郎切充耳之珠也　刷篦梳刷數滑切篦邊迷切梳山於切並理髮之器也　濽子旦切灑也　撮子括切兩指撮也　脯匪父切乾肉也　襵陟葉切猶摺也　擪益涉切按也　拊肩拊斐父切指也　跳他弔切躍也　壘力軌切猶疊也　踝胡瓦切足骨也　擻桑葛切揮散也　鉢緣緣以絹切鉢緣謂鉢口邊也　饕餮饕吐刀切貪財也餮他結切貪食也　嚩噍嚩補各切噍子立切嚩噍噍食貌　舐掠舐甚爾切餂也掠離灼切拂也　蘿菔蘿魯何切菔鼻墨切菜名即蘿蔔也　儭替儭初覬切　孿俱願切抒滿也

善見毗婆沙律

蕭齊外國沙門僧伽跋陀羅譯

清刻龍藏佛說法變相圖

善見毗婆沙律卷第一

蕭齊外國沙門僧伽跋陀羅譯

序品第一

南無諸佛

若人百億劫　不可思議時　爲一切衆生
往至疲倦處　正爲世間故　南無大慈悲
由法難知故　從生生世間　稽首頭頂禮
甚深微妙法　破裂壞消盡　無明煩惱網
若戒定智慧　解脫具足行　勤修功德者
衆僧良福田　我今一心歸　頭面稽首禮
歸命三寶竟　至演毗尼義　令正法久住
利益饒衆生　以此功德願　消除諸惡患
若樂持戒者　持戒離衆苦

說曰律本初說爾時佛在毗蘭若優波離爲說之首時集五百大比丘衆何以故如來初

成道於鹿野苑轉四諦法輪最後說法度須跋陀羅所應作者已訖於拘尸那末羅王林娑羅雙樹間二月十五日平旦時入無餘涅槃七日後迦葉從葉波國來與五百比丘僧往拘尸那國問訊世尊路逢一道士迦葉問曰見我師不道士答曰汝師瞿曇沙門命過已經七日瞿曇涅槃諸人天供養我從彼得此天曼陀羅華迦葉與大比丘聞佛已涅槃宛轉啼哭悶絶躃地時有比丘名須跋陀羅摩訶羅言止止何足啼哭大沙門在時是淨是不淨是應作是不應作令適我等意欲作而作不作而止時迦葉默然而憶此語便自思惟惡法未與宜集法藏若正法住世利益衆生迦葉復念佛在世時語阿難我涅槃後所說法戒即汝大師是故我今當演此法迦葉惟念如來在世時以袈裟衲衣施我又念往昔佛語比丘我入第一禪定迦葉亦入定如來如是讚歎我聖利滿足與佛無異此是如來威德加我譬如大王脱身上鎧施與其子使護其種姓如來當知我滅度後迦葉當護正法是故如來施衣與我迦葉即集比丘僧語諸比丘我於一時聞須跋陀羅摩訶羅言大沙門在時是淨是不淨是應作是不應作令適我等意欲作而作不作而止諸長老我等輩宜出法藏及毗尼藏諸比丘白大德迦葉大德當選擇諸比丘大德迦葉佛法九闕一切悉通一切學人須陀洹斯陀含愛盡比丘非一百亦非一千通知三藏者得至四辯有大神力得三達智佛所讚歎又愛盡比丘五百少一是大德摩訶迦葉所以選擇五

百而少一者爲長老阿難故若無阿難無人出法阿難所以不得入者正在學地大德迦葉爲欲斷諸誹謗故不取阿難諸比丘言阿難雖在學地而親從佛前受修多羅祇夜於法有恩復是耆老釋迦種族如來親叔之子又無偏黨三毒大德迦葉應取阿難足五百數此是衆聖意也諸大德比丘作是思惟在何處集法藏惟王舍城衆事具足我等宜往王舍城中安居三月出毗尼藏莫令餘比丘在此安居所以者何恐餘比丘不順從故是以遣出於是大德迦葉白二羯磨於僧耆品中廣明於是從如來涅槃後七日大會復七日中供養舍利過半月已餘夏一月半在迦葉已知安居已近迦葉語諸長老我等去時已至往王舍城大德迦葉將二百五十比丘逐一路去大德阿㝹樓馱將二百五十比丘復逐一路去賢者阿難取如來袈裟比丘僧圍繞往舍衛國至如來故住處舍衛城人見阿難已懊惱悲泣問阿難言如來今在何所而獨來耶諸人號哭猶如如來初涅槃時賢者阿難以無常法教化諸人既教化已入祇樹園即開佛房取佛牀座出外拂拭入房掃灑掃灑已取房中故供養華出外棄之還取牀座復安如本賢者阿難種種供養如佛在時無異於是阿難從佛涅槃後坐倚既久四大沉重欲自療治一日已至三日中服乳取利而於寺坐時有修婆那婆羅門來請阿難阿難答曰今日服藥不得應命明日當赴至日將一長老比丘到修婆那家修婆那即問修多羅義是故阿含第十品中名修婆那修

多羅經於是阿難於祇樹園中種種修護已欲入安居向王舍城大德迦葉與阿㝹樓馱一切比丘衆至王舍城爾時見十八大寺一時頽毀如來滅後諸比丘衣笂諸物縱横棄散而去是故狼籍五百大德比丘順佛教故修護房舍若不修護外道當作此言瞿曇沙門在世時修治房舍旣涅槃後棄捨而去爲息此譏嫌故宜應料理迦葉言佛在世時讚歎安居先事修護房舍作計校已往至阿闍世王所告求所須王見比丘頭面禮足即問大德何所須求迦葉答曰十八大寺頽毀敗壞今欲修護王自知之王答善哉即給作人夏初一月日迦葉等修治修治寺中已復往王所而白王曰所修護寺今悉畢竟我等今者便演出法藏及毗尼藏王答大善所願成就王復言曰我今當轉王威法輪諸大德當演無上法輪王白衆僧我今正聽諸大德使令衆僧答曰先立講堂王問何處起載答曰可於先底槃那波羅山邊禪室門邊造此中閑靜王答甚善於是阿闍世王威力猶如第二忉利天毗舍伎巧須臾之頃即立成辦棟梁椽柱障壁階道皆悉刻鏤種種異妙於講堂上以珍玩妙寶而莊嚴之懸衆雜華繽紛羅列地下亦復如是種種殊妙猶如梵天宫殿無異氍毹茵蓐薦席五百敷置牀上悉北向坐又高座以衆寶莊飾選高座中置精妙者擬以說法高座東向衆僧語阿難曰明日集衆出毗尼藏汝猶須陀洹道云何得入汝勿懈怠於是阿難自思惟明日衆聖集法我云何以初學地入中阿難從初夜觀身已過

中夜未有所得阿難思惟世尊往昔有如是言汝已修功德若入禪定速得羅漢佛言無虛當由我心精勤太過今當籌量取其中道於是阿難從經行處下至洗脚處洗脚已入房却坐牀上欲少時消息倚身欲卧脚已離地頭未至枕於此中間便得羅漢若有人問於佛法中離行住坐卧而得道者阿難是也於是大德迦葉至中月二日中食已竟料理衣鉢集入法堂賢者阿難欲現證所得令大衆知不隨衆僧入衆僧入已次第而坐留阿難坐處下座衆僧從上和南次及空處而問留此處擬誰答曰擬阿難又問阿難今在何處阿難知衆心故現神足故於此處沒當坐處踊出現身於是衆僧坐竟大德迦葉語諸長老爲初說法藏毗尼藏耶諸比丘答曰大德毗尼藏者是佛法壽毗尼藏住佛法亦住是故我等先出毗尼藏誰爲法師長老優波離衆有問曰阿難不得爲法師耶答曰不得爲法師何以故佛在世時常所讃歎我聲聞弟子中持律第一優波離也衆曰今正應問優波離出毗尼藏於是摩訶迦葉作白羯磨問優波離長老僧聽若僧時到僧忍聽我問優波離毗尼法中白如是優波離作白羯磨大德僧聽若僧時到僧忍聽我今答大德迦葉毗尼法白如是如是優波離白羯磨已整身衣服向大德比丘頭面作禮作禮已上高座而坐取象牙裝扇迦葉還坐已問優波離長老第一波羅夷何處說因誰起耶答曰毗舍離結因迦蘭陀子須提那起問曰犯何罪也答曰犯不淨罪迦葉問優波離罪因緣人

身結戒隨結戒有罪亦問無罪亦問如第一波羅夷如是第二第三第四因緣本起大迦葉悉問優波離隨問盡答是故名四波羅夷品復次問僧伽婆尸沙復次問二不定次問三十尼薩耆波夜提次問九十二波夜提次問四波羅提提舍尼次問七十五衆學次問七滅諍法如是大波羅提木叉作已次問比丘尼八波羅夷名波羅夷品復次問十七僧伽婆尸沙次問三十尼薩耆波夜提次問六十六波夜提次問八波羅提提舍尼次問七十五衆學次問七滅諍法如是已作比丘尼波羅提木叉竟次問蹇陀次問波利婆羅如是律藏作已大德迦葉一切問優波離優波離答已是故名爲五百羅漢集律藏竟於是長老優波離放扇從高座下向諸大德比丘作禮作禮已還復本座摩訶迦葉言毗尼集竟問法藏誰爲法師應出法藏諸比丘言長老阿難於是大德迦葉作白羯磨長老僧聽若僧時到僧忍聽我問長老阿難法藏白如是阿難復作白羯磨大德僧聽若僧時到僧忍聽我今答大德迦葉法藏白如是於是阿難從座起偏袒右肩禮大德僧已即登高座登高座已手捉象牙裝扇大德迦葉問阿難法藏中梵網經何處說耶阿難答曰王舍城那蘭駄二國中間王菴羅絺屋中說因誰而起因修悲夜波利婆闍迦婆羅門揵多因二人起大德迦葉問阿難梵網經因緣本起次問沙門果經何處說耶阿難答曰於王舍城耆婆林中說爲誰說耶爲阿闍世王梵棄子等如是沙門果經因緣本起以是方便問五

部經何謂爲五部答曰長阿含經中阿含經僧述多經鴦崛多羅經屈陀迦經問曰何謂屈陀迦經答曰除四阿含餘者一切佛法悉名屈陀迦經四阿含中一切雜經阿難所出惟除律藏佛語一味分别有二用初中後說其味有三三藏亦復如是戒定慧藏若是部黨五部經也若一二分别有九部經如是聚集有八萬法藏問曰何以名爲一味世尊得阿耨多羅三藐三菩提乃至涅槃時於一中間四十五年爲天龍夜叉揵闥婆阿修羅迦樓羅緊那羅摩睺羅伽人非人等是爲一味若一解脫性復爲一味何謂爲二法藏毗尼藏何以初中後說佛初中後說是謂爲三而說偈言

流轉非一生　走去無猒患　正覓屋住處
更生生辛苦　今已見汝屋　不復更作屋
一切脊肋骨　碎折不復生　心已離煩惱
愛盡至涅槃

復有法師解優陀那偈此是如來初說月生三日中得一切智慧踊躍觀看因緣說是偈言

時法生成就　蹇陀迦中說

如來臨涅槃時勑諸比丘汝於我法中愼莫懈怠此是最後說於兩中間是名中說問曰何謂三藏答曰毗尼藏修多羅藏阿毗曇藏是名三藏問曰何謂毗尼藏二波羅提木叉二十三蹇陀波利婆羅是名毗尼藏問曰何謂修多羅藏答曰梵網經爲初四十四修多羅悉入長阿含初根牟羅波利耶二百五十二修多羅悉入中阿含烏伽多羅阿婆陀那

爲初七千七百六十二修多羅悉入僧述多折多波利耶陀那修多羅爲初九千五百五十七修多羅悉入鴦崛多羅法句喻嘔陀那伊諦佛多伽尼波多毗摩那畢多涕羅涕利伽陀本生尼涕婆波致叅毗陀佛種姓經若用藏者破作十四分悉入屈陀迦此是名修多羅藏問曰何謂阿毗曇藏答曰法僧伽毗崩伽陀兠迦他耶摩迦鉢叉逼伽羅坊那柢迦他跋偷此是阿毗曇藏問曰何謂毗尼義耶說偈答曰

將好非一種　調伏身口業　知毗尼義者
說是毗尼義

問曰何謂種種五篇波羅提木叉波羅夷爲初五篇七聚罪是謂爲種種戒毋將成堅行寬方便隨結從身口不善作此是將身口業是故名毗尼耶問曰何謂修多羅以偈答曰

種種義開發　善語如秀出　經緯與涌泉
繩墨線貫穿　是謂修多羅　甚深微妙義

問曰何謂發義答曰自發義能發他義問曰何謂善語答曰先觀人心然後善語問曰何謂秀出答曰譬如禾稻秀出結實問曰何謂經緯答曰以線織成問曰何謂涌泉答曰如泉取者衆多而無窮盡問曰何謂繩墨答曰如直繩能去曲木問曰何謂爲線答曰譬如散華以線貫穿風吹不散修多羅者亦復如是貫諸法相亦不分散問曰何謂阿毗曇以偈答曰

有人意識法　讃歎斷截說　長法是故說
是爲阿毗曇

此是阿毗偈也意識讃歎斷截長此入阿毗

義也問曰何謂爲意答曰修多羅句云有人言極劇意云何是阿毗意義也何謂爲識答曰修多羅句晝夜阿毗此是阿毗識義也何謂讚歎答曰王阿毗王此是阿毗讚歎義也何謂斷截答曰足力阿毗此是阿毗斷截義也何謂爲長答曰阿毗于多此是阿毗長義也又曰生色界慈心徧觀一方毗阿羅識者色聲乃至觸是識義也讚歎者學法無學法世間無上法此是讚歎義也斷截者觸法成學是斷截義也長者大法不可度量阿耨多羅法是長義也此義應當知之又曰曇者法也何謂爲藏以偈答曰

知藏藏義味　從義學器者　我今合一說
藏義汝自知　此是藏義也

問曰何謂爲藏答曰藏者學此是法藏也又修多羅句云如人執攬與鏁鈇而來此是器義也今已總說三藏應當知是二義也已略說毗尼藏智藏亦言義器修多羅亦如是又曰阿毗曇者則是藏也如是已知復於三藏中種種因緣指示佛法語言分別隨所縛著學除甚深相學破合離者次第文句至義自出今次第現此三藏阿毗說曰阿毗者意義識義讚歎義斷截義出過廣義大義無上義何謂爲意憶持也識者分別也讚歎者常爲聖人之所讚歎也斷截者分別偈也出過者過於餘法也廣者於諸法中最爲廣也大者諸法之最大也無上者諸法無能勝也曇者舉義承義護義何謂爲舉舉者舉置衆生於善道也承者承受衆生不令入三惡道也護者擁護衆生令得種種快樂也藏者器也何

謂爲器器者能聚集衆義也問曰藏與阿毗曇爲同爲異答曰同又問曰若同者但云阿毗曇自足何須復言藏也答曰聖人説法欲使文句具足故更安藏字也如是三藏義亦爾又爲指示故爲教授故爲分別故爲繫故爲捨故爲甚深相故爲離合故若比丘隨所至處顯現如是一切諸義此是三藏如是次第威德顯現正義隨罪過隨比類隨教法隨覆見纏名色差別若人依毗尼爲行則得入定得定便具三達智此是戒爲行本因三昧故便具六通若人修學阿毗曇能生實智慧實慧既生便具四辯若人隨順律語得世間樂何謂爲世間樂淨戒之人人天讃善常受世間四事供養此世間樂除欲樂如修多羅説佛所説我已知之不宜在家出家學道而得道果得道果者戒定慧力也隨逐惡者皆由無智無智故佛教妄解妄解故誹謗如來作諸惡業自破其身從此因緣廣生邪見於阿毗曇僻學者捉心過急則心發逸所不應思如修多羅告諸比丘有四法不應思而思心則發狂法師曰如是次第破戒邪見亂心善不善説已而説偈言

具足不具足　隨行而得之　比丘樂學者

當愛重此法

如是藏義知一切佛語應當知何謂爲阿含法師曰有五阿含何謂爲五一者長阿含二者中阿含三者僧育多阿含四者鴦崛多羅阿含五者屈陀伽阿含問曰何謂爲長阿含三品中梵網經爲初四十四修多羅悉入三品中是名長阿含法師問云何名之爲長聚

衆法最多故名爲長又問曰云何謂爲阿含
答曰容受聚集義名阿含如修多羅說佛告
諸比丘我於三界中不見一阿含如畜生阿
含純是衆生聚集處也以是義故中阿含亦
應知不長不短故名爲中於十五品根學修
多羅爲初一百五十二修多羅是名中阿含
七月日出法竟大德迦葉修理成就十力法
已於是大地如人歡喜歎言善哉善哉乃徹
黃泉六種震動又種種奇異妙相出現此是
五百大衆羅漢初集名也而說偈言
世間中五百　羅漢出是法　故名五百出
諸賢咸共知
是時大衆說大德迦葉問優波離波羅夷何
處結耶亦問犯處亦問因縁亦問人身此問
大德自知答曰時因人結戒是故結戒一切

次第我今當說爾時佛在毗蘭若處問曰何
時說耶答集五百大衆說如是種種義出已
問曰何以優波離說答曰爲大德迦葉問是
戒本已現今誰持者持者何處住我當說根
本今說章句義爾時佛住毗蘭若此根本律
藏初如是說長老優波離佛前持佛未涅槃
時六通羅漢無數千萬從優波離受世尊涅
槃後大德迦葉爲初諸大悲衆集閻浮利地
中誰能持優波離爲初諸律師次第持乃至
第三大衆諸大德持今次第說師名字優波
離大象拘蘇那拘悉伽符目揵連子帝須五
人得勝煩惱次第閻浮利地中持律亦不斷
乃至第三一切諸律師皆從優波離出此是
連續優波離何以故優波離從金口所聞聚
於心中開施與人人知已有學人須陀洹斯

陀舍阿那舍不可計數愛盡比丘一千大象拘是優波離弟子從優波離口悉聞自解至深極理學人初受不可計數愛盡比丘一千蘇那拘此是大象拘弟子蘇那拘從師口受取律已讚誦性自知律學人初受不可計數愛盡比丘一千悉伽符是蘇那拘弟子從師口受持已於一千阿羅漢中最勝性自知律學人初受學不可計數愛盡比丘非百千不可度量爾時閻浮利地無數比丘集目揵連子帝須神力第三大衆欲現如是毗尼藏閻浮利地中諸法師次第乃至第三大衆持應當知問曰何謂爲第三大衆答曰此是次第時已出竟光明妙法用智慧故而說是讚曰

壽命住世間　五百智慧明　五百中大德
迦葉最爲初　譬如燈油盡　涅槃無著處

跋闍子品第一集法藏

於是衆聖日夜中次第而去世尊涅槃已一百歲時毗舍離跋闍子比丘毗舍離中十非法起何謂爲十一者鹽淨二者二指淨三者聚落間淨四者住處淨五者隨意淨六者久住淨七者生和合淨八者水淨九者不益縷尼師壇淨十者金銀淨此是十非法於毗舍離現此十非法諸跋闍子修修那伽子名阿須阿須爾時作王黨跋闍子等爾時長老耶須拘迦是迦乾陀子於跋闍中彷徉而行毗舍離跋闍子比丘毗舍離中現十非法聞已我不應隱住壞十力法若爲方便滅此惡法即往至毗舍離到已爾時長老耶須拘迦乾陀子於毗舍離大林鳩咤伽羅沙羅中住爾時跋闍子比丘說戒時取水滿鉢置比丘僧

中爾時毗舍離諸優婆塞來詣跋闍子比丘作如是言語諸優婆塞應與衆僧錢隨意與半錢若一錢使衆僧得衣服一切應說此是集毗尼義七百比丘不減不長是名七百比丘集毗尼義於集衆中二萬比丘集長老耶斯那比丘發起此事於跋闍子比丘衆中長老離波多問薩婆迦薩婆迦比丘答律藏中斷十非法及消滅諍法大德我等輩今應出法及毗尼擇取通三藏者至三達智比丘擇取已於毗舍離婆利迦園中衆已聚集如迦葉初集法藏無異一切佛法中垢洗除已依藏更問依阿含問依枝葉問依諸法聚問一切法及毗尼藏盡出比是大衆於八月日得集竟說偈讚曰

世間中七百　是爲七百名　依如前所說汝等自當知

是時薩婆迦眉蘇寐離婆多屈闍須毗多耶須娑那參復多此是大德阿難弟子修摩㝹婆娑婆伽眉此二人是阿㝹留馱弟子已曾見佛而說偈言

第二好集衆　大法一切出　已至重法處應作已作竟　愛盡比丘者　是名第二集

阿育王品第三集法藏

諸大德自作念言當來世我等師法如是濁垢起有無耶大德即見當來世非法垢起從此以後百歲又十八年中波咤利弗國阿育王已生世生已一切閻浮利地靡不降伏於佛法中甚篤信極大供養於是諸外道梵志見阿育王如此信佛法外道梵志貪供養故入佛法中而作沙門猶事外道如舊以外道

法教化諸人如是佛法極大濁垢濁垢欲成於是諸大德作是念我等輩及當來世見垢不各自觀壽命不及復作是念誰爲當來宣傳諸大德觀一切人民及欲界中都無一人復觀諸梵天有一天人短壽曾觀法相諸大德作如是念我等當往請此梵天人下生世間於目揵連婆羅門家中受胎然後我等教化令其出家得出家已一切佛法通達無礙三達智已破壞外道判諸諍法整持佛法於是諸大德往至梵天梵天人名帝須諸大德至語帝須從此百年後十八年中如來法極大垢起我等觀一切世間及欲界不見一人能護佛法乃至梵天見汝一人善哉善人若汝生世間以十力法汝當整持諸大德作是言已大梵帝須聞諸大德佛法中垢起我當洗除聞已歡喜踊躍答曰善哉對已與諸大德立誓於梵天應作已罷從梵天下爾時有大德和伽婆旃陀跋闍二人於衆少年通持三藏得三達智愛盡阿羅漢是二人不及滅諍諸大德語二長老汝二人不及滅諍衆僧令依事罰汝當來有梵天人名帝須當託生目揵連婆羅門家汝二人可一人往迎取度出家一人教學佛法於是諸大德阿羅漢隨壽長短各入涅槃而說偈言

第二七百衆　和合滅非法　當來法因緣
已作令久住　愛盡得自在　善通三達智
神通得自在　猶不免無常　我今記名字
傳流於將來　如是生無常　已知生難得
若欲得常住　當勤加精進

此第二僧說摩訶梵魔帝須從梵天下託生

目揵連婆羅門家於是和伽婆觀見帝須已入婆羅門家受胎知受胎已和伽婆日日往其家乞食乃至七年何以故爲度因緣故於是七年乞餅不得乞水亦不得過七年已復往乞食其家人應曰食已竟大德更往餘家和伽婆念言今得語已還於婆羅門從餘處還於路見和伽婆咄出家人從我家來耶有所得不答曰得婆羅門還至家中而問家人比丘乞食有與不耶家人答曰都不與之婆羅門言比丘妄語若明日來者我當詰問明日門外坐大德和伽婆明日來婆羅門問曰大德昨言乞有所得定無所得何以妄語比丘法得妄語不大德和伽婆答曰我往汝家七年都無所得昨始得家人語我更往餘家是故言得婆羅門自思念言此比丘正得語而言有所得善哉是知足人也若得飲食者便應大歡喜婆羅門即迴已飲食分施與和伽婆而作是言從今以去日日於此取食於是和伽婆日日恒往取食婆羅門見和伽婆威儀具足發大歡喜心歡喜心已復更請曰大德自今以後莫餘乞長來此食和伽婆默然受請日日食已漸示佛法示已而去爾時婆羅門子年始十六已學婆羅門法三韋陁書婆羅門子初從梵天下猶好淨潔牀席還提悉不與人雜若欲往師所以牀席還提以帛潔裹懸置屋間而去去後大德和伽婆至而作是念時今至矣來往多年此婆羅門子都不共語以何方便而化度之即以神力令家中牀坐隱蔽不見唯見婆羅門子所舉還提爾時婆羅門見和伽婆來徧求坐牀了不

能得唯見其子所舉遷提即取與和伽婆坐婆羅門子還見和伽婆坐其遷提見已心生忿怒即問家人誰提我遷提與沙門坐大德和伽婆食竟婆羅門子瞋心已息大德和伽婆語婆羅門子汝何所知婆羅門子咄沙門我無所知誰應知也婆羅門子問和伽婆沙門知韋陀法不問已此沙門必知大德和伽婆於三韋陀中通達及乾晝楷書伊底訶寫文字一切分別婆羅門子於狐疑法不能通達所以爾者由師不解婆羅門子問和伽婆於難解中問問盡答和伽婆語婆羅門子汝問已多我今次問汝一事汝應當答婆羅門子言善哉沙門我當分別答耶和伽婆於雙心中問婆羅門子若人心起而不滅若人心滅而不起若人心滅而滅若人心起而起於是婆羅門子仰頭向虛空下頭視地不知所以反諂沙門咄沙門此是何義和伽婆答此是佛韋陀婆羅門子問諸大德得與我不答曰得復問云何可得答曰汝若出家然後可得於是婆羅門子心大歡喜來到父母所而白言此沙門知佛韋陀我欲就學用白衣服沙門不與令我出家然後當得父母作是念已善哉若汝出家學韋陀竟當速還家婆羅門子心念言我就此沙門學佛韋陀竟者當還臨欲去時父母教勑汝能勤學當聽汝去答曰無暇教勑於是婆羅門子往詣和伽婆所到已和伽婆即取婆羅門子度爲沙彌以三十二禪定法教其思惟婆羅門子須臾之頃得須陀洹道和伽婆思念此婆羅門子已得道跡不樂還家譬如焦穀不復更生此沙

彌亦復如是和伽婆復言若我與禪定深法其得羅漢者恬靜而住於佛法中不復更學我今遣其往詣旃陀跋闍所教學佛法并宣我意和伽婆言善來沙彌汝可往彼大德旃陀跋闍所學佛法耶汝到彼已當作是言大德我師遣來此教學佛法旃陀跋闍答善哉沙彌明日當教帝須一切佛法及義唯除律藏教學已竟受具足戒未滿一歲即通律藏於三藏中悉具足知和尚阿闍梨以一切佛法付帝須已隨壽命長短入於涅槃爾時帝須深修禪定即得阿羅漢以佛法教導一切人民爾時賓頭沙羅王生兒一百賓頭沙羅王命終阿育王四年中殺諸兄弟唯置同母弟一人過四年已然後阿育王自拜爲王從此佛涅槃已一百一十八年後阿育王即統領閻浮利地一切諸王無不降伏王之威神統領虛空及地下各一由旬阿耨達池諸鬼神恒日日獻水八擔合十六器以供王用爾時阿育王已信佛法以水八器施比丘僧二器施通三藏者二器供王夫人餘四器自供又雪山鬼神日日獻楊枝木名羅多柔輭香美王及夫人宮中妓女合一萬六千人寺中比丘有六萬衆常以楊枝恒日日供比丘僧及王夫人宮中妓女悉令備足復有雪山鬼神獻藥果名阿摩勒訶羅勒此果色如黃金香味希有復有鬼神獻熟菴羅果復有鬼神日日獻五種衣服悉黃金色及手巾又日日獻賢聖蜜漿又獻塗香及闍提華海龍王又獻石眼藥阿耨達池邊有自然秔米香美擣剥去皮取完全者鸚䳇日日齎九千擔獻王

又巧作堂屋中蜜蜂結房作蜜以供王迦陵頻伽之鳥來至王所作種種妙音以娛樂王王有如是神力又於一日王作金鎖遣鎖鎖海龍王將來此海龍王壽命一劫曾見過去四佛龍王到已賜坐師子座以白傘覆上種種香華供養阿育王脫已所著瓔珞瓔珞海龍王身以一萬六千妓女圍遶供養阿育王語海龍王言我聞如來相好殊妙我欲見之汝可現之於是海龍王受教即現神力自變已身爲如來形像種種功德莊嚴微妙有三十二大人之相八十種好譬如蓮華鬱波羅華開敷莊嚴水上亦如星宿莊嚴虛空青黄赤白種種光色去身一尋以自莊嚴譬如青虹亦如電光圍遶而去譬如金山衆寶光明而圍遶之一切衆生視之無猒諸梵天龍夜

又揵闥婆等於七日之中瞻仰目不暫捨阿育王見之歡喜自從登位三年唯事外道至四年中信心佛法王所以事外道者時阿育王父賓頭沙羅王本事外道日日供施婆羅門六萬人王與夫人宫内悉事外道是故相承事之有一日阿育王供設諸婆羅門王於殿上坐見諸婆羅門左右顧視都無法用王見如此而作是念我且更選試必有法則者我當供養作是念已向諸臣言卿等若有事沙門婆羅門者可請來我宫中我當供施諸臣答曰善哉答已各去於是諸臣依其所事事尼揵陀等諸外道各將至王宫到已而白王言此是我等羅漢是時阿育王即敕施牀座高下精麤各各不同王語諸外道隨力所堪各各當坐而坐諸外道聞王此言仍各自

量而坐或坐還提者或坐木段者王觀察如此自作念曰此諸外道等定無法用王即知已而作是言外道如此不足供施食訖即命出又復一日王於殿上在窻牖中見一沙彌名泥瞿陀從殿前過行步平正威儀具足王問此誰沙彌耶左右答曰泥瞿陀沙彌是先王長子修摩那之子也法師曰我今依次第說因緣爾時賓頭沙羅王病困阿育王從所封爵支國來還父王國即殺修摩那太子仍自把王國事阿育王殺太子修摩那已檢校宮內修摩那妃先已懷胎滿十月仍假服逃出去城不遠至旃陀羅村村邊有樹名泥瞿陀有一天人作此樹神樹神見修摩那妃語言善來妃聞樹神喚即往至樹所樹神神力化作一屋語妃曰汝可往此屋妃聞語已即便入屋其夜而生一男兒母爲作字名泥瞿陀於是旃陀羅主敬心供給如奴見大家無異時王妃住樹神屋中七年泥瞿陀年已七歲爾時有阿羅漢比丘名婆留那以神通觀泥瞿陀因緣應度作是念今時至矣欲度爲沙彌即往詣妃所求度爲沙彌妃即與令度婆留那即度爲沙彌髮未落地即得羅漢又一日沙彌料理裝束已往詣師所供養已取鉢盂袈裟往至母所從城南入過殿前行出城東門爾時阿育王在殿上向東遥行王見泥瞿陀沙彌於殿前過威儀具足視地七尺而行心中清淨此因緣已前說今當廣說於是阿育王而作是念彼沙彌者屈伸俯仰威儀庠序當有聖利法也王見沙彌已信心歡喜即發慈哀心何以故過去世時此沙彌是

阿育王兄曾共修功德而作偈說
往昔因緣故　今生復歡喜　譬如鬱鉢華
得水鮮開敷
於是阿育王生慈悲已不能自止即遣三臣
往喚沙彌諸臣極久未時得還復遣三臣三
臣到已語沙彌言沙彌速去於是沙彌執持
威儀安庠而來到已王語沙彌當自觀察隨
意坐也於是沙彌觀看衆中都無比丘沙彌
知已仍欲就白傘高座而作方便令王受鉢
王見沙彌作方便已心自念言此沙彌者必
爲家主沙彌即以鉢授王已即就王座王以
已所食施與沙彌沙彌自量取足而受沙彌
食竟於是王問沙彌沙彌師教沙彌悉知不
答曰我知少分王言善哉爲我說之善哉大
王我當爲說沙彌而作是念量王所堪即爲
說法呪願便說半偈
不懈怠者是涅槃　若懈怠者是生死
王聞已向沙彌言我知已但說令盡沙彌呪
願已竟王向沙彌言曰供養八分沙彌答善
哉我當迴與師王問沙彌師是誰耶答曰無
罪見罪訶責是名我師王言更與八分沙彌
答善哉我當與阿闍梨王復問言闍梨是誰
答共於善法中教授令知是我闍梨王復答
言善哉我更與八分沙彌答此八分與比丘
僧王復問言比丘僧是誰答言我師我闍梨
我是依止故得具足戒王聞是已倍增歡喜
王語沙彌若爾我更與八分沙彌答言善哉
受受已而去明日沙彌與比丘僧三十二人
來至王宮到已中食竟王問沙彌更有比丘
無沙彌答言有若有者更將三十二人來如

是漸增乃至六萬是時外道六萬徒衆失供養分大德泥瞿陀即授王及宫内夫人諸臣悉受三歸五戒是時王及諸人信心倍增無有退轉王爲諸衆僧起立大寺安處衆僧乃至六萬日日供養王所統領八萬四千國王勑諸國起八萬四千大寺起塔八萬四千王勑諸國造立塔寺各受王命歡喜而造復有一日於阿育僧伽藍作大布施布施已王於六萬比丘僧中坐而作是言我有四種供給湯藥飲食衣服卧具自恣與僧語已而作是問諸大德佛所統領有幾種法耶比丘答曰於法有九法聚有八萬四千王聞已至心於法王作是念我當立八萬四千寺以供養八萬四千法聚即日出銀錢九十六億而喚大臣臣到已王語臣言我所領八萬四千國遣人宣令國起一寺阿育王自作阿育僧伽藍衆僧見阿育王欲起大寺見已有一比丘名因陀崛多有大神力漏盡羅漢衆僧即差因陀崛多統知寺事是時因陀崛多見寺有所闕短處自以神力修治令辦王出銀錢羅漢神力三年乃成諸國起寺來啓答王一日俱到白統臣言造塔寺已成統臣入白王言八萬四千國起八萬四千寺塔皆悉已成王答言善哉王語一大臣可打鼓宣令寺塔已成七日之後當大供養布施國中一切内外人民悉受八戒身心清淨過七日已莊嚴擬赴王命如天帝釋諸天圍遶阿育王國土亦復如是莊嚴竟人民遊觀無有猒足人民悉入寺舍爾時集衆有八億比丘僧九十六萬比丘尼於集衆中羅漢一萬諸比丘僧心作是

念我當以神通力令王得見已所造功德見此已然後佛法大盛諸比丘以神通力王所統領閻浮利地縱廣四萬乃至海際其中所起塔寺一切供養布施種種功德使王一時覩見王得見已心中歡喜而白衆僧言如我今者供養如來作大布施心中歡喜有如我不於是衆僧推目揵連子帝須令答王帝須答王言佛在世時諸人供養不及於王唯王一人無能過者王聞帝須此語心中歡喜不斷而作是言於佛法中作大布施無與我等我當受持佛法如子愛父則無有狐疑於是大王問比丘僧我於佛法中得受持不爾時帝須聞王語已又見王邊王子名摩哂陀因緣具足便作念若是王子得出家者佛法極大興隆念已而白王言大王如此功德猶未入佛法譬如有人從地積七寶上至梵天以用布施於佛法中亦未得入況王布施而望得入王復問言云何得入法分帝須答言若貧若富身自生子令子出家得入佛法作是言已王自念我如此布施猶未入佛法我今當求得入因緣王觀看左右見摩哂陀而作是念我弟帝須已自出家即立摩哂陀爲太子王復籌量立爲太子好令出家好即語摩哂陀汝樂出家不摩哂陀見叔帝須出家後心願出家聞王此言心大歡喜即答實樂出家若我出家王於佛法得入法分爾時王女名僧伽蜜多立近兄邊其壻先已與帝須俱出家王問僧伽蜜多汝樂出家不答言實樂王答若汝出家大善王知其心心中歡喜向比丘言大德我此二子衆僧爲度令我得入

佛法

善見毗婆沙律卷第一

音釋

躃房辟切倒也鎧苦亥切甲也㝅奴候切懊烏皓切恨也拭賞職切拭也療力嶠切治病也鏤盧候切雕刻也氍毹氍強魚切毹山芻切氍毹毛席也中月二日西土中月二日此方六月十七日也騫陀梵語也此言雜事騫九件切波利婆羅梵語也此言三擯四羯磨絺丑知切鴦崛鴦於良切崛渠勿切脊肋脊資昔切背呂也肋盧則切脅骨也嫗衣遇切坋扶粉切坻直饑切劇奇逆切甚也阿毗于多梵語也此云長毗頻脂切毗阿羅梵語也此云意義鏵胡瓜切臿刃也鈇風無切斧也咤陟駕切乾畫梵語也此言一切物名諮即移切訪問也秔古行切稻不黏者哂式忍切

善見毗婆沙律卷第二

蕭齊外國沙門僧伽跋陀羅譯

衆僧已受即推目揵連子帝須爲和尚摩訶提婆爲阿闍梨授十戒大德末闡提爲阿闍梨與具足戒是時摩哂陀年滿二十即受具足戒於戒壇中得三達智具六神通漏盡羅漢僧伽蜜多阿闍梨名阿由波羅和尚名曇摩波羅是時僧伽蜜多年十八歲度令出家於戒壇中即與六法王登位以來已經六年二子出家於是摩哂陀於師受經及毗尼藏摩哂陀於三藏中一切佛法皆悉總持同學一千摩哂陀最大爾時阿育王登位九年有比丘拘多子名帝須病困劇持鉢乞藥得酥一撮其病增長命將欲斷向諸比丘言三界中愼勿懈怠語已飛騰虛空於虛空中而坐即化作火自焚燒身入於涅槃是時阿育王聞人宣傳爲作供養王念言我國中比丘求藥而不能得王於四城門邊起作藥藏付藥滿藏中時波咤利弗國四方城門邊有四千客堂堂日得錢五千以供王用爾時王以錢一千供大德泥瞿陀一千供養塔像華香直取一千供給法堂一千供諸律師一千供衆僧四城門邊藥藏日一萬以用買藥直爾時佛法興隆諸外道等衰殄失供養利周遍乞食都無所得爲飢渴所逼託入佛法而作沙門猶自執本法教化人民此是律此是法旣不用佛法律威儀進止悉不得法來入寺住至布薩日來入僧中諸善比丘不與其同爾時目揵連子帝須自念言諍法起已不久當盛我若住僧衆諍法不滅即以弟子付摩哂

陀已目揵連子帝須入阿休河山中隱靜獨住諸外道比丘欲以己典雜亂佛法遂成垢濁外道猶行己法或事火者或五熱炙身或大寒入水或破壞佛法者是故諸善比丘不與同布薩自恣及諸僧事如是展轉乃至七年不得說戒阿育王知已遣一大臣來入阿育僧伽藍白衆僧教滅鬪諍和合說戒大臣受王勑已入寺以王命白衆僧都無應對者臣便還更諮傍臣王有勑令衆僧滅諍而不順從卿意云何傍臣答言我見大王往伏諸國有不順從王即斬殺此法亦應如此傍臣語已使臣往至寺中白上座言王有勑令衆僧和合說戒而不順從上座答言諸善比丘不與外道比丘共布薩非不順從於是臣從上座次第斬殺次及王弟帝須而止帝須見殺諸比丘即自念言此臣受取王勑僻故殺諸衆僧也問曰帝須是誰答曰是王弟同生爾時阿育王登位立弟爲太子太子一日入林遊戲見諸羣鹿陰陽和合太子作是念此諸羣鹿噉草飲水尚復如此豈況比丘在寺房舍牀蓐細輭飲食適口當無是事太子遊還到王所白王言我向出遊見諸羣鹿陰陽和合畜生噉草飲水尚有此事諸比丘僧在寺舍供養備足豈無此事王聞語已即自念言非狐疑處而生狐疑一日太子帝須觸忤王意王忿而語太子帝須我今以王位別汝七日作王訖已我當殺汝是時太子帝須雖受王位七日之中日夜妓樂飲食種種供養心不染著形體羸瘦憂惱轉劇所以爾者猶畏死故七日已滿王喚帝須問何意羸瘦飲

食妓樂不稱意耶帝須答言死法逼迫心不甘樂王聞語已語帝須言汝已知命七日當死猶尚惶怖況諸比丘出息入息恒懼無常心有何染著王語已帝須於佛法中即生信心又復一日太子帝須出遊行獵漸漸前行至阿練若處見一比丘坐名曇無德有一象折取木枝遥拂比丘太子見已心發懼喜而作願言我何時得如彼比丘曇無德比丘自逆知帝須心願比丘即以神力飛騰虚空於虚空中而坐令帝須得見從虚空飛往阿育僧伽藍大池中於水上而坐立脱僧伽梨鬱多羅僧置虚空中入池洗浴是時太子帝須見大德有如是神力心大歡喜而言今日我當出家即還宫中白王言我欲出家王必哀念聽我出家王聞帝須求出家心大驚怪答言宫中妓女百味餚膳娱樂快樂何以出家王種種方便令其心止志意堅固永不肯住而答王言宫中婇女歡樂暫有會當别離大王歎言善哉即遣諸臣使平治道路掃灑清淨豎立幢旛種種莊嚴莊嚴竟已臣白王言裝束已辦王取太子公服天冠瓔珞莊嚴太子千乘萬騎圍遶奉送往至寺中衆僧見太子帝須出家心大歡喜有辦僧伽梨者鬱多羅僧者安陀會者鉢盂者擬待太子即出家已是時太子往到禪房至曇無德比丘所求欲出家國中豪貴諸長者兒一千童子隨太子出家國中人民見太子出家各自念言太子如此尊貴尚捨王位出家修道我等貧窮何所戀慕念已無數人衆悉隨出家阿育王登位四年太子出家復有王外甥阿耆婆羅

門是僧伽蜜多增已有一男兒阿耆聞太子出家心中驚喜往至王所即白王言我今欲隨太子出家願王聽許王答善哉即與太子俱白出家如是於佛法中多有刹利出家佛法興隆時帝須言當知此臣僻取王意殺諸比丘臣殺未已帝須比丘便前遮護臣不得殺臣即置刀往白王言我受王勑令諸比丘和合說戒而不順從我已依罪次第斬殺殺猶未盡帝須比丘即便遮護不能得殺臣白王言帝須比丘爲殺以不王聞臣言殺諸比丘即大驚愕心中懊惱悶絶躃地以冷水灑面良久乃甦即語臣言咄咄我遣汝入寺欲令衆僧和合說戒何以專輒而殺衆僧王往寺中白諸衆僧我前遣一臣教令和合說戒不使殺諸比丘此臣專輒枉殺衆僧不審此事誰獲罪耶有比丘答言由王故殺此是王罪或有比丘言兩俱得罪有一比丘即問王言王心云何有殺心不王答言我本以功德意遣無殺心也若王如此王自無罪殺者得罪王聞如是言已心生狐疑問諸比丘有能斷我狐疑者不若能斷我狐疑心者我當更竪立佛法諸比丘答言有目揵連子帝須能斷狐疑竪立佛法於是即遣法師四人人各有比丘一千侍從而去復遣大臣四人人各有一千人將從往迎大德目揵連子帝須須得而歸是時二部衆往至阿休河山中迎取目揵連子帝須到已而言王喚帝須帝須不去王復更遣法師八人人各有比丘一千侍從大臣八人人各一千侍從到已復言王喚帝須帝須不去王遲望二使經久未及王心

狐疑王復問諸大德大德我已遣二使往迎目揵連子帝須使已經久而不見至衆僧答言恐迎者僻宣王意言喚帝須是故不來王復問言云何作諸語而得來耶衆僧答王當作是言佛法已沒願屈大德來更共豎立乃可得來王聞是言更遣法師十六人人各比丘一千侍從大臣十六人人各將一千人王復問彼法師爲老爲少衆僧答言老若其老者當用轝迎衆僧答言不得乘轝王復問言彼大德者住在何處答言阿休河山中若爾當遣舫乘往迎勑使者言汝若到已當請大德住大舫中可使四邊帶仗防護是時大衆使者發去到阿休河山中即以王命白大德言今佛法已沒仰屈大德來共豎立於是大德聞使語已言我出家正爲佛法今時至矣

即取坐具而起帝須自念言明當至彼吒利弗國是時阿育王夜夢見如是相貌有一白象而來以鼻摩涕王頭捉王右手明旦王召相師曰我夜夢如是相貌爲吉爲凶有一相師即答王言捉王手者是沙門像也大王聞相師語已即得信來白王大德帝須今日已至王聞至已即出往迎王自入水至膝大德帝須欲上王以右手捧接大德大德帝須便捉王手左右拔劒欲斫大德帝須何以故阿育王法若人捉王頭及手即便斫頭是故拔劒欲斫爾時王見水中拔劒影王迴顧言咄咄我昔勑臣往至寺中令衆僧和合說戒而僻取我意殺諸比丘而汝今者復欲殺耶止止莫作我罪法師問曰比丘不得捉白衣手云何得捉答曰王爲欲聞法故往請來王即

是大德弟子故得捉手於是王將大德往園林中住三重防衛王自爲大德洗脚以油摩之摩竟於一邊而坐王自念言此大德能斷我疑不若能斷我疑者亦能斷諍法然後佛法豎立王念我旦當試大德我欲見大德神通力願爲示現帝須答言汝今樂見何等神力王言我欲見大地震動帝須問曰爲欲使一邊動一切動耶王復問言於此二種何者爲難帝須答言譬如銅盤盛滿中水有人動盤水悉動難半動半不動難王言半動半不動甚難帝須答言如是大王王言欲見半動半不動帝須語王周迴四方四由旬彈繩作界東方安車南方安馬西方安人北方安銅盤水使各騎界上一脚在内一脚在外銅盤水當安界上半入界内半在界外王即隨教作已於是帝須即入第四禪從禪定起而向王言善見大王大德帝須即以神力能使四方四由旬外悉大震動界内不動車馬及人外脚悉動内脚不動水半動半不動於是大王見大德神力如此即大歡喜我先所疑今得斷也於佛法中惡法得滅王即問大德帝須我先遣一臣到寺令僧和合說戒而臣專輙殺諸比丘此罪誰得耶帝須答言大王有殺心不王即答言我無殺心若無殺心王無罪也即便爲王說本生經佛語諸比丘先籌量心然後作業一切作業皆由心也帝須欲演本生經大王往昔有一鷓鴣鳥爲人籠繫在地愁怖便大鳴喚同類雲集爲人所殺鷓鴣問道士我有罪不道士答言汝鳴聲時有殺心不鷓鴣鳥言我鳴伴來無殺心也道士

即答若無殺心汝無罪也而說偈言

不因業而觸　不因心而起　善人攝心住　罪不横加汝

如是大德帝須方便令王知已七日在園林中帝須教王是律是非律是法是非法是佛說是非佛說七日竟王勑以步障作隔所見同者集一隔中不同見者各集異隔處處隔中出一比丘王自問言大德佛法云何有比丘答言常或言斷或言非想或言非想非非想或言世間涅槃王聞諸比丘言已此非比丘即是外道也王既知已王即以白衣服與諸外道驅令罷道其餘隔中六萬比丘王復更問大德佛法云何答言佛分別說也諸比丘如是說已王更問大德帝須佛分別說不答言如是大王知佛法淨已王白諸大德願大德布薩說戒王遣人防衛衆僧王還入城王去之後衆僧即集衆六萬比丘於集衆中目揵連子帝須爲上座能破外道邪見徒衆衆中選擇知三藏得三達智者一千比丘如昔第一大德迦葉集衆亦如第二須那拘集衆出毗尼藏無異一切佛法中清淨無垢第三集法藏九月日竟大地六種震動所以一千比丘說名爲第三集也法師問曰三集衆誰爲律師於閻浮利地我當次第說名字第一優波離第二䭾寫拘第三須那拘第四悉伽婆第五目揵連子帝須此五法師於閻浮利地以律藏次第相付不令斷絶乃至第三集律藏從第三之後目揵連子帝須臨涅槃付弟子摩哂陀摩哂陀是阿育王兒也持律藏至師子國摩哂陀臨涅槃付弟子阿栗咤

從爾已來更相傳授至于今日應當知之我今説往昔師名從閻浮利地五人持律藏至師子國第一名摩哂陀第二名一地史第三鬱帝史第四名參婆樓第五名拔陀沙此五法師智慧無比神通無礙得三達智於師子國多教授弟子摩哂陀臨涅槃付弟子阿栗吒阿栗吒付弟子帝須達多帝須達多付弟子伽羅須末那伽羅須末那付弟子地伽那地伽那付須末那須末那付伽羅須末那伽羅須末那付曇無德曇無德付帝須帝須付提婆提婆付須末那須末那付專那伽專那伽付曇無波離曇無波離付爾摩爾摩付優波帝須優波帝須付法叵法叵付阿婆耶阿婆耶付提婆提婆付私婆如此諸律師智慧第一神通無礙得三達智愛盡羅漢如是師師相承至今不絶法師曰我今又説根本因縁爾時於波吒利弗國集第三毗尼藏竟往昔目揵連子帝須作如是念當來佛法何處久住即以神通力觀看閻浮利地當於邊地中興於是目揵連子帝須集諸衆僧語諸長老汝等各持佛法至邊地中豎立諸比丘答言善哉即遣大德末闡提汝至罽賓揵陀羅吒國中摩訶提婆至摩醯娑末陀羅國勒棄多至婆那婆私國曇無德至阿波蘭多迦國摩訶曇無德至摩訶勒棄多至臾那世界國末示摩至雪山邊國須那迦鬱多羅至金地國摩哂陀鬱帝夜參婆樓拔陀至師子國各豎立佛法於是諸大德各各眷屬五人而往諸國豎立佛法爾時罽賓國中有龍王名阿羅婆樓國中種禾稻始欲結秀而龍王注大

洪雨禾稻没死流入海中爾時大德末闡提比丘等五人從波吒利弗國飛騰虛空至雪山邊阿羅婆樓池中下即於水上行住坐卧龍王眷屬童子入白龍王言不知何人身著赤衣居在水上侵犯我等龍王聞已即大瞋忿從宮中出見大德末闡提龍至忿心轉更增盛於虛空中作諸神力種種非一令末闡提比丘恐怖復作暴風疾雨雷電霹靂山巖崩倒樹木摧折猶如虛空崩敗龍王眷屬童子復集一切諸龍童子身出烟竟起大猛火雨大礫石欲令大德末闡提恐怖既不恐怖而便罵言禿頭人君爲是誰身著赤衣如是罵詈大德顏色不異龍王復更作是罵言捉取打殺語已更喚兵衆現種種神變猶不能伏大德末闡提以神通力蔽龍王神力向龍王説若汝能令諸天世人一切悉來恐怖我者一毛不動汝今更取須彌山王及諸小山擲置我上亦不能至大德作是語已龍王思念我作神力便已疲倦無所至到心含忿怒而便停住是時大德知龍王心以甘露法味教化示之令其歡喜歸伏龍王受甘露法已即受三歸五戒與其眷屬八萬四千俱受五戒復有雪山鬼夜叉揵闥婆鳩槃荼鬼等聞大德末闡提説法已即受三歸五戒復有夜叉五人與眷屬俱訶梨帝耶夜叉尼有五百子得須陀洹道於是大德末闡提喚一切夜叉及龍王從今已後莫生瞋恚莫殘害人民禾稻於諸衆生生慈悲心令得安樂一切諸龍鬼等答言善哉如大德教即當順從即日龍王作大供養龍王遣取己七寶牀與末闡

提末闡提坐於牀上龍王立近末闡提邊以扇末闡提是時罽賓揵陀勒叉國人民常以節日集往枸會龍王到已見大德末闡提各相謂言此比丘神力乃勝龍王於是人民悉禮末闡提禮已而坐末闡提爲諸人民說讀譬經說已八萬衆生即得道果千人出家法師言從昔至今罽賓國皆著袈裟光飾其境而說偈言

罽賓揵陀國　爾時末闡提　瞋恚大龍王
教化令受法　復有餘大衆　從繫縛得解
八萬得天眼　出家一千衆

大德摩訶提婆往至摩醯婆慢陀羅國至已爲說天使經說竟四萬人得道果皆悉隨出家而說偈言

摩訶提婆　有大神力　得三達智　到摩醯婆
爲說天使經　度脫諸衆生　四萬得天眼
皆悉隨出家

大德勒棄多往婆那婆私國於虛空中而坐坐已爲說無始經說已六萬人得天眼七千人出家即起五百寺而說偈言

大德勒棄多　有大神通力　到婆那婆私
於虛空中坐　爲說無始經　衆生得天眼
出家七千人　五百僧伽藍

大德曇無德往阿波蘭多國到已爲諸人民說火聚譬經說已令人歡喜三萬人得天眼令服甘露法從刹利種男女各一千人出家如是佛法流布而說偈言

大德曇無德　有大神通力　往阿婆蘭多
說火聚經法　令服甘露法　衆生得天眼
一千比丘僧　比丘尼如是

大德摩訶曇無德往至摩訶勒咤國到已爲說摩訶那羅陀迦葉本生經說已八萬四千人得道三千人出家如是佛法流通而說偈言

大德摩訶曇　有大神通力　往摩訶勒咤　說迦葉本經　衆生得道果　出家三千人

大德摩訶勒棄多往史那世界國到已爲說迦羅羅摩經說已史那世界國七萬三千人得道果千人出家史那世界佛法流通而說偈言

摩訶勒棄多　有大神通力　往史那世界　說摩迦羅經　衆生得道果　出家一千人

大德末示摩大德迦葉大德提婆鈍毗帝須復大德提婆往雪山邊到已說初轉法輪經說法已八億人得道大德五人各到一國教化五千人出家如是佛法流通雪山邊而說偈言

大德末示摩　有大神通力　往到雪山邊　說初法輪經　衆生得道果　出家五千人

大德須那迦那鬱多羅往至金地國到已於金地中有一夜叉尼從海中出往到王宮中夫人共生兒已夜叉即奪取而食爾時王夫人生一男兒見大德須那迦來即大恐怖而作念言此是夜叉尼伴也即取器仗往欲殺須那迦須那迦問言何以持器仗而來諸人答言王宮中生兒而夜叉尼伴奪取而食君將非取伴耶須那迦答言我非夜叉尼伴我等名爲沙門斷殺生法護持十善勇猛精進我有善法是時夜叉尼聞王宮中生兒相與圍遶從海中出作如是言今王生兒我當往

取食王宮中國人見夜叉衆來皆大驚怖往白大德是時須那迦即化作夜叉大衆倍於彼衆而圍遶之夜叉尼等見化夜叉而作念言彼夜叉者當已得國今將欲來取食我等作是念已即各走去不得迴顧於是化夜叉衆隨後而逐不見而止大德須那迦即誦呪防護國土使諸夜叉斷不得入即爲國人民說梵網經說已六萬人得道果復有受三歸五戒者三千五百人爲比丘僧一千五百人爲比丘尼於是佛法流通法師言從昔至今王若生兒悉皆取名名須鬱多羅而說偈言

大德須那迦　鬱多羅比丘　有大神通力
往到金地國　爲說梵網經　衆生得道果
三千五百僧　一千五百尼

大德目揵連子帝須與衆僧遣摩哂陀往師子洲摩哂陀即作是念此時可去以不摩哂陀即入定觀師子阿㝹羅陀國王名聞荼私婆年已老耄不堪受化若往化者佛法亦不久住我今且止去時未至若王命終太子代位我當共往建立佛法我今且往外家欲問訊母復更自念到母國已當還此不仍往師子洲也摩哂陀往師所頭面禮足及比丘僧從阿育王僧伽藍出摩哂陀爲上座僧伽蜜多兒沙彌須末那等六人及一優婆塞名盤頭迦與共俱去過王舍城至南山村從此次第而去至毋國也法師曰何以故昔阿育王封鬱支國初往至國次第而去即到南山山下有村名卑提寫大富長者以女與阿育王爲婦到國而生一男兒名摩哂陀摩哂陀年已十四後阿育王便登王位留婦置鬱支國

在毘提寫村住是以經文注言摩哂陀經六
月日而至毋所爾時摩哂陀次第到毋國已
毋出頭面作禮作禮已竟爲設中食即立大
寺名毘地寫時摩哂陀少時住寺而作是念
此間所作已訖時可去不摩哂陀復自思念
我今且當待阿育王遣使往師子洲授太子
天愛帝須爲王竟然後我往使彼太子若登
位者得阿育王拜授爲王并聞如來功德必
大歡喜我伺其出遊眉沙迦山是時我與相
見過一月已當往到彼四月十五日衆僧集
布薩時便共籌量於是衆僧各各答言時可
去矣法師曰往昔說偈讚言

上座摩哂陀　大德鬱地臾　大德鬱帝臾
大德跋陀多　大德參婆樓　沙彌修摩那
皆得三達智　婆塞槃頭迦　已得見道跡
此諸大士等

爾時天帝釋知閻茶私婆王便已終殁即下
白摩哂陀言師子阿㝹羅陀國王命已壽終
今太子天愛帝須已登爲王我念往昔佛在
世時已說摩哂陀比丘當在師子土中興隆
佛法是故大德今應當去我亦侍從俱往至
彼天帝釋即作是言爾時佛在菩提樹下以
天眼遍觀世間即見師子洲中佛法興盛勑
語我言可與大德摩哂陀俱往師子洲中豎
立佛法是故我今作如是言大德摩哂陀已
受天帝釋語已即從毘地寫山與大衆俱飛
騰虛空到師子阿㝹羅陀國往至東方眉沙
迦山下是故從古至今名爲像山法師曰今
說往昔偈言

住毘地寫村　已經三十日　時至宜應去

往到師子洲　從閻浮利地　次第飛騰往
譬如虛空鴈　羅列不失次　如是諸大德
根本因緣起　國東眉沙山　翳鞬如黑雲
即到山頂上　徘徊而來下

爾時諸大德到師子洲中已摩哂陀爲上座於時佛涅槃已二百三十六歲佛法流通至師子洲中應當知之爾時阿闍世王登王位八年佛涅槃此年師子童子而於彼洲初立作王又有童子名毗闍耶往師子洲中安立人民住止處竟爾時閻浮地王名鬱陀耶跋陀羅登王位已十四年此毗闍耶於師子洲中命終鬱陀耶跋陀羅已十五年半頭婆修提婆於師子洲登王位爾時閻浮利地若那迦逯寫迦登王位二十年半頭婆修提婆王於彼命終阿婆耶即代爲王閻浮利地王名修佛那伽作王十七年阿婆耶王二十年有波君茶迦婆耶起兵伐阿婆耶王得仍即立代爲王閻浮利地王名迦羅育在位已十六年波君茶迦婆耶已十八年閻浮利地王名旃陀掘多作王已十四年波君茶迦婆耶命終闡茶私婆代閻浮利地王名阿育已在位十七年闡茶私婆命終天愛帝須代爾時佛涅槃後阿㝹樓陀王閔蹋王在位各八年那迦逹婆迦作王十四年修佛那迦作王十八年其兒代名阿育作王二十八年阿育王有十兒並登爲王二十二年次玟難陀代作王二十二年復有旃陀掘多作王二十四年賔頭沙羅王代在位二十八年阿育王代位已十八年摩哂陀到師子洲中即是王種次第應當知是時天愛帝須王有星宿惡忌避出

使臣打鼓宣令王當出使臣打鼓宣令王當出避與四萬衆圍遶出城到眉沙迦山王欲行獵爾時山中有一樹神欲令王得見大德摩哂陀樹神化作一鹿去王不遠示現噉草而便徐行王見化鹿即張弓捻箭引弓欲射王復念言我當諦射此鹿鹿仍迴向暗婆陀羅路而走王即逐後到暗婆陀羅化鹿知去摩哂陀不遠而滅於是摩哂陀見王已近而作是念今以神力令王正見我一人不見餘人大德摩哂陀即喚帝須帝須汝當善來王聞喚已而便念言今此國中誰敢喚我名者此何等人著赤衣服割截而成喚我名字生狐疑心此是何等爲是人乎爲是鬼神耶於是大德摩哂陀即答言我等沙門釋種法王之子爲哀愍大王從閻浮利地故來到此爾時天愛帝須王與阿育王以有書信逞作知識是時天愛帝須王功德瑞相有山名車多迦山邊生一竹林林中有三竹大如轅一名藤杖二名華杖三名鳥杖藤杖者其色白如銀金藤繞纏華杖者黃碧絳黑白華種種雜華瓔珞華杖鳥杖者鷹鷂者婆鳥者毗迦鳥如是種種衆鳥復有四足衆生如生氣無異

法師曰今說往昔偈讚

車多迦山邊　忽生一竹林　林中有三竹
其色白如銀　黃白絳碧黑　金藤圍繞纏
衆鳥及四足　種種雜華照

海中復出珊瑚眞珠摩尼金銀種種雜寶復有八種眞珠馬珠象珠車珠婆羅迦珠婆羅耶珠纏指珠迦鳩陀婆羅珠世間珠如是天愛帝須王遺信齎上三竹及衆寶物幷八眞

珠獻阿育王到已阿育王見大歡喜即答餉以五種服飾傘拂劒天冠七寶華屣及衆寶物不可計數何謂爲衆物檀陀迦螺及常滿河水騰沙迦華頻伽色髮衣一雙手巾青栴檀有土如平旦時色阿羅勒果阿摩勒果王女法師曰今說往昔偈言

天冠拂傘劒　七寶裝華屣　頻伽檀陀螺
色髮衣一雙　金鉢犧一具　阿耨達池水
鮮白貴手巾　無價青栴檀　平旦色白土
龍王石眼藥　菴摩阿梨勒　無上甘露藥
鸚鵡所獻果　其數五百擔　此諸衆妙物
阿育王功德

如是諸妙物是世間餉也復有三寶餉阿育王言我已歸依佛歸依法歸依僧作優婆塞此是釋種子法於三寶中汝當至心信受佛法阿育王遣信答天愛帝須王餉并授王位天愛帝須王以三月十五日受拜王位經一月日摩哂陀等來到復聞摩哂陀說我是釋種子天愛帝須王於獵場中即復思憶阿育王書言有釋種子即投弓放箭却坐一面各相問訊法師曰今說往昔偈讚言

投弓放箭却坐一面大王坐已問訊大德句次有義時四萬人往到王所各自圍遶是時軍衆到已大德摩哂陀即現六人王時見已而問大德此六人者何時來也答言與我俱來王復問於閻浮利地有餘如此沙門不答言彼國土者沙門衆多袈裟之服晃曜國內皆三達智神通無礙懸知人心漏盡羅漢佛弟子聲聞衆多王復問言諸大德等乘何來此答言我等不用水陸而來王自念言

當從虛空來也摩哂陀復作是念王有智慧無智慧耶我當試之有一菴羅樹王坐近樹摩哂陀因樹而問大王此是菴羅樹耶王即答言是菴羅樹置此菴羅樹更有樹無答言更有復置此樹更有樹無答言更有復置此樹更有餘樹無即答言有復問置餘樹更有樹無答此是菴羅樹耶摩哂陀答善哉大王有大智慧摩哂陀言王有宗親無答甚多大德置王宗親餘人有宗親無答言極多置王宗親置餘人宗親更有餘人無王便答言我即是也摩哂陀答善哉善哉大王聰明自知已身非親非餘人親於是大德摩哂陀言此王智慧能豎佛法即爲說呪羅訶象譬經說已王與四萬大衆一時俱受三歸是時王聽法已遣信還國欲取飲食王復念言即今非時非沙門食也飲食到已王自欲獨食意復疑曰而問諸大德大德食不答言此非我等沙門食時王問何時得淨也答曰從旦至中得應淨法王曰諸大德今可共還國答言不隨我等住此若諸大德住此請童子隨去答言此童子者已得道果通知佛法今欲出家王言若爾者我明當遣車來奉迎語已即頭頂禮足而便還去王去不久摩哂陀喚沙彌修摩那令應說法時汝可唱轉法輪修摩那白師言我今唱令聲至何處答言使聲滿師子國修摩那答言善哉大德即入第四禪已從禪定起自勑心已令師子國一切人民俱聞我聲仍便三唱三唱已竟王聞此聲即遣人往到諸大德所問有何等觸犯諸大德令聲驚大乃至如是大德答言無所驚動此是

唱聲欲演佛法是時地神聞沙彌聲即大叫喜喜聲徹虛空中虛空諸神展轉相承聲至于梵天梵天聞已一切來集是時摩哂陀即說平等心經說已諸天無數皆得道跡摩睺羅伽迦樓羅等皆受三歸如昔大德舍利弗說平等經無數人得道摩哂陀今說亦復如是過夜至明旦王遣車來迎到已使者白諸大德令車已至願屈而去答使者言我等不乘車也汝但先還今當隨後作是答已即飛騰虛空往阿㝹羅國城東而住是往昔諸佛住處而下摩哂陀等既初下此處即名初住處王遣使者迎諸大德即召諸臣共料理屋舍諸臣聞王語已心中歡喜王復念言昨所說法沙門法者不得高廣大牀王籌量未竟迎使者還已到城門使者見諸大德已先在城東衣服儼然心大驚喜入白王言大德已至王問使者諸大德爲乘車不使者答言不肯乘車使者復言我在前還諸大德在後來今已先至住在城門王聞使者語已勅言不須安高廣牀王教諸臣令敷地上安茵褥教已王即出迎諸大德諸臣即取氍毹重敷褥上國中相師見王以席敷地而自念此諸沙門便領此地永不移轉王迎諸大德到已頭頂禮足以種種供養迎入國內於是大德摩哂陀等見席敷地各自念言我等輩法於此地中不復移轉而各就座王以餚膳飲食種種甘味自手斟酌供設備足王遣信喚宮中大夫人名阿㝹羅與五百夫人使各齎華香供養王仍却坐一面於是大德摩哂陀即爲大眾雨大法雨說餓鬼本生經宮殿本經開

演四諦説已五百夫人皆得道果國中人民先隨王到眉沙迦山中者各相宣傳稱歎諸大德巍巍功德一切國中遠近悉來到國衆數填塞不得看諸大德作大吽聲王問何物吽聲答言國中民人不得見諸大德比丘故大吽耳王自念言此中窄狹不得悉入王語諸臣可更料理大象屋中以白沙覆地五色華散上懸施帳縵諸大德等在象王處坐諸臣敷施已竟入白王言於是諸比丘往象屋中到已各坐爲説天使經説已千人得道於象屋中人衆轉多復移於城南門外園林名難陀於中敷施薦席諸大德比丘往到爲衆説犢譬經千人得道從初日到第三説法二千五百人皆得道跡諸大德住難陀園國中長者婦女來到到已作禮問訊從旦至㝠諸比丘即從座而起諸臣驚怪而問諸大德今欲何去答言我等欲還所住臣即白大王諸法師欲去大王許不王即白言大德日今已㝠云何得去且停住此時諸比丘答言不住王復請言我父王有園名曰眉伽去此不遠不近可在中住往來便易於是諸大德隨王請住明旦大王復往問訊到已作禮而便白言夜來得安眠不起居何如此園可住以不諸大德答言可住乃説修多羅偈佛言我聽諸比丘園林中住王聞説已心大歡喜即以金瓶水授摩哂陀手水下著手是時國土地大震動王即驚怖白大德言大德何以如此地皆大動摩哂陀答大王勿有恐懼此國土者十力法與欲造大寺在此園地是故地爲先瑞故現此耳王聞語已倍增踊躍於是摩

晒陀明日與衆俱往王宫中食食訖還往難陀園中

善見毗婆沙律卷第二

音釋

殄徒典切滅也　瞰徒濫切食也　忤五故切違戾也　愕五各切驚遽也　甦素姑切死而更生也　遲直利切待也　輂以諸切車也　艕甫妄切船也　挲素何切挼挲也　罽居刈切　醯呼鷄切　霹靂霹芳辟切靂郎擊切　擲直炙切投也　耄莫報切人年八十九十曰耄　徘徊徘簿回切徊戶恢切　閦躕閦眉殞切躕直朱切　玟莫杯切　捻尼輒切指捻也　鷹於陵切鷹鷂也　鷂弋照切　餉式亮切饋也　屣所綺切履屬　犧許羈切　塡亭年切塞也　窄狹窄側格切狹胡夾切

善見毗婆沙律卷第三

蕭齊外國沙門僧伽跋陀羅譯

爲諸人民說無始界經復一日爲衆說火聚經如是展轉乃至七日八千五百人皆得道果佛法於此園中光明流布以是即名爲光明園也七日已後諸大德往王宮說不懈怠經已往支帝耶山是時大王與諸臣共論此諸比丘教化我等極令堅固諸大德爲已去未諸臣答王諸衆僧自來今去亦當不白大王於是王與二夫人共乘寶車千乘萬騎圍遶馳犇逐諸衆僧到於支帝耶山到已置諸從衆王自往到諸大德所王大疲勞氣力噓吸摩哂陀問大王何以如此喘息王即答言諸大德已教授我等悉令堅固我欲知諸大德去時答言我等不去爲欲前三月夏安居王問三月夏安居爲是何等答言沙門法應三月安居王當自知我等無住處又期日在近時有大臣名阿栗抽兄弟五十五人立在王邊即白大王我等欲隨諸大德出家王答善哉聽汝等出家聽已往到摩哂陀所即度爲沙門髮未落地即得羅漢王於迦那迦庭前造作六十八房語已王即還國摩哂陀復教化王兄弟十人極令堅固信心佛法諸比丘於支帝耶山迦那迦房中三月夏坐爾時便有六十六人得羅漢於是諸比丘夏三月後到八月十五日自恣白王夏訖住此已久曠絕師久今欲還閻浮地問訊我師王即答言我用四事供養法師復有餘人因依法師得三歸五戒今諸大德何故愁憂大德答言先依師目下住朝夕供養禮拜今此間無師

以是愁憂王言諸大德先云佛已涅槃令故言有師諸大德答言佛雖入涅槃舍利猶在王言我已知諸大德意欲令我起塔若如是者願諸大德爲量度好處王復念言地處可得舍利云何得也摩哂陀答言王自與沙彌修摩那共度量之王答言善哉於是大王即到沙彌修摩那所問言大德我今云何得如來舍利也修摩那答言善哉大王但當淨治道路掃灑清淨豎諸幢旛散華燒香種種莊嚴王與眷屬俱受八戒以一切妓樂及王所乘象以瓔珞莊嚴上張白傘象正向摩訶那伽園林山中可得如來舍利王即答言善哉善哉即受教勑諸大德即往至支帝耶山到已摩哂陀語沙彌言修摩那善來修摩那汝今往至閻浮利地向汝祖父阿育王具宣我意作如是語大王知識師子國王天愛帝須已信心佛法令欲起塔大王有舍利願時賜與得大王舍利已汝可更往忉利天宫向帝釋言帝釋有二舍利一者右牙留帝釋供養二者右缺瓫骨必付汝來復問帝釋先言侍從俱往師子國而今云何宴然不來修摩那答言善哉受勑已即取袈裟執持鉢器飛騰虛空須臾往到閻浮利地波吒利弗國城門而下往至王所而白王言摩哂陀故遣我來正聞是已歡喜踊躍王即受取沙彌鉢已以塗香塗鉢即開七寶函自取舍利滿鉢白光猶如眞珠以授與沙彌沙彌取已復往天帝釋宫帝釋見沙彌已白言大德修摩那何因緣故而來至此沙彌答言天王先已遣諸大德至師子國而天王至今不去帝釋答言我

去何所作耶沙彌問帝釋帝釋有二舍利一者右牙留此二者名右缺瓫骨與我供養帝釋答言善哉善哉取戶鑰開七寶塔塔縱廣一由旬即取舍利授與修摩那修摩那受已下到支帝耶山其名曰摩哂陀鬱地史鬱帝史跋陀沙參婆樓等即取阿育王舍利置支帝耶山餘缺瓫骨晡時齎往摩訶那園林沙彌先所勑令平治道路等諸事悉已修辦王即乘象手捉白傘覆舍利上到支帝耶山王自念言此是如來舍利象自伏地白傘自下令如來舍利住我頭上王念未竟象自伏地白傘自下時舍利函即上頂上王作語時王舉體怡悅如得甘露味即問大德大德舍利在我頂上今當云何大德答言置象頭上於是大王即以舍利函置象頂上象得舍利發歡喜心即以音聲供養舍利是時虛空興雲澍雨隨應衆生大地震動乃至水際天龍鬼神見佛舍利已至邊地心中歡喜而說偈言

如來眞舍利　從忉利天下　猶如盛滿月
來化於邊地　正住象頂上　以音樂供養

是時作衆妓樂圍遶大象供養殊勝非可具宣象面向西而縮行至東到城門即入城内人民供養恭敬從南門出遶取塔園西邊到波醯闍已迴取塔園於塔園中往昔三佛舍利皆在塔園往昔師子國名漚闍洲國名無畏王亦名無畏支帝耶山名提婆鳩咤是時塔園名波利耶園爾時鳩留孫佛出於世間鳩留孫佛聲聞名摩訶提婆與千比丘俱到提婆鳩咤而住亦如摩哂陀住支帝耶山爾時漚闍洲中衆生染著苦惱鳩留孫佛以天

眼觀看衆生如此苦惱佛即與七萬比丘俱行到漚闍洲滅諸疾病疾病滅已如來爲國人說法八萬四千人皆得道果如來即以漉水瓶置與國中於時如來迴還本國人民起塔以漉水瓶安置塔裏名爲波利耶國摩訶提婆散華供養於是人民住在國中拘那含牟尼佛時師子洲名婆羅洲國名跋闍摩王名沙滅地支帝耶山名金頂山是時婆羅國大荒一切飢儉生大苦惱拘那含牟尼佛以天眼觀看世間而見婆羅洲如來即與比丘千人俱到洲中以佛神通使天降雨以時五穀豐熟佛爲國中人民說法八萬四千人皆得道果佛留一比丘名須摩那與千比丘衆圍遶而住復留腰繩爾時如來與諸大衆而共還國人民起塔以繩置塔裏供養迦葉佛時師子洲名慢陀國名毗沙羅王名支衍多支帝耶山名修婆鳩咤爾時慢陀洲生大鬪諍又多衆生染著苦惱如來以天眼觀看世間見慢陀洲有大苦惱如來與二萬比丘俱到此洲以佛神力滅除鬪諍佛爲國中一切人民說微妙法八萬四千人皆得道跡佛置一比丘名薩婆難陀與千比丘俱佛留洗浴衣國王人民即起大塔以佛浴衣置塔裏供養如是塔園展轉名字往昔三佛皆以所用留與起塔如是三界無常止餘空地天人於故塔基處悉種棘刺何以故斷於惡穢故是時大象戴舍利自然往至故塔園基處王與人民即斫伐棘刺平治如掌象到故塔基比於菩提樹處向塔而住王欲下舍利象不與王復問摩哂陀大德云何得下摩哂陀答言

不可得下王當先起基與象頂等乃可得下於是大衆忽忽共捷土壁三四日中象猶頂戴舍利而立王作基已復白大德塔形云何摩哂陀答言猶如積稻聚王答善哉於塔基上起一小塔王作種種供養欲下舍利舉國人民華香妓樂來觀舍利爾時大衆集已舍利即從象頂上昇虚空高七多羅樹現種種神變五色玄黄或時出水或時出火或復俱出猶如世尊在世於揵咤菴羅樹神力無異此非摩哂陀及天人神力何以故往昔如來在世之時遺勑舍利若我滅度後往師子國到塔園時作種種神力如來已勑令故現耳法師言今說往昔偈言

佛不可思議　法亦不思議　若有信心者　功德不可思

於此師子洲釋迦如來已三到往第一往者教化夜叉已即便勑言若我涅槃後我舍利留住於此第二往者教化舅妹子生龍王此前二到如來獨往第三往者有百比丘圍遶到已摩訶支帝耶處塔園處菩提處至東伽那地伽婆毗根那羅尼處如來而入三昧如來涅槃後舍利最後第四往時作神力出水於國土中一切人民悉被水灑除人飢渴是時舍利從虚空中下大衆即見下王頂上而便停住王得舍利下已而自念言我今得人身者有誠實也即大供養仍取舍利安置塔中大地六種震動是時王弟名曰無畏即與千人俱共出家國中五百童子復共出家國内五百五人童子又復出家如是增益乃至三萬人出家爾時建立塔竟大王夫人乃與

王妹天龍夜叉揵撻婆各各供養供養已竟
摩哂陀即還摩伽園到已是時阿㝹羅欲出
家即白王言王聞已心中暢然白大德阿㝹
羅夫人今欲出家願大德爲度摩哂陀答言
我等沙門不得度女人我今有妹名僧伽蜜
多在波吒利弗國可往迎來往昔三佛菩提
樹皆來種此國今我等師菩提樹亦應種此
閻是故大王當遣使者到阿育王所請比丘
尼僧伽蜜多求菩提樹來此閻種王答善哉
受教勑已即喚諸臣共議王喚外甥汝能往
閻浮利地波吒利弗國請僧伽蜜多及取菩
提樹不即答言能於是外甥與王先要若王
聽我出家者我今當去不者不去王答言善
哉若得僧伽蜜多比丘尼及菩提樹來者當
聽汝出家於是外甥先受摩哂陀教及受王

命受已摩哂陀以神通力令王外甥阿栗叉
一日到閻浮俱羅渚到已即乘舶度海到波
吒利弗國是時阿㝹羅夫人與童女五百人
及王宮女五百人悉受十戒被袈裟衣出在
城外別於城邊起立房舍住止阿栗叉到已
白王言大王兒名摩哂陀勑我來此作如是
言大王知識天愛帝須王夫人名阿㝹羅欲
求出家無人爲度願王賜遣僧伽蜜多比丘
尼及菩提樹於是使者宣摩哂陀勑已往到
比丘尼所白言大德大德兄摩哂陀遣我來
此教作是言師子國王天愛帝須夫人阿㝹
羅與諸童女五百人及王宮女五百眷屬俱
欲出家今請大德爲師願大德時來比丘尼
聞兄信已即怱怱而起往到王所而白王言
大王我兄信至天愛王夫人及諸女人求出

家爲道請我爲師今正待我我今欲去白王令知王即答言我兒摩哂陀孫子修摩那自去之後我常如人斷手足無異我久不見二人日夜憂惱不離於心我見汝面得適我心汝今復去我必死矣汝止莫去僧伽蜜多答言大王我兄信至重不可得違剎利夫人阿㝹羅復欲出家今正待我是故我今應當往彼王即答言若汝兄信如此可去并菩提樹僧伽蜜多白王菩提樹在何處大王答言在阿蘭若處王先有心欲取菩提樹不可以刀斧斷云何得取王罔然無計而問大臣提婆提婆答言諸大德比丘應知王答善哉爲設中食衆僧食竟王白諸比丘如來菩提樹可往師子國不衆僧推目揵連子帝須爲知此事於是目揵連子帝須答言菩提樹可往師子國何以故爾時如來在世已有五勅何謂爲五佛已臥牀臨欲涅槃時而作是語當來阿育王取菩提樹與師子國者使菩提樹南邊枝去不用刀斧自然而斷斷已來入金瓮此是一勅若我菩提樹是時樹即於瓮中上昇虛空而入雲住此第二勅若入雲已停住七日竟自然而下入金瓮已即便茂盛布葉結實其葉色玄黃種種示現不可具陳此第三勅也若往師子國可種初欲種時作種種神變此第四勅若我舍利一斗到師子國即現如我在世相貌形狀三十二大人相八十種好光明赫烈倍於日月此第五勅大王聞有五勅心大歡喜從波吒利弗國步至菩提樹所多紫磨金是時天帝釋巧匠名毗舍知王心已作鍛師立在王邊王即喚言鍛師可

取此金鍛用作瓮鍛師白王廣大云何王即答言此是汝業汝自知之鍛師答言善哉我今當作即便取金以神通兩手徘徊即成金瓮圍遶九肘可高五肘厚八寸許瓮口團圓如象王鼻於是阿育王部伍大衆千乘萬騎豎諸幢旛種種珍寶華香瓔珞妓樂莊嚴廣三由旬長七由旬出國圍遶而去又將諸比丘僧俱到菩提樹所圍遶而住阿育大王與諸小國王千人迎菩提樹阿育王在中央住諸小王等於外圍遶於是阿育王等仰看大樹及南面枝是時樹作神力故令樹隱蔽不現唯餘一枝形長四肘大王見樹神力不現即發歡喜心令以閻浮地一切土地及取王公服瓔珞香華種種供養周迴八方向樹頭頂作禮以閻浮利地王位拜樹爲王拜已白

諸衆僧而作誓言許我取樹與師子國者令樹悉現及南面一枝王即以七寶作師子座以金瓮上置高座上阿育王即上高座自執畫筆磨雄黄石王復作誓言若菩提樹必許往師子國者復以我有信心者摩訶菩提自然落金瓮中是時王作誓已樹即復如本是時以塗香爲泥滿金瓮中以筆畫樹枝曲處作十畫九畫生根一畫處斷根長四寸又生細根交横抽扠猶如羅網大枝長十肘復有五枝枝各長四肘五枝各生一子復有千小枝大王見菩提樹神變如此心大歡喜合掌向樹發大叫聲衆僧唱薩於是諸小王及侍從者一切大衆悉大叫喚是時地神驚怪復大叫聲聲徹虚空如是展轉聲至于梵天是時樹枝自然從本而斷落金瓮中即有百根

直下至瓮底復有十根穿度瓮下九十細根圍遶而生如是次第日夜增長是時大地六種震動於虛空中諸天作衆妓樂諸山樹木皆悉大動如人舞狀天人拍掌夜叉鬼神皆大熙笑阿脩羅三歌唄讚詠梵王欣悅於虛空中雷電霹靂四足衆生馳走鳴喚諸鳥飛翔出種種音阿育王及諸小王共作妓樂如是衆聲上徹梵天是時菩提樹子出六色光光明遍照滿娑婆世界上至梵天時菩提樹上昇虛空停住七日七日竟大衆惟見光明不見金瓮亦不見樹王即從七寶師子座下七日作供養菩提樹七日竟樹復放光明照娑婆世界上至梵天攝光還復於是虛空中雲皆清明菩提樹布葉結實瓔珞樹身從虛空而下入金瓮大王見樹入金瓮已即大歡喜復以閻浮利地供養小菩提樹以閻浮利地七日供養八月十五日自恣日晡時菩提樹入金瓮中七日從金瓮出上昇虛空停住七日從虛空下入金瓮中王以閻浮利地拜菩提樹七日爲王九月十五日衆僧布薩日菩提樹從其所生處一日發來到波吒利弗國城東置娑羅樹下菩提樹即生欝茂王見已生大歡喜又以閻浮利地更拜爲王供養已白僧伽蜜多時可去矣答言善哉大王即與八部鬼神護菩提樹八種大臣有八種婆羅門有八種居士有八具波伽人有八鹿羅車人有八迦陵伽人王與八金瓮八銀瓮灌水灌菩提樹受王教已依事而作王俱與大衆圍遶菩提樹次第而送於路上天人夜叉乾闥婆阿脩羅日夜供養到多摩摽渚王自

擔菩提樹入水齊頸即上舶上與僧伽蜜多王喚阿栗叉阿栗叉菩提樹在我國我以閻浮利地三拜爲王我自戴菩提樹入水至頸送置舶上便勑阿栗叉若菩提樹往到彼國汝可語汝王身自下水没頸迎菩提樹頂戴擔上如我於此種種供養無異作是勑已舶即發去是時海中當舶住處縱廣一由旬無有波浪王自念言佛菩提樹今從我國土作是念時流淚悲咽舶去之後王遥望見種種雜華從海水出隨從舶後以供養之又虚空中散種種華妓樂供養水神又以種種華香供養菩提樹如是展轉供養乃撤龍王宫龍王即出欲奪取菩提樹於是僧伽蜜多比丘尼化作金翅鳥王龍王見比丘尼神力如是即頭頂禮足白言今我欲請菩提樹及大德還我宫中供養七日於是菩提樹及大衆悉入龍王宫中龍王以王位拜菩提樹爲王七日供養過七日已龍王以十月生一日自送菩提樹一日到閻浮俱那衛渚阿育王遥望不復見菩提樹啼哭而還是時天愛王輙如須摩那沙彌先勑平治道路掃灑清淨竪立幢旛種種供養從城北門到俱那渚地平如掌待菩提樹至僧伽蜜多以神通力令王於城内遥見菩提樹來王即從城出將五色華處處散乃至閻浮俱那衛渚一日即到作種種妓樂入水齊頸王自念言佛菩提樹今到我國發念未竟於是菩提樹放六色光王見已心大歡喜即以頂戴上國有耆舊十六大姓與王共迎菩提樹到岸上已三日以師子洲供養菩提樹十六大姓知王國事三日竟

至四日擔菩提樹次第到阿㝹羅陀國到已舉國人民歡喜禮邦供養十月十四日過中菩提樹從北城門入當城中央而復更從城南門出從城南門去五百弓此處如來已曾入三昧非是釋迦牟尼一佛過去諸佛亦皆於中而入三昧俱那衛佛菩提樹樹名摩訶沙利婆俱那含佛菩提樹樹名優曇鉢迦葉佛菩提樹樹名尼俱陀於彌伽園中沙彌修摩那勑執作基掖都圍度量布置門屋及菩提樹所住之處皆令整理於王門屋處置是時十六大姓人悉著王公服圍遶菩提樹已便於王門屋地種始放樹樹即上昇虛空高八十肘即出六色光照師子國皆悉周徧上至梵天爾時衆人見樹種種變化心大歡喜衆中萬人同時發心念佛次第得阿羅漢即共出家日光未没樹猶在虛空日没後從虛空似彗星宿而下至地地皆大動是時摩哂陀與僧伽蜜多王及國人民來集於菩提樹時衆人見北枝有一子而熟即從枝墮落以奉摩哂陀摩哂陀以核與王令栽王即受於金瓮中以肥土壅及以塗香覆上須臾之間即生八株各長四肘王見如此驚歎以白傘覆上拜小樹爲王取一株種於閻浮拘羅衛渚取一株薄拘羅婆門村中種取一株種枚椒門中一株種塔園中一株種摩醯首羅寺一株種支帝耶山中央一株種樓醯那村一株種往羅村餘四子在樹上次第熟落合生三十二株悉取於由旬園種如是展轉增長滿師子國中以菩提樹故國土安隱無有災害於是阿㝹羅夫人與千女俱往僧伽蜜

多所僧伽蜜多即度爲比丘尼從度之後次第得阿羅漢王外甥阿栗叉與五百人出家出家之後次第得阿羅漢又一日王與摩哂陀往禮菩提樹到鐵殿處人民獻華於王王以華奉摩哂陀法師法師受已以供養鐵殿華墮地地即震動王見地動即問大德此地何忽動也答言大王當來此殿衆僧說戒是故地現此瑞也次第而去到菴羅處有人以菴羅子香味具足獻王王以奉摩哂陀摩哂陀噉取核語王言可種此核王即種以水灑地地皆震動王問何故地動大德言當來世衆僧集處故現瑞相也王即散華八過作禮而去到支帝耶處有人以瞻蔔華獻王王以奉摩哂陀處作禮禮竟地動王問何以地動大德答言當來此處起如來大塔故現瑞王言我今當立塔摩哂陀答言不須王立王多諸造作當來世有王孫子名木叉伽摩尼阿婆耶當起大塔王問大德是我孫子起塔功德我獲其福不大德答言不得獲也王又作方便令入功德即取一石柱高十二丈而刻石柱記我孫子名木叉伽摩尼阿婆耶當來此中起大塔王復問大德大德佛法今根株著師子國未摩哂陀答言未王問何時著大德言若師子國人中出家其父母悉是師子國人不雜他國人若出家已便取法藏及毗尼藏是時然後佛法根株著師子國也王復問大德大德答言王外甥阿栗叉此比丘是也於佛法極大勇猛王更問我今竟何所作大德答言當作衆僧集堂王答善哉於時大王有大臣名彌伽槃荼彌伽槃荼住處於其

中起作集堂屋如阿闍世王殿無異用王威德作已一切種種妓樂各各自然分布處所王自念言我今往看佛法根株下數百千人圍遶大王往到塔園也

善見毗婆沙律卷第三

音釋

犇博昆切與奔同走也 噓吸噓朽居切吸許及切 瓫蒲奔切與盆同 晡博孤切申時也 摙力展切負擔也 鍛丁貫切治金也 瓮烏貢切罌也 肘陟柳切二尺也 扠丑皆切相錯也 徙胥里切移也 彗徐醉切星名 壅於隴切 枚椒枚黄杯切椒即消切

善見毗婆沙律卷第四

蕭齊外國沙門僧伽跋陀羅譯

爾時塔園中摩哂陀與比丘一千人俱敷摩哂陀坐具南向坐又敷大德阿栗叉北向坐大德摩哂陀請阿栗叉爲法師阿栗叉仍依往昔大德優波離無異摩哂陀與大僧六十八人圍遶法座王弟比丘名末多婆耶與五百比丘俱欲學律藏悉圍遶阿栗叉高座餘諸比丘與王各次弟而坐於是大德阿栗叉即便爲說爾時佛住毗蘭若那憐羅賔洲曼陀羅樹下說律序說已於虛空中天大叫稱善哉善哉非時而雷電霹靂地即大動種種神變於是大德阿栗叉及摩哂陀與愛盡六十八人俱復有六萬比丘圍遶於塔園寺中說如來功德如來哀愍衆生三業不善是故說毗尼藏以制伏身口意業如來在世爲聲聞弟子說律藏竟然後入無餘涅槃爾時衆中而說偈言

一切別衆住　大德六十八　共知律藏事
法王聲聞衆　愛盡得自在　神通三達智
以無上智慧　教化師子王　光照師子國
周徧無不覩　譬以大火聚　薪盡入涅槃

諸大德涅槃後諸弟子眷屬名帝須達多迦羅須末那毗伽修摩那此是大德阿栗叉弟子如是師師相承展轉至今是故第三集衆衆中而問誰將律藏至師子國答是摩哂陀摩哂陀之後阿栗叉阿栗叉弟子如是次第受持譬如白瑠璃器盛水内外明徹水無漏落諸大德持律藏亦復如是乃至于今若人有信心恒生慚愧好學戒律者佛法得久住

是故人欲得佛法久住先學毗尼藏何以故有饒益行者故何謂饒益若善男子好心出家律藏即是父毋何以故與其出家令得具足教學威儀依止律藏自身持戒能斷他疑若入僧中無所畏懼若有犯罪依律結判令法久住諸法師言佛語比丘若受持此律有五事利何謂爲五一者自能持戒二者能斷他疑三者入僧無畏四者建立佛法五者令法久住佛說持律人即是功德根因根故攝領諸法法師曰佛說戒律爲欲止惡因止惡故生不悔心因不悔心故得生歡喜因歡喜故得生安樂因安樂故得生三昧因三昧故得生慧眼因生慧眼故而生猒汙因猒汙故而得離欲因離欲故而生度脱因度脱故得度脱智因度脱智次第得入涅槃爲欲言故爲欲說故爲依止故爲欲聞故如是次第心得度脱智是故殷勤當學毗尼此是毗尼處說根本法師曰而說偈言

若人時何故受持　若人將耶若處住

已說此次第今說

此是偈義今當說律外序也

爾時爲初義非一種我今當演毗尼義是故律中說爾時佛住毗蘭若初義者爾時尊者舍利弗從三昧起請佛結戒是時佛住毗蘭若爾時者發起義是時者即說其事何以故如律所說爾時須提那與故二作不淨故是時佛因須提那故爲聲聞結戒此是初義爾時檀尼咤比丘偷王材是時佛於王舍城結戒亦如是爾時者亦是發起義亦是因義佛婆伽婆後當解住者行立坐卧毗蘭若者是

國名那隣羅者即夜叉名因夜叉鬼依此樹故而號之賔洲曼陀羅者此是練木樹也樹下者日當中蔭所覆處是也又言無風時葉落墮地處是問曰如來何以在此樹下住答曰此樹鬱茂林中第一去城不遠往來便易問曰如來住毗蘭若復言住在樹下如來不應二處住答言勿作此難毗蘭若者往來處也樹下者即是住處問曰優波離何以說毗蘭若答曰哀愍白衣故問曰何以樹下住答曰爲諸弟子順出家法除貪欲故問曰何以依近於國答曰爲四大故問曰前句者爲説法故後句者如來欲入靜故前句者慈悲所牽後句者從苦入樂故前句者爲安樂衆生故後句者自安樂身故前句者布施法與衆生故後句者自除聖利滿足前句者爲衆生作橋梁故後句爲諸天人故前句者同衆生故後句者不與衆生同故前句者唯佛一人三界獨尊衆生因佛故得大安樂是謂爲一後句者因佛坐在林中樂樹下故法師曰此義甚廣我今略説與大比丘僧俱者大者因小有大故所以比丘僧功德極大名爲大復有大義最小者得須陀洹道故復有大義五百大衆集故僧者等戒等見等智等衆是爲僧也俱者共在一處五百比丘者五百數也毗蘭若婆羅門者生於毗蘭若國内國號之婆羅門者淨行也又復婆羅者知外道韋陀書門者聞也佛經言婆羅門者能除煩惱門者聽也聲徹於耳因他語故而知法沙門瞿曇者滅惡法也瞿曇者婆羅門以姓喚故釋迦種子者釋迦種者指示大姓離釋種出家

此是演發心信樂出家也或有負債出家或有失國出家或有貧窮出家或有避王使出家如來不如此出家如是好名聞者如是足句也好者與衆善會復言最上名聞者讚歎受名又言令他知之婆伽者此是初如來十號令衆生信心於佛是故法師演出如來功德阿羅者是三界車輻漢者打壞三界車輻所以如來打壞三界車輻故名阿羅漢也又言阿羅漢者殺賊所以如來殺煩惱賊故名阿羅漢又言阿羅者一切惡業漢者遠住三界爲車無明愛緣行者爲輻老死者爲輞受生者爲轂諸煩惱者爲軸無始世界流轉不住佛於菩提樹下以戒爲平地以精進爲脚足至心爲手智慧爲斧斫斷三界車輻又言無始世界者爲車無明爲轂老死爲輞十惡爲輻何以故不知苦法若生欲界因無明故造作三業若生色界造作色界業若生無色界造作無色界業於欲界中緣無明故受識色界中亦爾於無色界中無明緣也又於欲界中名色欲界中六入緣無明欲界中名色色界中三入緣於無色界中無明色界中一入緣於欲界中六入欲界中六觸緣於色界中三入色界中三觸緣於無色界中一入無色界中一受緣於欲界中六觸欲界六樂緣於色界中三觸色界中三樂緣於無色中一觸無色中一樂緣於欲界中六樂欲界六樂者生六愛緣於色界中三樂色界中三愛緣於無色界中一樂無色界中一愛緣處處愛生於生中若人於五欲中我欲行欲自愛欲故身口意不善行具足者即入地獄於地獄

中因業故受生受生此是業生也因業生五陰次五陰老老者熟壞五陰者謂之死也於三界中我欲於天上行欲起立善行或忍辱因善行故得生天上此是因善業故而復生有一人我欲受梵天樂因緣受故憶念四法何謂爲四慈悲喜捨心憶已具足得生梵天於梵天中生因業故此是業生復有一人我欲生無色界我次生非想非非想天恒自入禪思惟即生此處此是因業得生餘者次第汝自當知過去當來三世皆從無明緣行我今略說餘汝自廣說無明緣行此是一品六識名色六入六觸六樂此是一品愛取生此是一品有老死此是一品前品者過去世也中二品者現在世後品者老死此是當來世也取無明緣行者連縛愛受此縛不相離此五法過去世也中品六入爲初此是果報若取愛受者連縛無明此五法今業生也有老死者一切五法餘者六識爲初後悉入此是當來世生若分別說者有二十四種緣行六識此二者中間爲一品受愛於二中間爲一品生有者於二中間爲一品合有三品四段因品故生二十種本起因緣如來已具觀度眞實知故以眞實智名爲實知見者何謂爲見見者達故名爲見也觀者何謂爲觀遍知一切故名爲觀以知觀見度如來眞實知已生猒患想便生離心欲得度脫先壞三界車輻故名爲阿羅漢又羅漢名者是應供問曰何謂名爲應供受人天供養故名爲應供昔有梵王以寶大如須彌供養如來是故名爲應供爾時世間大王瓶沙王拘沙羅王等復

種種供養是名應供佛涅槃後閻浮利大王名阿育復以金錢九十六億起八萬四千寶塔復大種種布施是名應供餘諸大衆供養者不可稱計又言阿羅漢者羅漢者覆藏義阿者無也名無覆藏何謂無覆藏譬如世人作罪恒自覆藏如來於中永無故名無覆藏三藐三佛陀者若知一切法故名三藐三佛陀言佛陀者法應知而知應棄者而棄應出者而出是名佛陀又言佛陀復有別義何者以慧眼若見苦諦集諦滅諦道諦次第明見是佛陀也色聲香味觸法眼識耳識鼻識舌識身識意識眼觸耳觸鼻觸舌觸身觸意觸眼記耳記鼻記舌記身記意記眼念耳念鼻念舌念身念意念眼愛耳愛鼻愛舌愛身愛意愛眼思耳思鼻思舌思身思意思五陰十觀法十思十念膖脹爲初如是有十段爲初有三十二十二入十八界欲生爲初九四禪爲初慈爲初復有四無色禪有四無色三昧有四十二因緣逆觀老死憂悲乃至無明次第觀乃至老病死苦惱老病者苦諦有者集諦從二者出名滅諦知方便滅名爲道諦如來一一善知一切是名三藐三佛陀知者三知亦有八知於三界經中說有八知汝自當知復次菴羅樹經三昧知神通知六通合爲八知行足者或覆藏六識飲食知足省於睡眠七正法四禪此是十五法自當知如來以法行是故名明行足如來以此法行至涅槃是名明行足不但如來聲聞亦然如來以知行而足故名明行足以知相故如來得一切智以行故名爲大慈悲一切衆生惟集苦惱

如來悉知以大慈悲故知衆生苦惱而能善說令捨苦就樂故故名善逝是故聲聞善逝而行善逝非惡善逝又言行至善處是名善逝又行步平正威儀具足無缺亦名善逝又往常住不復更還名爲善逝以阿羅漢道不及名爲善逝自從定光佛受記哀愍衆生令得安樂乃至菩提樹下善行如此是名善逝不從斷見不從常見身離疲苦不從斷常名爲善逝爲一切衆生說法無不應時名爲善逝衆生不樂而不說樂者而說是名善逝所說者皆是眞實義非虛妄義又一切衆生聞之悉令歡喜是名善逝又不說無義語所說者皆是有義利益是名善逝世間解者知一切世間法名爲世間解以集諦故以滅諦故以滅諦方便故解世間故是名世間解如經所說亦不生不老不死不墮不住處我不用行至世間彼岸是名世間解佛語諸比丘我未至世間極我不說苦盡佛語諸比丘此身一等稱爲沙門世間集諦世間滅諦世間苦諦方便我不用行而至未至從苦而出無有是處又世間者有三何謂爲三一者行世間二者衆生世間三者處世間問曰何謂行世間答曰一切衆生從飲食生是爲行世間何謂衆生世間答曰常世間無常世間是爲衆生世間何謂處世間以偈答曰

日月飛騰照千世間　光明無比　無所障礙

此是處世間又言一世間二世間三世間四世間五世間六世間七世間八世間九世間十世間如是乃至十八世間問曰何謂爲一世間答曰一切衆生以飲食得生是名一世

間何謂爲二世間答曰名色是爲二世間何謂三世間答曰苦樂不苦不樂是爲三世間何謂四世間答曰四食是爲四世間何謂五世間答曰五陰何謂六世間答曰六入何謂七世間答曰七識何謂八世間答曰八世間法何謂九世間答曰九衆生居何謂十世間答曰有十入何謂十二世間答曰十二入何謂十八世間答曰十八界此是行世間如來以一一知名爲世間解衆生煩惱如來亦解行亦解意亦解小煩惱大煩惱亦解利識亦解鈍識亦解善緣亦解惡緣亦解應令知亦解不應令知亦解生不生亦解是名衆生世間靡所不知是爲世間解處世間者問曰何謂處世間答曰鐵圍山縱廣二萬三千四百五十由旬周迴三十七萬三百五十由旬地厚四那由他二萬由旬在水上水厚八那由他四萬由旬在風上風厚六十九萬由旬是處世間界又須彌山根入海八萬四千由旬須彌山王高亦如是以七寶纏有七山圍遶之而說偈言

由揵陀羅　伊沙陀羅　迦羅毗拘　須陀蘇那
尼民陀羅　毗那多迦　阿沙千那　是七大山
圍遶須彌　四天王住　天夜叉住　高百由旬
雪聚大山　廣千由旬　縱廣正等　頂有八萬
復餘四千　以嚴飾之　有閻浮樹　高二千里
圍二百里　枝布方圓　覆百由旬　因此樹故
號閻浮地　大鐵圍山　根入大海　深下八萬
二千由旬　高亦如是　常住不壞　都繞世間
月衆星王　方圓四十　有九由旬　日王方圓
五十由旬

又天帝釋宫縱廣萬由旬阿脩羅宫亦復如是阿鼻地獄亦如是閻浮利地亦爾西拘耶尼縱廣七千由旬東弗于逮亦復如是北鬱單越縱廣八千由旬一一洲各有五百小洲圍遶此是鐵圍山之内鐵圍之外中間悉是地獄鐵圍無量世界亦無量所以佛以無量慧明遍知一切故名爲世間解無上士者自以功德過於人天故名無上士以戒定慧解脱解脱知見具足故名無上士是故無上與無上等佛語諸比丘我不見梵魔沙門婆羅門世間戒定慧解有能及佛者又無我師故名無上調御丈夫者有應調者輙而調之何以故譬如象馬㺌悷加之杖捶然後調伏如來亦復如是能調伏一切衆生故名調御昔佛降伏畜生龍王丈夫名阿波羅留又象丈夫又名純朽魔朽陀陋阿耆死驅偷魔死驅死驅陀那如是諸丈夫佛以善法調伏令入正法授三歸五戒人丈夫名尼揵陀子闍跋又婆羅門卜軻羅婆央掘魔羅等如是無數復有夜叉丈夫名阿羅婆迦修至漏魔軻羅諸夜叉丈夫釋提桓因等如是無數天人以正法調伏之於修多羅説佛語寄須（比言牧象人）我調御丈夫以柔法教一切衆生若其不受者當以强法教之若不受者復當以剛柔教之若不受者便不與和合法師曰此修多羅當如法廣説故名無上調御丈夫天人師師者亦如估客有一宗主善知險難問曰何謂爲難一者賊難二者虎狼師子難三者飢儉難四者無水難宗主於諸難中皆令得度到安樂處故名爲師如來亦復如是何以故如

來能度衆生令過險難何謂爲險難一者生難二者病難三者老難四者死難如是諸難如來能度脫令得安樂處故名爲師問曰佛何以獨爲天人師不爲畜生師耶昔如來在世亦爲畜生説法何以獨稱爲天人師修多羅經説爾時佛在瞻婆國於迦羅池邊爲瞻婆人説法是時池中有一蛤聞佛説法聲歡喜即從池出入草根下是時有一牧牛人見大衆圍遶聽佛説法即往到佛所欲聞法故以杖刺地誤著蛤頭蛤即命終生忉利天爲忉利天王以其福報故宮殿縱廣正十二由旬於是蛤天人霍然而悟見諸妓女娛樂音聲悟已尋即思惟我先爲畜生何因緣故生此天宮即以天眼觀先於池邊聽佛説法以此功德得此果報蛤天人即乘宮殿往至佛所頭頂禮足佛知故問汝是何人忽禮我足神通光明相好無比照徹此間蛤天人以偈而答

往昔爲蛤身　於水中覓食　聞佛説法聲
出至草根下　有一牧牛人　持杖來聽法
杖鑱刺我頭　命終生天上

佛以蛤天人所説偈爲四衆説法是時衆中八萬四千人皆得道跡蛤天人得須陀洹果於是蛤天人得道果已歡喜含笑而去故稱爲天人師佛婆伽婆者佛者名自覺亦能覺他是名爲佛又言知何謂爲知知諦故名爲佛又言覺悟世間是名爲佛於三達智經自應當知婆伽婆者一義利益二者無上三者恭敬四者尊重何以名恭敬尊重爲世間應恭敬尊重世間有四名一者隨二者誌三

者因四者號問曰何謂爲隨名答曰如世間人喚牛小即犢子次而丁牛大喚老牛此名不定隨時而喚問曰何謂爲誌名答曰如人持傘持杖即喚爲有傘人有杖人是爲誌名問曰何謂爲因答曰譬如貧人因奴得寶故字奴爲多寶是爲因名婆伽婆者號名何以故非白淨飯王作名非八萬眷屬作名非天帝亦非兜率天梵魔此等作名何以故佛語舍利弗我名號者非父母作非八萬眷屬作非天帝非兜率天梵魔天作名次第解脱於菩提樹下等一切智眞實觀見惟婆伽婆是故佛自作號無敢爲佛作名號者何以故佛自觀身威德智慧故現令衆生知而立名號婆伽婆者婆伽者過婆者有也過有故名婆伽婆又言貪瞋恚癡顛倒心不羞不畏優波那訶（此言瞋盛）不喜他好嫉妬虚心曲心薹瞢心貢高極貢高醉懈怠愛無明惡根不善作垢不淨不等記思四顛倒流結没受五支鬪（此訛鬭爲初也）五蓋念六鬪諍本愛聚衆生煩惱八邪見九愛本十惡法道六十二見百八煩惱渴疲極萬煩惱略説五煩惱聚天人魔梵如此等衆不能毁壞如來是名婆伽婆又言如來能壞毁欲瞋恚諸愚癡煩惱流惡法等是名婆伽婆又言如來有三十二大人相八十種好相好無比離諸煩惱天人世間恒欲往至若到已佛觀衆生心隨所樂即便爲説是故名婆伽婆世間婆伽婆有六種一者領二者法三者名四者微妙五者欲六者念問曰何謂爲領答曰自領心故何謂爲法答曰如來法身一切具足故何謂爲名答曰佛名清淨

無所不徧故何謂微妙答曰佛身具足一切微妙觀之無猒故何謂爲欲答曰佛欲有所至應心即到佛欲自爲又欲爲他故何謂念答曰一切衆生皆以念心供養故故名婆伽婆又言婆伽婆者分别義問曰何謂分别答曰功德爲初分别諸法五陰十二入十八界四諦六識十二因緣一一分别聞知苦諦逼迫不定是爲苦諦著不捨聚是爲集諦滅苦受是爲滅諦因緣得出是名道諦如是分别故故名婆伽婆又婆伽婆者婆伽者三界婆者吐吐三界煩惱故名婆伽婆世間有天人梵魔沙門婆羅門是名世間天人者六欲天人魔者六天梵者富樓天沙門婆羅門者佛法怨家又天人者世間諸王亦入天人又天人者舍取欲界天人魔者舍取天魔界梵者無色梵天界沙門婆羅門者舍取世間四部衆故所以爾者收取上下悉入如是功德悉能通達如此諸處自以知說法者自用方便而知故名自知者自用慧眼而知是名爲知又言知者知無障礙故名知說者覺令知是名爲說又言開一切法故名說問曰佛何以爲衆生說答曰於一切衆生生大慈悲故度無上安樂爲衆生說法或一句或一偈或多或少是名爲說初善中善後善其義巧妙純一無雜一切具足皆是一味復言初品者初善中品者中善後品者後善又言戒者初善三昧得道者中善涅槃者後善又言戒者三昧初善禪定與道者中善果與涅槃者後善佛者善覺名爲初善法者善法名爲中善僧者善隨名爲後善問曰何以衆僧多爲後善

答曰若聞已不動不搖得聖利故是名後善佛菩提者名爲初善辟支菩提者名爲中善聲聞菩提者名爲後善初說者聞已即離五蓋於一切諸善是名初善聞已而隨名爲中善隨已漸漸得道是名後善如是如來或多或少而爲說法於多少中亦有初中後善善義善文字何以故如來說法梵行法梵行道以種種方便開視令知此說有義是名義善文言善義者句亦言開示亦言分別亦言不覆藏連句相續不斷是名善義善字者能持深義指示深義是名善字法辯義辯辭辯樂說辯惟聰明人能知此理非愚夫能解其義深遠惟智者能別是名善字美滿具足者義既美滿具足者義既美滿不假畢足故名具足開視梵行問曰何謂爲梵行答曰梵天人所行此法故名梵行何以故開視梵行初善有因緣故中善義不顛倒後善聞者歡喜而隨是名開視梵行問曰何以名美滿答曰戒爲初五法聚是名爲美滿義之不雜是故名淨如來爲衆生說法不貪供養是名淨梵行者佛辟支佛聲聞所行者是名梵行善哉如是行相可往問訊問曰何謂爲善哉答曰獎衆萬善故名善哉亦言獎安樂故是名善哉如是者以足句行相者行者所行過人相者相貌具足可往問訊者可往觀佛問曰何謂爲觀以兩眼視謂之爲觀於是毗蘭若婆羅門作是思惟已往到佛所共相勞問婆羅門問佛四大堪忍不聲聞弟子少病少惱四大輕利不安樂住不是名勞問身與婆羅門共相問答義味次第心中歡喜憶持不忘問訊

已却坐一面却者猶如日轉坐者身體布地一面者在於一邊智慧之人往到宿德所坐避六法然後可坐何謂六法一者極遠二者極近三者上風四者高處五者當眼前六者在後問曰遠坐何過答曰若欲共語言聲不及太近何過答曰觸忤宿德上風何過答曰身氣臭故高處何過不恭敬故當前何過視瞻難故後坐何過答曰宿德共語迴顧難故婆羅門離此六法而坐是故律中說却坐一面沙門者伏煩惱又言却煩惱又言息心婆羅門者世間眞婆羅門父毋不雜長者身體長大亦年紀長大又言有威德是名長者財富者亦名長者老者頭髮墮落又言生又子孫展轉相生是名老朽邁者皮膚燋皺言語錯謬是名朽邁年過者生來已經二三王代

職猶故生存是名年過延壽者年過百歲是名延壽至年者是最後年是名至年咄瞿曇沙門何以作此是婆羅門語婆羅門到佛所見佛不起不爲作禮不施牀座故作此言如我所聞正見於如來欲自稱身而下餘人佛以慈悲心而答婆羅門我不見佛於林中生時墮地向北行七步自觀百億萬天人梵魔沙門婆羅門無堪受我禮者觀看已而自唱言天上天下惟我爲尊梵天聞菩薩唱已即叉手而言菩薩三界獨尊無有過者菩薩聞已作師子吼惟我獨尊佛語婆羅門爾時我未得道時三界已自獨尊何況於今衆善功德拜我爲佛云何爲汝作禮耶若人爲我禮者頭即墮地是故汝勿於佛處希望禮拜是婆羅門童蒙無知向佛而作是語婆羅門言

若如是者色無味何以故有色而已實無味佛欲調伏婆羅門故答言汝言無味實無味何以故如世間人色聲香味觸以此爲味如來於此已斷譬如斷多羅樹永不復生婆羅門言若如是者便爲貢高佛答曰因汝語故即有貢高何謂我貢高過去三世諸佛不爲世人作禮我種如是是故貢高婆羅門言若如此者便無所作佛答言如汝所語我實不作何謂不作我不作偷盜妄語欺誑婬欲諸惡業等身口意業我悉不爲故名不作婆羅門言此人便自斷其種耶佛答言實爾何以故三界中一切種種諸煩惱我皆以斷故名斷種婆羅門罔然不知以何答更改語此人可薄不淨佛答曰如我意者實有不淨有人縱心口爲惡者此是可薄不淨婆羅門便恚言此人亦聞我語隨事而滅之佛又答曰三界諸煩惱中我實已滅婆羅門又言此人可念不堪共語佛答曰實有如此我亦又念諸愚癡人甚可憐愍恒爲惡業不念修善婆羅門便生瞋恚罵言此人當是日夜不眠思求文章窮世間人佛答曰實有如此何以故我不入胎眠故亦不入天上眠故故名不眠於是婆羅門以八事譏佛已如來法王以憐愍心故視婆羅門眼欲令服甘露法味而爲說法是時婆羅門心中清淨譬如虛空無諸雲翳亦如日月照諸暗冥如來以種種方便教化令知如來自稱我已得無上智慧常住涅槃向婆羅門言汝老死至近來到我所於汝實有所獲何以故譬如雞卵或八或十或十二問曰何以三種分別數答曰此是足句亦

令文字美滿雞毋伏鷇隨時迴轉伏者以兩翅覆至欲生時眼見光明以觜啄鷇出巳鼓翅鳴喚前出爲大後出爲小婆羅門答前者爲大佛言我亦如是何以故無明鷇裹覆障三界我以智慧觜啄無明鷇前出三界此誰大誰小答言瞿曇即大餘後句無義自當知世間中一一者無二三藐三菩提者無上菩提問曰何謂爲無上菩提答曰若人在須陀洹道問須陀洹果即爲說之乃至在阿羅漢道問阿羅漢果即爲說之如聲聞辟支佛佛道隨問而答故名無上菩提是故我最大雞毋伏鷇隨時迴轉佛在菩提樹下觀四諦法苦空無常佛語婆羅門我正勤精進而得無上最大非懈怠放逸心我以勇猛正勤精進於菩提樹下以四精進何謂爲四一者正二者不急三者不寬四者不置以法而得無上道不柔者不住起心者於所觀處行不退者不疲勞三昧心者一心又言善置心爲三昧故即成一心不過不逸此是初善法以此法故得初禪定從初禪定次第至三達智爲極佛爲欲出無上法故律中說佛言婆羅門我於欲中清淨惡亦清淨問曰何謂爲欲答曰貪欲欲欲貪欲欲思欲此是欲名何謂諸惡法者答曰欲狐疑此是名惡法如來於此二處而得寂靜又問曰何謂欲中清淨答曰離欲亦言棄欲何以故初入第一禪定者無明是欲黨欲是禪定怨家巳棄欲故而得禪定是謂爲怨家欲與惡離者禪定而來欲惡滅巳禪定即起如是二句義自當知又有三靜身靜心靜覆靜是爲三靜此三靜者亦入前

二句靜問曰何謂爲欲答曰欲有二一者處欲二者煩惱欲問曰何謂處欲何謂煩惱欲答曰處欲者心著色處煩惱欲者令人至欲所此後二句者正著所解前句者爲棄樂欲後句者從煩惱出如是欲處煩惱欲於其二中心極清淨又言前句除欲處後句者除煩惱欲前句者除因緣動搖後句者除癡相前句者著淨後句止欲如是次第自當知之問曰貪欲者貪即是欲貪別欲別答曰歸一何以故一切諸惡法理歸一然分別各異又律中說貪者煩惱欲者欲處亦如三昧貪欲怨家歡喜者是瞋恚怨家思者是睡怨家安樂者是動疑怨家度量者是狐疑怨家亦如初禪者貪欲怨家貪欲者含入五蓋諸惡法者含取諸蓋何謂爲諸蓋答曰三毒根五欲五塵耶貪後句著處分別諸塵瞋恚癡流法前句者欲流欲著欲泉欲受殺心結欲後句者諸流泉受著前句者諸愛等後句者無明等前句者貪等八心受後句者四不善心起如是欲中清淨惡亦清淨念思者何謂爲念答曰動轉何以動轉於觀處初置心是名念問曰何謂爲思答曰諸禪人以心置觀處中心徘徊觀處又言思者研心著心連心譬如鍾聲初大後微初大聲者如念後微者如思如鳥翔初動後定動者如念定者如思如蜂採華初至如念後選擇如思初禪有五支何謂爲五支一者念二者思三者喜四者樂五者定是爲五支猶如大樹有華有實亦如初禪有念有思從靜起問曰何謂爲靜答曰離五蓋是爲靜喜樂者喜者滿何謂爲滿身心喜

滿恰悦邊味是喜樂者棄除二苦身苦心苦是名爲樂樂者著其想味又問曰何謂爲喜答曰心肥壯其想希好是名爲喜樂者得而受之又言兩法不得相離若有喜者則有樂樂則有喜喜者舍入行陰樂者舍入受陰如人涉道渴乏無水聞有水處即發喜心是名爲喜到已飲水洗浴是名爲樂初禪定者初者第一禪定者善燒亦言禪師所觀法何謂爲善燒答曰極能燒覆蓋又言斷煩惱亦言見何謂爲見答曰觀見法相接取威儀八三昧法何以故迦師那阿攬摩那（此言三十八禪定相）觀迦師那阿攬摩那故名爲禪定此是見道果何以故爲觀相故何謂爲觀相觀無常故以觀故成道以果觀滅諦是故名禪定爲觀相律中所說問曰何謂爲初禪答曰有念有思有喜有樂有定是名初禪如人有物如人有眷屬置物已置眷屬已有餘名無答曰無餘名禪定亦如是置念置思置喜置樂置定更無餘名即是禪定譬如軍陣有人兵象馬攻具名之爲軍人兵象馬攻具散去即無軍名禪亦如是置上句五法即無禪定名入者至亦言成就住者於菩提樹下以禪定而住佛於菩提樹下坐觀何等觀出息入息問曰有餘禪無答曰亦有法師曰禪定法於靜道經中我若廣說其義深遠則爲紛紜於阿毗曇毗婆沙汝自當知今所說者正論毗尼毗婆沙餘者

稍略說是禪定第一品

念思滅者念思此二法過入第二禪定第二禪起此二法即滅何以故爲過二大支故名

爲第二禪定又言第二禪定中無初禪定法有餘法初禪定中觸法爲初此中二大支已過即得第二禪定法是故律中說念思滅入第二禪定内法者現問曰何謂爲現答曰現者從身生清者無垢也禪亦名清何以故如青衣因有青色故名青衣禪亦如是因有清法故謂之清禪問曰何以名定清答曰念思是動之根也念思已滅名即清淨一相者一法起問曰何謂一法起答曰爲不顧念思故是名一法相亦言無上又言一相者念思已離亦言無雙是名一相問曰一法相者何以名爲一法相答曰三昧是也問曰何謂爲三昧答曰一心無二亦言定亦言不動是故第二禪一相何以故爲名故問曰何謂爲名非我亦非生氣是名名也問曰初禪無清耶答曰有若爾者初禪亦名一相何以止名第二禪名一相答曰念思動水動浪起不見面像亦如第一禪有念思心不清故是名非一相何以故三昧不明故問曰第二禪三昧何以獨明了答曰爲心淨故從三昧生喜樂者此是從初禪定三昧生喜樂也此是第二禪定第三者數也如初禪定有五支第二禪定有四支何謂爲四一者清二者喜三者樂四者一心若廣說有四略說有三如經文所說何時三支起喜樂一心耶法師曰我今證一句餘自當知此是第二禪定品竟離喜者問曰何謂爲離喜答曰薄喜亦言過喜亦言滅喜是時念思滅已喜又更起問曰第二禪中以論念思滅已喜何故更重而說耶答曰欲讚第三禪故所以說之何以故譬如第三道耶

見不滅於初須陀洹道以滅今於第三道中又說何爲爲讚第三道故此中亦復如是捨而住者何謂爲捨答曰捨者是平等見不偏見不黨見恒大揵捨是第三禪又曰捨有十種問曰何謂爲十一者波浪求捨二者梵魔求捨三者菩提等捨四者毗梨求捨五者行求捨六者觸求捨七者觀求捨八者末闍求捨九者智求捨十者清淨求捨也此十種捨善處處他人心觀因一相以略說故於沙利耶中曇摩僧伽訶尼耶中淨道道中三處中已廣說自當知我若於此毗尼中廣說者即爲亂多問曰十捨者取何捨耶答曰取末闍求捨問曰何謂末闍求捨答曰不知他事因喜而生問曰初禪第二禪此二處無末闍求捨耶正三禪有也答曰初與第二禪亦有然

猶微不現何以故念思喜蔽故第三禪中念思喜已離故得現耳正思知者問曰何謂爲思答曰心多生想故謂之思也知者問曰何謂爲知答曰洞達知也問曰何謂爲正思答曰正思者不忘亦言識又言起相知者問曰何謂爲知答曰釋也亦言聚又言廣此略說末闍中自當知之問曰初禪定無思知答曰有何以故若無思知者從何往者初法也問曰初禪中何不現思知也答曰猶大鈍故譬如磨刀初鈍後利思知亦復如是初觀禪中猶大鈍是故不現亦如人犂乳驅犢不遠時時復來亦如第三禪定樂離喜不遠若無思知守者即與喜合思知守之數強者即離樂者無上樂極樂何以故思知守故義文如此自當知之以身知樂者問曰何謂爲身答曰

名色身以名色身故知樂何以故樂與名色身合兩理相合極爲美味以知以美味相著故知起覺之是故以身知樂者善人言捨有思住樂問曰何謂爲善人言答曰佛辟支佛聲聞爲第三禪人說第三禪因縁是名善人言何謂爲言答曰開視爲説爲分別亦言讃歎問曰何謂捨思住樂答曰爲欲入第三禪定故云何入爲極樂故以極樂美滿故於第三禪定而捨之令喜止不起是名有思何以故爲善人所念所入樂樂純無雜是善人所讃歎是義本說捨思住樂善人讃歎如是人第三禪者如入第一第二第三禪亦如是所異者第一有五支第二有四支第三有二支如經本所説問曰何時二支出於第三禪定中答曰樂一心此第三禪品竟

善見毗婆沙律卷第四

音釋

轂古祿切輻所湊者　㦟悷㦟力董切悷郎計切　捶之累切擊也　估公戶切　蛤古沓切蚌屬　鑱初銜切與劖同斷也鑴也　䔲瞢䔲都鄧切瞢母亘切不明也　獎子兩切助也　燋皺燋茲消切皺側救切　㲉克角切　伏扶一切抱卵也　紫啄紫即委切啄竹角切　㝅古候切

善見毗婆沙律卷第五

蕭齊外國沙門僧伽跋陀羅譯

棄樂棄苦者問曰何謂棄樂棄苦答曰於四禪定中棄樂心苦心又言棄名樂名苦也問曰樂心苦心於第四禪言何時得棄答曰於第四禪定門中棄也問曰何處身苦滅盡答曰如經所說佛語諸比丘離欲清淨已即入第一禪苦於此滅問曰苦心樂心於何處滅無餘答曰於修滿中佛語諸比丘於第四禪定滅盡無餘苦樂喜悉於禪定門滅無餘也何以故初禪定念思未離故心苦念思滅者苦亦滅亦如第二第三第四禪定念爲初次第而滅喜者於第四禪定門滅盡樂到第四禪定入樂住捨起不過樂也是故苦於第四禪中滅盡無餘是謂不苦不樂此法極細不可以意取也何以故譬如惡牛牧者捉之不得乃立作欄驅羣納欄一一牽出次第而至至惡牛已此即是然後捉得佛亦如是先取樂故入一切法入已次第而出此是不苦不樂不苦心不樂心此是不苦不樂受問曰此不苦不樂可得捉不答曰不可得捉又問曰上句何以云得捉答曰以名知其相故猶如捉得語相如此自當知之如經文所說有四緣長老以不苦不樂以名解脫以三昧故棄除苦樂即入第四禪定長老此是四緣不苦不樂以名解脫以三昧故如第三道邪見爲諸法初滅此讃歎第三道此中亦復如是問曰何謂爲諸法答曰瞋恚愚癡爲初如是自當知亦如第四禪定苦樂心爲初因樂起生欲因苦起故生瞋恚瞋恚起故滅樂心是故

於第四禪定極遠是名不苦不樂問曰不苦不樂其相云何答曰捨樂捨不樂問曰其味云何答曰捨苦捨樂味亦言不黨味捨識淨者問曰何謂捨識淨答曰捨者令識得淨潔此是第四禪定識淨潔識淨潔已即生三識悉是捨所作非餘法作是故律本說捨識淨潔譬如月光有雲覆之其光不明雲除去已月即光明淨潔此中樂思亦如是思樂離者識即淨潔問曰前三禪定有無答曰有問曰何不出識答曰爲思爲初覆是故不出入第四禪定捨即是夜識即是月滿理合者然後顯月光明如第一禪有五支亦如第四禪有三支捨識一心廣說有三略說有二如經中所說何時起二支是第四禪定中起二支禪定第四品竟此是四禪定者有欲作觀地有欲一心又欲作通地有欲滅諦地有欲入生愛盡入者求一心也何以入禪定得一心我住樂一日即作迦私那已起八三昧學凡人從三昧起已一心諦諦我觀是名觀地也復有人成八三昧已入通禪地已從三昧起已而作神通或一身作千萬身如是次第自當知是故以禪爲通地又有作八三昧已入滅諦三昧已七日入滅盡定此世間涅槃我念取七日樂此是滅諦地有人入八三昧從禪定不樂我欲生梵天此是入生地佛入第四禪定於菩提樹下從三昧起如來觀地禪亦言通地亦入滅諦地二入一切法世間法聖利法法師曰今略說取如是第四禪定次第自當知以此法故入第四禪定以三昧一心諦是故言淨如律本所說已捨識淨問曰何

謂爲淨答曰白而不黑亦言光明因樂故離欲離諸煩惱已離竟心即清白隨用能堪何以故已教授令柔故至極處如經文所說若心已柔隨用所堪譬如生金次第鍛成柔已隨用所堪若欲作種種瓔珞打之不碎心亦如是所遣而隨如經文所說佛語諸比丘我不見一法如心者調伏非一過柔辱堪可施用極淨而住已住故名爲不動爲精進故非懈怠不可動一心攝已非掉心可動智慧攝已非無明可蔽爲識所攝非妄可辱光明所攝非煩惱暗所障此六法所攝非可動轉如是心入八支已隨所堪任分別諸法以第四禪定三昧故而得一心已一心故諸蓋遠離心無垢濁念思已過心得清淨得智慧故一切諸蓋不得覆蔽以無念故即至不動去煩惱已名亦不動此句是修多羅中說自當知之宿命智者從通地生宿者過去世陰住者生此家生彼家此家死彼家死更墮彼家此家離此家往生彼家自用智慧一一悉分別知如是自識宿命過去如律本所說識宿命智以識故知前身所住處受生皆悉識或一生二生如是展轉心知而識之如佛到波羅蜜已不復有調伏心心下而識初學之人作已然後識我今略說於淨道毗婆沙自當知之此中隨律本說一生者問曰何謂爲一生答曰一過入胎乃至死是名一生如是次第乃至無數生三拔劫者（此言劫滅）問曰何謂爲無數三拔劫答曰次第而滅是爲三拔劫毗拔夷劫者（此言劫成）問曰何謂爲毗拔吒夷劫答曰次第而生是名毗拔吒夷劫取三拔劫者含

入三拔扠夷劫是扠夷根若取毗拔劫者即入毗拔扠夷是劫心下而識如經文所說佛語諸比丘有四阿僧祇劫何謂爲四三拔咤三拔扠夷毗拔咤毗拔扠夷何謂三拔咤有三三拔咤何謂爲三火三拔咤水三拔咤風三拔咤有三三拔咤處阿婆沙羅天修婆緊那天早脅破羅天若火三拔咤起時從阿婆沙羅天下火燒盡若水三拔咤起時從修婆緊那天下洪水没盡若風三拔咤起時從早脅破羅天下飄盡廣一佛境界法師問曰佛境界云何答曰生境界滅境界知境界問曰何謂爲生境界答曰十千世界若佛生者十千世界皆悉震動佛威德百億世界若佛說寶呪聚呪他闍呪阿咤呪無羅呪闍不從者即出風飄落百億世界外知境界者不可度

量佛三境界滅境界與生境界皆悉崩壞若與盛者亦俱成立我今略說於淨道毗婆沙自當知如是佛於菩提樹下得一切智非一劫二劫如是三拔咤劫皆悉知之若處生者問曰何謂若處生者若處壞劫時或生天上或入人間或化生胎生或濕生如是次第悉知此是我姓此是我父母名我名或迦葉姓或婆羅門種或刹利種苦樂色如是或白或黑飲食如是秔米麥粟樹木甘果美香之味身口意業作如是行壽命長短如是從世間上至第一天乃至梵天受生如是展轉後生兜率天一生補處於兜率與天人同姓名斯多揩多（此名白旗天人）身黃金色飲食甘露受天之樂壽命五十七億六萬世間歲從天宮下託生白淨飯王家於摩耶夫人受胎知過去世

一切生處種姓受形好醜貧富貴賤相貌如是皆悉知之法師問曰佛一人知餘人亦知答曰餘人亦知辟支佛聲聞外道梵志各爲分別外道梵志知四十劫此外不知智慧狹劣故不得遠知正知受生而已餘一切悉不能知何以故爲狹劣故大阿羅漢有八十人知十千劫有二上阿羅漢知一阿僧祇劫又十千劫辟支佛亦知一阿僧祇劫又十千餘劫此是隨所行而得知佛所知非可窮盡外道梵志次第得知若欲懸略知者不能自辦譬如盲人行須次第而得若不次第無有是處聲聞知者兩頭合得辟支佛亦如是諸佛知者隨意而得從無數劫中上下反覆悉得知此是我知婆羅門佛語婆羅門我於菩提樹下得無上智慧即知過去無央數劫我今無明暗滅得慧光明從何而得皆從精勤不惜身命得之譬如雞子以觜破㲉佛語婆羅門我宿命知爲觜無明覆前身宿命爲㲉我今以觜破㲉於㲉前出是故我名無上知也宿命知品他生隨知以慧知衆生墮生是故名生墮知以天眼觀看衆生如來已滿波羅蜜故始觀即知餘人皆須修行而知今我略說淨道毗婆沙自當知之聖者問曰何爲聖答曰以肉眼如聖眼無異天人所行諸善得成此眼離諸肉眼離諸塵垢能遠照故是故律本所說以聖眼觀慧眼者以精勤而得亦如聖眼無異何以故已住於聖然後而得是故名慧眼爲聖眼何以故以身依止聖故得聖光明心攝光故而得遠觀徹通石壁如眞明無異是故以清淨慧眼觀衆生生墮落受

生是故外道梵志見墮不見生故生斷見又有外道見生不見墮故生常見九衆生居佛常見亦觀斷見亦觀是故律本所説以慧眼見衆生墮生極淨者如來離十一煩惱是故名極淨如經文所説佛語阿㝹樓陀狐疑是心煩惱知已而棄之不攝心者是煩惱睡心眠心亦是煩惱驚喜施心大心過精勤心極柔心極多言心不分別心極觀色心如是諸煩惱心阿㝹樓陀此十一煩惱如來極精勤故離此煩惱若我見色不見光見光不見色如是爲初如來已過十一煩惱亦過人眼是故律本所説以聖眼淨過世間肉眼觀者衆生如肉眼無異衆生墮落受生亦見法師曰佛見衆生初生墮不答曰初生墮落見於中間不見是故律本所説亦如是賤者問曰何謂爲賤答曰以愚癡行行惡法是名爲賤又生貧窮亦是賤人所惡賤貴者問曰何謂爲貴答曰以慧心受生是故名貴好色者從不瞋中來惡色者從瞋恚中來善道者生至善道或言多金銀珍寶亦名善道惡道者從慳貪而生貧窮下賤亦名惡道下賤者飲食難得朝暮不供隨業所行如來悉知復觀看衆生於地獄中受諸楚毒如來見已而作是念此諸衆生種何罪根而受是苦日夜不休如來觀已此諸衆生常作惡業故乃受此報復觀天上見諸天人於離陀園林眉沙園林於波留沙迦園林諸天人觀看遊戲如來見已而作念言此諸衆生種何福業來生此處受天福位種諸善業得如是報此是行業所知當來知亦如是如來以聖眼知得大神通身

作惡業者問曰何謂身作惡答曰惡者雜穢不淨以身作惡業如是如來悉知口作惡業意作惡業悉如前句說無異毀謗善人者問曰何謂爲善人答曰佛辟支佛聲聞乃至白衣須陀洹道亦名善人問曰何謂毀謗答曰滅諸善法罵詈此是毀謗言復有餘言佛辟支佛聲聞悉是惡法非正法無有禪定法無涅槃法無道果法如是謗作如是語或知者毀謗或不知亦毀謗悉入毀謗善人如此人等造作重業以重業故天上門閉開地獄門法師問曰我今說證有一聚落有二比丘一老一少二人入聚落初至一家得熱糜一椀老比丘得糜已而作是念我腹中有風此糜復熱若服此糜當除腹裏風是時有人持木一段欲作門限擲置一邊於是老比丘即坐木上歠糜年少比丘見老比丘餐糜已而薄摩訶羅作我羞恥也老比丘餐糜竟而還到寺已老比丘問少比丘長老於佛法中有所得無答言有所得須陀洹道老比丘言若如是者不須更進求餘道何以故爲汝誹謗愛盡比丘於是少比丘聞已即作悔過大德我於大德作不善法願得悔過即受歡喜而去法師曰若人罵詈聖人若大比丘作如是言長老我今於長老懺悔願長老受若少者頭面禮足叉手作如是言大德此是我過於大德中我今懺悔大德受若不受者即去餘方若至餘寺來至比丘所若老者頭面禮足叉手而言大德此是我過願大德受若少者而言長老此是我過我今懺悔願長老受若入涅槃者於涅槃處作懺悔作懺悔已如是天

道涅槃道門不閉即如前無異邪見者問曰何謂爲邪見答曰顛倒見此是邪見已受邪見形更教餘人以口惡故誹謗聖人意惡業亦如是已取邪見一切諸惡業含入邪見邪見者是大罪業作之逆罪如經文所說佛語舍利弗比丘持戒具足三昧智慧具足自身正見轉教餘人如是舍利弗邪見亦如是不離身口意如人以土丸擲不離於土邪見惡業不離地獄何以故爲大罪故如經文所說佛語諸比丘我見惡業無過邪見極最大罪若身死者問曰何謂爲死答曰死者罪墮地獄無脫時又言四大壞散亦言更受生法師曰若取地獄者即塞天道解脫門又言若取惡道者餓鬼畜生阿脩羅悉含入又言地獄者阿鼻爲初白黑自知又言善道者人間亦是善道問曰天何義耶答曰色聲香味最勝是名天知者是眼知餘者自當知我今略說聖眼品竟如無明覆過去宿命宿命業啄破無明覆鷇亦如現在墮落知漏盡知者於阿羅漢道漏滅盡知是名漏盡知過下置心者是觀心也觀心能知苦於此滅不過一切苦諦相貌味皆悉洞達知又觀苦諦從何而起從集起此即集諦又觀苦滅此是滅諦將至滅諦者即是道觀四諦已相貌如是正實無異洞達悉知是故佛言我知四諦如是見如是知欲漏者從欲漏出此是指示果於果中說我今脫已久有覆知心觀已而知我不復更生是故律本所說佛語婆羅門我不更生法師問曰爲是過去不生現在不生當來不生若言過去生過去生已滅若言現在生現

在生已生若言當來生當來生未至有何更生答曰斷因故是名不生住者於梵行而住梵行者凡善人與七學等共住此是佛指示出家人所作已作者於四諦四道所作已竟是故佛語婆羅門我所作已竟不復還問曰何謂不還答曰謂煩惱漏不還至我所是故不還更無精勤如來已觀知如此是名漏盡智何以故如來欲開示婆羅門佛已得三達智過去現在當來知法師曰如此語者不應自稱何故如來而自譽耶答曰佛爲欲哀愍世間及婆羅門等故作是語我聖人我最長無上尊一切知我不爲人作禮婆羅門聞佛種種說發心歡喜即於佛前悔過言瞿曇沙門有如是聖利滿足我實不知瞿曇沙門即是前生功德具足婆羅門便自剋責剋責已聞說法即讚言善哉善哉瞿曇沙門爲指示法味法師問曰何故二讚善哉復以偈頌曰

瞋滅急讚歎　般勤極驚笑　信心愁足美　句句當重說

此中讚歎何以故婆羅門聞佛說法心歡喜無以謝答爲自歌詠法師曰婆羅門心當有是思惟佛所說法其義深遠其語美味善入人心生大慈悲甚爲悅樂婆羅門向佛說言我如覆鉢佛今說法令我得聞如鉢已仰得受甘露如人以草木覆藏珍寶有人指示令知如人迷路有人捉手指示善道如在大暗處有人施與燈燭令得見道我亦如是法師曰婆羅門何以作是言者我今更演此義婆羅門心如覆鉢不得受甘露味佛今開示令受甘露何以故如草木覆藏自迦葉佛後邪

見爲草木覆藏正法無人指示今佛指示令知迷路者外道邪見爲路於妙道中迷惑不見善道佛以法爲手指道令得度脱如愚癡暗不見三界佛以法爲燈燭施與令得光明毗蘭若婆羅門作讚歎已心極清淨白世尊言我今歸依瞿曇沙門歸依者言隨從又言依止知佛殺煩惱次歸依法歸依僧歸依法者如來積行得此法不更墮落若人隨法即受不墮地獄餓鬼畜生法者義受又言聖道涅槃道者是法如經所說佛語諸比丘法不作有八支道衆法之上法師曰我今略說復有婆羅門名車多摩那婆歌詠讚佛而作頌曰

欲離欲不動　愁憂法不作　不逆流美味
極好分别知　於衆法最上　應當受歸依
布施四向人　若分别有八　於僧中最上
獲得大果報　於此自歸依　名眞優婆塞

如是婆羅門言願佛知我已受三歸法師曰若於此解三歸者即成紛多若欲知者可於阿毗曇毗婆沙自當知願瞿曇沙門知我已作優婆塞願佛名我是佛優婆塞問曰何謂爲優婆塞誰爲優婆塞誰不爲優婆塞云何有戒爲優婆塞有心爲優婆塞云何名爲優婆塞云何不名爲優婆塞法師曰此義甚多此中不可說於修陀尼毗婆沙自當知之從今以去者從今至命終不受餘師願佛知之若有人以刀斫斷我頭使我言非佛非法非比丘僧我頭寧當落地不作是言婆羅門以身命奉託如來欲自供養作如是言願世尊當受我請於毗蘭若國前夏三月與比丘僧

婆羅門言我今已作優婆塞願如來憐愍我當受我請於毗蘭若國如來默然受請法師問曰佛何不答婆羅門請答曰已應世間人以身口答世尊用忍心而答爲憐愍婆羅門知佛受請者問何謂爲受請答曰若不受請者當以口身而答世尊默然顏色怡悅是故知佛受請婆羅門即從座起遶佛三帀四方作禮而去合十指爪掌叉手放頂上却行絶不見如來更復作禮迴前而去是時毗蘭若國極大飢儉是時者佛受毗蘭若婆羅門前夏三月飢儉者飲食難得若人不清淨至心正有飲食不與亦名飢儉毗蘭若國不爾以五穀不結實故二疑者問曰何謂爲二疑答曰二疑者二種心疑何謂二種心疑答曰心疑於此夏三月乞食或疑得或疑不得或疑可得生活或疑不可得生活是爲二種心疑白骨者貧窮下賤人乞食不得餓死棄屍骨曠野狼藉是名白骨又言五穀不秀實白如膏亦名白骨如籌者禾始結秀而遭大旱根株直豎如籌是名如籌又言不爾飢儉時以籌市井是名如籌何以故臨市時强者得入羸者不得於外大叫糴米人見諸羸人生憐愍發平等心開門令入次第坐先受取直然後與米隨其多少用籌計數諸比丘自念言此間飢儉皆悉用籌計校時諸比丘入經七八聚落或得少許或不得者爾時估客從北方驅馬五百匹向南販貨或得二三倍利以求利故遍歷諸國次第至毗蘭若國住夏四月問曰販馬人何故不去而住四月答曰雨水多故不通馬行即於城外立馬廐并自立

屋舍籬障都圍於是諸比丘往到估客處乞食人得馬麥各五升問曰爲信故爲不信故而以麥與諸比丘答曰信販馬人入聚落日日見諸比丘乞食空鉢而歸見已估客還向諸同侶説如上事各作是念諸比丘乞食極大疲苦都無所得宜共計校我等儈客若日日供其朝中恐不周立我等當減取爲分各五升與諸比丘比丘得此馬麥便不疲倦於我等馬不甚爲損作是籌量已諸估客往到諸比丘所作禮而白言諸大德可受我等麥日日人各五升及雜食隨意所作飲食是故律本所説曰施比丘麥著衣服已朝行乞食問曰何謂爲朝答曰從旦至中是名朝著衣服者以袈裟裹身分衛者毗蘭若聚落乞食不得遍歷聚落都無一人出應對者持麥還寺者行乞處處得麥而還取麥擣舂而食者老比丘無淨人復無爲作者躬自行磨作飯或八或十共作竟當分而食賢者阿難取如來分手自磨阿難智慧具足作食極美味諸天復内甘露作竟佛受而食即入三昧從此以後不復乞食問曰是時大德阿難侍佛不答曰侍如來從菩提樹下起二十年中侍佛者皆不專一或時大德那和或大德那耆多或大德彌耆耶或大德優伽婆或大德沙伽多或大德須那訶多如是諸大德隨意樂侍而來不樂而去或悉去時大德阿難來侍問曰國中飢儉云何無一人作功德分割少餅供諸衆僧又有婆羅門請世尊前夏三月復不供養何以故爲天魔波旬蔽一由旬内悉令一切人民心忘都無供養者蔽已而去問

曰如來心寧不知善哉因欲制戒說法故佛語阿難汝輩善人已勝未來比丘當覓稻禾肉法師曰我未解此義如來當作如是語阿難汝等輩善人於飢儉時乞食難得已知足故護持正法是故爲勝於飢儉時能伏貪心是故爲勝餘聚落中禾米豐饒甘果異味甚多而無往者於衆中都無一人思者瞋者怨言者何以住此世尊何不往到彼豐饒聚落飲食易得都無此言亦不怨恨毗蘭若婆羅門何以請我等來此夏坐而不供養復無異心思欲行求利養者亦無更相讚歎是人得道令人得知希望供養如是之言各緘口默然但一心依止如來住耳是故爲勝問曰知魔蔽耶答曰知又問如來何不往舍衛王舍城及餘國結安居而來此國耶答曰若置舍衛王舍城國正使往到鬱單越或上忉利天魔王亦當來蔽不可得隱避何以故此年魔王大忿如來已自徧觀唯有毗蘭若國販馬人可依安居問曰魔王既能蔽餘人何意不蔽販馬人使佛及衆僧不得食答曰亦能蔽何以故魔王已去後販馬人後至是以不得蔽問曰魔王何不更爲蔽販馬人答曰不得都蔽法師曰有四種魔不能蔽何謂爲四一者朝中供養二者湯藥不乏三者如來壽命四者如來光明日月梵王至如來所光明隱蔽不現是故魔王種種方便而不能蔽一時佛聞春臼聲者諸比丘得馬麥還舂擣是故有聲知而故問知而不問知故問者佛知有因緣利益衆生是故問知而不問者無利益是故不問時而問者若問正時而問是故時

而問不問者如來知非時而不問有義而問無義不問有二因緣問一者爲欲說法二者爲聲聞弟子制戒因緣或輕或重是故問阿難此聲何物聲耶阿難答言此是諸比丘舂麥聲佛言善哉善哉阿難何以佛歎言未來比丘住在寺中飲食易得而生憍心言飯麤糓或言太熟或言太强或言粒碎或言酢鹹如是之言即是覔禾稻肉義佛語阿難汝等善人當爲後世比丘作善法因緣以汝等法未來比丘若得飲食於好於惡不生增減往昔法王在世諸大羅漢猶食馬麥況我等輩於此飲食而有嫌薄

摩訶大目揵連品

爾時大目揵連大者於聲聞神力智慧最大是故名大目揵連者姓白佛言者向世尊言問曰何以向世尊言答曰大德目揵連出家七日即得聲聞波羅蜜如來復讚歎神通第一目揵連所以目揵連有神通力而作是念毗蘭若國大儉諸比丘僧乞食難得極爲疲勞我今當反地取地肥供與衆僧復自思惟若我反地不白世尊者便是與如來並神力則乖我法作是思已而白佛言世尊地初成則生地肥譬如生酥亦如蜜味善哉世尊我欲反地取地下肥供諸衆僧反者取下還上何以故爲衆僧故佛不欲許令目揵連作師子吼佛而問目揵連一切衆生城邑聚落悉依止此地復不得懸置虛空汝云何作目揵連答曰世尊我今以一手化作地受取城邑聚落一切衆生與地無異以一手反衆生等依止地佛答止目揵連問曰何以世尊不聽

目揵連反地答曰爲哀愍衆生顛倒作故或言是或言非我住處若城邑聚落更相驚怪此非我城邑聚落田園池林法師曰唯有神力人能作非無神力者非一時儉未來亦儉若遭儉時誰得如目揵連當來聲聞弟子少有神力若入聚落乞食諸人見已而作是言世尊在世聲聞弟子持戒具足故得神通力即於儉時迴反大地而取地味以供衆僧今者衆僧持戒不具若具足者如前無異復無少分施與餘人以倒見故輕慢聖人以輕慢故死墮地獄是故世尊語目揵連勿樂反地目揵連就佛乞求反地不得復作餘乞善哉世尊言且止法師曰從善哉文句如前所說汝自當知法師曰有小異何者目揵連復欲牽鬱單越地還令連閻浮利地問曰海云何答曰海如牛跡一步而度令諸比丘食如諸聚落

舍利弗品

優波離欲證律藏根本於是舍利弗從靜處起而作是念問曰何謂爲靜答曰寂靜無聲亦言一心寂靜云何佛法久住從毗婆尸佛而答餘者義自當知問曰舍利弗何不自以神力觀看可知而來白佛答曰不得舍利弗若以神力觀者正可知諸佛久住不久住若分別諸佛因緣不能通了大德大蓮華言能何以故所以上羅漢十六種智如此之理不足爲難爲依止如來欲顯世尊爲上是故來白佛而問佛答舍利弗餘者律句次第自當知云何因緣者此義易知佛語舍利弗毗婆尸佛者語爲初諸佛非是懈怠或爲一人二

三人如是增上乃至一切三千大千世界衆生說法有生異心此衆少應略說此衆大應廣說亦不作高下說法悉皆平等一種說法譬如師子王七日一起覓食臨捉衆生無大小先吼而捉何以故若師子捉衆生時不先大吼用輕心故或得脫者是故皆吼令衆生怖伏而捉佛亦如是於一切衆生無大無小皆以殷勤說之若有略說衆生或不勤心修習何以故如來爲尊重法故令我世尊說法譬如大海水同一味過去諸佛亦復如是然衆生心易教授令說一偈義令入四諦是故過去諸佛不廣說法修證偈耶法師曰前句已說故不重說不爲聲聞結戒者問曰過去諸佛何不爲聲聞弟子結戒答曰諸聲聞弟子不犯非故亦不結威德波羅提木叉亦不半月半月說戒乃至六年六年止說教授波羅提木叉此說如來自說不令聲聞說爾時閻浮利地槃頭摩底王舍城翅摩鹿野苑是毗婆尸佛所住處一切比丘僧悉集佛布薩衆僧布薩三人布薩二人布薩一人布薩往昔閻浮利地有八萬四千寺寺或有十萬二十萬比丘亦不諠鬧皆寂靜住而是時諸天人心思欲聞佛說戒恒計年歲應到六年即集大衆往佛所待佛說戒是時諸比丘若有神力者來無神力者諸天來白時可去即取衣鉢諸比丘承天人神力到布薩堂住至頭頂禮足時毗婆尸佛知衆集即說教授波羅提木叉

忍辱第一道　涅槃佛勝最　出家惱他人
不名爲沙門　一切惡莫作　當具足善法

自淨其志意　是即諸佛教　不惱不說過
不破壞他事　如戒所說行　飯食知節量
一切知止足　常樂在閑處　是名諸佛教

以如是方便一切過去諸佛以此偈教授波羅提木叉此是諸佛壽命長短是故如是說短壽諸佛從菩提樹下爲聲聞弟子結戒此是威德波羅提木叉非如來說諸聲聞弟子說是故我等釋迦牟尼佛從菩提樹下二十年中皆說教授波羅提木叉復一時於富婆僧伽藍於眉伽羅母殿中諸比丘坐已佛語諸比丘我從今以後我不作布薩我不說教授波羅提木叉汝輩自說何以故如來不得於不清淨衆布薩說波羅提木叉從此至今聲聞弟子說威德波羅提木叉是故律中說佛語舍利弗過去諸佛不說威德波羅提木叉說教授波羅提木叉毗婆尸三佛不說波羅提木叉三佛已入涅槃聲聞弟子復入涅槃最後聲聞弟子姓非一種名非一種或姓瞿曇或姓目揵連或名佛無德或名曇無德從非一種或婆羅門種或居士種或刹利種又非一種家或富家或貧窮家或下賤家從如此種種非一家非一姓等出家而作梵行爲非一種姓名入正法故而各自用其志意處讃佛法不相承受所以佛法不久住世爲此等故問曰諸比丘何不勤修精進而使正法速頹滅耶答曰先諸大德猶爲不善況我等輩各不護法藏故令佛正法而速滅耳不用線貫穿者風吹即散貫者言縛譬如種種華不以線貫之風吹即散佛法亦如是爲不結戒故以心先觀然後教授聲聞問曰其義

云何答曰過去諸佛先觀聲聞心然後教授緣諸聲聞易悟理故佛亦不爲廣說怖畏林者此林若有入者即生怖畏如是汝等思惟者有三思惟出家爲初汝等當勤心思惟汝等莫作是思惟者有三惡法思欲爲初汝等愼莫思如是汝等當憶持在心觀無常苦空無我心恒憶持莫如是汝等莫思憶者無常莫思常理不淨莫思言淨汝等勿作是思此是汝等應棄者諸惡法應棄此應起而住者善法汝等應起若已得者令增長從不起煩惱心得脱者心不取煩惱故而脱亦言以滅不起滅而滅是故律本所說從不起煩惱心得脱一切皆是阿羅漢譬如蓮華日光始出即便開敷舍利弗往昔恐怖林中者若人未離欲入此林林有威相故皆悉毛竪舍利弗此是因緣者法師曰次第句義易自當知不久住者毗婆尸佛壽數八萬歲諸聲聞衆亦復如是從佛在世乃至最後聲聞佛法住世百千六萬歲尸棄佛壽命七萬歲聲聞弟子壽命亦爾維衛佛壽命六萬歲聲聞壽命亦如是二佛壽命到最後聲聞佛法住世百千四十二十萬歲次第而數是故佛法不久住於是舍利弗聞三佛佛法不久聞已意欲更問佛久住而白佛言世尊以何因緣佛法久住諸佛壽命拘那衛佛壽命四萬歲拘那含牟尼佛壽命三萬歲迦葉佛壽命二萬歲釋迦牟尼佛壽命百歲諸聲聞弟子壽命亦如是是故佛法久住我今世尊應取迦葉半壽一萬歲是時應出世觀看衆生根無熟者五千歲應出次第至五百歲應出又復無根熟

衆生乃至百歲然後有衆生可度是故佛出世短壽聲聞弟子亦如是佛法久住如前三佛法與壽命俱滅是故名不久住後三佛者佛雖滅度佛法猶在世是名久住於是舍利弗聞佛說已欲令佛法久住而白佛言唯願世尊爲諸聲聞弟子結戒如律本所說舍利弗從三昧起餘者後句次第自當知佛告舍利弗止止時未至矣舍利弗重白佛言世尊唯願爲諸弟子結戒佛告舍利弗止止此法非聲聞緣覺所知唯佛與佛乃能知耳垢未起故問曰何謂爲垢答曰垢處者於今世後世過如來法是名爲垢未爲聲聞結戒者問曰何以不爲聲聞結戒答曰未有漏者如來結戒衆生生誹謗想云何瞿曇沙門如諸聲聞弟子悉是貴姓或是王位捨其財物宮殿妻子眷屬不惜身命皆是知足於世間無所希求云何瞿曇反以波羅提木叉而繫之是瞿曇未善別世人故言如此若我結戒者世人而亦不生敬重之心譬如醫師未善治病人見始欲生癰雖有癰性未大成就輒爲破之破已血出狼藉受大苦痛以藥塗之瘡即還復醫師謂曰我爲汝治病當與我直病人答曰此癡醫師若是我病可爲我治我本無病强爲破肉令血流出生大苦痛反責我直詎非狂耶聲聞弟子亦復如是若先結戒而生誹謗我自無罪强爲結戒是故如來不先結戒若漏起者問曰何謂爲漏起答曰若漏於僧中已起者是時如來當爲諸弟子結戒指示波羅提木叉譬如良醫應病設藥令得除愈大獲賞賜又被讚歎此好醫王善治我

恚如來亦復如是隨犯而制歡喜受持無有怨言是以律本云止止舍利弗若有漏法生然後世尊當爲結戒法師曰餘句自當知之於佛法中誰先出家崩揵多兒名優波斯那因優波斯那制戒未滿十臘而與弟子受具足戒優波斯那二臘弟子一臘如是次第從此已佛爲制戒告諸比丘自今以後若未滿十臘而與弟子受具足戒者犯突吉羅罪佛已結戒竟復有比丘雖滿十臘若過十臘癡無智慧而與弟子受具足戒佛又制戒告諸比丘若人無智慧與人受具足戒者得突吉羅罪佛聽有智慧人者十臘若過十臘善能教授聽與弟子授具足戒未多者衆僧中老少未多房舍亦未大若衆僧多者當有犯漏法者是時如來然後結戒若比丘與未受具足戒共宿過二三宿者是比丘得波夜提罪若比丘尼年年度弟子者是比丘尼得波夜提罪若比丘尼年度二弟子是比丘尼得波夜提罪已說如是汝自當知大利養者若衆僧得大供養者便生有漏法是時如來當結戒若比丘受躶形外道若男若女自手與飲食等是比丘得波夜提罪未多聞者若衆僧中未有多聞若比丘僧中多聞聞便生漏法若一阿含若五阿含讀誦通利以不正心而說顛倒義非律言是律非法言是法是故佛結戒若比丘作是語佛所說法我已知作是言者是比丘得波夜提罪次如沙彌語無異所以如來因有漏法我云何爲諸弟子結戒云何漏者答曰劫賊云何爲劫賊答曰於佛法犯戒即是劫賊云何名爲劫賊答曰非沙

門者自言我是沙門刼四輩物是故律中所說未有漏法未有刼人亦言未有犯戒人無罪者言無煩惱亦言無患無犯戒不染黑法者黑法言破戒亦言衆僧不破極淨者言極光明住眞實地者戒三昧智慧解脫是眞實地而住法師曰我當說次第於毗蘭若國前夏三月五百比丘最小得須陀洹道問曰何謂爲須陀洹道答曰須陀洹言流問曰云何爲流答曰道若人入此流道名須陀洹道如經文所說佛問舍利弗須陀洹云何名須陀洹舍利弗答此是世尊善貫八道何謂爲八一者正見二者正思三者正口四者正行五者正生六者正勤七者正識八者正三昧復問何謂爲須陀洹答曰若人以八貫故來至善道是名須陀洹如是名如是姓因道而名果是故名須陀洹汝自當知不墮落法者不言無須陀洹人無墮落於地獄餓鬼畜生何以故斷煩惱故以道故便迴向菩提者迴向前三道必當至何以故爲道故如是大智舍利弗答如來已於毗蘭若夏三月大自恣竟爾時佛告阿難者告者語又言覺佛法久有此法過去諸佛告受人別請意得去聲聞弟子別與不別隨意而去佛憐愍衆生欲徧行諸國佛行諸國者佛行有三境界一者大境界二者中境界三者小境界三境界隨意而行問曰何謂大境界答曰九百由旬何謂中境界答曰六百由旬小境界云何答曰一百由旬若佛欲大境界行時大安居竟九月一日與比丘僧圍遶而去次第到聚落教化說法受諸飮食應可度者即爲度之未得度者

令獲福利九月日遊行於夏三月中多諸比丘行三昧法未竟如來不大自恣待小自恣到九月十五日竟而去中境界行時八月日遊行小境界者先觀衆生根熟而往次根熟而去到十一月一日與比丘僧圍遶而去十月日遊行此三境界中處處衆生令離煩惱得四道果爲教化故譬如採華人徧行山中見諸雜華有開榮者便摘持去如來亦復如是又有佛法於清旦時入禪定樂從三昧起以大慈悲觀看大千世界應可度者如來即往度之又有諸佛法有新從餘國來者如來便相勞問説法因緣令欲發起結禁戒故此是諸佛無上道法問曰何謂爲聲聞法佛在世時二過集衆何謂爲二一過初入夏坐欲取禪定第二過夏坐竟現有所得此是聲聞法故如律本所説佛語阿難宜可共往往者請別婆羅門別者白婆羅門言安居已竟我今便欲遊行餘國爾時世尊即著袈裟整衣服晨朝而去阿難侍從往到城門到已而入放大光明徧照城內巷陌舍宅皆如金聚玄黃五色猶如電光即向毗蘭若婆羅門家到門下立使人忽見佛光明入白婆羅門言瞿曇沙門今在門外婆羅門聞佛來聲霍然而悟即起取氍毹毾㲪敷置牀座躬自出迎白世尊言可從此路而入於是佛入已而坐時毗蘭若婆羅門本心欲坐近世尊邊無因得坐故於座邊叉手而立法師曰次第後句自當知之婆羅門白言世尊應與未與法師曰此是婆羅門欲發起先所許供養如來者婆羅門言我先請如來三月夏坐應日日齋飯

食糜粥甘果水漿供養世尊而便癡忘未有一毫非爲不與未得奉設緣我白衣多諸事務瞋恚愚癡逼迫迷亂我心而忘是故不與法師曰何以婆羅門作此語不知魔王所迷而自剋責爲白衣業故遂忘世尊於是婆羅門自念我請佛三月供養都未施設我今以三月供限并一日施唯願世尊哀愍納受明日者婆羅門供如來明日即辦佛觀婆羅門心極大歡喜佛爲哀愍故自念若我不受請者此婆羅門當生惡心作如是言瞿曇沙門於三月請未得供養今者懟恨不受我請當復有言瞿曇沙門非一切智不能暫忍或當作如是言輕賤如來獲大罪報是故我今應當受請

善見毗婆沙律卷第五

音釋

糜忙皮切粥也　巇虛宜切杓也　歠昌悅切大飲也　販方願切鬻也　僑巨驕切旅寓也　内奴盍切受也　處讜處敞呂切處分也讜丁浪切言中理也　癰於容切癰瘡也　詎其據切豈也　騍郎果切赤體也　擿陟革切摘同手取也　毾毲毾吐盍切毲都騰切毾毲毛席也　懟杜對切怨恨也

善見毗婆沙律卷第六

蕭齊外國沙門僧伽跋陀羅譯

黙然者已受請佛告婆羅門汝勿繫心家業佛已語竟復觀看隨其所堪而爲說法說令世後世悉現令知於功德中復已受持精勤修已如來即雨法雨雨法雨已佛即從坐而起還向本處是時婆羅門即集兒子孫息咄汝等輩我先請佛三月安居不得一日供設我今以三月供限并設明日語竟即饌辦飲食盡夜料理至旦掃灑家内清淨即以塗香燒香華鬘瓔珞懸繒旛蓋施敷牀席皆悉精麗種種供養備具辦已來到佛所白佛言世尊飲食已辦時今至矣爾時如來與比丘僧圍遶而去是故律本所說佛往至婆羅門家到已與諸比丘共坐是時婆羅門供設佛及比丘僧比丘僧中佛爲上座極美者無上味以手者自手與食令飽飽者言滿足亦言快意却者言止止有三種何謂爲三一者以手二者以眼三者以口食欲竟此亦易解婆羅門以三衣施佛三袈裟直金錢三千又施五百衆僧白氎各一雙合直金錢五十萬婆羅門雖作如是施已心猶未止復更施絳欽婆羅一張又鉢兜那波吒(此言緰也)佛與比丘截斷欽婆羅各作襌帶及鉢囊襻又斷裂鉢兜那波吒作腰繩漉水囊二種復有百煎藥膏滿一器直金錢一千以供衆僧塗身法師曰布施沙門者法止四種不與世人同今已備足律本所說布施三衣不及四種我今故演耳於是婆羅門作此施已與眷屬俱頭面禮佛及比丘僧却坐一面爾時世尊作是念言此

婆羅門及其眷屬請我夏坐三月之中爲魔所嬈未聞法要我今以其三月未聽法故并爲一日敷演解説甘露法味令其眷屬各得飽滿佛爲婆羅門説法竟即起出門欲向餘國於是婆羅門及其眷屬各各頭面著地爲佛作禮流淚而言唯願世尊哀愍我等時復一來與我相見使不恨耳爾時世尊於蘭若中停三日入佛境界觀諸比丘九十日中日食馬麥身體羸瘦不堪遠涉直路而去到須離國從須離去取波夜伽處到已即度大江度已便向婆羅那私國到已從此而去到毗舍離城是時世尊便於摩訶句吒羅精舍而住法師曰律毗婆沙名善具足毗蘭若因緣竟迦蘭陀品

此毗婆沙義味具足不雜他法分別戒相於律中因緣根本所説甚爲難解此毗婆沙善能分別一切律藏無有障礙故名具足

世間中尊王　哀愍衆生故　今説毗尼藏
令衆生調伏　亦將衆善行　滅除諸惡法

爾時毗舍離城如是次第易可解耳若有深奥不可解者我當爲説迦蘭陀者是山鼠名時毗舍離王將諸妓女入山遊戲王時疲倦眠一樹下妓女左右四散走戲時樹下窟中有大毒蛇聞王酒氣出欲螫王樹上有鼠從上來下鳴喚覺王蛇即還縮王覺已復眠蛇又更出而欲螫王鼠復鳴喚下來覺王王起已見樹下窟中大毒蛇即生驚怖四顧求諸妓女又復不見王自念言我今復活由鼠之恩王便思惟欲報鼠恩時山邊有村王即命村中自今以後我之祿限悉迴供鼠因此鼠

故即號此村名爲迦蘭陀村迦蘭陀子者是時村中有一長者有金錢四十億王即賜長者位因村名故號迦蘭陀長者法師問曰長者獨名迦蘭陀餘人亦爾答曰悉名迦蘭陀律本所說須提那者是迦蘭陀長者子多知識知識者苦樂共同時有因緣往毗舍離因緣者尋覓負債人復有法師言九月九日國人大集遊戲以是之故須提那往觀看爾時世尊九月前十五日至毗舍離見者問何謂爲見答曰須提那清旦食竟見諸人偏袒右肩齋持種種華香往至佛所欲供養聽法從城門出須提那見已而問咄善人何處去耶答曰今往佛所供養聽法須提那曰善哉我亦隨去爾時世尊四衆圍遶以梵音聲爲衆說法須提那到已見佛爲大衆說法故律本名爲見法師曰此是須提那往昔福因令其發悟須提那心自念言云何因緣得入聽法何以故四衆圍遶至心聽法不可移動難得入故是時迦蘭陀子須提那漸近衆邊問曰何不入衆答曰爲後到故是以近衆邊坐律本所說迦蘭陀子須提那往到衆所坐一處已迦蘭陀子須提那而作是念問曰坐已作是念爲聞法已作是念答曰聞佛讚歎戒定慧已作是念問曰念何等答曰當作是念佛一一分別說法我已知反覆思惟戒定慧中義理一味作是念我在家修戒定慧梵行一曰得過者其事甚難不宜在家如磨瑑者問曰何謂磨瑑答曰如人磨瑑極能白淨在家修如瑑者亦甚難得我今云何得剃除鬚髮被袈裟衣而修梵行我得出有爲家入無爲

家問曰何謂有爲家無爲家答曰有爲家者耕田種植販貨種種事業無爲家者無諸事業寂然無欲是名出有爲家入無爲家衆起未久往到佛所者須提那衆未起時往到佛所不求出家何以故若求出家者兄弟眷屬在坐聽法當作留難而作是言父母唯汝一子若求出家誰當侍養作是語已必捉將還則作我出家艱難須提那與衆俱退行至數步方便而還往到佛所便求出家是故律本說衆起未久須提那往至佛所唯願世尊從羅睺出家之後父母不聽出家佛不得度是故佛問須提那汝父母聽汝出家不法師曰此句次第易解自當知應作已訖者須提那心樂出家於遊戲處心不染著於諸債主得與不得怱怱而還次第易解阿摩多多者此言阿摩是母也多多言父也汝者易解一子者唯一子無兄弟法師曰父母何以作是言爲念故住在歡樂者從小至大不經辛苦自初生時乳母抱養逮及長大百味餅食恒相給卹車馬出入脚不踐地是名住在歡樂父告須提那汝小苦亦不知不知苦者一苦破作十分於一分苦汝亦未經知我至死不與汝別離者父母言我生世若汝死亦不棄捨況今生別無有此理即於此中卧地上者言無氈席而卧地上供養者問曰云何爲供養答曰男女妓樂琴瑟簫笛箜篌琵琶種種音聲與諸知識而娛樂之諸知識人方便慰喻令其心退於五欲中食問曰何謂爲食答曰食者自已身與婦於五欲中共相娛樂復作功德者言供佛法僧得種種布施修治善道者作功德默然

而住者父母種種教化令其心息如是父母反覆至三執志不轉父母喚須提那知識而言曰此卿等知識令卧在地上我已三請永不肯起卿等爲我令止出家於是諸知識往至須提那所三過作如是言知識卿父母唯卿一子若必出家父母年老誰當供養卿出家者愁憂憔悴致死無疑於卿何益卿豪貴出家者捉瓦器乞食或麤或惡或得或不得日復一食而復獨眠若修習梵行此法甚難如是種種方便永無退心諸知識議言今當聽其出家即往須提那父母所勸放出家聽已是故律本說迦蘭陀子須提那知識往至父母所知識向須提那言卿父母已聽卿出家須提那即從地而起歡喜踊躍須提那七日不食身體羸瘦父母以香湯洗浴以油塗身洗梳頭髮作種種飲食餚膳三四日中體力平復於是須提那禮父母於是流淚與別往到佛所唯願世尊度我出家者問曰爲是如來度爲衆僧度答曰比丘度是時世尊邊有一乞食比丘佛當乞食比丘汝可度須提那出家與具足戒比丘答善哉世尊即取須提那度爲沙門即字尊與比丘與具足戒是故律本說是時須提那於佛所得出家已受具足戒受頭陀法頭陀者漢言抖擻煩惱塵垢受者言行阿蘭若者棄捨聚落房舍住阿蘭若處乞食乞食者不受長利養棄捨十四食受糞掃衣者不受檀越衣次第乞食者不越次拔闍村者拔闍王村財寶無量財者朝冥受用寶者恒覆藏不令人見無量者過數飲食豐饒者日日恒有盈長飲食料理房舍

者摒擋牀席卷氍覆蔽齋六十大銀盤者一盤堪十人食合供六百衆僧飲食食者取也問曰何謂爲取答曰取四大力迴與者捨與衆僧心不戀慕自入乞食家中婢將經宿殘飯不中食出外擲棄經宿或一二夜飯酢臭問曰爲是秔米爲是粟米答曰粟飯也大姊者出家人不得喚爲婢故喚姊擲我鉢中問曰出家人得作是語不答曰得何以故主人棄薄故如此棄擲之物亦可得言將與我納置我鉢法師曰有一比丘乞食見人擔殘宿飯欲擲棄比丘言若必棄者置與我鉢是比丘佛所讚歎問曰唯飯一種得餘物亦得答曰一切擲棄之物皆得索取勿生狐疑手足者乞食下鉢受食露手至腕足者從踝上四指音聲聲者須提那喚時得聞聲憶識者識其三相佛成道十二年後須提那出家須提那在他國八年學道八年後還迦蘭陀村佛成道已二十年須提那別家已經八年婢是故不識入白大家言者問曰何不即問而入白大家答曰婢見畏難故不敢輙問是故忽忽入白若審爾者諦墻邊而食者爾時村中家家各於墻邊作小屋貯水漿擬乞食人止息所須隨意是故律本說出門外於墻邊而食何物人者父問須提那何物人於墻邊食此殘宿飯出家人不應如此食此宿飯父向須提那言汝在家時餚膳飲食於中嫌訶或言麤惡冷熱不調汝今食此殘宿飯如食甘露無有怨言法師曰須提那父應作是語但父心中逼切不得申如此語師師相承作如是解捉手俱共還家者問曰何以與白衣捉

手還家答曰須提那爲人至孝父既提手不違父命俱共還家受請默然而往者問曰須提那受上乞食法何以受父請答曰須提那當作是念離家既久若不受檀越請者檀越當生惡心以哀愍故爲受一請受者令知金銀聚者問曰爲鋌爲碎答曰錢人者亦不長不短於後施縵者疑靜處繞四周安縵晨朝著衣鉢者應請也問曰何不待檀越來報而自往耶答曰已報律中不說毋者能生他爲義毋物者從外家隨毋來是朝冥洗浴用直餘我先聘汝毋物限復未出我物未出汝祖父毋物亦未出未出者言財物無量汝可還俗者父語須提那汝可捨棄出家衣服還俗著好衣服受五欲樂汝出家非是畏王使故出家非負債出家不能復俗者須提那語檀越我極樂梵行我於復俗心無貪著願檀越勿有所怪須提那語檀越我有所白願勿瞋責父答善哉善哉者父聞須提那作是語心中歡喜故讚善哉取麻布作大囊以金銀納裏堅縛囊口十餘車載至大江中深處棄之爲此因緣者須提那語辭用寶何爲緣此寶故能起諸煩惱水火盜賊悉從斯生毛豎者或有國王見寶物多便來求索或有盜賊而來劫奪或爲水火之焚漂深思惟此已舉身震慄毛爲之豎日夜守護者未冥時便處分前後布置人力持時卓邏關閉門戶極令堅密勿使劫盜得入怨家所伺故名守護喚新婦者須提那父種種方便令須提那遠俗了無從意故喚新婦言唯汝先相愛念能令其心迴何以故一切財寶猶不能壞唯有女人

能令人迴轉天上玉女端正若爲者此是新婦問須提那辭新婦所以見諸刹利及諸貴姓捨諸財寶及宫殿妻子眷屬意謂諸種姓悉皆爲求天王女故而修梵行不爲天女者不求天女新婦聞須提那以妹相答自謂先夫婦共牀寢息今喚爲妹即是共父母生之義故生大苦惱悶絶躃地勿觸惱者莫以財寶及女欲觸惑我心可留續種者父母語須提那願汝恒修梵行於虚空中而入涅槃願汝留一子以續種姓勿令財寶空失無有主領我等死亡必入梨車毗王庫藏故請求續種耳須提那答此事甚易我能爲之問曰何以須提那作是言須提那心生念言若我不與種者終不置我日夜惱我我若與子令其心息不復嬈我我因此故得安住道門修習

梵行月華者月生水華此是血名女人法欲懷胎時於兒胞處生一血聚七日自破從此血出若血出不斷者男精不住即共流出若盡出者以男精還復其處然後成胎譬如田家耕治調熟然大過水以穀下中穀浮水上流出四面何以故水大穀不著泥故不成根株女人亦復如是若血盡已男精得住即便有胎捉婦臂者此是抱將入深處共爲欲事爾時佛從菩提樹下二十年中未爲諸弟子結戒諸弟子既新涉學故佛未爲制戒須提那不知罪相謂之無罪若須提那以知罪相者乃可殁命何敢有犯三行不淨者三過捉婦共作不淨行不淨故而便有胎法師曰有與無答曰有何謂有一者身相觸二者取衣三者下精四者手摩裔下五者見六者聲七

者香以此七事女人懷胎問曰何謂爲摩細滑有女人月水生時喜樂男子若男子以身觸其一一身分即生貪著而便懷胎此是相觸懷胎問曰何謂取衣答曰如優陀夷比丘與婦俱共出家分別久優陀夷往到比丘尼所兩情欲愛不止各相發開欲精出汙優陀夷衣以衣與比丘尼比丘尼得已便舐之復取納女根中即便懷胎有女人華水生時觸男子衣是名取衣問曰何謂爲下精答曰如鹿子道士毋往昔有一鹿毋行次第至一道士處道士小便有精氣俱下鹿毋時正華水生䶊看小便汁欲心著而欲飲遂懷胎生鹿子道士是名下精摩裔下者如睒菩薩父毋欲盲天帝釋逆知下來至其所而言宜合陰陽當生兒夫婦旣悉出家爲道答言我等已出家法不得如此帝釋復言若不合陰陽可以手摩裔下即隨言便懷胎而生睒是名手摩裔下閦陀婆耶與旃陀鉢珠多二人亦如是生問曰何謂爲見答曰有一女人月華成不得男子合欲情極盛唯視男子爲志譬如王宮婇女亦復如是即便懷胎是名見問曰何謂爲聲答曰譬如白鷺鳥悉是雌無雄到春時陽氣始布雷鳴雌但一心聞聲便懷胎難亦有時如此但聞雄聲亦懷胎是名聲問曰何謂爲香答曰如犛牛毋但䶊植氣而懷子是名香須提那不如此實行不淨法男女欲色俱合便託生三事悉合然後生子須提那如是是時地神見須提那行不淨法遂大叫喚一切作諸惡法無人不知初作者護身神見次知他心天人知如此之人天神俱見

是故大叫喚展轉相承傳至于梵天者置無色界餘者悉聞知時子漸漸長大與母俱共出家者續種年八歲與續種母出家母依比丘尼續種依比丘僧各得善知識是故律本說即共出家次第得阿羅漢果即生悔心者前既作不淨行故恒日夜生悔心於利我不得利者於佛法中修習梵行得三達智我不得此利是名於利我不得此利我得惡利者餘人出家得善利我不得善利得惡利梵行者總持戒定慧藏而我不得總持羸瘦者爲自悔所行飲食不通是故血肉燋小形體色變者如樹葉萎黃欲落筋脉悉現者爲無肉血故筋脉悉現心亦蔽塞者心孔悉閉也羞恥低頭者於清淨行自觀不善而生羞恥時諸比丘各出房前遊戲見須提那羸瘦而問

先面貌休滿者身體美滿手足平正肥壯今何以羸瘦諸比丘語須提那汝於梵行中何所憂恨爲不樂出家耶須提那答諸長老我於梵行非不樂於清淨法勤心修治爲我已作惡法故已作惡者已得惡法恒在眼前見諸比丘語須提那言汝所作足可狐疑問曰何謂爲狐疑答曰於清淨法中爲不淨行故而生狐疑不得修梵行於是諸比丘作方便釋須提那意而作是言不爾長老佛以種種方便說法離欲者所以佛爲一切衆生於三界中說五欲法皆令離欲不使得合語異而義同說法令愛盡者令至涅槃不住三界是故不令愛佛已如是說欲令别不共汝今而合者佛說離不淨行而汝與故二作不淨行此義易解佛種種說法令離迷惑者佛所以

爲衆生說法令除迷惑斷渴愛者所以一切衆生渴於五欲佛說法令衆生斷除渴愛故斷種者佛說法令斷三界種愛盡涅槃愛者三界愛欲衆生所以不得出爲愛欲所纏縛盡者滅爲愛盡而得涅槃者三界中四生五道七識住九衆生居從此至彼從彼還此猶如線繡衣孔更相貫穿纏縛不解愛即纏縛盡即滅也愛盡者即涅槃也又涅者言不槃者言生謂不生義佛說除欲者五塵欲煩惱欲皆悉令除知欲者一切諸欲應一一知已而調伏之是名爲知渴欲者於諸欲中極求欲思欲者有所思與欲共思煩悶欲者於五欲中思未得而生煩悶此說皆道諦所說前句說世間法後句說出世間法長老是不信人不信令信者爲作惡法故未信心人不得令信長老信心者更迴轉其心迴轉心者於法中信心而生悔恨若人以道信心譬如須彌山四方風搖不能轉動此信心者亦復如是是故律本所說有人如此無人如此時諸比丘以事白世尊諸比丘以須提那所作惡法而白佛令知心不希佛獨譽已亦不令佛賤薄遣須提那出於清淨法中又不以此惡法鬪亂故但依實理而言諸比丘各自念言垢法已起白世尊言今垢法已起願爲聲聞弟子結戒以此因緣集比丘僧者以須提那所行惡過聖人法是故集比丘僧佛即賤薄須提那者若人作惡法應薄賤如來即薄賤有人能持戒精進者應讚歎如來即讚歎如此善惡行者佛不覆藏如須提那者應薄賤是故律本所說應薄賤如來以慈悲心薄賤

佛言汝癡人空無所有癡者應作而不作不應作而作不順從作即不淨以不淨故即非沙門法佛問以何因緣作如此事佛言我說離欲一一如前說佛見須提那已作惡法以慈悲之心而言癡人譬如慈父母見子作惡亦訶罵其子癡人何以作如此事是故律本所說癡人汝可以男根納毒蛇口勿納女根中毒蛇口者若人觸毒蛇口肉即爛壞此死爲善若人以男根納女根中者死入地獄無有出期寧可以男根納蝮蛇口亦復如是一入即爛爲此命終不墮地獄若納女根中輪轉地獄寧以男根置大火聚中不納女根何以故癡人若火聚置者或死或不死若死者現身暫小受苦不爲此因緣墮地獄受大苦痛不善諸法者惡人法山野人法者於山野中人法大罪者大煩惱未水法者作非法竟然後用水故名未水於靜處者唯有二人可作不淨行一切惡法爲初問曰佛何以作是言答曰於清淨法中而須提那作垢故名須提那於淨法中最初犯垢如來以種種方便者種種薄賤此人難養者於覆藏法自不能護其身是名難養不知足者爲住於覆藏處故名不知足若得珍寶如須彌山亦不稱意故名不知足說身聚集一處者共集一處而相讚歎或煩惱讚歎懶墮者有八所作悉具足如來方便讚歎少欲知足易養易長少欲者無慳貪心若於一供養隨其所得若持易養者能制六情不隨六塵是名易養易長者於四供養知量知足是名易長若麤若細趣得而受爲少欲故即是知足淨者爲少欲知

足是名淨已淨故不染塵垢即是抖擻因抖擻塵垢是名端正又言三業俱淨棄除三不善業無人毀呰是名端正不聚者身覆藏煩惱令開發使分散是名不聚以不聚故即勇猛精進佛爲諸比丘制戒善者能信受隨應比丘何以故若少欲知足人者即能受持是故佛爲說戒本如五色華次第貫穿亦如七寶珠貫必次第令世後世說令恐怖若人樂學者住於學地而得阿羅漢或得斯陀含阿那含須陀洹若無因緣者亦得生天若佛說長阿含短阿含善者能信受戒者學地何謂爲學地答曰禪定三昧法何謂爲學地因十法因十法故而爲結戒令衆僧安隱安隱者不傾危若人能受如來所說禁戒者當來世極大安樂是名安隱佛言若人受我語者我爲結戒若人不受我語我不說戒但說根本因緣亦不强伏是故律本所說因十法故令衆僧安樂此作不得罪此作得罪此時應作此時不應作爲樂學故莫令狐疑是故律本所說慚愧比丘不言制不慚愧比丘以此法故令慚愧得安樂何以故不慚愧比丘不得入衆集僧布薩自恣慚愧比丘得安樂何以故得聞禪定三昧不慚愧比丘不得觸嬈故故律本說慚愧比丘得安樂斷今世惱漏故今世惱漏者爲不覆五情即於今身作清淨行或人捉或打或殺或自悔過如是種種苦惱斷令得度脫制不慚愧比丘不慚愧者破戒又言已作不善法故而不羞恥如此人佛制之若如來制已作惡法反問他人見我何所作何所聞我得何罪如是惱亂衆僧若結

戒者衆僧以毗尼法訶責破戒比丘不得動轉是故律本説制不慚愧比丘慚愧者得安樂住若有慚愧比丘樂學法戒此應作此不應作斷滅未來漏者爲不斷五情故而行惡法後身墮地獄中受諸種種苦毒非直一受而已輪轉在中無央數劫如來爲此説戒斷此因緣未信心者令信如來所以結戒若善比丘隨順戒律威儀具足若未信心見之即生信心而作是言此沙門釋家種子勤心精進難作能作所作極重見如是作已而生信心若外道見毗尼藏而作是言佛語比丘亦有韋陀如我無異而生敬心是故律本所説未信令信已信者令增長若有信心出家隨禁戒所説人見所行甚爲恭敬又言云何盡形壽日止一食而修梵行護持禁戒見如是已信心增長是故律本所説已信者令增長令正法久住者正法有三種何謂爲三一者學正法久住二者信受正法久住三者得道正法久住問曰何謂學正法久住答曰學三藏一切久住佛所説是名正法於三藏中十二頭陀十四威儀八十二大威儀戒禪定三昧是名信受正法久住四沙門道果及涅槃者是名得道正法久住如來結戒故令比丘隨順若隨順者具足而得聖利是故學爲初正法久住爲愛重律者有結戒故覆藏毗尼棄捨毗尼調直毗尼結戒毗尼此四毗尼極爲愛重是故律本所説愛重毗尼藏法師曰以一切語句若初中後句汝自當知於戒中罪福比丘應學是故律本説佛語比丘汝當説戒問曰此語云何佛語比丘我已結戒汝

當說當持當學當教餘人作如是說若比丘行婬欲法得波羅夷罪不得共住如是斷根法堅固作巳初結波羅夷爲欲隨結獼猴令說其根本如是佛以爲聲聞弟子結戒是故律本所說爲諸比丘結戒初結品竟

法師曰若句義難解者我今當說爾時有一比丘此句義易解以飲食誘獼猴者是時大林中多諸比丘行慈悲心爲慈悲故多畜生無所畏麞鹿獼猴孔雀翡翠鵰鵁諸雜禽獸於禪房前經行遊戲是時有一比丘於獼猴羣有一雌獼猴形狀肥壯可愛此比丘以飲食誘共行不淨法是比丘行不淨法遊行觀看房舍者諸比丘從餘國來問訊世尊因而往到此是時比丘早朝得阿揵多食此言客比丘食食竟而作是念我等宜往觀諸比丘房舍是故律本言往觀房舍往至諸比丘所是獼猴先與一比丘作不淨行獼猴見諸比丘來意謂諸比丘悉如先比丘無異即往到諸比丘所而以欲心行調如先所共行婬比丘無異到巳便以欲根向諸比丘現其婬相舉尾現示待恐諸比丘皆有婬意于久不見便自作其婬形狀示諸比丘諸比丘知獼猴欲爲婬事諸比丘言我等可在屛處伺乞食道人還當見其所行定是長老定者實不虛如劫盜人具收其贓不敢隱蔽實爲長老不作如此耶女人欲根畜生女根不異佛所結戒皆爲此事人女見者如見若捉若摩所爲不淨行者畜生女亦如是一切作悉是惡法汝長老汝以此方便而作乃至共畜生得波羅夷罪不應共住若共畜生女以作不淨行亦言成

波羅夷罪法師曰隨結令得堅固戒有二法一者世間自然罪二者違聖人語得罪若心崇於惡法者即是世間自然罪法餘者如來所結戒罪於世法隨制以斷結令堅固唯除夢中於夢中不犯制中隨結無性罪展轉食別衆食無性罪隨結不犯如是世間法如是如來以爲諸比丘隨結戒已獼猴品竟

令起餘法悉是因拔闍子而起如調達得拔闍子部黨而破和合僧此是拔闍子起又佛涅槃後一百歲而作非法非毗尼非佛教皆是拔闍子起如律本所說佛已結戒竟拔闍子恣欲恣食恣眠已而生欲意又不捨戒行婬欲法而後眷屬壞敗壞敗者各迸散爲王所罰或死亡別離此是名眷屬壞敗或病苦逼迫病者身體羸損以羸損故而生大苦大

德阿難我等非毀謗如來者不說如來罪不誹謗法不毀衆僧我輩自毀身無福德無威風令當修持正法者三十八觀法我等輩次第而觀菩提法者此是阿羅漢道慧因修集者令增長我等而住者棄捨白衣所住住清淨處無所餘作阿難答言善哉是時阿難有知他心但聞發大誓言若得如是極爲大善是故阿難答言善哉無有是處此語斷若應果者即言有處以無果故而無是處是故佛答阿難無有是處如來已觀拔闍子等無有因緣若佛與拔闍子等具足戒者此等已得波羅夷罪不應共住是故律本所說無有是處若至莫與具足戒若衆僧與具足戒者非清淨法不成沙門於沙彌地而住若住沙彌地者尊重正法所修而得佛以憐愍此等故

不與具足戒亦與具足戒何以故爲不破戒故於清淨法中恭敬尊重此有因不久得道是故律本說若出家者與具足戒不與具足戒此三法已具如來爲欲結戒告諸比丘汝當如是說戒若比丘不應共住法師曰此律本已具我今當分別說若者總名不屬一人法師曰於戒句中於戒本中於問難中若欲知者有四毗尼應當知諸大德有神通者抄出令人知爾時集衆時問曰何謂爲四一者本二者隨本三者法師語四者自意問曰何謂爲本一切律藏是名本何謂隨本四大處名爲隨本佛告諸比丘我說不淨而不制然此隨入不淨於淨不入是名不淨佛告諸比丘我說不淨而不制然此隨入淨是名淨佛告諸比丘我說聽淨然此隨入不淨於淨不入此於汝輩不淨佛告諸比丘我說聽淨然此隨入淨於汝輩淨是名四大處問曰何謂法師語答曰集衆五百阿羅漢時佛先說本五百阿羅漢廣分別流通是名法師語問曰何謂自意答曰置本置隨本置法師語以意度用方便度以修多羅廣說以阿毗曇廣說以毗尼廣說以法師語者是名自意又問此義云何莫輙取而行應先觀根本已次觀句義一一分別共相度量後觀法師語若與文句等者而取若觀不等莫取是名自意從自意者法師語堅强法師語應觀隨本文句俱等應當取若文句不等勿取從法師語隨本堅强若觀隨本文義等者應當取若不等莫取從隨本本皆强堅不可動摇如衆僧羯磨亦如佛在世無異法師曰若觀隨本不能自

了者應觀修多羅本義疏俱等者取法師曰有二比丘共相詰問一比丘言淨第二比丘言不淨更觀本及隨本若本與隨本言淨者善若言不淨莫取若一比丘觀本已淨又文義證多第二比丘文義寡少應從第一比丘語法師曰若二比丘文義俱等者應反覆思惟籌量義本應可取不可取此是學四種毗尼人若律師者有三法者然後成就問曰何謂爲三答曰一者於本諷誦通利句義辯習文字不忘此是一法第二者於律本中堅持不雜三者從師次第受持不令忘失問曰何謂爲本答曰一切毗尼藏是名爲本諷誦通利者若有人不以次第句問不假思慮隨問能答句義辯習者律本句義善能分別義及義疏皆悉能解堅持不雜者有慚愧意是名堅持若無慚愧人雖多聞解義敬重供養不依法律是法中棘刺何以故亦能破和合僧亦能惱僧有慚愧者於戒中恒生慚愧乃可殞命不爲供養而破正法緣有慚愧者而有戒律不雜者於文句中不相雜亂若有人問者次第而答若顛倒律本義及義疏而答譬如人行刺棘中難可得度若有人以此理問者乃以彼語而答若能辯者有所問難隨問而答無所脫落如以金椀請師子膏不得漏失故名不雜次第從師受持不忘者優波離從如來受陀寫俱從優波離受須提那俱從陀寫俱受悉伽婆從須提那俱受目揵連子帝須從悉伽婆受又旃陀跋受如是師師相承乃至于今若知如是者是名堅固受持若不能得次第盡知師名者故當知一二名字

也若能具足善三法者是名律師若是律師衆僧集判諸諍事律師於中先觀六事安詳而答問曰何謂爲六答曰一者觀處二者觀本三者觀文句四者觀三段五者觀中間罪六者觀無罪問曰何謂爲觀處答曰若草若樹葉應覆身而來若不覆身躶形入寺者得突吉羅如是觀罪相已即取律本爲證而滅諍法是名觀處觀本者問曰何謂爲觀本答曰若故妄語得波夜提罪如是五篇罪於五篇中可一一觀罪性即取本爲證而滅諍法是名觀本何謂觀文句身未壞者得偷蘭遮如是七聚罪相可一一觀罪性即取本爲證而滅諍法是名各觀文句何謂三僧伽婆尸沙有三段波夜提有三段於二段中觀即取本爲證而滅諍法何謂爲觀中間罪答曰舉火搸得突吉羅罪如是戒本中觀中間罪取本爲證而滅諍法是名爲觀中間罪何謂無罪不受樂無盜心無殺心無妄語意無出心不故作不知如是一一無罪相觀以本爲證而滅諍法若比丘知四毗尼法又善三法觀六事已成滅法若比丘滅法不俱迴轉如佛在世無異若比丘犯制戒即往律師自有狐疑而便問言此事云何律師先善觀若有罪答言有罪無罪者應答言無罪可懺悔者語令懺悔應與阿浮訶那者答言罪若不與當言不與見波羅夷罪相莫道言汝得波羅夷何以故初波羅夷婬欲空誑妄語其相易現殺盜二戒其相難知因細而得從細而解是故莫向狐疑人道汝得波羅夷罪若有師者答言汝今可往諮問汝師即便遣去仍往到

律師所而問言此罪云何若此律師觀其罪相可治此比丘得律師語已即還報律師言可治律師言善哉隨語而作若無師者教問同學同學若答言可治還報律師律師答言善哉若無同學教問弟子弟子又答言可治還報律師律師言善哉隨語而作若弟子見有罪相莫作是言汝得波羅夷罪何以故法師曰佛出世難得出家亦難得受具足戒甚難語已律師即淨掃灑房舍令狐疑比丘盡日坐坐已即與三十禪法令其自觀若戒無病觀者禪法即現威儀貫通心便入定坐在定中若過一日亦不覺知到暝律師往至其所而問言長老心意云何答言大德我心意唯有定耳律師又言長老出家人甚難於沙門法慎勿懈怠皆應修學若破戒者入禪心即不定如坐棘刺何以故爲悔過火所燒亦如坐熱石上不得安定而復起去若律師往到其所而言長老心意云何爲定與不答言不定律師言人於世間爲罪行不可覆藏初作時護身善神先應觀知又沙門婆羅門略知人心長老汝可隨宜覓安止處四種毗尼及律師三法竟品

善見毗婆沙律卷第六

音釋

氎徒協切細毛布也　鉢兜那波吒梵語也此云絹鉢北末切吒丑亞切　襻普患切系也　螫施隻切蟲行毒也　卹辛聿切賑也　氈諸延切　憔悴憔昨焦切悴秦醉切憔悴憂也　抖擻抖當口切擻蘇后切抖擻振舉也　盈長長直亮切盈長多也　摒擋摒畀政切擋丁浪切　腕烏貫

善見毗婆沙律卷第七

蕭齊外國沙門僧伽跋陀羅譯

法師曰今當爲解律中文句如律本所説名者不獨一隨人而結人身修習生名姓戒寺行年紀當以一一而知我今分別解説人身者隨得一人或長或短或赤或黑或白或肥或瘦修習者或修禪定或修僧事或修學問是名修習生者或生刹利家或婆羅門家或毗舍家或修陀家故名爲生名者或名佛勒詰多或名曇無勒詰多或名僧伽勒詰多是爲名姓者或姓迦旃延或姓婆私叉或姓拘私夜是名爲姓戒者隨其所持禁戒故名爲戒寺者隨其所住寺舍是名爲寺行者隨業而行故名行年紀者或五或十或二十或三十故名年紀是名律中文句若有比丘行是比丘得比丘者是乞士或得或不得亦名乞士此皆是善人之行佛辟支佛聲聞悉行乞食或貧或富捨家學道棄捨牛犢田業及治生俗務而行乞食資生有無皆依四海以爲家居是名比丘著割截衣者衣價直千萬比丘得已便割截而著壞衣價直以針線刺納毁其細輭遂成麤惡衣先鮮白而以樹皮壞其本色便是故衣名爲比丘是故律本所説能著割截衣者是名比丘沙彌者亦名比丘如有檀越來請比丘沙彌雖未受具足亦入比丘數是名字比丘長老我亦名比丘此是假名比丘法師曰云何名假名比丘如長老阿難夜行見一犯戒比丘而問咄此爲是誰犯戒比丘應言我是比丘此是假名無堅實也善來比丘者有白衣來詣佛所欲求出家

如來即觀其根因縁具足應可度者便喚言善來比丘鬚髮自墮而成比丘喚者如來於納衣裏出右手手黄金色以梵音聲喚善來可修梵行令盡苦源佛語未竟便成比丘得具足戒三衣及瓦鉢貫著右肩上鉢色如青欝波羅華袈裟鮮明如赤蓮華針線斧子漉水囊皆悉備具此八種物是出家人之所常用自然而有威儀具足世尊即爲和尚亦是戒師來至佛所頭頂禮足退坐一面法師曰如來從初得道乃至涅槃善來比丘其數有幾答曰如此比丘其數有一千三百四十一人問曰名字何等其名曰阿若憍陳如等五人次名耶輸長者子共諸知識五十四人拔羣有三十人闍致羅一千人此二大聲聞二百五十人鴦掘摩羅一人是故律以讃一千三百四十一人一千三百四十一人有大信心皆來詣佛如來慈悲舉金色手以梵音喚應時得度衣鉢自降皆悉善來有大智慧皆悉是善來比丘名非但此等比丘善來復有諸善來比丘斯樓婆羅門與三百人俱復有摩訶劫賔那與一千人俱迦維羅衛國復與一萬人俱又有一萬六千人與波夜羅尼婆羅門俱共出家悉是善來比丘此是修多羅中說於毗尼藏不說其名以三歸得具足戒者如是三過說三歸即得具足戒如律所說善來比丘得具足戒三歸得具足戒受教授得具足戒答問得具足戒受重法得具足戒遣使得具足戒以八語得具足戒白羯磨得具足戒法師曰善來三歸得具足戒以說問曰何謂爲受教授佛告迦葉汝應如是學言

我於上中下座發慚愧心佛告迦葉汝今應聽一切善法入骨置於心中我今攝心側耳聽法佛告迦葉汝應如是學念身而不棄捨汝迦葉應當學大德迦葉以教授即得具足戒迦葉具足戒者皆是佛神力得答問得具足戒者須波迦佛聽受具足戒爾時世尊於富樓羅彌寺經行問須波迦沙彌或問胮脹名或問色名此二法者爲同一爲是各異因十不淨而問須波迦即隨問而答佛即歎言善哉又問汝年幾須波迦答我年七歲世尊語須波迦汝與一切智人並善能答問正心我當聽汝受具足戒是名答問得具足戒受重法得具足戒者摩訶波闍波提比丘尼是受八重法即得具足戒遣使受具足戒者半迦尸尼遣使八語得具足戒者從比丘尼得白四羯磨比丘僧復白四羯磨是名八語得具足戒白四羯磨得具足戒者此是今世比丘常用八語得具足戒法師曰我取本爲證佛告諸比丘我聽汝等三歸竟得受具足戒如是佛聽諸比丘受具足戒善者無惡今世凡人修善乃至阿羅漢悉名善人何謂爲善善戒定慧解脫解脫知見與五分合是名善人眞者戒爲最眞是名爲眞譬如白氎以青色染之既成色已便喚爲青氎眞比丘亦爾因戒故名爲眞比丘去煩惱内漏盡羅漢亦名爲眞學者凡夫人與七學人學於三學是名學比丘無學者學地以過住於上果從此無復餘學諸漏以盡是名無學集僧比丘者最少集僧五人多者隨集多少應取欲者取欲現前僧既和合無有訶者便作和合羯磨

白四羯磨者一白三羯磨應羯磨者以法而作羯磨不惡者人身無難白羯磨心善衆不可壞者無有薄故名不惡善者行法亦善行如來教亦善足者得上相亦言至問曰何謂爲上相答曰比丘相是名上相以白四羯磨得至上相是名具足戒白四羯磨我今於中說白四羯磨餘者後當廣說阿波婁加此言小小白衆也白羯磨白二羯磨白四羯磨如是次第從騫陀迦到波利婆羅以羯磨本若至句我當廣說若於中說者於初波羅夷中而便亂雜是以至句次說者令人易解此中僧已集衆竟白四羯磨比丘若是比丘行不淨得波羅夷罪餘諸比丘悉是同名比丘若比丘共諸比丘盡形壽入戒法中戒者應學學有三學有上戒上心上慧是名三學問曰何謂爲上戒上者言無等也戒者學亦名無等學上心者是果心上慧者作業以知果問曰何謂爲學何謂爲上慧何謂爲心何謂爲上心何謂爲慧何謂爲上慧答曰五戒十戒是學若佛出世若不出世於世間中此戒常有佛出世時佛聲聞教授餘人若未出世時辟支佛業道沙門婆羅門轉輪聖王諸大菩薩教授餘人身自智慧教授沙門婆羅門若其能學此功德者死得生天或生人間諸受歡樂是名學波羅提木叉者名無等學學於光明日光爲王於諸山中須彌爲最一切世間學波羅提木叉爲最如來出世便有此法若無佛出世無有衆生能豎立此法身口意行諸惡業佛以無等學而制又言若入此同入道果是名上學心者六欲有八功德心世間有八

心三昧是名上心過一切世間心唯佛出世乃有此心是名上心此是道果心若有此心便無行不淨法慧者有因有果業爲因報爲果以慧而知是名慧佛出世不出世便有此法佛聲聞教授餘人若不出世時業道沙門婆羅門轉輪聖王諸大菩薩亦教授餘人如阿拘羅十千歲作大布施如毗羅摩婆羅門如脾陀羅及諸大智慧人作大布施功德滿具上生天上受諸快樂轉輪三相者苦空無我是名上慧上學上心此二法者智慧最勝是名上慧上慧者唯佛出世乃有此法道果慧亦名上慧是故比丘入於三學中行不淨行得波羅夷罪此三學中波羅提木叉學若入其中是名盡形壽又言諸比丘非一種各異國土鄉居不同非一姓非一名同一住處共一學亦名共生於波羅提木叉學不犯是名盡形壽戒羸不出者不捨戒戒羸相不向人說若戒羸向人說而不捨戒戒亦不出法師曰何不言捨戒而云戒羸如戒本所說不過二三宿共宿而得罪言語便易所以佛說此戒羸亦如是是故律本所說言語亦善而爲說法不捨戒義已足何須言羸譬如大王無人侍從復無天冠瓔珞亦不莊嚴人見不以爲好是以先云戒羸後言不出二句和合是名爲善有戒羸而不出戒不羸而出於學中心猒不持是名戒羸愁憂者於佛法中猒惡不樂或言今日我去明日我去或從此路去彼路去而出氣長歎心散亂不專是名愁憂欲捨沙門法者欲捨比丘相猒惡者以比丘相極爲羞辱見比丘相如見穢樂白衣相

法師曰次第律中易解我今捨佛善哉我當捨佛發言令人解如是戒羸而不捨戒法師曰更有餘戒羸我捨佛捨法捨僧捨學捨毗尼捨波羅提木叉捨和尚捨阿闍梨捨同學捨弟子捨闍梨弟子捨共和尚同學捨共阿闍梨和尚同學此十四句皆是戒羸之初我今作白衣作優婆塞作淨人作沙彌作外道作外道優婆塞我非沙門我非釋種子此八句悉是戒羸因從此二十句合有一百一十句名戒羸從此以後我憶母爲初有十七句田者稻田爲初處者從此出甘果菜茹若葉是名爲處技巧者或能作瓦器或能受使如是爲初猶戀家者我有父母今還供養此爲初有九句從此依止我有母應還養母母視養我如是爲初十六句從此作梵行人一食一眠甚爲難行爲初有八句我不能我不忍我不樂如是爲初五十句又一百一十句又復一百六十句法師曰次第戒羸已說汝自當知次捨戒句云何比丘者法師曰此句次第易解我捨佛捨法捨僧捨毗尼捨波羅提木叉捨學捨和尚弟子阿闍梨弟子捨同和尚弟子捨同阿闍梨弟子捨同學此十四句與捨語相等而說令人解此是欲從法下欲從比丘僧下而說令人解若此人欲說佛我捨臨發口而言我捨佛非天竺正語隨得一語而說我佛捨我法捨如是次第乃至同學如律本所說於聖利滿足我欲入第一禪定臨發口誤言我入第二禪定若如是語此人欲捨比丘相是故作如是言此語若知者即成捨戒如帝釋如梵魔墮無異亦如此人從

如來法墮還白衣若是說我已捨佛我欲捨佛我應捨佛此過去現在當來語若遣使若書若作手印向人說此不成捨戒若空誑妄語以手現相而得重罪此中不爾若人捨者向人而捨以心發言已然後說成捨戒若發言向一人說若此人解者即成捨戒若此人不解者有邊人解者亦不成捨戒若向兩人說一人解一人不解成捨戒若悉解者成捨戒若向百千人說解者成捨戒若比丘爲婬欲所惱欲向同學說者復自忌畏因在屏處作大聲而言我今捨佛隨有解者忽有邊人解此比丘欲捨戒捨於如來法墮落即成捨戒不前不後解此比丘語如世間語無異若此比丘語已未即時解久久方思然後解欲捨戒者不成捨戒如空說如麤惡語供養身我瞋故虛語如此等語與此間無異若置心而解便即得若有狐疑久久方解而不得罪佛告諸比丘如是戒羸者而成捨戒若言白衣受我我欲成白衣我今成白衣我已成白衣而說者不成捨戒若言今日令白衣受我令知而置心中而說以天竺中國語或非天竺語若人解此語者便即捨戒法師曰如是次第優婆塞爲初從此七句八句十四句二十二句我不用用此何爲佛於我無益我已脫此四句汝自當知文句雖多義理歸一法師曰我不能盡解次第律本汝自知法師曰優波離言佛有一百名法名亦如是餘諸句亦如是我今略說我今捨佛失戒我捨三藐三佛陀我捨無量意捨無譬意我捨菩提智捨無愚癡捨通達一切如是隨號皆成捨戒

又言捨法此名非號即成捨戒捨善分別捨現身報捨不異捨來見捨能濟出捨智慧眞實知復言我捨無作法捨離欲捨滅捨甘露法捨長阿含捨短阿含捨梵網捨初本經捨僧述多捨鴦掘經捨本生經捨阿毗曇捨功德法捨非功德亦非功德捨識處捨善置捨神通地捨攝領捨勇猛捨菩提捨道捨果捨涅槃我捨八萬四千法聚以如此號悉成捨戒我捨僧此說非號捨善從僧捨正隨捨以理隨捨集僧捨四雙僧捨八輩僧捨應供捨叉手供養捨無上福田號名僧亦成捨戒我今捨戒此說非號成捨戒捨比丘戒捨比丘尼戒捨上學上心捨上慧以號捨即成捨戒捨比丘毗尼比丘尼毗尼捨初波羅夷第二第三第四波羅夷捨僧伽婆尸沙捨偷蘭遮提捨波逸提捨波羅提提舍尼捨突吉羅捨頭婆私多此言微細罪如是戒號亦成捨戒我捨波羅提木叉此名非號便成捨戒捨比丘波羅提木叉捨比丘尼波羅提木叉此是號亦成捨戒我捨學而成捨戒捨比丘學比丘尼學第一第二乃至波羅提木叉學捨三藐三佛陀學無量意學捨智慧學捨離學如是次第我今當捨和尚人度我出家及與具足戒於某處我得出家於某處我得具足戒此人我捨如是說捨和尚以號名捨和尚戒亦得捨我今捨阿闍梨此語非號戒即得捨若人度我若人教我依止其處而問而學此人我當捨如是以阿闍梨號而說便得捨戒我捨弟子此語非號戒即得捨若人我度我與具足戒於我處得出家已得具足戒已此人我

今捨如是捨弟子以名號故即成捨戒我今捨阿闍梨弟子即成捨戒若人我出家若教授諮問我者此人我捨以此名號即成捨戒我今捨同學戒即得捨若人我師度與具足戒於我師處得具足戒此人我捨以同學名號即得成捨戒我今捨同學阿闍梨戒即得捨若人我阿闍梨度與具足戒於阿闍梨處諮問我阿闍梨教授令知此人我捨如是以阿闍梨同學名號即成捨戒我今捨一切同學即得捨戒若人與我共一學心共一學慧此人我捨如是以一切同學名號即成捨戒我今作白衣即成捨戒我還復如故我作估客我今耕田養牛畜五欲如是以白衣名號即成捨戒我今作優婆塞便成捨戒我今作優婆塞二語作優婆塞三語我持五戒或持

十戒我今作優婆塞如是以優婆塞名號戒即成捨我今作淨人戒即成捨我爲衆僧驅使我今分粥分米果木果如是以淨人名號即成捨戒我作沙彌即成捨戒作年少沙彌作少沙彌如以沙彌名號即成捨戒我今作外道即成捨戒作尼乾陀阿演婆迦作多波須作波梨婆闍作畔郎具如是以外道名號即成捨戒我作外道優婆塞即成捨戒作尼乾優婆塞作阿演優婆塞迦優婆塞作多婆須優婆塞作波利波闍優婆塞作畔郎具優婆塞如是以外道名號即成捨戒我非沙門即成捨戒我作破戒行惡法作臭穢淨行覆法非沙門而言沙門非梵行而言梵行中盛臭穢如是以非沙門名號即成捨戒我非釋迦種子即成捨戒我非三藐三佛陀子非無

量意子非無譬意子非菩提智子非勇猛子非無愚癡子非通達無礙子非勝勝子如是以釋迦種子名號即成捨戒以此因故以此表故以此方便故以佛名號故如是說已悉是捨戒因置佛爲初更有餘語捨戒無有是處法師曰如是捨戒相我已現耳於不捨戒者莫令狐疑我今廣說捨戒因人爲初或因人成捨戒或因人不成捨戒法師曰律本所說佛告諸比丘云何不成捨戒初句說顛者或夜叉顛狂瞻顛狂餘者隨顛倒心若其捨戒不成捨戒若於顛狂人捨戒意甚樂捨戒而顛狂人不解戒不成捨戒失心者如夜叉顛狂無異法師曰夜叉顛狂與瞻顛狂此無罪後當說如是失心捨戒而不成捨爲苦逼迫者苦力已觸以心悶故而言捨戒戒不成捨或向受苦者說以苦悶故不解此說不成捨或向天神者地神爲初乃至阿咤貳拟天神若向此諸神捨戒戒不成捨向畜生者摩睺羅伽迦樓羅緊那羅象獮猴及諸畜生向此輩捨戒戒不成捨顛狂人向顛狂人爲不知故戒不成捨法師曰向諸神捨戒其速知何以故爲其大功德故三因受胎所以速知若此人轉心我欲捨戒諸天神已自知佛護人心易動勿令失戒是故佛斷勿向天神捨戒於人中不斷若共者若不共若等例者不等例者若向白衣若向出家向解人捨戒皆即成捨若此人不解皆不成捨法師曰我已說此義善語者何謂爲善語所以善人所行是摩竭國語若邊地安陀羅彌國語而不解摩竭國語或有餘國語展轉相語皆悉不解

而教之汝作如是言若不知者先教授令知
戲論言語速急誤言我捨佛癡疣如是諸捨
戒戒不捨智慧人速急或誤語而不成捨戒
不欲捨而言捨如人讀律無異如人聞律如
人誦律無異教授無異如此諸語不成捨戒
欲向說而不說已有戒羸相我今捨戒不作
是言此是欲說而不說向癡人說者向老耄
人說向土像木像人說或向野中小兒或至
不向說如此語悉不成捨戒法師曰我今斷
言以一切隨方便我今捨佛爲初即成捨戒
餘者不成捨戒法師曰今行不淨法爲初我
今分別說義如律本所說行不淨法者問曰
云何不淨法答曰非好法非善人法野人法
愚癡人法如律本說大罪乃至捉水於靜處
二人此惡法侍從句義捉觸歷沙抑悉成大
罪以水爲端是名爲不淨行於覆藏處者靜
處無人而行不淨行二人可爾是名不淨行
問曰何謂行不淨行答曰二人俱欲俱樂亦
言二人俱受欲是名行不淨行如律本所說
以男表置女表以女表置男表以男根內女
根若入一胡麻風不至處濕處若入如此處
得波羅夷罪女根中四面當中央此五處四
邊及中央皆犯罪男根亦有四邊當頭屈入
此六事若一一入犯波羅夷罪屈者如屈指
如稱頭高低俱犯若男根生疣死不受樂突
吉羅覺樂者得波羅夷以男根毛手指頭若
入者得突吉羅法師曰此是行不淨法何以
故此惡不善語若諸長老聞說此不淨行慎
勿驚怪是沙門慚愧心應至心於佛何以故
如來爲慈悲我等佛如此世間中王離諸愛

欲得清淨處爲憐愍我等輩爲結戒故說此惡言若人如是觀看如來功德便無嫌心若佛不說此事我等云何知得波羅夷罪偷蘭遮突吉羅若法師爲人講聽者說者以扇遮面愼勿露齒笑若有笑驅出何以故三藐三佛陀憐愍衆生金口所說汝等應生慚愧心而聽何以笑驅出乃至共畜生者此是下極語共畜生亦得波羅夷罪豈況女人法師曰我次第而解有足無足畜生無足者蛇有足者二足下至雞上至金翅鳥四足者下至猫上至犬者取蛇者蚺蛇一切長者其中三處一一入如胡麻得波羅夷餘不堪者突吉羅魚者一切魚黿鼉鼈蛤等亦如前說三處得罪此中有小異蛤口極大若以男根內蛤口而不足如內瘡無異得偷蘭遮若取雞鳥

烏鴉鳩鳥一切諸鳥於三處應得波羅夷者得應得突吉羅者得若取猫者狐狸狗獺亦如前三處得罪波羅夷者退墮不如此是比丘罪如律本所說佛語阿難佛爲拔闍子結波羅夷戒已成就如是比丘得波羅夷罪是名波羅夷法師曰若人犯此戒名爲波羅夷是故於波利婆品偈言

我說波羅夷　汝當一心聽　墮落是不如違背正法故　不同住一處　是名波羅夷

此是犯波羅夷重罪此人名爲墮亦言從如來法中墮非釋迦種子於比丘法中不如是名波羅夷不共住者不共行爲初法師曰我當次第說罪僧有四行於戒壇中作四法事和合是名一行亦言五行波羅提木叉應一處說波羅提木叉無慚愧人不得入於一衆

僧事不得同入驅出在外是名不共住是故律本說不共布薩及諸羯磨是比丘得波羅夷罪不應共住律本說竟

如是巳說次第戒句若處處犯者欲知分别是故如來結此文句巳根入根不但人女一切女亦如是金銀女此女非處若處得罪者我今當說三女者於三女根中人女有三道黄門有三各有二根有三男子波羅夷十二處人男女此易可解二根黄門後自解說人女有三根畜生女亦三根人女有三根非人女有三根畜生女有三根二根黄門人非人畜生合九人黄門非人黄門畜生黄門有二合六人男子非人男子畜生男子合六都合三十若二處乃至入如胡麻子行不淨行得波羅夷非欲心不成是故律本中說比丘不起心如是初說比丘者此是行欲比丘穀道者是糞道若比丘行婬於糞道中入如胡麻得波羅夷罪非但巳作亦教人作若行時巳自受樂罪亦不免此皆用心非餘事得罪女人出家若人捉令作不淨行此比丘不樂一心護戒此不得罪後受樂得波羅夷罪有怨家將女人至比丘所欲壞比丘或以飲食誘知識眷屬至比丘所而作是言大德此是我等事願大德爲作夜半將一女人捉比丘推眠或有捉比丘手捉頭捉脚者而以女根穀道遍内比丘根若此比丘三時受樂得波羅夷罪若精出亦犯不出亦犯莫作是言此我怨家捉而不得罪心受樂便犯若具四事向謂爲四一者初入二者停住三者出四者受樂若初入不受樂停住出時樂得波羅夷初

入不樂停住不樂出時樂亦得波羅夷四時無樂不犯不受樂者如内毒蛇口如納火聚中是故律本說出入不受樂不得波羅夷罪是故比丘坐禪觀苦空無我不計身命女人圍遶如火遶無異於五欲中如五拔刀賊傷害無異若如此者即無罪初四事竟

如是四事已現諸怨家將人女至比丘所不但穀道得重罪小便道口亦得罪又時怨家將人女或將竟夜不眠或將醉女顛狂女或將死女怨家將女死屍野狗未食法師曰未食何等未食女根又將女死屍女根多分在或少在不但女根穀道及口或多分在少分在不但人女畜生女亦如是於三處多分在少分在二根男子二根黄門或多分在少分在此有四種如是無異法師曰人女有三道於三道中三四不眠女有三四醉女有三四顛女有三四狂女有三四死女多分在有三四死女少分在有三四死女餘少分在有三四有二十七非人女畜生女亦如是合諸女八十一二根黄門亦如諸女人無異合八十一黄門男子二三道合五十四非人男畜生男各有二合五十四女如此都合二百七十處此處易可解多分在少分在我當分別廣說於師子國有二律師此二律師共一阿闍梨一名大德優波帝寫第二名大德富寫提婆此二法師如怨怖處護律藏無異優波帝寫有弟子極智慧一名大德波摩阿頭摩二名大德摩訶須摩摩訶須摩已曾九徧聽律摩訶波頭摩與摩訶須摩俱共九徧聽受復自覆九徧是故最勝大德摩訶須摩九徧聽

律已捨阿闍梨度江別住大德摩訶波頭摩聞摩訶須摩已度江住而作是念此律師極大勇猛其師猶在而捨師去往住處是名最勇猛若師猶在應聽律藏及廣義疏年年應受非一過也諷誦通利是名律師恭敬於律又一日大德優波帝寫大德摩訶波頭摩為初五百箇弟子於初波羅夷中說此文句而坐是時弟子問師大德多分在得波羅夷罪餘少分在得偷蘭遮半分在云何得何等罪師答言長老如來所以結波羅夷盡結不餘若波羅夷處結波羅夷罪此皆是世間罪非結罪若是半分在成波羅夷罪佛便應結不見波羅夷影惟見偷蘭遮影若死屍中佛結波羅夷多分在得波羅夷罪少分在得偷蘭遮從偷蘭遮不見有罪少分者於死屍中應知非生若肉如指爪根皮或筋猶在根中得波羅夷若壞爛肉皮無有猶在形模用入男根者得重罪若形模盡壞爛平如瘡無異得偷蘭遮從此狗噉離屍肉若肉中行婬得突吉羅若於死屍中一切盡噉惟餘三道中行婬得重罪若半分在少分在得偷蘭遮若生身中眼鼻耳又男根頭皮及傷瘡若有欲心入一胡麻子得偷蘭遮餘身掖者得突吉羅此是婬心若死屍猶濕處若於波羅夷處偷蘭遮偷蘭遮處突吉羅突吉羅處若有犯者而隨犯得罪若此屍膖脹爛臭諸蠅圍遶從九孔膿出若欲往而不堪若於波羅夷處偷蘭遮偷蘭遮處突吉羅突吉羅處有行婬者悉得突吉羅畜生象馬犛牛驢駝駝水牛於鼻中行不淨得偷蘭遮一切眼耳瘡得突吉

羅餘處者突吉羅若死猶濕於波羅夷處偷蘭遮突吉羅處有犯者隨其輕重得罪若死屍胮脹如前說得突吉羅男子根頭皮中或樂細滑或樂行婬心兩男根相跓得突吉羅若婬心與女根相跓得偷蘭遮此大義疏出若比丘欲心與女根相跓或口中得偷蘭遮爲誰起荅曰因六羣比丘爾時六羣比丘於阿演羅波帝夜江邊諸犊牛度江泅逐捉得角而行婬於角間或行耳頸尾下背上欲意而觸不分別說佛告諸比丘若欲意相觸者得偷蘭遮此一切相籌量而取不失此義云何不失此義若欲心以口與口此不成婬相得突吉羅罪本無婬心樂受細滑以口與口僧伽婆尸沙以男根觸女根外分亦僧伽婆尸沙畜生女根以男根觸外分得偷蘭遮樂受細滑得突吉羅都合二百六十九四種說竟如是世尊爲護順從者說二百七十四種如來爲欲遮將來惡比丘故莫作是言以物裹男根行婬言無罪故作此事以遮正法勿使當來成就於二百七十四種取一四隔分別而現有怨家將女又欲壞比丘淨行或以穀道水道口以此三事而壞比丘有隔無隔有隔無隔者以女三道無隔者比丘根法師曰此事我當分別善說有隔者於女三道中以物隔女根或以樹葉或衣或熟皮或鑞或鉛錫是名爲隔法師曰隨得物而用隔有無隔而入無隔有隔無隔無隔有隔有隔有婬心作得波羅夷罪若犯波羅夷得波羅夷罪若犯偷蘭遮得偷蘭遮罪犯突吉羅得突吉羅罪若以物塞女根於物上行婬得突吉羅

罪若以物纏男根以物頭內女根中得突吉羅罪兩物相觸得突吉羅罪若以竹籚筩納女根於筩行婬若入觸肉者得波羅夷罪若破筩兩邊觸肉亦得波羅夷罪若以竹節遮男根頭四邊著肉亦得波羅夷若於竹筩不觸者得突吉羅如是一切罪相汝自當知隔四種竟如是隔四分別說已不但怨家將女人至比丘所怨家將比丘至女人所有隔無隔如前說怨家四事說竟何以故比丘怨家故而作如是或國王爲初怨家我今當說此諸怨家將女人至比丘所或賊或多欲男子以欲事爲樂或樂走放逸人或乾陀賊此賊常取人心以祠鬼神何以故不以耕田種植供給妻子惟破村人估客取物以此爲業諸乾陀賊求覓村人估客勞自防護衞不能得故比丘在阿練若處無人防衞易可得故捉得而作是念若殺比丘應得大罪欲破比丘戒而將女人至比丘所令其破戒法師曰如前說無異說四種竟前說人女三道行婬初說如是今當演說斷諸迷惑以道道者問曰何謂以道道者答曰女人有三道於一一道中以男根內或一一道合成一道水道入從穀道出以穀道入以水道出從道非道出者從水道入水道邊有瘡從瘡而出以非道者以瘡入水道出以非道入從非道出波羅夷偷蘭遮二瘡道合成一道從第一瘡入第二瘡道出得偷蘭遮次說無罪不知不受樂者此二我當演說眠比丘者若知受樂莫言我眠而言不知不覺言得脫二人俱驅還俗應問眠者汝受樂不若受樂者犯波羅夷故作

者不須問如是有罪悉現今次至無罪不覺者此比丘若眠不覺如人入定都無所知是故無罪如律本所説白世尊我不覺此事佛語比丘若不覺不知即不犯罪覺不受者覺已即起不受樂便無罪如律本所説白世尊我覺已不受樂佛語比丘若覺已不受樂便無罪顛狂者有二一者内膽顛狂二者外膽顛狂外膽如血徧身若病起時體生疥癩合身振動若以藥治即便得差若内膽起者而生狂亂不知輕重若以藥治都無除差如此顛狂不狂失心者夜叉反心有二種一者或夜叉現形人見可畏是故失心二者夜叉以手内人口中反人五臟於是失心如此二者便無罪也若此二顛狂失本心故見火而捉如金無異見屎而捉如栴檀無異如是顛狂犯戒無罪又時失心又時得本心若得本心作犯病者隨病至處者不犯初者於行中之初如須提那作不犯波羅夷餘者犯獮猴比丘跋闍子波羅夷罪解律本竟

善見毗婆沙律卷第七

音釋

脾頻脂切　疙魚乞切癡也　疣羽求切瘤也　蚺如占切大蛇也　鼉鼈鼉徒何切鼈并列切　鴀方鳩切鳥名　獺他達切捕魚獸也　馲駝馲歷各切駝徒何切　跓直主切　泅似流切浮行水上也　鑞落合切錫也　鉛與專切黒錫也

善見毗婆沙律卷第八

蕭齊外國沙門僧伽跋陀羅譯

戒句中欲分別令知此是總說汝等當知起作識有心世間罪功德業受起者總一切戒本有六戒句起法師曰後當解今當略說耳後戒因六種戒而起有戒因四種起有戒因三種起有戒因迦絺那起有戒因羊毛起有戒因捨心起於此中因作而起因不作而起因作因不作而起或因作起或因不作起或因作因不作而起於其中有識得脱有識不得脱於戒中以心得脱此是以識得脱餘者非識得脱更有戒無心有戒有心問曰何謂有戒有心答曰有心作而得罪問曰何謂無心答曰與心相離而得罪此一切世間罪制戒罪有二諸罪相以說行善受者有戒身業有戒口業問曰何謂爲身業答曰因身行故從此得罪故曰身業因口行故故名口業得罪復有戒善復有戒不善復有不善非不善三十二心起罪欲界八善心十二不善心欲界有十無記心從善心從無記心有二知心於諸心中以善心得罪名爲善罪餘者次第亦如是說曰有戒三受有戒二受有戒一受於三受中因三受得罪名爲三受或因樂受戒因捨受得罪名爲二受或因苦受得罪名爲一受如是因無記想有心性罪行善受汝等知此雜已於諸起中此波羅夷因何物起便因一種起以支者有二支何謂爲二因身心起是名爲二支行以得罪是名因行想者欲想若無欲想便得脱無罪者不知不覺不受不樂有心者有欲心行然後得罪性罪者

自然罪若身心共作然後得罪以貪作是名不善或樂或捨以此二法而得罪是名二受法師曰一切罪相於廣說中汝等應知

獼猴跋闍子　老出家及鹿

此偈名爲優陀那世尊自判優波離爲未來世律師易憶識故說此偈頌汝等應當善觀罪相獼猴跋闍子此事隨制白衣者著白衣服行婬草衣者外道人結茅草爲衣木皮衣者剥木皮以爲衣木板衣者以木板遮前後以爲衣髮欽婆羅者織人髮以爲衣毛欽婆羅以犛牛毛織爲衣角鵄翅衣者連角鵄翅以爲衣鹿皮衣者取完全合毛四脚被以爲衣問曰殺人何故不得波羅夷罪答曰本爲細滑無殺心故得僧伽婆尸沙罪鬱波羅華比丘尼者本是舍衛國長者女此比丘尼於過去世百千劫積衆善行是故端正微妙色如優鉢羅華因此比丘尼離諸煩惱更增好色故名優鉢羅華比丘尼染著者從白衣以來爲男子之所染著眠卧牀上者此比丘尼從外乞食還開戶入戶暗故不覺男子在內便脫衣而眠此婆羅門便從牀下出犯比丘尼犯者壞比丘尼此比丘尼愛盡無欲如熱鐵入身是故不犯此男子行欲竟去此地能戴須彌諸山王而不戴七尺惡人是故地爲之開即入阿鼻地獄火如羅網世尊聞已語諸比丘此比丘尼不樂故名無罪世尊因比丘尼而說偈言

如蓮華在水　芥子投針鋒　若於欲不染　我說婆羅門

第十四句成女根者於夜半中眠熟男子相

貌牙鬚失已而成女相貌和尚具足戒我聽即依先不須更請師及具足戒臘數者從初受戒我聽往比丘尼僧中依先臘數而住不同者故出精爲初此罪轉根即失若更復爲男子者亦無罪法師曰此是依文句次第解已今更廣解此二根中男根最上女根下何以故男子若多罪者而失男根變爲女根女人若多功德而變爲男子如是二根以多罪故而失以多功德故而成男子若有二比丘同住共諮稟講説諷誦經典而一比丘夜半轉根成女二人悉得共眠罪若覺知者而煩怨哭泣向同房説同住應作是言卿勿憂惱如是三界罪佛已開門或比丘或比丘尼都不閉塞善門如是慰喻已而作是言卿可往比丘尼僧中住若轉根比丘尼問大德有知識比丘尼不若有者答有若無答無若轉根比丘尼更作是言大德可將我往比丘尼所同住比丘可將轉根比丘付知識比丘尼若無知識者將至比丘尼寺若去時不得兩人而往若得四五比丘乃可共往明把炬火捉杖行我等哀愍往至尼寺寺若遠在聚落外渡江若置衆者此無罪也若至比丘尼所而作是言即説比丘名問比丘尼知不若比丘尼知而答知此比丘今轉成女根諸比丘尼應當憐愍此比丘尼答曰善哉諸比丘尼應作是言我等當與此比丘尼共諷誦經典聽法諸比丘送付比丘尼已還歸本寺轉根比丘尼隨順尼僧意勿有違失若諸比丘尼無慚愧心又無同意料理得移餘尼寺應覓依止師讀誦經法隨順比丘尼法住轉根比丘

尼得度弟子受依止諸比丘尼不得譏嫌生彼此心若先比丘時沙彌付囑餘比丘比丘時三衣鉢失受持法至比丘尼所應更受五衣鉢若受持外先有長衣鉢者依比丘尼法應更說淨畜若比丘時所受七日藥失受法應更受若比丘時受七日藥滿七日而轉根得更受持七日先比丘時施主於今比丘尼不失即爲施主又比丘時一切布施共物得依先分取如律本所說酥油蜜石蜜若有人受七日藥未滿有因緣事而食得罪汝智慧人可思此理比欲爲轉根人問故受者若爲失若爲不失轉根或死罷道還俗施人賊所刼抄如是捨心是名失受若一訶羅勒果受已轉根即失此受若在比丘時所有資生什物悉得隨身乃至私房舍悉得隨身若先僧中所供給物悉還僧若先於僧有恩欲與好房舍卧具未與而轉根爲比丘尼比丘僧有應與若與比丘同僧殘者應半月摩那埵出罪若比丘時行摩那埵未竟轉根爲比丘尼應行半月摩那埵出罪若行摩那埵竟轉根爲比丘尼應與出罪若行半月摩那埵未竟復轉根爲比丘應與六夜摩那埵出罪若行摩那埵竟復轉根比丘僧應與出罪比丘轉根因緣以說竟若比丘尼時行媒嫁法覆藏不出轉根爲比丘不須覆藏六夜摩那埵出罪若比丘尼正行半月摩那埵轉根爲比丘不須行摩那埵直與出罪若行摩那埵竟轉根爲比丘應與出罪羯磨若復轉根爲比丘尼者應與半月摩那埵出罪法師曰從此次第易可知耳弱者此比丘先是伎兒是故脊

弱長根者此比丘身根最長泥畫女像聶泥女像畫女像者畫爲女像木女者刻木爲女像金銀銅錫鐵牙蠟木女悉突吉羅罪若欲作出精意精出即得僧伽婆尸沙若精不出偷蘭遮摩觸木女人悉突吉羅端正微妙者此比丘王舍城人信心出家相貌端正是故號爲端正此比丘在王路行有女見此比丘形貌端正即生欲心以口銜比丘男根此比丘是阿那含不生樂想次句諸比丘愚癡人隨諸女人語法師曰此三偈易可解耳口開張者風所開也若比丘口中行欲者著四邊波羅夷不著四邊及頭突吉羅若節過齒波羅夷若齒外皮裏亦波羅夷若齒外無皮偷蘭遮若舌出外就舌行欲偷蘭遮若人出舌就舌行欲亦偷蘭遮以舌舐男根亦偷蘭遮若死人頭斷就頸行婬及口波羅夷罪若頸中行欲偷蘭遮白骨者若比丘初發心往即得突吉羅若拾取連合貪細滑者行婬心著精出不出悉突吉羅若作出精意僧伽婆尸沙若不出者偷蘭遮龍女者龍女化爲人女形或緊那羅女比丘共作婬悉得波羅夷夜叉者一切鬼神悉入夜叉數餓鬼者一切餓鬼有餓鬼半月受罪半月不受罪與天無異若現身身若可捉得波羅夷罪不現而可捉得亦波羅夷不現不可捉得無罪若此鬼神以神力得比丘比丘無罪法師曰次第文句易可解耳若男根病者男根長肉生名爲疣與此女人共行婬覺不覺悉得波羅夷至女根者此比丘與女人共行婬法安男根不入女根而生悔心是故得突吉羅罪婬初法若

捉手若一一身分未入女根悉得突吉羅若入女根得重罪若比丘初欲眠先閉戸是故律本中説佛告諸比丘眠不閉戸者此是白日入定也若比丘白日入定先閉戸入定法師曰律本説不閉戸不説有罪開戸而眠於乾陀迦説佛告諸比丘若白日入定應閉戸然後入定若不閉戸者得突吉羅罪優波離及諸比丘已知如来意是故於廣説中而説此句有罪白日得於夜半不得以此文句屬著前句法師曰若戸可閉若戸不可閉答曰樹枝竹枝笄作若如是爲初餘者隨作戸扇若扇下有臼上有縱容若轉戸扇者應閉牛欄戸横安二三木梛門門扇安車用牽或以板作扇或用竹作如居戸并扇或竹作簾又用布作幔若手捉鉢開戸扇作除戸布幔無

罪餘者悉得突吉羅罪若比丘白日入定轉戸可閉不閉得罪餘者不閉入定及眠不得罪法師曰可閉者有臼及縱容闌居此戸可閉不閉得罪若閉者安居成閉若不安闌居直閉著戸刺者亦成閉頭餘少許不至亦成閉極小不容人頭入如是亦善若多有人在外比丘沙彌長老汝可看作是言已入定無罪或於外經行執作此比丘應得看户作是念已眠無罪於鳩淪陀者廣説也向優婆塞語看戸亦善而不得向比丘尼及女人若戸扇臼縱容破或無或於戸前執作妨不得閉作是念已眠無罪若無戸扇者無罪若閣屋應舉梯入定無罪若不舉梯閉下戸而眠無罪若於房中眠應閉戸若大房後有小房閉大户小房眠無罪若後小房眠閉後户不閉

大房戶無罪若一房有二戶悉閉然後眠無罪若三重閣屋下重上座住中及上重比丘眠而作是念上座已在下重我眠無罪若有守門人而語汝看戶作是言已眠無罪若無上座及守門人而向諸比丘沙彌及白衣語已眠無罪若二人乞食前還者作是念後還應閉戶法師曰有戶扇曰縱容者不閉得罪餘者無罪雖有曰縱容屋無覆不閉無罪若夜半眠閉戶無罪至曉起者無罪已起更眠得罪若比丘眠時作念我至曉當起亦得罪有比丘遠涉道路或夜半得眠足猶在地而眠熟不覺則無罪若舉足上牀眠不覺有罪若比丘坐睡不閉戶無罪若房中經行睡熟於地眠不閉戶無罪若覺已睡眠得罪有夜叉捉比丘強伏令眠亦得罪於鳩淪陀廣說非本心者無罪法師曰大德波頭摩言覺不覺悉得罪婆嵬迦車迦比丘言不是優波離逆取佛意判定無罪判已後復問佛佛歎言善哉法師曰次第文句易可知耳離車童子者離車是其種姓也因姓而立名此諸童子婬色捉比丘令行婬因此行非法故敗壞門戶老出家往看故二此比丘晚暮出家爲哀愍故往此故二向老比丘言大德兒子極多無人養育大德可還俗老比丘不答故二知老比丘不還俗即盪倒地老比丘羸弱無力擺撥不能得脫故二即就上行婬適其意而下此比丘是阿那含人斷三界結是故不受樂鹿子句易可解耳一切善見初波羅夷品廣說竟

善見一切相　律本無覆藏　初中後亦善

是名一切善　如來化衆生　毗尼最爲上
爲憐愍衆生　故說毗尼藏
第二無二佛所說　退墮不如波羅夷
廣說令至令人知　離先初說成不雜
爾時佛住王舍城者闍崛山中王舍城者國
名也問曰以何因故名爲王舍答曰初劫慢
他多王瞿貧陀王如是聖王爲初於此地立
舍宅故名王舍又有別解此國若佛出世時
及轉輪聖王此地立成國土若無聖人出世
者此地夜叉爲主此是現行來處又言耆闍
崛山中此是現如來住處耆者鷲鳥崛者頂
也耆闍鳥食竟還就山頂棲是故名之耆闍
崛山又有法師解山頂名形如似鷲鳥是故
名耆闍崛山衆者如律文說三人名衆從此
以上名爲僧若以修多羅文句三名爲衆今
用修多羅文句知識者不甚親友住處相知
名爲知識耆舊者親厚知識同衣食也伊私
耆黎山邊者問曰何謂爲伊私耆黎答曰伊
私者出家人耆黎吞也所以爾者時有五百
辟支佛往至迦私俱娑羅國到已乞食得已
還入此山集衆入定是時人民見辟支佛入
山邊而不見出時人作是言此山恒吞出家
人從此以後號爲伊私耆黎山於山邊作諸
草屋者悉用草入夏坐有五百比丘各各自
作草屋多羅葉爲初何以故爲如來已制戒
故佛告諸比丘若欲入夏坐者先修治房舍
若無房舍者得突吉羅是故夏坐得現房舍
者善若無應倩人作不得無房舍而夏坐何
以故過去諸佛皆受房舍諸比丘作房舍已
三月入夏坐於三學中日夜勤學是故大德

檀尼迦第二波羅夷爲初檀尼迦者名也陶家者此作瓦器業也檀尼迦比丘在閑靜處作一草屋夏坐已竟者已大自恣黒月初剔壞草屋者悉以次第剔解不令有損縛束懸著樹枝不散何以故若有更樂住者以此現草而作屋臨去時作是言若有寺用及餘比丘作屋者隨須而取何以故作此言王爲阿蘭若比丘作屋草木難得故是以縛束若舉置若阿蘭若比丘住竟去者亦更壞取縛束懸舉勿使蟲蠹與當來同學用故諸比丘行法作已而去遊行諸國隨所樂長老檀尼迦陶師子即於此住乃至三過者取柴人謂言空屋剔破將去自有技藝於陶家所作無所不備檀尼迦比丘和泥作屋窻牖戸扃悉是泥作唯戸扇是木取柴薪牛屎及草以赤土汁塗外燒之熟已色赤如火打之鳴喚狀如鈴聲風吹窻牖猶如樂音佛問諸比丘此是何等赤色佛知而故問何以故問爲制戒因縁故答世尊者諸比丘向世尊言此是檀尼迦陶師子屋色赤如火以無數方便訶責諸比丘云何癡人於衆生中無慈悲而殘害衆生夫慈者悲之前護義也悲者因彼苦故而心動是名悲不殘害者不毀傷衆生命因癡故掘土蹋泥取火燒多諸衆生因此死故是故律本說汝癡人者當來衆生而作是言佛在世時比丘已作如是殘害衆生要當無罪勿令衆生生如是心如來訶責檀尼迦已佛告諸比丘從今以後不得純泥作屋若有作者得突吉羅罪因此瓦屋便成結戒檀尼迦比丘若初不犯罪餘者有過佛語作得突吉

羅罪若住者亦得突吉羅罪若以草和泥者
善純泥作屋得罪諸比丘答言善哉世尊汝
等可打破此屋者諸比丘受佛語已即往至
屋所以木石打破壞之於是長老檀尼迦比
丘爲初説法師曰我今次第分别説之是時
檀尼迦於屋一邊白日入定聞諸比丘打破
瓦屋聲即問言咄咄汝等何以打破我屋諸
比丘答言世尊使令打破檀尼迦聞已即受
教勅若佛使破者善法師曰檀尼迦比丘作
屋自用物作屋成如來何故而打破答曰所
以破者此屋不淨故是外道法用復有餘義
無慈悲衆生作此瓦屋若比丘多聞知律者
見餘比丘所用不得法即取打破無罪物主
不得作是言大德已破我物應還我物直若
有比丘以多羅葉作傘内外俱五種色以線

貫連極令精好此傘不善若赤若黄二色以
線貫連内外具等此傘傘柄以絲纏不以爲
華貪取堅牢此善若刻鏤作禽獸種種形狀
者此不善有若作半月形不得作甖純形及
竹節如此不善聽刻柄作鐶以繩縛堅牢故
善若作袈裟法者不得縫作蜈蚣脚若作袈
裟不得繡作文章不得作鎖形縫可却刺縫
若安鉤紐紐繩得作四廉不得十六廉作鉤
者不得椎及伽耶形不得作蜯眼形袈裟角
法作可安紐繩勿令麤現不得用米黏汁糈
袈裟若初作者得用爲却塵土故若染時不
得與香汁木膠油及已染袈裟不得以螺及
摩尼珠種種物磨使光澤若染不得以脚蹋
染時不得用手摩及袈裟打甕裏不得手拳
打可以掌徐徐拍若以繩安袈裟角擬懸曬

者染竟截除律本所說佛告諸比丘我聽用袈裟角繩法師曰何但角緣邊亦善爲浣染故若取此爲精不善但割截而用若鉢法及半鉢法不得内外刻鏤若先有可去今曼若熏鉢不得作摩尼色可作如油色鉢曼陀不得刻鏤可得作牙齒者善若水法者傘下口及腹不得刻作異形傘及下口可刻作繫縛處善若腰繩法者織作或一道二道復合者得用魚口不得如蠏眼及兩頭綮縷又如頻伽及摩竭魚口不得作鼉頭種種精好織作文華惟除魚骨及珂樹羅葉或曼縛頭不得留多縷茸若極多可四縷若用完繩者止一縛及宛轉若有完繩兩三股纏相著善不得作八相繩繩頭聽安二結如瓶形若作藥筩法者不得刻作男女及四足二足衆生倒巨華及犛牛屎形如是形不應作若得如是筩磨削去善若用線纏擬堅牢故得用或圓或方或八廉十六廉者若筩底及口蓋得作兩三鐶擬縛故藥杵法者不得作好色囊者亦爾戸鑰法者及囊不得作好色可純一色善不得刻鏤作禽獸形刀子法者不得刻鏤作禽獸形模聽安口帶剔爪鑿法者中央如鑽形大鑽弓法及承掌悉不得作華種種刻鏤惟除鐶作針法者先安鉗鉗竟然後鑢勿使落失亦不得作刻鏤種種形狀截揚技斧不得刻鏤純鐵作斧柯法者得作四廉及八廉錫杖法者不得作好色錫杖純得作三四鐶纏以堅牢故頭圓形油筩法者用角竹胡蘆貞木不得作男女形狀作狀隱囊覆地脚巾經行机囊掃箒糞箕染瓫漉水器磨脚瓦石

澡洗板鉢支三枝鉢支鉢蓋多羅葉扇如是諸物得作倒巨刻鏤諸變房及戸戸扇窻牖得用七寳作精好亦得一切房中施案無所禁礙惟除難房問曰何謂爲難房答曰有勢力王於他戒場立作故名難房應向住者言莫於此作房若苟執不從重向言莫於此作我等作布薩自恣時即妨礙縱使堅者房亦不得安立如是故作不止語至三猶不應若衆多比丘有慚愧者剔壞此房惟置佛殿及菩提樹壞已勿用次第舉置還送與住比丘餘草使取若取者善不取草爛壞或爲惡人所燒壞者無罪住比丘不得責草直如是巳破檀尼迦屋檀尼迦復念欲更作往至守材人者檀尼迦覓材周徧不得是故往到城守材人所主材者言此是王物修護國者城裏有所壞敗急難防豫或爲火燒或敵國來攻伐應擬以作諸戰具種種資用修儲是故藏舉此材段段餘者檀尼迦自用便斫斷段段恣意用或頭或尾婆娑迦羅者是婆羅門名也摩竭國臣者於國統領國事財富無量經歷者此大臣從國出案行城中諸材木婆那者是大臣豪貴喚小者爲婆那令人縛者此婆羅門往白王審實有與檀尼迦材不將至王所王答不與是故大臣而縛是時檀尼迦見守材人巳被縛見巳生狐疑心彼人當爲我取材故而被王縛我當自往救其令脫是以日夜參承何以故守材人遣信至檀尼迦所大德及未殺我願速來分解若殺巳方來於我無益初拜爲王而作是言若沙門婆羅門草木及水隨意取用此是王自語王憶識

不爾時王初登位打鼓宣令若沙門婆羅門草本及水隨意取用是故我取王材王答我先語爲諸沙門婆羅門有慚愧語不爲如汝無慚愧者如此語者令取阿蘭若處無主物不說有主物爲毛得脱者所以出家著袈裟如毛也何以故譬如世有智慧人欲多噉羊肉無方從得而作方便買取好大有毛羊繫門外而題羊頭令殺之衆人見已貪其毛故而倍易之羊遂得活檀尼迦比丘亦復如是有袈裟故得解罪也諸人訶責於王前訶責檀尼迦比丘訶責者言汝非沙門惡眼視之說其所作讚歎令人知非沙門法非釋種子作梵行者無上行也四句已下有一舊臣知王舊法出家爲道於是世尊即問舊臣比丘法師問曰世尊是一切智過去未來諸佛結戒罪相輕重世尊悉知何以故方問舊臣比丘所以如來問舊臣比丘者若不與舊臣比丘共論已一錢結波羅夷罪爲世人譏嫌比丘持戒功德無量猶如虛空亦如大地不可度量云何如來以一錢故而結重罪也如來以智慧籌量令禁戒久住令人信受是故宜與舊臣籌量白衣法者若偷一分若殺若縛若擯出世尊云何不毀出家出家人乃至草葉不得取所以如來用智慧籌量而制禁戒不生譏嫌是故佛與舊臣比丘依因世法而結禁戒觀衆者見舊臣比丘去佛不遠而問汝此比丘瓶沙王法盜至幾直而縛擯殺摩竭國者國名也斯尼喻者人象車馬悉具謂名斯尼喻也瓶沙者王名擯者徙置餘國法師曰次句易解五摩娑迦一分者爾時王舍

城二十摩娑迦成一迦利沙槃分迦利沙槃爲四分一分是五摩娑迦汝等自當知此迦利沙槃者乃是古時法迦利沙槃非今時留陀羅王爲初迦利沙槃過去諸佛亦以一分結波羅夷當來諸佛亦以一分結波羅夷一切諸佛波羅夷罪無異結四波羅夷不增不減是故如來訶責檀尼迦比丘以一分故結第二波羅夷如律本所說不與取名盜爲初以斷根本故結第二波羅夷竟次隨結浣濯更起已說根本如是佛爲諸比丘已結戒竟此第二隨結亦如前結無異汝等自當知若今重說文句成煩若難者至當解說至浣濯處者浣白氎已暴曬此處故名浣濯處浣濯衣人者是浣曬人白氎諸浣濯人晡時縛束白氎欲還入城忽忽亂鬧不見是時六羣比丘因鬧故以盜心取一束聚落者或聚落或阿蘭若處律中已說我今更分別演說聚落者一家一屋如摩羅村此是一屋亦名聚落以此汝自當知無人者夜叉所住處或人暫避因緣後更還住有籬者塼爲初乃至下以草未作依犢牛住者隨牛處處住或一屋或二三屋亦名聚落估客住者步擔估客車行估客亦名聚落城邑及村亦名聚落聚落界者爲欲明阿蘭若界門閫住者若聚落如阿㝹羅陀國有二門閫於內門閫以外悉是阿蘭若處若無門閫可當門閫處亦名爲門閫此是阿毗曇阿蘭若法中人者不健不羸擲石者盡力擲也至石所落處不取石勢轉處若聚落無籬者住屋欄水所落處擲石也又法師解老嫗在戶裏擲糞箕及舂杵所及處

立在此擲石所及處又法師解若屋無籬於屋兩頭作欄當欄中央擲石所及處以還是名屋界問曰若本聚落廣大今則狹小齊何以爲界答曰聚有人住屋漏所落處中人擲石所及處以還是聚落界阿蘭若界者從門閫以外五百弓名爲下品阿蘭若法師曰此義我已分别說竟屋界聚落聚落界爲斷惡比丘故說起五種於此五處有主物盜心取一分波羅夷不與取者他物若衣若食他不以身口與而自取一分或從手取或從處取不捨者主心不捨若空地亦名不捨取此物者是名盜也盜者是朱羅也法師曰我以法中不取文字但取其義言盜者奪將舉斷步離本處相要問曰何謂爲奪若比丘奪人園林共諍時得突吉羅罪令園主狐疑得偷蘭遮罪若園主作決定失心比丘得波羅夷罪問曰何謂爲將若比丘將人物以頭戴之以偷心摩觸得突吉羅罪若以手搖動得偷蘭遮罪若下置肩上得波羅夷罪問曰何謂爲舉答曰若比丘受人寄物舉置藏其主還就比丘取比丘答言我不受汝寄作是言已得突吉羅罪令物主狐疑得偷蘭遮罪物主言我不得此物比丘得波羅夷罪問曰何謂爲斷步答曰若比丘欲偷物及人將物去初舉一步得偷蘭遮罪第二步得波羅夷罪問曰何謂離本處答曰若人舉物在地上此比丘以盜心摩觸得突吉羅罪動搖者得偷蘭遮罪若離本處得波羅夷罪問曰何謂爲要答曰若比丘自要言我至其處其處我便將此物去若至其處取物一脚在界內一脚在界

外偷蘭遮若兩脚俱出界外波羅夷若關稅處將物過不輸稅若過稅處一脚在稅內偷蘭遮若兩脚俱出稅外波羅夷法師曰此是論雜物也若以一物論者奴有主或畜生如是爲初若奪若將舉若斷步若離本處若要處過此是一種物以此六句若分別說成五五二十五句汝當應知如是說第二波羅夷極爲善說何以故爲難知故如律本初說以五法偷然後得波羅夷罪物以有主爲初是爲五種法師曰如是說枝葉已汝當取一事有五種亦有六種若爾者不成五五答曰不然何以故若處一句取人物有五種汝自當知諸舊法師說此第二波羅夷事相難解是故不得不曲碎解釋是故我今說此二十五句汝當善觀察問曰何謂爲五一者種種物五二者一種物五三者自手五四者初方便五五者盜取五問曰種種五及一種五此二法亦得奪將舉離本處此初已說汝自當知要處足之是名爲六也要處擲處此法俱等是故第三句五中亦得種種物五一種物五已說何謂自手五答曰自手取有五種一者自手取二者教三者擲四者能取五者捨心問曰何謂自手取他物以手自偷取是名自手教者若比丘教他人汝取某甲物是名教也擲者若住在關稅內而擲出外重物者得波羅夷罪以此句故與要處俱等能取者教人若某甲物汝能取者取不能得且止此人即隨教而去若偷得此物教者遣去得波羅夷罪若去者隨時而取是名能取捨心者於物處置心捨此心是名捨心何謂初方便五

一者初方便二者隨方便三者結方便四者要作五者記識教人故是初方便汝等自當知因離本處故是名隨方便餘三者依律本所說何謂爲盜取五種一者盜取二者略取三者要取四者覆藏取五者下籌取是名爲五有一比丘爲衆僧分袈裟盜心轉易他籌而取袈裟於轉籌處我當自說是名盜取五種如是五五合一已成二十五汝等自知於五五中智慧律師若諍事起莫速制此事先觀五處然後判斷如往昔偈言

若說往昔事　時宜用爲五　於五處觀已
智慧應當知

處者若我欲取此物語已得罪應觀此物有主與無主應觀若有主捨心不捨物主應自善見若未捨心者而偷應且計律罪若已捨心得波羅夷更還物主此是法用法師曰我今出根本往昔婆帝耶王時供養大塔有比丘從南方來此比丘有七肘黃衣置在肩上此比丘入寺作禮是時王與大衆入寺驅逐諸人諸人衆多併疊一邊大衆亂鬧更相盪突遂失衣不見而出比丘作是念大衆亂錯如此我衣失不可得也作捨心已後有比丘來見此衣作盜心取取已而生悔心我非沙門失我戒也我今還欲往至律師所問已然後我知是時律師名周羅須摩那善解律相諸律師中最爲第一犯罪比丘往至律師所頭頂禮足以事具白我今云何得罪與不律師知已大衆法後比丘取衣律師知此比丘罪可救向罪比丘言汝能得物主來不着能得物主我當安置汝罪比丘答言我今云

何能得律師言汝但去處處喚問罪比丘入五大寺尋覓不得更還問律師律師復言何方有多衆比丘來此答言南方來多汝先取衣度量長大目色度量竟汝更去次第寺寺入而問罪比丘受教已依敕而去逢見物主將至律師所律師即問物主比丘長老此是汝衣不答言是大德問何處失比丘依事答律師問汝捨心不答言已作捨心又問罪比丘汝何處取答言我某時某處取律師言若汝無盜心取者便無罪汝惡心作取得突吉羅罪汝先當懺悔然後無罪語物主比丘汝以捨心以衣與此比丘答言善罪比丘聞律師語已如人得甘露味身心歡喜法師曰如是名爲觀處時者取時此衣有時輕有時重若取輕即以輕時價直得罪若重時即以重時價應得罪法師曰此語難解我今取人爲證於海中間有一比丘得椰子槃端正具足得已而刻刻作如螺盤無異令人心戀此比丘常以飲水以椰子盤置海中間寺比丘往支帝耶山是時有一比丘往海中間到已入寺即住寺而見椰殼盤以盜心取已復往支帝耶山到已用盤食粥椰子盤主比丘見而問咄長老從何處得此椰子盤也此比丘而答我從海中間得物主比丘而言此非汝物是我許汝偷取也即捉到僧前具判此事無人能判復往至大寺於大寺即鳴鼓近塔集衆已諸律師共判此事未竟是時衆中有一阿毗曇師比丘名瞿檀多極知方便大德瞿檀多而作是言此比丘於何處取椰子殼盤答云我於海中間取彼價直幾答言彼土瞰

此椰子餘殼棄破或然作薪都無價直問物主比丘手執作此椰子堪幾直答曰此椰子人已噉肉飲汁棄皮比丘拾取削治作器此堪一摩娑迦大德瞿檀多言若如是者不滿五摩娑迦不犯重罪是時衆中聞此語即歎言善哉殊能判此事是時婆帝耶王欲入寺禮拜從城門出聞諸比丘歎言善哉王聞已問傍臣此是何物聲臣即次第而答王聞已便大歡喜王即打鼓宣令自今以後一切出家人於事有疑悉就瞿檀多判此大德判事不違戒律法師曰如是觀看隨處結直有物新貴後賤問曰何謂新貴後賤答曰如新鐵鉢完淨無穿初貴後穿破便賤是故隨時許直所用物者隨身用之如刀斧初貴後賤法師曰若比丘偷他人斧應問斧主君買斧幾直大德我用一分買又問汝買來已用未斧主答曰我始用一日破楊枝或言破樵燒鉢已曾經用便成故物如眼藥杵亦如戶鑰以稻糖一燒再燒或以瓦屑磨亦名爲故又如俗衣或一過入水或褺肩上或用裹頭或用裹沙亦名爲故酥油或易器或蟲蟻落中亦名爲故或石蜜初强後輭乃至手爪掐入亦名爲故若比丘凡是偷他物應問物主若未用貴已用者賤汝等應知此是五處律師善觀然後判事隨罪輕重而以罪之奪取品竟

善見毗婆沙律卷第八

音釋

犛 謨交切長毛牛也
鵄 赤脂切與鴟同鳥名
笄 古奚切簪也
榔 古博切
宕 徒玷切下牡也
關剔 他歷切解也
罌 云莖切缶也
黏 女廉切相著也
特 音值
茸 而容切
蠹 都故切
鑢 良豫切
蹋 徒合切
闑 魚列切門橛也
盪突 盪徒朗切突徒骨切
褺 達協切
掐 苦洽切

善見毗婆沙律卷第九

蕭齊外國沙門僧伽跋陀羅譯

過要處者攀諸文句隨其形相於盜戒中次第分別隨色名色者隨其處所也名者隨其名號或一分或直一分或過一分如是爲名何以故壹訖利沙槃分爲四分此是現不淨物一分直者此是現淨物也過一分者或淨物過一分或不淨物過一分此是應足第二波羅夷地主者主四天下如轉輪聖王或一天下如阿育王亦如師子王一處有如瓶沙王波斯匿王一邊者一邊地王中間者領一村二村亦名爲王典法者典知王法隨罪輕重若殺若截鼻若截手足或大臣若太子或邊地王悉皆得治是名爲王殺者斷命也或鞭杖擯者遣出餘國賊者偷人物或少或多皆名爲賊如是爲初得罪法師曰後次第句易可解耳奪取爲初有六句此說竟若一分若直一分若過一分現其所取問曰取一分已犯罪何須云一分直若過一分答曰爲遮未來世惡比丘故作此廣解地中地上物者地中物者藏置地中此是律本中解也法師曰此文句難解今欲廣說之藏者掘地以土而覆上或石草木如是爲初是名地藏若比丘言我欲偷地中藏物去時一切方便悉得突吉羅罪問曰云何方便答曰臨欲去時著衣運動至中路作是念此物巨大我不能獨取我今更覓伴如是進止皆突吉羅罪若至伴所語言某處有寳藏我今共長老取答善即起得突吉羅罪說言某處有大堈珍寳今與長老共偷取若得若營功德用因此故我

與長老無所乏少如是悉得突吉羅罪得伴已而求利钁若自有利钁往取用若無利钁或至他比丘處或至白衣家借主問持钁何所用答言小小用得突吉羅罪若故妄語須钁還寺用掘地得波夜提罪入一家解不然悉得突吉羅罪何以故是偷方便故法師曰故妄語得波夜提此解善若钁無柄爲求柄故斫死木突吉羅罪斫生樹得波夜提罪又一家解斫生樹得突吉羅罪何以故爲偷方便故若欲借钁恐他人知欲自作钁掘地覔鐵傷地殺草悉波夜提突吉羅罪又一解悉得突吉羅何以故是偷方便故若無籃入林斫竹及藤作籃得波夜提如前所説或作得想以此物供養三寶齋講設會如是言去時無罪若作偷心去時得突吉羅罪若欲至藏處更斫草木爲路得波夜提罪若斫死木突吉羅於中生者問曰何謂爲於中生答曰藏物旣久上生草木名於中生若斫伐此草木得突吉羅罪法師曰有八種突吉羅罪問曰何謂爲八一者方便突吉羅罪二者共相突吉羅三者重物突吉羅四者非錢突吉羅五者毗尼突吉羅六者知突吉羅七者白突吉羅八者聞突吉羅問曰何謂爲方便突吉羅答曰知偷人覔伴及刀斧钁隨其方便是名方便突吉羅若波夜提處得波夜提罪若突吉羅處得突吉羅罪共相突吉羅罪者若草木於寶藏上生以刀斧伐之是名共相突吉羅罪此中波夜提突吉羅波夜提罪悉成突吉羅何以故方便偷故不應捉物者十種寶七種穀種種器仗若捉者得突吉羅是名不

應捉物得突吉羅非錢者一切甘果甘蕉子椰子爲初若捉者得突吉羅是名非錢突吉羅毗尼者若比丘入聚落乞食坌塵入鉢中不更受而受飲食受者得突吉羅是名毗尼突吉羅知突吉羅者聞人唱巳知而不出罪得突吉羅是名知突吉羅白者若於十白中以一白得突吉羅是名白突吉羅聞者佛語諸比丘前亦未現滅得突吉羅是名聞突吉羅此聞共相突吉羅何以故如律本所說若草木於寶藏上生若斫伐者得突吉羅若正斫伐草木時而生悔心即還復本心因斫伐故得突吉羅能懺悔者得脫若無慚愧心能盡力掘土覓寶藏處亦得突吉羅一邊聚者死土并聚一邊得突吉羅前突吉羅滅若以手磨寶未動悉得突吉羅前聚土突吉羅滅搖者得偷蘭遮法師曰突吉羅偷蘭遮此罪其義云何突吉羅者不用佛語突者惡吉羅者作惡作義也於比丘行中不善亦名突吉羅律本中偈

突吉羅罪者　其義　善聽　亦名是過失
又名爲蹉跎　如世人作惡　或隱或現前
說是突吉罪　汝等自當知

偷蘭遮者偷蘭者大遮者言障善道後墮惡道於一人前懺悔諸罪中此罪最大如律本中偈

說偷蘭遮罪　其義汝諦聽　於一人前悔
受懺者亦一

悔於一人前此罪最爲大若搖動竟後更生悔心而作偷蘭遮懺悔得脫問曰十白突吉羅中云何而得突吉羅罪答曰未羯磨前白

竟不捨得突吉羅一白羯磨竟不捨初羯磨
竟不捨隨羯磨不捨得偷蘭遮取離本處者
此比丘以盜心移轉餘處乃至一髮得波羅
夷罪若偏舉堈一邊未犯都離者得波羅夷
罪若堈邊豎三柱以繩懸縛然後鑿土四面
及下土盡得偷蘭遮若拔一柱二柱亦偷蘭
遮三柱俱去堈落地者得波羅夷罪以繩繫
堈著樹然後鑿土擔堈出隨繩長短未犯若
解繩離樹得波羅夷若不解繩斫樹斷者亦
得波羅夷堈上種樹作誌根生纏裹堈比丘
掘土斷樹根波夜提突吉羅如前說樹根斷
堈隨樹起未犯從樹根挑取堈離樹如毛髮
許得波羅夷樹倒堈出塵轉離本處未犯從
彼離處波羅夷堈上有石發石開堈未犯重
得突吉羅内器者堈大不可移轉將器來取

寶得一分得波羅夷若堈中有珠冠及金鎖
牽頭出後未離堈得偷蘭遮若截取一分得
波羅夷若滿堈寶以手搦取手未離處指迸
中一分出還落堈中偷蘭遮若出離堈得波
羅夷有法師解堈底取寶已離堈底未出堈
口得波羅夷法師曰於戒律中宜應從急一
飲得波羅夷一飲直一分得波羅夷又一解
分別各異有大堈重脫不得舉以口就中飲
口未離堈得偷蘭遮若離者得波羅夷若持
竹筩飲入過頸一分得波羅夷若口含筩唼
取口筩俱滿便舉以手塞筩一頭以得離堈
者得波羅夷若以衣擲堈中吸取堈裏酥油
衣以離手得波羅夷又法師解不然若以衣
擲已而生悔心未舉得偷蘭遮若心不悔者
舉離堈得波羅夷若擲已主覺責直若還直

得偷蘭遮若不還得波羅夷若比丘自有空堈外人來以酥油置堈裏比丘以瞋心捉擲出餘處不犯若不瞋以盜心取擲移餘處得波羅夷若不移餘處便鑽穿堈底令酥油一分漏出得波羅夷若鑽酥油堈當鑽時酥油凝强不出後得日炙自然融出一分得波羅夷若鑽孔大酥油如膠出相續不斷出過一分見已而生悔心便更取還復堈裏得偷蘭遮若斷一分在外波羅夷若移堈置木石欲倒落處者得波羅夷主人若以空堈置平正處未與酥油擬與酥油比丘知故便以大木石擲置堈擬作破想主人見比丘爲此事故若破時便責備直若還好若不還得波羅夷若比丘不作破想而以種種死屍及大小便内堈裏初未著堈得突吉羅若以著得偷蘭遮若著已主人見責備堈直不還得波羅夷若不作盜心但以瞋恚心故或打破或火燒或以水澆種種方便令主人不得作生活者得突吉羅應還主直若不還得波羅夷若以沙土石與堈裏以水澆盈滿出外者堈不復堪用應還主直若不還得如前罪法師曰地下物今以廣説竟地上物今當説地上置物者於地中或於殿上或山頂上如是爲初若置是諸處不藏者是名地上置物或聚或散以器盛法師曰前已廣明比義今當總説或以手搦取汝自當知酥油蜜乳酪如水流無異汝自當知物之輕重金鎖珠貫及長白氎若移離本處如毛髮得波羅夷此是地上品竟虛空物者孔雀爲初於孔雀中有六種處何謂爲六一者孔雀口二者尾三者兩翅四

者脚五者背六者冠若比丘我欲盜取虚空中孔雀孔雀欲飛比丘當前立住孔雀既見比丘不能得飛舒翅而住比丘得突吉羅舉手觸之亦得突吉羅若摇動孔雀者亦得偷蘭遮若捉牽尾離頭處得波羅夷傍牽左翅過右翅得波羅夷上下亦爾若孔雀於空中下就比丘一一身分住若在右手比丘以盜心迴還左手離本處得波羅夷若自飛度不犯以盜心將去初舉一步得偷蘭遮第二步竟得波羅夷若孔雀在地比丘盜心取他人孔雀若捧孔雀一一身分未離地得偷蘭遮若盡舉身分悉離地者得波羅夷罪若孔雀在籠若盜心偷孔雀而合籠將去隨分多少得罪若孔雀在園中食以盜心驅出孔雀過門得重罪盜心捉孔雀擲園外得波羅夷罪若孔雀在聚落中盜心驅出聚落界得波羅夷若孔雀自遊行或至寺中或至空地比丘以盜心或持杖或捉石木擲孔雀若孔雀驚怖飛向林中或在屋上或還本處未得罪若盜心故驅若離地一髮得波羅夷罪如是一切諸鳥犯不犯與孔雀無異衣者迴風所吹上虚空中比丘以盜心捉一一衣分得突吉羅若捉衣動偷蘭遮離本處波羅夷此衣與孔雀無異若衣從虚空落地比丘手捉取得突吉羅離本處犯重罪墮落物者諸人以寶物莊嚴其身寶物墮落不自覺知比丘遥見此物從虚空下以盜心捉取此寶離地一髮得波羅夷若袈裟墮落如前説無異虚空中物廣説竟若牀上置種種諸物有可捉有不可捉此事如地上諸物説無異若合牀將去

離本處汝自當知若袈裟在衣架者若比丘盜心取架上袈裟離本處得重罪不關兩頭離本處亦得罪縧至兩頭亦犯罪合架將去得重罪若袈裟結著衣架縧著兩頭偷蘭遮解結將去波羅夷若比丘以袈裟繫四角作承塵比丘盜心解一角乃至三角悉得偷蘭遮若解四角波羅夷若袈裟置架上一頭在架上一頭著地頭離架未離地偷蘭遮一頭離地未離架亦偷蘭遮若離架離地波羅夷若比丘以衣囊及諸雜物懸置鉤上若比丘盜心捧囊未離鉤偷蘭遮出鉤外得波羅夷罪若比丘以衣囊置橛上比丘盜心取離橛未離壁偷蘭遮離壁未離橛亦偷蘭遮若離橛離壁波羅夷又以衣囊及諸雜物置橛上比丘盜心欲舉取脫落肩上若心悔還安橛上偷蘭遮若重起盜心將去波羅夷若從橛舉物重不能勝落地偷蘭遮若就地取將去波羅夷問曰以何爲橛答曰長一肘鑽頭釘著壁曲橛象牙橛一切諸橛亦復如是若衣物在樹上比丘以盜心取輕重如橛上廣說若衣在果樹上比丘盜心搖樹取衣衣未落比丘見果起盜心若搖果落直一分波羅夷若衣果並不落偷蘭遮懸物品竟水處者安置水中畏官爲初藏置水中物於水中不敗銅器爲初水處者池爲初若物置不流水中物亦停住時比丘以盜心水中覓物於淺處覓去時步步得突吉羅罪若深處隨作方便得突吉羅罪入水者波頭爲初若未至物處或見毒蛇大魚及鱷種種惡獸見已怖走失無罪法師曰捉物爲初如前說無異汝自當

知處者捉物六處四邊及上下是爲六處若池中者蓮華爲初若比丘以盜心取華隨直多少結罪若折華時藕絲未斷亦波羅夷若盜心取藕掘地罪輕重如前說若水上置種種雜物比丘以盜心要期牽物至其處其處當取牽未離處偷蘭遮若舉離水處一髮波羅夷若華束在水中流若盜心解束偷蘭遮離束波羅夷六處境界如前說若盜心拔華根不斷盡偷蘭遮根斷盡波羅夷若池乾無水掘華四邊斷根偷蘭遮離本處隨直多少結罪若池中有魚魚有主一池水中是其處若比丘以盜心鉤取或網取或安魚笱魚未入突吉羅魚入者偷蘭遮若舉魚離水波羅夷若魚跳出網上岸偷蘭遮從岸上取離處隨直多少結罪龜鼈亦如是若比丘盜心欲取魚池大捉不能得掘作小池引魚令入若魚入小池突吉羅若從小池取魚捉不得魚還入大池偷蘭遮若魚未至小池亦偷蘭遮若從瀆中及小池中取離處隨直多少結罪若池水涸欲盡魚併聚一處他與藥魚死比丘不知作糞掃取不犯若知有主盜心取隨直多少結罪若魚主責直應還不還犯罪若魚主取魚竟無守護心比丘以盜心取偷蘭遮法師曰此罪輕重如前說汝自當知水品竟船者凡用度江乃至用繩此中凡能載物盡名爲船於船中有人無人及諸雜物如前說若比丘以盜心欲偷船覆自念言我欲取船無伴我今覓伴去捉搖如前說解繩者若解繩繩未離處突吉羅繩離處偷蘭遮波羅夷法師曰我今廣說若繫船在急水若繩斷

波羅夷若不流水中斷繩船未離處偷蘭遮若船離處波羅夷若不流水中先離處後斷繩繩斷波羅夷若船在陸地離處波羅夷若以兩木支船盜心去一木偷蘭遮去兩木支船落地波羅夷若船在陸地比丘以盜心長索絞車牽離處偷蘭遮離處解繩波羅夷若船在水不繫比丘以盜心上意欲向東風吹向西偷蘭遮若起盜心隨所至處取波羅夷若悔心爲風所吹更還本處主索應還若不還主波羅夷船品竟

乘者車爲初車貯雜物有識無識如前說若車貯穀比丘以盜心用器梡取器未離處偷蘭遮器離處者波羅夷若車重不能牽覔牛欲牽初覔牛突吉羅得牛牽車牛舉一脚偷蘭遮牛舉四脚波羅夷若意欲向東牛向西偷蘭遮若復還本路波羅夷若懸車在壁盜心取犯不犯如懸鉢囊無異乘品竟

戴物者以頭戴之法師曰我欲釋此義頭者從咽喉後髮際以上是名爲頭若諸雜物在上悉名頭戴從咽喉髮際以下名之爲肩若腋以下腹以上是名荷捉突吉羅餘如前受寄頭戴物說餘肩腹境界亦如是此次第句義易可解耳戴物品竟

園者華園果園生諸香草比丘以盜心掘取隨直多少結罪若園中樹皮盜心剥取隨直多少結罪華果亦如是若諍園林者他園林比丘强諍奪初欲諍時突吉羅令園主狐疑偷蘭遮若園主作捨心比丘波羅夷若園主未作捨心比丘取園作決定得想波羅夷若言官行貨諍園得勝園主作失想比丘波羅

夷若僧中判事僧知故違理判者判主得波羅夷若僧中詳依理判諍者不如偷蘭遮園品竟

寺中者於寺中置諸雜物有四處舉物如前所説若房舍施與四方衆僧或大或小若比丘欲諍取此房不成諍無適主故不犯重罪若檀越施一衆乃至一人若盜心取此房主作失心盜者作決定得想犯不犯如前所説寺品略説竟

田中者有二種田何謂爲二一者富槃那田二者阿波蘭若田問何謂爲富槃那田有七種穀秔米爲初何謂爲阿波蘭若田豆爲初乃至甘蔗若比丘盜心取穀滿一分犯重罪若穀未刈比丘以盜心覔鎌覔擔覔籃種種方便得突吉羅若以手攬捉得偷蘭遮若扠斷與餘生者相連著未離本處得偷蘭遮若解脱相離隨直多少結罪若盜心取稻作米前運動方便突吉羅若扠稻打稻舂隨一一作得偷蘭遮若成米納器離地波羅夷若比丘與他諍田如前所説若比丘偷他田地乃至一髮大作決定盜心得波羅夷何以故地深無價故若此比丘來問衆僧令取此地僧答同者皆得重罪若有二標若比丘舉一標得偷蘭遮舉二標波羅夷若地有三標若舉一標突吉羅舉二標偷蘭遮若舉三標得波羅夷若地有多標舉一標得突吉羅乃至二標皆突吉羅餘後二標舉一偷蘭遮舉二波羅夷若盜心以繩彈取他地初一繩置一頭偷蘭遮置繩兩頭波羅夷若書地作名字初書一頭偷蘭遮書地兩頭波羅夷若盜心唱

言齊是我地田主聞已生狐疑心恐失我田是比丘得偷蘭遮罪若田主作决定失想得波羅夷說田品竟
地者宅地園地有樹無樹有籬無籬如華園品說亦如田品說略說地品竟
聚落者律中已廣說竟阿蘭若者是地有主法師曰亦有無主云何有主無主答曰若草木在林中無直不得取是名有主若草木在林隨意斫伐無人訶問是名無主若比丘有主阿蘭若物隨直多少結罪有主阿蘭若處擲去不堪用物取者無罪若有主阿蘭若木柱及諸雜物久久在中無人收拾比丘借取用後主來求相還取者無罪若比丘齎直至有主阿蘭若林中語守林人汝聽我且取林木取竟便還汝直若守林人答言若爾隨意取比丘便使人入林隨意而取取者無罪若林主語守林人言有比丘取者汝莫取直而守林人從索直比丘應與若守林人眠不覺或餘處行不在比丘便入林中取木後守林人還見從索直比丘應與若比丘入林取木竟爲賊虎所逐恐怖未得還直後應還直若不還隨物多少結罪若比丘入林中不問守林人以盜心輙取他物若過境界隨直多少結罪阿蘭若品竟
水者盛置在器及乏水時是諸家中各各盛置大器比丘以盜心鑽器覔鑽及微少鑽著得突吉羅若鑽未徹得偷蘭遮鑽徹得水隨直多少結罪若器小者比丘傾器取隨直多少結罪若器口大以小器納中取者如前偷油品所說若他池水比丘以盜心掘地決取

若水流出過一分比丘得波羅夷罪若比丘以方便盜心掘他地池邊垂徹而置欲使他因此處破及小兒破或牛蹴破若水因此處出比丘得波羅夷若池中有大樹比丘爲求水故便斫樹墮池中樹帶浪起池邊崩穴水便流出隨多少直結罪若比丘有二池一池有水一池無水各在他池兩邊他池多水比丘以盜心便掘穴已有水池邊通注他池令水流溢灌入已無水池若損他池水隨直多少結罪若比丘田近他無水池以方便心掘池通田天雨水從池入田池主來索水直比丘應還若不還隨直多少結罪若衆家共有一池分水注田比丘以盜心斷取他水令入已田若禾未死偷蘭遮若禾死隨直多少結罪水品竟

楊枝者如前園中所説法師曰若衆僧雇人取楊枝未還衆僧楊枝猶在其處猶是雇者物比丘以盜心前選擇取隨直多少結罪若衆僧雇人典掌物比丘先不白衆僧以盜心取隨物多少結罪若衆僧差沙彌次第十五日爲衆僧取楊枝沙彌擇好者與師僧未及得分比丘以盜心擇取隨多少結罪若楊枝已在僧常用處取者無罪取楊枝法汝等應知問曰云何可知答曰若衆僧日取三楊枝亦隨僧取三楊枝若入禪室及聽講并取五六楊枝若盡已更取亦得何以不併多取而取五六爲人譏嫌故楊枝品竟

樹者若閻浮菴羅樹及胡椒藤若以盜心以刀斫樹及藤樹斷皮猶相連偷蘭遮斷者波羅夷藤斷而猶在樹波羅夷若以盜心斫樹

過半而置若樹自此而折者應計多少還直不還犯罪若以毒骨刺樹殺亦如是樹品竟

展轉偷者若偷人取物比丘以偷心奪取物離偷人身分若此人健又拍比丘奪得物還者比丘雖不得物亦得波羅夷罪何以故以決定得偷心離本處故若此物主不置比丘強牽取未離手得偷蘭遮離手犯重若以盜心脱人手釧鐶出手者波羅夷猶在手者偷蘭遮脚亦如是若盜剥取他衣初捉衣突吉羅牽衣動偷蘭遮離身波羅夷若牽衣斷隨直多少結罪若盜心偷人及身上衣若將去初舉一脚偷蘭遮舉二脚波羅夷若盜心又偷身及衣人走突吉羅人擲衣置地比丘手捉亦突吉羅若動衣偷蘭遮離本處波羅夷若盜心偷身及衣人走逐不及比丘言汝脱衣擲地置汝身若人以手初解衣突吉羅衣解偷蘭遮衣離身分波羅夷若比丘盜心偷人及衣人走解衣置地比丘猶逐人不置不及而反還取衣離地波羅夷若盜心偷人人走荒怖脱衣擲去比丘逐猶不置不得人而還見衣在地比丘言此人擲去衣我當拾取不犯偷人得突吉羅若人迴頭遥語比丘莫取我衣比丘若取衣離地波羅夷若人以捨心擲衣走比丘逐人既不得而還見衣在地言此衣我力所得即便拾取突吉羅又有一師解言不得突吉羅何以故衣主以捨心故展轉偷品竟

受寄者若人寄物在比丘處物主來求比丘言我不受汝寄妄語應得波夜提爲是偷方便故得突吉羅若比丘念言此人寄我物無

人知我今爲還爲不還得偷蘭遮若比丘決定心得物主作失心得波羅夷若比丘言我惱之彼若强諍者我還衣不諍者我當取物主以失心與比丘取此衣者波羅夷若受人寄物物主來求口還而心決定不還物主作狐疑心比丘得波羅夷若受寄以盜心移物置别處突吉羅若以物易食盡物主來問猶突吉羅若物主還問不還物者波羅夷罪若借用者無罪若見他鉢精好合衆鉢并與上座處若以盜心取已麤鉢與上座處欲易取他好鉢以方便誘彼比丘令過夜失眠寱起至上座處言我欲遠行取他鉢相言我鉢鉢囊如是相如是形上座與鉢鉢離本處彼比丘得波羅夷若上座已取鉢竟欲付盜比丘上座言汝是誰非時取鉢盜比丘聞上座語驚怖而走亦得波羅夷上座以好心取鉢無罪若上座生心言此比丘已走我盜取此亦得波羅夷若上座夜暗自誤取已鉢與盜比丘盜比丘得突吉羅若上座誤取盜比丘鉢還與盜比丘盜比丘得突吉羅上座無罪復一比丘盜心禮上座言我是病比丘與我鉢來上座言此房無病比丘汝當是偷上座又先與同房比丘共諍上座盜心取共諍比丘鉢與賊比丘上座及盜比丘俱得波羅夷若上座以盜心取諍比丘鉢不得諍比丘鉢還得賊比丘鉢與賊比丘上座得波羅夷若上座以盜心取共諍比丘鉢不得諍比丘鉢上座自還得已鉢與賊比丘上座及偷比丘俱得突吉羅若上座將物與年少捉言我將汝至某處年少比丘懷盜心捉物逐上座至所

在年少比丘默捨上座將物走先一步得偷蘭遮二步得波羅夷若上座將年少比丘捉物入聚落乞食年少比丘懷盜心言捉物遂上座入聚落念言我至聚落當去未至聚落步步突吉羅一脚界外一脚界内偷蘭遮兩脚入界波羅夷若捉聚落中起盜心出犯亦如是若上座使年少比丘汝將此衣往彼聚落浣染年少比丘起盜心將物去步步迴轉物皆突吉羅若過所期處波羅夷若至聚落以衣易食或賣未犯重若還衣主問衣在何處比丘答已易食盡主責衣直應還若不還波羅夷若比丘以盜心强爲上座浣衣若上座授衣與盜比丘衣離上座手盜比丘得波羅夷若盜比丘生心念言將此物至聚落我當取犯亦如是若上座衣不淨以衣現相欲使人浣年少比丘以盜心問上座言此衣欲浣年少問言何處浣上座言隨長老所至處浣若年少隨所至處突吉羅若用物者偷蘭遮若上座求衣不還者波羅夷若上座以氎寄檀越年少比丘以盜心詐往上座檀越家詐言上座教我來取氎若寄夫夫與寄夫婦與寄婦夫與隨氎入比丘手一一波羅夷若檀越語上座言我欲請上座食并施白氎一張年少比丘知往至檀越家語檀越上座教我來且前請氎食至日當受檀越即以氎與之上座後知從年少索氎若不還氎波羅夷若檀越請二比丘夏坐夏坐竟施白氎二張一麤一細不現前與後上座遣年少比丘就檀越請氎檀越以氎付年少比丘言細者與上座麤者與年少年少將氎還置一處上座

問言何者與我年少以盜心答言上座麤者是若上座取麤氈年少比丘得偷蘭遮年少取細氈離本處波羅夷若年少比丘以盜心書氈作字細者自作已名後上座依名取氈年少比丘得偷蘭遮年少取氈得波羅夷若客比丘入寺見舊比丘作袈裟客比丘心念此舊比丘故當爲我看此鉢默置而去後遂失此鉢客比丘不得責鉢何以故不付囑故若付囑舊比丘不解客比丘語客比丘謂舊比丘已受付囑後遂失此鉢客比丘亦不得責何以故由不了語故若付囑鉢舊比丘答言善哉若後失鉢應責償何以故爲付囑故若知典鉢庫比丘若出入諸比丘鉢忘不閉戶失諸比丘鉢應償若人穿壁偷不償若諸比丘語典鉢比丘長老晨朝出鉢置外我等遣人守護守護人眠睡失鉢典鉢比丘不須償若典鉢比丘諸比丘付鉢懶開庫而以鉢置已私房若失鉢責償若典鉢庫比丘開鉢庫戶未得閉忽得卒病不展轉付囑失鉢不償若典庫比丘閉庫而眠有賊來喚開戶比丘不開賊云我得戶開我殺汝比丘亦不開賊而以斧斫戶比丘念言我若不開復死復失鉢於是開戶賊悉將鉢去比丘不得責若知鉢庫比丘以鑰匙與客比丘客比丘遂開庫偷將鉢去知庫比丘應償鉢若上座向知鉢庫比丘言我欲寄鉢庫主共長老看鉢若開戶不閉失鉢二人共償若上座將人入庫知鉢庫比丘言莫將人入上座言無所若失鉢上座自償若知僧庫藏比丘衆僧作大會出内雜物一人不贍若有所失知庫比丘不

償若外利養入知庫比丘得受兩分若頭陀比丘雖住寺中不住僧房不食衆檀越自爲起房衆僧不得差作維那及知事使若比丘若於讀誦教化說法能得利養利衆僧衆僧不得差知僧事有房舍衣鉢應先以好者與之飲食果木得加分與若比丘受用僧房舍衣鉢若慢藏失僧物悉應償得差看佛供養具不得辭有所失悉償失官稅者應輸稅者不輸以偷過官稅若初捉突吉羅隱藏偷蘭遮不輸過官稅處波羅夷若盜心擲落稅外波羅夷落稅內偷蘭遮若擲稅外物還展轉入稅內波羅夷又法師說偷蘭遮若有大木作橋一頭稅界內一頭稅界外若以盜心將物從上過未度木偷蘭遮過木波羅夷若二人共稅一人稅界外一人在稅界內偷蘭遮二人悉出稅界外波羅夷若將牛馬負物過官稅處比丘語受稅人隨汝稅取估直受稅人忘牛遂自出稅界外比丘不犯何以故已語受稅人故若比丘將至官稅處一人欲稅一人言置比丘輸度不犯若比丘物至官稅處欲輸稅受稅人言小小不須稅比丘將物度無罪若比丘將物至受稅人處受稅人正蒱博戲比丘三喚不應比丘委去無罪若比丘將物至官稅處卒有水火賊難各驚走四出不受稅比丘委去不犯稅界者亦擲石所及處若比丘將物不至稅界過去不犯法師曰我欲現偷人無罪云何無罪答曰無主人故無罪若人兒落度父母以水灌頂遣去或父母死亡比丘取如是人無罪若負他人責比丘將去死無罪家生或買得或破得云何

家生家中奴婢生云何買得以物買得云何破得與軍破得律本中說若偷如是人得罪初捉突吉羅若抱舉一脚離地偷蘭遮若兩脚離地波羅夷若恐怖驅去初方便小罪若舉一脚偷蘭遮舉兩脚波羅夷若他人奴比丘語言汝在此辛苦何不叛去若至他處可得適意若奴聞比丘語已初發心欲去突吉羅若初舉一脚偷蘭遮舉兩脚波羅夷若奴叛有衆多比丘語其道催令使去隨語比丘得重罪若奴使走比丘語言汝如是走可脫比丘無罪若奴安徐去比丘語言汝如是寬行郎主當捉得汝奴聞比丘語即便駛去比丘犯重罪若奴叛走已至他國比丘語言汝可更餘處去汝主求逐汝奴聞比丘語即叛去比丘犯重罪若比丘語言汝此處辛苦其處極樂奴聞比丘語即便叛去比丘不教去無罪有比丘作是言某方極樂道路處處豐饒飲食誰能逐去者奴聞此語便自隨比丘去比丘即驅使此人比丘無罪若至半路虎狼賊難比丘喚走無罪偷人品竟

無足者蛇蛇有主世人以蛇爲伎若有觀看或與一錢乃至半錢此人置蛇睡眠比丘盜心將去隨直多少結罪蛇在函中比丘盜心以蝦蟇餌之或半牽出離函隨直多少結罪無足品竟

二足者鬼人爲初惟鬼不可偷三種鳥一者毛翅二者皮翅三者骨翅毛翅者孔雀雞爲初皮翅者蝙蝠爲初骨翅者蜂爲初比丘盜心隨直多少結罪如前說無異四足者一切畜生象爲初若盜心大力能抱象離地波羅

夷若象在廐或繫腹或繫頸或繫四足若解縛離本處若不繫驅出屋外若在外驅出門若在聚落驅出聚落界若在阿蘭若處驅行離四足處若眠驅起隨一一離處波羅夷牛馬驢駱駝一切四足亦如是若半在欄以欄爲界解縛驅出如前所説若以草誘去隨離處犯罪若喚牛名解語隨出犯罪亦如前若牛眠地殺牛主責應還直若不還犯重罪四足品竟

多足衆生者百足蜈蚣蚰蜒若一舉脚九十九偷蘭遮若舉最後一脚隨直多少結罪多足品竟

若爲賊往他人家看物處所籬壁穿破處還來語賊賊聞比丘説依事往取隨物離處若衆多比丘遣一比丘往一切犯罪若教一比丘看物處所有比丘言不須遣其去我自往看此比丘犯罪教者被教者無罪衆多比丘强將一比丘共偷得物便驅此比丘守視諸伴更覓物去此守物比丘起盜心物中好者便偷將舉隨直多少結罪衆多比丘者衆多比丘作是言我等共往某鄉某處相與共偷諸伴悉同而去一人入取物物離本處悉得波羅夷於問難中四人共偷三人得罪一人得脱我今問汝汝當善思答曰有四比丘一是師三是弟子欲偷六摩娑迦師語弟子言汝人各偷一摩娑迦我偷三第一弟子言和尚偷三我偷一汝二人各偷一餘二人展轉相教亦如是師自偷三錢偷蘭遮教三弟子偷亦偷蘭遮何以故自偷異教人偷異是故二偷蘭遮三人云何得重罪爲教他偷五摩

婆迦故是得重罪汝當善思者於盜戒中義理分別當善思云何善思一種物置一處復一種多處多種置多處此事汝當善識云何一種物置一處有一人以五摩婆迦置店肆中衆多比丘見遣一比丘往取離本處衆多比丘悉得波羅夷有一人五店店一摩婆迦衆多比丘遣一比丘往五處取最後處得波羅夷種種物置一處諸雜物置一處或直五摩婆迦或直過五摩婆迦置一處衆多比丘遣一比丘取此比丘舉物離地衆多比丘得重罪種種物置多處有五人各有一店衆多比丘遣一比丘取最後離本處衆多比丘犯重罪教品竟

相要者其時共去或中前中後或夜或今日或明日或今年或明年相要不絕時刻不違犯不犯如前所說若不從教教中前取而中後取教初夜取而後夜取教白月取而黑月取教此年取而後年取教者犯小罪取者犯波羅夷若時刻相應俱得罪相要品竟

善見毗婆沙律卷第九

音釋

堈（居郎切甕也）纆（居縛切大鉏也）搦（昵角切按也）涑（所角切嗽同含吸也）搘（章移切拄砥也）橛（其月切杙也）鰐（逆各切魚名）笱（音苟捕魚器也）絞（古巧切縛也）剝（北角切刻割也）謫（音責罰也）刈（牛制切割也）鎌（方鹽切鍥也）捕（蓬晡切）駛（踈士切疾也）餌（而志切食也）蝙（卑連切）蝠（蝙蝠方六切）

善見毗婆沙律卷第十

蕭齊外國沙門僧伽跋陀羅譯

現相教取五者眼現相爲初或眼現相或手現相或脚現相或搖頭現相或動身現相如是種種現相教偷犯不犯如前所說教取此物而得此物俱犯重教取此物而得彼物教者小罪取者犯重教語此人者有衆多比丘一是師三是弟子第一弟子名佛陀勒棄多二名曇摩勒棄多三名僧伽勒棄多師行見他物起盜心喚佛陀勒棄多語言汝教曇摩勒棄多教僧伽勒棄多往取彼物師教第一弟子時師得突吉羅曇摩勒棄多語僧伽勒棄多受語時師得偷蘭遮若往取物離本處師及三弟子俱犯重法師曰非但四人犯罪若百千人展轉相教罪亦如是教他者師教佛陀勒棄多汝往語曇摩勒棄多教曇摩勒棄多語僧伽勒棄多汝往取物佛陀勒棄多見曇摩勒棄多不語或不見自往語僧伽勒棄多汝往取物若物離本處師得突吉羅曇摩勒棄多無罪第一第二犯重已去還者僧伽勒棄多見人守視不得取還報師師語言隨便取莫置師得突吉羅後若得物師及弟子俱犯重若師教弟子取物決定得如擲物虚空必定落地師教竟得波羅夷若師盜心教弟子已或一年或二年或三年乃至六年師或死或罷道師不犯重偷者得罪教已乃至三年弟子未得偷弟子患耳聾師不知聾師生悔心語弟子罷弟子聾不聞語故承先教往取離本處師及聾弟子俱犯重若弟子不聾答言善哉不取師及弟子不犯重得突

吉羅教取品竟
今當現盜戒有五事是故律本所說五事者何謂爲五一者他物二者他物想三者重物四者盜心五者離本處若一事二事不犯重若具二事偷蘭遮突吉羅六事者非自想非親厚想非蹔用想重物盜心離本處非他主者非他守護此物糞掃想無主想自已想蹔用想非盜心無罪已想於他物中生自已想取離本處無罪若物主責應還若不還者犯重罪親厚想者如律本所說佛告諸比丘有五事得取親厚物何謂爲五一者知識二者同食三者善語四者生五者取已歡喜何謂爲知識一見而歡喜是名知識同食者極親厚無所悋惜是名親厚善語者若我物隨汝意取不須復問是名善語生者從今若未死

同用此物取已歡喜我取此物物主聞之必當歡喜是名五事應知可取親厚取復有三事一者生知識取已歡喜二者生同食取已歡喜三者語取已歡喜若親厚生取已歡喜成親厚取若在家若出家前取歡喜後因事生悔心雖悔不得奪取復有知識心不樂與口不言與不與取已物主後有所嫌不得奪取又有知識言若汝有所須取食用我若有所須就汝取後因事相嫌得奪取借用者用已當還主如是用者是名借用若物主言不須還仍布施善若不布施應還其物衆物僧物亦如是餓鬼物者四天王爲初亦入其中若比丘取諸鬼神物無罪若天帝釋若帝釋立店販賣比丘天眼觀知是帝釋而取物帝釋悋惜還不還無罪所以無罪此是應化物

故若世間人以物繫樹無人守護取者無罪畜生物一者龍王迦樓羅爲初若其化作人形如帝釋所說無異若師子若虎殺鹿及牛而食比丘不得奪取何以故虎狼瞋心恐殺比丘若食竟比丘驅去然後取若得令淨人炙食無罪糞掃者此是擲棄之物作是念已取之無罪若此物有主來求比丘應還若不還者犯重顛狂者律本廣說最初未制戒不犯顛狂不犯後者六羣比丘爲初盡犯法師曰盜戒究竟發起從心作世間罪惡業不善者三受汝等應當知發起者從身業意業發起此是自取教人取者從意口業發趣自取教人從身口意業作者以身作得世間罪者性罪不善者惡心作受者有三受苦樂不苦不樂法師曰悉前波羅夷已說隨結者六羣比丘爲初若易解者律本中已說句次難解者我當廣說凡人心恒緣於欲未曾捨離聖人若捨身口以心結罪無有得脫者是以聖人制戒要因身心是故律本中說無罪者起心不動身口是名無罪若起盜心當自剋責還復好心觸摇離本處此易解耳誰偷取答言我偷取佛言比丘汝心云何比丘答言遂口語世尊實無盜心若爾無罪鬼入者此餓鬼見死屍有好衣起貪心即入屍中不受語者此比丘聞餓鬼語比丘莫取我好衣比丘聞言亦不受語起者此餓鬼見比丘將衣去起而追逐閉戶者比丘寺近屍陀林比丘性强不畏鬼神是故入房反閉戶倒地此餓鬼見比丘閉戶已言我不得此衣擲置死屍而去是故律本所說倒地未爛壞者此是新死

屍也未爛壞死屍不聽取衣若取者突吉羅若爛壞者取無罪問曰云何爛壞答曰鷲鳥爲初或脚爪瘡或口瘡乃至小瘡如針頭刺取者無罪若皮未斷者亦不聽取若此屍生時被瘡或炙瘡隨一一瘡可取若此屍膖脹爛臭可取若此屍完全比丘故取衣語守護屍陀林人爲我取若無守護屍陀林人語餘人汝爲我取善若都無人者比丘或以刀子刺作瘡可取若如此屍比丘得取易籌者衆僧擲籌分衣比丘以盜心易他好籌犯不犯如前所説若瞻夜及晝日不見主盜取此是小賊若欺誑心治不中用物爲好或已假色易取人物對面欺人此是大賊若人自有力王爲初若自有力若依强勢逼人取物重稱大斗如前種種皆入偷罪誓者有二一者物誓二處誓云何物誓有比丘欲偷衣入房若得此衣當取餘物不取是名誓物云何誓處若比丘取他物將去自誓言我至某處當取是名誓處易籌竟法師曰文句次解我不須廣説若寺舍空廢無人比丘來去見樹有果應打揵椎若無揵椎下至三拍手然後取食無罪若不如是食犯盜若聚落外有寺賊難惡獸難比丘走入聚落有客比丘來入寺見飲食及果以盜心而食隨直多少結罪次第句易解取豬被繫者於阿蘭若處張罥繩取野豬比丘以盜心解放他豬隨直多少結犯重若以慈心解放無罪應還直若比丘有慈心先以物作准直繫著繩然後解放無罪若此豬見比丘來輒自突走繩斷去無罪若豬未至繩比丘遥驅去無罪若他狗嚙野豬比

丘以慈心驅打狗放豬無罪若主責直應還若不還犯罪野豬被罥三四日不得食體羸不能動比丘盜心以飲食與之食罷體健比丘作大叫聲豬聞之驚怖牽罥突走比丘犯重罪若慈心作不犯應還主直比丘見野豬著罥盜心剋繩留少許不斷比丘作大叫聲豬聞驚怖突罥走去如前所說比丘見豬著罥起盜心或安刀劒近繩或繩邊燃火欲使豬牽繩突刀或火燒豬脱走去犯不犯如前所說若人故掘地作坑擬取豬鹿麞等衆獸若比丘盜心壞坑及諸張具物過不得比丘犯重若衆生不過無罪若人近寺邊安罥捕諸衆生比丘語此人莫近寺罥取豬鹿若比人不從比丘向地主言若地主教壞不犯若人作田爲麞鹿所食張罥防護捕鹿得鹿便食肉若守護竟主捨心後壞若解不犯法師曰句次易解若人安魚笱捕魚若盜心開放隨直多少結罪若先穿魚笱作孔打水驚魚令出者犯若不出者不犯如前又盜心合魚笱將去離水隨直多少犯又飲食於笱外餌魚魚見飲食突出若主責應還直若空魚笱比丘盜心若開若破魚從中往還主責直應還若比丘取魚笱移擲他處犯不犯亦如前說偷闍浮子及酥油器如前所說若比丘盜心取酥未滿一分然後生悔心後我不更作至明更偷心取不滿一分復悔心後誓不作如是展轉偷盡一器不犯重得突吉羅偷蘭遮又有比丘如是偷酥日日止取一枝而不捨心取滿一分便犯重相要偷者食堂有二種殘食次闍浮子如前所說分巷羅果者

舊比丘見客比丘來而不分果客比丘語淨人言我等爲得分與不作是言已客比丘便自打磬取果便自分與舊比丘及客俱得共食是故律本所說佛告諸比丘自今已後若有飲食應分分食無罪自言已寺舊比丘若有果有客比丘來應共分食無罪若客比丘去後舊比丘然後分食是名朱羅是故客比丘來舊比丘應唱鳴磬共客比丘食果若不打磬客比丘打磬食無罪若舊比丘有衆僧園林有果樹擬四種用客比丘不得輒打磬而食亦不得取將去若舊比丘有衆僧園林不肯守護爲偷人所取若衆僧俱共立制不聽僧食此制不成若能守護此制則成若檀越施衆僧果樹或擬衣服或擬湯藥衆僧不得分食若檀越以果樹爲四事布施比丘以盜心迴分食隨直多少結罪若檀越爲作房舍施衆僧迴食得偷蘭遮應還直若爲袈裟施應當作袈裟若飢儉時衆僧作白羯磨爲飲食難得衆僧三衣已足今且迴以食用令衆僧得安樂若衆僧和合食用無罪若檀越爲三衣施若衆僧無房舍作白羯磨迴以作房舍衆僧和合用無罪若檀越布施重物作房舍應作房舍若飢儉時衆僧飲食難得或病或值國土荒亂比丘捨寺餘方寺舍果樹無人主領若如此者重物得作食用爲護住處故又寺中房舍多無人修治敗壞應留好者餘麤敗得壞賣爲食用爲護住處故若有檀越以四事布施不得迴以餘用若以此直雇人守護園林令住園中然後得用若比丘行來過此園見椰子多羅樹子守者得自與

衆僧食何以故已令其守護故又守護人衆僧限分果與應依限數取食不得過長若守者爲衆僧販貨果蓏得淨衣物與衆僧者得益與守視人果食者善若檀越布施園爲華香燈供養塔像及修治僧房得取少直賃人守園若無果直者得用佛物迴賃人若佛無物得用衆僧物賃令守佳園中若守者於園中販貨果蓏如前所說熟菴羅果者佛語諸比丘得受守護園人布施法師曰若守護善若不守護不善大德修摩那言若守園人衆僧日得供果自有限應依限與者善若過限不善大德波頭摩言賃守園無券疏者亦得任意與衆僧果多少得食又言若聚落童子爲衆僧守園若童子與果者衆僧得食若童子使自取者不得食衆僧果或佛果有人先下少直贖市園果而即守護園若以果與衆僧者得食若衆僧以果雇人守園者守園人以已果分得與衆僧食非已分不得與又衆僧衆多果樹指以一樹雇守園人是其樹限果者得與比丘不得取衆僧果與材木者借用無罪衆僧材木擬作說戒堂或作食堂者先白衆僧然後借用若衆僧材具露無覆爛敗或雨濕暴露得用作房若後有衆僧責直及材具者應依數還又無直及材具備者當作是言衆僧物隨衆僧取用若作房闕無窻牖借用衆僧材木足者此應備還餘材具亦如是水者若乏水時有衆僧自取水若去半由旬一由旬二由旬如是水貴時又以偷心取水隨直多少結罪若取一器二器以灌菩提樹及澡洗或作染汁者得若衆僧立制不

聽人取又以盜心取或不得取而以丘擲内水中隨直多少結罪若舊比丘制極重不聽餘人浣濯煮染舊比丘伺不見餘人自盜心用客比丘若見舊比丘已用即逐其用無罪衆僧有三池僧立制不聽雜用一者飲池二者浴池三者雜用池若如是者客比丘來一一隨順舊比丘制不得亂用若不立制者隨用若處乏土衆僧運取土若以盜心取一分便犯重罪若白衆僧然後得用土治護佛及衆僧房竟有須者先白衆僧然後得用若不白貸用亦得石灰亦如是茅草者若人燒草茅不離本處燒者得突吉羅罪應還本直若草茅田衆僧守護以覆房舍用若衆僧無人守護有餘比丘欲守護得用茅草田故是衆僧田又此比丘捨去田被燒者衆僧亦不責

問曰若此比丘就衆僧乞分者與分若已與分遣其守護若此比丘求增直衆僧應與倍直若衆僧不用者餘人任意得用何以故爲不用故若衆僧與茅草與根株若衆僧欲用語守者不須復看衆僧自看牀者爲初有七事易可解石柱木柱一一柱若比丘以盜心取隨直多少結罪若禪房爲初衆僧無人守護墻壁崩倒若有盜心取柱種種材具盜心取柱種種材具隨直多少結罪何以故衆僧物或時有衆僧或時無衆僧若於深野中有賊起衆僧捨寺避去亦如前說若借用無罪此比丘復移去若死亡者應還衆僧寺中小小用事易解若比丘借衆僧牀席搨隥若見客上座來應與若此物失或壞敗不償若有餘處去還付衆僧若自用不與上座失者應

償若此比丘借餘寺牀席榻蹬者欲去有比丘迴借此用當作是語我今欲還彼寺牀席比丘言但置我自送還若失貸借者償贍波國中者三薪粥者麻豆米粥或與酥乳酪沙糖蜜王舍城中者麻豆瞿羅此言美餅法師曰次第易解耳鵄壽迦者易可解波羅柰國賊所奪物去此比丘以神通力觀檀越家見檀越兒爲賊將去比丘以神通力往取不犯云何神通力比丘以神力令小兒自見已屋而來入中賊不見小兒及化屋小兒得脫法師曰此二事易可解耳律第二波羅夷廣說竟名爲善見

第三三淨說　諸佛善分別　名爲波羅夷今正當廣說　我等善心聽

爾時佛住毗舍離大林中於高閣講堂中毗舍離者此是國名也因女人相立爲名此城人民衆多三過開廣法師曰我今廣說毗舍離根本因緣往昔波羅柰國王王夫人懷姙此夫人自知懷姙而白王言王即供給侍養皆使調適期月已滿即入産堂若有福德之人平旦時生此夫人平旦時生出肉一段赤如木槿華又餘夫人生兒色如金色此夫人見傍夫人生兒端正微妙而生羞恥心而作是念若王見諸夫人兒端正而我生子唯一段肉無有手足王設見者必生惡賤作是念即取盛貯器中打金作薄以朱砂書題是波羅柰國王夫人所生蓋覆器頭以王印印之以金薄書置器外送放江中使人棄已諸鬼神營護使無風浪飄沒爾時有一道士依止牧牛人住於江邊此道士清朝往江邊澡洗

遥見此器而念言我當拾取此器近巳而取又見金薄書字復見有王印印之便開器看惟見有肉一段而作是念若是死肉久應爛臭必有異相即取將歸住處善舉一處過半月巳而成二片道士見如是瑞相安置好處自爾之後復經半月二片各生五胞又却後半月一片成男一片成女男色如黃金女色如白銀道士見如是相巳心生愛重如自子無異以慈心力故兩手母指自然出乳一指飲男一指飲女乳入子腹譬如清水入摩尼珠內外明徹道士號兒名爲離車子（此言皮薄亦言同皮）道士養此二子極爲辛苦日入聚落乞食兼爲二子覓諸飲食日晏方還是時牧牛人見道士爲此二子辛苦如是來白言大德出家人正應行道何以爲此二子妨廢道業可持乞我我等爲養活道士言善哉於是牧牛人各還到明日與諸同伴平治道路豎立幢旛散雜色華鳴鼓來迎二子到道士處白道士言今此二子時去矣道士答言善道士復更付囑此二子者有大福德不可度量汝等善好料理當以乳酪生熟酥五種而供養之若此二子長大還自共匹對覓好平博處所安立住止可拜男爲王女爲夫人牧牛人等受教勑巳即將還本住處二子漸漸長大共諸牧牛人兒子出門遊戲此二子便以脚蹋牧牛兒牧牛兒涕泣還向父母說此無父母子蹋打我等父母答言汝等各自避去因此戲處名爲跋闍跋闍者（此言避也）二子年至十六牧牛人見子巳長又見平博地處縱廣一百由旬即於中央起立宅舍牧牛人以女嫁與

男立爲夫婦即拜男爲王女爲夫人後懷妊一産二兒一男一女如是十六倒生兒諸牧牛人見王子漸多復各更爲開立舍宅造諸園池合三十二人宅舍如是展轉乃至三倒開廣故名爲毗舍離此是根本因緣也大林中於高閣講堂者此林無人種自然而生從迦維羅衛國連至雪山故名大林高閣講堂者於大林作堂堂形如鴈子一切具足爲佛作此堂也種種方便讃歎不淨觀者以種種因緣觀身不淨云何不淨從頭至足頭髮指爪筋肉膿血屎尿洟唾從七孔流出不淨此略說汝自當知佛告諸比丘此身一尋汝當善觀於一一身分中無有眞珠珊瑚摩尼等寶及牛頭栴檀等香唯有臭穢不淨髮毛爲初觀髮有五種一者色二者形三者氣四者長五者住處毛亦如是法師曰我今略說已在屈陀迦廣說如是於一一身分悉有五種觀說不淨者如來以種種方便說不淨膖脹爲初內外俱觀內者自己身外者他身如思念自利益故是故如來讃歎有五種失得有五種有三善具足十相名爲得第一禪因第一禪故調心柔忍而起毗婆毗婆舍那（此言觀苦空無常）因此觀故斷諸煩惱得阿羅漢果何因何緣爲具足十相一者心離煩惱怨家二者入中三昧三者心不動搖極清而放四者已入靜放五者一心不越等法六者合成一味七者五根怡悅八者精勤執境不置九者增進十者成就堪受是故禪從中說初禪何者爲中何者爲後初入第一禪極淨爲初滿捨爲中怡悅爲後又問初禪極淨者爲初淨有

幾相答曰淨有三相何謂爲三一者從怨家得離心淨二者因淨故而入三者已入三昧而住此是初禪極淨三相初禪滿捨爲中中者有幾相答曰中復有三相一者心淨而放二者入靜而住三者一處而住此是初禪滿捨爲中三相是後禪本中說中善何謂爲初禪怡悅爲斷斷中幾相答曰斷有四相一者不越同生法二者合成一味五根怡悅三者應足精勤生怡悅心更足精勤怡悅四者增進此是初禪怡悅爲後四相是故禪經中說後善如是心至眞以三相十相具足以思觀喜樂具足以志心至心憶念三昧智慧具足指示指示讚歎入不淨三昧者如是更重思量分別不亂是故如來殷勤讚歎說利者所以讚其所利云何爲利佛告諸比丘若比丘數觀不淨因觀不淨故心得離婬欲捨婬欲憎婬欲比丘譬如雞毛與筋近火燋縮不能得申比丘亦數觀不淨見欲穢汙心不樂近佛語諸比丘我樂入靜半月獨住勿令餘人來至我所惟聽一人送食樂修禪德者少於語言如是比丘乃聽來往送食餘一切比丘及白衣悉斷不得入何以故如來作如是勑以天眼觀往昔有五百獵師共入阿蘭若處殺諸羣鹿以此爲業五百獵師墮三惡道於三惡道受諸苦惱經久得出昔有微福得生人間出家爲道受具足戒五百比丘宿殃未盡於半月中更相殺害復教他殺如來見已此惡業至諸佛所不能救是故如來因此半月入靜室於五百中有凡人及須陀洹斯陀含阿那含阿羅漢道此諸聖衆生死有際餘

凡人輪轉無際是故如來爲諸凡人說不淨觀因不淨觀故猒離愛欲若其命終得生天上若不離愛欲死不生善處佛自念此五百比丘隨我出家因我故得生善處是故我今當慈悲此等爲說不淨觀令生善處本不教死爲諸比丘說已復作是念若比丘日日有死者來白我言今日有一比丘死今日二比丘死今日三比丘死今日四比丘死今日五比丘死日日如此乃至十比丘死非可以我神力救護彼我無益是故我捨入靜處是故律本所說佛告諸比丘我樂入靜處是以不聽餘人入惟聽一人送食如來欲息諸譏謗勿使諸人作如是言佛是一切智而不能斷諸聲聞弟子相殺豈能制餘人其中有人答言世尊入定無人得往說如此事是故不知若佛知者必當制斷不聽相殺羞者觀身穢汙不淨而自羞恥賤薄猒惡此身如年少男女年至十六性好淨潔莊嚴其身者以香湯沐浴竟復以香塗身著上妙細氎衣服而以死蛇死狗以繫其頸見此穢汙不淨猒惡欲逐棄捨之比丘猒惡其身亦復如是取刀自相殺者各各相語長老卿爲度我答言我爲度汝如是次第而共相殺鹿杖沙門鹿杖者其名也沙門者作如沙門形剃頭留少周羅髮著壞色衣一以覆身一以置肩上入寺依止比丘拾取殘食以自生活諸比丘往至鹿杖沙門所而作是言善哉殷勤汝爲度我如此語者是凡人也非聖人語血流出者血出汙手足及刀往婆裘摩河者世間有人言此河能洗除人罪鹿杖沙門念言我當往婆裘

河洗除我罪多狐疑者諸比丘死已皆悉右脇而卧身亦不動無所言説見如是已心生大狐疑悔過剋責我無善利而得惡利無善利者於我無安樂行而長歎息無利無利造作惡業者鹿杖沙門自念言人身難得而我殺諸持戒具足比丘於我極惡有一魔神者此是邪見地神是魔王伴黨而自念言我作此言必合魔王意以瓔珞莊嚴其身現變神力履水而行往至鹿杖沙門所而作是言鹿杖沙門汝所作大善未度汝度者於三界中天度汝爲度之此是愚癡地神作如是言死者得度鹿杖沙門極大懊惱忽聞地神作如此言而念此神有大神力作此語者於我必當有利作此念已更洗刀入寺房房喚覓誰未度者我爲度之未得道者聞此語而毛自

豎驚怖心中震動已得道者觀身無常苦空無我而無惶怖一日殺一比丘有日或殺二三四五如是增至殺五百比丘盡從禪定起者佛知五百比丘死已而從禪定起佛知而故問如人不知何以故欲爲説法故而問阿難先諸比丘極多今何以減少諸比丘日常三時問訊諮受問法今者都無餘國去耶時阿難不知五百比丘宿業果報唯見觀不淨故各自殺身如是時尊者阿難答已而作是言善哉世尊願易餘觀令得羅漢譬如大海多諸川流佛法亦爾多諸方便十念十極四大梵觀如是爲初令入涅槃唯願世尊以此方便教諸比丘是時世尊欲爲諸比丘更説餘觀而喚阿難如是爲初依止毗舍離者諸比丘於毗舍離中住或一伽浮陀或半由旬

或一由旬令一切比丘皆悉來集講堂阿難若近處即自往喚若遠處者遣年少比丘往喚須臾之間悉集講堂阿難往白世尊時可爲諸比丘教授說法世尊知已於是如來告諸比丘我前所說觀不淨者令得羅漢令以餘方便更爲汝等說是故律本所說阿那波那念者如來爲比丘說無上禪法次第文句我今當說無有漏失汝當勤心諦聽受之今此比丘者佛告諸比丘不但觀不淨行得除煩惱今阿那波那亦復除煩惱法師曰今廣說次第阿那波那者入息出息如經文所說入息想非出息想出息想非入息想念入息念出息念出入息故便得定心阿那波那念則是三昧如是義汝自當知數觀者將養令大更作者已思更思極靜好者此二法其義云何答曰此阿那波那不同不淨其心不亂不淨觀者其心恒亂何以故爲猒惡不淨故何謂爲好者念恒不足是故律本所說極靜妙不假更足安樂不止從初發心無有惱亂是故如來讚爲靜好極有氣味時身心怡悅易可入耳起者不住不覆惡法須臾消滅於四道果隨其所能譬如春中半月不雨象馬人牛踐蹋塵起滿虛空中夏初五月疾風暴雨塵滅消除無復遺餘阿那波那除煩惱如雨淹塵佛告諸比丘阿那波那念三昧者云何思云何念云何作知之阿那波那念諸比丘若人善出家爲道若在空閑樹下山林此是出靜處問曰何以出靜處答曰離諠鬧故譬如牧牛人有一犢子從出生飲母乳至于長大欲取乳時以繩繫犢著柱犢子念乳牽

繩跳踉無時暫停繩後牢故不能得脫倚柱而息比丘譬如牧牛人牛母爲聚落心爲犢子乳爲五欲柱爲阿蘭若繩爲阿那波那念一切禪定念阿那波那諸佛緣覺阿羅漢之所尊重若不捨城邑聚落難入阿那波那若禪比丘取此定已阿那波那第四禪定作已而取爲地復觀苦空無我觀已得阿羅漢果是故如來爲諸禪人現阿蘭若住處世尊如知相地師若欲立國邑善能分別地相吉凶即語王言此地善可立國若立國已王得大利益王隨語已即立國邑如相師占便即賞之佛亦如是能分別禪處即向禪人說此處善可入諸禪諸禪人即隨佛教次第得阿羅漢果讚歎如來亦如王供養相師諸禪人如師子王依住此林隱蔽其身伺禽獸若近其處而起捉取得便食之比丘亦爾住在阿蘭若伺候須陀洹斯陀含阿那含阿羅漢次第得者即便取之往昔偈言

譬如師子王　隱住山林中　伺諸禽獸近
即便捉取食　佛子亦如是　隱住阿蘭若
伺取無上道　獲得沙門果

樹下者於樹下若坐若行靜室者除樹下阿蘭若處餘一切住皆名靜室時節乃四大和適時所宜阿那波那念是故律本中說加趺而坐此是現阿那波那念易可解耳結加趺者易解正身者十八脊骨骨相累筋脉皮寬舒若急坐者須臾疲勞從禪定退安念前者念禪定法安置其前出入息者比丘結加趺坐念禪定已念出入息云何念喘息長念喘息短因長短故而心得定無有動搖因不動

揺念即起成以念及智慧然後知喘息長短譬如兒在胎中初從胎出先出息長短可知云何可知譬如水隨器長短而流亦如象蛇其身長故息亦隨長蝦蟇身短息亦隨短坐禪比丘亦復如是以此譬喻知息長短以正念故心已生樂因樂故極細長出息入息心轉樂已因出息入息心轉樂已出入息轉細長因轉樂已生怡悦因怡悦故知息轉成微細因此怡悦復增怡悦怡悦故倍息增微細難得分别已生捨心以此九法汝自當知我出息知一切身入息亦知一切身者知一切身出息入息身長短初中後一切知現前知知與心合知息初後又禪比丘見出息如散塵此現前見初出見中後不得見欲見中後心不能及又出息止見中不見初後又見後

出息不見初中又有比丘悉見初中後何以故心無疲倦故若得如是即爲善出入息於禪學者不休息不住恒觀出入息若如是者護身口意業名爲學戒定慧若三昧心名爲學定若能分别戒定者名爲慧此是三學於觀處中以念正心以學繫心中已作恒使不絶從此以後於彼若殷勤當學滅出息入息者麤出息入息而滅滅者住也云何爲麤比丘初入禪定身心疲極是故出息入息麤鼻孔盈滿復從口出入息從麤身心不疲極漸漸細微於出入息中比丘而生狐疑我出入息爲有爲無譬如有人登上高山身心疲勞氣息麤大又從山下至平地下有池水及大樹入池洗浴竟還於樹下蘇息或眠或坐身心清涼漸漸氣息微細比丘初入定亦復如

是初未録身心出入息麤何以故爲無念故何以漸細念録身心故而說偈言

身心極疲勞　出入息亦麤

第一禪麤第二禪細第三禪轉細第四禪定第三禪爲麤第四禪名爲細此極處出入若不捉息出入息麤若捉出入息細者不捉者放息捉者於第四禪初而捉心至第四禪而滅出息入息此是舍摩陀法毗婆舍那法者不捉出息入息大麤若觀四大即細又觀優波陀那色細四大成麤復觀一切色細優波陀那色成麤又觀無色細一切色成麤又觀色無色細無色成麤又觀因縁細色無色成麤又觀因及名色細因縁成麤又觀觀相毗婆舍那細因及名色成麤觀小毗婆舍那細觀相毗婆舍那成麤觀大毗婆舍那細小毗婆舍那成麤此次第前次第前者細後後者麤麤麤細波薩提者（此言寂靜無有疲極）於三跋陀中說云何學滅出息入息云何出息云何入息答曰身有入息念學滅出息入息如是身心不傾不危不動不摇寂靜極微細如無是名學滅出息入息如是風住如未成阿那波那念亦未成就觀未成就智慧人不入此三昧不從此起若學滅出息入息如是成就風住不起即名善開智慧人入如是法亦從此起云何知之譬如打銅器聲初大後微大聲已自憶識後漸復善憶識微聲善憶心置中微聲已滅猶思憶不離心中出息入息亦復如是初麤後細憶識麤者漸以至細細者已滅猶憶識心中自此憶識故心定住如是得風息心定住闞練成就出息入息亦成就阿那波

那三昧亦成就如是智慧人入此禪定亦從此起是故律本中說滅出息入息已隨念更起故名隨觀知出息入息非隨念隨念非出息入息因此二法故有知起觀看此身如是次第得阿羅漢果如是初學禪人云何學之善心比丘應淨四戒淨者有三何謂爲三一者不犯二者犯已懺悔三者諸煩惱不壞如是淨戒已然後成念應作佛房跋多菩提樹地前跋多和尚阿闍梨浴室說戒堂八十二健陀迦跋多有四種摩訶跋多如是作已名爲善行行戒也若比丘樂學此戒應當滿持若比丘言我持戒具足無有缺漏而不作善行戒此比丘戒滿者無有是處若比丘作善行戒者此比丘戒具足美滿因美滿故得受取三昧何以故如修多羅中說佛告諸比丘若人不習學善行戒此人戒難得具足而說偈言

住處寂利養　衆業足爲五　遠親及諸病
讀誦長爲十

此十戀慕法若人能捨者然後入禪定禪定法者有二種一者一切親二者攝親問曰何謂爲一切親答曰於比丘僧爲初作大慈心及念死觀不淨也若比丘慈心云何初作慈心觀比丘初觀作界心觀先觀比丘僧次觀天人次觀大富長者次觀常人次觀一切衆生何以先觀比丘僧者爲同住故若慈心徧覆比丘僧中安樂而住何以觀天人爲護持故若慈心徧覆天人者天人柔心而行善法何以觀大富長者爲行善法故何以觀常人爲同法行故莫自相害何以觀一切衆生爲

無艱難故何以念死者自念言我應當死作如是念捨諸營覓增長悲歎無懈怠故觀不淨此聖觀也若觀不淨便得離欲一切諸惡欲爲根本是故應敬重不淨觀能立一切諸善是名一切觀三十八觀隨意能修修習不離是名攝觀此是阿那波那念入攝觀法師曰我今略說若欲知於阿毗曇婆沙廣說如是淨戒已離諸緣事而入阿那波那定因阿那波那定即入第四禪定入已觀苦空無常觀已往問阿羅漢若無阿羅漢至阿那含若無阿那含往至斯陀含若無斯陀含至須陀洹往至得禪人何以尋覓如此人其已得禪易指示故譬如象行脚跡易尋不迷正路得道得禪亦復如是何以故易指示故法師曰我欲說初行此比丘裝束輕身無餘長物威儀具足往至師所到已而作跋多以下承師意師漸以愛念應取五品問曰何謂爲五品一者取二者聞三者起四者著五者相問曰何謂爲取答曰取禪定法何謂爲問問其次第何謂爲起起禪定法何謂爲著著禪定法何謂爲相分別禪定相貌是名五品何故前取五品爲身莫勞亦莫惱師故是故先取五品爲易憶識易從習故若取五品已若於師處善者住若不善可移住無智慧者去師一由旬有智慧者過此亦得住應遠離十八住處善有五種應當取取已斷滅小小緣事中食已少時消息息已先念三寶令心歡喜隨如師教勿有忘失此阿那波那念善置心中法師曰我今略說已於阿毗曇廣說汝自當知憶識心中者云何憶識數隨觸安置觀還

淨歷觀數者一二爲初隨者隨息出入觸息所觸處安置者道也淨者果歷觀者法相若初學者先數安置心中數法者下數從一至五置更始不得三四上數一至十至更始不得八九

善見毗婆沙律卷第十

音釋

揵椎梵語也此云鐘亦云磬瞻有瓦木銅鐵鳴者皆曰揵椎揵巨寒切椎音槌　罥古泫切繫也　嚙五巧切齧也　蓏郎果切蔓生曰蓏　賃女禁切庸也　券去願切契也　贉徒紺切買物先入直也　貸他代切借也　榻　隥榻吐合切隥丁鄧切　妊汝鴆切孕也　槿居近切　胞班交切　洟

唾洟他計切唾湯卧切　跳踉跳田聊切踉呂張切

善見毗婆沙律卷第十一

蕭齊外國沙門僧伽跋陀羅譯

問曰若數至三四置者有何不善答曰出入息逼促因逼促故心難調伏譬如牛欄內牛極多在欄裏窄切會當破欄出若足十者身中寬容如大欄寬容牛故易可守養若至八九有何不善答曰勿使亂錯而生狐疑心或言我得禪味起迷惑心故如是之過汝自捨離若數息者安徐數也如人量穀先滿覆竟然後數爲一復更取量若有塵草選捨棄之覆竟唱二如是次第乃至十坐禪比丘數出息入息亦復如是若駛者如牧牛人數牛云何數牛黠了牧牛人手執杖門柱上坐驅牛出時打牛駛出以完而數一二三四五如是至十何以故作如是數有時四大不和氣息駛出入時隨出入而數一二三四五一二三四五數牛時當門闌而數不數內外因駛數故而心得定何以故譬如人乘船上湍一二三四五篙更互剌拄船然後定出息入息亦復如是何以心者如船出入息者如篙心流五欲而出息入息制其令定若息入心隨入如肪膏入身美滿若息出心隨出於觀中最大因其大故心亦難調除此二法於觀處住至而數之然後即成三昧是故律本中說莫數內外息數何時可止者若心不亂知息出入便止不數如是巳便作隨念何謂名爲隨念知出入息不假數而知隨念有三種何謂爲三答曰齋爲初心爲中鼻頭爲後是名爲三種若出息者齋爲初心爲中鼻頭爲後若入息鼻頭爲初心爲中齋爲後若心隨出息

心即不定因心不定身即動揺是故律本若心隨出息入息而内不定而外動揺因動揺故不成三昧若隨入息亦復如是是故莫隨息中後出入但安置鼻頭住正心而住待息出入若斷數心憶識自定譬如跛脚人守養小兒以籃貯懸繫屋間坐住攬至而盪一處手不移動比丘坐禪亦復如是又曰譬如守門人人出入不先遥問臨到門限然後問之亦不問所從來及所持雜物但知其出入而已比丘坐禪亦復如是不先逆取知出入息汝悉當知佛言若知三法心即定何謂爲三一者樂入二者方便三者得上是名爲三譬如大木善置地上有人欲解木先觀木際然後用鋸解之心恒注看鋸齒令其正直不觀往還出息入息亦復如是現思禪法辨立方便如大木在地善觀木際如心善思初禪法如鋸往還出入息亦爾心注看鋸齒如鼻頭比丘坐禪應知此譬亦現禪定亦立方便亦至上處問曰何謂爲禪定答曰身心精進調柔成就此是名爲禪定問曰何謂辨立方便答曰以勇猛精進消除煩惱及滅斷思是名辨立方便問曰何謂至上處答曰以勇猛精進消除結使是名至上處此三法非一心觀成非不知三法心亦不動現禪定法辨立方便往至上處得如是者然後案阿那波那念名爲成就若比丘入阿那波那念者此比丘光徹世間如月從雲得出光明照於世間此禪定中有人初作而現瑞相有人用數息而現瑞相其瑞云何此比丘或坐地或坐牀上無有數具其坐處柔輭猶如木綿華無異何

以故已數息故其身輕利如是次第麤出入息滅身心無極故猶處虛空出息轉細如有如無如人打磬初麤後細坐禪比丘數息亦復如是故律本中說先大後小法師曰此數息禪定與餘禪定有異餘禪定先細後麤若此比丘入禪禪相不現莫從坐起安心正坐更自思惟云何思惟以知禪相不現而言此出息入息何處有何處無誰有誰無而言人在母腹中無出入息於水中無出入息長壽天無出入息死屍無出入息入第四禪定無出入息無色界無出入息滅盡三昧無出入息作是念已自訶責身汝智慧人非在母腹中亦非在水亦非在色無色天亦非在滅盡三昧亦非在長壽天亦非在死屍亦非入第四禪定有出息入息極細微而不能自知但更正心若長鼻者安心鼻弗咤若鼻短者安心置脣上是故勤守此處如修多羅中說佛告諸比丘若人好忘不安心在前不得入阿那波那禪定非但阿那波那禪定餘一切禪定亦如是若思念之禪定即現此阿那波那禪定極重諸佛辟支佛大阿羅漢悉用阿那波那念爲地然後得道隨念極靜是故於此定中憶念爲上及慧譬如絹練用針線極細針者如憶念線如智慧連勿使斷因二法故不失出息入息譬如耕田人牛已疲極其人亦復疲極解牛而放放已牛即入林中其人蘇息已起追逐牛而不逐牛跡入林直先往牛飲水處止或坐或卧待牛飲水竟取繩穿鼻以杖驅去更還耕田比丘禪定亦復如是若出入息悉疲極暫時放之令蘇息不逐出

入但先住鼻端聽息出入而數憶念如繩智慧如杖加之令出息入息若得如是不久而現禪相身體怡悅如木綿觸身柔弱有人見如吉貝華有人見如猛風起有人見如星宿有人見如連珠有人見如散白珠有人見如吉貝華核有人見如繩有人所觸悉强有人見如火焰有人見如獮猴有人見如雲起有人見如蓮華有人見如車輪有人見如月圓何以故如修多羅說語諸比丘集衆誦經而各各有所見異瑞有人見如山如江如樹 如是爲初問曰如是山江樹者從何生也答曰從心想有而生人憶相各異是故想亦爾有人觀息出有人觀息入有人觀禪相若不觀如是亦不起阿那波那亦不成初禪法若有此三法者成就禪定若坐禪比丘見如是相應往白師我見如是相師答言是見相不言是禪相不言非禪相作是答已更語長老汝更進心法師曰師何不向語是禪相是非禪相也答曰若向其分別說者是禪相即懈怠非禪相而心生退是故不說但慇懃教之禪相自現而說往昔偈言

置心於觀後　現相非一種　若有智慧人
正心而數之　於出息入息　精勤不錯亂

如是從禪相現已諸蓋寂然而住諸煩惱寂然自止因此二法正心安置即成三昧或得初地或得除煩惱地或因現禪支或得初地者此現得初三昧地問曰著三昧與初三昧有異爲同答曰有異初三昧心善行已入婆傍伽心著三昧心境界一日恒入善行不隨婆傍伽此二法是名有異若禪相現已或觀

色或觀相貌将養令長如轉輪王在胎父母愛重護之令冷熱調適及諸飲食若善守護得成其果比丘護禪相亦復如是不護即失云何護之一者善住處二者善行處三者親近善人四者飲食調適五者和調四時六者善經行立坐卧七者離諸憒閙及餘食爲初是名爲七以此七法以用護之若護如是禪相堅固而住次第增長現之已慎諸根極清淨調伏柔弱若欲捉心即得若欲放之即去若欲起之即起若欲調之即調若欲歡喜即歡喜若欲捨之即成捨離非禪人親近禪人至心於禪知禪相此是十法善安置心中莫作懈怠精勤修習當作是念令著三昧捨婆傍伽心而起諦心住刹那而滅復起四五闍婆那此五心初心作心第二學心第三隨心第四中間心第五著心若合五爲四初作學心第二隨心第三中間心第四著心此第四亦名爲四亦名爲五無六無七初者欲界心著心色界心以此心故滅五支起五支具足十相及三善得第一禪已即於觀中思念滅已得第二禪如是相滅得第三四如是教心乃至上法師曰此略說也若廣說於淨道經汝自當知如是比丘得第四禪定善記識之令其增長若欲進至真處此第四禪五事善一者安置心二者入三者勑四者起五者及觀以此五事而至真處此比丘已作流利或觀色爲初或觀無色爲初色無色觀已更增毗婆舍那云何增此比丘從第四禪定起已而取禪支取已此禪支依止心中心依倚四大觀四大身從此禪支言非色處爲初是色

色非等法而見識從此四大爲初色共諸色等法識非色也若從三昧起出息入息身心即是其因見如是已譬如鍛師有橐囊筒因人鼓動風得出入出息入息亦復如是因身心故息得出入此比丘見出息入息見身見色心等與諸法此非色如是名色已復觀其因緣見已於三世中連續名色不斷因續名色而生狐疑斷狐疑已而觀三相觀三相已復觀起滅因觀起滅故先見光明離十毗婆舍那煩惱離已而起道智慧起已捨起法見生滅法已念念相滅若二法起已於三界中而生猒患如是次第得四道已至阿羅漢果有十九覆智觀知至極已於三界中梵魔沙門婆羅門中成無上福田此是阿那波那念數第一四廣說竟餘二四中與餘禪法不異是故我今當分別說之覺者現離喜也我今出息入息而現喜以二事覺喜何謂爲二一者用觀二者用不迷云何用觀而覺喜入二禪有喜正入時欲得智慧以觀自然覺喜是故用觀覺喜云何不迷而覺喜二禪有喜入已從禪定起智與喜等而觀消滅於毗婆舍那貫度其相而不迷以不迷故而成覺喜於波致三毗陀經說以喘息入息而成一心心不散亂而知生識因識已知便即覺喜以長出息用短入息覺一切身滅身出息入息成一心已知識以此二法而成覺起以安心故而用覺喜以知故以觀故返覆觀以整心至心而取精進而用起識正心安置以慧知之應知以知應捨而捨應觀而觀應現而現即成覺喜如是覺喜已餘句次義亦如是此三

禪定便有異有覺樂若以四禪定而覺心增訶羅問曰何謂爲心增訶羅答曰受二蔭爲初是名心增訶羅覺樂此是毗婆舍那地樂者有二樂一者身樂二者心樂於三毗陀中說滅心增訶羅者麤麤心增訶羅而滅亦言定止若廣說者於身增訶羅汝自當知於喜文句中受亦入若取樂者受即覆現二心增訶羅句中想受支多私迦此諸法與心不離若取心增訶羅想與受等共入如是觀受已此是說四事汝自當知於三四中四禪定覺心云何覺心覺心歡喜善歡喜心極歡喜我今覺出息入息故有二種歡喜何謂爲二種歡喜一者以三昧二者以毗婆舍那云何以三昧而覺喜入二禪定有喜正入一刹那心與喜等心中怡悅喜極喜云何毗婆舍那入二禪定有喜從禪定起已以消滅法而觸禪喜如是於毗婆舍那刹那作禪喜爲觀而心喜如是隨心即怡悅我今覺出息入息善安置心者以第一禪定於觀處中善安置心入禪定已從定起以滅滅法而觀禪心於毗婆舍那中現觀度想一刹那心定如是起刹那心定爲一心定故於觀處心即善住我覺如是解脫心者從煩惱處即得解脫從第二禪定離思念從第三禪定離喜從第四禪定離苦樂如是從次第得脫從定起已見滅滅法於毗婆舍那時見無常而捨常法復見苦復捨樂想復見無我復捨樂想心不樂著因不樂著故而觀離欲從欲而觀滅想從起想而觀棄捨從取心即解脫是故律本說出息入息心即解脫如是觀心此是說四汝自當知

於第四四中觀無常者無常想應當知觀無常應當知恒觀無常問曰何謂無常五陰無常云何五陰無常答曰爲生滅法云何生滅變相法以變相故而生無相法刹那刹那汝自當知是名觀無常其色爲初觀無常者此恒觀無常也因觀故如是四大出息入息而滅法是名觀無常觀離欲者有二離欲云何二離欲一者消離欲二者無餘離欲問曰何謂消離欲一切法相刹那而滅云何無餘離欲觀離欲是涅槃支因二法故而至道處因至已見寂滅法見已觀捨以毗婆舍那捨除煩惱轉即入涅槃如是阿那念而至極處阿那波那品竟

是時世尊者此略說也爾時世尊以阿那波那念教諸比丘因諸比丘觀不淨而自共相殺因此故集諸衆僧集已世尊訶責衆僧汝等比丘何以自共相殺債鹿杖沙門復殺諸比丘如來訶責已而爲諸比丘結第三波羅夷若比丘故斷人命如是爲初爲聲聞弟子凡聖雜故不得駡諸比丘言癡人空人者如是斷根已次至隨結讚死教死爲初法師曰我今說其根本如是佛制戒已欲縛者欲來縛心讚歎死者言汝在世間多諸苦惱汝作諸功德死得生天已作善者如是爲初汝已作善業無所狐疑死必生天不作惡業者汝不殺生妄語一切惡業汝皆悉不作汝病極苦用活何爲何以故汝已作善業故若汝從此死已得生天上受五欲樂惡業者令駃死病人聞比丘語因語故而自取死是名斷也知者此是衆生我欲令其死決定無疑也衆

生受人身者從胎爲初至老是人身初心者初受生志此語現五欲界是故說初心心與三無色陰共成迦羅羅色者此初立人身名爲迦羅羅於迦羅羅色若男女身相合成二十色若黃門身相二十問曰何男女迦羅羅色初成迦羅羅時如眞羺羊毛煕取澄清油酥而說偈言

如油酥微滴　澄清無垢濁　迦羅羅初生

色澤亦如是

如是極微細以此爲初過去世人壽二千歲迦羅羅次第長大乃至老死此名爲人身斷命者從迦羅羅時或熱手博之或以手摩之或以藥服之如是種種方便斷使勿生是名斷命二生者一者色生二者無色生於諸色中無不可斷色生可斷斷色已無色亦死何以故爲無色依止色故問曰斷色者爲過去色現在色當來色也而說偈言

過去世生非今生　當來世生非今生

現在世生是生生　離過未來取現在

斷現在生成斷生

問曰何謂爲現在答曰一刹那相續不滅是名現在生問曰云何爲刹那答曰起生老滅法師曰若如是者則不成殺何以故爲自生自滅不假斷之云何知之答曰現在相續過去未滅譬如人從外値熱而來入室安坐已熱氣巳滅冷氣而來相續不斷心亦如是過去生相續現在不絕若斷之即成殺生此是當來生因法師曰應知衆生應知斷衆生命應知方便問曰何謂應知衆生答曰世人喚假名爲衆生論其實者生氣也云何應知斷

衆生命答曰斷生氣勿令生也云何應知方便答曰有六方便一者自二者教三者擲四者安五者呪六者神力問曰云何爲自答曰自殺云何教殺教餘人殺如是汝殺擲者弓箭爲初隨種種方便令斷命安著安箛篌塪及毒藥等安置一處觸之即死呪者有二種一者阿塔婆尼耶二者數問曰何謂爲阿塔婆尼耶答曰或敵國或賊呪之令頭腹痛種種疾病令其死數者依文句呪或十或二十如是至百爲數是名數也神力者以神通如龍王迦留羅夜叉天人人王龍王殺衆生以眼視或齧或吐毒即死迦留羅者能啄殺三十尋園龍夜叉天人人王者隨其種種方便令衆生得死與器仗者種種器仗乃至刀子如此之物與令其自斷命而唱言汝用此生何爲不如死而取鐵鎚石木繩毒藥種種死具而近其身讚言汝在世已作諸功德死必生天於難陀園中與天人玉女娛樂何以生世受此病苦或教使投巖巖者山破爲二段深谷中或教入地獄法師曰若教人如是自殺者自得波羅夷罪此殺人身若餘衆生得波夜提罪何以世尊廣制此戒爲未來世惡比丘故餘後句次第易解若毒藥或刺斫種種死具不即死後因此死者是比丘得波羅夷罪我今現羺羊四云何爲羺羊四有一比丘見羺羊眠一處而作憶識我夜當殺此羺羊移眠餘處於羺羊處或父或母或阿羅漢來補以衣覆體而眠此比丘往至夜闇不別是人言是羺羊取刀而斫殺或得父死或得母死或得阿羅漢死得波羅夷逆罪何以故

初作殺羊心臨下刀時生心言不期是羊不期是人我正斷此命是故得波羅夷逆罪有一比丘來補羊處而眠殺者言此是即殺得波羅夷罪不得逆罪夜叉鬼神來補羊處殺者而言此是即殺得偷蘭遮罪不得五逆罪若羊得波夜提罪若心期殺父母阿羅漢次第而得波羅夷逆罪知父在軍中望軍而射著父死得波羅夷逆罪若非父波羅夷罪教殺長人得短人教殺絳衣人而殺白衣人教者得脱重罪殺者得波羅夷若教言隨得而殺隨死俱得罪教人今日殺受教者明日殺若教明日殺而即今日殺教中前殺中後殺殺者得波羅夷罪教者脱重罪若教隨時殺若殺俱得重罪教言若有人來至此處汝當殺所期人未來教者往補受教者不別而殺者得波羅夷罪死者初教時得突吉羅罪若比丘教比丘受教者心生念我當先殺伴下刀還得所期人殺者教者俱得重罪若展轉教殺犯不犯亦如前時非時亦如前若比丘教比丘殺比丘教時未得道臨殺時此比丘已得羅漢教者殺者俱得波羅夷逆罪不靜謂靜者不靜眼不見謂言是靜若供養時於怨家比丘中與諸比丘共來於前而坐爲闇所蔽而不知來而作是言此某甲名字賊何不殺之毒蛇何不齧之人何不毒藥之我意極樂此人死如是之語是名不靜而言靜靜而言不靜者此比丘來至供養處而坐向者呪比丘知此比丘來比丘去已不覺謂言在如前所呪是名靜而言不靜如前後所呪令死悉突吉羅罪法師曰今當演說讚歎死以

身作讚歎者隨其知或與刀杖或與毒藥或與繩或令投身山巖如此之死死已必當得物或復得人身財富無量或得生天此是以身教之或搖手或搖足或攝眼唱言者開口出聲隨意所讚教其令死此人知其讚歎時得突吉羅罪隨其讚取死若痛而不死得偷蘭遮罪若死波羅夷罪若此人不解其讚餘人解而言我死必得生天即取死讚者無罪若爲二人讚者隨死得波羅夷罪若心無所約屬漫讚歎死若有死者得波羅夷罪若遣使讚歎使某甲死初語得突吉羅罪徃至說竟受苦痛偷蘭遮若死得波羅夷罪使者聞讚歎死得生天而不向彼人說還自向親友眷屬說若有死者使者得波羅夷教者得突吉羅罪若使者聞語生天而自取死教者得突吉羅罪若作書遣使賫書使者不知書語若死遣者得波羅夷使者無罪若作書不指的隨得人與令死若得其父父死者波羅夷逆罪若有殺心自假造經書種種讚死有人讀此經書見經讚死生天隨經語種種死者得波羅夷罪若父母死得波羅夷逆罪若後生悔心燒經得初作經突吉羅罪若衆多比丘共作讚死經若有讀經有死者衆多比丘悉得波羅夷若隨得其父母死得波羅夷逆罪若造作讚死經有人偷取讀因此有死者造作比丘得波羅夷罪若遺墜或遺落去失有人拾得依經取死造經比丘得波羅夷罪法師曰今當說斷命初事若比丘有殺心掘地作坑令某甲墮中死初掘出地得突吉羅罪若墮坑受苦得偷蘭遮罪若死者得波羅

夷罪若餘人墮死者比丘無罪若為一切作坑人墮死得波羅夷若父母墮死得波羅夷逆罪若坑深有人擔食粮落坑中不即死後噉食盡必定死無有出期初落坑作坑者已得波羅夷罪若作坑本擬殺人人不來而自悞落坑死初作坑時得突吉羅罪復有人落坑手脚折不即死又得出坑已後因此而死作坑者得波羅夷罪若因餘因緣死不犯法師曰教人作坑犯不犯如前所說若作坑取鬼神初作坑時及鬼神落中受苦得突吉羅罪若死者偷蘭遮人與畜生落死不犯若後有悔心自塡塞坑又餘緣敗壞不犯若作種種殺具使人死犯不犯如前說不故作者或餘事作坑有落者不犯或說若空無常不淨觀人聞此而自取死不犯廣說律本竟今說殺戒因緣或從身心起得罪或口心作得罪或用身心口得罪此是性罪身業口業害心苦受慈悲者有一比丘病極困諸比丘見此比丘病重以慈悲心而唱言長老長老持戒具足因畏死故而受今苦長老若死可必定生天病比丘聞語已而念言諸比丘皆讚我持戒具足死必生天而不食取死讚者得波羅夷罪是故有智慧比丘往看病比丘愼勿讚死正可說言長老持戒具足莫戀著住處及諸衣物知識朋友但存念三寶及念身不淨三界中愼莫懈怠隨壽命長短若此病比丘因語而死如是因說法死無罪諸比丘欲坐先手按座而坐法師曰何座先按而坐何座不按而坐答曰若單施席者不須按若有氍毹氈被者先按然後得坐若比丘先到後

檀越敷氍毹氈被不須按而坐若檀越言法師此中可坐乃坐不須按若前已有比丘後來比丘亦不須更按可即坐舂杵句者於舂杵句中不故作者無殺心舂臼句義可解不須說老出家句者有三句初句子向父言莫令衆僧待爲令速到故推父倒地即死是故無罪第二句者何以樂父死爲於衆僧前衆僧問誰兒此是摩訶羅兒此摩訶羅兒聞此語已生羞恥心而故搪父令死是故得重罪第三句者正得偷蘭遮罪從此復有三句易可解不須解於分衛食有三句此乞食比丘以法爲重所以得食先與同學無有殺心是故無罪從上座至下座一切皆死餘句易可解耳第二句若乞食從外道家得食極精食者莫受若已受者勿與他人及自食不藏棄之亦勿故與畜生試者得偷蘭遮罪何以故爲欲試故若知決定應死者得重罪從此傳三句此易可解耳婬欲亂心句中者此比丘日夜思欲制其心而不能制欲還復自念言我持戒具足何以捨戒還俗我寧可取死是故上耆闍崛山頂投巖取死而巖下有斫伐人比丘墮時磓殺伐人無殺心無罪佛告諸比丘莫自殺身殺身者乃至不食亦得突吉羅罪若比丘病極苦見衆僧及看病比丘料理辛苦而自念言此等正爲我故辛苦乃爾自觀壽命不得久活而不食不服藥善又有比丘我病極苦我壽命亦盡我道跡如在手掌若見如此不食死無罪若比丘入禪見欲得道而不入聚落乞食遂不得食亦善石句中者比丘不得拼石不但石乃至草木土若

起塔壘石擲打破亦得乃至料理房舍亦得若中食後擲飯虛空與衆鳥亦得若有惡獸來逼用石土擲驚勿取著亦得於承句者次第義可解作姧壞胎者此女夫壻遠行去婦與人私通而生胎胎長大就比丘乞藥令胎墮落並婦句者易可解按句中女人向比丘言云何得墮胎比丘答言汝可按殺兒自墮比丘教按女人以熱氣熨之比丘無罪若比丘教自按殺女人喚餘人爲按殺比丘無罪若但教按即死隨其自按若餘人按死者比丘得重罪無兒女句者一切女人無不受胎者何以喚爲無兒若欲受胎時一切女人受胎若有罪業衆生入胎一彈指之頃即滅是故無兒或女人四大不和風吹而滅或兒處有蟲亦生蟲噉而滅是故名爲無兒此比丘不解作藥令兒得住與藥而死比丘得突吉羅罪是故當來比丘勿作醫師若作醫師者得突吉羅罪若爲出家比丘比丘尼式叉摩尼沙彌沙彌尼合藥者無罪若諸同學自有藥者爲合若無藥自有亦與若自無者亦可爲往自恣請檀越家求藥不得復往餘家復有五種得與藥何謂爲五一者父二者母三者人侍養父母四者自淨人五者畔頭波羅沙問曰何謂畔頭波羅沙善男子欲求出家未得衣鉢欲依寺中住者若父母財富自有良藥醫師不須復作若父母猶居王位有病不得不爲合藥若父母貧賤病時將入寺看洗浴母者愼勿觸體飲食得手與食父者如沙彌無異洗手足油塗身悉得用手與供養令得差愈淨人者雇其得入林斫伐樵薪若

得病未至家比丘與藥若已至家比丘不得與藥若有善男子依止比丘隨驅使若病比丘得與藥復有十種得與藥一者兄二者弟三者姊四者妹五者叔姨六者伯姨七者叔父八者伯父九者叔舅十者伯舅此等自有藥者爲合若無可借用若後還者善若不還勿責如是展轉乃至七世得從其乞藥合藥不犯污他家若弟婦若姊壻有病者可得以藥與姊與弟令自與壻婦若無弟無姊云何得與藥可與外甥與弟子汝自與汝父母若和尚父母在寺有病疾弟子亦得爲和尚父母合藥治病若和尚無父母自有藥善若無弟子父母有藥善若無弟子父母有藥自與得和尚看弟子亦如是若餘人有病或賊或軍人被創來投入寺比丘若有眷屬就眷屬乞藥得與若無眷屬有善優婆塞就乞亦得與若有檀越供養衆僧不異父母若檀越疾病衆僧不得爲合藥亦不得與藥又檀越但問大德某甲病云何救治云何合藥答言此藥得瘥若作是言善若檀越又問比丘大德我母病願大德爲處方比丘不得處方作方便問傍大德某甲比丘病以何藥救治答言長老用此藥此藥得瘥檀越聞二比丘語已還爲父母合湯藥若比丘作如是語無罪爾時大德摩訶波頭摩婆沙婆王夫人得病夫人遣宮中一女往問大德波頭摩默然不答乃與傍比丘共語此女人聞二比丘語已還爲夫人合藥即得瘥夫人病得愈已作三衣及三百迦利沙槃又湯藥一正瞿多者是貯衣物遣餉而置大德前問訊言夫人今以此

藥乃與大德香花之費波頭摩自念言此香是醫師得分用淨取而作供養法師曰如是智慧人能利益衆生於己亦無罪如是作善若白衣言大德請爲其甲作呪比丘不得作若言大德爲誦呪得爲誦也當作是念此白衣不知佛法若我不爲作呪者當生惡念是以爲誦呪取水灑繩而與若自作繩水與者得突吉羅罪若國王及聚落大檀越有病者遣人至寺請比丘爲說呪比丘爲說阿吒那吒或往到病所爲說法爲與戒故得往若檀越作是言今某國王某檀越喪今葬請比丘送喪不得去若比丘自念言我往看彼葬觀無常因此故我或得道果如此去無罪分衞食者若可與若不可與父母可與不可與餘人如一迦利沙槃得與人供養父母得與淨人得與槃頭婆羅沙如此人等須與若有賊若劫人來乞者得與問曰何人可與相勞問何人不可與勞問若有人來至寺不問貴賤劫賊一切悉得勞問若有喚求所須自物者得與若衆僧物先白衆僧和合者得與若有强力惡人來乞者守物人爲護住處故得隨意與與竟後衆僧不得訶問守物者言是汝自領而輒與惡人何以故爲護住處故法師曰我今說取其證爾時於師子洲國名阿㝹羅陀於中有賊名阿婆耶有五百賊侍從圍繞一處中頓住立作壘柵去壘四面各一由旬而往劫奪於隔歷句者易可解耳得罪者於屈陀迦汝自當知或舉或抑者十七群比丘有十七人見六群比丘有一人十七群比丘一人取其鉢盂六人舉之令倒地鹿轉如

無異各坐其上於是老六群比丘而死結罪已於律中說治鬼句者殺夜叉鬼此夜叉能捉人比丘作誦呪令其置而不肯置比丘語言若汝不置我能殺汝夜叉猶不置於是比丘或以米粉或以土泥揑作夜叉鬼形而誦呪斷其手足手足即斷斷其頸頸亦即斷而死是故得偷蘭遮罪不但殺夜叉殺天帝釋亦得偷蘭遮罪惡夜叉句者有一寺惡夜叉住中此比丘不知房中有惡夜叉而教一比丘來入房中令其安樂住止是故無罪若有殺心令入死者犯重罪不死犯偷蘭遮罪不但惡夜叉或有毒蛇虎狼等悉入惡夜叉犯不犯如前說險難句者於險難處多有賊殺者不知無罪知者死犯重罪不死犯偷蘭遮罪殺即是者如是初句有一比丘與一比丘怨家此比丘欲殺怨家比丘自念言我若白日殺者人即覺知伺夜當殺之而先觀住處知已而還至夜往怨家比丘所而多有伴此比丘闇中摸捺疑是怨家即殺已是怨家犯重罪有一比丘疑此而殺彼者此怨家比丘住處多伴共眠於闇中摸捺言是怨家而誤殺彼有一比丘言彼是而殺此者言是彼殺即得彼者如此殺者悉得重罪非人句者初言令此鬼出而與病比丘杖打之遂死是故無罪問曰若欲令鬼出者云何得出答曰以多羅樹葉或以線縛病者手足而與杖誦羅多那說呪竟而言汝莫觸嬈持戒人汝可去爲說法者法師曰此句易可解耳法師曰斫木句者小小有異義若此木倒時笮比丘而不死此比丘手中有刀斧鋘鈇比丘寧守死

不得以此刀斧等斫木掘土以脫其命何以故若掘土斫木得波夜提罪因得波夜提罪故名為過聖人教是故智慧人寧守戒而死不犯戒而生若有餘人為掘土斫木救出者善若有方便得云何方便有死木者餘比丘以抄舉之善若比丘墮坑窟餘比丘得以繩下鉤上慎莫自斫木得語諸白衣沙彌為斫放火句者有異義若人放燒火來近寺為護住處故比丘得剗草掘土以斷火不犯放燒句者復有義若自念言我今燒一切衆生中隨有衆生死隨得罪五逆波羅夷偷蘭遮波夜提罪若言我今正燒草得波夜提教人燒得突吉羅唯除護住處得燒何以故佛所聽故酪汁句者生酪汁冷酪汁熱酪汁汝自當知何謂為酥毗羅猘答曰先取阿摩羅訶羅勒鞞醯勒穀者七穀取秔米為初作餘甘蕉子一切木果一切筍魚肉蜜沙糖石鹽三蘇如此之物悉合和為一或內堈或內小器皿頭蓋泥置三四年中待其熟熟時色如蜜色以此治病風癩如是病為初若服此藥飲食時皆須肥味一切諸藥無過此藥最為第一若比丘服此藥時過中亦得服若無病者以水和得服第三波羅夷品竟

世尊知四諦　善說第四重　今分別解說
名為波羅夷

爾時佛住毗舍離國者此義已在前不復重演其未說者今我當說為白衣驅使者或為白衣耕田及作園林一切所作我等當作此是亦不應作為教授白衣於律中已說使者為白衣作使行聖利法者於人中名為無上

法也亦言過人法亦言梵法亦言入涅槃法此法佛辟支佛羅漢法此比丘得第一禪如是爲初諸比丘自共籌量巳然後向諸白衣説有比丘名佛陀勒棄多得第一禪定曇無勒棄多得第二禪定僧伽勒棄多得第三禪定如是向白衣説次第乃至第四禪定問羅漢漏盡三達智白衣或問或不問諸比丘如是更相讚歎諸白衣供養顔色光澤和悦氣力充足何以故此諸比丘得供養巳飲食美味恣意遊戲亦不坐禪是故顔色光澤和悦婆裘河邊者此諸比丘於婆裘河邊安居故名婆裘河比丘佛問比丘汝等住止和合安樂者語諸比丘汝等四體九孔悉安樂不不以爲勞也世尊慰喻巳而訶責婆裘河諸比丘汝等作如此行便是大賊佛故欲因斷當來諸比丘勿作此行是故律本説佛告諸比丘今世有五種大賊何謂爲五一者聚集衆多或一百二百如是乃至五百人主劫城聚落穿窬牆壁是世間大賊如是爲初比丘亦復如是犯突吉羅罪波夜提如是展轉乃至犯波羅夷罪受他供養尊重讚歎叉手禮拜如是爲初今世有此惡比丘捨師及同學而營覓利養得利養巳恣意飲食身體肥壯氣力充足共相調戲或説飲食美味或説婬欲或説國土富樂聚落或説園林甘美膳種種思憶言説談道麤惡放縱心意不能自制遂成破戒受諸信心檀越布施衣服飲食湯藥卧具房舍牀席實非釋種子而稱釋種子非梵行自稱是梵行受此諸施是名第一大賊

善見毗婆沙律卷第十一

音釋

數爽主切計也駛爽士切疾也黠胡八切慧也湍他官切疾瀨也
齋徂奚切與臍同跛布火切足偏癈也貯展呂切藏也攬盧敢切撮
持也盪徒朗切搖盪也弗咤梵語也此云兩邊咤陟嫁切婆傍伽
梵語也此言心羸弱心眠闍婆那梵語也此云分別心闍時遮切橐蒲拜
切吹火革囊也喘昌兗切疾息也羺奴侯切胡羊也埳苦感切小阱也陘
硯男切舩沒也氍毹氍其俱切毹山芻切氍毹毛席也搪徒郎切搪揬也
柵楚革切編木寨也鋘鈇鋘戶瓜切臿刃也鈇匪父切鈇鉞也剗初限
切削也

善見毗婆沙律卷第十二

蕭齊外國沙門僧伽跋陀羅譯

有善比丘或知修多羅藏或解阿毗曇藏或解毗尼藏不悕飲食趣得支命持戒清淨或爲人說法威儀具足令人歡喜從邑至邑從國至國爲人敬重佛法興隆如是比丘光明佛法有惡比丘從善比丘聞受法已爲他講說言辭柔和音聲清徹人所樂聞衆共讃譽大德善說妙法從誰禀受答言我自知之不從他學如是自稱如來積四阿僧祇刼百千刼具足諸波羅蜜勤苦如是得此妙法而惡比丘因偷此法求覓利養是名第二大賊復有大賊精進比丘持戒具足或得須陀洹斯陀含阿那含乃至阿羅漢或凡夫比丘持戒清淨以波羅夷法謗之憎嫉他行自稱已是清淨人如是謗諸賢聖偷竊聖法是名第三大賊重物者如盜戒無異乃至五摩沙迦盜取是名重物佛告諸比丘有五種重物不應與人僧亦不得與衆亦不得與一人亦不得與若與者得偷蘭遮罪何謂爲五一者園二者園地三者鐵物四者木物五者土物以此諸重物不得妄與人佛告諸比丘五種不得分僧衆一人園爲初若分得偷蘭遮罪法師曰分不可分於褰陀迦當廣說今此略說以取者以此重物而取白衣意希望白衣不與人而偷取以餉致白衣傒取其意此是第四大賊也以此重物餉致白衣者名汙他家因汙他家得突吉羅罪應驅出衆復有比丘取僧物如已物無異行用與人得偷蘭遮罪若以偷心取者隨直多少結罪此是名爲第

五大賊賊無過此賊聖利法者此法極細微若金銀珍寶亦可偷取此法不可偷取是故律本說聖利法者而自說有於身中無聖利法自言聖利法已在我身問曰此無離本處云何名爲賊答曰不能得名爲賊何以故爲因空誑妄語而得大利養故以方便取之是故律本說佛告諸比丘盜取人飲食者此名大賊何以故以無實故假名有實言我是阿羅漢聖法在他而假偷在已譬如獵師欲殺群鹿若以人形往者鹿見必走以方便故以草木纒身身非草木而現示是草木形諸群鹿見者謂之草木而來就之即殺取比丘亦復如是非阿羅漢假示是阿羅漢現阿羅漢相信心檀越謂是眞實以餚饍飲食而供養之亦如獵師假形媒鹿如此比丘假形媒取諸檀越飲食是故律本中偈讚

外袈裟繞頸　內行不淨法　已行惡法故
死即墮地獄　鐵丸熱火炎　寧可吞取死
若有破戒者　不應吞信施

外袈裟繞頸者以袈裟縛置肩上此是外取聖表式內空無所有譬如畫器內盛臭物如此之虛假定無一可取惡比丘亦復如是第二偈者何以如來作如是說寧吞鐵火丸而不吞檀越供養施食何以故吞鐵火丸肝腸爛死不以此因緣墮於地獄是故作如是說訶責婆裘比丘已告諸比丘說戒時作如是言若比丘空誑妄語爲初佛結第四波羅夷堅已復次隨結除增上慢者如是佛已爲比丘說隨結已於隨結中不見謂爲已見者以慧眼不見阿羅漢想而謂已見如是未至謂

至未得謂得未得句者以道諦未得作真實者以慧眼覆見真實增上慢者作是言我已得聖利法於中生慢或言過慢或言增慢自念言我於阿羅漢法我已作之云何慢以舍摩他毗婆舍那力故煩惱暫住是名為慢若後見欲境煩惱便起惟此人不犯問曰何人起慢何人不起慢聲聞羅漢不起慢既得道果一切諸煩惱滅故以慧眼覆觀無有未得謂得狐疑云何狐疑我得須陀洹斯陀含阿那含為初如是於四道果慢不起復不起慢於破戒人云何不起於聖利法無有分故如禪人好眠為事此人不起起慢人者先持戒具足而入禪定得禪定已未分別名色始入毗婆舍那三想具足心絕勇猛或得舍摩他或二十年或三十年中不起因勇猛行毗婆舍那力故自念言我得須陀洹道斯陀含阿那含增上慢如是若能善持舍摩他非但二十三十年乃至八十年百年煩惱不起是以生增上慢言我得阿羅漢是故如來除增上慢不入空誑妄語聖利法答曰言禪定解脫三昧入空慧眼如是禪定為初一切諸法是名為聖利法惡比丘以此法為已有或以已身現為法有聖利滿足見者世間過世間用慧知諸法如肉眼見無異慧眼者三知也問曰慧與眼為一為異答曰一也慧即眼眼即慧問曰若爾者何不直言慧何須言眼亦不須言慧答曰不然所以如眼不異故名慧眼過人法向男女說者此是指示說處也非天梵魔亦非夜叉餓鬼畜生我如是知如是見者此說其因緣知如是見如是禪定為初如

是見如是我知若檢校若不檢校者此令人知已得罪也當時說已得波羅夷罪已得竟或有檢校或不檢校爲自向他說是故律本說或檢校或不檢校云何檢校問長老何時得禪定解脫三昧道耶如是方便問已或問長老得三想苦空無我或以三昧得之或非三昧或毗婆舍那得也或以色或以無色或以內色或以外色何時得也爲朝得爲中得爲暮得復問處何處得也爲樹下爲阿蘭若爲空閑得耶問已復問若煩惱已滅去幾餘有幾以何道滅之以須陀洹道爲斯陀含道於一一道中汝得何法若有比丘得過人法而一一答言若不得者聞已迷亂不能自答若人得者現法如在手掌無異日時處所皆一一答之或白日或夜若答已復問四道果中汝以何道殺幾煩惱答者一一悉著者復問汝得何法爲得須陀洹斯陀含若答悉著者若有小小異者即不信何以故若有智慧聰明比丘從師禀受一一句義不得謬亂復作餘問初入云何若答不著即聖利滿足汝不得也而驅出若答言入聖道著久於戒定慧中無懈怠精勤不退於四供養心無染著譬如虛空若如此比丘說而同合如大河水與鹽牟那水相合無異是故佛爲聲聞弟子說涅槃道於一一說中無有謬錯是故以種種問難怖之若不怖者是愛盡比丘如霹靂著身亦無恐怖若有恐怖則非阿羅漢若不恐怖一毛不竪如師子王此比丘若說聖利法善者王及諸大臣有供養者比丘皆悉堪受惡比丘者破戒也比丘有戒者善比丘也

令人知我者以惡心而假現聖利無有實想得波羅夷已樂自令淨者自念言我已得波羅夷罪我今云何得淨也如來所以結戒比丘犯波羅夷罪於天禪定解脫智慧住樂道者皆悉障礙不復得如律本中說半偈

沙門不持戒　死必入地獄

若於比丘中戒不具足還作白衣優婆塞沙彌戒持五戒清信士如此於涅槃道無有障礙是故於白衣相淨是故破戒比丘樂淨者還作沙彌及白衣清信士是故律本中說樂欲得淨我不知言知不見言見我空誑妄語空誑妄語者此無義語也依止前三波羅夷若人得此罪名爲波羅夷法師曰此句易解耳我樂靜者此是略說現聖利法以不廣說而增其罪又有異義以方便令人得知入禪定者入第一禪定第二第三第四禪定慈悲禪定不淨觀禪定阿那波那禪定聖人禪凡是禪悉入是故律本中說八禪定爲初若如是說得波羅夷言我已離煩惱離欲斷不復生得罪如前所說若言我入三昧得道發語知者已得波羅夷罪或言我得智慧或言得三達智或言得三十七菩提實法得初力得善作得八聖道法如是皆得波羅夷罪我離欲如是爲初此是須陀洹道以第三道離瞋恚欲以第四道離愚癡是故律本中說我已離欲若如是說得波羅夷罪或言六通中我一一已得亦得波羅夷罪若言我前世已得六通我今欲得如此不得重罪或言我得四辯犯重或言我入滅盡三昧不犯重何以故滅盡三昧非聖人定非凡人定若有人疑是

阿那含阿羅漢令人知我如是令人知人即知又言我已從迦葉佛時得須陀洹道不犯重罪何以故如來以未來以今世結戒不爲過去世又言過去世入三昧亦如是法師曰空誑妄語罪相已結定今至有三轉取第一禪爲初乃至離五蓋一此是第一轉第二轉取第二定爲初第三轉取第三定爲初我如是入如是定如是起如是作已如是通達無礙有如是說悉得重罪法師曰妄語有三種何謂爲三一者自念言我今欲妄語二者開口成妄語三者妄語已自念言我已妄語是名三種妄語復有妄語初念言我今妄語臨發言而實語不成妄語如此不得重罪復有妄語我欲禪發言而禪我欲入定如此不犯重復有妄語初發思妄語發口言妄語語已妄語如此三相具足是妄語是爲眞實妄語法師曰若如此不成妄語何以故心心起滅如一刹那前心非後心後心非前心是故一心不具足三相答曰不爾所以如來結戒心心相續如一無異是故犯重問曰三相何者爲正答曰初發爲正法師曰我今斷說何者得罪言我今正得者即得罪若言曾得欲得不犯重此三轉品竟欲說者我欲說第一禪定後發語我入第二禪定此是語悞第三第四禪定亦如是悞悉犯重罪何以故爲其地故如言我欲捨僧而悞捨法我欲捨法悞言捨佛戒亦即失今空誑妄語小小有異問曰何謂爲異答曰捨戒雖現身相戒亦不去要須發語而失若向人說我得道人未即解語良久方解不即知故不犯不犯重得偷蘭遮

罪又有比丘向人說此人亦不知禪相亦未曾得禪不解禪義隨世間語禪定而已若比丘說此人聞已言此比丘已得禪定已入禪定若知是知者即犯重罪欲說品竟次方便轉者隨律文句解說而向白衣說者言若人受檀越飲食衣服房舍湯藥者得阿羅漢以方便不自說名字故犯偷蘭遮罪若檀越不解語犯突吉羅罪法師曰如是種種方便欲令人解罪相輕重汝自當知我今說無罪者除增上慢者無罪不欲向人說悞說無罪實得向同意說不犯最初未制戒婆裘河比丘不犯顛狂心亂不犯此因緣本起從身心口此是性罪受者樂受法師曰此是律本所說今次隨結法師曰次第至隨結若有難解者我今當解說增上慢句者前已說次第二人令人疑句我今於阿練若處住人當疑我得阿羅漢或疑我得斯陀含乃至須陀洹以此疑故當大得利養若初作如是心時得突吉羅罪從寺往阿練若處步步得突吉羅罪至阿練若處起作皆得突吉羅罪後有人疑無人疑得利養及不得利養皆突吉羅罪又有比丘受頭陀法我不宜在聚落宜在阿練若處此是清淨處若清淨我當得一一道果及阿練若處若入已不得阿羅漢果我終不出又自念言如來讚歎阿練若住處若我在阿練若處諸同學見我亦樂入阿練若處若如是住者便無罪第三句者我欲入聚落乞食著衣持鉢現聖利相乃至食竟悉突吉羅罪若得利養若不得利養悉突吉羅罪又自念言我欲入聚落乞食學聖人法爲今世後世

諸同學見我持鉢乞食讚歎言善此是眞如來法若我等不行此法實有慙愧若生如是心乞食無罪第四句者向檀越言若人住在檀越寺爲不說名字故不得波羅夷罪令人疑者此句易可解耳言煩惱若向白衣說煩惱盡隨語得波羅夷罪若空靜處說言我得阿羅漢得突吉羅罪若檀越所供養比丘此比丘是阿羅漢此句易可解耳不須廣說病句者非人所能堪忍惟我能忍此苦此文句者無罪若言非凡人所能堪忍惟我一人能忍此苦若作如是語者得偷蘭遮罪婆羅門句者此婆羅門信心於法是故言善來羅漢如是飲食供養一一皆喚爲羅漢爲信心故喚爲羅漢受如此供養供給一一悉不犯佛語比丘如此讚歎之言應生慙愧心而受受

已當勤行道以求羅漢次還俗句者如我等輩於俗法已斷此非貢高語是故無罪障礙句者於白衣法已障亦言已離於律本罪相已說從寺出者若人先從此寺出此比丘得阿羅漢法師曰此是略說耳今當廣說云何廣說若言從寺出或從房出或從戒壇出或言渡江如是衆多僧已有制若比丘前出者此比丘是羅漢若欲令人知前出犯波羅夷若有因緣師僧遣去及父母急難因緣出去不犯若因此事出欲現羅漢相亦不犯若乘車及以神力出不犯律本中說若步出犯若立制已即日出不犯若阿練若比丘立制若坐此樹下者得阿羅漢若在此經行處此比丘亦得阿羅漢我等應以香華供養若有惡比丘樂欲得此供養樹下坐者及往經行處

得波羅夷罪若有白衣作寺若比丘入我寺者是阿羅漢若有惡比丘入此寺者犯波羅夷罪若衆僧立制於夏三月中莫語莫眠莫出莫受檀越供養若如是非法制不從不犯長老勒佉嵬者身相具足如梵王身故名勒佉嵬問曰此勒佉嵬何時出家答曰與千梵志同善來出家得具足戒又問曰此勒佉嵬因聞何法而得阿羅漢答曰因聞光明經即得阿羅漢目連從出家七日便即得道發含笑者是小笑也因何而笑已在律本不須重說骨骨相連者此是餓鬼形也非肉眼所見惟聖眼能察問曰目連既見如此衆生何不生慈悲心而發含笑答曰所以目連自思惟言以佛慧眼自念已身如此細微衆生我今得見念已生歡喜心故發含笑復自念言如此餓鬼之苦我今得脫我得善利如修多羅中說佛告諸比丘因緣果報不可思議若思議者則成顛狂是故如此因緣不可思議如律本中說勒佉嵬問目連以何因緣而發含笑目連答言若欲問者於佛前而問骨骨相連者具骨形長一由旬無筋肉也衆烏飛逐者爲是眞烏爲化烏此是夜叉鬼鬼口純鐵爲觜發大叫聲者此是號哭大苦惱聲也此骨若有人來觸者如新破癰瘡苦痛如是咄哉者歎其苦也法師曰文句次易可解耳比丘訶責者諸比丘言目連空誑妄語是故訶責佛言目連是慧眼也是故律本中說目連已成天眼得見如是佛告諸比丘我已曾見如是衆生我於菩提樹下得一切智我見無量無邊不可思議世界衆生住處猶如手掌

中見阿摩勒果殺牛人者殺牛爲業殺已割肉賣餘骨相連懸置鈎上以此果報久在地獄良久得出餘業未盡今受此形肉段句者此人屠牛殺已割肉作脯懸置鈎上餘骨棄擲恒以此爲業因此果報死入地獄受果報已從地獄出受身形如脯段衆鳥逐如前句說無異第二句者此是捕鳥人得鳥先斬頭斬翅斬足剥皮懸置鈎上恒以此爲業死入地獄一一如前句說無異無皮句者此人恒殺羊如斬鳥句一一無異刀毛句者此是屠猪人恒用刀殺猪恒以此爲業死入地獄如前所說一一無異矟毛句者此人恒捕獵衆鹿以矟刺殺因此果報死入地獄如前句所說一一無異箭毛句者此人先作國王若人有衆罪以種種治之或刺或割鞭杖捶撻無

道如是爲初以此果報死入地獄如前所說一一無異錐毛句者此人生時作軍士恒以鐵錐刺馬因此果報死入地獄從地獄出今受此形錐恒自刺身針毛句者此人生時兩舌惡口死入地獄從地獄出受此形恒受針刺陰囊句者此人是村中官長不善判事以此果報死入地獄從地獄出受身陰大如瓶何以故若人有罪輒受人財貨覆藏其咎若無物者開露其罪故受此形法師曰若有智慧人作官長者慎勿曲理受罪果報如此姧婬句者此人生時好作姧婬人所愛惜細滑而輒與人私通死入地獄從地獄出受餓鬼形恒入屎坑要婆羅門句者此易可解耳無皮女句者女人皮細滑非已有是丈夫許而偷與餘人因此果報死入地獄先觸樂後觸

若今受如此果報醜臭句者律本已說膿爛句者此女人以火炭湼餘女人以此果報一一如前所說殺賊句者此易可解耳比丘句者此惡比丘受他信心供養不護身口意業以此果報一佛中間在地獄從地獄出受餓鬼形惡比丘尼式叉摩尼沙彌尼不護身口意業受罪亦如是河句者法師曰此河從何處來從毗婆羅山出去一由旬龍王宮殿在此河下縱廣一由旬其城郭如忉利天宮無異因龍王福德因緣故所以清冷香美蓮華大如車輪水從此流出經二地獄中間上過所以熱沸此是鑊湯地獄餘熱氣上蒸是故水沸鬭句者目連向諸比丘言長老檀越洴沙王與離車子共鬭長老檀越不如退走諸比丘心念惜檀越故語目連汝空誑妄語群

象句者葉毗尼江邊葉毗尼者江名也安闍三昧者問曰身心不動此是第四禪定何以群象渡江而聞吽聲答曰有二種吽聲一者小象欲泗渡江見水深而畏故吽二者大象得水而生歡喜故大吽聲未成就者此禪未成亦言垢濁不淨是故得聞象聲嚴好比丘憶過去五百劫者此是一生相續憶識不識化生也法師曰云何憶識五百劫生也此是從外道第四禪定出定壽終生無色界壽盡從無色界下生人間入佛法中得三達智是故憶五百劫於二中間不憶如修多羅中說佛告諸比丘我聲聞弟子憶過去事嚴好比丘第一諸大德已說四波羅夷竟法師曰波羅夷有幾答曰我今總說一切二十四波羅夷汝自當知問曰何謂爲二十四波羅夷答

曰比丘有四比丘尼不同波羅夷有四十一人不得何謂十一人不得答曰一者黄門二者畜生三者二根人此三者受生無緣故名波羅夷然此三人不障天道於四道果中有障礙是故名爲波羅夷此三人不聽出家四者賊住五者破内外道六者殺母七者殺父八者殺阿羅漢九者壞比丘尼十者出佛身血十一者破和合僧此十一人爲所作故不得道果故名爲波羅夷賊住破内外道壞比丘尼此三人不障天道於四道果障礙殺父殺母殺阿羅漢出佛身血破和合僧此五重罪此是五逆罪天道道果悉障法師曰波羅夷有八合十九復有比丘尼樂著白衣衣服計成合爲二十此比丘尼亦不破戒復有弱脊長根舍他人根坐他人根此是四都合成二十四最後四是隨結法師曰何以舍他人根名爲婬法此以欲意故名爲婬不得與比丘同住者不得與布薩説戒自恣羯磨一切僧事悉不得共我今問長老於一一波羅夷中誰清爭者第二第三亦問如是誰清淨者法師曰餘文句者易可解耳一切善見律毗婆沙四事竟

波羅夷品竟　次至十三事　今演十三義
汝等應當知

爾時世尊遊舍衛城爾時者爲聲聞弟子結戒時非世間時也遊者有四何謂爲四一者行二者住三者坐四者臥以此四法是名遊譬如世人言王出遊若到戲處或行住坐臥佛遊舍衛亦復如是舍衛者是道士名也昔有道士居住此地往古有王見此地好就道士乞爲立國以道士名號爲舍衛如王舍城

昔有轉輪王更相代謝止住此城以其名故號爲王舍城舍衛亦復如是舍衛又名多有何謂多有諸國珍寶及雜異物皆來歸聚此國故名多有

舍衛甚微妙　觀者無猒足　以十音樂聲
音中喚飲食　豐饒多珍寶　猶如帝釋宮

迦留陀者是比丘名也欲意熾盛者爲欲火所燒故顔色憔悴身體損瘦法師曰次第文句易可解耳不須廣說若有難處我今當說亂意睡眠者以不定意以此睡眠也若白日眠先念某時某時當起如修多羅中說佛告諸比丘若汝洗浴竟欲眠當作是念我髮未燥當起若如是眠善若夜亦應知時月至某處當起若無月星至某處當起當念佛爲初於十善法中一一法中隨心所念然後眠此癡比丘不作是念而眠色欲所纏是故弄出不淨除夢中者法師曰律本說惟除夢中弄與夢俱出不淨何以除夢答曰佛結戒制身業不制意業是以夢中無罪如律本中說佛告諸比丘汝當作如是說戒若比丘故弄出精僧伽婆尸沙出精者故出知精出以爲適樂無慙愧心精者律中七種毗婆沙廣解有十何謂爲十青黄赤白木皮色油色乳色酪色酥色精離本處本處以腰爲處又言不然舉體有精惟除髮爪及燥乃無精若精離本處至道不至道及出乃至飽一蠅得僧伽婆尸沙罪若有熱作行來運動及痛疾自出不犯夢有四種一者四大不和二者先見三者天人四者想夢問曰云何四大不和夢答曰四大不和夢者眠時夢見山崩或飛騰虛空

或見虎狼師子賊逐此是四大不和夢虛不實先見而夢者或晝日見或白或黑或男或女夜夢見是名先見此夢虛不實天人夢者有善知識天人有惡知識天人若善知識天人現善夢令人得善惡知識者令人得惡想現惡夢此夢眞實想夢者此人前身或有福德或有罪若福德者現善夢罪者現惡夢如菩薩母夢菩薩初欲入母胎時夢見白象從忉利天下入其右脇此是想夢也若夢禮佛誦經持戒布施種種功德此亦想夢法師曰此夢夢中能識不爲想也答曰亦不眠亦不覺若言眠見夢者於阿毗曇有違若言覺見夢見欲事與律有違問曰有何違答曰夢見欲事無人得脫罪又律中說惟除夢中無罪若如此者夢即虛也答曰不虛何以故如獼猴眠修多羅中說佛告大王世間人夢如獼猴眠是故有夢問曰夢善耶爲無記耶答曰亦有善有不善者亦有無記若夢禮佛聽法說法此是善功德若夢殺生偷盜姧婬此是不善若夢見赤白青黃色此是無記夢也問曰若爾者應受果報答曰不受果報何以故以心業羸弱故不能感果報是故律中說惟除夢中僧伽婆尸沙者僧伽者僧也婆者初也尸沙者殘也問曰云何僧爲初答曰此比丘已得罪樂欲清淨往到僧所僧與波利婆沙是名初與波利婆沙竟次與六夜行摩那埵爲中殘者與阿浮訶那是名僧伽婆尸沙也法師曰但取義味不須究其文字此罪惟僧能治非一二三人故名僧伽婆尸沙若得故出精罪應知方便時相應知方便者我今

出内色欲出外色俱出内外虛空中動如是方便故名方便也起時有五種一者欲起時二者大便起三者小便四者風動五者蟲觸是名五種若欲起時男根便强堪用過此時不起餘四亦如是復有朝中晡夜亦名爲時爲除病者如是有十句青色爲初亦有十故於律本中說戸孔爲初内色與外色觸即成堪用虛空中動亦無内亦無外色自動故得罪蟲者此蟲身有毛若觸癢而起即成堪用若作藥或布施或祠祀或試或以生天或作栽種若作如是者皆悉得罪若故出精離本處得僧伽婆尸沙罪若故出精而不出不得罪若自流出非故出者亦無罪法師曰次句易解若比丘得罪往至毗尼師所毗尼師次第問先勑勿覆藏語先勑我如醫師汝如病者而實頭痛而假言脚痛醫師設藥病亦不差即訶責言師無驗不解設藥是故汝可一一向我說若重結重若輕結輕毗尼師先觀十一欲十一方便問曰何謂爲十一欲答曰一者樂欲樂二者正出樂三者已出樂四者欲樂五者觸樂六者癢樂七者見樂八者坐樂九者語樂十者樂家樂十一者折林也樂出樂者若比丘欲起時心樂欲樂故出精精出得僧伽婆尸沙若故出樂精不出得偷蘭遮罪若比丘心想而眠先作方便以脚夾或以手握根作想而眠夜夢精出得僧伽婆尸沙罪若欲起觀不淨以觀不淨而滅之心清無垢而眠若夢精出無罪是名樂出樂正出樂者若比丘眠而夢作欲事正出而覺而不動根精出無罪若正出而動者得罪若正出

自念言勿汙衣席不樂出而以手捉塞將出外洗無罪若有樂心得罪是名正樂已復不觸無罪若貪樂更弄出得罪是名已出樂欲樂者比丘欲起而捉女人精出無罪何以故爲婬事故得突吉羅若至境界得波羅夷罪若捉已貪細滑不入波羅夷境界精出得僧伽婆尸沙罪是名欲樂觸樂者或内觸或外觸内者或以手試爲强爲輭因觸故精出不犯若有出心貪樂得罪是名内觸外觸者比丘欲心觸女身或抱或摩觸細滑精出不犯以摩觸故得僧伽婆尸沙罪若樂觸樂樂出精俱得罪癢樂者或癬或疥舌觸男根起癢以手把之精出者無罪若根起因勢動出犯罪見樂者若比丘或見女根根起而熟視精出不犯僧伽婆尸沙罪得突吉羅罪若見已動根精出得僧伽婆尸沙罪是名見樂坐樂者比丘與女人於靜處坐共語而精出無罪因靜處坐得餘罪若坐欲心起因動腰得僧伽婆尸沙罪是名坐樂語樂者與女人於靜處語汝根云何爲白爲黒爲肥爲瘦作如是語精出無罪因麤惡語得僧伽婆尸沙罪若語樂有出心動犯僧伽婆尸沙是名語樂家者比丘還檀越家以念故或母或姊妹以手摩挲或抱精出不犯因觸故得突吉羅罪若摩挲故出精犯罪是名樂家折林者男子與女結誓或以香華檳榔更相往還餉致言以此結親何以故香華檳榔者皆從林出故名折林若女人答餉善大德餉極香美我今答後餉令此大德念我比丘聞此已欲起精出不犯若因便故出犯罪又因不出得偷蘭遮

罪法師曰是名爲十一毗尼師善觀已有罪無罪若輕若重輕者言輕重者說重如律本所治者若如是作善譬如醫師善觀諸病隨病投藥病者得愈醫師得償故出不弄者如是爲初心樂出而不弄不動若精出不犯若觸若癢無出心無罪有出心有罪除夢中者若比丘夢與女人共作婬事或夢共抱共眠如是欲法次第汝自當知若精出無罪若正出而覺因此樂出或以手捉或兩髀夾犯罪是故有智慧比丘若眠夢慎莫動善若精出恐汙衣席以手捉往至洗處不犯若根有瘡病以油塗之或種種藥摩不樂精出無罪若顛狂人精出無罪最初未制戒不犯第一僧伽婆尸沙說竟

爾時佛住舍衛國祇樹給孤獨園精舍法師曰此義前已解此摩觸戒文句者若有難解者我今解說於阿蘭若處住者非眞阿蘭若處所以非眞阿蘭若處所以作非眞在給孤獨園精舍後林中故名阿蘭若此比丘房四面周圍當中住處善莊嚴者其中巧妙種種甆飾治欲謀人不思善法一窻開者若開一窻餘處悉闇若閉此窻開餘窻此處復闇如是語已婆羅門尼自念言此婆羅門意欲樂出家應覆藏而發露者所以發露者欲遮婆羅門出家心故何處高德作如是惡事高德者姓貴德高亦言大富貴姓女者有夫女人或無夫女或無子女婬亂變心者婬欲入身如夜叉鬼入心無異亦如老象溺泥不能自出婬亂變心隨處而著無有慙愧或心變欲或欲變心是故律本中說婬亂變心心即染

著亦言變著以身摩觸縛著也始生者是即時生也其見身猶濕未燥若觸其身者亦名犯僧伽婆尸沙若過其境界波羅夷罪若與俱在一靜處犯波夜提如此始生亦如是何況長大捉手爲初摩觸細滑此是惡行也是故律本中說若捉手法師曰今當廣說手者肘爲初乃至爪是名手也又言從臂至爪亦名爲手髮者純髮無雜髻者束髮也雜絲者是雜五色絲也髮雜華者瞻蔔華爲初雜金銀者或金銀錢或金華或銀華及種種珍寶莊嚴亦名雜金銀若比丘捉如是髮者皆得僧伽婆尸沙若比丘言我捉雜髮罪無得脫若比丘或捉一髮亦僧伽婆尸沙除髮及手餘處摩觸悉名細滑若比丘捉一一身分悉僧伽婆尸沙此摩觸戒若捉手若捉髮若摩觸細滑分別有十二種我今當現捉觸爲初律本中說捉者不摩觸者不捉不摩是名觸也捉者捻置一處是名捉餘句易可解耳此諸文句今正廣說若女作女想比丘欲心以身相觸律中已說若捉得僧伽婆尸沙若捉置更捉隨捉多少悉僧伽婆尸沙若比丘以一手摩觸乃至一日僧伽婆尸沙何以故爲不動手故觸亦如是下觸者從頭至脚底捉不置亦得一僧伽婆尸沙若放已更捉隨捉多少一一僧伽婆尸沙上觸者從脚至頭亦如是低觸者先捉女髮低頭而齅隨其所作不置得一僧伽婆尸沙牽者牽就其身盪者盪離其身捉將者捉女人去一由旬不動手得一僧伽婆尸沙若置更捉隨一一捉得僧伽婆尸沙若隔衣捉者若隔瓔珞捉偷蘭遮

若衣穿著肉僧伽婆尸沙人女作人女想僧伽婆尸沙人女疑偷蘭遮人女作黄門想偷蘭遮人女作男子想偷蘭遮人女作畜生想偷蘭遮黄門作黄門想偷蘭遮黄門疑突吉羅男子畜生作黄門想突吉羅男子作男子想突吉羅男子疑突吉羅男子作人女想作畜生想突吉羅畜生作畜生想突吉羅二女者如是爲初若捉二人二僧伽婆尸沙若捉衆多女衆多僧伽婆尸沙若衆多女聚在一處若總捉計女多少一一僧伽婆尸沙若中央女不著偷蘭遮比丘以衣繞縛衆多女牽去偷蘭遮中央女不著衣突吉羅比丘以繩縛女人衣突吉羅若女人次第坐膝膝相著比丘捉著上頭第一女僧伽婆尸沙餘女突吉羅若合捉衣第一女偷蘭遮第二女突吉羅第三女以下無罪若摩觸女人麤厚衣偷蘭遮若人女細薄衣手出摩觸僧伽婆尸沙若比丘與女人髮髮相著毛毛相著爪爪相著偷蘭遮何以故無覺觸故法師曰以髮相繫爲得一罪爲得衆多罪如赤身坐卧衆僧牀隨毛著一一突吉羅此女不然一偷蘭遮不得多罪今說往昔羅漢偈

處想及觸欲　眞實無狐疑　如律本中說
重罪汝當知

處者女也想者是女想欲者摩觸細滑欲觸者知觸女人身具如此事得僧伽婆尸沙餘著偷蘭遮若有欲心摩觸女身得僧伽婆尸沙若無欲心觸突吉羅有女人以青衣覆身而眠比丘欲摩觸衣悞得女人身僧伽婆尸沙次至掩句者無女想以手掩女人身悉突

吉羅若女人共比丘一處坐女人婬欲變心來摩觸捉比丘比丘有欲心動身僧伽婆尸沙法師曰如是次第黃門男子畜生罪有輕重汝自當知若女人掩比丘比丘以欲心受樂不動突吉羅若女人或打拍比丘比丘以欲心喜受悉突吉羅若比丘以形相欲心或矚目或動身手動足種種婬想形相變心悉突吉羅若女人摩觸比丘身比丘有欲心身不動無罪求脫者若比丘有梵行難比丘推盪牽挽分解得脫一切不犯若女人年少力壯卒抱比丘比丘力羸不能轉動隨其所作若臨行婬時比丘覓方便求走得脫無罪不故著是不故觸女身或女人度鉢或度種種飲食相觸無罪無想者比丘於女人無想比丘或緣餘事行來相觸非故觸如是無罪不知者若女人作男子裝束比丘不知捉者無罪不受者若衆多女人共捉比丘不受樂無罪最初未制戒顛狂心亂無罪第二僧伽婆尸沙廣說竟

今次隨結摩觸戒從身心起二受樂不苦樂是名二受念母者以念故觸母身突吉羅女姊妹亦如是何以故女人是出家人怨家若母沒溺水中不得以手撈取若有智慧比丘以船接取若無竹木繩杖接取得若無竹木繩杖脫袈裟鬱多羅僧接亦得若母捉袈裟已比丘以相牽袈裟而已若至岸母怖畏未已比丘向母言檀越莫畏一切無常今已得活何足追怖若母因此溺墊遂死比丘得以手捉殯殮無罪不得棄擲若母於泥井中沒亦如是女人所用衣服一切不得捉若捉突

吉羅唯除布施得取若泥木畫女像一切不得捉若捉突吉羅若人布施隨處用一切穀不得捉唯除米若路遊穀田不犯真珠磨尼硨磲碼碯珊瑚琥珀金銀瑠璃珂貝此十種寶悉不得捉若真珠著肉未洗得捉比丘若一切病人施比丘作藥若服塗瘡得取若珊瑚珂貝未磨洗得捉若金銀人合作藥得捉若以金銀合和銅錫無金銀色得捉若人以寶作堂以瑠璃爲柱以銀爲桶子以金纏如此悉是珍寶作堂比丘欲說法得上坐住無罪若一切器仗比丘悉不得捉朴未成者得捉若人施器仗與衆僧不得捉賣惟得打壞隨處用若比丘往戰鬪處見此是糞掃器仗先打壞然後拾取若得楯破作板雜用一切樂器不得捉若未成器者猶是朴得捉若人布施者得隨意賣夜叉尼句者乃至他化自在天夫人亦不得捉若捉偷蘭遮法師曰次第文句易可解耳

善見毗婆沙律卷第十二

音釋

阿毗曇梵語也此云無比法曇徒南切癰於容切脯方武切乾肉也稍所角切兵器也捶撻捶之累切撻他達切捶撻並擊也㼚古郎切大甕也癢余兩切與痒同檳榔檳必隣切榔魯當切餉式亮切饋也髀部禮切股也撈魯刀切撈搋也珂貝珂苦何切珂貝螺屬躡尼輒切

善見毗婆沙律卷第十三

蕭齊外國沙門僧伽跋陀羅譯

畜生女句者龍女迦留羅女一切畜生女悉不得捉捉者突吉羅度橋句者或板或竹或木一切橋比丘與女人共度橋比丘以慾心動橋橋動不動突吉羅樹句者若女人上樹或大小樹比丘以慾心動樹突吉羅船句亦如是繩句者若比丘捉繩頭女人捉繩尾比丘以慾心牽繩動偷蘭遮不動突吉羅或共捉杖竹木一切犯不犯亦如是觸鉢句者易可解耳禮拜句者亦如是第三僧伽婆尸沙廣說竟

爾時佛住舍衛國祇樹給孤獨園精舍時優陀夷麤惡語教授若讚歎亦如是法師曰後當說無慚愧者女人無慚愧心心樂者便笑其所作答言善哉大德作種種方便令比丘生欲心便語或言大德非是男子或言恐是黃門女人作如是戲笑語不顧戒者比丘以欲心不思慮好惡便說麤惡語麤惡者非法語也如年少男女者讚歎二道得僧伽婆尸沙二道者穀道水道讚歎者汝有好相或言汝無相未犯若言穀道水道如此真是著女想作是說已得罪若毀呰言二道或言二道合或言長或言短或言偏如是爲初悉得罪或乞或求亦得罪或言願汝父母何時持汝與我或言我何時當得汝作如是語悉得罪問句者汝與汝夫云何作自答言汝當如是作亦得罪答問句者我當與我夫眠云何好夫當念我比丘答言如是如是眠不犯若言汝作婬事得罪教授句者亦如是毀呰句者

汝根相惡有孔無形或言有形無孔無血句
者汝水道燥無血恒出者是女人水道血恒
自流出塞句者恒以衣塞水道不令血出長
婬句者汝根長婬出兩邊者女根中肉長出
有毛兩道合汝二根此十一句中長婬共合
兩根此三句得僧伽婆尸沙初句穀道水道
與婬法爲初六句得僧伽婆尸沙餘無形若
以婬法相對得罪法師曰餘文句輕重汝自
當知女作女想於第一僧伽婆尸沙已說竟
頸以下者從頸下至膝上者從脚膝至頸從
膝以下突吉羅若讚歎衣服鐶釧瓔珞說法
論義爲講無罪若比丘爲比丘尼說法因說
法中便生欲心作麤惡語僧伽婆尸沙不犯
者最初未制戒癡狂心亂痛惱所纏不犯律
文句廣說竟

今次隨結此麤惡語因身心口起性罪身心
業若比丘以欲心方便欲樂此事假說傍事
若女人解此語突吉羅若言欽婆羅毛長或
言短或言赤或言黑突吉羅一切因事而言
若女人解突吉羅若不解無罪法師曰次第
文句易可解耳不須廣說麤惡語竟
爾時佛住舍衞國時優陀夷於舍衞國多諸
知識者恒往至知識家爲四供養故飲食衣
服湯藥房舍惡者最惡恒流出外血出唾者
便唾女根作是言誰用此不淨臭處女言我
有何處不淨何處不好爲衣裳不淨爲顏貌
醜陋有何物不如餘人律本中說已至女邊
倚看竟然後而唾讚歎供養者以婬欲法讚
歎供養已身或讚其所須婬事此第一供養
如我等出家餘供養易可得耳此婬欲供養

難得故名第一供養得僧伽婆尸沙又言我亦刹利汝亦刹利若共和合正好無過此也若如是語無罪若言我亦刹利汝可以欲事與我共適作如是語僧伽婆尸沙法師曰餘文句如前說無異最初未制戒癡狂心亂痛惱所纏不犯今次隨結文句次第易可解耳

第四僧伽婆尸沙竟

爾時佛住舍衛國行媒戒智慧者大有智慧聰明了了能料理家事不懈怠有慚愧心語童女者此男子好汝可取爲夫復向男子言此童女極好作又忠信眞實無虛邪心汝可取爲婦檀越答大德我等不甚體悉此人未知好惡是誰家兒子定是何姓何名那得輒以女相與若大德教我與我當遣嫁若不敎與不敢専輒如此婚姻事大時尅吉凶發遣進止後日好惡悉委大德自知故二衆者此女其夫生時是村衆主其夫死已故號爲故二衆村後者是村外村後邊住也諸人共相推論知優陀夷先後貫練嫁娶婚姻善解進止悉是其知養看兒婦者初至看視依兒婦無異後便增薄猶如婢使初至一月悉付囑家事過一月已種種驅使作田取水苦者是貧窮也於是優陀夷語檀越莫苦人女如此猥使甚不可檀越答言我等不與大德共論此事我是白衣知白衣事大德是出家知出家法各不相關若知白衣家者此人非沙門作如是語已仍息優陀夷便即遣出汝去汝去汝莫住此處莊嚴者一切金銀珍寶彫多者漢言多色欲人也能供養者若女人以音聲色觸香味如是一切妙物悉持供養其夫

是名能供養共賭者若我等能得此女汝當償我若不能得者我即償汝如律中所說比丘不得戲賭暫時者乃至一剎那漢言彈指頃是名暫時得行媒法則何以故隨人驅使行媒法故男女者女向男子比丘傳言此女人念汝男子答向比丘復往女處言如是如是此男子念汝女語比丘言我欲共某男子私通比丘受語向男子說還來報女乃至一交會僧伽婆尸沙女有十護父護者父禁制不聽出入恐慮他事母護亦如是父母護檢歛看視不與餘處遊戲亦不聽行來出入兄護姊護宗親護姓護法護罰護法護者是同法人護也罰護者若寡女欲與餘人私通先向官說若許者便通若不許者不得專輒犯者罰金輸官故名罰護物買者持物贖取是名爲買也樂住者是樂同住也雇住者以物雇之家事悉以委付衣物住者因得衣裳承住爲婦此是貧窮女人水得者因共洗浴以水相灌共作要誓爲夫婦是名水得鐶得者以鐶安置頭上恒以戴物取鐶擲去汝來住我屋常作我婦是名鐶得婢取者自巳婢還取爲婦執作者以直雇賃充家中執作取以爲巳婦是名執作舉旗婦者竪旗立軍往破他國得他女取爲巳婦若白衣遣比丘往他處某方護女求此女爲我婦比丘答言善即往至女所向女說如是事女意善或應或不應比丘受如是使還報男子信僧伽婆尸沙若男子語比丘教語比丘比丘仍語父母兄弟姊妹如此使偷蘭遮又法師言不然何以故如律本中說意欲捨佛誤言捨僧意欲捨

僧誤言捨佛於戒亦失比丘雖語父母兄弟姊妹亦得僧伽婆尸沙法師曰後文句如前無異故不更說若衆多女遣一比丘傳語語衆多男子比丘受語往說還報女衆多僧伽婆尸沙不犯者最初未制戒若僧使若因此使往語女言某甲男子意欲索汝爲已婦不犯何以故由不受說語故癡狂痛惱所纏不犯具六事僧伽婆尸沙一者搖頭二者手印三者口受四者搖身五者受書六者具此五事是名爲六事若父母鬪諍父遣母還本家父後生悔心語比丘言我年老旦夕無人侍養汝可向汝母語還看我比丘受如是使語母還報父悉僧伽婆尸沙此戒不問知已不知但受語往說還報悉僧伽婆尸沙此是制罪非性罪具三受今次隨結文句易可解耳

不須廣說第五僧伽婆尸沙竟

爾時佛住王舍城竹林迦蘭陀林中此房舍戒阿羅毗迦者是聚落名也此比丘阿羅毗迦聚落中生故名阿羅毗迦比丘自乞求者是自乞求種種材具欲營造作大房教作者教餘人作或自作此比丘捨坐禪誦經恒修下業無主者無檀越主但自東西乞求自爲者自爲已身不爲衆僧大房者此房極大無有齊限乞求絶多或乞人或借人或乞作器或借作器如是種種或乞或借除借乞得罪不得借獵肉捕魚二師悉斷除借一切皆淨此比丘所營造作房舍旣大魚肉難得恐其因借倩承遣捕獵所以斷若立房得作田借犁牛及餘耕具無罪若寺中有拾取殘食人食竟共聚種種戲笑如是人驅使無罪若此

丘欲作殿往至鑿石家借作石手爲作殿若得善若得石柱比丘問檀越言此柱云何得竪若檀越自爲竪善若檀越更與餘柱亦得若檀越答言無人或言自有事比丘教餘處借比丘復言我無餘知識若檀越無人有直與直亦好若得直將至木師所若須塼瓦往至瓦師所若須刻畫往至刻畫師所若有餘直可作牀席衣服房舍所須若拾殘食人作息止得與食若無食可入聚落乞米與善不得與錢直爲房舍非時入聚落乞油以手覆鉢若到檀越家檀越問比丘欲何所須比丘答言爲房舍作乞油充與作人食米亦如是說若得油還付知寺事人若比丘爲折或傷或失或死比丘悉應還直若檀越承迴施比丘比丘不得受若布施寺得受比丘不得自取喚淨人付之若借車及房舍所須種種雜物亦如牛句無異若比丘病乞藥善白衣見比丘來即共念言此比丘已復來乞各走隱避或見比丘乞食各自閉戶應量作者云何應量作應量者中人三搩手當佛一搩手作房內量長十二佛搩手內廣七佛搩手若長中減一搩手廣中益一搩手亦不得若減廣益長亦不得何況長廣俱過量未竟乃至一摶泥亦犯若房長六搩手廣四搩手作如是房者無主亦不犯何以故以非房故若瓦房內外上下悉泥犯若草房不犯法師曰定何時犯爲初作犯爲後作犯爲房成畢犯答曰初作乃至二摶泥已還悉突吉羅最後第一摶泥偷蘭遮第二摶得竟僧伽婆尸沙泥者有二種一者土泥二者石灰泥處者窻牖柱

樑棟桁火烟孔處此是非泥處比丘應將比丘指示作房處房主應將比丘爲示作房處房主先當治地平正猶如鼓面然後往至僧所請僧安處房處第二第三亦如是請若僧往指示善若僧不得往僧差智慧比丘往看無難處非妨處此比丘往看已好如房主所治地善難處者虎狼師子下極蟻子若蟻有窟是中住不得作若蟻子遊行見食驅逐得作何以故爲如來慈愍衆生及比丘故妨處者或人田園或是道路處或是怨家處或是賊處或是尸陀林處或是王誌護處如是一切妨處悉不得作繞屋四周使得迴十二桄梯桄間一拳肘若迴草車餘文句已在律本不須復說若比丘自起作大房無主爲身不處分過量隨作房有所造作營理一一悉突吉羅若以墼壘壁隨墼多少一一突吉羅最後二墼第一墼偷蘭遮第二墼僧伽婆尸沙屋成泥治竟已結罪汙灑不犯若作屋餘摶泥留置我後當成偷蘭遮若決定罷心僧伽婆尸沙若周帀壘壁上不至屋霤取明不犯若作屋霤一摶泥處後當成有緣事行不在有客比丘來住見不成爲成彼此無罪若難處妨處二突吉羅僧不處分過量一僧伽婆尸沙若作屋未成若施僧乃至一人若打壞若擲置不犯若自作自成教他成教他作教他成悉僧伽婆尸沙若二三人共作屋若一比丘一沙彌悉不犯何以故人無一屋分故若段段分人得一屋分僧伽婆尸沙若壘墼作窟壘石壘土壘木若草屋乃至過量不處分亦不犯有房有難處妨處僧不指示過量

不得僧伽婆尸沙有智慧者應解此義若自爲身作說戒堂温室食堂如此作不爲自己住無罪若兼爲自己住僧伽婆尸沙無罪者最初未制戒阿羅毗迦比丘無罪具六事一者自作二者教人作三者不指示四者過量五者難處六者妨處此戒具三業三受房舍廣說竟

爾時佛住俱參毗瞿私多園中此房戒中俱參毗者此是園名也瞿私多園者此是長者子名也羼那者此是供養菩薩人也令大德示房處者有檀越語羼那比丘言願大德示我作房處我爲大德作神廟樹者此是國邑人民朝夕供養是鬼神住處生樹者作衆生想也摩訶羅者有主爲身作大房此房有主爲身得過量作有主爲身作大房僧不指示有難有妨處僧伽婆尸沙餘文句如前房無異

爾時佛住王舍城於竹林園中時沓婆摩羅子竹林園者種竹圍繞竹高十八肘四角有樓兼好門屋遥望䨱䨴猶如黒雲故名竹林園亦名迦蘭陀迦蘭陀因縁如前說故不重出沓婆是比丘名摩羅子是王名此王子出家故名沓婆摩羅子此大德年七歲出家剃髮落地即成羅漢得三達智具六神通四無礙辯一切聲聞所知無不通達羅漢之中已是第一入靜處者是處寂靜無有喧鬧故名寂靜處從三昧起者自言我所修善法今已悉訖我當爲衆僧分布房舍及諸飲食法師曰大德何以作如是言此最後身所修已極當取涅槃譬如然燈置於風處不久當滅此

身亦復如是我當爲衆僧分布房舍及諸飲食所以爲衆僧分布房舍及諸飲食者見善男子比丘從遠方來問訊世尊房舍窄狹無有住處我當以神力化作房舍牀席氍毹毾㲪氈蓐等物又一日見諸小比丘恭敬宿德上座讓不受前請以此因緣飲食不時遂成疲勞我今當令衆僧住此安樂各得所宜不以飲食爲苦是故分布令其平等法師曰大德沓婆摩羅子於三業之中何以獨修下業答曰此是前身宿願所牽故有是念問曰此沓婆摩羅子何時發此願也答曰過去有佛號波頭勿多羅此沓婆摩羅子生一居士家是時國邑人民共作大會請佛入國有六萬八千比丘圍繞大會供養七日布施時有一羅漢比丘於大衆中以神通力處分牀席及諸飲食是時沓婆摩羅子見此羅漢比丘以神通如此心大歡喜往至佛所頭面作禮却坐一面而白佛言願我後身當來佛時出家學道速成羅漢爲諸衆僧分布房舍牀席及諸飲食如今羅漢神力無異是時世尊見當來世此善男子所願果得成遂不世尊觀來世已語沓婆摩羅子言汝從此百千劫已有佛號釋迦牟尼汝年七歲得出家剃髮落地即成羅漢名沓婆摩羅子汝具六神通必得此願沓婆摩羅子從此以後布施持戒得生天上天上命終下生人間如是展轉乃至釋迦出世從天上下生人中出家得道從禪定起而作是念作是念已往至佛所頭面禮足而白佛言今從世尊乞二種願一者爲諸衆僧分布房舍二者差會分布飲食於是世尊

答言善哉汝貪瞋既盡堪爲此事汝當爲衆僧分布牀席及諸飲食此沓婆摩羅子何以故從世尊乞如是願答曰爲止未來諸誹謗故於是沓婆摩羅子受世尊勑已還所住處世尊見未來慈地比丘因沓婆摩羅子差會分房必生誹謗爲止誹謗故語諸比丘汝當請沓婆摩羅子爲衆僧差會分房請竟應作白二羯磨差同學者同一法事也亦言同一法學若比丘共學修多羅者爲敷牀座同在一處若學阿毗曇者毗曇者共若學毗尼毗尼者共若說法者說法者共若坐禪坐禪者共何以故爲避喧鬧故無業無記語者共無記語者不修三業食已而眠眠起洗浴共論世間無記之語令身體肥壯問曰沓婆摩羅子何以使無業好語者共在一處耶答曰使其得住安心道故因樂道故得生天上入火光三昧者此是第四禪定從禪定起已放右手第二指以爲光明須臾名聞滿閻浮利地諸比丘從遠方來欲看神力至已語沓婆摩羅子言長老爲我等安止住處敷施牀座沓婆摩羅子問諸大德樂何處住耶諸比丘各各答言我樂耆闍崛山住又言我樂雪山邊住又言我樂天道士山住又言我樂鬱單越住如是衆多沓婆摩羅子自隨一比丘爲安止住處敷施牀座爲餘比丘安止住處悉是化身如眞身無異安止諸比丘已自還竹林寺住慈地比丘者是六群比丘中是第一惡食者不得好食不但惡食房舍卧具皆悉得惡問曰慈地比丘何以恒得惡房惡食坐其前身無福德故故復於衆中最小是故得惡

房惡食善飲食檀越者此檀越恒爲衆僧作餚饍飲食又一日善檀越入寺至沓婆摩羅子所問大德明日次誰受弟子請沓婆答言次慈地比丘受請檀越聞已心不歡喜還至家中語其婢言汝明日爲慈地比丘作食我不知事莫如前後食又語其婢言若慈地比丘來至於外敷施牀席供設而已勿使其入昨日者慈地比丘與同伴集在一處共論言我等今日應得好食昨日此檀越來至沓婆所當是沓婆教語檀越於外敷施牀席及麤飲食無風風起者極密處而大風起水中火者本是水能滅火今火從水中出佛語沓婆汝憶有作是事不今慈地比丘有如是言沓婆答言唯世尊知我世尊是一切智我是漏盡羅漢何須我言耶佛復語沓婆言汝不得作如此語也若汝有如此事者於衆中言有若無者於衆中答言無法師曰世尊何以不直言沓婆無罪此是慈地比丘尼妄語答曰世尊爲憐愍衆生故世尊言作我知比丘犯波羅夷世尊亦言我知汝犯波羅夷若有比丘犯波羅夷者必謗世尊何以故爲世尊若隨瞋愛沓婆故不道其罪瞋我故今道我罪世尊定非一切智因誹謗故死墮地獄又爲當來無慚愧比丘實有罪而言無罪佛不在世誰知我罪者是故佛語沓婆言汝若有作答言有作若不作答言不作沓婆答言實不作乃至夢中亦不爲此事滅擯比丘尼者滅擯有三一者滅身二者滅不同住三者滅罰是名三滅擯云何滅身答曰滅作者是滅身也云何滅不同住若犯罪不出復不捨邪見

名滅不同住云何滅罰汝但作罪自然滅此是滅罰也此慈地比丘尼於三滅中自得滅身也佛語諸比丘汝等滅擯慈地比丘尼法師曰此慈地比丘尼身清淨爲人所教作如此謗教者應滅擯何以世尊教滅擯慈地比丘尼爲以其謗故擯爲以其犯罪故擯若以其有罪擯者沓婆摩羅子亦應有罪以其謗故擯者沓婆無罪於律本中說若比丘以無根波羅夷法謗比丘得僧伽婆尸沙若比丘以無根波羅夷謗比丘尼突吉羅比丘尼謗比丘亦如是若爾慈地比丘尼得突吉羅妄語故波夜提法師曰以無根波羅夷謗比丘得僧伽婆尸沙無波夜提罪慈地比丘尼犯突吉羅亦無波夜提罪所以擯慈地比丘尼以其自言犯罪故於是世尊從座起入房諸比丘即教慈地比丘尼脫法服覓白衣服與著驅其令出慈地比丘見擯慈地比丘尼語衆僧言我瞋瞋故教比丘尼謗此是我罪莫擯慈地比丘尼瞋者轉善心也不喜者因瞋故失喜心是不喜亦言心垢無根波羅夷法者此無實波羅夷謗者於此處不見不聞不疑不見者不自以肉眼見亦不自以天眼見不聞者不從人聞不疑者不以心疑有見疑者有比丘於村外入草中便曲有女人亦入草中比丘先從草出女人復從此草出比丘女人各不相知有傍比丘見已即便生疑心自念言此兩人豈無非法意耶是名見疑聞疑者闇比丘與女人闇中語聲因此生疑是名聞疑疑者有男子女人將飲食入寺觀看遊戲去已餘殘飲食處所狼藉不淨未得掃

除明日朝旦有客比丘來入寺中見此處所即生疑心復至舊比丘身有香氣更復疑言當是昨夜此比丘與女人飲食共作非法婬欲也是名疑慈地比丘不見不聞不疑而生誹謗是名無根波羅夷法謗謗者欲使彼比丘於清淨法退墮若言汝得波羅夷罪得僧伽婆尸沙若教人謗語語悉僧伽婆尸沙若遣書如此使書無罪謗者有四種一者戒謗二者威儀謗三者邪見謗四者惡活謗問曰何謂戒謗答曰四波羅夷法十三僧伽婆尸沙若以一一謗是名戒謗餘二不定尼薩耆九十衆學悉是威儀謗邪見謗者汝言是身有吾有我是名邪見謗惡活謗者汝以因持戒覓利養是名惡活謗復有四種謗一者現處二者現罪三者不同住四者不共法事現處者汝與女人共行婬事是名現處現罪者汝得重罪是名現罪不同住者我不與汝共住一處是名不同住不共法事者布薩說戒自恣一切羯磨不同是名不共法事若言汝犯重罪非沙門非釋種子如是之語得罪若被謗者言汝何不禮我答言汝非沙門非釋種子若如是答者僧伽婆尸沙若言法師自知何假我言如是語未犯罪法師曰謗者被謗者後當廣說謗者共至僧前白僧言願諸大德爲我等歡喜判此事我等亦歡喜奉行衆僧應爲判此事若言衆僧爲我判此事莫停若是者我當受持若不是者我不受持若作如是語者衆僧語謗者言汝且禮佛爲其說法後當爲汝判此事若遷延至冥罪人語衆僧言日旣冥我且還所住衆僧答言善得

蘇息已明朝復來僧中求判此事衆僧答言且還去如是至三如是滿三已心軟折伏僧應取此事爲判雖滿三請心猶剛强言語麤强衆僧語言此處少律師不得爲汝判此事汝可往餘寺求判衆僧問言汝已求僧未答言已求僧教我來此衆僧言若如是者此處亦無律師可餘寺更覓如是次第求覓不得心軟折伏還歸本處白衆僧言我等諸處求僧無人判願大德爲我等判此事我等歡喜奉行衆僧應依法爲判衆僧問被謗者言汝有此事不衆僧應作白羯磨和合滅此鬬諍事若無慚愧者謗有慚愧者被謗者有智慧謗者無智慧若來徹僧僧應窮詰此事此比丘癡頑答對謬僻僧語言汝無知不解何以謗人汝應共和合還去莫舉此事若謗者有智慧以見聞疑罪於僧前能答衆僧應問被謗者若有罪者衆僧應爲治若無罪者僧應答言汝各自還去若有慚愧者謗無慚愧者謗者癡若來徹僧僧應方便問謗者言汝以何謗以戒謗以威儀謗法師曰何以有慚愧者教無慚愧者不教衆僧便隨愛瞋怖癡答曰不然何以故爲欲折伏無慚愧人故有慚愧者得安樂住故若教無慚愧人得勢力增長惡法故有慚愧者無勢力不得安樂住故是故僧不教無慚愧人若謗者被謗者俱有慚愧衆僧應柔軟爲説法教化言汝若有相觸犯更相懺謝汝等各還和合共住若相謗事衆僧乃至滿三教化和合猶不肯罷衆僧應依法爲判法師問曰謗法若爲初中後答曰先作求聽是爲初若徹僧是爲中若有罪

無罪僧爲滅是爲後問曰謗法有幾根有幾地答曰謗有二根三處五地何謂二根有根法謗無根法謗是名二根何謂三處見聞疑是名三處何謂五地一者時二者眞實不虛三者無瞋以憐愍心四者有義五者不隨愛怖是名五地若問若不問者以無根波羅夷法謗已若衆僧問若二三人乃至一人若於僧前自說成罪得僧伽婆尸沙法師曰諍有曰諍相言爲初諍有何義證罪無諍此事是名爲諍此相言諍爲善爲不善爲無記耶答曰亦善亦不善亦無記云何善云何不善善者用法論是名善用非法論者是名不善不以法不以非法論者是名無記法師曰餘三諍後當解說若言汝沙彌汝優婆塞汝外道汝尼揵陀汝黃門汝二根人汝畜生汝殺父汝殺母汝殺阿羅漢汝破和合僧汝出佛身血如是爲初得僧伽婆尸沙狐疑者於見聞狐疑疑者二心也亦言忘前事其時其日法師曰餘文句易可解耳若比丘以無根波羅夷法謗僧伽婆尸沙僧伽婆尸沙法謗波夜提以威儀法謗突吉羅若以瞋故不現前謗波夜提若以威儀法不現前謗突吉羅無罪者最初未制戒顚狂心亂痛惱所纏不犯此戒從身心中起是故律本中說身業口意業性罪謗戒廣說竟

爾時佛住王舍城於竹林迦蘭陀園中慈地比丘從耆闍崛山下見一羊行婬慈地比丘語諸伴言我等取羖羊名沓婆摩羅子取毋羊爲慈地比丘尼諸比丘答言善哉我今以此法謗沓婆摩羅子無不爲此敗歡喜共去

往到僧所而白僧言我等見沓婆摩羅子與慈地比丘尼共作婬事衆僧聞慈地比丘語已即集衆僧共判此事衆僧問慈地比丘汝定何處見沓婆摩羅子與慈地比丘尼共作婬事答言我等從耆闍崛山下入聚落乞食道中逢見沓婆摩羅子與慈地比丘尼共語調戲衆僧問沓婆摩羅子言此時汝在何處沓婆答言在竹林精舍汝何所作答衆僧言爲衆僧分布飲食誰知見汝答言衆僧知見問者作白羯磨問衆僧其時某時定見沓婆爲衆僧分布飲食不衆僧答言實見爲僧分食衆僧復問慈地比丘汝語不相應當是方便非眞實也衆僧如是三問已慈地比丘答言如是實是方便衆僧訶責慈地比丘言云何以餘分事與沓婆問曰云何餘分答言餘分者沓婆是人羊是非人以羊當沓婆處是名餘分以母羊當慈地比丘尼亦名餘分何以故以事相似故是故律本中說若片若似片次第文句易可解耳不須廣說是名餘分同種姓者有一比丘同刹利種出家見彼刹利行婬謗此刹利比丘言汝犯波羅夷衆僧問言汝實見此刹利行婬不答言實見語語僧伽婆尸沙相名房舍見彼而謗此犯不犯如前所說無罪者若實見犯最初未制戒顚狂心亂痛惱所纏不犯第二謗句廣說竟爾時佛住王舍城竹林精舍此破和合僧戒中於是提婆達多往至拘迦利迦一咤無迦利騫陀毗耶子婆勿陀達多所至已語諸長老言我等共破和合僧及如來威德破和合僧因緣後騫陀迦中當說善哉大德者此是

乞語也願一切比丘盡形受在阿蘭若處住此是受頭陀法若比丘還聚落中住犯罪願佛爲諸比丘如是結戒餘四法亦如是我等令人知者佛不隨我等制我等自行此法令人知我等少欲知足於是發大善心佛聞調達乞五法欲破和合僧佛念言此人爲利養故必墮地獄佛念言我若許調達五法者多有善男子出家若受持此法則於道有難是故律本中說止止調達勿違此法若善男子或在阿蘭若處或在聚落隨心所樂各不障道頭陀乞食拾糞掃衣半月樹下不食魚肉佛言除三疑不食云何三疑一者見二者聞三者疑云何見見檀越爲比丘殺云何聞聞檀越爲比丘殺云何疑疑爲比丘殺若見疑者云何見疑比丘從阿蘭若處入聚落乞食道逢見諸白衣入山行獵明日聚落作大會諸比丘於會得肉心自念言昨日見諸檀越行獵疑此肉當是爲獵得也是名見疑不得食若檀越言我本爲王及自爲行獵不爲比丘大德但食若如是者食無罪聞疑者比丘在阿蘭若處聞聚落行獵設會檀越請比丘食比丘疑心若食得罪若檀越言我自爲行獵不爲比丘若如是者食無罪是名聞疑若不見不聞不疑爲比丘殺如是食無罪有見得食云何有見得食若見人屠殺不爲比丘後若得肉食無罪是名有見殺得食無罪聞者比丘自聞殺聲不爲比丘比丘若得此肉比丘得食無罪是名聞疑得食無罪疑者比丘入聚落乞食見新肉疑不敢受若檀越言不爲比丘殺得食無罪是名疑得食若檀越

爲比丘殺若不見不聞不疑得食無罪若檀越請二人與食下座心自念言此當爲上座殺不爲我我食無罪上座復自念言此當爲下座殺本不爲我我食無罪若如此者兩各自疑爲彼上下座疑俱食無罪若人爲比丘殺比丘不知食竟方知如此者無罪若比丘得肉食應問然後食何以故爲欲分別淨不淨得食故熊猪肉相似故不但熊猪更有相似者是故應問歡喜踊躍者調達乞五法世尊不與調達歡喜自念言我今定得破和合僧拘迦利聞語已心大懊惱如服毒藥無異調達教化同伴作如是言汝何以懊惱出家求道宜應精進瞿曇沙門亦有此法不盡形壽我今盡形壽受持此法何以懊惱同伴聞已歡喜隨從法師曰調達癡人已向阿鼻地獄不覺不知歡喜禮佛而去還向拘迦利等言我共汝等當行此五法令人知我等少欲知足多欲無猒足者衣服飲食受不節量是名多欲無猒足也調達語同伴言瞿曇沙門恒自思念我聲聞弟子云何得衣服飲食不以爲勞此是多欲無猒足人佛語調達汝勿樂此法破和合僧是重罪也若衆僧和合如水乳合安樂行若破如是僧者一劫在阿鼻地獄受諸苦痛若僧破能令更和合者一劫在天上歡喜受梵天福也諸比丘爲調達種種方便說法諸善比丘見調達破和合僧以種種方便教化令其開解心同身同與僧和合如水乳合心同者心同法身同者身同共一和合布薩云何不同身雖共一處心行外法是名形同心不同堅持不捨者執破僧事

不置是名堅持諸比丘諫是比丘者諸有慚愧比丘諫諸比丘莫破和合僧令與僧同住諸比丘應三諫捨者善若不捨第一諫不捨突吉羅罪第二諫不捨偷蘭遮第三諫不捨僧伽婆尸沙罪外諫者諸比丘聞欲破和合僧往到其所諫言長老莫破和合僧若破僧者甚重若捨者善若不捨捉手牽至僧中語言汝莫破和合僧如是三諫外軟語三諫將至僧中軟語三諫不捨悉犯突吉羅罪若捨者善不捨者應作白四羯磨諫若初白羯磨不捨犯突吉羅罪若作第一羯磨不捨犯偷蘭遮罪第二羯磨亦偷蘭遮罪第三羯磨不捨僧伽婆尸沙問曰第三羯磨為初得僧伽婆尸沙為中得為後得答曰最後得最初犯者調達是也問曰餘戒最初不犯調達亦應

不犯答曰以其僧三諫不捨故所以犯罪法師曰次第文句易可解耳不須廣說此戒具三事身心口意業苦受破和合僧說竟

爾時佛住王舍城於竹林精舍第二破和合戒中助破僧者心樂隨從受持其法別衆者不同布薩說戒自恣為助破和合僧令僧不增長是名別衆我等可忍知者若其所說我等皆忍皆知諸長老莫助破和合僧當助和合僧僧和合歡喜不諍如水乳合餘文句易可解耳餘文句如前破僧無異第二破僧竟

爾時佛住拘睒毗耶於瞿私多園中惡性難語戒中不善行者種種身業口業行不善行長老何以向我作如是言此是貢高語也法師曰我今解釋其義此惡性比丘不受諸比丘教語言汝等不應教我我應教汝等何以

故佛是我家佛何以故我與勤陟將佛入山學道不見諸長老一人侍從佛者佛得道已而轉法輪是故佛是我家佛法亦是我家法是故我應教諸長老長老不應反教我法師曰闡那比丘何以不言僧是我家僧爲與衆僧鬬諍故不得言僧是我家僧諸長老譬如秋天樹葉落地風吹聚集共在一處又如水上浮萍風吹并在一處諸長老種種出家入佛法中亦復如是是故諸長老不應教我我應教諸長老自身作不可共語者諸同學比丘以波羅提木叉教以貢高故不受其語應可共語者於波羅提木叉中共說共罪中出故是以佛法中得增長次第文句易可解耳

惡性戒廣說竟

善見毗婆沙律卷第十三

音釋

猥烏賄切鄙也　鬒之忍切髮稠也　賭當古切博奕取財也　倩七政切假借使人也　摖陟革切手度物也　摶度官切捉聚也　櫟桁櫟呂張切桁下庚切　霤力救切屋滴雨爲霤　孱士山切　毾㲪毾土盍切㲪都騰切毾㲪毛席之細者　羖公戶切牡羊也　懊於到切悔恨也

善見毗婆沙律卷第十四

蕭齊外國沙門僧伽跋陀羅譯

爾時佛住舍衛國於給孤獨園精舍汙他家者有二比丘一名馬師二名滿宿於雞咤山住此是聚落名此二比丘恒於此聚落寺中料理寺舍因營理故與諸白衣言語來往無有慚愧汙他家比丘者此是馬師滿宿於六群比丘中最是上座馬師滿宿本是田夫同作田辛苦二人共論言我等作田辛苦可共出家於佛法中衣食自然同伴答言善哉可爾更共籌量我等今者就誰出家當就舍利弗目揵連出家籌量已往到舍利弗目揵連所求欲出家舍利弗目揵連即爲出家與具足戒誦波羅提木叉竟滿五臘更得二伴一名黃赤比丘二名慈地比丘四人共論言此舍衛國有時豐熟有時飢儉我等不宜聚住一處宜應分張餘國三人語黃赤比丘言長老汝樂何處住黃赤比丘答言我樂舍衛國住此國邑内人民有五十七萬戶邑外屬舍衛國者有八萬聚落國土縱廣一百由旬汝於此國住處多種華果樹名菴羅樹波那沙樹椰子樹如是衆多樹瞻蔔華樹闍提華末利華如是衆多華以華果誘訹諸居士居士女諸居士若有樂出家者汝當度令出家使眷屬增長復問慈地比丘言汝樂住何處答言我樂住王舍城王舍城國邑人民有八億萬戶邑外屬王舍城者有八萬聚落國土縱廣三百由旬汝於此國多種華果樹及度人出家如前說無異次問馬師言汝樂何處住馬師答言我樂住黒山聚落此聚落飲食豐

饒一年三熟次問滿宿言汝樂住何處滿宿答言我樂與馬師共住汝二人當好料理住處多種華果樹以誘誅諸居士居士女此四比丘共相處分已各還所住料理住處度人出家三住處眷屬弟子各有五百人合有一千五百比丘黄赤比丘眷屬弟子悉持戒具足將諸弟子眷屬從佛遊行諸國佛所結戒護持不犯未結戒犯三人隨所住處無有慚愧佛已結戒及未結戒犯此惡比丘不應作而作不應行而行是故律本中說種華者自種或教人種或一種華或衆多華或自溉灌或教人溉灌自掘地作池或教人掘以用貯水或用洗浴或用灌華皆悉不善若爲僧作池若自作不得敎言掘惟作淨語不犯若爲僧作園及自作園若種樹爲蔭涼故皆用淨語若種植華果誘誅白衣男女自種教人種悉突吉羅若爲佛僧種不犯惟除不得掘地傷種若爲僧種果得食無罪若無虫水得自灌教人灌無罪又法師曰作淨語教人種得云何淨語汝使此樹活莫令死淨人隨時料理灌水不得爲白衣貫結華鬘乃至散華束相著亦不得除供養三寶不得舞者動身下至舉手不得不犯者或白衣使比丘禮佛讀經呪願或使比丘鳴磬集衆布施種種法事爲白衣驅使不犯餘文句在律中易可解耳若比丘疾病無湯藥以華果及餘飲食餉人求易湯藥不犯若爲白衣驅使初去時步步得突吉羅罪若得飲食咽咽突吉羅罪下至爲白衣傳語隨問答悉突吉羅罪除爲五衆出家人驅使不犯若父母疾病若衆僧淨人

疾病爲覓湯藥驅使不犯汙他家廣說竟行波利婆沙已次與六夜摩那埵行摩那埵者漢言折伏貢高亦言下意下意者承事衆僧二十僧中行阿浮訶那阿浮訶那者漢言喚入亦言拔罪云何喚入拔罪與同布薩說戒自恣法事共同故名喚入拔罪法師曰十三僧伽婆尸沙廣說竟

次至二不定法爾時佛住舍衛國祇樹給孤獨園精舍時問者見無人時問優婆夷汝不愁憂疲倦飢渴也夫主念汝不如是作白衣語悉問見時說法者見人時便爲說法說法者或說五戒或說八戒或說去還食或說舍羅食或說半月食如是種種爲其說法多子者此優婆夷生兒有十男十女是名多子多孫者此優婆夷男女兒各有二十兒兒孫合有四百二十人國中人民見毗舍佉母多兒孫男女如此皆共評論言其是好若有嫁娶各來迎取以爲法則此處堪行婬法坐屏處者或比丘共女人坐或女人眠比丘坐或比丘眠女人坐或二人俱眠或俱坐是故律本中說眼屏耳屏云何眼屏對無目人前云何耳屏對聾人前或對聾盲人前或對眠人前或對女人前可信語者此優婆夷聲聞弟子是故律本中說得果人也是名可信優婆夷若比丘言我與優婆夷共坐若一一罪隨比丘語治不得隨優婆夷語治何以故見聞或不審諦故法師曰我今欲說其事於摩羅園精舍中有一愛盡比丘一日往檀越家入屋中坐優婆夷對比丘別倚牀而立外有凡夫比丘入檀越家乞食遥見比丘與優婆夷相

對謂言共同牀坐諦視不已愛盡比丘自念言此比丘當言我與女人共牀坐也各還所住乞食比丘欲舉其罪往至愛盡比丘房求聽打戶欲入愛盡比丘逆知其心即以神力從屋棟出在虛空中坐此比丘入已遍求覓不得見在虛空中坐語愛盡比丘言大德有神力如此何以入白衣家獨與女人共牀坐已愛盡比丘答言長老此是獨入白衣家罪長老護我善法師曰此見而不諦是故獨入白衣家罪是故見而不可信若比丘欲入聚落樂與女人坐屏處著衣持鉢時突吉羅罪若發去時步步悉突吉羅罪若至檀越家入屏處坐波夜提罪若出已更還坐一一波夜提罪若衆多女人共坐衆多波夜提罪若比丘先在屏處女人來入禮拜問訊不犯從身心起第一不定法廣說竟

爾時佛住舍衛國祇樹給孤獨園精舍露屏處者非覆藏處一比丘一女人者此處無男子可作麤惡語除有知男子餘文句如初不定法說無異無罪者最初未制戒癡狂心亂痛惱所纏不犯此戒性罪從身心起樂受不苦不樂受所攝二不定廣說竟

次至三十尼薩耆爾時佛住毗舍離國於瞿曇廟中聽諸比丘受持三衣何謂爲三一者安陀會二者鬱多羅僧三者僧伽梨是名三衣法師曰解說三衣於騫陀迦著婆品當廣說用餘衣入聚落者入房著異衣入聚落著異衣如是乃有九種衣佛已聽我等畜三衣因此語故三衣各畜三便成九衣欲與長老舍利弗者時長老阿難言除佛世尊餘聲聞

弟子悉無及舍利弗者是故阿難若得袈裟染治點淨好者奉舍利弗若得時食有好者先奉舍利弗若得非時漿七日藥盡形壽藥於中好者亦奉舍利弗若有諸長者子欲出家來求阿難阿難教往舍利弗所求作和尚或作阿闍黎夫爲長者子應供養父母是故我今應供養世尊阿難悉作我今得無爲而住是故舍利弗恒敬重阿難若得衣服飲食於中好者先奉阿難是故律本中說欲奉舍利弗佛問阿難舍利弗何時當還阿難答言或九日還或十日還問曰長老阿難何由知舍利弗九日十日當還答曰所以知者舍利弗欲遊行諸國時來至阿難所語阿難言我欲行某國某國某時某日當還長老當好供養世尊愼莫懈怠若世尊爲四部衆及天龍

說法時長老好憶持我還長老當爲我說若世尊覓我時長老當遣人來報我舍利弗在諸國或追信來問訊世尊問訊世尊已往至阿難所語阿難言舍利弗令問訊大德少病少惱安樂住不問訊阿難已語阿難言我某日當還是故阿難知舍利弗九日十日當還是故律本中說佛告諸比丘若十日聽畜長衣法師言若阿難言舍利弗一月半月當還如來亦應因此結戒阿難言十日當還是故如來聽十日內畜長衣不犯問曰如來何故隨阿難語仍結戒答曰此是制罪非性罪是故隨阿難語而結衣竟者隨因緣得衣竟或望衣竟或望斷作者割截簪縫是故名作竟者衆事已訖是名竟失衣者若奪若失若燒若漂若敗壞若望斷若迦提月過若出功德

衣如是衆因緣亦名竟佛告諸比丘有八事捨迦絺那衣何謂爲八一者去二者竟三者盡四者失五者聞六者望斷七者出界外八者共出是爲八法師曰此八事褰陀迦別當説共僧捨者作白羯磨捨十日者時剋也此衣十日内聽畜不得過十日六種衣中若一一衣者何謂爲六一者驅磨二者吉貝三者句賒耶四者欽婆羅五者娑那六者婆輿伽是名六衣若一一衣十日内應説淨者若長二搩手廣一搩手應説淨若不説過十日犯捨墮是故律本中説我聽諸比丘説淨衣長八指是修伽陀指廣四指此是最下衣尼薩耆者漢言捨此是律法波夜提罪應懺悔法師曰何時尼薩耆阿留那出時漢言明相得罪若多衣縛束一處過十日得一罪若散衣不縛束計衣多少隨得罪捨已然後懺悔法師曰云何捨如律本中説佛語諸比丘汝當如是捨整衣服偏袒右肩來至僧中先禮上座長跪叉手作如是言大德僧憶念我比丘某甲故畜長衣過十日犯捨墮今捨與僧若一衣言一若二衣言二若三衣若衆多道言衆多衆中了了解法比丘應作白羯磨受彼比丘懺悔大德僧聽比丘某甲故畜長衣過十日犯捨墮今見罪僧中發露懺悔若僧時到僧忍聽我受某甲比丘懺悔白如是羯磨已問彼比丘言汝見罪不答言見汝當來罪莫犯答言善然後受懺悔若捨與一人捨二人捨三人中作是言大德憶念我比丘某甲畜長財過十日犯捨墮今捨與諸大德波夜提罪今懺悔三人中一人應白二人言諸長

老憶念我受其甲比丘懺悔當憶持受懺悔者問彼比丘答對如僧中無異僧中一人應三唱還彼比丘衣作是言此尼薩耆衣僧今捨與長老如是三唱此爲作法故捨衆僧下至一人應還彼比丘衣善若不還者犯突吉羅罪若犯捨墮衣不捨不懺悔隨著一一突吉羅罪若一著不脫乃至破一突吉羅罪若犯尼薩耆衣無罪者於十日内若說淨若失是名無罪諸比丘自作是念如來聽畜三衣我今長雨衣尼師壇覆瘡衣敷具手巾朱羅波梨迦羅衣不知當云何爲說淨爲受持作如是念已往白世尊佛告諸比丘三衣受持不須說淨雨衣四月受持過四月已說淨尼師壇受持不須說淨覆瘡衣不須說淨瘡差已說淨敷具受持不須說淨朱羅波梨迦羅衣受持不須說淨手巾受持不須說淨問曰三衣云何受持答曰作竟染點淨量足然後受持云何量僧伽梨鬱多羅僧量者上者修伽陀衣下者長四肘一搩肘廣二肘一搩肘安陀會量者長四肘一搩肘廣二肘若長廣減量作朱羅波梨迦羅衣漢言雜碎衣受持三衣者云何受持若先受持僧伽梨捨已受持新者以身口對大德比丘說若無大比丘以手捉僧伽梨自說若手不捉不成說應道其名字法師問曰所捨三衣作朱羅波梨迦羅衣受持不須說淨答曰應說淨尼師壇受持一不得二敷具青黄赤色有縷毛多少隨得畜覆瘡衣畜一不得過手巾畜二朱羅波梨迦羅衣隨有多少說受持不犯牀蓐薦蓆隱囊氍毹悉屬房物不須說淨受持三衣云

何失若施人若人若賊奪若失若罷道若還作沙彌若死若轉根若捨若穿若離宿問曰云何穿答曰穿大如指甲問曰云何指甲最小指甲若當穿中有一橫縷不失若僧伽梨鬱多羅僧廣邊八指內穿不失長邊一搩手內穿不失安陀會廣邊四指內穿不失長邊一搩手內穿不失長廣外穿如小指甲大失若失已過十日犯捨墮補竟受持尼師壇覆瘡衣雨衣數具手巾若受持穿不失若衣欲破未有穿或一條或二條先以物補然後割却故者不失受持若三衣有二種一種穿一種不穿不失問曰袈裟背處欲破轉中著兩邊云何轉而不失答曰先取兩邊合刺連相著然後以刀破背處開然後刺緣不失受持若袈裟太減不失受持若袈裟小以物裨不失受持問曰若浣袈裟色脫失受持不答曰不失若最下量物長一尺六寸廣八寸以此物補應須說淨若以小物補不須說淨說淨有二種法一者對面淨二者展轉淨云何對面淨并縛相著將至一比丘所胡跪作如是言我有此長衣爲淨故我今施與長老正得掌護不得用云何得用若施主語言此是我衣隨長老用若作是語得用無罪是名對面眞實淨云何展轉淨於五衆中隨得一人作施主將長衣至比丘所說言我比丘某甲有此長衣未作淨爲展轉淨故施與長老彼受施者言大德有此長衣未作淨爲展轉淨故施與我我今受施主是誰答言某甲比丘更說言大德有此長衣爲淨故施與我我已受此是某甲比丘物大德爲某甲比丘護持用

時隨意不須問主是名展轉淨施法師曰若受施已答言善不知爲說不成說淨應更覓知法人就說與前人云何成就云何不成就若言施與大德若言捨與大德此是眞實淨成捨云何展轉淨施成捨若言爲展轉淨故施與長老若言爲展轉淨故捨與長老若言爲展轉淨故與長老隨用一說成捨云何不成捨若言願大德受此衣願成就大德衣是名眞實展轉淨施不成眞實淨捨云何成受不成受若言我取若言我受是名眞實淨成受云何不成受若言我當取若言我欲取若言作我物若言成我物是眞實淨不成受若請爲施主不得不受若不受者非律行也法師曰次第文句易可解耳若受已不得不還若不還得突吉羅罪若受已知非已物因施方便承匿此物隨直多少得罪此戒從身心口起長衣不受持不淨施過十日得罪不以想脫知過十日得罪不知過十日亦得罪此戒三受所攝長衣戒廣說竟

持鬱多羅僧安陀會遊行諸國者此僧伽梨置既久而生殕壞於是長老阿難按行諸房見殕衣法師曰阿難云何見此衣阿難按行而見此衣答曰所以長老阿難按行諸房若見有敗壞者及不淨便自補治掃除若見有疾病比丘便隨時供養料理是故阿難按行諸房與不離宿羯磨者雖離衣宿而不犯尼薩耆罪問曰得幾時離宿答曰隨病未差得離宿若病比丘僧爲羯磨離衣宿已往餘方若病差欲還道路險難不得還恒作還意雖病差不失衣若決定作不還意失衣若過十

日犯長衣罪若往餘方病差還來至衣所病復發更欲往餘方承先羯磨不須更羯磨聚落一界者此聚落一族飲食共同置衣此聚落身在阿蘭若處若明相未出入聚落界不失衣聚落別界者住止別衣在此家身在彼家宿失衣不離肘者衣在十五肘內不失若衣在地身以神力在虛空失衣別聚落者多王如毗舍離拘私羅那國此是別聚落若衣在客舍身在外若未離衣十五肘內不失衣法師曰次第文句易可解耳重閣者或五重或七重各一界有別界云何一界若上下重悉屬一主衣在此重閣不失衣是名一界云何別界此重閣多人共住若住處各異衣在上重比丘在下重比丘應往衣所若不往衣所失衣是名別界車界者若比丘置衣車上比丘應隨逐車行不得遠若明相未出時離車十五肘內不失衣若出十五肘外失衣是名車界若寄衣置車車若翻倒或敗壞車上物分張多聚衣隨聚處比丘應往衣邊不得離樹界者日正中時影所覆處若樹枝葉疏蔭不相連接衣在日中比丘在樹下失衣若樹枝偏長衣在枝蔭下比丘在樹根不失阿蘭若界者如毗梨吒毗林無異漢言大林亦如海洲人所不及處林界者若衣在林中衣在十四肘內不失衣海洲亦如是方十四肘內不失衣此林若有人來往無十四肘界衣應隨身若不隨失衣比丘在阿蘭若處竟夜坐禪天欲曉患眼睡脫衣置岸上入池洗浴洗浴未竟明相出此衣便成離宿犯尼薩耆罪若未捨未懺悔若著突吉羅罪若露身上

岸復犯突吉羅罪問曰云何得脫答曰若無比丘未得懺悔得著無罪若見比丘不捨懺悔隨著一一突吉羅罪若比丘有捨墮衣欲將至比丘所捨懺悔道路值賊奪衣但懺悔波夜提罪若遣沙彌或白衣爲比丘持衣行或僻路或眠熟至明相出失衣應捨若沙彌或白衣持衣在前入不失衣界比丘亦入不知謂言界外明相出衣實在界内謂失不失依止亦如是若弟子未滿五臘爲師持衣隨和尚行道路值人說法因貪聞法故至明相出不犯離師罪何以故心無闇定住故和尚犯離衣宿罪此戒衣已受持離宿故得罪餘文句如前無異離衣宿戒廣說竟

爾時有一比丘得非時衣此比丘欲作衣不足以水灑日曝牽挽欲令長世尊按行房舍見已問言比丘汝作何等比丘答言此衣短欲牽挽使長非時衣者夏末一月冬四月是時餘七月是非時非時施者僧次得衆次得或獨得僧者一切衆僧衆者或學律衆或學阿毗曇衆或學修多羅衆若不足者小小不足得置一月望得者或於僧中望得或於衆中望得或於親友望得或於知識望得或於糞掃處望得或自物望得是名望得若有望處一月内得畜若過畜犯尼薩耆罪若二十九日得所望衣細先衣麤先衣說淨新得衣復得一月爲望同故若望得衣麤復得停一月如是展轉隨意所樂爲欲同故莫過一月法師曰次第文句易可解耳若二十九日得所望衣即日應受持若說淨若不受持不說淨至明相出時尼薩耆如是展轉乃至十日

得所望衣即日應受持說淨若不受持不說淨至十一日明相出時尼薩耆此戒因緣本起如第一尼薩耆無異廣說竟

爾時佛住舍衛國祇樹給孤獨精舍時長老優陀夷遺故二浣故衣父母親七世者父祖高祖曾祖如是乃至七世母七世亦如是翁親者伯叔兄弟乃至兒孫母親者舅姨乃至兒孫七世悉是母親若兒女乃至孫悉是親也得使出家女乃至孫兒染不得使出家婦兒染何以故非親故比丘尼者從二部僧中白四羯磨受具足戒是名比丘尼故衣者下至經身是名故衣浣尼薩耆者若比丘教比丘尼浣若作竈煖水覓樵鑽火隨所作一一比丘得突吉羅罪若浣竟尼薩耆若浣竟欲還比丘比丘尼自言未淨更爲重浣比丘得突吉羅罪染亦如是若染竟使打隨一一比丘得突吉羅罪若非親非親想使浣染尼薩耆無罪者若比丘尼自取浣不犯若使式叉摩尼沙彌尼沙彌優婆塞優婆夷浣染不犯若使優婆夷浣染未得浣染後出家受具足戒已方爲浣染還比丘得尼薩耆若使沙彌尼式叉摩尼浣染未得浣染後受具足戒竟爲浣染比丘得尼薩耆罪若使優婆塞沙彌浣染未得浣染後出家受具足戒已轉根成比丘尼爲浣染比丘犯尼薩耆罪使比丘浣染轉根亦如是若使比丘尼浣染浣染已比丘自言未淨重爲浣比丘犯尼薩耆罪突吉羅罪若使衆多非親里比丘尼浣衆多尼薩耆若比丘尼從比丘尼僧得具足戒不從大德得具足戒如五百諸釋女使此比丘尼浣

突吉羅罪無罪者若浣革屣囊鉢囊隱囊蓆腰繩浣如是物無罪法師曰次第文句易可解耳此戒具足六事得罪何謂爲六一者身二者口三者身口四者身心口五者作六者不以想脫此戒具三受浣衣戒廣說竟

爾時佛住王舍城於竹林精舍時欝波羅華比丘尼住舍衛國於是欝波羅華清朝著衣持鉢入舍衛國乞食乞食已還入安陀迦林白日入定問曰比丘尼無獨行法欝波羅華云何獨入安陀迦林答曰如來未制獨行戒是以欝波羅華得獨入已行者已行賊法云何行賊法穿踰墻壁劫奪人物以此爲業是名爲賊賊主者統領諸賊此賊主先與比丘尼欝波羅華相識前行者賊主導前而行見欝波羅華比丘尼畏諸賊侵犯語諸伴言汝等可於此路去諸賊即隨賊主而去從三昧起者比丘尼初入禪時自誓言我某時當起從三昧起已諸賊唱如是言若沙門婆羅門須者當與比丘尼心自念言此林更無餘人惟我一人必當與我是故比丘尼得取在寺者是優陀夷問曰何以優陀夷獨自在寺答曰諸比丘悉隨如來入聚落乞食留優陀夷守護住處若汝欲與我者當與我安陀會細緻故法師曰優陀夷於安陀會少有貪但欲見比丘尼身故是以乞安陀會與已云者優陀夷三乞已比丘尼即脫衣與已還所住處交易者律本中說佛告諸比丘五衆同法得共相交易云何同法同師戒見共同是名同法初欲受突吉羅罪入手尼薩耆惟除親里比丘尼不犯非親里式叉摩尼沙彌尼優婆

私不犯不犯者若比丘爲四衆說法歡喜布施無罪若非親里比丘尼擲去糞掃取不犯從一部衆受具足戒非親里比丘尼受突吉羅罪從二部衆受具足戒非親里比丘尼受尼薩耆波夜提罪若以少物交易得多不犯餘文句易可解耳不須廣說此戒具六事 制罪具三受如前受衣戒廣說

爾時佛住舍衛國祇樹給孤獨園精舍憂波難陀釋迦子者釋種出家有八萬人憂波難陀最爲輕薄而性聰明音聲絕妙涉遠路者衆多比丘從娑翅多往舍衛國於中路中遇賊劫奪衣物檢問者汝裸形外道乃有好心答曰我是釋種沙門非外道也諸比丘聞言是沙門往白優波離大德可往檢問優波離即往檢問汝幾臘何時受戒師僧是誰云何受持三衣問已知是比丘得從非親友檀越乞衣若無乞處以草障身入寺不得裸形入寺法師曰我今次第說若比丘道路行見賊持衣鉢與年少令走避若賊逐年少失衣上座若下座隨得一人折取草及樹葉付與餘人使得遮身向寺白衣見比丘遭賊裸身持白衣衣與或與五大色衣得著無罪是故律本中說有比丘著白色衣或著上色衣或著不割縷衣得著無罪此是何人若有智慧當思此義答曰此是遭賊失衣比丘若有比丘遭賊失衣得著外道衣外道衣者若鳥毛或木板衣得著無罪然不得轉見受邪見法若失衣比丘入寺若有僧衣者與僧衣若屬房衣比丘入房住若不入房住得以此衣與若無衣得以敷具隱囊替與比丘著若破壞不

須償若檀越施衣應還僧衣失衣比丘入寺若無僧衣得從非親里居士乞失衣比丘得自乞爲他乞不犯惟不得乞金銀法師曰餘次第文句易可解耳不須廣說此戒從身心起具三受從非親里乞衣戒廣說竟

善見毗婆沙律卷第十四

音釋

椰 以遮切椰子木名也
瞻蔔 梵語也此云黃華蔔蒲北切
誘訹 誘與久切訹辛聿切誘訹相引也
締 丑知切
肘 陟柳切二尺爲肘
匿 昵力切
殕 芳武切物敗也
鑽 子官切穿也
緻 直利切密也
裸 郎果切赤體也

善見毗婆沙律卷第十五

蕭齊外國沙門僧伽跋陀羅譯

爾時佛住舍衛國祇樹給孤獨園精舍多將衣者檀越聞比丘失衣人人與衣自恣請者檀越語比丘言若有所須隨意取是名自恣請上下衣者安陀會欝多羅僧受僧伽梨是故律本中說若比丘失三衣得受上下衣餘一衣餘處乞若失二衣得受一衣若失一衣不得受若比丘尼失五衣得受二衣若失四衣得受一衣若失三衣不得受若親友若自恣請檀越若自已物隨意受此戒具六事非想得脫此是制戒身業口業具三受上下衣廣說竟

爾時佛住舍衛國祇樹給孤獨園精舍衣直者金銀錢若檀越檀越婦欲持直爲比丘買衣比丘知已即往勸言若爲我作衣者當使細緻長廣敎益直者下至十六分之一敎緻織者下至增一線若得此衣尼薩耆罪若檀越欲作大勸使小欲多直買勸令少直若隨檀越作如是得衣無罪若親里若自恣請檀越如是勸作不犯若爲他勸益不犯法師曰次第文句易可解耳不須廣說第二非親里居士爲比丘辦衣價多居士爲異餘文句如前戒說

爾時佛住舍衛國祇樹給孤獨園精舍語居士言汝可持此衣直買衣與某甲比丘如是語已五十罰者罰五十迦梨娑槃直待大德者大德我今日有事願大德待過今日明日當與王臣者食王俸祿是名王臣遣使者遣人送也將者將至比丘所取淨者若得淨物

我當受也淨物者衣服湯藥是名淨物若守僧房者爲僧驅使人也日令知者我已語守房人若大德須衣往其所當與大德衣居士我須衣者告令知也隨解語知也第二第三亦如是索若得者善若不得者第一第二第三乃至第六在前默然云何默然者口不語立不坐若檀越喚敎坐不得坐若與飯食亦不得受乃至飲亦爾若請說法呪願悉不得爲說若檀越問言以何因緣來至此答言居士自當知若得者善若不口語索得十二默然求若一語索破二默然二語索破四默然若三語索破六默然乃至六語索破十二默然若更往索得衣者尼薩耆若一日一往一索如是得六日往若一日一往六語語索後不得更往索亦不得默然若不得衣隨衣價來處往語言我於汝財竟不得用汝自知莫使失若不得衣應自往報衣主不得使人往報若使人報犯突吉羅罪法師曰執事人有二種一者指示二者不指示指示有二種何者二種一者比丘指示二者使者指示不指示者復有二種一者自不現前二者他不現前是名四執事人法師曰云何使者指示答曰若有居士爲比丘買衣使者往至比丘所使者到已語比丘言大德某居士遣我送衣價願大德受比丘答言此是不淨物比丘不得受使者復言大德有執事人不比丘答言無使者自覓執事人得已將至比丘所語比丘言此人能爲大德作執事人即持直付執事人使者對比丘前語執事人汝可持此直買衣與比丘若有執事人比丘語使者言執

事人在某村某處名某甲使者往至執事人
所語執事人言汝可持此直買衣與某甲比
丘付已還至比丘所語言大德所示執事人
我已付衣直大德須衣往取使者付衣直已
若不自來報比丘遣人來報語比丘言大德
所示執事人已付衣直大德須衣往取當與
大德衣是名四種執事人是故律本中說比
丘若有執事人信心敬法可以直付之若汝
等須衣當往取當取淨物不受金銀以此因
緣方便可得受金銀除此無受金銀法若使
者語執事人可持此直買衣與某甲比丘使
者付執事人衣直已不報比丘比丘不得就
執事人求衣若求得衣突吉羅罪若有居士
持金銀往比丘所語比丘言持此金銀與衆
僧願大德受爲作僧伽藍作食堂若園田比
丘不得受若受得突吉羅罪教令付淨人後
得爲處分料理若使人不解比丘得教淨人
爲受後得隨處處用若居士持金銀布施衆
僧教作飲食衣服湯藥卧具不得自受若衆
僧受金銀後得飲食衣服受用得突吉羅罪
若衆僧不受居士不解將還知律比丘路見
語言汝與衆僧何以將歸居士聞已解即還
付與淨人若居士市施隨處用比丘不得迴
換若迴換餘用者突吉羅罪若施作房舍住
處之食衆僧各欲散去無人守護得減房直
糴食以供守房舍人食若如此迴換用者無
罪若四方衆僧房舍物若住處無食衆僧欲
散去得減房物以供食用何以故爲守護住
處故雖爾不得盡用若居士布施田地比丘
不得受云何得受比丘語居士言比丘法不

得受田地居士語比丘言此田地中能生四種淨物用供養衆僧若如是者得受若居士言以池布施衆僧使洗浴浣濯及一切衆生飲隨意用若如是施池得受若居士不解語但言施池比丘答言出家人法不聽受池若布施淨水當受居士答言善哉大德本施水如此言得受若居士猶不解語但言布施而已於後命過比丘不得受用若居士有兒孫比丘應教兒孫布施若斷種無兒孫可向聚落老宿言此居士不解布施命已過比丘不得受用長者自知長者語比丘言弟子以水布施衆僧若如是布施者比丘得受用無罪不得受金銀錢若居士持米布施及甘果衣服飲食一切得受若居士自施淨食得受不得自爲身教居士及淨人作飲食若得亦不得食法師曰往昔有一比丘在質多羅山住欲得餅食出庭前見諸居士以水渥地現爲餅相發口言云何得如是餅明日供衆僧居士即解已便還家中作如是餅明朝持來供養衆僧上座知不受諸下座見上座不受亦各不受往昔知足比丘現相如是猶不得食況今爲身求而得食也布施園不得受如前說無異若布施阿蘭若處及林得受後人破林爲田得米甘果飲食得受若不與不得强責若前破林爲田人罷後人來作應責直何以故爲已成田故若有人欲賃田不得受金銀淨物得受若賃田人不知處所問比丘若有知畔齊應示處所若不知勿妄示或若有人布施衆僧奴不得受若言施淨人或言執事人得受若衆清淨人若朝爲衆僧作食中

後自營覓中前得與食中後不得與食衣一切不得與若半月爲衆僧驅使得與衣食半月自作衆僧不得與衣食若都不爲衆僧執作驅使自爲已營覓後得直與衆僧得受若不與不得就責也若施牛羊不得受若言施乳酪等五味得受餘一切畜生亦爾法師曰次第文句易解耳王臣戒因緣本起身心口業三受此是制罪不以不知故得脫

爾時佛住阿羅毗城憍賒耶敷具者平地布置以酢漿灑雜者乃至雜憍賒耶一毛尼薩耆憍賒耶毛者絲中微細者是也此敷具是氈作非織物也法師曰次第文句易解耳

爾時佛住毗舍離城於高閣講堂純黑糯羊毛者不雜餘毛次第文句易可解耳不須廣說純黑糯羊毛竟

爾時佛住舍衛國祇樹給孤獨園精舍安邊者以少白毛置邊也律中已解不須廣說

爾時佛住舍衛國祇樹給孤獨園除病比丘者若病比丘欲往餘處嫌卧具重不能將行衆僧爲羯磨得作新卧具若病未差得隨意作若病差已更發不須更羯磨得用先羯磨法師曰次第文句易可解不須廣說

爾時佛住舍衛國祇樹給孤獨園精舍尼師壇戒中諸比丘我欲入靜處三月日法師曰世尊何以入靜處三月日世尊遍觀衆生於三月中無得道者是以入靜處三月我入後當有如是事比丘旣聞我語已必立非法制優波斯那朋揵陀子當破此制入至我處我見已當得讚歎因優波斯那朋揵陀子多比丘受頭陀法來得見我我靜處三月竟將諸

比丘案行諸房見尼師壇處處狼藉因尼師壇我當爲比丘結戒世尊作是念已即靜處三月日於是優波斯那朋揵陀子往至佛所者長老優波斯那與弟子年未滿二十受具足戒得突吉羅罪於鶱陀迦中訶責言汝癡人汝未滿十臘云何而輙與未滿二十年人受具足戒復不解教授乃遣餘人教授優波斯那得訶責已禮佛而去心自念言我是善男子出家非惡心出家云何爲弟子故而得訶責我當去十由旬住教授弟子令威儀齊整如我無異然後往問訊世尊因弟子威儀如法故而得讚歎是故律本中說佛問比丘汝心樂著納衣不比丘荅言實不樂著爲隨師故著佛即讚言善哉善哉優波斯那善能教授弟子威儀具足佛告諸比丘者佛見尼

師壇處處狼藉佛告諸比丘信心布施使得受用莫令損失佛已種種方便者佛以無數方便爲諸比丘說法故尼師壇者下至一經坐是名故也取少許者四邊隨取一邊或方或圓取帖新者上若不能帖細擗雜新者作亦得法師曰餘次第文句在律中不須廣說因緣本起如前尼師壇戒竟

爾時佛住舍衛國祇樹給孤獨精舍擔羊毛戒弄者居士道路逢見比丘擔羊毛問言大德擔此羊毛何處去何處販賣也賣堪幾直比丘聞諸居士戲笑弄已比丘行至寺已瞋恚擲地諸比丘問言大德何處將此羊毛來而瞋恚擲地比丘荅言我爲此羊毛故爲諸居士之所調弄是以瞋恚擲地自擔者以鬱多羅僧裹而自擔也過三由旬者自擔過三

由旬無人代也隨毛多少一一犯尼薩耆罪至三由旬已放地若以杖撥或以脚轉過三由旬皆尼薩耆罪至二三由旬若虎狼賊難擔出三由旬悉尼薩耆罪若三由旬內爲賊刼奪刼奪已後還比丘比丘復得擔三由旬不犯無罪者欽婆羅尼師壇已成氈不犯三由旬內不犯至三由旬已有人代擔過三由旬不犯擔羊毛者下至塞耳過三由旬犯罪法師曰餘次第文句易可解耳不須廣說此戒從身心起不以不知故得脫羊毛戒廣說竟

爾時佛在釋翅瘦迦維羅衞尼拘律園浣羊毛戒者妨廢坐禪誦經者比丘尼由爲六群比丘浣染擘羊毛故是以妨廢餘文句易可解耳浣染擘羊毛戒竟

爾時佛在羅閱城耆闍崛山中金銀戒者金者珂瑠璃珊瑚一切諸寶及販賣之物是金種類是故律本中說下至樹膠錢國土所用皆不得捉亦不得教人捉悉犯若爲身捉尼薩耆若爲僧若爲衆乃至一人若爲像捉悉突吉羅罪無罪者不自受不教人受若居士持金銀布施比丘比丘答言不得受居士復言大德我捨心布施已定不得將還放地而去比丘見居士去已比丘留守看又有居士見比丘住此往問言大德何以住此比丘答言有居士布施此金銀比丘法不得受此居士向比丘言大德大德既不得受布施弟子比丘默然居士承取持去後居士以此金銀易飲食衣服淨物與比丘比丘得受若無解法人金銀在屋中閉戶莫使失若有賣衣鉢

人比丘喚來示金銀語賣衣鉢人言貧道須此衣鉢有此金銀居士自知若無賣衣鉢人有賣非時漿七日藥盡形壽藥將來至金銀所語言有此金銀衆僧須此藥居士自知得藥已衆僧得食用金銀主比丘不得食用餘白衣淨人乃至畜生悉不得食何以故爲衆僧物故若不得藥金銀主置而去更無方便得受若見優婆塞喚來教擲去優婆塞言此金銀何以擲去我當拾取比丘答言隨意若優婆塞解法持易衣鉢來與衆僧得受若無優婆塞可教擲去衆僧應白四羯磨一比丘知五法者將此金銀使閉目擲去莫記處所若記處所突吉羅罪受施用有四種法云何爲四一者盜用二者負債用三者親友用四者主用問曰云何盜用答曰若比丘無戒依僧次受施飲食是名盜用云何負債用若比丘受人飲食衣服應先作念若不先作念而受衣食是名負債用若有聰明智慧信心出家比丘至受食時口口作念若鈍根者未食時先作一念若鈍根比丘受用衣時應朝先作一念利根者著作念房舍牀席臥具一切受用信施應先作念若不先作念是名負債用者若不爲障寒障熱及障慙恥而用衣若不爲飢渴疾病而受飲食湯藥亦名負債若受飲食衣服不先作念突吉羅云何親友用七學人受用施物如子受父物無異是名親友用云何主用眞人羅漢受用施物法師曰於四種受用中盜用最惡復有四種受用云何爲四一者有慙愧用二者無慙愧用三者有法用四者無法用云何有慙愧用無慙愧

人親近有慚愧人受用無罪是名有慚愧用云何無慚愧用有慚愧人親近無慚愧人受用得罪是名無慚愧用有慚愧人親近無慚愧人後必當隨其作惡故名無慚愧人無慚愧人親近有慚愧人後必當改惡修善是名有慚愧人云何有法用若有慚愧人用法而得是名有法用云何無法用無慚愧人不用法而得若得此物如得毒藥無異是名無法用法師曰餘次第文句已在律中不須廣説此是制罪身口心業三受受寶戒廣説竟販賣寶戒者非一種作者或已成器或未成器頭物者華釵一切頭所用悉是頭物鐶釧鉗鑠種種身所裝梳是名成器以成器易未成器以未成器易已成器以突吉羅易尼薩耆波夜提以尼薩耆波夜提易突吉羅問曰云何以突吉羅易尼薩耆波夜提答曰以銅錢易金錢亦得尼薩耆波夜提是名突吉羅易尼薩耆波夜提以金錢易銅錢是名尼薩耆波夜提易突吉羅若以寶易鐵以此鐵作鉢作斧隨作一一作器悉不得用若用突吉羅罪法師曰餘次第文句易可解耳因緣本起如前戒無異種種販賣戒律中已解更無異義不復重出若畜長鉢過十日尼薩耆波夜提尼薩耆鉢不捨不懺悔若用突吉羅罪無罪者未滿十日若説淨若受持法師曰新鉢幾熏堪受持答曰若鐵鉢五熏堪用若土鉢二熏堪用若買他鉢未還直不得受持若鉢主言但用然後還直鉢主雖作此語亦不得受持還直然後受持若買鉢已度直竟鉢主爲熏竟報比丘比丘不往取過十日犯捨墮

若鉢主熏竟人知熏竟傳向比丘道比丘雖聞語過十日不犯要聽鉢主報後過十日對人説受若無人得獨説受若失受持者罷道死轉根捨穿是名失受持破穿如粟大失受持若以鐵屑補得受持因縁本起如前無異長鉢戒廣説竟舍衛國五種藥者生酥熟酥油蜜石蜜酥者一切淨肉乳亦可飲酥亦中作藥問曰七日藥蠅蟻落中得服不答曰漉去得服若今日受酪訖酪中酥爲七日藥不即鑚酥至第七日鑚得酥此第七日得服若至第八日尼薩耆油石蜜亦如是若非時受酪非時鑚若非時受酥不得服油石蜜亦如是若鬼病須生肉生血得差聽服惟除人血不得服若得酥已説内置器中此器已盛酥器中有酥出與新酥共合應更説若酥至第七日若失若與白衣沙彌若還與酥若沙彌布施得食無罪未滿七日布施沙彌至第八日若有急須用得就沙彌乞食無罪法師曰餘文句已在律中不須廣説此七日藥戒廣説竟此是制罪非性罪從身心起舍衛國佛聽雨浴衣者於鶱陀迦因毗舍佉母故聽受雨衣餘一月未至夏者應作雨浴衣浣染縫治四月十六日雨浴衣浣染裁縫不須説淨亦不得用五月一日受持用竟雨時四月合春末十五日一百三十五日用若春末月不得雨浴衣入夏方得即受持用非求雨浴衣時者從九月半至四月半以還此非求雨浴衣時若求尼薩耆若有雨浴衣不用裸形洗浴突吉羅罪四月十六日求雨浴衣不足若有望得處得停置爲足故若得足者應受持

若不足得停置乃至九月半不須說淨若受迦絺那衣得停至正月半不須說淨若三衣不足迴用作袈裟若少不足有望得處得停至一月若足者作衣若不足應說淨若受持若不說淨不受持至三十一日尼薩耆無罪者若少者從親里乞若自恣請檀越乞不犯法師曰餘次第文句律中當廣解不須重說恐怖戒者住阿蘭若處有二種一者長在阿蘭若處二者三月在阿蘭若處比丘阿蘭若處住衣服敗壞得還聚落僧房住爲治護衣故若治護竟還復阿蘭若處住得迦提月賊者迦提月無雨秋賊起見諸賊殺人奪物比丘恐怖者畏失三衣三衣中隨一一衣寄聚落中恐怖者若自見賊若聞人道是名恐怖若阿蘭若處衆僧多房舍堅密不須寄衣聚落寄衣已六夜一往看見衣已還阿蘭若處除僧羯磨法師曰餘次第文句律中已說不須廣解迴施者檀越飯佛及僧欲施衣比丘自迴向已初教迴向已突吉羅罪得物入手尼薩耆波夜提罪若迴施與他乃至畜生欲與此畜生迴與彼畜生得突吉羅罪欲供養此像迴與彼像悉突吉羅罪無罪者若不知與僧法師曰三十事廣說究竟無遺餘次至九十事汝等一心聽妄語戒中訶多者此是大德名也釋種出家有八萬人訶多亦在其中性好談論與外道論義時自知理屈便違反前語若外道好語時便迴爲已語自知理僻言是外道語若剋時與外道論義語外道言中後當論義自中前來語諸檀越言即時論義自上高座語諸檀越言外道那得不來

必當畏我是故不來自下高座而去中後外道來見比丘不得便訶責言沙門釋子言知正法云何故妄語妄語者口與心相違亦名空語也不犯者欲說此悞說彼妄語戒廣說竟此是性罪毀呰語者欲令彼羞也無罪者惟除教授此是性罪毀呰語廣說竟兩舌若兩舌鬪亂比丘比丘尼波夜提餘三衆突吉羅白衣亦突吉羅此是性罪兩舌廣說竟同誦句者有四種何者爲四一者句二者隨句三者隨字四者隨味何者爲句偈中句一句是名一句何者隨句次第二句是名隨句何者隨字隨文字而說是名隨文字何者隨味同字異義是名隨味有字義味是名爲句若教未受具戒人諸惡莫作未受具足戒人同聲而誦波夜提若師言諸惡莫作未受具足人抄前而誦諸善奉行同聲而誦師得罪師言諸行無常弟子言無常亦得波夜提若長行同者隨字得罪佛語者一切律藏阿毗曇藏修多羅此是佛語聲聞語者阿能伽那正見經何毚摩那經周羅畢陀羅摩訶畢陀羅是名聲聞語梵志語者一切外道梵志一品是名梵志語天人語者魔王梵王帝釋一切天人所語是名天人語同誦不犯法師曰若佛涅槃後迦葉爲上座五百羅漢所集三藏若共未受具戒人同誦此法者得波夜提罪若法師所撰文字共同誦者不犯法師曰同誦戒廣說竟不前作念者臨欲眠時應先念佛念法念僧念戒念天念無常於六念中隨一一念若不如是念是名不前念露身者臨眠不先作念心即散亂是故露身種種音聲

或如鳥聲或如牛馬聲諸優婆塞聞已皆生譏嫌云何出家人作如是眠佛因是事爲諸比丘結戒自今以後不得與未受具足戒人同房宿時羅睺羅聞佛結戒護持不犯是故羅睺羅入佛厠以袈裟敷地而眠羅睺羅所以入佛厠屋者以淨潔多人以香華供養是故入中而眠明相未出如來上厠先謦欬作聲羅睺羅在内亦謦欬作聲佛知而故問汝是誰答言我是羅睺羅佛因羅睺羅故念諸沙彌開得二宿法師曰云何房不得共宿一切覆一切障乃至以衣縵作屋亦犯壁者乃至高一肘半亦名爲壁共宿犯若多房共一户亦犯除別有户不犯第三明相未出避去若不避者令三宿亦不犯第四宿初夜不得若脇著牀波夜提罪若屋少覆多障不犯多覆少障亦不犯若四周屋各向裏開户共一大户出入亦犯若別有户不犯若過三宿比丘眠未受具戒人眠得波夜提罪若未受具戒人眠已起更眠隨眠多少得波夜提罪若未受具戒人過三宿未受具戒人眠比丘眠俱波夜提罪若比丘起已更眠隨眠多少衆多波夜提罪若屋相連接大乃至一由旬同一户出入亦犯屋若有龜鼉窟止穿外邊裏邊不通不犯若屋多覆半障突吉羅罪多障半覆亦突吉羅罪法師曰餘次第文句易解不須廣說同宿戒廣說竟共女人同屋宿戒者作福德舍擬去來人止宿也共女人同屋宿戒已在律中不須廣說爲說法者或說三歸五戒或說天堂地獄除有知男子者是人男非鬼畜生若有知男子過五六語亦不犯

五六語者若比丘爲說五六語無罪五六語者一偈一句若聲相連不斷一波夜提若句句斷句句波夜提一句經文五句義疏合成六句不犯若過波夜提有衆多女人爲一女人說法竟復爲第二第三女人說第一女人復來聽雖過五六語不犯答問者若女人問長阿含中事比丘隨問而答乃至盡阿含亦不犯法師曰餘次第文句易可解耳不須廣說因緣本起如前戒爲女人說法廣說竟此聖制戒前第四波羅夷已廣說竟此中不異實得過人法向未受具戒人說故得波夜提過人法向未受具戒人說竟麤罪者四重十三是名麤罪除比丘比丘尼向未受具戒人說波夜提除僧羯磨者羯磨在某處某處說若非所羯磨處說波夜提除四重十三若說餘篇罪突吉羅法師曰餘次第文句已在律中不須廣說麤罪戒竟掘地戒者眞地非眞地今當分別眞地者無有沙石瓦礫純土是名眞地非眞地者多有沙石瓦礫少土是名非眞地若地被燒亦名非眞地若地有沙石云何知可得掘應取少土以水洮看若四分石一分土可得掘若石上土厚四寸燥得取若雨已經四月不得取若比丘掘生地掘掘波夜提若比丘語淨人言汝爲衆僧掘地及斫木不犯若指示教掘是斫是波夜提若畫地或作字波夜提若把火燒手擲地不犯餘文句在律中不須廣說掘地戒廣說竟此是制罪從身心起不受語是曠野比丘不受鬼神語因斫樹故傷鬼子臂鬼作是念不應專輒殺出家人當往白佛佛聞此事當爲比丘

制戒往至佛所具白此事世尊聞已即說偈言

若人瞋心起　譬如車奔逸　車士能制止不足以爲難　人能制瞋心　此事最爲難

佛說偈已此樹神即得須陀洹道佛知樹神無住處以天眼觀見樹無主者語樹神言汝可依此樹住問曰此樹在何處答曰此樹在給孤獨園樹神得住止已心自念言世尊大慈賜我宮殿自今以後供養世尊爾時佛爲天人說法若有大天人後來前小天人次第退坐乃至海際爾時得道樹神退依樹而住聽佛說法佛晝日爲四部衆說法初夜爲比丘說法中夜爲天人說法後夜爲龍王說法云何知之中夜天人來打戶扇上頭後夜龍王來打戶扇下頭是故天龍之異樹者生樹也村者此樹入微合成名之爲村樹有五種阿梨陀者黃薑也憂尸羅者香莩也質他致咤者是雀頭香盧揵者黃連也陀盧者外國草名也舍摩者是菩提樹也婆羅醯者貝多樹也此二種樹惟見交廣有餘方不見蘇摩那華者其華香氣與末利相似末利華者廣州有其華藤生也蘇羅婆者不得此草名也菩醯那是外國草名也樹有二種一者水生二者陸生優鉢羅蓮華浮萍水生若水中翻覆得突吉羅若離水波夜提若須華果得攀樹枝下使淨人取不犯不得令枝折若樹高淨人不及比丘得抱淨人取不犯若樹押比丘得斫樹掘地以救其命不犯傷草木戒廣說竟此是制罪從身心起餘語戒者以作惡行者不應作以作身口得罪覆者不欲令人

知誰得罪者法師曰今當釋其義若有餘比丘問長老得罪將至僧前共判此事於僧前答言誰得罪餘比丘語言長老得罪答言我得何罪比丘言或言波夜提或言突吉羅問我何時得罪語言汝某時某時得罪我作何事得罪汝作某事得罪答言汝道何事如是不隨問答是名餘語若比丘見闡那捉銀錢比丘語言何以捉銀錢答言我捉錫錢非銀錢或見飲酒語言汝何以飲酒答言我飲水語言汝何以與女人獨坐屏處答言有智男子是名餘語或時默然不答若如是非法作餘語答僧得波夜提若狐疑是法非法作餘語答僧得波夜提若實知答僧言我不知得波夜提畏成鬪僧默然不犯餘文句易可解不須廣說此是性罪從身心口業起不隨問答廣說竟若譏嫌被僧差人波夜提若譏嫌餘人突吉羅此是性罪身口業起譏嫌戒竟若露地敷僧卧具戒冬時者霜雪時也已曝身者寒月取衆僧牀席逐日曝身知時者若人請喚不舉衆僧卧具不教他舉犯法師曰冬日時有四月熱時有四月若不雨時得敷衆僧卧具若雨時不得敷樹下者若樹葉厚密上無衆鳥聚集得敷衆僧卧具不犯若比丘受上頭陀法若在樹下若在空地乃至不得袈裟爲屋不得將衆僧卧具在外受用若能掌護乃至袈裟覆莫令濕得受用若受中頭陀法無雨時露地雨時屋下若入屋下得受僧卧具若檀越見比丘露住爲作衆僧卧具比丘受已若有比丘應付囑若無比丘付囑與近住處若無近住若空屋舉置若無空

屋若厚密樹下可縛舉已去若不舉若去時先作念我入聚落不久當還如此去者無罪若入聚落已有八難因緣不得來付囑無罪若實雨言不雨而去突吉羅牀有四種何謂爲四一者波摩遮羅伽脚二者文蹄脚三者句利羅脚四者阿遏遮脚波摩遮羅牀者梐入脚文蹄脚牀者梐與脚相連成也句利羅牀者或作馬蹄脚或作羊蹄脚虎狼師子如是是名句利羅脚阿遏遮脚者脚入梐如是牀在露地敷已離中人擲石外波夜提若上座囑下座教敷牀已若上座置衣著牀上下座得去若不置一物下座應爲摒擋若不摒擋囑上座已去無罪若敷已未坐更有比丘坐語已去無罪若爲法師敷高座若法師未來敷者應守護若法師坐已得去無罪若還提坐隥下至木樽去時不自舉不教人舉突吉羅若衆僧染盆水瓮曝繩去時應舉置常處而去若不舉而去突吉羅若他人私物不舉亦突吉羅自己物去時不舉亦突吉羅若有八難因緣去時不舉不犯法師曰餘文句易可解不須廣說此戒是制罪從身心口起房內敷僧卧具或比次者若彼作比丘比次者是枕囊或坐囊若薦蓆下至草敷去時自不舉不教人舉若無籬障去離一擲石外還突吉羅二擲石外還波夜提若有籬出籬外便犯僧房內敷僧卧具戒廣說竟知他比丘敷卧具竟後來惱他比丘波夜提若不知若疑亦波夜提若八難因緣不犯惱他戒廣說竟是性罪重閣者下至倚立不著頭無罪無罪者非重閣者不犯重閣戒廣說竟若重泥

者若戶兩邊及上頭得二肘半重泥若戶高下有壁亦得重泥窻四面亦得重泥何以故爲開閉窻戶故覆者覆有二種一者圓覆二者蹤覆若一教罷不犯若瓦覆過三節得波夜提若過三節隨用瓦多少一一波夜提若石灰覆過三節隨用摶摶得波夜提若草覆過三節隨用草把把得波夜提若覆不好壞更覆不犯無罪者語已去不犯若空處作屋過三節覆突吉羅此是制罪知水有蟲者隨因緣知也若自澆若教他澆自澆者隨息一一得波夜提若教他澆隨語語得波夜提此是性罪從身心口起用蟲水戒廣說竟教誡比丘尼者大得供養者諸大德爲教誡比丘尼故大得利養非比丘尼與亦非比丘尼教與此諸比丘尼有是國王女大臣女或是大

富長者女各自還家父母問言誰爲教授比丘尼答言諸大德教授我等父母聞已發歡喜心即以四事飲食衣服湯藥卧具供養諸大德有比丘尼還家說諸大德持戒精進學問忍辱貴姓父母聞已增加供養以二種因緣諸大德大得利養六群比丘見諸大德大得利養便語比丘尼言我等亦能教授比丘尼比丘尼聞已往六群比丘所求教授六群比丘爲比丘尼說少法已便多說世間國土治化飢儉豐熟城邑聚落此等皆是三惡道語是故律本中說若比丘有八法堪教誡比丘尼何者爲八一者持戒二者守護波羅提木叉三者威儀具足四者見小罪生怖畏心五者堅持六者多聞七者多聞堅固八者分別說法初中後善純一清白梵行具足正見

無邪誦二部波羅提木叉義字分明音聲流利爲比丘尼恭敬貴重善能隨順說法是名入法持戒者或言戒在身或言持戒不犯是名持戒護持者身口意業不犯或言行無上法或言受具足波羅提木叉法是名守護持威儀具足者不邪命自活不往五處一者婬女二者寡婦三者比丘尼寺四者大童女家五者黄門亦不往信心優婆夷家是名威儀具足見小罪生怖畏者若見小罪如見大毒蛇無異是名怖畏堅持不犯者於持戒中不生退心是名堅持多聞者解一阿含或言二阿含是名多聞堅固者所解阿含堅固不失是名多聞堅固初中後善者法師曰於毗蘭若婆羅門品以說義字分明者爲人解說無疑亂音聲流利者言辭辯了亦不謇吃返復流利者誦二部波羅提木叉無有滯礙半月半月盡布薩悉知六齋日能爲人說法若誦一阿含二阿含亦知無礙知沙門禪定法乃至阿羅漢果悉知無礙若滿二十歲能爲人受具足戒法師曰何以不言知阿毗曇答曰若能知阿毗曇最善若下根者知律及修多羅亦得教授音聲流利女人樂聞何以言音聲流利教授比丘尼答曰女人多貪著音聲然後聽法爲比丘尼敬重者此比丘有道德故爲比丘尼所貴重不汙三衆何以言汙三衆不得教授若教授者此尼見者不生敬重心滿二十歲者若滿二十歲持法堅固少有退敗年少輕躁易可退敗是故制滿二十臘堪教誡比丘尼掃灑房舍灑水者所以掃灑辦水者比丘既從遠來宜應供給牀席水漿

若無薦蓆下至草敷若爲尼說法應須一伴不得房中說若比丘尼於路見比丘遠則合掌近應和南乃至王難路濕亦應問訊夏安居去比丘寺半由旬得安居過半由旬不得若檀越請比丘尼夏坐無比丘依安居比丘尼欲去檀越語言但住弟子爲請比丘來若請未得至後安居有比丘得住若爲請不得應去若道路有命難有梵行難無比丘得安居不犯若初安居有比丘結安居竟若比丘有因緣去若罷道若病比丘尼不知後知以結安居不得移住無罪若安居竟不得無比丘自恣應見半月半月應往大僧中請二法何者二法一者問布薩日二者請教誡法師曰如來何故慇懃囑授比丘尼爲比丘尼女人鈍根故是時比丘尼僧盡往比丘所受教誡諸人譏嫌比丘尼往白比丘比丘往白佛佛因此制自今以去不得多比丘尼往請教誡聽五人往由致譏嫌佛言聽二三人往比丘尼僧應羯磨差二三人往大僧中請教誡乃至阿蘭若比丘亦應教誡比丘尼云何教誡應作期若樹下若客屋中比丘尼期往不往得突吉羅若比丘不至期處往亦得突吉羅比丘尼十四日自恣比丘僧十五日自恣若比丘尼請說若不說八敬先說餘法突吉羅若說八敬已後說餘法不犯餘答問不犯除爲他說尼聽不犯爲式叉摩尼沙彌尼說不犯法師曰餘文句易可解不須廣說此是制罪從心口起三受若比丘僧不差若往比丘尼寺教誡波夜提

善見毗婆沙律卷第十五

音釋

擗匹歷切擘開也　尼薩耆梵語也此云捨隨者渠伊切　翅式利切

擘博陌切鈲也　鐶戶關切指鐶也　釧尺絹切臂鐶也　鏁蘇果切與鎖同

漉盧谷切濾也　謦欬謦棄挺切欬苦蓋切謦欬逆氣聲也　鱓唐何切與鼉同

梐傍禮切　摒擋摒卑政切擋丁浪切　觚音孤　澆古堯切灌也

謇吃謇九件切吃居乙切謇吃語言蹇難也

善見毗婆沙律卷第十六

蕭齊外國沙門僧伽跋陀羅譯

今當說般陀根本因緣般陀者何以故般陀母本是大富長者女長者惟有此一女作七層樓安置此女遣一奴子供給所須奴子長大此女便與私通即共奴籌量我今共汝叛往餘國如是三問奴子奴子言不能去女語奴言汝若不去我父母知必當殺汝奴答言我若往他方貧無錢寶云何生活女語奴言汝隨我去我當偷取珍寶共汝將去奴答言若如是者我共去此女日日偷取珍寶與奴將出在外藏舉計得二人重已遣奴前出在外共期此女便假著婢服反鑰戶而出共奴相隨遠到他國安處住止一二年中即懷胎臨欲產時心自念言我今在此若產時無人料理思念憶母欲得還家共壻籌量我若產時惟有我母能料理我今欲去君去以不奴壻答言不能去我等叛來云何得歸大家必當殺我等婦語壻言女人法雖瞋不能殺子是以欲去壻答言若不殺汝必當殺我不能去也壻入山斫樵不在於後閉戶而去壻還不見其婦即問比隣見我婦不答言汝婦已去其夫聞已即隨後逐至半路便及其婦已生一男夫語婦言汝爲欲產故去汝今已產何須去也婦聞此語慚愧父母故即俱還家料理生活其後未久以復懷胎臨欲產時思憶母故復叛還家至半路復生一男其壻追逐半路共還其二兒於路邊生故字爲般陀般陀兄弟與諸同類共戲二兒力大打諸同類同類罵言汝無六親眷屬孤單在此何敢

打我兒聞此訶責已還家啼泣問母他人皆有六親眷屬我等何以獨無其母默然不答其兒啼哭不肯飲食母見不食啼哭如是其母慈念二兒故便語其實我是某國大富長者女汝父是長者家奴遣供給我我便與其通不能相離我與共逃避在此生汝二人聞母語已語母言可送我還外家不能住此生活其母不許二兒啼泣不已母即共壻籌量此兒啼哭不肯住此我等云何可共送還其外家壻言可爾即共往送到已父母及兒俱住門外見家人出語言汝可還向長者道長者女將兒壻今在門外父母聞已答言可使二兒入汝不須相見長者即遣人迎二兒入兒入已即以香湯洒浴以香塗身著衣瓔珞長者抱取二兒置兩膝上問言汝母在他方云何生活不甚貧乏也一兒答言我父母在他方貧窮以賣樵自活母聞是語心生慈念即開庫藏以囊盛金遣人送與女語言汝留二兒我自養活汝將此金還先所住處好自生活不須與我相見二兒年以長大爲其娶婦父母年老臨欲終時以家業悉付二兒其父母命終爾時佛爲四衆說法爾時摩訶般陀即往佛所聽說法既聞法已心樂出家還家共弟籌量我今欲出家以家事付汝弟聞兄語心中懊惱白兄言我今孤露無所依憑兄今捨我出家我云何得活其弟如是三請兄心堅固無有退轉以家事付弟即便出家出家不久即得羅漢其弟久後心自念言我兄捨家業與我如人嘔吐無異我云何受而生貪著以猒世故即往兄所求欲出家兄即

度令出家教其一偈四月不得忘前失後兄摩訶般陀心自念言此人於佛法無緣當遣還家即語周羅般陀言汝今鈍根即牽袈裟驅令出門於門外啼哭不欲還家爾時世尊以天眼觀諸衆生見周羅般陀應可度因緣世尊往至其所問周羅般陀言何以啼哭在此答世尊言我旣鈍根誦一偈四月不得兄摩訶般陀以我鈍根故驅我出寺世尊言汝止莫懊惱我當教汝法師曰摩訶般陀可不見其得道因緣何以牽其出也答曰周羅般陀非聲聞能度惟佛能度是以牽出世尊安慰其心即以少許白氎與周羅般陀汝捉此氎向日而曝當作是念言取垢取垢世尊教已入聚落受毗舍佉母請世尊臨中觀周羅般陀將得道即說偈言

入寂者歡喜　見法得安樂　世無恚最樂
不害於衆生　世間無欲樂　出離於愛欲
若調伏我慢　是爲第一樂

周羅般陀遥聞此偈即得阿羅漢果

問曰有比丘往比丘尼寺說八敬得三波夜提不答曰有一者僧不差二者往比丘尼寺三者至日没是三波夜提往比丘尼寺說餘法得一波夜提二突吉羅何者是一者僧不差二者往比丘尼寺此二突吉羅至日没一波夜提提婆達多三句陀達多騫馱達多俱迦利伽迦留提舍讚歎者顯其名字别衆食者别衆食有二種一者請二者乞云何成别衆食有一優婆塞往至四比丘所以正食請比丘願大德受之是名請成别衆食一時受請或明日或後日一時受一處食成别衆食

四人俱得罪一時受請已各去至檀越家已一時受食還各處食得罪如故法師曰何以故爲一時受食故一時受請各去各受各食不得罪別請別去至檀越家一時受得罪是名受請得罪云何從乞得罪者有四乞食比丘或坐或立見優婆塞語優婆塞言與我等四人飯或一一人乞言與我飯亦如是或俱去或各去一時受食得是名從乞得罪病者脚破沙土入中不能行故得受別衆食是名病作衣時者若得衣裁或先割截作衣是名作衣時乃至衣上安鉤紐行者下至半由旬船行亦如是飢儉時乃至食不足四人食名大飢儉時沙門施食者或同法沙門外道沙門有七因緣得別衆食不犯不請足四第二乞食足四第三未受具戒足四第四鉢盂足四第五病人足四此四五今當廣說云何不請足四有檀越請四人一人知已不去至檀越家檀越問上座來不三比丘答言不來檀越臨欲中見一比丘即喚入與食四人俱食不犯是名不請足四何以不犯罪一者非請故云何乞食足四三人受請一人乞食不受請是故不得罪沙彌足四者請三道人一沙彌不犯鉢盂足四云何鉢盂足四請三道人一鉢請食不犯病人足四者請三道人一病比丘足成四人不犯請四人有一解律比丘欲俱食畏犯罪即作方便檀越行食時覆鉢不受檀越問言何以不受答言但與三人食我欲呪願三比丘食竟後便受食不犯若請與餅至家與肉亦犯請與飯至家與粥不犯若有檀越欲飯僧遣人往寺請僧受我等飯

僧中有解律比丘自念言此僧中多有行頭陀法使者不解法故作是請解律比丘答言明日當知使者復來故如前不解語請僧知法比丘答言明日當知如是展轉乃至半月若猶不解知法比丘語言若檀越如是請僧者但得沙彌不得大僧使者言諸大德亦受餘家請今者何以不受我請答言非不受請由汝不知法故但言請僧莫言與餅麨魚肉等但言請僧比丘得受不犯若如是教示使者猶不解語畏人譏嫌語言汝但去衆僧明日入聚落乞食往至所請檀越家受食不犯別衆食戒廣說竟此是制罪從身心起展轉食者若比丘受請已檀越未來比丘畏日晚恐檀越不來便入聚落乞食乞食還見所請檀越來比丘不食請主問言大德何以不食

比丘答言以受檀越請故不得食檀越語言但食若如是語者食不犯若衆多檀越同一時請如是食不犯展轉食戒竟此制罪從身心起歸婦賈客道路粮若取一鉢出隨意自食若施人若取二鉢一鉢自食一鉢與比丘僧若取三鉢一鉢自食二鉢與比丘僧不得與知識白衣若親里或自恣請檀越亦不得取過三鉢法師曰餘文句易可解此是制罪從身心起不以不知故得脫歸婦道路粮戒竟五正食者秔米飯穄米飯粟米飯赤秔米飯麥飯此五種米作粥初出釜畫成字不得食若米合菜作粥亦如是若少飯和多水食以離威儀應作殘食法米雜肉及魚作粥肉若現如芥子大應作殘食法肉爛與水無別不須作殘食法一切草根及樹木子作飯不

須作殘食法乾飯者若粟作乾飯或秔米作或麥作乾飯者日曝令燥若以豆及樹木子作乾飯不須作殘食法麨者秔米麨粟米麨麥麨食竟應作殘食法麨有二種一者散麨二者以糖蜜摶令相著麨米不碎故是米不須作殘食法若麨穀米出食不須作殘食法若受五正食者鉢中手中有食人人行食在申手內遮離威儀應作殘食法申手外遮不成遮在申手內口中咽食盡遮不成遮若口中有飯申手內遮成遮若不淨肉一切不中食者遮不成遮何以故不淨不中噉若噉不淨肉申手內遮不成遮若遮與他不成遮何以故未罷食想若正食遮與他不成遮申手內者去身二肘半內遮成遮一肘半外遮不成遮若持食來置地一申手內不授與比丘若遮不成遮若淨人手捉食遮成遮若與他比丘食謂與已若遮不成遮遮有二種一者身遮二者口遮云何身遮若手遮或搖頭或以手覆鉢口遮者言罷不受若以菜雜魚肉作羹若言受菜羹遮不成遮若言受肉羹遮成遮若正不正雜爲粥若說正名成遮說不正名不成遮行威儀者惟除船車乘不犯病人殘食者或食殘或未食亦成殘食戒廣說竟此是制罪從身口起一切樹木及草不任爲食根莖華果得盡形受服有樹草木舉體時食有樹果心時食餘者盡形受藥有樹舉體盡形受藥非時食戒廣說竟若乞美食乳酪魚及肉得波夜提乞餘食突吉羅除爲病人乞不犯乞美食戒竟除水及楊枝者若天人授食或鬼神授食畜生及飛鳥授食皆成

受若頭戴食若肩擔食授與比丘敎比丘自取不成受若低身流落比丘手中成受若擔長乃至二十尋兩頭安食淨人合擔授與比丘受得一頭一頭亦成受若乞食值風雨塵土落鉢中比丘作念當爲沙彌乞食得食還語沙彌言我今乞食值風雨塵土落鉢中不成受爲汝乞食今持與汝沙彌受已語比丘言此是沙彌食今施與大德如是施者得食不犯若比丘手捉鉢食時眠睡人持食置鉢中比丘不覺不成受若臨受食時睡人持食著鉢中成受何以故作受食意故若塵大可除去食不犯若塵細落不可除應使人度若二人並食若行食餘食迸落比丘鉢中成受若食時額頭汗流落鉢中應更受若臂中汗流入手不須受搖擲從地轉來落比丘手上成受若淨人在樹上以繩繫果授與比丘不成受若人長手乃至十由旬度食與比丘成受若比丘病沙彌若淨人抱比丘行見果比丘從淨人乞淨人取果以迴手就身上度與比丘成受若比丘患熱捉果樹枝行以爲遮日後見枝中有果莫動教沙彌摘果授與比丘得受若船或車載飲食比丘篙船牽車動飯食得食無罪若衆多比丘共行惟有一小沙彌比丘各自擔粮至食時各自分分沙彌得分已語比丘言今持沙彌分與大德易得已復持與第二上座易得第二上座食已復與第三上座易如是展轉乃至衆多如是食皆無罪若沙彌不解法比丘自持食分與沙彌易第一上座得易已第二上座復與沙彌易第二上座得易已第三上座復求易如是

展轉衆多皆得換易食不犯共宿惡觸若比丘擔米行沙彌小不能作食比丘得自作惟除不得然火教沙彌然火食熟以分如前展轉與沙彌換得食不犯自作食若食沸涌出比丘不得用氣吹持物攪皆犯突吉羅罪若食吐未出咽喉還咽不犯若出咽喉入口還咽犯波夜提若受生薑後生牙不失受若火淨已後生牙生牙處應更淨非生牙得食無罪先受鹽鹽變成水不失受若急病因緣大小便及灰土得自取服若無灰得破樹然火作灰云何病得毒若蛇齧法師曰餘文句易可解此是制罪從身口起此二食家中坐戒二不定法已解與女人獨露處坐者若二人共坐牀語彼此相解申手內以還得波夜提言語不相解申手內以還犯突吉羅釋摩男者是佛叔之子大佛一月得斯陀含道也若檀越施藥應作藥用不得作食用與油乞酥犯突吉羅象軍者象上有四人下有八人是名象軍馬軍者一人在馬上二人在下是名馬軍車軍者四人逐車是名車軍步軍者四人相逐是名步軍若酒煮食煮藥故有酒香味犯突吉羅無酒香味得食水深沒脚背水中戲得波夜提若搖船弄水得突吉羅青色者或銅青或藍青或木蘭色木蘭色者泥墨也以此三種色點淨下如麻子大若不點淨得波夜提若比丘知水有蟲飲用隨息咽咽波夜提罪知水有蟲以火熱湯燒亦如是蟲水戒說竟若比丘知他比丘麤罪以覆藏第二比丘復覆藏如是百千人共覆藏皆犯波夜提此是性罪因身心起覆藏他罪戒竟若

年不滿二十欲受具足戒聽數胎月閏月數十四日布薩足滿二十得受戒與賊衆議共道行者此是制罪與比丘尼共議道行者此是制罪律中巳說阿摽吒邪見者摩著細滑不遮天道不遮解脱道阿摽吒所以生此邪見者言須陀洹斯陀含有婦兒亦不障道牽此日比言摩著細滑不能障道若言細滑能障道者一切氍蓐及隱囊亦細滑那獨言女人細滑能障道耶阿摽吒邪見戒廣說竟若學毗尼者有五德有六德有七德有八德有九德有十德有十一德何謂爲五德一者身自護戒二者能斷他疑三者入衆無畏四者能伏怨家五者令正法久住云何身自護戒持戒清淨無有缺漏是名護戒律師以六法不得罪一者不無趣二者無知三者不狐疑四者不淨言淨五者淨言不淨六者不迷昬云何不無趣知而故作是名無趣如律本中說知而故作得罪以知而覆藏往不應行處是名無趣云何無知此人不知戒相欲作而作是名無知得罪云何狐疑得罪欲作心生狐疑而作是名狐疑得罪云何不淨言淨是熊肉不淨言是賭肉而噉是名不淨言淨虎肉言是鹿肉非時食言是時食是名不淨言淨云何淨言不淨實是鹿肉作虎肉想噉如是乃至時言非時而食是名淨言不淨云何迷昬與未受具足戒人過二宿不知是名迷昬得罪有迷昬不知時與非時離衣宿亦復不知是名迷昬云何能斷他疑有比丘犯罪狐疑不能決判若來諮問依律爲判是名能斷他疑云何入衆無畏以知律故隨事能作

是名入衆無畏云何能伏怨家如離車子起十非法能依律除滅是名能伏怨家云何令正法久住一者身自隨法二者能令他得法因得法故正心持律因持律故得入禪定因禪定故而得道果是名令正法久住如律本中說佛語阿難若我滅度後毗尼即是汝大師也是名令正法久住下至五比丘解律在世能令正法久住若中天竺佛法滅若邊地有五人受戒滿十人往中天竺得與人具足戒是名令正法久住如是乃至二十人得出罪是名令正法久住因律師故令正法久住是名持律五德云何持律六德一者守領波羅提木叉二者知布薩三者知自恣四者知授人具足戒法五者受人依止六者得畜沙彌是名六德云何守領波羅提木叉知十四日布薩十五日布薩和合布薩僧布薩衆布薩一人布薩說波羅提木叉布薩淨布薩勅布薩是名九布薩此是律師所知有九自恣一者十四日二者十五日自恣三者和合自恣四者僧自恣五者衆自恣六者一人自恣七者三語自恣八者二語自恣九者等歲自恣此是律師所知衆僧有四法一者白僧二者白羯磨三者白二羯磨四者白四羯磨此四法是律師所知非修多羅師阿毗曇師所知若不解律但知修多羅阿毗曇不得度沙彌受人依止有五德六德曾成律師十一德以律師持律故佛法住世五千歲是故多諸比丘就優波離學律云何學律讀誦解義是名學律雜碎者從一不定乃至衆學是名雜碎若向大比丘毀呰戒得波夜提向未受具

戒毁呰戒得突吉羅罪餘文句易可解不須廣説毁呰戒竟此是性罪從身口起打者六群比丘恒驅使十七群比丘以不從語故便打之若瞋心打乃至死得波夜提罪瞋心打者乃至頭破手脚折波夜提罪若打未受具戒下至畜生得突吉羅若欲心打女人得僧伽婆尸沙罪若虎狼師子乃至梵行難以手打求脱不犯手搏者手不著身手搏也手搏戒竟屏處聽者或壁障或蔭處往去步步得突吉羅罪往至聞處得波夜提罪爲欲自改往聽不犯此是性罪若比丘與欲竟後悔戒無解若僧斷事未竟默起去戒無解若比丘先歡喜聽後如是説諸比丘隨親友迴僧物與戒無解佛語阿難入王宮有十過失何謂爲十一者若王與夫人共坐一處夫人見比丘而笑比丘見夫人亦笑王見已生疑是比丘當與夫人共通是名第一過失佛語阿難入王宮復有過失若王與宮中婇女共交會而忘後生兒王言我不近此婇女云何有兒當是比丘所爲是第二過失佛語阿難復有過失若宮中失寶物求覓不得王言更無餘人當是比丘取是名第三過失佛語阿難復有過失若王宮中私語以聲徹於外王念言當是比丘傳出於外是名第四過失佛語阿難復有過失若王退大爲小遷小爲大無人得入王宮當是比丘教王所爲是名第五過失佛語阿難入王宮復有過失若王退長者位遣兒代諸人譏嫌當是比丘出入王宮教王所爲是名第七過失佛語阿難比丘入王宮復有過失若王非時遣軍諸人譏嫌當是

比丘教王所爲是名第八過失佛語阿難入
王宮復有過失若王時遣軍中路退還諸人
譏嫌言當是比丘教王所爲是名第九過失
佛語阿難入王宮復有過失若王調象馬車
以寶嚴飾諸人譏嫌當是比丘教王所爲是
名第十過失入王宮戒廣説竟若爲佛僧捉
寶舉得突吉羅罪若僧坊内若住處内得遺
落寶爲掌護故若去時應付與知法畏罪者
付囑言有主來索當還若久久無主來索得
爲房舍用若池井用不得爲身已用若久後
有主來索應將示僧房若池井此是檀越物
若垂布施善若不布施欲還得本物者比丘
應入聚落向信心檀越道其月其日寺中得
遺落寶掌護久無人來索以用作僧房池井
主今來索欲還本直檀越能以物贖布施衆

僧不若能贖布施善若無人能贖比丘應廣
教化求索覓直還捉寶戒廣説竟此是制罪
從身業起非時入聚落戒無解高牀戒無解
兜羅貯坐蓐戒無解針筒戒無解尼師壇氈
作長二搩手廣一搩手半益縷者益一搩手
長六尺破頭一磔手作三破名爲縷修伽陀
磔手尼師壇戒竟覆瘡衣戒無解雨浴衣戒
無解第一波羅提提舍尼不解若夫婦俱得
須陀洹道若有百千兩金布施亦盡由得道
故於財無有慳惜布施太過居家貧窮是以
佛制不得受食尸沙者學也迦羅尼者應學
作或脚大或股小得下著洒鉢水棄白衣家
内者若飯粒撩與衆生餘水棄不犯或碎令
與水合棄不犯不得淨用水大小便不犯者
若水人所不用或海水不犯水雖中用曠遠

無人用不犯佛塔中止宿及藏物此二戒梵本無有所以無者如來在世未有塔此戒如來在世制是故無著革屣入佛塔手捉革屣入佛塔著腹羅入佛塔手捉腹羅入佛塔佛塔下食擔死屍塔下燒死屍向塔燒死屍繞塔四邊燒死屍不得擔死人衣及牀從塔下過佛塔下大小便向佛塔大小便繞佛塔大小便不得持佛像至大小便處不得佛塔下嚼楊枝不得向佛塔嚼楊枝不得繞佛塔四邊嚼楊枝不得佛塔下洟唾不得向佛塔洟唾不得繞佛塔四邊洟唾向佛塔舒脚安佛置下房此上二十戒梵本無有如來在世塔無佛故爾時世尊訶責六群比丘何以自在下人在高而爲說法佛語比丘往昔於波羅奈國有一居士名曰車波迦其婦懷妊思菴羅果語其壻言我思菴羅果君爲我覓其夫答言此非菴羅果時我云何得婦語夫言君若不得菴羅果我必當死矣夫聞婦語心自念言惟王園中有非時菴羅果我當往偷取作是念已即夜入王園偷菴羅果取果未得明相已出不得出園於是樹上藏住時王與婆羅門入園欲食菴羅果婆羅門在下王在高座婆羅門爲王說法偷果人在樹上心自念言我今偷果事應合死因王聽婆羅門說法故我今得脱我無法王亦無法婆羅門亦無法何以故我爲女人故而偷王果王猶憍慢故師在下自在高座而聽法婆羅門爲貪利養故自在下座爲王說法我與王婆羅門相與無法我今得脱作是念已即便下樹往至王前而說偈言

一人不知法　一人不見法　教者不依法
聽者不解法　爲食秔米飯　及諸餘餚饍
爲是飲食故　我言是無法　爲以名利故
毀碎汝家法
我爲凡人時見人在上說法者在下言其非法何況我今汝諸弟子爲在高人自在下而爲說法時偷果人者我身是也衆學戒廣說竟七滅諍法後騫陀迦中當廣說次說比丘尼戒摩觸者缺盆骨以下至肘膝以上摩觸波羅夷若比丘尼摩觸比丘比丘受樂不動身比丘不得罪若比丘來摩觸比丘尼比丘尼身不動受樂隨處得罪後四波羅夷竟若比丘尼言人共往官所若比丘尼語居士言汝先說理若居士說理時比丘尼得突吉羅居士說已比丘尼復向官說比丘尼得偷蘭遮罪若居士復說比丘尼得理犯僧伽婆尸沙不得理亦犯僧伽婆尸沙若居士言比丘尼官喚比丘尼來來已語比丘尼言但還去官自判得理不得理比丘尼不犯若比丘尼至官前言人若官問何物人不得道名字若教官罰物隨直多少犯罪應償若官問不道名字不犯若官後自尋訪知主官自罰不犯若人偷比丘尼衣不得言是賊但言此人取貧道衣去若人當劫奪比丘尼得就王乞護身不得稱名字若道名字犯如前說王聞比丘尼乞護身已王打鼓宣令若有犯比丘尼者依法治罪後有人犯比丘尼王自依法治罪比丘尼不犯若人入比丘尼寺斫伐樹木不得奪刀斧及打壞若打壞應還直若不還計直多少犯罪餘文句易可解耳言人戒廣

說竟度賊女戒不解第五輒出界外爲解羇磨戒無解第六若比丘尼獨船渡水亦僧伽婆尸沙第七十七僧殘竟三十事無解蒜者惟大蒜食咽咽波夜提餘細蒜葱不犯亦得以大蒜與食中作調和不犯若洒小便處兩指齊一節不得過若一指洒得入兩節不得過不得用三指洒入便犯罪若乞穀麥波夜提乞豆及瓜菜不犯爲造房舍乞穀麥不犯一切不得在生菜果樹及禾穀上大小便得波夜提罪一切餘果木及穀子未出芽大小便上得突吉羅往觀看妓樂者下至獼猴孔雀共戲往看得波夜提若寺中作伎往看不犯若夏安居竟應去寺六由旬若不去得波夜提罪八波羅提提舍尼無解比丘尼戒竟騫陀迦漢言雜揵度爾時世尊過七日已從禪定起天帝釋奉訶羅勒果如來受食以便利天帝釋復授楊枝淨水時賈客兄弟二人從優迦羅村來車載財物欲往中國至菩提樹邊車自然而住不肯前進兄弟二人見車不進以爲不祥即設飲食祠祀鬼神時樹神即現半身語賈人言汝車不去是我留耳賈人當知白淨王子出家學道今在菩提樹下得一切智於七日中未有所食汝可以麨蜜奉上如來令汝等長夜得利益安隱快樂時兄弟二人聞樹神語即以麨蜜奉上如來此次第文句律中已說最初受二歸者獻佛麨蜜二賈人是兄弟受歸依已欲還白佛言我等二人云何得供養如來佛以手自摩頭髮即隨手落語賈人言汝可供養此髮以爲汝大師問曰先受乳糜鉢今何所在今復受四天王獻鉢答

曰如來前受乳糜鉢渡尼連禪河于時鉢沒在水中海龍王將供養是故更受四天王獻鉢鉢色如玉若人求欲出家父母以聽離諸疾病無有障礙來至僧中若衆集應白僧若不集人人語令知白僧已先爲洒浴洒浴已和尚應生兒想不得生汙賤心何以故若如是好心料理弟子於和尚阿闍梨便生父想臨剃髮和尚應爲說五法何者爲五一者髮二者毛三者爪四者齒五者皮所以說此五法者有人前身曾觀此五法今爲剃髮落地即發先業便得羅漢是故先教五法然後爲剃髮如羅睺羅髮落未竟便成羅漢如癰熟須人爲刺然後得破亦如蓮華須待日出而得開敷此欲出家人亦復如是因說五法便得悟道爲剃髮時當頂留五三髮置以香湯洒浴除白衣氣來至和尚前胡跪和尚問言今爲汝去頂髮許不答和尚言爾和尚自爲剃去頂髮剃頂髮已在和尚前胡跪和尚授與袈裟得以頂戴受受已還和尚如是第二第三受頂戴受已和尚爲著不得自取自著袈裟要須和尚授次第禮諸比丘往阿闍梨所禮足胡跪合掌阿闍梨教言汝當隨我語教汝受三歸答言爾與三歸竟次與十戒云何與三歸答曰受三歸有二種一者別受二者總受云何別受別受者歸依佛歸依佛歸依佛竟歸依法歸依法歸依法竟歸依僧歸依僧歸依僧竟是名別受總受者歸依佛歸依法歸依僧歸依佛竟歸依法竟歸依僧竟如是三說是名總受不得先歸依僧後歸依法佛亦不得雜說若師教言歸依佛弟子語

不正言歸依佛亦成受若師教言歸依佛弟子言歸依佛亦成受三歸若師與弟子語俱不正言歸依佛不成受三歸若師教歸依佛弟子答言爾或語不出口或逐語不具足皆不成受三歸受三歸竟次與十戒授十戒有二種一者别受二者總受云何别受我受不殺我受不殺竟如是次第亦如是說是名别受云何總受我受一不殺生二不偷盜三不婬四不妄語五不飲酒六不過中食七不歌舞作倡嚴飾樂器亦不故往觀聽乃至鬪諍悉不得看八不著香華瓔珞以香塗身九不高廣大牀上坐卧十不得捉持生像生像者此是金與銀及一切寶皆不得捉若言音不同者如傖具不相解應教其義如是不殺弟子答言能持亦成受戒若鈍根者不知著衣

不知捉鉢食亦不知行住坐卧皆悉不知不得離和尚一一應隨和尚學和尚看弟子如兒想度沙彌法竟弟子法者明相出早起嚼楊枝洒手面脱革屣往至和尚所師起已與師三種楊枝大中小一時授與師三種楊枝若師日日恒取大者置中小恒與大者若師取中置大小若師取小置大中若有時取大有時取中有時取小三種隨意與應授水水有二種一者冷水二者温水若師恒用冷水置温水若師恒用温水置冷水若師有時用冷有時用温二種水隨意授與供給水已若和尚入圊便轉應往和尚房掃除料理牀席卷褺衣裳授僧伽梨者先安僧伽梨攙已度與和尚若和尚將去著衣持鉢隨和尚後不得近不得遠去和尚七尺而行師應教弟子

持戒若有犯罪應教懺悔有長衣鉢弟子若無應與若弟子疾病應料理若和尚多有弟子一人供給餘者隨意讀誦爾時婆羅門求欲出家比丘不許婆羅門便啼哭懊惱時世尊見婆羅門形體羸瘦問諸比丘此婆羅門何以羸瘦比丘答言此婆羅門求欲出家諸比丘不許是故羸瘦佛問諸比丘此婆羅門與誰有恩舍利弗答言此婆羅門在王舍城曾施我食是故我識佛語舍利弗汝當度此婆羅門時舍利弗白佛言世尊云何度此婆羅門佛告舍利弗汝當爲白四羯磨度此婆羅門爾時世尊集諸比丘爲說法已語諸比丘自今已去斷三語受戒衆中有了了智慧比丘爲作白四羯磨受戒受戒已多作諸惡不案威儀有少欲知足比丘訶責言汝等云何作諸惡行不案威儀比丘答言誰請大德與我戒誰請大德爲作和尚時有少欲比丘白世尊言諸比丘不請作和尚不乞戒與受具足戒世尊因此制戒人不請作和尚不乞戒不得授具足戒若與受得突吉羅請和尚乞戒在律中爾時諸比丘或二人或三人白四羯磨爲人受具足戒中有少欲知足比丘訶責已往白世尊世尊以此因緣集比丘僧自今已去應制十僧授人具足戒若減十人授具足得突吉羅或一歲或二歲爲授具足戒不知教授弟子不案威儀將諸弟子往至世尊所頭面禮足却坐一面爾時世尊勞問汝等四大調和不乞食易得不答世尊言四大調和乞食易得於是世尊知而故問此諸比丘誰弟子也答言我弟子問言汝幾歲答

言二歲汝弟子幾歲答言一歲世尊即訶責言汝自未斷乳云何度人訶責已集諸比丘自今已去不滿十歲不得度人授具足戒若授戒得罪雖滿十臘愚癡無智慧不得授人具足戒與受戒竟法師曰令明失依止不失依止法弟子與依止師共行遥見和尚失依止若見和尚作非和尚想不失依止若和尚來入界内或入屋中弟子不知不失依止若和尚來入界内或屋中或聚落乞食聞聲不見形皆失依止若聞聲作非和尚想不失依止若外道初入佛法中應與波利婆沙得波利婆沙已若好往五不應行處懈怠不肯學佛法若聞毀佛法生歡喜心若聞毀僧生歡喜心不得與具足戒行波利婆沙外道修得四禪乃至能飛騰虛空亦不得與具足戒要滿四月若佛法中修得須陁洹道即日爲受具足戒不須與波利婆沙若在外道或聞說法得須陁洹道來至僧中求欲出家即與出家與具足戒不須與波利婆沙若波利婆沙垂滿四月聞毀佛法生歡喜心聞毀外道瞋恚好往五不應行處應更與四月若結髮外道事火外道不須波利婆沙何以故此二外道有業信因果過去諸佛爲菩薩時出家波羅蜜皆於此道學外道波利婆沙竟癩者有赤癩有白癩有黑癩疥癬皆入癩數不得出家癩癬下至如指甲大亦不得出家如指甲大若在露處增長不增長悉不得出家若屏處不現增長不得出家若不增長得出家若瘤病在露處增長不增長不得出家若屏處不增長得出家若小時有疣病大便失得度

出家此非瘤病是故得出家若身體細起猶如棘刺皆入癩數不得出家度王人者時諸比丘度鬪將出家後有賊起王覓諸鬪將欲使破賊遣人求覓至僧伽藍中諸比丘已度出家使人來白王言諸比丘已度出家王聞已集諸臣共論王問臣言度官人者其罪云何臣答王言若和尚應斫頭羯磨師應截舌餘臨壇人應打肋折時王得須陁洹道聞諸臣語已往至佛所白世尊言自今已後願莫度王人未來世王若不信三寶者諸比丘若度王人便依法治罪若王人大臣人下至食王俸祿者皆是王人若父食王祿兒不食王祿父不得出家兒得出家若食祿有期限未盡不得出家食祿盡然後得出家若必欲出家轉祿與兄弟兒子後得出家若食祿白王王聽亦得出家賊者抄劫竊盜斷道殺人知姓字不得度出家若圖國賊若捨惡心欲出家得度出家爲國除患王聞出家亦大歡喜若捨惡業降出投王王許得度出家不得度患鞭杖瘡人若瘡差得度若犯罪人以鐵烙爲字不得度出家若治護得差得出家負債者若自負債若祖負債若父負債若兒負債若債由已不得出家有人爲償債得出家奴者有四種奴一者家生二者買得三者破得四者自成奴自成奴者爲衣食故自求爲奴是名自成奴若奴主放奴出家語諸比丘言若奴有道心者放若無道心還復爲奴若如是語者不得度出家時有一居士家有疫病起初殺蠅蜈蚣百足次殺雞猪次殺牛羊次及婢奴後及好人此疫病起時不得從戸中

出應破壁出直去不得反顧若反顧即死若不即死至他方亦死時父子三人破壁得出直去不反顧是故得活既至他方貧窮不能自立往至比丘所求欲出家比丘即度爲出家得出家已將二兒乞食

善見毗婆沙律卷第十六

音釋

般陀梵語也此云路邊生　叛蒲半切背叛也　餅麨餅必郢切麨天沼切乾粮也　穄子例切粟名　秔古行切稻之不黏者　攪居巧切攪動也　齧五結切噬也　摽卑遥切　衸知呂切絮裝曰衸　蓐如欲切薦也　撩方招切攏取也　洟唾洟他計切唾湯卧切　蒜葱蒜蘇貫切葱倉紅切　薰

陀迦梵語也此云雜揵度鶱苦堅切　傖鋤庚切吳人罵楚人曰傖　褺徒頰切重衣也　櫬初覿切與襯同　瘤力求切疣也　疣羽求切贅也　烙歷各切火燒　蜈蚣蜈五平切蚣古紅切

善見毗婆沙律卷第十七

蕭齊外國沙門僧伽跋陀羅譯

爾時佛從摩竭國往迦維羅國者法師曰我今次第說根本因緣爾時輸頭檀那大王心自念言我子初出家日自唱言我若成佛當還此國王憶此語心自念言我子成佛已來王恒側耳聽聞子苦行竟往菩提樹下得道已往波羅柰國轉四諦法輪度阿若憍陳如等五人出家今往摩竭國我今年老及今生存宜見我子作是念已即喚一臣語言我聞人言我子以成佛今住摩竭國汝可將千人往迎汝至彼語我子言我今年老欲得相見臣受王語已即將千人前後圍繞往摩竭國到已往至佛所頭面禮足却坐一面是時世尊觀千人心已却即爲說法時千人得聞法已即得羅漢佛喚善來比丘即得具足戒此千比丘得羅漢已入果三昧受解脫樂即於此住不復欲還王遣信已遲望不還又無消息王復遣臣往如是次第遣八臣往一臣各將千人至世尊所皆悉出家得羅漢果無有一人還報王者王自念言我遣八臣去無有一人還報我者王自籌量我今更遣誰去耶時有一臣名曰迦留陀夷與菩薩同日生王即遣迦留陀夷往迎佛如前遣八臣語無異迦留陀夷先與王要若王許我出家者我當往迎王答言善迦留陀夷受王語已復將千人往彼佛爲說法即得羅漢佛喚善來比丘得具足戒時迦留陀夷見禾稻結秀草木水陸華出敷榮時節和適以六十偈讚歎道路佛知而故問迦留陀夷汝爲何事而讚歎道

路迦留陀夷答世尊言輸頭檀那大王遣我來者欲有所白佛言聽汝所説白世尊言父王言我今年老及今生存欲見如來故遣我來奉迎世尊惟願哀愍大王故時可去矣佛語迦留陀夷汝可宣令語諸比丘佛欲遊行各自料理莊嚴隨佛遊行是時央伽摩竭國有十千比丘從迦維羅衛國來迎佛者有十千比丘都合二萬比丘皆得阿羅漢從摩竭國前後圍繞隨佛出城摩竭國去舍衛國六十由旬世尊漸漸遊行經六十日至舍衛國時佛世尊日日朝中恒食父王供所以得食父王供者時迦留陀夷時到著衣持鉢飛騰虛空往至舍衛國白父王言世尊以至某處時父王爲迦留陀夷設食以盛滿鉢飯授與迦留陀夷願大德可以此鉢飯奉上世尊如是日日恒爲世尊迎食迦留陀夷食父王食已向父王及諸釋子讃歎如來功德諸釋子聞讃歎如來功德倍增信心諸釋子即聚集自共籌量世尊不樂憒鬧我等當爲世尊求覓靜處造立精舍時彌瞿陀釋子有一園不近不遠可立精舍時諸釋子人人各各共出財物爲佛起立精舍精舍成已父王將諸釋子人人各賫持香華奉迎世尊到已父王及釋子中有大佛者不爲佛作禮若有小佛者爲作禮爾時世尊見父王及諸釋子中有不爲佛作禮者佛知諸釋子意即上昇虛空作十八變如降伏外道作神力無異王及諸釋子見佛神力如此自然爲佛作禮輸頭檀那王禮已白佛言我今第三禮如來足何謂第三禮如來足一者佛初生時阿夷相曰若在

家者應作轉輪聖王若出家學道必得成佛是時地爲振動我見神力如是即爲作禮第二者我出遊戲耕田菩薩在閻浮樹下日時巳晡樹影停住不移覆菩薩身我見神力如是即爲作禮今者見佛神力如是是名第三禮如來足輪頭檀那王禮如來足時一切諸釋子皆隨作禮無有一人立住者世尊從虛空下坐師子座王及諸釋一時俱坐時衆中定天降雨其色紅赤以淹塵土時衆意樂濕便濕若不樂濕雨雖著而不濕時衆見雨神力如是倍增歡喜爾時世尊爲諸時衆說法王及諸釋子得聞法巳有得須陀洹者斯陀含者各起禮佛繞三帀而去王及諸釋無有一人請佛中者明日時到佛及二萬比丘著衣持鉢前後圍繞次第而去入迦維羅衛國

到城門巳世尊心自念過去諸佛入眷屬村云何乞食應次第乞爲選擇也即觀過去諸佛皆次第乞食無有選擇又爲未來聲聞弟子依我法故應次第乞食時城中諸釋婦女聞佛將徒衆入城乞食各開窻戶看如來乞食時羅睺羅母在樓殿上聞佛入城乞食心自念言本在家時著天冠瓔珞乘七寶輦輿千乘萬騎前後圍繞出入今者剃除鬚髮著袈裟持鉢乞食我今觀看爲好以不作是念巳即開窻看遥見如來放五色光其光照地猶若融金耶輸陀羅見巳即入白王言王兒今者入城乞食王聞巳即怱怱而出往至佛所白言大德乞食令我等羞大德徒衆我能供給用乞何爲佛答言我種如是王復白佛我刹利種無有乞食何以言我種如是佛答

言過去諸佛是我種非今剎利種也佛即爲大王而說偈言

起已不懈怠　善法恒自行　行法得安眠
今世若後世

王聞說已即得須陁洹道爾時世尊復爲大王而說偈言

行法則善行　不行於惡法　行法得安眠
今世若後世

王聞第二偈已復得斯陁含道復爲王說曇摩波羅本生經王聞已得阿那含道王臨命終佛爲說法於白傘下得羅漢果即入涅槃時大王從如來請鉢請佛及僧王自導前俱共上殿王即施設種種餚饍佛食已竟宮中婇女聞佛食竟語羅睺羅母言我等今者應往禮拜問訊世尊羅睺羅母語諸婇女佛若慈愍我者自來看我不能去也諸婇女等各賫香華往禮拜世尊諸婇女去後羅睺羅母心自念言若佛來者我當頭面禮足佛食已授鉢與王佛將二神足羅漢弟子往至羅睺羅母所勑弟子言若羅睺羅母禮拜供養當隨其意莫作障礙答言善哉世尊是時世尊即入羅睺羅母房敷座而坐羅睺羅母見佛坐已疾以手捧世尊足以頭摩而作禮王見羅睺羅母禮佛已王白佛言世尊羅睺羅母於世尊極生尊重心佛答王言羅睺羅母於我生尊重非適今也王問佛於何時生尊重世尊即爲說緊那羅本生經即日以五法欲拜王子難陁爲王何者五法一者被髮二者結衣三者莊嚴殿四者取婦五者豎傘是名五法佛以鉢授與難陁難陁意不樂去爲尊

重佛故俛仰隨去隨佛至寺已意不樂出家如來觀其宿緣應得羅漢是故强令出家如來至迦維羅衛國二日已方度難陀七日已度羅睺羅法師問曰云何得度羅睺羅答曰如來入城乞食羅睺羅母將羅睺羅在樓閣上羅睺羅母於窻牖遥見如來語羅睺羅言此是汝父即以瓔珞與羅睺羅著語言往汝父所乞珍寶汝父在家時大有寶藏今不知所在汝可往乞白爹爹言我欲竪傘作轉輪王爹爹可賜我珍寶羅睺羅受母語已往至佛所入佛影中白佛沙門影極清涼樂佛食已訖還本處羅睺羅即隨佛後從佛乞珍寶佛不應答如是漸漸隨逐至寺佛敷座坐已語羅睺羅言我於菩提樹下得此珍寶此財寶於一切寶中最勝第一汝欲樂得不羅睺羅答世尊言甚樂沙門佛即喚舍利弗舍利弗來已佛語舍利弗言汝可度羅睺羅出家舍利弗答言善哉世尊舍利弗即度羅睺羅出家輸頭檀那王聞羅睺羅出家心大懊惱即便忽忽往至佛所白佛言若有出家者應先白父母聽者可度出家若父母不聽願世尊莫度是故律本中說父母不聽不得出家若父母聽出家出家已還俗若後更欲出家應白父母父母不聽不得出家若有人求欲出家比丘問言汝父母聽出家不答言不聽若不聽者不得出家語比丘言若不度我者我當焚燒寺舍若有如是難事度出家不犯若有餘方餘國度出家不須問父母羅睺羅出家因緣竟沙彌有十惡應滅擯何者爲十殺盜婬欺飲酒毀佛法僧邪見壞比丘尼是

名十惡法惟壞比丘尼淨行永擯不得出家餘九戒若能改悔不更作得出家此十三難人爲人作師受具足戒亦不得戒教授師若自羯磨若他羯磨出家有三種偷一者偷形二者偷和合三者亦偷形亦偷和合云何偷形無師自出家不依比丘臘不依次第受禮不入僧法事一切利養不受是名偷形云何偷和合有師出家受十戒未受具足戒往他方或言十臘或言二十臘次第受人禮入僧布薩及一切羯磨依次第受人信施是名偷和合云何亦偷形亦偷和合無師自出家依次第受臘入一切羯磨受人信施禮拜是名偷形亦偷和合偷形者不經法事不受信施不受禮拜若欲更出家受具足戒得若有避難出家飢儉出家不入一切法事過難過飢儉已若欲出家受具足戒得若比丘實一臘妄言二臘依二臘次受利養計錢犯重若比丘水中脫衣洗浴自言裸形好若欲往外道處步步突吉羅罪中路悔還懺悔突吉羅罪得往若往外道處聞外道說法不入其意悔還懺悔突吉羅罪得住若入外道聞說法心便好樂受外道法下至拔一髮患痛悔還應滅擯不得更出家度外道竟不得度龍者何以故龍不得禪定道果故龍有五事不得離龍身何者五一者行婬時若與龍共行婬得復龍身若與人共行婬不得復龍身二者受生不離龍身三者脫皮時四者眠五者死時是爲五事不得離龍身迦樓羅乃至釋提桓因不得出家不得與具足戒龍品竟不得度殺父母人殺父母於出家法如來不聽若殺

畜生父母得出家實是父作非父想殺亦不得出家不得度殺羅漢人若有白衣得羅漢若殺不得出家若殺下三果人不障出家若畜生殺羅漢不犯業障重不得度人壞比丘尼者於三處行婬皆名壞比丘尼若摩觸比丘尼不障出家若以白衣服强與比丘尼著就行婬亦名壞比丘尼不得出家若比丘尼樂著白衣服就行婬者不障出家若初壞者不得出家第二壞者不障若壞式叉摩尼沙彌尼不障出家破僧人不得度出家云何破僧若執十八事三諫不捨二根有三種一者自受胎能令他受胎二者自受胎不能令他受胎三者不能自受胎能令他受胎此三種人悉不得出家受具足戒若已受具足戒應滅擯若無和尚不得與受具足戒若與受具足戒得突吉羅罪是人得戒若黃門作和尚爲人受戒得戒師僧得罪無衣鉢受具足戒得戒師僧得罪得二三人一時受具足戒一一同等臘等時不得相禮同一和尚三羯磨師一時爲三人受具足戒一時得戒臘同無大小和尚者外國語漢言知罪知無罪是名和尚受戒已應步影步影者正立住取住脚爲初隨身影長短步影步影竟教其時其時者或冬時或春時或夏時竟教日月日月時次教受戒時衆數多少次與四依已次說四重受戒已令新受戒者在前出受戒揵度竟

爾時佛住羅閱城王舍城摩竭國此三義一名異漢言王舍城羅閱城是外國音羅者言王閱者言舍故言羅閱城也摩竭者此是外國音也摩竭者是初國名耳界相者若山界

相大者如須彌山小者如象大是爲山相石界相者大者如牛小者三十稱若漫石不得作界相應別安石作界相林界相者若草林若竹林不得作界相何故爾草竹體空不堅實是以不得作界相林相者大林乃至百由旬小林者下至四樹連接亦名爲林樹界相者不得以枯樹爲相大樹者閻浮樹大小者高八寸形如鉢大得作界相若無自生樹種樹亦得作界相路界者入田路向井取水路向河取水路窮路皆不得作界相大路或車步路路短者乃至經三四村皆得作界相蟻封界相者大如山小者高八寸皆得作界相江界相者若好王治化五日一雨此雨江水不得作界相若四月日不雨尚流不斷水深二尺得作界相水界相者若自然池水得作界相若通水入田或堈盛水悉不得作界相此是八種界相結界相有五種一方二圓三鼓形四者半月形五者三角若依相結界已後若失相界亦不失若人掘地乃至水際皆不失界相若結小界不得說欲結布薩界得說欲結界場極小容二十一人作界場已後起屋覆界不失若結小界已於中起三層樓從地至最上層同一界若有石山上廣下小於上結界若有比丘在下不妨若結界已水盪成坑有水流知其處所豎柱爲閣於上作法事得若結界已水穿地爲孔不壞界相神通比丘在窟裏空中住或在地下不得別作法事若界場上有大樹枝葉出界外若作法事時比丘不得在樹上妨作法事應喚下若神通比丘在路地虛空住不妨作法事若衣

角柱地妨應喚下結布薩界極廣得三由旬不得過若過不成界得罪除村村外界者中人擲石以還若比丘結界已於比丘尼非界比丘尼界上得更結界比丘尼界亦不失比丘尼於比丘界上亦得結比丘界亦不失阿蘭若界者極小方圓七槃陀羅一槃陀羅二十八肘若不同意者二十八肘外得作法事一切江河水不得結界水中自然界者若擲水若擲沙已外若有比丘不妨取水常流處深淺皆得作自然界潮水不得若在船上布薩應下矴若下橛不得繫著岸若崩岸有大樹根在水中不得繫著樹根若擲水内有樹根應斫去若不斫去與陸地界相連若水中大石或樹或浮木悉是水界所攝第一句非法别衆者云何非法别衆同一住處有四比丘一人受欲三人說波羅提木叉或三人一人受欲二人說波羅提木叉是名非法亦名别衆是名非法别衆第二句非法和合衆者同一住處有四比丘四人應廣說波羅提木叉不廣說作三人法人人對首說是名非法和合衆第三句云何法别衆同一住處有四比丘或三人一人受欲三人對首說或三人一人受欲二人對首說是名法别衆第四句者同一住處有四比丘和合說波羅提木叉或三比丘和合三語說是名法和合衆十六日布薩者此是和合布薩梵本律五月十六日爲前安居六月十六日後安居若安居中有因緣移去無罪不成安居不得在露地不得傘下安居脚下生毛者其毛紺色猶如空青因業所報故得如是問曰何業所報答曰

過去世時此守籠那與八萬人俱於八萬人中最爲長大共諸長者子爲辟支佛起一草屋請辟支佛三月夏坐時守籠那以一羊毛欽婆羅敷草屋前與辟支佛恒用拭脚以此果報脚下生毛此八萬長者子共供養辟支佛故今生復爲親友守籠那往至王所何以與八萬人俱王若獨喚守籠那者畏其驚怖是以勑諸長者子八萬人俱往至王所五象王者一父象有六母象名爲象王如是有五象王迦那富羅革屣者此是鞔跟革屣鹿角革屣者刻皮作鹿角形阿羅梨革屣者以象毛安革屣邊富羅跋陀羅革屣者以木綿及諸雜物與皮合縫使中央起貟誓梨革屣者以辮草作辮邊革屣者以孔雀尾辮邊多帶革屣無解似孔雀毛革屣者其形似孔雀毛

時王舍城有一童女字婆羅跋提端正無比時瓶沙王舉爲婬女王出百千金錢諸臣長者出二百千錢共裝束此婬女爲作屋宅衣服車乘園林浴池種種伎樂耆婆者外國音漢言活童子何以名之活童子時無畏王子晨朝乘車欲往見王路見小兒問傍人言此兒爲死爲活傍人答言活是故言活童子問曰其母生已何以擲置路上答曰此婬女法若生女教習爲婬女種若生男則擲棄是故生棄路上王子無畏抱取養育漸漸長大即立爲兒問曰耆婆童子何不學餘伎術答曰往昔有佛名曰蓮華時有一醫師恒供養蓮華如來耆婆見已心自念言云何我未來世得如此醫供養如來作是念已即於七日中供養如來往至佛所頭面禮足白世尊言願

我未來世作大醫師供養如來如今者醫師供養如來無異作是願已禮佛而退耆婆命終即生天上天上福盡下生人間如是展轉乃至釋迦出世宿願所牽不學餘伎但學醫方問曰耆婆所以善學醫道者耆婆就師學時天帝釋觀見此人醫道若成必當供養如來是故帝釋化入耆婆師身中以教耆婆於七月中得師法盡過七月已帝釋所教如是滿七年醫道成就耆婆還國何以中路治病其師心自念言此是王子不乏財寶若還至本國不識我恩作念已即與耆婆弊故之衣不與糧食耆婆辭師還去於其中路爲飢渴故過一聚落借問村人誰家有病村人答言某長者家有病即爲治之大獲珍寶耆婆自念我治一人病得如是珍寶若治多人病者當獲無量珍寶我今所獲皆由師恩受施有十五處一者戒場二者境界界三者同布薩界四者不失衣界五者羅婆界六者聚落界七者村界八者國土界九者阿槃陀羅界十者擲水界十一者鄉居界十二者羅那界十三者阿羅闍界十四者洲界十五者鐵圍山界此是十五界汝今當知戒場界者前已說境界界者或在講堂或在食堂分衣健人一一擲石已還隨界大小皆有擲石界比丘入皆得分是名境界界布薩界者若入布薩界者皆應得分是名布薩界不失衣界者入不失衣界內皆應得分是名不失衣界羅婆界者若王或大臣爲比丘作住止者或十由旬若豎柱若作標相齊此標內若有布施皆屬我等是名羅婆界聚落界者有市故名聚落

界村界者無市名爲村界國土界者有城邑名爲國土界阿槃陀羅界者是阿蘭若處界也擲水界者是船界鄉居界者隨城東西名鄉居界羅那界者是國土界也阿羅闍界者一王所領是名阿羅闍界洲界者海中一洲是名洲界鐵圍界者是一鐵圍山界若人言布施界場衆僧屬界場衆僧布薩界不得若人言布施境界者及擲石界得若人言布施布薩界者同利養界亦得若人言布施不失衣界布薩界利養界俱得惟除布薩界中有聚落界不得若人言布施聚落界者聚落界中有布薩界大小皆得若人言布施村界者村中有布薩界及諸小界皆得若人言布施國土界者一國土界盡得若人言布施阿蘭若處界者阿蘭若處得餘界不得若人言布施擲水界者入擲水界内得餘不得若人言布施鄉居界者鄉居中有界在鄉居界中亦得若人言布施羅那一國土界亦得若人言布施阿羅闍界者一王所領一國土衆僧皆得若人言布施師子洲閻浮利地洲布施二洲衆僧隨有衆僧多少應中半分若閻浮利地五人師子洲百千人亦應中半分若人言布施界内衆僧比丘應問界有多種施何物界答言不知但言施界内衆僧隨界内衆僧多少皆得别住處同利養隨住處得物應共分僧得施者若人言布施僧鳴磬集衆來及者得若檀越擔一衣施僧與一比丘比丘受已言我應受此惡受云何善受應受已鳴磬集僧集僧已以黄物畫作分數不得破從上座示此分是上座分上座取不上座答言此

分我不取布施長老如是第二第三上座皆言不取布施長老乃至下座亦如是此比丘得取是名善受若住處有一比丘檀越將衣布施一比丘此比丘應鳴磬集僧若有比丘來共分若無比丘來得心念口言獨受若檀越布施僧受糞掃衣比丘不得受若人入住處布施僧鳴磬集衆外比丘來相連臂入乃至百由旬前者入界內最後者亦得分何以故以相連不斷是故得分若人布施二部僧隨人多少應中半分若有百比丘尼有一比丘亦應中半分若有百比丘有一比丘尼亦應得半若人施僧鉢囊革屣囊漉水囊杖扇受糞掃衣比丘得受若檀越擔物布施一人復言施僧依僧次取一分不得別取若人施佛施比丘比丘尼云何分破作二分一分與佛一分與比丘比丘尼共等分若人施衆多比丘施法師一人施佛云何分佛一比丘衆多比丘平等分若人將飲食施佛及僧以鉢置佛前次第行佛飯誰得食若有侍佛比丘得食若無侍佛比丘有白衣侍佛亦得食若檀越布施安居竟僧後安居者不得破安居人亦不得若人冬分中檀越言布施安居竟僧前後安居僧悉得惟除破安居人不得若人言布施某寺某房隨檀越言得若人言布施安居僧前後安居破安居人皆得若檀越布施迦提月後安居人後安居人得前安居人不得若人於春分中布施安居僧應問爲布施安居竟僧當來安居僧答言布施當來安居僧當來安居僧得比丘語檀越言當來恐有賊難不能掌護檀越教分隨施主得分

若檀越言食我食布施衣不食者不得受我施藥者亦如是指示施者隨指示處得衣揵度竟

藥揵度

拘跋陀羅飯者此是穄米飯也修步者此是青豆羹吉羅羅者此是竹笋也那㝹者此是外國藥無解佉闍尼者一切果是名佉闍尼阿羅勒者如大棗大其味酢若服便利鞞醯勒者其形如桃子其味甜服能治瀨阿摩勒者此是餘甘子也廣州土地有其形如蕤子大質多羅藥是外國藥名加婆藥者是外國藥名婆梨婆波者是芥子膩渠者外國藥能治毒漢地無有陀婆闍者是煙藥耆羅闍那耆者此是赤石也服藥者陀婆闍陀婆闍那者陸地生耆羅闍那者水中生也龍者長身無足師子象馬龍狗肉不得食皮毛不得用得一切肉應問若得不問得突吉羅罪失守摩羅者鱷魚也廣州土境有黒石蜜者是甘蔗糖堅强如石是名石蜜伽尼者此是蜜也烏婆陀頗尼頗尼者薄甘蔗糖邊房云何結作淨屋若初竪柱時先作坑以柱近坑比丘圍繞捧柱而説爲僧衆作淨室如是三説説亦竟柱亦竪第二第三第四柱亦如是説若説一柱亦成淨屋若以成屋云何作淨應喚屋主來語言此屋未淨汝爲衆僧作淨檀越作是言此淨屋布施衆僧隨意受用即成淨屋若先作屋無屋主云何作淨若聚落有老宿應喚來此屋未作淨請爲淨主若檀越不解説比丘應教作是言此是淨屋布施衆僧隨意受用即得作淨屋受用隨意安置飲食

無內宿無內煑罪閻浮子者其形如沉瓜大紫色酢甜舍樓伽者此是優鉢羅拘物頭華根舂取汁澄使清是名舍樓伽漿波漏師者此似菴羅果一切木果得作非時漿惟除七種穀不得一切諸葉得非時服惟除菜不得一切諸華得作非時服惟除摩頭華汁一切果中惟除羅多樹果椰子果波羅㮈子甜瓠子冬瓜甜瓜此六種果不得非時服一切豆不得非時服盛水器者木瓦鐵餘者不得用若自有種子衆僧地應半與衆僧若自有地衆僧種子應半與衆僧藥揵度竟

善見毗婆沙律卷第十七

音釋

憒閙 憒古對切心亂也閙奴教切不靜也 晡 博孤切申時也 爹 都耶切羌人呼父也 豎 臣庾切立也 堈 古郎切甕也 矴 丁定切錘舟石也 椿 株江切杙也 鞔 母官切覆也 跟 古痕切踵也 辮 婢典切編也 瘷 蘇奏切欬嗽病也 蕤 人垂切藥名 鰐 五各切魚也

善見毗婆沙律卷第十八

蕭齊外國沙門僧伽跋陀羅譯

迦絺那衣揵度

問曰幾人得受迦絺那衣下至五人前安居人得受迦絺那衣破安居人後安居人不得異住處不得若住處不滿五人得喚餘寺衆僧足數受得足數客比丘不得受若住處有四比丘一沙彌安居欲竟爲沙彌受大戒得足成五人受迦絺那衣新受戒者亦成受一比丘四沙彌受戒亦如是若住處有五比丘若過五不解受迦絺那衣得餘處請一知法比丘使羯磨受迦絺那衣得爲羯磨自不受亦不得衣分法師問曰何人得與衆僧迦絺那衣答曰七衆衣天人衣得受作迦絺那衣若人不解作迦絺那衣來問比丘應敎若僧伽梨鬱多羅僧安陀會隨一一衣得受作迦絺那衣十六日明相出將迦絺那衣裁來與衆僧比丘應語衣主須針線染色作衣比丘多少檀越聞已應供養作衣比丘飲食爲僧受迦絺那衣應知受衣法用若衣裁者應先浣與衆多比丘共割截簪縫治即日染成點淨已應受若多有人送迦絺那衣應受一衣餘應分應羯磨受僧持迦絺那衣與誰應與衣壞者若衣敗比丘多敗衣比丘中老者與若無老者臘數大者與不得與慳貪者佛告諸比丘當知是持迦絺那衣羯磨法律中以說若衣未成應喚一切比丘共成不得說道德作留難惟除病者法師曰何以於迦絺那衣如是殷勤爲諸佛所讃故往昔有佛名爲蓮華有聲聞弟子名須闍多作迦絺那衣未

成蓮華如來與一萬六千比丘圍繞共作迦絺那衣成已持衣比丘者捨已所受持僧伽梨迦絺那我今持如是三說三說已即持置體上偏袒右肩往至上座前合掌向僧而說大德我以法持僧迦絺那衣願僧隨喜上座從座起偏袒右肩合掌向僧作如是說長老以法持僧迦絺那衣我隨喜乃至下座亦如是說非僧受持迦絺那衣非衆受持迦絺那衣一人持迦絺那衣僧隨喜衆隨喜然後成持迦絺那衣若人持三衣與衆僧持作迦絺那衣作是言若持迦絺那衣者三衣悉屬隨施主語悉與受衣人餘衆僧不得受迦絺那衣已攝僧得施受迦絺那衣者輕物得分重物屬四方僧若同布薩界有多住處不得別受迦絺那衣應和合一處受一迦絺那衣法

不得縫作應却刺作持所有衣者未作持出界外界外者是餘寺也法師曰受迦絺那衣已付已出界外爲安樂住故作不還意者比丘出界外已見此住處有好房舍或有知識作不還意先失住處後失功德衣餘文句於律中已說我亦不作衣亦不還者作念已住處及功德衣俱失作衣時失所作衣者住處先失後失功德衣聞失者先失功德衣後失住處斷望者先失住處後望斷得所望非望而得者此文句前後轉易現多文句無有深義於律廣說迦絺那衣揵度竟若行別住人若有人請或與人受戒得僔行法事罷還續行捨行法時當如是言我今捨波利婆沙如是三說若別住摩那埵當行法時比丘去都無人但作意言若比丘來我當白六日中都

無比丘可白亦得出罪若寺中多有比丘來去難白晝日得捨行法明相未出應將四五比丘出界至擲石外還受行法白僧我行摩那埵若千日以過餘若千日在若界内有比丘出至其處應白若不白失夜若比丘送受行法竟若還者應留一人待明相出爲捨行法共還入寺如前法滿六夜已得出罪出罪法於律本以説故不出爾時拘睒彌有一住處有二比丘一是律師一修多羅師時修多羅師入厠用洒甕竟不去水覆甕律師入厠見洒甕不去水問修多羅師言誰入厠不去水覆甕修多羅師答言是我律師言汝知罪相不修多羅師言我實不知罪相律師言汝得突吉羅罪修多羅師言若犯突吉羅罪我應懺悔律師言汝故作與不修多羅師言不

故作律師言若不故作者無罪修多羅師聞律師言無罪律師還房語弟子言修多羅師不知犯不知不犯弟子聞師語已語修多羅師弟子言汝師不知犯不犯弟子聞語已向師説如是事修多羅師聞弟子語語弟子言此律師先言我無罪今言我有罪律師妄語修多羅師弟子聞師語已語律師弟子言汝師犯妄語罪律師弟子聞語已向師説如是展轉成大鬪諍律師後得修多羅師便集衆舉修多羅師罪爲作舉罪羯磨是故律本中説和合舉罪問曰世尊何以從座起以神通力不語諸比丘往舍衛國答言世尊在衆中若爲判者得理者歡喜不得理者便言世尊朋黨彼部誹謗如來言隨愛瞋因謗佛故死入地獄是故如來從座起去不爲其判拘睒

彌揵度竟贍婆揵度無解相言諍用六毗尼滅現前毗尼多覓毗尼憶念毗尼者爲愛盡比丘下至阿那含人不爲凡夫多覓毗尼者處處多覓知法比丘判故名多覓毗尼摩夷者是二部波羅提木叉若行舍羅非法舍羅多者收取唱言明日更行舍羅於其中間更覓如法伴黨若上座捉非舍羅者行籌者耳語語言上座年老何以捉非法籌當捉如法籌七滅諍法竟

比丘尼揵度

何以如來不聽女人出家爲敬法故若度女人出家正法得五百歲住猶世尊制比丘尼八敬正法還得千年法師曰千年已佛法爲都滅也答曰不都滅盡於千年中得三達智復千年中得愛盡羅漢無三達智復千年中得阿那含復千年中得斯陀含復千年中得須陀洹學法復得五千歲於五千歲得道後五千年學而不得道萬歲後經書文字滅盡但現剃頭有袈裟法服而已比丘尼揵度竟

重物不得分衆僧田園池井不得賣取餘物惟除換易衆僧牀席器物不得分不得賣惟除換易眼藥筩杵耳篦針線小刀子戸鈎鑰錫杖小桓鐵器仗得分餘作器不得分惟除斫楊枝斧除刀子華屣傘具得分若人布施竹草及土不得分若人布施藥得分箱篋不得分若人布施僧房中所用器物一切不得分惟除盛油筩法揵度竟

大德舍利弗問優波離律行出品

舍利弗問優波離

幾罪以身得　幾罪以口得　覆藏得幾罪

相觸復有幾
優波離以偈答舍利弗
以身得六罪　口業復有六　覆藏得三罪
相觸得五罪
第二問
明相出幾罪　三唱復有幾　於此幾八事
一切聚有幾
答曰
明相出三罪　三唱有二種　於此一八事
一切聚有一
第三問
如來分别結　毗尼有幾相　毗尼重有幾
復有幾麤覆
答曰
如來分别説　毗尼有二相　毗尼重有二

覆麤亦有二
第四問
聚落間幾罪　度江復有幾　噉肉幾偷蘭
噉肉幾突吉
答曰
聚落間有四　度江亦有四　一肉偷蘭遮
九肉突吉羅
第五問
夜語幾得罪　晝日復有幾　布施得幾罪
受施復幾罪
答曰
夜語有二罪　晝日亦有二　布施得三罪
受施得四罪
第六問
幾罪對首悔　幾罪須羯磨　作已不可悔

如來分別結
答曰
五罪可懺悔　第六須羯磨　一罪不可懺
如來分別結
第七問
毗尼重有幾　佛說身口業　非時幾穀味
幾白四羯磨
答曰
毗尼有二重　身口亦如是　非時穀一味
一白四羯磨
第八問
波羅夷有幾　幾同和合地　復有幾失夜
結二指有幾
答曰
波羅夷有二　和合地有二　失夜亦有二
結二指有二
第九問
打身有幾種　幾種衆僧破　作初罪有幾
作白復有幾
答曰
打身有二種　因二破衆僧　作初有二罪
作白亦有二
第十問
殺生有幾罪　重語有幾種　罵詈有幾種
行媒有幾種
答曰
殺生有三罪　語重有三罪　罵詈亦有三
行媒事三罪
十一問
幾人受具戒　聚作有幾罪　滅擯復有幾

一語復有幾
答曰
三人不得受　聚作復有三　滅擯亦有三
一語亦有三
十二問
盜戒有幾罪　婬戒復有幾　正斷復有幾
因棄擲有幾
答曰
盜戒有三罪　婬戒有四罪　正斷亦有三
因棄擲有三
十三問
教比丘尼戒　幾波夜突吉　於中幾有新
衣有幾種衣
答曰
教尼戒品中　波夜突吉羅　有四信佛說

與衣二種罪
十四問
佛說尼有幾　波羅提有幾　食生穀有幾
波夜突吉羅
答曰
佛說比丘尼　波羅提有八　波夜提突吉
因乞生穀故
十五問
行時有幾罪　立時有幾罪　坐時有幾罪
眠時有幾罪
答曰
行時有四罪　立時有四罪　坐時有四罪
眠時有四罪
十六問
波夜提有幾　一切非一種　非前亦非後

同一時而得
答曰
波夜提有五　其類非一種　非前亦非後
一時俱得罪
十七問
有幾波夜提　一切非一種　非前亦非後
同一時而得
答曰
有九波夜提　其類非一種　非前亦非後
一時俱得罪
十八問
有幾波夜提　其類非一種　以身口懺悔
如來分別說
答曰
有五波夜提　其類非一種　以口業懺悔
如來分別說
十九問
有幾波夜提　其類非一種　幾以口業懺
如來分別說
答曰
有九波夜提　其類非一種　一以口業懺
如來分別說
二十問
有幾波夜提　其類非一種　口語成懺悔
如來分別說
答曰
有五波夜提　其類非一種　發語名字悔
如來分別說
二十一問
有幾波夜提　其類非一種　聚性成懺悔

如來分別說
答曰
有九波夜提　其類非一種　聚性成懺悔
如來分別說
二十二問
第三罪有幾　因食復有幾　食時得幾罪
因食得幾罪
答曰
第三得三罪　因食有六罪　食時得三罪
因五食得罪
二十三問
一切第三過　至處復有幾　復問罪有幾
諍事復有幾
答曰
一切第三過　罪至有五處　善答罪有五
諍事亦有五
二十四問
論事復有幾　以幾法用滅　有幾不得罪
有幾處成善
答曰
論事復有五　以五法用滅　清淨有五種
三處中成善
二十五問
身業夜幾罪　身業晝幾罪　見時得幾罪
乞食得幾罪
答曰
身業夜二罪　身業晝二罪　見時得一罪
乞食得一罪
二十六問
見恩有幾種　依人成懺悔　驅出復有幾

善行復有幾

答曰

見恩有八種　依人成懺悔　驅出說有三

善行四十三

二十七問

妄語有幾種　七日復有幾　波羅提舍幾

發懺悔有幾

答曰

妄語有五處　七日法有二　十二提舍尼

懺悔復有四

二十八問

妄語有幾觀　布薩有幾觀　使者有幾觀

外道有幾法

答曰

妄語有八觀　布薩復有八　使者亦有八

外道有八法

二十九問

受戒有幾語　復有幾起敬　幾人應預座

教誡尼有幾

答曰

八語受具戒　起敬亦有八　預座復有八

八法教誡尼

三十問

幾人不應禮　不爲作叉手　有幾突吉羅

用衣復有幾

答曰

十人不應禮　不爲作叉手　有十突吉羅

用衣復有十

三十一問

有幾作不善　如來分別說　於瞻婆律中

一切不善作
答曰
十二作不善　如來分別說　於瞻婆律中
一切不善作
三十二問
隨大德所問　我亦隨意答　問問中即答
無有一狐疑
答曰一者身得二者口得三者身口得四者身心得五者心口得六者身口心得身業得六罪者婬怒爲初口業得六罪者虛誑妄語爲初覆藏得三罪者一者比丘尼覆藏重罪得波羅夷二者比丘覆藏他重罪得波夜提三者比丘自覆藏重罪得突吉羅是名覆藏得三罪相觸得五罪者一者比丘尼摩觸波羅夷二者比丘摩觸僧伽婆尸沙三者比丘以身觸女人衣得偷蘭遮四者比丘以衣觸女人衣得突吉羅五者比丘指挃他比丘波夜提是名五罪明相出得三罪者一夜六夜七夜十夜過一月明相出尼薩耆波夜提比丘尼獨宿明相出僧伽婆尸沙比丘自覆罪明相出突吉羅是名明相出得三罪三唱二種一者比丘二者比丘尼當說戒時三唱有罪不發露得突吉羅是名三唱二罪於律中具八事成罪者比丘尼波羅夷是一一聚有一者戒序中說憶有罪應發露發露者分別戒相輕重毗尼有二相者身口是毗尼重有二者波羅夷僧伽婆尸沙是也覆麤亦有二者一波羅夷一僧伽婆尸沙聚落間有四者一比丘與比丘尼共期行比丘初去時得突吉羅至聚落境界比丘得波夜提罪一脚在

内一脚在外比丘尼得偷蘭遮二脚盡入僧伽婆尸沙是名聚落間四罪度江有四罪者比丘與比丘尼共期船行初去時比丘得突吉羅上船比丘得波夜提比丘尼一脚上岸得偷蘭遮二脚俱上得僧伽婆尸沙是名度江四罪一肉偷蘭遮者即是人肉九肉突吉羅象馬狗等肉夜語有二罪者若比丘尼共男子入闇室屏處耳語得波夜提若比丘尼共男子一處去二肘外得突吉羅是名夜語二罪晝日亦有二者比丘尼共男子屏處若二肘半内得波夜提二肘半外得突吉羅是名晝日二罪布施得三罪者比丘有殺心布施毒藥殺人得波羅夷罪非人得偷蘭遮罪殺畜生得波夜提罪是名布施三罪受施四罪者女人以手施與比丘捉得僧伽婆尸沙

女人以婬慾施比丘得波羅夷非親里比丘尼施衣得尼薩耆波夜提若比丘尼染汙心知染男子受食得偷蘭遮是名受施得四罪五罪可懺悔者偷蘭遮波夜提波羅提提舍尼突吉羅惡說是名五罪可懺悔第六須羯磨者僧伽婆尸沙一罪不可懺者波羅夷是也毗尼有二重者一波羅夷二僧伽婆尸沙身口亦如是者結戒不過身口非時穀一味者蘇毗盬以穀作得非時服是名穀一味一白四羯磨者差教戒比丘尼是波羅夷有二者一比丘二比丘尼是也和合地有二者一身和合二法和合失夜亦有二者一行波梨婆沙二行摩那埵是也結二指有二者一比丘尼洒淨二頭髮長不得過二指打身得二罪者比丘尼打身得突吉羅啼得波夜提是

因二破衆僧者一羯磨二捉舍羅是初作有二罪者一比丘九初罪二比丘尼九初罪是作白亦有二者　白羯磨二單白殺生有三罪者人得波羅夷非人偷蘭遮畜生波夜提語重有三罪者教偷教死向人說得聖利法是名語有三重罵詈亦有三者若欲心罵女根穀道二僧伽婆尸沙罵餘身分得突吉羅是名三罪行媒有三罪者受語時得突吉羅往說偷蘭遮還報得僧伽婆尸沙是名三罪三人不得受者一遠不聞二身分不具足三根不具足衣鉢不具足身分所攝十三難人是根不具足所攝聚作復有三者一別衆二白不成就三羯磨不成就是名三滅擯亦有三者一比丘尼以身謗人如慈地比丘尼二沙彌壞沙彌就他穀道行婬三者行婬欲法

不障道者是名滅擯三罪一語亦有三者一羯磨三人一時得戒是名三盜戒有三罪者五錢波羅夷四錢偷蘭遮三錢乃至一錢突吉羅是名盜三罪婬戒有四罪者一女根波羅夷死女半壞偷蘭遮不觸四邊突吉羅比丘尼以物作根自內根中得波夜提是名四罪正斷亦有三者一斷人命波羅夷二斷草木波夜提三自截男根偷蘭遮是名三因棄擲有三者有殺心棄擲毒藥若人得死波羅夷非人死偷蘭遮畜生死得波夜提是名三棄擲復有三比丘棄擲精僧伽婆尸沙棄擲大小便生草上得波夜提水中淨地得突吉羅洟唾亦如是是名棄擲三波夜提突吉羅者教誡比丘尼至日沒得波夜提先說法後說八敬得突吉羅有四信佛說者一房舍二

戒三如法作四不如法作是名四與衣二種罪者與非親里具足比丘尼衣得波夜提與不具足戒比丘尼衣得突吉羅不具足戒者從比丘尼白四羯磨未從大僧白四羯磨是名與衣二波羅提有八者比丘尼波羅提提舍尼是波夜提突吉羅者比丘尼乞生穀得波夜提食時突吉羅行時有四罪者比丘與女人共期初去時得突吉羅至村得波夜提比丘尼獨行去時得偷蘭遮至村得僧伽婆尸沙立時有四罪者比丘尼共男子立在屏處得波夜提申手外得突吉羅若比丘尼明相欲出不隨伴去住離申手內偷蘭遮申手外得僧伽婆尸沙坐眠亦如是波夜提有五者酥油蜜石蜜脂五器各受過七日服得五波夜提罪其類非一種者酥蜜等也非前亦非後者取聚置一處并服一時俱得罪有九波夜提者乞九種美食一乳二酪三酥四熟酥五油六蜜七石蜜八肉九魚是名九種其類非一種各異也非前亦非後者因食時俱得罪一時食也有五波夜提者其五波夜提其類非一種以口業懺悔一時懺悔得滅有九波夜提者乞九種美食得九波夜提罪其類非一種者酥油魚肉相異以口業懺者九波夜提罪一語懺便得滅也有五波夜提者發語名字懺列罪名而懺悔有九波夜提者聚姓成懺悔者列罪名而懺悔第三得三罪者隨舉比丘尼三諫不捨波羅夷比丘被僧三諫不捨僧伽婆尸沙比丘比丘尼惡見三諫不捨波夜提因食得六罪者云何得六罪一為飲食故自稱得過人法二為飲食故行

媒三爲飲食故言若人住此寺者得道果不自道名字故得偷蘭遮四爲飲食故無病乞食五爲飲食故比丘尼無病乞食犯波羅提提舍尼六爲飲食故比丘無病乞飯得突吉羅罪是名因食得六罪食時得三罪者比丘食人肉偷蘭遮象馬龍狗等肉突吉羅罪比丘尼食蒜得波夜提罪是名食時三罪因五食得罪者比丘尼知男子染汙心從乞得人肉得蒜得美食象馬肉受染汙心男子食僧伽婆尸沙噉人肉偷蘭遮噉蒜波夜提乞美食波羅提提舍尼象馬等肉突吉羅是名因五食得罪一切第三過者比丘尼隨舉初諫不捨突吉羅一羯磨不捨偷蘭遮二羯磨不捨波羅夷是名三諫三罪罪至有五處者比丘尼隨舉白不捨突吉羅一羯磨不捨偷蘭遮二羯磨不捨波羅夷若欲破僧三諫不捨僧伽婆尸沙惡見三諫不捨波夜提是名五罪善答罪有五者比丘比丘尼式叉摩尼沙彌沙彌尼五衆具有三諫不捨罪諍事亦有五者五衆俱有四諍論事復有五者論五衆諍事以五法用滅者五衆滅五衆諍事清淨有五種者五衆犯罪懺悔得清淨三處中成善者僧處衆處白衣三處無諍是名善也身業夜二罪者比丘尼與男子共夜入屋申手內波夜提申手外突吉羅身業晝二罪者比丘尼晝日與男子共屏處申手內波夜提申手外突吉羅見時得一罪者比丘故看女根得突吉羅罪乞食得一罪者比丘無病不得爲身乞食得突吉羅罪見恩有八種者於拘睒彌揵度已說依人成懺悔者五衆悔罪要

因人得悔驅出說有三者一覆藏二未懺悔三惡見善行四十三者擯人行四十三法得入衆不行此法不得入衆妄語有五處者波羅夷僧伽婆尸沙偷蘭遮波夜提突吉羅七日法有二者七日藥受七日法出界外是名二十二提舍尼者比丘尼八波羅提提舍尼比丘四波羅提提舍尼合十二懺悔復有四者提婆達多遣人害佛供養阿㝹留陀優婆夷離車子衆僧爲作覆鉢羯磨娑婆伽比丘此四種人就佛懺悔妄語有八觀者發心欲妄發口成妄語妄語竟知是妄語隱藏所知妄道餘事前人知解邪心是名觀也布薩復有八者八戒也使者亦有八者調達以非法欲破僧僧差具八德人往說調達所作非佛法僧是調達所作也外道有八法者外道欲出家行波利婆沙八法者不往五不應行處聞讚佛法僧歡喜八語受具戒者比丘尼白四羯磨比丘白四羯磨起敬亦有八者比丘尼八敬法也豫座復有八者大衆集時上座八人次第坐餘者隨坐八法教誡尼者比丘有八德堪教誡比丘尼十人不應禮比丘尼式叉摩那尼沙彌尼優婆塞優婆夷犯戒人眠人食人大小便嚼楊枝人十人不爲作者如前十種人不得作叉手有十突吉羅者若爲上十種人作禮及叉手得突吉羅罪用衣復十者十種衣聽著十二作不善者白不善非法别衆非法和合衆法别衆白羯磨中有四非法白二羯磨中有四非法白四羯磨中有四非法三四合十二非法

善見毗婆沙律卷第十八

音釋

迦絺那（梵語也此云功德絺丑知切）拘睒彌（梵語也亦云憍賞彌）睒（失冉切）甕（於貢切罌也）筩（徒紅切斷竹爲筩也）篦（邊迷切竹器也）鑰（以灼切鑰鍉也）篋（苦協切箱篋也）噉（徒感切食也）挃（竹栗切撞也）

大比丘三千威儀

後漢安息國三藏安世高譯　僧祐云失譯人名

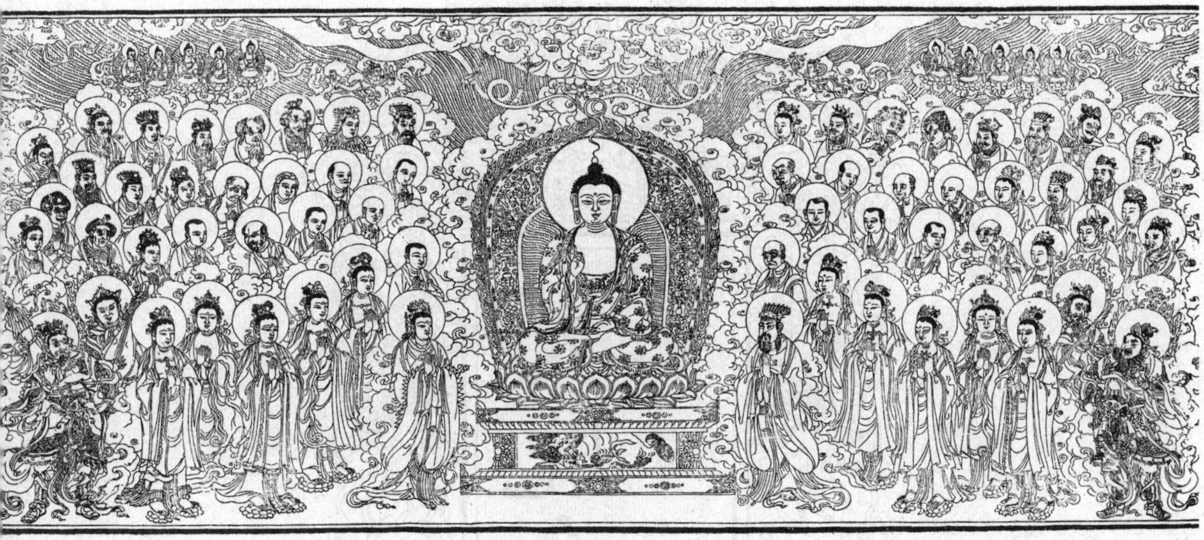

清刻龍藏佛說法變相圖

大比丘三千威儀卷上

後漢安息國三藏安世高譯　僧祐云失譯人名

佛弟子者有二種一者在家二者出家在家者初受五戒爲本遮三惡趣求人天福以未能永捨家眷屬緣累故更加三戒助前五戒一日一夜種未來世永出因緣出家者行有始終上中下業下出家者先以十戒爲本盡形受持雖捨家眷屬因緣執作於俗人等是出家於具戒者故是在家是名下出家其中出家者次應捨執作緣務具受八萬四千向道因緣雖捨作業緣務身口行意業未能具足清淨心結猶存未得出要上及不足下比有餘是名中出家上出家者根心猛利次應捨結使纏縛捨結使纏縛者要得禪定慧力得禪定慧力心得解脫心得解脫者名淨身

口意業出於緣務煩惱之家永處閑靜清涼之室是名上出家中出家者始受具戒沙門儀法未能周悉要須依止長宿有德行者是以優波離問佛成就幾法盡命不依上耶佛答凡成就二十五法不依止廣而言之二十五法取要言之但能知二部戒爲本今但成就十法一者不知廣利二部戒共義不共義者當一篇中或同或異或僧戒中輕尼戒中重或尼戒中輕僧戒中重或前篇中有後篇中無或戒本中有餘戒中無或餘戒中有戒本中無如是等戒不知分部是名不知戒二者不知是罪非罪或是佛法罪非世界罪或世界罪非佛法罪或亦佛法罪亦世界罪或非佛法罪非世界罪佛法罪非世界罪者制戒後長財離衣等是世界罪非佛法罪者未制戒前殺盗等是亦佛法罪亦世界罪者制戒前制戒後犯婬欺戒等是或非佛法罪非世界罪者制戒前殺草木等是若比丘觸食夜食比丘共食宿觀能作此三事若食此食是罪若可信人共食宿食是非罪如是等事不知是名不知是罪非罪三者不知輕不知重不知輕者如與戒沙彌一犯婬戒極慙愧死不更犯終身易住不受人請衆中慨惻願聽我爲比丘終身勸化作福如是人等現世雖不得道種於將來世受罪輕微是名不知輕不知重者如摘樹葉比丘迦葉佛時墮龍中至今受報未盡不知犯輕戒而罪重是名不知重四者不知有殘罪中無殘罪無殘罪中有殘罪無殘罪中有殘罪者如盗一人五錢後悔還主如殺旃陀羅等是不知無殘罪

中有殘是名不知有殘不知無殘者如三十事中親厚意索好衣衣主還索若不還五錢以上犯波羅夷不知如是比中有殘無殘是名不知無殘五者不知一制者有戒始終不開或有一因緣一開是名不知一制六者不知二制或有戒二三因緣合爲一戒或有因緣二開乃至六開是名不知二制七者不知偏制如淨國不受食如事水國不洗大小便如寒雪國聽著複衣如是比不犯餘國便犯是爲不知偏制八者不知一切制如殺等無國不遮是名不知一切制九者不知布薩羯磨布薩者（此言淨住）義言長養比丘和合若作百一羯磨而不知和合是名不知布薩十者不知請歲羯磨請歲者求人出己之過若見聞疑語我若五人以上作百一羯磨廣自恣要差二人所以二人者僧自恣竟自相向出罪不得求餘人自恣餘人僧不差故二三四人三語自恣一人心念口言若不知是者名不知請歲若成就十法不知上事者雖滿五歲若過盡令依止長宿有德者若不依止日日犯突吉羅若知上十法者若滿五歲得離依止師離依止師已當學作師法滿十歲當得度人若不知五法盡命不得度人

五法者一者廣利二部戒二者能決弟子疑罪三者弟子遠方力能使弟子來四者能破弟子惡邪見及教誡勿使作惡五者若弟子病能好看視如父養子若有五法成就滿十歲得與人作和尚若不知五事者終身不得度人度人者得突吉羅罪既離依止已得度人度人者當有徒衆徒衆者應知聚衆法衆

中無知法者百人千人不得一處住是以優波離問佛云何比丘同一處住如啞羊佛言若比丘不知四法一者不知戒不知戒者未知廣利二部戒義決定順經二者不知說戒事十四日十五日宜廣宜略四人已上行籌廣說二人三人三說戒一人心念口言若說戒時有事難起始說戒序竟應作一白羯磨今有事起已說戒序竟餘者僧常聞若不如上事者是名不知說戒事三者不知羯磨應白一便白二應白二便白四非法別衆非法者先羯磨後白有事人不現前設現前不語有此事便唱別衆者應囑授不囑授有事人界外羯磨界內衆僧亦爾結內界竟方結外界是非法別衆或非法衆聚一處或衆和合布薩非法如是比是名不知羯磨白者不知會坐說戒自恣時有客比丘來應更說不應更說應次第聽不使次第聽先比丘應出界而出客亦爾或時客來少雖不應更說設客有重德若剛强能作鬭亂事應更說而不說如是比是不知會坐若衆中不知上四法不得一處住應當請知法人來若請不能得應舉衆依他知法衆住若不請不依他知法衆住者舉衆得突吉羅罪已得離依止復得度人徒衆使得次第應淨身口淨衣食淨身者洗大小便剪十指爪淨口者嚼楊枝漱口刮舌若不洗大小便得突吉羅罪亦不得僧淨坐具上坐及禮三寶設禮無福德若不嚼楊枝若食若服藥若飲得三突吉羅罪若不著淨衣入聚落得突吉羅罪淨食者非大僧觸非是不可信人共食宿非是不淨器者非不

澡豆洗鉢器不用木器及以內食亦不自種作及販賣得如是等是淨衣所以淨衣者踞坐食者佛始成道食糜家女糜竟自念若有出家弟子者著云何衣云何食觀諸佛法皆著淨衣偏踞坐食一坐食我弟子法亦如是所以著淨衣者欲作限礙能防衆戒故所以踞坐爲淨衣故亦反俗法亦爲草座食易故因踞坐不如法得九突吉羅罪一者脚前却二者闊脚三者搖動四者竪五者交六者垂三衣覆足七翹八累脚九累髀盡皆犯突吉羅因不踞坐得三突吉羅罪所以坐受香者達波國有比丘住處婦女行香觸比丘手因起欲心即時罷道師問所以即說因緣因是白佛佛即制戒若坐受香者得突吉羅罪所以不得數數食但一食者若作若乞及以湯器即妨半日之功亦長婬怒癡結復不異於俗人是以一食止雖知沙門儀法種種別異未論出家人所作業務業務者一者坐禪二者誦經法三者勸化衆事若具足作三業者是應出家人法若不行者徒生徒死或有受苦之因

若比丘成就是十法得度人授人具足戒成就威儀畏愼小罪多聞能持佛所說法善誦二部律分別其義能教弟子增戒學增心學增慧學能除弟子疑亦能使人除其疑能治弟子病亦能使人治其病若弟子生惡邪見能教令捨亦能教人使令捨若弟子國土覺起能迴其意亦能使人迴之若滿十歲若過十歲有成就十法應授人具足戒知重罪知輕罪知麤罪知有餘罪知無餘罪知有羯磨

罪知無羯磨罪知罪因緣滿十歲若過十歲有成就五法應授人具足戒能教弟子增戒學增心學增慧學所行審諦繫念在前有成就五法三法如上聰明辯才有成就五法戒成就定成就慧成就解脱成就解脱知見成就有成就五法自住戒教人住戒自住定教他住定自住慧教他住慧自住解脱教他住解脱自住解脱知見教他住解脱知見又成就五法成就無學戒衆無學定衆無學慧衆無學解脱衆無學解脱知見衆又成就五法能教弟子增上戒增上梵行知犯不犯知悔過未悔過滿十歲若過十歲應授人具足戒度沙彌爲人作依止亦如是上下比丘僧皆明聽今日歲節四方皆會佛難得見法難得聞賢者會難歲節易竟今諸賢者自見若干生若干死已得生法中已得受具足戒已得聞法已得好行從前歲中至今所犯若貪婬若瞋恚若愚癡今日皆當説所犯罪過相忍愚癡不得匿藏所犯罪人於衆人中自欺便爲妄言墮不中止罪便輕戒自毀犯婬比丘字迦留多犯盜比丘字迦留桓犯殺比丘字迦留皆在羅閲耆國中犯妄語比丘字迦留桓在舍衛國中弄陰出精比丘字迦留多在羅閲祇國中起室比丘字迦留在舍衛國中有比丘字迦留多將五百弟子在尼衍國中十三事中有三事不應懺何等三抱持匿地不應懺不眞相助不應懺婬戲檀越家婦女及青衣不應懺是爲三不應懺其餘十事皆應懺若犯過一日即悔應作三日懺若過三日不悔應作七日懺過七日不悔應作十五

日懺若過十五日不悔應作三十日懺若過三十日不悔當更受戒不者非沙門若欲懺者當得二十人不滿二十人不應懺言過三十日更受戒者律無此文竟不知出何典

三十事中皆應懺當滿七人比丘少一人不應懺若犯一日即悔應作三日懺若過三日不悔應作七日懺若過七日不懺應作十五日懺若過十五日不悔應作三十日懺若過三十日不懺者當作九十日懺

九十事皆應懺若犯過一日即悔應作三日懺過三日不悔應作七日懺過七日不悔應作十五日懺過十五日不悔應作三十日懺過三十日不悔應作九十日懺若懺當滿四人有十事應作摩摩帝一者久止戒二者名聞三者智慧四者方便五者能起功德六者有德七者當可比丘僧八者可檀越九者能致檀越十者當滿十歲

復有四事應行一者舍屋敗二者無檀越三者饒蚕蚉毒蟲四者國君嫉妬道

復有四事應行一者塔使二者比丘僧使三者三師使四者學盡三師所知應從師求盡至明者所

有四事到他國不著袈裟無罪一者無塔寺二者無比丘僧三者有盜賊四者國君不樂道

有七事不應止一者鬧門間二者屠殺處三者祠祀處四者橋下五者橋頭六者四徼道七者空閑處此七處惡鬼所止處

卧起欲出戶有五事一者起下牀不得使牀有聲二者著履先當抖擻三者正住著法衣

四者欲開戶先三彈指不得使戶有聲五者戶中有佛像不得背出當還向戶而出不得住與人言

澡漱有五事一者不得蹲二者不得向佛塔亦莫背三者不得向和尚阿闍黎諸師亦莫背四者不得於瀆上若淨地五者不得中與人共語亦莫受人禮

用楊枝有五事一者斷當如度二者破當如法三者嚼頭不得過三分四者踈齒當中三嚙五者當汁澡目用

刮舌有五事一者不得過三返二者舌上血出當止三者不得大振手汙僧伽黎若足四者棄楊枝莫當人道五者常當著屏處取袈裟著時有五事一者手搔身不得便著當更澡手二者手未燥不得便持袈裟三者袈裟不得從上牽下當以右手逆排左手從下受四者以下持袈裟當先抖擻之乃伸著五者不得從前掉著臂上

復有五事一者先當攝等不得令下著地二者當下兩頭不得令著足三者著袈裟不得正向佛塔亦莫背四者不得向上座若三師亦莫背五者襞袈裟不得以口銜亦不得以兩手奮

繞塔有五事一者低頭視地二者不得蹈蟲三者不得左右顧視四者不得唾塔前地上五者不得中住與人語當念有五事一者當念佛功德二者當念佛經戒三者當念佛智慧四者當念佛恩大難報五者當念佛精進乃至泥洹

復有五事一者當念比丘僧二者當念師恩

三者當念父母恩四者當念同學恩五者當念一切人皆使解脫離一切苦

復有五事一者當自念學慧二者當念除三毒三者當念求要道四者見塔上草生念以手去之不得捉拔五者見有不淨即分除

復有五事一者天雨當脫履塔下乃上禮佛二者已當從次第禮上座下座當問訊三者僧有衆事若使行即當行四者欲出行當有所報令知五者聞揵椎聲即當出會

暮入戸有五事一者欲入當住三彈指入不得使戸有聲二者履汙泥當於外脫去三者當如法解袈裟著常處四者當取履拭持著屏處五者已當澡洗却住隨意所願

欲上牀有五事一者當徐脚踞牀二者不得匍匐上三者不得使牀有聲四者不得大拂拭牀席使有聲五者洗足未燥當拭之

在牀上有五事一者不得大欬二者不得咤噴㖃三者不得歎息思念世間事四者不得倚壁卧五者欲起坐當以時若意走不定當自責本即起經行

經行有五事一者當於閑處二者當於戸前三者當於講堂前四者當於塔下五者當於閣下

復有五事一者不得於閣上坐二者不得持杖寺中行三者不得卧誦經四者不得著屐五者不得大舉足蹈地使有聲

卧有五事一者當頭首向佛二者不得卧視佛三者不得雙申兩足四者不得向壁卧亦不得伏卧五者不得竪兩膝更上下足要當枕手歛兩足累兩膝

夜起讀經有五事一者不得念我經戒利餘人不如我二者設不利不得言我經戒不利正爲某比丘事故亂我意三者不得坐念人惡四者設明日欲問所疑不得說餘直當說不解者所知而已五者不得念言當持是經中語以行問人使窮但有是念非賢者法

在寺中有五事一者不得時舍後履上塔上二者不得逆塔行三者不得背佛出門戶四者不得唾塔上五者不得行塔欄木坐上

復有五事一者不得取非物著非處二者舍後還不得過用摩摩德水澡手三者不得妄用衆家手中四者不得於衆家井上澡足五者不得妄取衆人物一切有所取當報主

復有五事一者不得與白衣共調戲相罵二者與人共語不得頷頭三者不得於上座牀上坐四者不得於上座前踞五者不得與和尚阿闍黎並坐

復有五事一者不得上樹二者不得持梨擲與人三者不得持水灑人四者水中有蟲不得飲若洗五者人罵比丘比丘不得報

復有五事一者不得瞋恚撾罵畜生二者不得惡口罵人作畜生三者不得坐卧畫牀上四者不得華香脂粉自著身五者不得歌詠作倡伎若有音樂不得觀聽

飯時有五事一者比丘以飯不得言我知何時當死且復一飽飯來二者比丘飯以飽人復持飯來與比丘不得受三者比丘飯有餘不得持擲人亦不得以擲草上四者飯有餘當持瀉淨地五者人有少所飯請比丘去飯不應往

行應請飯復有十事一者往當彈指直入二者當視席坐三者席下有錢刀果蓏不應坐上四者若兵器衣物在坐下若承塵土不得坐上五者若金銀好漆器在前不得把持形相六者不得數顧視檀越家婦女七者當如法坐八者未食不得爲人說法九者不得飯上有所求索十者飯未飽不得語

不應作禮有五事一者至舍後還不得中道爲人作禮自舍後還亦莫受人禮二者上座卧不得爲作禮自卧亦莫受人禮三者上座澡漱口不得爲作禮自澡漱亦莫受人禮四者上座收槃未竟不得爲作禮未自收槃亦莫受禮五者上座飯不得爲作禮自飯亦莫受人禮

不應作禮復有五事一者若讀經若持經不應爲上座作禮二者上座在下處自在高處不應作禮三者上座在前若已去不應從後爲作禮四者不得座上爲上座作禮五者不得著帽爲佛作禮若三師比丘僧上座其罪重比丘著泥洹僧有五事一者不得倒持下著上二者當使四邊等三者襞頭當近左面四者結帶當於右面五者帶當三繞不得垂兩頭

露著泥洹僧有十事一者上無僧祇支不得著袈裟二者不得持上塔佛像前三者不得持入講堂中四者不得持三師前往五者不得與上座共說經六者不得持與上座共並坐七者不得持至摩波利牀上坐八者不得持入上座室中九者不得持入食堂中若僧前十者上無僧祇支不應出門下樓三尺

著三法衣有五事一者著泥洹僧上無僧祇支不得著中尼衞不著中尼衞不得著安陀會二者著中尼衞上無安陀會不得著欝多羅僧三者著安陀會上無欝多羅僧不得著僧伽梨四者三衣當令中外等五者不得過三色如法行歩是爲道法

持鉢有五事一者當令帶堅二者當著左腋下三者行時當使外向四者不得使下光相近五者飯已持鉢當還使自向

澡鉢有五事一者當用澡豆若皂莢二者不得持淨地三者不得向塔比丘僧若三師四者不得跳擲棄水五者不得以汙巾拭中外各當有常巾手摩燥爲善急欲出會時當著日中使燥若向火

持戶鑰有五事一者欲出時常當先所被貫臂著指二者欲閉戶不得并持鑰大牽戶當諦視三者欲開戶不得并持鑰大排戶當徐脫之四者著常處取持自近五者至七日當拭去鉎持

復有五事一者不得與女人連席坐二者若有醫師不得從問醫藥事三者不得與世人諍語四者毋人與比丘對坐不得妄說不急事五者設見因緣不可意即當起去

行至人家讀經有五事一者當四人俱二者往當隨次如法坐三者當視因緣可讀經不可讀經四者共坐席人不欲聞經當退止五者若坐中有醉者惡言形相經者不應復讀

比丘至郡國縣長吏有三事應往一者爲三師事故二者爲病死亡來呼比丘讀經故三者請比丘飯故

有七事不應往一者不得妄往候事二者不得事事往白三者不得强往從請事四者設往不得爲說諸藥事五者若呼比丘問世間事若難異經六者呼比丘教相星宿視歲善惡七者比國起兵欲呼比丘議軍事如賢者法不應往

上高座讀經有五事一者當先禮佛二者當禮經法上座三者當先一足蹑阿僧提上正住四者當還向上座五者先手按座乃却坐已坐有五事一者當正法衣安坐二者揵椎聲絶當先讃偈唄三者當隨因緣讀四者若有不可意人不得於座上瞋恚五者若有持物施者當排下著前

不應說經有五事一者人不敬三師二者人犯戒三者誹謗佛道四者比丘問經不如法五者不應爲白衣說比丘戒經得罪

復有五事一者人相牽連臂二者同小牀三者人知少所經欲來難比丘四者說經人不聽五者人病酒皆不應爲說法

欲坐禪復有五事一者當隨時二者當得安牀三者當得輭座四者當得閑處五者當得善知識

復有五事一者當得好善檀越二者當有善意三者當有善藥四者當能服藥五者當得善助爾乃得猗隨時者謂四時安牀者謂繩牀輭座者謂毛座閑處者謂山中樹下亦謂寺中不與人共善知識者謂同居善善檀越者謂令人無所求善意者謂能觀善藥者謂能伏意能服藥者謂不念萬物善助者謂禪帶禪帶有五事一者當廣一尺二者當長八

尺三者當頭有鉤四者當三重五者不得用
生韋亦不得用金鉤
有五事不應用座一者衆坐時二者入城時
三者九十日竟時四者與三師同處爲恭敬
五者至白衣家若客舍皆不應用獨自一室
中安隱時得用
作私匿有五事一者當用熟韋二者當如法
作三者不過再重四者不得系綴之五者著
當如法不得使濕
著有五事一者不得著禮佛二者不得著入
衆坐三者不得著上佛塔上四者不得著經
行五者天雨不得著自得分衛
復有五事一者不得著入三師室二者不得
持問經三者不得著持爲和尚阿闍黎作禮
四者不得著爲衆僧作禮五者日暮不得用

洗有五事應相入室一者問訊二者病瘦往
瞻視三者問經四者有所借五者衆人使往
呼往有五事一者當於外彈指二者入當脫
帽三者當作禮四者當正住人教坐乃坐五
者不得忘持經入
問經有五事一者當如法下牀問二者不得
共坐問三者有不解直當問四者不得持意
念外因緣五者設解當頭面著地作禮反向
出戶復有五事一者不得教買某來我欲飯
之二者不得持果蓏與沙彌汝持授我我欲
食之三者不得調譺臥人牀上四者不得唾
人淨地五者人如法呵之不得怒去是名恭
敬和尚當有十五德一者當知戒二者當持
戒三者當不犯戒四者當知經五者當自守
六者當教經七者當教戒八者當教習意九

者當教稍稍受十者當教法則十一者當自隱德十二者當能致檀越十三爲不得有獨匿十四者人持物來當言皆爲衆人物十五者占視病瘦當令差

復有十事一者有弟子當能衣食二者當能教經授經三者當能解經令知義四者有深經好語皆悉當教弟子五者有所問當能報語六者當能分別爲說三惡道罪七者當能教黠慧如我勝我八者當教持戒分別知所行九者當教曉戒隨說十者當審弟子意節度與

阿闍黎當有五德一者當有四阿鋡二者當有戒具德三者當有慧德四者當有大德五者當自守

復有五事一者作師當自持戒二者設弟子衣被破敗當能給與三者弟子病瘦當能瞻視四者當致布施分別爲說罪福五者十歲應作和尚所知當具悉

復有五事一者當教學慧二者當教多誦經三者當教能解經四者當教深經五者當教莫與人諍經

復有五事一者當教戒二者當教稍稍受三者當教知戒四者當教持戒五者當教隨和尚十歲盡所知事

事師有五事一者當畏敬師二者當隨師教誡三者當隨順師意四者當識師語五者不得違師教

復有五事一者朝暮往問訊安否二者往當著袈裟脫帽三者往至戶當三彈指不得縱橫入四者當頭面著地作禮前長跪問消息

五者若師言賢者某人來說卿所作不如法汝自知犯過不設有即當悔過言其實愚癡若無有不得還語師教去即起作禮還向出戶

復有五事一者當爲師取賔揵澡槃出淨洗著水持還二者當拂拭牀席次襞被枕三者當爲師襞袈裟著常處四者自却住師教坐不得便坐師三言坐乃應坐若問卿經利不若不教誦不應便誦五者若自問經戒視時可問不應問時

復有五事當報一者沐浴剃頭二者澡洗三者出行四者若作衆事五者病瘦服藥

有弟子事師二十事

若比丘作法衣服有五事一者當頭面著作禮二者當如事說某白某今持作某白如是三者師默然不報當起作禮去四者若聽使作如法受教五者師若言是財可作某使廣若干長若干當隨師教不得違

復有五事一者三衣不具急當具之二者已具不復多作三者法衣破敗應當作四者衣未極敗不應作五者作法衣當如度得作三色青黃木蘭是爲作衣服

浣法衣有五事一者當用淨器二者當於屛處三者當令竿堅四者不得離衣去五者當數持視

著法衣有五事一者至檀越家不得開胷前入門二者不得以法衣挂肘入三者不得摸法衣入門四者不得擔法衣入門五者不得左右顧視

行匃時著法衣有五事一者道中見三師當

出右肩二者覆兩肩當從喉下出右手三者覆兩肩得從下出右手四者行泥中得持一手歛衣五者還入戶恐汙衣得兩手歛衣不應著僧伽梨有三事一者作塔事二者作招提僧事三者作比丘僧事

復有十事一者補未訖二者浣未燥三者沙彌持鑰出未入四者大風五者雨墮六者大水七者大火八者縣官九者盜賊十者人與女人事

復有五事一者泥濕二者霜露三者大陰四者入山五者遠行

曝法衣有五事一者風起不得曝二者六日當還一曝三者不得當人徑四者不得大久五者不得即襞旦當盡起

浣法衣有五事一者不得持足蹹二者不得兩手著挼三者不得兩手捉提四者不得持衣被戲人五者不得襞著席下居

復有五事一者著淨巾上二者欲襞持入當從人受三者持入當著常處四者不得持餘衣著上五者不得襞法衣卧上

復有五事一者不得無三法衣入衆僧坐二者法衣不具不得入寺中止三者至舍後未淨手不得著衣四者至舍後未用水不得上塔五者至舍後當脫袈裟僧祇支

沐浴剃頭報有五事一者從十五日至十五日報具沐浴剃頭應報二者澡洗當報三者除手足爪應報四者自知常若小小不應報五者自知不應時皆不應報

欲出行報有五事一者當頭面作禮二者當正住如事說三者已可當禮四者若師呵止

不得違五者欲還入室讀經

入浴室有二十五事一者當低頭入不得上向二者當隨次踞勿當目前三者不得讀經誑語四者日達嚫不得以水洗五者不得取日水用六者不得持水澆火七者不得呵火多少八者不得多用人水九者不得於中浣手巾衣十者浴已即出去十一者和尚阿闍黎在中不得入十二者三師浴當入迴之十三者三師浴當持衣住外待十四者已出易衣當取浴布浣之十五者自入浴當報十六者入當著麻油十七者當用土十八者用澡豆十九者當用灰二十者當用湯已乃用水二十一者當多少誦經二十二者當持水澡浴處二十三者不得住上座前二十四者設無日當達嚫檀越主二十五者出不得當風

住急入室

入溫室有二十五事一者當隨次坐二者各自讀經三者當思惟念道四者不得妄起至上座前五者不得與下座共說世事六者聞揵椎聲當先禮佛七者當禮比丘僧八者不得至上座處坐九者不得左右顧視語十者不得唾汙淨地十一者不得呵叱下座十二者不得呵人火十三者不得數起出入十四者行不得使足有聲十五者出當牽戶反閉之十六者設戶已閉當彈指十七者不得大排戶使有聲十八者已彈指安心讀經十九者自讀經不得中語二十者人讀經不得妄語二十一者讀經未竟不得數起使牀有聲亂人意二十二者讀經未竟不得先去臥二十三者達嚫未已不得便開戶去二十四者

當禮佛二十五者當禮上座

入堂室有五事一者當禮上座二者當如法坐三者不得解袈裟著座上捨起四者不得聚語笑五者上座說經當一意聽

復有五事一者人說經時有是非不得中斷人語二者已竟徐起問疑三者不得諍經以惡意相向四者不得瞋恚臥人座上五者當思惟自責

對問經有三事應問三事不應問一者人身安隱應問一者人歡喜時應問三者人自說經隨時因緣應問人身不安隱不應問若不歡喜不應問人說他事不應問

大比丘三千威儀卷上

音釋

翅祈堯切舉也　髀部禮切股也　徼吉弔切境也　抖擻抖當口切擻蘇后切抖擻振舉貌　蹲徂尊切踞也　撏士占切取也　襞必益切摺疊衣　匍匐匍蓬脯切匐蒲墨切匍匐手行也　欬苦蓋切逆氣也　咤陟嫁切噴也　噴⿰口戒噴普寸切皷鼻也⿰口戒許戒切怒大聲也　譺宜記切啁也　頷五感切點頭以應也　撾張瓜切擊也　盋比末切與鉢同　草莢草在早切莢吉協切　鑰弋約切鍉鑰也　鉎音星鐵鉎也　綴朱芮切連綴也　鋡音含　蹹達合切踐也　挼奴禾切兩手相切摩也

大比丘三千威儀卷下

後漢安息國三藏安世高譯 僧祐云失譯人名

十二頭陀者一者不受人請日行乞食亦不受比丘僧一飯食分錢財二者止宿山上不宿人舍郡縣聚落三者不得從人乞衣被人與衣被亦不受但取丘塚間死人所棄衣補治衣之四者止宿野田中樹下五者一日一食一名僧伽僧泥六者晝夜不卧但坐睡來起經行一名僧泥沙耆傴七者有三領衣無有餘衣亦不卧被中八者在塚間不在佛寺中亦不在人間目視死人骸骨坐禪求道九者但欲獨處不欲見人亦不欲與人共卧十者先食果蓏却食飯食已不得復食果十一者但欲露卧不在樹下屋宿十二者不食肉亦不食醍醐麻油不塗身

持錫杖有二十五事一者爲蛇蟲故二者爲年老故三者爲分衞故四者出入見佛像不得使頭有聲五者不得持杖入衆六者日中後不得復持杖出七者不得擔著肩上八者不得横著肩上以手懸兩頭九者不得手掉前却十者不得持杖至舍後十一者三師已持杖出不得復持杖隨出十二者若四人共行一人以持杖出不得復持杖隨後十三者至檀越家應杖不得離身十四者至人門時當三欬瀨不出應當便去至餘處十五者設人出應當杖著左肘挾之十六者杖在室中不得使著地十七者當持自近卧牀十八者當取拭之十九者不得使頭有鉎二十者欲持杖出當從沙彌受若白衣受二十一者至病瘦家宿應得暮杖二十二者遠送過去當

得暮杖二十三者遠請行宿應得暮杖二十四者行阿其云應得暮杖二十五者常當以自近不得指人若畫地作字

至優婆塞家有五事應往一者爲僧使二者分衛三者阿其云四者請飯五者疾病死亡其餘一切皆不應往

比丘爲優婆夷説經有五事一者優婆夷抱小兒來問經不應持婬意向説二者設婬意起不得前取小兒摩弄三者不得牽坐著邊四者優婆夷使比丘説麻油術經當令男子持楊枝與比丘當持男子手中楊枝者善不應説五者若優婆塞與優婆夷俱來問經若優婆塞先去比丘亦應出不者非法

新至比丘有十德一者禮佛已當却住問摩摩德姓字比丘僧幾人曰持爲姓字二者上座當禮下座問訊三者不得問所止處四者人與比丘牀席卧具不得呵好醜五者當求依止阿闍黎六者當亦供養七者不得呵經八者不得自在出入九者欲掃塔當報摩波利十者欲出去有卧具當付主人

復有五事一者當憂衆事二者不得妄用寺中淨水三者不得妄至人戸四者不得逆行五者不得踰越寺中林木上

當以十事待新至比丘一者當辟與房二者當給所須三者當朝暮往問訊四者當語國土習俗五者當教避諱六者當語乞匃處七者當語僧教令八者當語其可食九者當語縣官禁忌十者當語賊盜某許可逃某許不可逃新至比丘欲到賢者許自歸持作依止阿闍黎當先自説言今我爲某遠離三者師

各去是若干里今某獨來在此本意欲學連遇國郡不安故來到是今自歸賢者當爲我作依止阿闍黎賢者用某自歸故受某甲爲弟子當與某甲共止作弟子當依某甲與共居俱爲某甲弟子賢者當用法故當爲某甲作阿闍黎師已頭面作禮因言阿闍黎爲用三尊故已受某甲爲作師當教某甲舊所行出入法若有强共某諍某阿闍黎當有某自作弟子若阿闍黎若某欲去止俱得自在設某去後復從彼迴來還阿闍黎故當受某爲弟子說如是至三師當言報賢者某聽今我所說令卿得道常當行如佛語當護戒當忍辱當精進當一心念道當念慧當止身口意滅毒當爲三法事已作佛弟子不得念行世間事能如法行者會當得道度世耳說竟起作禮持頭面著師足去還取衣鉢住上師從受衣若比丘受衣鉢三衣阿闍黎比丘當自說亡失若水火盜賊壞敗因緣比丘先自歸言明賢者慧行淨戒是某三師爲某如是便三說本因緣已三說便止若鉢若衣受阿闍黎便說教戒某賢者聽人有六情當護當念清淨雖世間淨潔不能到清淨行慧者道當護内外清淨不垢不漏内外相應是爲能致清淨道者是故當依當攝當護是爲鉢事衣者當言數持視數著以時浣比丘譬如賢者亦世間處身樂沐浴熏香衣服卧具寧欲令身不安隱意不安隱所有可意有破服不設具堅安隱亦不能致清淨慧者道中若漏濕爲蟲所食腐譬身若一處腐爛從是不安隱不致慧者道譬身若一處爲蟲所食瘡若痛

若痒從是不安隱不致慧者道從上至竟依護内外浣淨是爲除貪亦少欲使致賢者清淨是爲依事依止阿闍黎教弟子有十五事一者比丘僧會時當教如法視上下二者比丘僧有令語使莫犯三者當教隨順僧上下四者當教行恭敬五者當語國土方俗忌諱所可食飯應爾不應爾六者當語匃處某處可往某許不可往七者若有賊盜某處可逃某處不可逃八者病瘦當占視之九者衣被破壞當給與十者若有去住不得留難十一者當相視人意十二者當隨方便所住十三者來有所問當答十四者欲澆灑地常當謙讓十五者有過不得言我不復與卿語是爲依止阿闍黎法

弟子依止阿闍黎有五事一者當數往二者至戶當三彈指三者入當頭面禮四者長跪問消息五者去當還向戶出

復有五事一者旦夕往問訊二者師呼即著袈裟應往不得單身著屣入三者當掃地具澡水拂拭牀席四者若自有所作若出入行止當報五者受經問解得不得不應有恐意是爲五事自歸阿闍黎法

賢者比丘不應畜七種藥一者辟穀藥二者消穀藥三者吐下藥四者强中藥五者服食藥六者毒藥七者兵瘡藥無有病一切不應服藥亦不得與他人使服墮罪

比丘欲起沙彌法有五事一者當知四阿含二者當知戒三者當知經四者當知有慧五者當知有德

復有五事一者當持戒二者當不犯戒三者

當能解經四者當忍辱五者當自守一切具
有是行者乃可舉沙彌不悉知不應起沙彌
比丘有沙彌當教行五事一者沙彌作衆事未竟不得呼使二者不得令沙彌求賢者長短三者不得信沙彌語四者不得於衆中大聲罵沙彌五者不得獨使令當給衆事
有三事不應與沙彌共居一者愛端正好二者見之欲瞋三者疾病
有三事應逐去一者言犯戒無罪二者言無佛法僧三者行向人說和尚阿闍黎善惡
若欲遠行持沙彌寄人有五事一者先問沙彌其可汝意不二者汝承事主能可人意不三者設呵罵汝不得言非我阿闍黎罵我爲非四者承事主如事我五者如法教汝不得捨去持沙彌至主許寄時有五事一者當教頭面禮二者教自歸三者當言卿視我沙彌如卿沙彌四者我從彼來還自當歸我五者若我無常長屬卿
受人寄沙彌有五事一者當教讀經二者教莫犯戒三者當教隨衆上下四者當教行步法則五者教恭敬衆人
比丘僧飯時有五事一者上座未坐不得先坐二者上座未受案不得先受三者上座未飯不得先飯四者上座飯未訖不得先止五者上座未起不得先起
受案有五事一者當持手巾并受二者當闊尺六三者當持手巾連案若机足四者當却膝五者兩肘不得離膝
復有五者一者已受莫離二者不得狂左右顧視二者已離當從上座受四者設人不應

不得食五者若人宿與不相便可當自作方
便若自呼人
復有五事一者左右手不得有所攜持二者
不得大呼有所求索三者授人鉢當視上下
相前人四者授鉢當右手撫上五者當護所
受
復有五事一者人來授物手近當更澡手二
者不得持上著鉢中三者若見不可意不應
食亦不得使左右人知四者食中不得唾上
座前五者不應飯而飯之墮罪
復有五事一者不得以手摩捫面目二者左
手已汙不得近右手三者若手已汙不得護
鉢外四者不得以汙手正袈裟五者不得持
手巾拭膩手
復有五事一者前杯筯設横當正之不正者
不得食二者食具已墮不應復食三者若人
來有所益常當以指隨拄之四者不見來時
不應食五者飯食在前不得嘗味
復有五事一者飯時不得於坐上失氣二者
飯未已不得中唾前地三者急欲唾唾履下
四者已澡手不得復持履五者已持履自知
手汙不取拭者不得以持袈裟
右飯食四十條事
飯食上澡漱有五事一者不得摟手杯上二
者不得手指挑擦口中三者不得洟鼻大咳
唾鉢中四者漱口不得令有飲吐鉢中五者
不得大奮手汙灑左右人
復有五事一者持手巾不得教需當先熟歷
手二者不得奮濕所澡三者不得以手拭面
目鼻口四者不得言我自有不取持去五者

當如法用之
復有五事一者以拭手燥即當藏去膝上巾二者已即當正袈裟不得羅左右人三者下座澡未已不得呵令使來四者日達嚫不得亂語五者達嚫未竟不得亂起
復有五事一者若上座爲檀越說經當正坐聽二者若急欲去作衆事當過白摩波利三者急欲東西使當語下座一人四者若得錢分即當撿藏之五者若有所還若欲寄人不得以足推徙亦不得遥擲與
飯上有十事左右顧視無不有罪一者當視上座受案未二者當視上座前具未三者視下座亦爾四者人皆飯當復視之上座前少何等有盡者爲呼益五者視下座亦爾六者飯未已當復中止視上座欲得何等七者視下座亦爾八者當視上座已未設自先已以手持前所有不得坐視九者視下座亦爾十者不得先取案當排之當徐待人
比丘持賔揵澡槃有二十五事一者手不淨不得攖上飾手二者手不淨不得攖上蓋三者手不淨不得攖前口四者手不淨不得使益水五者手不淨不得攖前頸六者當從下捧腹七者少水且當小澆手使淨八者當出益水還又善澆九者欲益澡水當先洗手三洗令淨十者欲著水當三倒易水滿持入十一者欲持入不得當道住十二者安著屏處十三者下常當使有枝十四者安止上蓋十五者當宿盛水令滿十六者持澡槃不得申曳有聲十七者不得使上邊汙十八者不得使中有飯十九者棄不淨水二十者棄水不

得遠手徐徐瀉之二十一者澡槃當先澡內
外使淨二十二者持澡槃手不淨不得中止
持漱口二十三者持澡槃手汙不得擭賓揵
上拭若口二十四者不得取竈下水用澡賓
揵二十五者中外各當三更水澡乃得持入
欲持賓揵著槃中不得大投使有聲
當用手巾有五事一者當拭上下頭二者當
用一頭拭手以一頭拭面目三者不得持拭
鼻四者以用拭膩汙當即浣之五者不得拭
身體若澡浴各當自有巾
若著僧伽梨時持手巾有五事一者不得使
巾頭垂見二者不得持白巾三者當敗色令
黑四者不得拭面五者飯當用覆膝上飯巳
當下去設不去若有來作禮若起去先取襞
去之比丘僧有七人不應作摩波利及直日
一者年老不任事二者病疹瘡不淨潔三者
久病羸極四者衆人共使養病五者上座日
六者摩摩德七者直歲是七者皆不應作若
有强健如反不欲作者不應訶問自是後世
珍寶藏
作鉢泥僧摩波利當行百六十德作直月當
行六十德作直日當行十德作摩摩德當行
三十德作直歲當行十德此上五人如上行
者久久會至無爲度世道矣
鉢泥僧摩波利有十五德一者用佛故二者
用法故三者用比丘僧故四者當惜衆物五
者當惜招提僧物六者當惜比丘僧物七者
當知佛事八者當知招提僧事九者當知比
丘僧事十者不得持塔物著招提僧物中十
一者不得持塔物著比丘僧物中十二者不

得持招提僧物著塔物中十三者不得持招提僧物著比丘僧物中十四者不得持比丘僧物著塔物中十五者不得持比丘僧物著招提僧物中

復有十五德一者欲有所作當自報衆人一者不得割奪衆物獨匿自入三者不得持衆人物私意饒益親厚四者不得斷取衆家物以匿施用作名字五者當數護理衆家卧具六者若有病痛當占視隨所思持與之七者當恭敬瞻視比丘僧八者爲比丘僧作飯食當令淨潔九者當隨婆羅門意十者譬如事鬼神無有異十一者不得自瞋喜十二者欲行清淨不得露身於竈下作事十三者日暮常當自起案行門戶視諸比丘戶皆閉不說見異人不得即呵問言卿爲是沙門問訖當復待明日十四者不得掃寒著熱十五者不得掃熱著寒是爲十五事

營事維那飯時於堂中當行二十五德一者已布空案當自身行遍視下竟皆遍淨不二者不得先布空案三者上座已有冒應分飯四者一切所有分布皆當至沙彌若白衣受五者三師在中不得持增益六者作分上下當使平等七者分飯自當更手令平八者欲分羹當三迴杓乃斟九者令汁滓調十者不得即以釜中羹著人鉢中皆當先更分著器中十一者所有分不得於上語笑十二者不得遥大呼言取某來十三者衆中有不食羹者爲取所便與之十四者若衆中有不相便可者不得即於座中呵罵十五者急當念養病十六者飯時人持物來當即分布盡之不

得言當遺後日十七者急先盋羹十八者急當盋中飯盡十九者不得中止踞視僧二十者不得遠離僧於前捨出二十一者皆已飯當自視中所不具者復視多少盋二十二者不得住大呼從人教撿食具去二十三者蓋藏無令有聲捐棄著地二十四者當教人豫具掃箒澡水手巾二十五者當住待僧達嚫竟自當白畢竟乃出去

竈下有二十五德一者爲鉢泥僧盡力忍辱二者當佛法行恭敬等視上下三者若人從有所索有即當一切與不得逆欺言無有四者當早起行視當一切具五者一切使人行若有所買不得施乞之六者欲呼使不得遥大作聲呼七者一切有所作不得使物器大有聲八者一切當可衆人意不得自在直行强九者若人持飯來若餘物多少即當白衆人使日達嚫不得獨受便遣令去十者即分布令遍設使過時當藏去不得便先嘗視十一者若檀越來言欲作飯未見所有不得即對人設若主人持錢來作比丘僧飯若鉢泥僧與主人若白賢者共議所當兩作不得獨自可十二者汲水不得大投瓶井中令水濁十三者不得自擇米十四者澡釜三易水令淨十五者勿持釜中熱湯澆漬中十六者不得自然竈十七者不得自掃生草斷去根十八者不得以生菜根葉著火中十九者不得持飯食注漬中二十者一切飯具當覆上不得使塵坌二十一者不得教人作長分設僧不食當自置舉之二十二者不得持衆物倚身以作恩惠二十三者蓋藏白當行視令堅

二十四者不得分今日食遺旦日二十五者不得持旦食遺今日
有七事以待新至比丘一者來至即當問消息二者當爲次座上下三者當給與房室四者當給卧具被枕五者當給與燈火六者當語比丘僧教令七者當語國土習俗
教人市買有五事一者當教莫與人諍二者當教買淨者三者莫使侵人四者不得走促人五者當護人意
買肉有五事一者設見肉完未斷不應便買二者人已斷餘乃應買三者設見肉少不得盡買四者若肉少不得妄增錢取五者設肉已盡不得言當多買
教人汲水有五事一者當使先淨澡器二者當使著屏處三者當覆上令淨四者不得持膩汙五者若人有汙不得復用
教人破薪有五事一者莫當道二者先視斧柄令堅三者不得使破有青草薪四者不得妄破塔材五者積著燥處
教人擇米有五事一者當自量視多少二者不得有草三者擇去鼠屎四者不得令有穬五者向淨地
教人洮米有五事一者當用堅器二者用淨水三者五易水令淨四者内著屏處五者覆上令密
澡釜有五事一者不得持汁大衝釜底二者當使蓋器受汙水出棄之三者當滿水四者淨澡木蓋覆上五者日暮覆之令堅
然竈有五事一者然火不得横薪二者不得然生薪三者不得然釜倒逆薪四者不得自

以口吹火然五者不得持熱湯澆火滅

教人炊米有五事一者當教待氣出而莊二者隨氣上米稍稍炊之三者安正甑不得令氣池四者著米甑中隨覆之五者已熟下之亦當覆上莫使露也

擇菜有五事一者當去根二者當令等三者不得令青黃合四者當使澡淨五者皆當令向火知之乃得布用

作羹有五事一者當教如次內物二者當令熟三者令味調適四者當自視令淨潔五者已熟當去下火覆之

教人澡案一切食具有五事一者皆當三易水使淨二者拭使淨三者布案使相去二尺四者皆當案正下凳令堅五者不得令汙比丘僧衣

揵椎有五事一者常會時二者旦食時三者晝飯時四者暮投槃時五者一切無常

復有七法一者縣官二者大火三者大水四者盜賊五者會沙彌六者會優婆塞七者呼私兒當復知十二時揵椎常會時先從小起稍至大大下擊二十稍小二十一下小小十下復大三下旦食大下八晝食一通投槃亦一通無常者隨視時縣官水火盜賊亦隨時會沙彌三下會優婆塞二下呼私兒一下持一通至比丘揵椎無後音

有百六十事

鉢泥僧會摩波利所當行鉢泥僧會時有五事一者當禮佛二者當禮僧三者隨次坐四者不得大踞牀使有聲五者遺上座處

復有五事一者不得諍坐上下二者當恭敬

上座三者當隨衆法令四者若摩波利次直日若使作即當如法受五者已畢起坐當過白和尚阿闍黎已受直日有五事一者當先受戶籥二者當數銅佛像三者當數銅香鑪四者當數銅燈五者當數座席自當承此

掃塔上有五事一者不得著履上二者不得背佛掃塔三者不得取上善土持下棄四者當下佛像上故華五者當旦過澡手自持淨巾還

拭佛像復有五事一者當堅持二者常拭令淨三者不得以手摩近面目羅手指四者當自出錢買華五者當布與人令散佛上

掃塔下有五事一者當先灑地二者當使調三者當待燥四者不得逆掃五者不得逆風掃掃除又有五事一者不得去善土二者當自手拾草三者當取中土轉著下處四者不得令掃處有迹五者掃塔前六步使淨設大比丘僧會時掃除講堂中有七事一者當早起行視門戶開未二者當檢空燈當併之三者常掃拭佛像去前宿華四者當燒香著佛前五者當作大燈火著堂中央却正比丘僧座席六者僧比丘事畢去徐當灑地七者當更淨掃地

有五事灑地一者當却行二者當輕手三者當令遍四者當待燥五者不得湔人衣

掃塔地有五事一者不得背佛二者不得大掉手汙人足三者不得掃去善土四者當自手除出棄之五者不得當人道亦莫棄水中及圖中撿燈有五事一者不得滅中炷二者當瀉中餘膏作大燈然著佛前三者當取空

燈内著常處四者不得妄破碎五者若妄碎皆當應買償著常處

燒香著佛前有三事一者易中故火二者當自出香三者當布與人整頓比丘僧牀席有三事一者當安隱視牀足使堅二者當下意掃拭令淨三者掃拭席當使遍不得令汙比丘僧衣

具香鑪有三事一者當先除去故火拾取中香聚一面二者當拭令淨乃著火還取故香著中三者著火不得大熾不得少令灰火疾滅冥然燈有五事一者當持淨巾拭中外令淨二者當作淨炷三者當自作麻油四者著膏不得令滿亦不得令少五者當護令堅莫懸妨人道汙人是直日法如上行之得福

右六十事直日所行

摩摩德有十五德一者用佛故二者用法故三者用比丘僧故四者用和尚阿闍黎故五者用我棄家作沙門故六者用作主人耐忍四遠故七者當待四遠故八者衆中人有過不得於前言當彈罰之九者衆中一人有過衆人欲罰當下座請之不得獨匿十者當有德十一者當能致檀越十二者四遠比丘來衣被破壞當爲乞匃補納之十三者飯食一切當共用十四者占視病瘦當等十五者聞外有病比丘當徃看視之

復有六事一者不得招提僧物著塔物二者不得招提僧物著比丘物三者不得塔物著招提僧物四者不得塔物著比丘僧物五者不得持比丘僧物著塔物六者不得持比丘僧物著招提僧物

復有三事一者一切從如毛髮至無數不得有匿二者從沙彌上至日若有疾病衣被破壞當買與易不得持作恩惠求名聞皆當使平等三者一切塔有物若招提僧所有物不得行來出入如此輩不得先受彼福能護是事者可爲摩摩德

復有四事一者從四月十五日至七月十五日當與比丘僧共對計具視凡疏白如是已計衆人皆知要當所餘視皆現在分明二者共計視疏念非常是爲四行三者若比丘欲般泥僧從十五日至十五日若摩波利若僧到彼面設宿從問三法事等問塔若佛像若僧數雜物若比丘僧若日名檀越姓字一切所問皆當報語使得具知四者若國尊長者寺主檀越持物多少來即白僧令知具聞如是四事賢者所値已不惜是爲摩摩德功効自淨得度世道

直歲有十德一者爲三法盡力二者若有比丘從遠方來當迎安隱三者當給與牀席若燈火三日至七日四者設房皆滿當自避持處與之五者當數往問訊占視六者當爲說國土習俗七者當憂所不具足八者若中有共諍者不得有所助常當和解令安隱九者若宿與不相便安不得於衆中呵罵亦不得呼人使共作其令主不可十者不得與摩波利共諍求長短數於衆中若行説之亦不得取三法中所有物持行作恩惠如法行者可作直歲

萬物何因緣生有五事一者四時五行二者種性三者自然四者施與五者功德直歲以

是五事會當得佛
都摩波利揵椎有五事一者當會二者當會
讀經三者布薩四者會僧飯五者一切非常
復有五事一者撾揵椎時當先視早晚二者
常當報上座三者當復待檀越視般泥僧具
未四者當可衆人意五者當次僧坐處不得
數起僧
復有五事一者不得正對僧坐二者不得先
自擅罸人三者語且順人意四者白事不得
增減人語五者若有所分皆當調等
復有五事一者若僧中不如法者不應便自
於衆中呵罵二者不得違僧正令三者不得
數捨僧出妄行四者事畢當從僧悔若語言
不可分布不等乞除罪五者白彼已不得先
出去

復有五事一者朝暮當行視病瘦二者當日
行問訊上座諸大人三者當時往至檀越家
勞問四者若有遠許比丘來當安隱之五者
若同學中有命盡當占視遠送之是都摩波
利二十五德從是五福一者後世在所從生
若有被病著牀當有自然持神藥往瞻視護
汝二者後世若在厄難處無所閙知當有自
然呼者三者後世若在無穀水漿之處當有
自然持香甘美食往與之四者後世若在不
安隱處地飢渴當有自然持甘露與之五者
已受是福後世會當得道神足
常會揵椎當先從小起大下三十次下二十
次下十小小下五如是至三後大下三會沙
門時便大下四十次下三十次下二十次下
十小小下五上三通後三大下若布薩時先

小小下七大下五十次四十次三十次二十次小小亦二十次小小下十亦三通後大下三僧飯時先大下四疏直下二十次下十小小下亦十次下五後再通無數隨時趣三通當視因緣非常時無數先急後緩或時先緩後急是都摩波利揵椎法

常會有五事一者聞揵椎聲即當著袈裟出戶往二者於講堂戶外當止住正袈裟脫帽乃入三者有佛像者當頭面著地作禮却禮僧四者當隨次向上座五者當遣上座處上座隨坐踞隨踞踞坐有五事一者不得交足二者不得雙前兩足三者不得却踞兩手掉捎兩足四者不得支拄一足申一足五者不得上下足

正坐有五事一者不得倚壁二者不得以手前據三者不得以兩肘據牀四者不得伏卧以兩手捧頭五者不得以手指拄頰

復有五事一者不得倚左右人肩二者不得妄起至上座邊坐三者不得妄咄叱摩波利若下座四者不得解袈裟著上座舍出五者不得坐自搖使牀有聲

復有五事一者欲起當先正袈裟不得參差二者欲正袈裟視左右不得令拂人面三者起時視地不得過六尺四者起出不得使袈裟被地五者行直視前不得左右顧視

復有五事一者上座說經不得從下是正二者設有上座自共諍訟不得從下有所助三者下座共諍語若有所白不得强呵止四者摩波利來前有所白使行上座即當起住下座者當言諾五者不得言上座其次當行下

座某常示爲我前自以作某

復有五事一者已白罷去不得於後說某今日所作爲强自用耳二者不得言我今日欲難某但欲用某故置之耳三者和尚阿闍黎有所過當隨若教先去有所取當如教受語四者若自共歸不得先歸入門當隨後倚右面若行日中不得蹈師影五者人欲止留飯者當報師已去不得留止飯

復有五事一者設人堅留飯不得報師飯已即當求去不得坐至冥二者若至冥歸當如事自說悔過三者不得屛處自譽言某今日獨留我止飯無所不有四者不得於人前言我今日自當還飯某强留我飯使我腹中不安隱五者還且當經行入室思惟念道不得妄至人室中說世間事

布薩時入衆有五事一者不得著鞮屣入衆二者不得拄錫杖入衆三者不得持合竹扇持白手巾入衆四者不得白履入衆五者不得著屐入衆

復有五事一者比丘僧會不得但著結袈裟入行衆中二者不得當講堂戶中觀僧三者不得踞戶外聽僧語四者不得住戶中大呼座上人五者設講堂戶已閉不得排開急欲入當三彈指

復有五事一者已讀經戒不應復作禮二者當低頭從上下至坐三者不得排奪人處四者勿道口說外因緣事五者已安坐不得語比丘僧今日會何太早

復有五事一者衆人議事不得戲語二者不得妄唾前地三者不得持手捧膝四者不得

持手捧頭睡卧五者不得大張口吹
至舍後有二十五事一者欲大小便當行時
不得道上爲上座作禮二者亦莫受人禮三
者往時當直低頭視地四者往當三彈指五
者上已有人彈指不得逼六者已止住三彈
指乃踞七者正踞中八者不得一足前一足
却九者不得令身倚十者檢衣不得使垂圊
中十一者不得大咽使面赤十二者當直視
前不得顧聽十三者不得唾汙四壁十四者
不得低頭視圊中十五者不得視陰十六者
不得以手持陰十七者不得草畫地十八者
不得持草畫壁作字十九者用水不得大費
二十者不得汙湔二十一者用水不得使前
手著後手二十二者用土當三過二十三者
當澡豆二十四者三過水二十五者設見水
草土盡當語直日主者若自手取爲善
不應用水有十事一者作塔事二者作比丘
僧事三者大寒四者行道五者不與女人共
圊六者欲起誦經七者寫經八者作法衣九
者染衣十者遠行應請是皆不得用水若有
香草得用水陰起有十事五事有罪五事無
罪一者見色起二者聞因緣起三者思念女
人端正四者思念故宿因緣五者手持有罪
無罪一者謂卧寢二者常習三者卧頻申四
者體有瘡手爬近五者欲行小便逼捉不得
陰起無罪從八月十六日至臘月十五日爲
一時百二十日屬冬從臘月十六日至四月
十五日爲一時百二十日屬春
從四月十六日至八月十五日爲一時百二
十日屬夏爲長歲盡八月十六日至臘月十

五日即屬冬作沙門不更夏雖得鉢惒蘭不
得歲或有十五日得歲者或十六日得歲者
沙門
薩和多部者博通敏智道利法化應著絳袈
裟雲無德部者奉執重戒斷當法律應著皂
袈裟迦葉維部者精勤勇決拯護衆生應著
木蘭袈裟彌沙塞部禪思入微究暢幽玄應
著青袈裟摩訶僧祇部者勤學衆經敷經義
理應著黃袈裟
昔佛在世時衆被服惟純直不衣雜白自後
起比丘羅旬踰每行分衞輙飢空還佛知其
宿罪欲視殃福示後世明戒故衆僧分爲五
部著五色袈裟於是遂相承制直至佛度世
後立號稱名舉取長名其被色諸人集會悉
共忍聽今比丘覞度四方諸可瑞應及施餘
業衆僧時會皆共和忍於是同辭專精禁戒
修行平等持護諸學今者結界此之言教悉
共忍聽與並覞度四方以說禁戒結精舍界
堪能爾咸共寂然若能忍便說不可衆僧會
以共專精平等結界已說禁戒衆僧可之便
黙然持

大比丘三千威儀卷下

音釋

傴（委羽切）欬瘷（欬可漑切瘷先奏切欬瘷逆氣聲）捫（謨昆切撫也）挼（奴回切手摩也）撩（憐蕭切撩取也）湔（作甸切水激也）需（詢趣切與需同詳義恐濡字之誤）擭（屋虢切手取也）瘮（之忍切瘮疹皮外小起也）滓（壯士切澱也）坌（蒲悶切塵坌也）洮（徒刀切洮濯也）甑（猶子孕切鬵屬）凳（丁鄧切）

根本薩婆多部律攝

唐三藏法師義淨奉制譯

清刻龍藏佛說法變相圖

根本薩婆多部律攝卷第一

尊者勝友造

唐三藏法師義淨奉制譯

初釋波羅底木叉經序

敬禮調伏除煩惱　滅衆生惑爲正因
如日廣耀朗無邊　咸能破盡諸冥闇
佛說廣釋并諸事　尼陀那及目得迦
增一乃至十六文　鄔波離尊之所問
摩納毗迦申要釋　毗尼得迦并本母
我今隨次攝廣文　令樂略者速開悟
別解脱經難得聞　經於無量俱胝劫
讀誦受持亦如是　如說行者更難遇

此中初頌意明教行難得言別解脱者由依別解脱經如說修行於下下等九品諸惑漸次斷除永不退故於諸煩惱而得解脱名別

解脫又見修煩惱其類各多於別別品而能捨離名別解脫由惑漂沒三界有情爲此先應勤求解脫經謂佛語簡外道教聞者於他所說謂文及義以其耳識并後決斷心而了知故言難得者諸佛出世時乃一逢又善趣等極難得故言無量俱胝劫者謂是大劫雖經多數戒法難逢設過於此亦難值遇此顯難遭之極言讀誦者若文若義以慧領受言受持者謂於彼二數數憶持長時不忘由念誦等勤相應故言如說行者於所作業以身語心順大師言無違犯故更難遇者聞讀受持斯猶易得如說行者極爲難遇勇勵精勤方全戒行非下劣心之所能得故說更言彰極難也此中明教及行是難遭遇聞誦持者謂是其教遵奉修習即是其行

諸佛出現於世樂　演說微妙正法樂
僧伽一心同見樂　和合俱修勇進樂

此頌意明三寶與世所有事業皆是樂因故言諸佛出現於世樂者謂入胎時現生時名佛出世依何道理作如是說雖曰菩薩受佛陀稱或成正覺時名佛出世由於爾時成一切智得佛陀號是妙解脫喜樂因故說名爲樂猶如世人名火爲樂言演說微妙正法樂者謂契經等十二分教言僧伽者謂八大人等言一心同見者謂於戒見威儀正命衆同遵故又明一心同事難可壞故言和合俱修者即是齊心俱淨尸羅故言勇進者於三學處勤修行故或勇心策勵令諸煩惱究竟盡故又心勇決於所修事進無退故並是樂因

若見聖人則爲樂　并與共住亦爲樂

若不見諸愚癡人　是則名爲常受樂

此頌意明親近善人遠離惡友亦是樂因故上半下半如次應識言聖人者於罪惡事遠而捨去即此聖人有勝善德見及同住並能生樂若不修善品多爲惡行迷於正理故曰愚癡不應親近速當捨離

見具尸羅者爲樂　若見多聞亦名樂
見阿羅漢是真樂　由於後有不生故

此頌意明善友差別然諸聖人有其二種一者世俗二者勝義世俗復二一住定分二住慧分言具尸羅者謂住定分雖是俗實亦能遠惡此明因戒能發定故言多聞者謂住慧分由定發慧故下半明於定慧二法平等運行住究竟處即是勝義真善知識言阿羅漢者於流轉中證不生法謂從煩惱衆苦繫縛永得脫故

於河津處妙階樂　以法降怨戰勝樂
證得正慧果生時　能除我慢盡爲樂

此頌上半明致樂之因下半明慧生斷惑言河津者謂解脫河離二邊過故由八正道方能獲得名爲妙階喻若河津有好階道是行旅樂因故言以法降怨戰勝樂者此明以正行之法爲捍敵具降伏煩惱令不更生故名戰勝次下半頌明以智劍斬我慢幢破魔羅軍彰勝樂故

若有能爲決定意　善伏根欲具多聞
從少至老處林中　寂靜閑居蘭若樂

此頌述前修正行人杜多功德圓滿相應是樂因故言決定意者謂初發淨心爲知足行決斷策勤不希名利撿攝身心防護外境解

脫勝果因此成故言善伏根欲者此顯助伴清淨能與戒俱故言具多聞者此明獲勝上果必藉多聞智能簡擇煩惱方斷非愚癡人堪住蘭若是故苾芻先學多聞設非多聞但明戒相亦得住於蘭若之處言從少至老等者明決定心始終無退故言寂靜閑居蘭若樂者謂離諠雜方能趣理令心樂住上之六頌是諸羅漢結集所置自下序文總開十義初明佛所教二訶不總集三不集隨聽四供養法式五正明誡勅六誡勅利益七無誡過生八正作白事九勸至心聽十淨其徒衆諸大德春時爾許過餘有爾許在老死既侵命根漸滅大師教法不久當滅諸大德應勤光顯莫爲放逸由不放逸必當證得如知應正等覺何況所餘覺品善法大德僧伽先作何

事佛聲聞衆少求少事不來諸苾芻說欲及清淨初明佛所教者即是諸大德春時爾許過等過者是已往義言春時者謂三時內隨在何時說波羅底木叉而稱其事此中且據春時也言三時者謂春夏冬言爾許者指其限量謂隨說戒日取數而言餘有爾許在者可准當時餘日而說言老死既侵者意明老死常在現前老及於死名爲老死然十二有支但言此一者爲於憂悲等此用最强故欲顯修淨行者失圓滿事此是初因然修行者圓滿之因略有二種一謂所依二謂行本言所依失者由老死逼故無所堪能命根斷壞如其次第言行本失者謂大師教法不久當滅由佛法滅退失行故大悲世尊以無倒義化諸有情故曰大師法謂十二分教世尊以

此導利有情隨有緣者悉皆受化由此二事失圓滿行故言莫放逸者勸不放逸勤心勇決光顯聖教故所以但言不放逸者顯不放逸諸善品中爲最勝故言應勤者勸不放逸能與出世聖道加行爲依止故謂於奢摩他毗鉢舍那雙修等運獲聖道故由不放逸必當證得等者此顯世尊令出家衆求解脫者證道果故制衆學處言如知者如所了事稱實知故應者於諸有情應受供養故言正等覺者謂是無倒徧了知故言何況所餘覺品善法者此亦配前由不放逸能趣菩提所有善法皆悉名爲覺品善法次明訶不總集言大德僧伽先作何事者此明先無別事應來同集故下文云佛聲聞衆少求少事既無餘事何故不來又釋云褒灑陀時灑掃清淨嚴設燈華等是前作業故須問云大德僧伽先所作事並已作未言少求少事者少求謂少欲少事謂知足又少求謂意業少事謂身語言聲聞者隨他聞也隨他音聲而聽聞故以斯成衆故言聲聞衆衆者同心共集不可壞故次明不集隨聽言不來等者於長淨時不同集會名爲不來言大德者是相敬言如世尊說於諸苾芻若少若老不應喚名及氏姓等應言具壽或言大德若佛世尊應喚德號不爾者得越法罪言說欲及清淨者苾芻身有病患及修勝善品不能赴集應與欲淨或身表業而與欲淨應如是與偏露右肩脫革屣隨其所應爲敬事已蹲居合掌作如是說具壽存念今僧伽十四日爲褒灑陀我苾芻某甲亦十四日爲褒灑陀我某甲自陳徧淨

無諸障法爲病患因緣故彼如法僧事我今與欲清淨此所陳事當爲我說第二第三亦如是說若苾芻病重不能爲欲者若堪扶去應扶入衆若不堪者衆應就病人爲褒灑陀若不爾者作法不成得越法罪若非褒灑陀作餘羯磨者但直與欲不說清淨其持欲淨苾芻既入衆中應對此座苾芻作如是言具壽存念於其處房苾芻某甲身嬰疾苦今僧伽十四日爲褒灑陀彼苾芻某甲亦十四日爲褒灑陀彼苾芻某甲自說清淨無諸障法爲病患因緣如法僧事與欲清淨彼所陳事我今具說若更有餘緣隨當時事而稱說之所以於別人邊說欲清淨不告大衆者爲遮延時生疲勞等諸過失故若苾芻懈惰及爲鄙法而與欲者得突色訖里多罪若羯磨陀那或現有病或恐病將生或遇患新差或瞻病人或復疲困或遭飢渴寒熱或可稟性多有闇睡修餘善品冀遣惛沉或於靜房自誦戒本或可於他聽受戒義或守文句人繫心思義恐其廢忘或復創始修得妙觀現前爲伏心故或於覺分善品不令間雜若雜餘緣恐失正念或時見諦得初果位斯皆與欲無犯若與欲者多同集者少年老苾芻應廢餘善事當赴集處持欲之人既受欲已若急走若跳坑若在欄楯危處若乘空若向界外若登雙蹋道若躡兩梯梲若睡眠人定身死歸俗或云我是求寂等並不成善持欲淨應更取欲若一人持多欲淨隨能憶說若在地居空互皆不成亦不應轉授欲淨授學之人不持他欲應與他欲由是苾芻故在界内住人

應與界內者欲異此不成尼請教授有無隨說因明界法凡界有其二種一小二大可先結小界場應在大界內一邊無妨難處安之應先置標相且如東方標相或以牆樹柵籬或聚土立石或釘橛或崖坎等餘方亦然既置相已言白復周敷座鳴揵椎作前方便所有大衆盡皆同集無與欲法舊住苾芻唱其標相先從東方次南西北唱相既訖次一苾芻先當作白方爲羯磨先結小界不應在後方爲羯磨大德僧伽聽今於此處舊住苾芻某甲唱小界四方標相東方某相乃至北方某相若僧伽時至聽者僧伽應許僧伽今於此相域內結作小界場白如是次作羯磨大德僧伽聽今於此處舊住苾芻某甲唱小界四方標相東方某相乃至北方某相僧伽今於此相域內結作小界場若諸具壽聽於此相域內結作小界場者應黙然若不許者說僧伽已於此相域內結作小界場竟僧伽已聽許由其黙然故我今如是持（此小界場文無定制西方在處皆有其量纔可丈餘平地甎團更無堦級中安制底門向一邊）次結大界此中大界量者極大橫闊兩踰膳那半若其無水向下亦然有水隔者齊水是界若界內有樹有山界隨樹山上至水界與闊量同若樂小者量事任意結大界時同前標相舊住苾芻應於四方觀標相已敷座席鳴揵椎衆應盡集同前告知可對大衆次一苾芻作白二羯磨大德僧伽聽今於此處舊住苾芻某甲唱大界四方標相東方某相乃至北方某相若僧伽時至聽者僧伽應許僧伽今於此相域內結作一褒灑陀同住處法僧伽大界

從阿蘭若至斯住處除村及村勢分白如是次作羯磨大德僧伽聽今於此處舊住苾芻共稱大界四方久住標相東方某相乃至北方某相僧伽應許於此相域內結作一褒灑陀同住處法僧伽大界從阿蘭若至斯住處除村及村勢分若諸具壽聽於此相域內結作一褒灑陀同住處法僧伽大界從阿蘭若至斯住處除村及村勢分者應默然若不許者說僧伽已於此相域內結作一褒灑陀同住處法僧伽大界竟僧伽已聽許由其默然故我今如是持若僧伽已結爲大界竟此中苾芻應集一處爲褒灑陀及隨意事并作一切單白白二白四羯磨若衆不集作法不成得越法罪若欲於此界上結作不失衣界者還依大界相上而結如是應作令一苾芻應爲白二先作白已方爲羯磨大德僧伽聽於此住處和合僧伽已共結作一褒灑陀同住處法僧伽大界若僧伽時至聽者僧伽應許僧伽今於此大界相域內結作苾芻不失衣界白如是大德僧伽聽於此住處和合僧伽已共結作一褒灑陀同住處法僧伽大界僧伽今於此大界相域內結作苾芻不失衣界若諸具壽聽於此大界相域內結作苾芻不失衣界者應默然若不許者說僧伽已於此大界相域內結作苾芻不失衣界竟僧伽已聽許由其默然故我今如是持若僧伽已結不失衣界竟唯將上下二衣界內行住無離衣咎若小界大界有緣須解者應以白四解之於小界場中敷座席已次鳴揵椎若衆不集下至四人在小界中令一苾芻應先作白

方爲羯磨大德僧伽聽於此住處和合僧伽先共結作小界場若僧伽時至聽者僧伽應許僧伽今共解此小界場白如是大德僧伽聽於此住處和合僧伽先共結作小界場僧伽今共解此小界場若諸具壽聽解此小界場者應默然若不許者說是初羯磨第二第三亦如是說僧伽已解小界場竟僧伽已聽許由其默然故我今如是持或可先有大界無小界今欲結小界者應先以白四羯磨解其大界應如是解

大德僧伽聽於此住處和合僧伽先共結作一褒灑陀同住處法僧伽大界若僧伽時至聽者僧伽應許僧伽今解大界白如是大德僧伽聽於此住處和合僧伽先共結作一褒灑陀同住處法僧伽大界僧伽今解此大界若諸具壽聽解此大界者應默然若不許者說是初羯磨第二第三亦如是說僧伽已解大界竟僧伽已聽許由其默然故我今如是持既解界已先結小界後結大界并不失衣如上應作若不解舊界更結新者後結不成得惡作罪若欲小界大界一羯磨人以一白二同時結者并以白四同時解者於兩界上集二僧伽應以座席壓二界上其秉法者住此應作羯磨又復應知結時小界在前解時小界在後若欲雙解雙結牒文作法准事應知凡結界時不應以界而入餘界及現停水處兼小界場并尼住處不應以界而越餘界有五處不應越謂苾芻界苾芻尼界小界場停水處及二界中間亦非解此界而餘界亦解若以一大樹亦得爲多界之相其結解時

旣知方相所作羯磨已說多分秉羯磨者忽然身死亦成結界若現幻術及神通力作界標相不成結界亦不應以水波日月等而作界相若客苾芻至空住處不七八日待於舊人便結界者得惡作罪應依前界不依後結若諸河澗有橋梁者得通結界異此便非河澗之上橋梁壞者若欲修治得經七夜若至第八夜界法便失若本無心重修理者橋梁旣破界亦隨失有五事失大界一切僧伽皆悉轉根一切僧伽決捨而去一切僧伽並皆歸俗一切僧伽同時命過一切僧伽作法而解若阿蘭若及在村中非結界處齊何名界阿蘭若齊一拘盧舍村中齊牆柵處并外勢分名之爲界斯二界內苾芻同集在手相及處諸有羯磨咸隨意秉如上所說違教作者咸得越法罪

合十指恭敬　禮釋迦師子　別解脫調伏
我說仁善聽

此頌明供養法式言合十指恭敬者謂合兩手表恭敬相凡於大師作供養者有其二種一謂致禮二申讚歎合掌恭敬是致禮儀釋迦師子是讚歎德言釋迦者明在俗時族姓高勝非下流故言師子者顯出家後無所畏憚諸外道類皆恐怖故言別解脫等者於大師法而生恭敬起方便時能脫煩惑有極勝德名別解脫現被染等煩惱所纏具縛有情能調伏故名爲調伏我說仁善聽者勸聽法也

聽已當正行　如大仙所說　於諸小罪中
勇猛亦勤護　心馬難制止　勇決恒相續

別解脫如銜　有百針極利

此頌正明誡勑言聽已當正行等者謂聽聞已無倒而行不爲懈怠心常勤勇勸彼修行捨諸非法猶如大仙親爲說教皆奉持故大仙者謂薄伽梵於世俗中是尊勝故又於聲聞獨覺之仙是殊勝故號爲大仙小罪謂是遮罪非性罪類於小罪中勇猛防護心無懈怠此中亦言准知已防性過於小罪處亦遣用心有本云勇猛應勤護者即准防性罪略去亦聲此言爲表於諸犯處勿生緩慢至意守持言罪者謂鄙惡法勝流之人所嫌恥故言勤護者於善法中起精進故言勇決者勤勇決列貪著諸境如馬奔逸實可畏故恒相續者交馳不絕與境相近極難遮止此言顯心是難調主故遣調心此若善調身語隨正由此心根生煩惱故爲此惟勤專念洗除令善清淨應常觀察無常無我執我常者猶若虛空體無變易斷惑之理不相應故言銜者謂是不調伏類犯戒之口於其口中施轡勒故言如者謂是順理善能遠離稱當理事遠離著樂自苦二邊過故又爲稱其根欲性等故名爲如又復如者是譬況義有百針者謂破戒人於現法中種種熱惱悔恨傷心比於針刺略舉大數且言其百言極利者能於後時生犯之因割令斷故於戒銜處兩種義成即是心生追悔說所犯罪又令惡見永不生故

若人違軌則　聞教便能止　大士若良馬
當出煩惱陣

此頌明誡勑利益違者謂是違犯軌則者謂

諸學處聞教便能止者言其不由刀杖等物而爲遮制言大士者謂近圓人若良馬者謂賢善智馬當出煩惱陣者煩惱難摧喻之軍陣大士要心欲出生死策修淨戒破煩惱軍言當出者謂是當獲阿羅漢果等

若人無此銜　亦不曾喜樂　彼沒煩惱陣
迷轉於生死

此頌明無誡過生若人無此銜者諸外道等心馳邪境及躭欲者惛於欲樂言亦不曾喜樂者顯無涅槃性於圓寂理無愛樂心彼沒煩惱陣者謂因邪教共煩惱戰爲無善轡被他降伏名爲沒陣迷轉生死者由無別解脫銜於五趣中輪迴無救隨業而轉失正道故次下明正作白事告衆令知大德僧伽聽今僧伽黒月十四日作褒灑陀若僧伽時至聽者僧伽應許僧伽今作褒灑陀說波羅底木叉戒經白如是言大德僧伽聽等者欲令匆生異想專心聽故於所聽事正憶持故言僧伽者有其五種謂四人五人十人二十人多人此中四人僧伽者謂除隨意出罪近圓自餘羯磨咸悉應作五人僧伽者謂除中方近圓及以出罪餘並應作十人僧伽者但除出罪餘並應作二十人僧伽及多人僧伽者諸法皆作言十四日者是顯褒灑陀時此據春夏冬三時之中每四月内各取第三半月盡及第七半月盡恒是十四日爲褒灑陀餘並是十五日應知一年之中六是十四日十八是十五日每黒白月日日之中須以日數告衆令知或上座白或授事人或復餘人云諸大德今是黒白月某日可爲最初造寺施主

及護寺天神四恩等類人人各説經中福施妙頌所以此時須告白者一爲知褒灑陀時二防俗人來問又知日數者或依星次或依王法日月大小應可隨之褒灑陀者言褒灑是長養義陀是持義謂由衆集説戒便能長養善法持自心故名褒灑陀又褒灑同前陀是淨除義謂增長善法淨除不善故言時至者謂是褒灑陀時無餘妨難言聽者謂問當時現座徒衆爲聽許不言僧伽應許者僧伽應許我爲衆説戒白如是者謂指其事而告知也所以不舉衆俱説者爲皆不能誦持戒故或有雖誦不能盡熟又聽法者理不應然所以不於房内別別説者由此便非大衆爲褒灑陀同集一處利益多故又別別説便有不聽正法之過凡説戒日有善苾芻誦得戒者不應令授學人説戒若於住處但有四人皆可同集不應別住亦不取欲若於諠雜制底之處或俗人處或露現處或不淨處或猥鬧處而長淨者得惡作罪必無餘處在四無犯不應對俗又於眠時入定時乞食時消息時供養時爲長淨者得惡作罪餘時有礙在此非過若有苾芻有於界内爲官所拘不來共集爲長淨者得別住罪不成長淨其被拘者餘人應爲詣官求令釋放若不爾者得惡作罪癲狂苾芻與癲狂法防別住故凡苾芻等每至長淨日先應審諦觀察自身我不於此半月之中犯諸罪耶若憶所犯應如法説應往清淨人邊隨其所應具威儀已蹲居合掌憶先罪名作如是説具壽存念我苾芻某甲犯如是罪此犯罪我今於具壽前從清淨

來並皆發露說罪我不覆藏由發露說罪故得安樂不發露說罪不安樂第二第三亦如是說彼應問言汝見罪不荅言我見將來諸戒能善護不荅言善護所對苾芻應云爾其說罪者荅云善若於罪有疑應就持律者善決知已後當發露應對苾芻而說其罪不應對苾芻尼等若對尼等得越法罪不應對彼犯同分罪人而爲發露謂波羅市迦望波羅市迦爲同分乃至突色訖里多望突色訖里多爲同分言同分者是相似義謂同罪者若褒灑陀時憶所犯罪彼時應可心念守持云今僧伽於十四日爲長淨事我苾芻其甲於僧伽中憶所犯罪我某甲於所犯罪自心守持若僧伽長淨已後對淨苾芻如法當說疑罪准知其誦戒人若憶若疑類此應作若僧

伽咸有犯者應勸一善苾芻向餘住處對清淨人說除罪已還來本處諸有犯人對此苾芻而說其罪若無能者可爲單白應如是作大德僧伽聽今僧伽十四日爲褒灑陀一切僧伽悉皆有犯然無一人能向餘處對清淨苾芻如法說罪可令我等對彼如法說露若僧伽時至聽者僧伽應許僧伽今作褒灑陀後向餘處當如法除罪白如是若復苾芻於罪有疑者應云於罪有疑准法應作若衆中有一苾芻清淨無犯時淨苾芻應詣同意苾芻處善心告語令憶念已對諸苾芻前當說其犯兾被衆人普知聞已亦說其罪必無同意自黙而住若知他苾芻情所不樂强詰憶者得越法罪若不知前人有罪無罪斟酌將爲清淨就其說罪者不成說罪若别住想疑

爲長淨者得越法罪若作破壞心爲長淨者是破僧方便犯窣吐羅罪應更和合而爲長淨若長淨時舊住苾芻已爲長淨客來數少應可慇懃求衆和合更爲長淨如不肯者往小界場中自爲長淨若客來等多者舊住苾芻應共和合更爲長淨若至夏了爲隨意時即名長淨更不須作其大苾芻與苾芻尼不應同處而爲長淨苾芻尼應別爲長淨若苾芻尼來請教授時當共言語不應避去教授之人每至長淨日應在門屋下坐待尼來請隨時處分本云有住處者謂於其處人數滿足堪爲羯磨言無住處者其處人少不得羯磨言住處非住處者謂有得秉者有不得秉者若苾芻處是堪共住至長淨日應就其處而爲長淨若處有諍人而往就者得惡作罪縱無苾芻住處有同行者堪爲樂住任往無犯若難事將至隨情應去若至長淨日弟子門人不應隨情聽向餘處若當處無說戒者應往餘處就說戒人而爲長淨如不往者得越法罪若於無說戒人處坐前安居不得過第二長淨應向有說戒處皆不得在俗人前而爲說戒凡安居時應與同意清淨無犯及同見者而爲長淨若苾芻耳聾及無識解者應共一處爲長淨事並成足數若至長淨日惟獨一身者應於長淨之處以新瞿摩塗拭灑掃敷座席鳴揵椎作前方便竟自誦少多經已於高迥處觀客苾芻若有三人來共爲長淨若無來者時彼苾芻應居本座心念口言作如是說今十四日僧伽長淨我苾芻某甲於十四日亦爲長淨我苾芻某甲於諸障

法自陳遍淨我今且爲守持長淨若於後時遇和合衆我當共和合衆而爲長淨滿諸戒聚故第二第三亦如是說若有一二人來者應爲對首長淨准一人法作若苾芻行路遇到村坊或有入村或住村外是長淨日彼應各各爲其長淨住村者齊村勢分不得別住在村外者村勢分外應爲長淨若與商旅同去彼不嫌者隨住隨行應爲長淨若彼嫌者應作心念守持長淨有其六事應心念守持皆成無犯一守持三衣二捨三衣三分別長衣四捨別請五作長淨六作隨意應爲長淨而不爲者得越法罪不應長淨而輒爲者亦越法罪除吉祥長淨此由衆破重得和合大衆歡喜爲長淨故若有苾芻先被僧伽爲捨置法後得解時應請大衆乞作別時長淨說波羅底木叉有其五種一說序餘以常聞而告知之二說序并波羅市迦訖餘以常聞而告之三僧伽伐尸沙四至二不定五乃至終誰應爲說波羅底木叉謂衆中上座如不能者應令第二第三或爲番次或可別請餘人若上座誦得序餘不能誦者餘人應誦波羅市迦等若癲狂人能說者亦成說戒諸大德我今作褒灑陀說波羅底木叉戒仁等諦聽善思念之若有犯者當發露無犯者默然默然故知諸大德清淨如餘問時即如實荅我今於此勝苾芻衆中乃至三問亦應如實荅若苾芻憶知有犯不發露者得故妄語罪諸大德佛說故妄語是障礙法是故苾芻欲求清淨者當發露發露即安樂不發露不安樂諸大德我已說戒經序今問諸大德是中清

淨不（如是三說）諸大德是中清淨默然故我今如是持次明勸至心聽言諸大德等者別解脫經說時欲至若不敬仰法水不霑故勸攝心勿生散亂言諦聽者總遣用心言善思念之者別明三義欲明三類聽人喻之三器謂仰全淨堪貯用故若覆漏穢不堪受物如次應知次明淨徒衆言若有犯等者若先有犯令默不言更招其罪如餘時中他問實荅此亦如是我今於此勝苾芻衆中者讃美當時聽戒徒衆言憶知者設令有犯而不憶知無妄語罪故妄語者雖默不言亦有妄語由現身相表語業故有云惟是意所犯罪是障礙法者於二時中能爲障礙一於現世障諸善法二於未來礙生善趣欲求清淨者清淨謂是涅槃爲求涅槃故不爲畏他詰責治罰而說於罪言發露即安樂者有五種相一由勤策治諸懈怠故二由無罪治諸過失故三由敬重治慢式叉故四由無悔治諸惡作故五由寂定治散亂心故戒經序者經是略詮義欲明略陳戒相詮其綱目不廣釋故言序者是由緒也謂說戒時以此爲先能令餘說得生起故所以但爲三問者離極略極廣故若極略者闇昧之人卒難知故若極廣者恐多延時令衆倦故然於三問皆別得罪持者是了知義

根本薩婆多部律攝卷第一

音釋

勵 力制切勉也 **桄** 古黃切橫木也 **釘橛** 釘丁定切橛其月切杙也 **揵椎** 梵語也此云鍾亦云磬隨有瓦木銅鐵鳴者皆曰揵椎揵具寒切椎音追 **癲** 都年切病也

根本薩婆多部律攝卷第二

尊者勝友造
唐三藏法師義淨奉制譯

總釋學處

上明由序是說戒緣起下述諸門指陳論學處且一一學處有二十一門言二十一者一犯緣起處二能犯過人三所犯之罪四所犯境事五所由煩惱六制戒利益七有犯無犯八具支成犯九生過之因十釋罪名字十一出罪體性十二可治不可治十三罪有遮性十四作及不作十五方便有無十六重罪十七輕罪十八共相無差十九出罪有異二十有染無染二十一犯罪所由言犯緣起處者謂於某國某城制其學處即名此方爲犯緣起處言犯過人者謂由其人而制學處言所犯罪者即是身語所造之罪言所犯境事者總有三種情及非情一一戒中隨應思察要而言之有六十五事所謂婬泆事貯畜事不忍事求利養事住處事同梵行事僧伽事受用食事受用法事鄔波斯迦事十長衣事離衣事望滿事因求事受不淨財事卧具事道行事畜鉢事求好事取衣事十二受衣置衣事迴他物事病藥所須違心事門徒事出家事起諍事說法事未近圓事戒經事壞種子事十三鬼神村事輕毀事違惱事卧具事苾芻尼事乞食事用水事詣俗家事外道事觀軍事十四結伴事用火事與欲事眠卧事不善觀察事浣衣事捉不淨財事隨自樂事傍生事戲笑事十五女人事道行事近圓事壞地事重請事輕學處事論議事鬪諍事受請事入村坊

事十六針筒事牀量事衣量事法式事詰問事六十五言所由煩惱者有其二種一者俱生二者緣發隨心造業多種不同煩惱有異於諸學處隨事說之有二十七種所謂貪煩惱瞋煩惱癡煩惱婬煩惱攝取煩惱不忍煩惱求利養煩惱諍恨煩惱住處煩惱鄙業煩惱邪智煩惱家慳煩惱求自在煩惱過限分煩惱廢闕煩惱待緣煩惱譏嫌煩惱覆藏煩惱攝受門徒煩惱慢法煩惱無悲煩惱輕毀煩惱輕心煩惱不收舉煩惱不寂靜煩惱不敬煩惱不忍他詰煩惱

言制戒利益者謂佛大師觀察七利制於學處言有犯無犯者若故心犯戒名爲有犯異斯無犯言具支成犯者隨諸學處具足支緣方成犯事言生過因者有其六種一由身二由語三由心四由身心五由語心六由身語心言釋名字者謂波羅市迦等名別不同如下具釋言出罪體者凡諸造罪皆以身語故思爲體言可治者謂授學人不可治者謂無慚類性謂本性是罪遮謂因制方犯復有釋云性罪惟染心中作若遮罪者通染不染言作及不作者作謂身語自造不作者謂忘而事成故心而造名有方便無心亦犯名無方便言重罪者於中差別有其六相一由制故由佛制戒有性遮罪二由事故如斷傍生命得波逸底迦然事是重設衆教罪亦不能過三由情故由不敬教煩惱慢情所起四由習故謂數犯罪五由人故謂不植善根及稟性愚鈍其罪遂重六由時故多時覆蓋罪便成重譬如小水以物盛之澄積多時成大波浪

翻上爲輕言共相無差者謂性遮學處咸以身語心爲其共相言出罪有異者有其四種一由極重治罰方出其罪謂波羅市迦二由處中治罰謂僧伽伐尸沙三由下治罰謂泥薩祇迦四不由治罰謂所餘罪有染謂貪等爲因無染翻此言犯罪所由者有五種因方犯於罪一由無羞恥性二由無敬教心三由情懷放逸四由稟性癡鈍五由忘失正念

四波羅市迦

法攝頌曰

若作不淨行　不與取殺人　妄說上人法

斯皆不共住

不淨行學處第一

言不淨行者謂於十二年苾芻僧伽未生惡疱入十三年薄伽梵在佛栗氏國羯蘭鐸迦村其羯蘭鐸迦子蘇陣那爲毋所教令求種子由婬煩惱及婬事故佛觀十利遂便制此戒他勝罪言十利者一爲攝取僧伽謂於剎帝利婆羅門薜舍戍達羅等有善男子善女人入正法中深生敬信而作苾芻以成衆故二爲僧伽極善者既入善說法律之中能令善法極增盛故三爲僧伽樂住者謂依斯善法還信施債故四爲未信令信者其未信者令生正信故五爲已信令增者其已信者善護彼心故六爲折伏惡人者犯重之人由不護戒以折伏法而驅擯故七爲懷慚樂住者謂異生中極淳善人爲令此等無有鬬諍安樂住故八爲斷現法漏者謂是現纏令不行故九爲斷未來漏者謂是煩惱業種令求斷故十爲我之淨行當得久住者謂如法宣說

廣利人天展轉相教令我正法久住世故若復苾芻與諸苾芻同得學處不捨學處學羸不自說作不淨行兩交會法乃至共傍生此苾芻亦得波羅市迦不應共住言若復苾芻者謂犯指犯人苾芻有五種一名苾芻如世間人為欲呼召男女等時遂立名字喚作苾芻二自許苾芻實非苾芻而便自許是淨苾芻三由乞求故名為苾芻言苾芻者是乞求義諸乞求活命皆名苾芻四破煩惱故名曰苾芻苾芻是破義五以白四法而受近圓名為苾芻此中言苾芻者意存第五餘之四種名同故來又依七例聲明苾芻義一誰是苾芻謂出家近圓人二作何業聲作苾芻謂同得學處三所由聲者由何而得謂因三業勤求等四何所為為自調伏求趣涅槃五從何而得謂從先時數數修習親近善友及二師等六誰之近圓謂佛世尊七於何處謂依欲界及善說法律等又十一種事釋苾芻義一過去苾芻謂已捨學處二未至苾芻謂未受學處三現在苾芻謂不捨學處四內謂內斷煩惱五外謂外相攝持六麤待他勸誡七細能自剋心又麤者名字等四細者破煩惱人八劣謂破穴雜人不常不堅等九勝與上相翻十遠謂堪出家人及始生樂欲十一近謂正受近圓言與諸苾芻同得學處者謂與苾芻所有學處相似而得名為同得假令先受近圓滿足百年所應學事與新受不異故言同得言不捨學處者謂捨戒之時若對不解語人或中邊互對癲狂意亂痛惱纏心癡騃瘂聾熟眠入定非人天等變化傍生及諸形

像雖捨學處並不成捨若因癲狂痛亂所逼於不空處而爲空想或於空處作不空想或於空處而作空想或復鬧亂或不審告住性之人亦不成捨自有同得學處不捨學處等應爲四句初謂苾芻愛重學處第二謂餘六衆并受八學處及諸外道捨於學處第三謂是不愛重苾芻捨於學處第四謂除前相言學羸不自說者對捨學處亦爲四句第一句者捨於學處而非學羸第二句者如有苾芻欲捨學處於苾芻事陳說難行而不自言我捨學處第三句兩事俱作第四句者三俱不爲因明捨學之法苾芻欲捨學處對有智人作如是說具壽存念我名某甲今捨學處或言捨三寶或捨三藏或捨阿遮利耶或捨鄔波馱耶若總若別是則俱名捨於學處或云證知我是俗人我是求寂二形扇侘半擇迦汙苾芻尼作無間罪人是外道是趣外道者是賊住別衆人乃至對他作如是說我與諸具壽非同法者非同梵行並名爲捨言作不淨行兩交會法者有捨其學處并學羸而說然不作不淨行兩交會法亦爲四句第一句者謂於乞食行於麤食行攝斂行不堪忍時遂捨學處然持五學處不作不淨行此是捨於學處不作不淨行第二句者以不怖心以盜賊心不捨學處作不淨行第三句者善捨學處作不淨行第四句者謂樂住苾芻言乃至共傍生者謂禽獸類如獼猴等言波羅市迦者是極惡義犯此罪者極可惡故又是他勝義若於此罪纔犯之時被他淨行者所欺勝故又被他煩惱所摧勝故出家近圓爲除

煩惱令破禁戒返被降伏言不應共住者謂此犯人法食兩事永無其分譬若死屍故云不共住有是波羅市迦非不共住應爲四句第一句者謂不還果於他勝因所有煩惱並降勝故名他勝人第二句者謂衆與作捨置等法治罰之人第三句者謂鄙惡類造顛墜法第四句者住本苾芻又釋若者是總相說徧一切處此中若聲局在苾芻是同依釋由得波羅市迦顯非餘故言復者是次後義謂最初人雖作非犯已後方犯是故言復言苾芻者謂近圓時身無障法僧伽界分及以作法並無過失方得名曰善受近圓是真苾芻言與者顯共伴義苾芻之聲於先犯重等亦有此名爲欲簡別故云苾芻同得設更重受雖非同得而有苾芻之名頗有苾芻作不淨行非犯波羅市迦耶有謂是先犯重人等又苾芻者非是尼等由其學處不同增減異故若爾尼轉根後便成苾芻如何乃言不同學處謂由根轉捨不共學同苾芻故學者三學謂增上戒增上心增上慧此中學者意明戒學得者是已得義如作羯磨未了之時設其有犯不招他勝言不捨學處者謂無捨緣故言不捨捨緣有四謂捨二形生命終并斷善豈非護斷即非同得上同得言已彰其義何煩更說不捨學言先捨後受亦名同得此雖同得非犯學者由其捨故然須不捨簡別犯人此意雙顯故無有過學羸不自說者謂於學處無力能持名曰學羸內惱不言故云不說此據緣起相從故來作不淨行者行謂聖道淨即涅槃由八正行方能證會作不淨行

正違彼故不者相違義猶如是善及不生等兩交會法者女男根合名爲交會又云兩交會者即是兩身兩根也據多說之自口下門犯他勝故此之二句彰其過重有行不淨行非兩交會有兩交會非不淨行等爲簡不受學處而行婬法不名作不淨行又釋於自二門名不淨行於他處犯名兩交會法者即是持自性義此言爲簡於夢交會無自性故作謂故心受樂言乃至者顯最鄙惡言此苾芻者指犯人也既犯戒已便非苾芻由先形儀尚存此號言亦得者非但勝犯劣亦同犯又波羅市迦者彼非法軍而來降伏法王之子受敗於他既失所尊故名他勝故云此非沙門非釋迦子言不應共住者於現世中顯其過患被同淨行所驅出故於餘學處明失利

用義皆同此此中犯相者謂是苾芻於男女身大小便道及在口中隨入之時有受樂意便得本罪其分齊者若於大小便道以生支頭入過赤皮若在口中頭過於齒作受樂心咸得本罪於人女男二形半擇迦等死活眠覺及以入定癡狂心亂痛惱所纏於此境邊作行婬意以有隔入無隔以無隔入有隔以無隔入無隔以有隔入有隔於三瘡處體無壞損入過分齊咸得本罪若損壞者得窣吐羅罪如是應知非人女男二形半擇迦等并傍生類事皆同爾若彼女根兩邊全在名爲不壞若內若外或時爛損或被蟲傷名之爲損口及下門四邊爛壞名之爲壞與此相違名非損壞若苾芻或苾芻尼等睡眠之時或復被他勸其飲酒令使惛醉被他逼時於初

中後領受樂者皆犯本罪若初中後不覺知者無犯若不睡時被他凌逼類此應知若以禁呪轉變自身為傍生類或變他身或復不變共行非法若有苾芻想者得波羅市迦翻此麤罪於腰斬者或截頭者二道行婬俱得重罪若在口中得麤罪於身餘穴或於齒外或用衣帒而裹生支或時用草或樺皮裹或皮囊盛及餘麤澀物或內竹筒或屈頭而內入三瘡者咸得麤罪於中解身合令相著若見有縫得窣吐羅不見縫者重罪若於睡內更互行婬有苾芻想者重罪異此麤罪新生牸象及餘死禽獸或龍女藥叉女行非法時有怕怖者咸得麤罪由其怖時無染心故於毋羞慚亦得麤罪為生慚時染心不發故無羞慚者同得本罪若以輭草等結作人身便為非人之所執御身諸支節可愛觸生共此行婬咸得本罪若但於根有輭觸者得窣吐羅罪或以自足指內阿蘇羅女根內或以足指觸他男根或勸苾芻行不淨行或於三處內不動根或以生支觸他生支或於被割女根或於死女根蟲蛆已潰行非法者皆窣吐羅罪或他欠㰦張口之時遂將生支內他口中或於露處赤體無衣為他揩身生支遂起置他口內咸窣吐羅無受樂心不得本罪不應如此開口欠㰦應用手遮或以衣角掩不應露地赤體揩身苾芻根長或有弱脊便以生支內於已口及下瘡門過限之時亦得本罪如孫陀羅難陀外泄內揩外揩內泄或前揩後泄前泄後揩或根有病內女口中或得本罪如在房中露形而臥老女來犯由無樂

心此皆無犯若似有染心得麤罪或於村外不閉戶眠被他行非如上應識凡是眠卧皆須居戶或令苾芻守護或結下裠如阿蘭若中得定苾芻偶然根起樵女調弄逼共行非由無染心故非犯凡諸苾芻阿蘭若住若無門戶應以柴籬而堅圍繞非離欲人有五因緣令生支起謂大小便逼或風所動或爲蝹指徵伽蟲所齧或由染汙心起若離欲人但有其四無後應知又如式叉摩拏女等調苾芻時遂便許可後生追悔彼來強逼無受樂心故無犯由先許可得窣吐羅罪如被音樂天女將至自宮遂便凌逼由失本心故無犯有此難處不應居止若因小便狗銜根者無犯不應對狗小便又渡河時被魚等齧生支者無犯不應露體渡河若道爲道想或復生疑道非道想入過限時得波羅市迦非道道想或復生疑得窣吐羅罪起心欲作不淨行時即得責心惡作若興方便整衣裳等乃至未觸身來得對說惡作欲行非法乃至生支未過齊限得窣吐羅若過限者得波羅市迦若觸女髮衣或餘身分若無觸樂心得窣吐羅作觸樂心得衆教罪於有情所有突色訖里多若行動時根觸裠等不應起婬染想若起心者得對說惡作罪欲行婬時乃至兩根未相觸已來是波羅市迦因咸得麤罪若但求觸樂犯僧伽伐尸沙於有情身所有瘡穴或餘支分作行婬意若泄不淨得衆教罪方便窣吐羅先發染心後便眠睡於夢流泄犯責心罪或以呪藥及幻術事作諸形像共行婬者皆得窣吐羅苾芻犯重之時若無二種

惡心一不怖心二者賊心爲煩惱逼遂行非法初無隱覆向他陳說者僧伽應與秉白四法受其學事得法之人行治罰法皆與遍住行同惟除一事乃至命存與他受食彼亦自須受食而噉若後獲阿羅漢果同善苾芻依本位坐有餘復云仍須六月供侍僧伽并供上座營理三衣及波呾羅所有如法事業皆應助作從此已後若能稱可僧伽意者共知調善應生憐愍休其行法此則名爲從罪而起未近圓人犯根本罪無惡心者此亦應與作受學法或先犯人或是賊住或元衆不知黃門汙尼等但有違犯皆得惡作已下諸戒類此應知一一學處更不重述諸初犯人皆無本罪然有責心突色訖里多其無犯者謂癲狂類或親戚死或非人惱或時心亂餘痛惱等之所纏迫於其自身無苾芻想者皆成無犯醫人處方令其下灌無受樂心此亦非犯此婬學處具足八緣方成其犯一是大苾芻二堪行婬境三於不壞道四已根全五興方便六入過其限七有心受樂八有二種心具此八支得無救波羅市迦罪釋名者波羅市迦一義如前復有別釋能害善品令使銷滅故名波羅市迦又復能生惡趣之罪名波羅市迦可治不可治者賊心故犯是不可治異此可治受學人出罪不同者受學之人盡形方出其不淨行中有方便窣吐羅罪重者須對一切僧伽說除輕者下至四人餘三他勝准此應知其僧伽伐尸沙有方便窣吐羅罪重者下至四人輕者一人餘罪可知下諸學處初八九門多並具悉自餘有出不出准

事應思

不與取學處第二

佛在王舍城時但尼迦苾芻盜未生怨王木爲王所執時彼責言汝當合死時諸苾芻舉以白佛佛言王法齊何方名爲賊行刑罰耶遂令阿離耶阿難陀往問其事法官報云王法盜五磨灑合當死罪佛言當依王法若苾芻盜滿五磨灑即當擯棄因畜積事畜積煩惱制斯學處若復苾芻若在聚落若空閑處他不與物以盜心取如是盜時若王若大臣若捉若殺若縛若驅擯若呵責言咄男子汝是賊癡無所知作如是盜如是盜者此苾芻亦得波羅市迦不應共住言在聚落者謂在牆柵內若空閑處者謂牆柵外他者謂他女男半擇迦等非親友知識相委信人不與者非他授與物謂金銀錢等以盜心者知是他物作竊盜心非親友想非重還想取者謂取屬已若自取若教他取如是盜者指其限齊謂滿五磨灑或時過五便犯本罪五磨灑言據何爲准謂依一迦利沙波拏四分之一此一迦利沙波拏有二十磨灑若偷五磨灑即名犯盜（此一磨灑有八十貝齒一迦利沙波拏總有一千六百貝齒也）此據問時國法以二十磨灑爲迦利沙波拏若王法以十二磨灑爲迦利沙波拏者盜三磨灑犯重用十六者盜四犯重若四十者盜十犯重若更有增減准數應知王者謂是國主若大臣者謂國輔相依王而活若捉謂執取殺謂斷命縛謂羈鎖等擯謂驅令出國斯等皆是不信王及王大臣所見狹劣訶責者是敬信王臣情懷寬恕但言責而已咄男子者是

輕賤言汝是賊者是總標句癡無所知等者是別釋句明是賊因及正作業由癡無所知故方便與盜無現法怖及未來怖如次應知是謂盜因也作如是盜者正明盜業不告主知若強若竊並名爲盜此中亦聲是相似義如於初部四他勝中非但初犯婬時即得他勝若初犯盜亦他勝罪下諸亦字義皆同此前云不捨學處學羸不說於諸學處皆有應知此中犯者謂是苾芻或自作或遣使或看作有盜心起方便是他所攝作彼物想數滿五磨灑舉離處作屬已想得他勝罪離處即得無救波羅市迦但起惡念便得責心惡作之罪始從發足乃至未觸物來犯對說惡作若觸著物搖動之時得窣吐羅罪離處便得本罪若數不滿但得麤罪即此方便得惡作罪盜得物時即據其方國而斷物價爲方便時一舉滿五便成本罪如頻多舉方始滿者一一取時咸窣吐羅後雖滿五不犯根本然置物處多類不同或在地上或以器盛或於牆石牆幞衣笐或內箱篋或掛象牙或置戶扇或安牀座然此地等有差殊者平坦一段名爲一處若裂爲縫或畫或書即非一處若在場處色別成異若在倉窖口平名爲一處若物欠少及板席等隔障之時即非一處若在地敷據草色別若在鞍乘據衣色異若象身肥滿總成一處若身瘦減當處成別若於象處所有鞍具及馬車歩乘諸雜輦輿各隨其處有一異不同若盜船時船以纜繫或若無纜搖動之時便得惡作或解纜隨流或地上曳去離見處時便得本罪若泝流而去者

隨所趣岸與河闊量等便得本罪若阿遮利耶鄔波馱耶所付之衣作賊心取若從寺內却入房中或復從房而向簷處或從簷詣門或行趣寺外或從高趣下從下趣高或從露向屏從屏向露或時在後退步徐行或時在前進步而去至不見處皆得本罪或風飄物墮在屋上或墮樓閣或復取他浣衣人物或盜根生物謂香附子薑芋之類及諸樹等或盜經書皆計直犯罪盜設利羅世尊馱都有人守護意欲供養作大師想者犯惡作罪若作衒賣求財利心而盜取者得他勝罪若天祠中及以制底香臺之處有莊嚴具若有人守護得波羅市迦非人護者獲窣吐羅無非人護若作諸天藥叉護想得惡作罪若盜傍生物得窣吐羅若是人物傍生所偷人想取之亦得本罪作傍生想得窣吐羅罪若苾芻盜無足二足四足多足之類言無足者謂蛇蜂等人所攝養賣以規財二足者謂是人鳥若盜人時至期契處犯盜鳥有二一自手持去離處時犯二引逐人來飛墮時犯弟子門人被他偷去已屬於彼或未相屬偷奪取者隨前次第成犯非犯苾芻被他逼掠爲奴身自逃走者無犯四足者謂象馬等或群處盜或繫處盜齊不見處犯他勝罪多足者蠍蜈蚣等此乃獄官及王大臣或汎海商舶之所畜養盜此等時計直犯罪若盜有主伏藏呪力持來未見物時得吐羅罪若見彼物便得他勝無主伏藏未見已來得惡作罪見時麤罪若遭旱時決彼堤水將入已田令他不熟至實成就准價得罪或時遭澇泄水下流故

損他苗亦計直成罪水難得處數量有定盜取水時准價得罪盜非人水得窣吐羅他斷河水決而自用亦准價犯若盜水陸所生諸華取之爲束舉離處時計直成犯弶羂網罩所繫有情及賊偷牛繫之於柱盜心解時離處成重懷悲愍者得惡作罪苾芻盜時作如是念若得物已即便毀壞令彼失財不入已者得窣吐羅獵師逐鹿走入寺中隨傷不傷不還無犯若鹿被射入寺便死者應還獵人不應留礙若物在河水中令物沉浮是爲異處若在泥裏據其出没隨離處時計物成犯若他田地及園店等意爲僧伽非理言競官斷與時彼心未捨得窣吐羅心若捨時即得本罪官不斷與得窣吐羅若就王斷斷得便重由斷事中王爲上故若餘斷官待他心息方犯若以籬圍或去封記籬未合時但獲麤罪若籬合者即犯他勝若與賊同心示彼舍處後時受分隨得招罪若後生悔向彼物家報遣防護勿令失脱或共賊結伴心悔不行設彼賊偷皆方便罪後雖受分亦窣吐羅與賊同行欲爲盜事中路而退但得惡作同心作賊爲他守道分物受分者成犯由怖爲伴無心共盜彼雖偷得苾芻非犯若無爲結契得便屬已由有限局獲者成犯若異此者分物之時據分得罪若苾芻或持自物或是他物作如是語我欲偷稅如是語者得越法罪敎偷稅者從異道去得惡作罪若作惡心指他異道冀免稅直得窣吐羅若持他物過彼稅處無取分心者麤罪未至稅處或取半分或取全分而未過處得窣吐羅若過稅處數

滿本罪若持已物到於稅處使他越過亦得本罪實是已財決心迴與父毋兄等告掌稅者此非我物不與汝稅或乘空去或口含或衣裹或避路並得麤罪若所盜物極賤極貴價難准知賤得吐羅貴招本罪若諸商人將應稅物置苾芻衣帒中苾芻不知携過無犯然諸道行苾芻所有衣物不應無人守護宜於物處留二苾芻餘共乞食供守護者雖不聽著而强著者若無淨人應自捉棄告云汝物當自收取苾芻單已逐伴遠行須出乞食時可於已物明爲記驗若後迴還當須檢察若爲父毋及三寶事持過稅處應爲稅官種種說法稱讚三寶說父毋恩彼不取稅直者無犯若猶索直者應與若三寶財持過稅所應持一分酬彼稅直後當均分勿令偏少若共苾芻涉路而行問伴苾芻方爲持物不應持彼稅財於稅道過若是新布應截縷頭牛糞染之持去非犯若藥直衣留縷不染爲病持過者無犯凡是遣他染衣物者應須問彼已爲染未若不問者得惡作罪苾芻不合將偷稅者持付稅官得惡作罪若夫實不言苾芻妄說從彼妻索隨得物時犯罪輕重多人同契偷彼一衣隨受分時計直成犯本偷衣帒擬簡取衣初移帒時得窣吐羅後選得時隨獲犯罪若他衣物在象牙杙笐竿等處苾芻盜時并杙等持去但得吐羅舉離杙等時隨事得罪若遣苾芻某處取衣彼作賊心而往偷取若得物時隨事招犯作彼物心者無犯不聞他告自爲彼人偷移物時得窣吐羅罪已近圓令他盜非近圓獲物得麤罪與此

相翻亦得麤罪第三本罪第四惡作正近圓時亦爲四句正近圓時令他盜非正近圓時獲物得吐羅罪翻此麤罪第三惡作第四本罪此兩四句通諸學處隨事應思盜事略有五種一對面强取二竊盜取三調弄取四因寄付取五與更奪取此之五種咸是賊收若依法取者無犯盜他樹果以杖打取一打數滿便得本罪如不滿者隨打麤罪若苾芻在東西二洲即據彼方所用錢貨以斷輕重北俱盧洲物非己想無不與取故無盜罪若於方處用鐵等爲錢而是貴價盜此物時准價成犯縱偷貝齒數盈萬億一取之時但四磨灑無根本罪得多窣吐羅作盜他心而起方便後爲己想但得麤罪翻此得重若於己物作他物心賊想舉移得吐羅罪於大穀聚破而偷去一取數滿成重餘輕若偷寶等掘地埋之意令損壞惟得麤罪有施物來知非己分言我合得者得窣吐羅罪若受其物准數成犯他不請食輙去食者得惡作罪本師有緣須向餘處爲受利者非犯若取分時須告他知勿不囑言輙取他分若爲他將物擬濟病人聞彼身亡物還本主若及命在後方死者此成亡物若掌庫人自爲賊意盜取他物施與苾芻施想受者無犯若賊盜他物爲恐怖故持施苾芻此不應受若作還彼主心受之無犯若知是賊首領者隨意應受既受得已刀割染壞方可畜持本主來索者應還若以書字印手印偷他物時用爲期契准事成犯若盜故廢錢貝及破鈌假僞者皆准當時價直成犯若與方便欲盜他財觸著之後便

從主乞主若與時得前麤罪實及寶類壞色方取據後價成犯初爲貸借後欲不還決絕之時便得本罪若他所寄物先作盜心後時移處得窣吐羅并得本罪若先移處後心決絶亦得本罪博弈偷子迷惑取物准數成犯凡是賭物皆得惡作意偷彼物而錯得此既乖本心但得麤罪本偷弊服內有貴衣後檢見時准物得罪苾芻洗時見寶瓶露以物蓋覆者非犯主索應還若此寺物有偷盜心移向彼寺得惡作罪鳥栖之巢有鳥守護取柴將染得惡作罪若鼠盜已物見時應取若是鼠物則不應收鼠若持來便成施主爲彼物想應爲受之有病苾芻遣人持物情希福利供養僧伽彼乃隨情謾用其物得窣吐羅罪若亾苾芻有物未分是佛弟子及界咸得若盜此物數滿成重若營作人爲衆舉貸若其身死以衆物償他舉物時報諸耆宿苾芻明書券契方可與之被賊偷物已作捨心重奪彼財准數成犯被他盜去若作捨心即是屬他不應重奪是故苾芻被他盜時不應倉卒輒爲捨意後見應取若見賊來應現瞋相恐喝令去捉得賊者不應付官先爲說法從乞其物若不肯與當酬半價或復全還已成衣鉢卒難得故苾芻若見未損死屍或自壞或遣人壞取糞掃衣得惡作罪下至蟲蟻穿壞若取此衣便成應理於深摩舍那處有死人衣若有掌人不應輒取得窣吐羅若賊盜財不能持去所遺棄物不可輒收若隨意者取成非犯賊偷豬肉及甘蔗多羅果等嫌不將去對衆應取要而言之取糞掃衣應須詳審

方可收拾凡見衣物若作糞掃衣想者隨意應取無賊心故非犯若糞掃衣有不淨汙者此不應畜淨浣染已持之得死屍衣停七八日暴於籬上浣染應畜又送死人衣主持來施若重索者即應持還不還得罪若更持來應爲受之莫生嫌恨而不爲受有客苾芻來住房内應相問知若有人來可與物不若言與者失物不償如云莫與而與他者失全償直又客苾芻先不相識創來至房但可言談問其安不應即爲按摩身體解其勞倦所有水土澡豆牛糞及齒木等客問主人方得取用不問得罪若先相識既爲解勞按摩身已澡豆牛糞齒木水等不須問主隨意取用若於河津船處授受財物極須存意不應輙放令物損失若損應酬直異此無犯凡受事人閉寺門時有其五别謂上下轉鳴鎖并副鎖門關及居不閉賊偷准事酬直若闕一者應還一分乃至若總不著即應全償若施主本心造立房寺於此寺住者與其供養苾芻輙將餘食計直全還若苾芻等得遺落物置顯露處識者應還若爲病人欲覓藥者須問病人何處求藥應如所教處覓苾芻有緣爲去許酬小鉢後輙自取已想無犯凡諸苾芻不應受雇而作若換其作業或作福心者無過時給孤獨長者兒被賊偷去尊者毛嗢揭羅野那爲之持來尊者畢隣陀婆蹉取外甥兒及護寺家淨人意爲悲憐現其神力或呪術力取悉皆無犯他所攝物作他想疑盜得重罪非他所攝或想或疑便得麤罪若有主物作無主想若已物想或暫用心或告他知或

親友意者無犯凡親友知識可委寄者有其三種謂上中下應如其次爲上中下而委寄之若異此者得越法罪此犯緣者是善淨苾芻或自作或使人盜想取是他物作有主心以一方便數滿移處爲屬巳想即得他勝若緣闕者得窣吐羅罪又取物之時無盜心者並皆無犯又無犯者謂最初犯人或癡狂心亂痛惱所纏此通諸餘學處

根本薩婆多部律攝卷第二

音釋

貯丁呂切積也　鐸徒各切　疱皮教切　騃五駭切癡也　扇侘梵語也此云生謂天然生者男根不滿也侘敕加切　樺胡化切木名　窣蘇骨切　敁丘廉切張口貌　扂徒念切閑戶也　嗢烏骨切　齧五結切噬也　羈居宜切紲也　笐下浪切衣架也　篋苦協切箱屬　窖古孝切地藏　纜郎紺切維舟緪也　屏必郢切蕃蔽也　芋羊茹切　衒黃絹切賣也　蛭之日切水蟲也　舶旁陌切海中大船也　縷力主切綫也　杙與職切橛也　貸他代切假借也　券去願切契也　倉卒倉七岡切卒倉沒切倉卒急遽也　創初亮切始也

根本薩婆多部律攝卷第三

尊者勝友造

唐三藏法師義淨奉制譯

斷人命學處第三

爾時薄伽梵在佛栗氏國時諸苾芻聞佛說不淨觀既修習已於膿血身深生猒離便求麤杖外道沙門令其斷命并自相殺凡爲殺者並由於事不忍內懷瞋恨斷他命根制斯學處若復苾芻若人若人胎故自手斷其命或持刀授與或自持刀或求持刀者若勸死讚死語言咄男子何用此罪累不淨惡活爲汝今寧死死勝生隨自心念以餘言說勸讚令死彼因死者此苾芻亦得波羅市迦不應共住此由人境及有殺心人想方便斷命成犯此中境者謂是人及人胎也言人者六根已具人胎者謂託母胎有身命意根由此是人同分所攝女男半擇迦體全不全咸成殺境言故者顯非錯悞斷他命根前境是人起心相稱方便有二謂身及語身謂以手等而行殺害或持刀授與者知他欲自殺便以刀等置傍或自持刀者謂已無力但自執刀令彼傍人扶手行殺或求他人令持刀殺語謂欲令他死行勸讚等於不樂死則勸喻令死若願死者則讚歎令死言何用此罪累等者說壽存過重死後福多言不淨者託不淨成故名不淨惡活者勝人所棄故言死勝生者欲令他歡喜故隨自心念者我勸他死當招福德以餘言說者非但說此更以別言而相勸讚言彼因死者顯非餘事但由勸死令他命斷得波羅市迦若不死者得窣吐羅罪先

與方便遣殺他人後起悔心不欲其死前人雖死但得窣吐羅言斷命成犯者謂因而致死此中犯者謂是苾芻以内身或外輙等或復兩俱如執刀等或以毒藥或爲坑穽或將諸酒及以餘藥令彼心亂或作呪術遣他迷惑或作發機或於崖塹樓臺危險之處推令墮落或於水火怖難惡處詭設方便遣向其中或於寒夜露地令凍人女人男及扇侘等作有命想或復生疑起害方便因茲致死皆他勝罪若不死者得窣吐羅或起全屍或起半屍令害前境得罪輕重隨境應知此有別者如若彼二返害苾芻由先方便得窣吐羅若苾芻害彼屍鬼得二麤罪若害化形亦得麤罪若於母無害胎有殺心柔蹋母腹若胎死非母得他勝罪母死非胎但得麤罪若二俱死波羅市迦若俱不死窣吐羅罪如是應知於母殺心非於胎子准前可識於人女腹有傍生胎及非人胎故心墮者便得麤罪於傍生腹知有人胎或知人趣變作傍生斷彼命時俱得本罪若變已身爲傍生狀害他人時有苾芻想亦得本罪欲害餘人錯害父母及阿羅漢得窣吐羅罪由於父等無殺心故非阿羅漢作羅漢想或是羅漢作非羅漢想父母亦然或於母等爲殺方便自在前死並得麤罪有女遺胎餘女拾取内於已腹若殺後母不得逆罪若出家時應問後母若人作人想及以生疑皆得本罪若於非人作人想疑殺得麤罪若人作傍生想得惡作罪作非人想亦得惡作有情被趂苾芻見時殺想告他隨事成犯於衆多人一有害心錯殺餘時

窣吐羅罪無記心中但得惡作作戲笑心而爲打拍因斯致死得惡作罪未近圓時巳典方便近圓之後方始命終兩種四句准前應作若起方便遣使行殺轉根爲尼亦得本罪若二根生得前麤罪退爲求寂亦同麤罪下諸學處准兩四句及轉根等准事應知更不煩迷若見有情或被水漂或時渴逼不手接不與水見其欲死有餘方便堪得相濟而不救者或雖不願死作捨受心彼若命終並得麤罪若人被他餘人所害由此緣故決定命終餘命尚存斷得麤罪不定死者得他勝罪有急難來以身走避觸著餘人若無殺心死得惡作若有殺心便得本罪敬法出家保命求脫若自殺者得窣吐羅罪若元無殺心意打牆等錯殺於人或移轉病人不順其語或爲療疾因即命終此皆無犯若於病者無有殺心然所陳說令其樂死或時持刀或以繩索不審思察安病人邊或安毒藥皆得惡作無智之人不令瞻病設有急事要須看者應可善教極令存意病人報言莫扶我起强扶令起若彼死者得窣吐羅於餘威儀類斯應識若涉路時扶輿病者准此應知告病者云先洗方起因即命過此雖無犯然不應爲有重病人共輿而去因致死者無犯此亦不應造次輿去或看病者情生勞倦或作惡意望彼資財或出忿言任汝死去我不能看因致死者並得麤罪現有宜食與不宜者看病之人亦得麤罪若無別可得者無犯捺未熟癰死得麤罪熟者無犯以刀以針決開非過先不善醫不應針刺若治口疾行刀刺者窣吐

羅罪無醫可求刺之無犯患痔之人不應割截應將藥呪方便蠲除凡治病時應問醫者若無醫人問解醫苾芻此若無者問曾病者無曾病人問諸老病造次授藥得越法罪若解醫者他來問時應生悲念施惠方藥無求利心無犯若爲求利是所不應若見破傷應於屏處而爲纏裹勿令俗人見嗤醫道與他瀉藥不應捨去善教所宜去亦無犯見他苾芻病將欲死自巳衣鉢更不修治彼若身亡所有衣資我當合得此乃旃荼羅意得越法罪亦復不應作殺害意而授人藥當與好心欲令病差見他授藥欲墮彼胎不作遮止得惡作罪若以胷背倒負病人因致死者無犯不應如是荷負病人作損惱心因而致死得窣吐羅苾芻行時低頭而去觸殺前人無心非犯不應俯面而行作損惱心便得麤罪殺心犯重苾芻在路身嬰病苦不應推行然須數息彼有資具應代擔負准望食時得至應去若恐時晚應自前去到彼寺中洗鉢安座次爲請食以待病人或可持食路中迎接若不爾者得惡作罪凡被傷人勿與醋飲見他食噎愍念爲搥因死無犯搥打之時宜可存意應問病人何處求藥應如所教覓以相供營作之時苾芻擲甎傷苾芻頭致死無犯凡運甎等以手授手不應遥擲令破必有破裂告知方受若昇梯時及在上作下褁應結勿使露身若在餘時褁不須結凡與造時苾芻相助應一時作不應終日若在春時中前應作若於冬月應午後作可預察時休其事務令乞食人得洗手足村坊往返不失食時若

有僧常無勞乞食其授事人應以餘物作好飲食供給勞人所設之食名悅意食僧伽貧者勸化餘人隨時供養或爲小食或非時漿或塗手足油若不爲者受事之人得惡作罪苾芻擎重力盡便放遂打殺工匠此雖無犯不應自舉重擔必須移者聞著俗人同時擎舉同時而放不相瞻顧放便得罪凡人一擔苾芻兩人若過此者不應持舉苾芻及尼不應頭上及於肩膊擎持於物若擎持者得惡作罪若有賊來應作驚恐現叱喝相遥擲瓶瓨及杵木等或在身傍或時居後勿興害意使有損傷凡棄物時遣他遠避若打著者此雖無犯不告而棄得惡作罪避牛驚走推著小兒因此命終非故無犯避牛之時應善用心若以繩索縛諸有情或告官司斬他手足並窣吐羅罪有虎狼處喚他共住因被傷殺者無犯然於住處應審觀察苾芻自打生支佛言理應打此翻更打餘是無智者得惡作罪上人鄔陀夷向白衣舍放身而坐不善觀察壓殺他兒凡坐不看得惡作罪

妄說自得上人法學處第四

佛在薜舍離跋窶末底河側時諸苾芻爲飲食故於親族前更相讚歎得上人法欲令衆知爲求利養事及求利煩惱制斯學處若復苾芻實無知無徧知自知不得上人法寂靜聖者殊勝證悟智見安樂住而言我知我見彼於異時若問若不問欲自清淨故作如是說諸具壽我實不知不見言知言見虛誑妄語除增上慢此苾芻亦得波羅市迦不應共住言無知者於所知境不了無常等及可猒

患無遍知者謂於前境有無常等不如其事而遍察故於有非有不能實知妄生邪解說非法故又無知者謂上人法曾不知故無遍知者謂不能遍了五蘊法故自知不得者謂於自身知未證故上人法者即勝流法也謂望一切凡愚五蓋等法鄙劣惡事是勝上故言寂靜者謂最妙也言聖人者於罪惡法能遠避故殊勝證悟者非由色力及以聰明而能獲故又釋云寂靜者謂是涅槃離衆煩惱故殊勝證悟者謂四果聖人也言智見者即苦法忍及苦法智如次配之又釋云智謂了知苦無常等見謂見天龍等言安樂住者謂能安住諸定地中所有功德而言我知者謂知諦理等我見者見諸天等若先作妄語罪雖不自說豈可不犯他勝罪耶何須說此異時等言但令犯戒設不自說已得本罪餘人於彼但可生疑未得即作不共住事是故須有異時等言方成不共住也若問者他問方言若不問者不問而說上三邊罪理無差別何故妄中方陳問等若據前三亦有此事緣起有故惟於此說虛者顯所陳說無有實義誑者本所發心爲求飲食不爲勝事作斯妄說妄語者先爲妄心方陳所說此中犯者苾芻說言我見提婆那伽藥叉健達婆阿蘇羅揭路荼緊那羅莫呼洛伽畢麗多畢舍遮鳩槃茶羯吒布單那我時就彼或聞彼聲或來就我共我言說作虛妄想而告前人彼若領解得波羅市迦若言謗蘇畢舍遮鬼共爲上事者得窣吐羅罪若云我已獲得二十種想謂無常想於無常爲苦想於苦爲空想於空

爲無我想猒離食想於諸世間無愛樂想是過患想斷除想離欲想滅想死想不淨想青瘀想膖脹想膿流想蟲食想血塗想離散想白骨想及觀空想一一說時並得本罪或云我得四定四空四無量六神通又阿蘭若苾芻非人不惱者即是聖人我住於彼亦不被惱又於彼舍若是聖人坐勝妙座我亦受其勝妙之座斯等悉犯波羅市迦我正念時得法自相壓伏煩惱者此得重罪我於三果未得而退或得而退或爲密語我是學人學毗奈耶故我是無學人已學三藏故我得無所有無長衣鉢故我是最後生望前生說故我是預流入河水故我已得果謂得讀誦果故或得菴沒羅果我離五怖無過去怖故我斷煩惱無過去惑故佛聲聞衆所應獲事我已得之謂阿笈摩等法及能善修諸根我是大師解說法故我是佛陀善覺惡事故我是毗鉢尸佛聲聞弟子於諸佛邊盡歸依故說斯等語內有詐情矯陳密說並窣吐羅罪若無別意如言而說自言我得上人法時並得本罪或云我得預流而非彼果或云在其家者皆是聖人我在彼家然非是聖但是聖者皆與其衣我亦受衣然非彼類他人說我得預流果我實不得說餘果等類此應知我於今日不得俗定過斯妙定亦復未得我於某處獲得初定然實不與覺分相應自書已名云得道果便報他云此作書人道我得聖果此等皆得窣吐羅罪不作如前詐密之語直言我得者皆得本罪苾芻意顯勝法在已云有苾芻得如是等勝妙之事然不自言是我者

並窣吐羅若所說事合得窣吐羅罪如斯說時皆惡作罪若前人不解語時亦准此重輕若是聖人應就斯座遂便默然受其所請他或告曰仁是婆羅門不荅云我是能除衆罪故或於六根善防護故若是羅漢應取食食默然而受皆窣吐羅罪於去來等准此應說又有釋云言所陳事以身相表問時默然得他勝罪對人人想或復生疑他領解時便得本罪對非人說時作人想疑得窣吐羅罪無人有人想或時入定或他眠睡或對無知或他不領解倉卒而說並得窣吐羅罪無犯者如聖者大目連記薛舍離戰勝之事復記天雨及以生男入無所有定聞象王聲等並皆無犯何故初三他勝先婬後殺逆次而說不如餘處殺盜婬妄而爲次第此依犯緣前後而說又依由前引生後故而爲次第由不淨行便行偷盜既行盜已遂殺怨家殺已問時便作妄語又復煩惱最强盛者在前而制此四他勝其相云何謂無猒離不忍不證然無猒離最强盛者立爲初二一於婬欲二於資財不忍故行殺不證故妄語諸大德我已說四他勝法苾芻於此隨犯一一事不得與諸苾芻共住如前後亦如是得他勝罪不應共住諸大德等者欲明四他勝法若犯一一皆不合共住問前是俗人無苾芻分後時犯戒與前俗人體有別不荅如前在俗不是苾芻後犯戒時與前無異故云如前後亦如是不是望其四他勝中而云前後結文准上得罪可知

第二部十三僧伽伐尸沙法

攝頌曰
泄觸鄙供媒　小房大寺謗　非分破僧事
隨從汙慢語
故泄精學處第一
佛在室羅筏城時鄔陀夷苾芻由染汙心自動生支而泄不淨此依婬事及婬煩惱制斯學處若復苾芻故心泄精除夢中僧伽伐尸沙下之四戒亦皆同此此初學處無女境事雖無其事而得受樂次二學處謂由身語作前方便第四設異方便希求欲樂第五爲他婬事而作方便精有五種謂轉輪王及灌頂太子其色青餘子色黄輪王大臣色赤根已成者厚根未成者薄此據本性作如是說若被女傷或餘緣損此五種精一人容有言除夢中者謂除於夢餘皆得罪夢中雖有情識然無指定實事可求故不據斯以明其犯設於覺後有流泄心夢中泄時亦非本罪言僧伽伐尸沙者一事由衆故二體是有餘假衆方除表非初重僧伽是衆阿伐尸沙是教由奉衆教罪方除滅又餘之四戒體是無餘此是有餘以可治故中犯者苾芻爲樂或爲藥等或欲試力於自内身或外有情故流不淨得衆教罪有餘處說設於外物非有情數故出不淨亦犯衆教若興方便或捉或搦作受樂心欲出不淨若出者僧伽伐尸沙不出者得窣吐羅覺爲方便夢中流泄或復翻此作心受樂或前興方便後乃息心或作方便其精欲動即便攝念皆得麤罪言欲動者謂精未離本處即此無間不淨當流雖精未流已有變狀或在身中而泄出者謂精已轉動離

於本處或故作舞樂或空裏搖身或由打築或因摩按或以藥揩癢或逆流動根或揩氍褥或石木瓶等或於肉團故流不淨並窣吐羅罪若不泄者皆得惡作若於頭項耳鼻及餘身分或於青脹膿流之處泄皆本罪齊何名為流泄不淨謂身中流泄若捉他生支故出不淨或時量度自已生支或手捉搦為樂摩觸故令興起並得窣吐羅罪若有染心看自生支得惡作罪無犯者因搔疥癢遂乃流泄若越坑若急走若揩髀若觸衣若念故二若見愛境若入浴室受揩摩時或復倉卒觸著女身猛盛煩惱即便流泄 如難陀苾芻或毋子相遇不覺抱持此皆無犯若多欲者聽畜皮囊羊鹿等皮熟之令軟內安沙灰施帶繫胥不應著入衆中及香臺處幷制底畔睇應洒令淨曬曝使乾勿令臭壞若闕事者應更畜一屛處舉持

觸女學處第二

佛在室羅伐城時鄔陀夷苾芻有女人來共觀房宇因與說法便生染心觸彼女身隨意取樂事惱同前制斯學處若復苾芻以染纏心與女人身相觸若提手若捉臂若捉髮若觸一一身分作受樂心者僧伽伐尸沙以染纏心者自有染心而非是纏應為四句第一句者謂心生染著第二句者謂於前境起愛縛心第三句者二事俱有第四句者謂除前相女人者謂可共交會於彼身分復無傷損手謂腕前臂謂腕後髮謂頭髮及繫髮衣此中犯者先有染心堪行婬女一一身分復無衣隔於其九事悉皆有犯謂觸極觸憑捉牽

曳上下遍抱觸謂以手創相觸著極觸即是頻摩觸憑謂身相倚著捉謂以手捉持牽謂從遠牽來曳謂近處曳取上謂從下舉上下即從上擎下遍抱即是總急抱持若苾芻於女人處爲斯九事作受樂心咸得衆教若擬行不淨行雖無衣隔觸彼女身得窣吐羅罪若一身壞若二俱壞若身多癬疥若欲觸此而錯觸彼若以髮毛爪齒而觸髮毛爪齒及乾枯骨若復生疑爲此爲彼若觸入滅盡定苾芻尼若觸青瘀乃至骨鎖皆犯窣吐羅罪本欲觸女彼轉爲男子若欲觸尼轉爲苾芻若二俱轉即是所觸女境轉作丈夫自已男形變爲女者既變爲尼觸男得重更轉爲男得窣吐羅罪若更轉時此當滅擯具迷轉根廣如大律如是應知無堪小女丈夫半擇迦無物隔者並窣吐羅罪若有物隔并傍生類咸得惡作人女人女想若復生疑染意觸時並得本罪非人女人女想疑窣吐羅人女非人女想惡作罪二形之人若女强者得僧伽伐尸沙若異此者但得麤罪母女姊妹作受樂心觸彼身時亦得麤罪由着慚境樂想不生若無羞慚即得本罪若於女根以脚指蹴若土丸打皆得窣吐羅凡諸苾芻不應畫作女人形狀及餘有情皆惡作罪其無犯者若圖白骨若畫髑髏若香泥畫地爲衆華彩若無染心觸母女姊妹等若復於餘作母等想或若觸時心同觸地若復好心欲觀女身冷熱堅軟若女墮火中若見食毒藥若持刀劒害若墮坑陷若見水漂皆應救濟拯溺行法今當説之若見女人被水漂溺自有力者應

可救濟勿生染念作毋女想而牽取之若被溺人不能動轉應於沙土上合面安置應須看守不得棄去置處不應逼近苾芻有緣去時令他看守其誦經者應誦經若習定者應攝念若囑牧者而爲觀守方行求食食已應可檢看死活事須審諦五種傍生可憑渡河謂是象馬特牛水牛羺牛若牸傍生不應憑渡若持浮囊以充利涉囊須染熟不應彩畫若毋來抱若女坐懷中若卒倒地墮女人上若於迮路口觸女脣比皆無犯入乞食時應須用意女有欲意乞水飲時以手遏口而飲水者苾芻不應連注與水或令掬飲待盡更傾若異此者便得惡作女無染心連注無犯

說鄙惡語學處第三

佛在室羅伐城時鄔陀夷苾芻見諸女人入寺中看共爲鄙語染心調弄因招譏醜事惱同前制斯學處若復苾芻以染纏心共女人作鄙惡不軌婬欲相應語如夫妻者僧伽伐尸沙染纏義如上女人者謂人女也解善惡言此中爲顯過失故共相故自相故譬喻故過失者謂說鄙惡言自體及因皆是雜染現是鄙穢當墮惡趣故共相者謂作不軌言軌則上人之所棄故共知是非法自相者婬欲相應之言譬喻者謂如夫妻也此中犯者有九種言皆得本罪苾芻染心對有知人女直說異說直乞方便乞直教曲教若引事若讚歎若瞋罵於斯九事一一若與鄙惡之言念而說者犯僧伽伐尸沙若彼不聞若聞而不解若無鄙惡字者得窣吐羅罪如是人女來對苾芻說斯九事染心而受隨言應荅共說

不軏亦得本罪言直説者汝三瘡門實是可愛言異説者汝三瘡門不是好物言直乞者汝來共我行如是如是事方便乞者顯憐愛意我當於汝極生愛念言直教者若有女人作如是事此女必爲男子愛重汝今亦可作如是事我當愛汝言曲教者若有女人作如是事爲男所愛汝今頗能爲斯事不教其委曲故名曲教言引事者某甲女人已先共我爲如是事汝今共我亦應作之言讚歎者姊妹若能共我作如是事當招天樂言瞋罵者説鄙惡語而爲罵詈謂正説交會鄙惡之言皆得本罪若更有餘言説與婬欲法交會之言相絫涉者亦得本罪若爲他作鄙惡之語若遣使若傳説若書印手印若言汝根鈌壞是罪惡物可共我交與我同卧汝之所愛可

共分張然此不與鄙惡之字蕖婆合説若對入滅定尼若告彼云姊妹與我蕖縛女人解意若見苾芻尼著好衣服作如是語姊妹汝著婬服欲覓丈夫若言少女汝若不能忍欲事者何不以熱火頭内女根中若復語言汝可共驢行如是事汝胥下物可持與我汝所愛物宜應惠我女人解意荅言我今現辦若言可與我水女云無水苾芻報言汝即是水如是乃至可與我餅汝即是餅然彼女人知曉其意女人問言何意不樂荅言由欲得汝若人禀性好爲鄙語若對丈夫及扇侘等實無有女作有女想説鄙惡語此等皆得窣吐羅罪若小男小扇侘若傍生類實有女人作無女想得惡作罪若心無簡別隨有女人即得本罪若作局心對彼不言對斯當説若有

彼者得窣吐羅實是鄙語作非鄙想者無犯鄙語鄙語想疑人女人女想疑僧伽伐尸沙非人人想疑窣吐羅人非人想惡作罪有餘處說若有女人說鄙惡語以言領受情歡其事雖不自說鄙惡之言亦得本罪若說葉縛時意道糠麥說道葉婆之言及餘鄙語若於方俗不諱此言者說皆無犯

索供養學處第四

佛在室羅筏城亦由鄔陀夷苾芻從他女人求索供養事惱同前制斯學處若復苾芻以染纏心於女人前自歎身言姊妹若苾芻與我相似具足尸羅有勝善法修梵行者可持此婬欲法而供養之若苾芻如是語者僧伽伐尸沙此中索供養者謂供養身言具尸羅者謂戒蘊圓滿有勝善法者謂定蘊具足由此清淨諸德圓滿故如善好金言梵行者謂與慧蘊相應梵謂涅槃此行能趣故言梵行梵之行故名爲梵行又善法者少欲等德共相應故總論犯相有十八種謂自說言我是最勝殊妙賢善應供可愛廣博極最極勝極殊極妙極賢極善極應供極可愛極廣博意顯已身善法圓滿於諸供中是其最故稱揚如來最勝德故餘供養中是殊異故是質直心所生起故是黠慧性所出生故是樂法心所發起故有此法人乃是王等所供養故有好名稱徧諸方故是勝功德所住處故如其次第隨配前九即於此九事有超絕更如極言復成其九此十八事具如廣文若有染心說此語時前人領解並得本罪尸羅等二一別說亦得本罪若無交會鄙惡之言或無

如我相似之言説斯諸事得窣吐羅罪若無交會及無如我相似之言但得惡作罪若對堪行婬女得根本罪若無堪者得窣吐羅有堪丈夫及半擇迦亦窣吐羅無堪丈夫及半擇迦諸傍生類咸得惡作餘相應處准上應思

媒嫁學處第五

佛在室羅伐城時迦盧審栗伽羅子爲舊知識而行媒嫁時諸白衣或讃或毀外道異學復生譏論因鄙惡事制斯學處若復苾芻作媒嫁事以男意語女以女意語男若爲成婦及私通事乃至須臾頃僧伽伐尸沙有三處定主定事定時定成媒嫁罪言主定者以男意語女以女意語男言事定者謂於男女婦及私通行媒嫁事言時定者乃至須臾言媒嫁者往來通信也言婦事者有其七種何等爲七謂水授財索王旗自樂衣食共活須臾言水授者謂其父母取水授他方付其女言財索者謂其父母取財行娉言王旗者王自領軍征伐他國或是餘賊打破村坊所獲婦女用爲妻妾言自樂者自心希願與他作婦言衣食者爲求衣食自來作婦言共活者兩各有財以共活命契爲妻室結意同居言須臾者謂非多時爲夫妻事亦名無雜婦言無雜者雖有夫主守法清居有異常流故稱無雜言私通者謂是未嫁或嫁夫死欲行私事爲他遮護據能遮護總有十種謂父護母護兄弟護姊妹護大公護大家護若無此六有餘親屬所防護者名爲親護若婆羅門種名爲種護婆羅門氏族名爲族護無斯種族總

名王法護若有女人奉法而住貞心無雜是名法護苾芻於此若七若十作媒嫁心受言問彼返報爲三若自往若遣使展轉遣人咸皆使攝若自爲一遣他作兩若自作兩遣他爲一但令和合咸皆衆教若爲一爲二或不和合但得方便窣吐羅罪凡爲媒處人有尊卑尊謂家長取言爲定翻此成卑若受言往問及以還報二處皆尊即犯本罪若一尊二卑二尊一卑應知尊處並皆並罪卑咸惡作若將卑語報彼尊人亦得惡作有其三事雖不報言亦成返報一期處二定時三現相若見我在某處住時則知事合是謂期處若其時見我則表事成是謂定時若見我持鉢或著新衣則知事合是謂現相作斯三事他解之時便成返報又有三事亦成媒業一言二書三手印用斯三事受言問彼及以還報或以一事而爲三者或時間雜皆得本罪上來明合次當辯離離事不同有其七種一正鬬時離二鬬後方離二折草爲契四擲瓦作期五對證言離六言非我婦七大聲徧告隣伍咸知初之三婦作初三離媒之使和得惡作罪其次三離和得麤罪末後一離和便衆教下之四婦及十和通隨七種離和皆衆教若指腹媒嫁若生男女若俱男俱女若半擇迦若媒非人傍生若復媒尼及以苾芻若梵行者若自爲已若孩僮女若媒嫁時隨一形轉或二俱轉於其三處往返之時一住本性二是亂心一是亂心兩非心亂諸如此類並得窣吐羅若有俗人來請僧伽爲作媒事詳和遣使並獲本罪若一人獨擅爲媒合者則一

人犯或已近圓或近圓時爲其三事自兩四句同上應知若近圓已爲其三事便得本罪餘兩二句由近圓故並得麤罪餘兩爲三咸得惡作若告他云何不索婦得惡作罪若復告云彼家有女何不求之意爲媒合便得麤罪爲他行媒作三事已若父母變悔若男女身亡若遇病緣若遭飢儉由此緣闕並窣吐羅若有女人令苾芻報餘家主言我家人物咸悉屬君苾芻知情而爲傳報或許爲衆作施食緣若女與男先爲期契囑苾芻曰大德若見彼某甲男請報我於某處相待作此等時並得麤罪若不知彼意爲傳信者無犯若女人令苾芻去拳打男肩此無惡心故得輕罪若言此男何不爲入舍智若言此女何不事姑若言此男何不別室但是片言與媒事相應所有言説皆惡作罪弟子語師我欲爲他作媒嫁事師聞此語默而許者得窣吐羅諸餘學處准此應知凡爲媒嫁要待男女爲交會事方得本罪何因四學如是次第凡諸男子未知女意先且執手欲試其情若聽許時次當捉臂乃至咽腹漸更觸餘若不許時便説鄙語以誘其情此對不信女人爲斯二事若信敬女知其樂福作衆善語而勸喻之此三據其自身染欲次一爲他因求衣食作媒嫁事和合男女也

造小房學處第六

佛在室羅筏城時諸苾芻爲造房舍作務繁多由此亂心廢諸善品又數乞求惱諸施主因招譏醜由住處事諍恨住處鄙業煩惱制斯學處若復苾芻自乞作小房無主爲已作

當應量作此中量者長佛十二張手廣七張手是苾芻應將苾芻衆往觀處所彼苾芻應觀處所是應法淨處無諍競處有進趣處若苾芻於不應法不淨處有諍競處無進趣處自乞作房無主自爲已不將諸苾芻往觀處所於如是處過量作者僧伽伐尸沙言自乞者隨巳欲樂若草若木而自求覓言營作小房者若自作若使人無主者謂無別人與之爲主爲已作者非爲僧伽當應量者煩勞廢業不令傷大恐延致患不容過小言長佛十二張手廣七張手者計佛十二張手長中人十八肘以中人三張手成一張手言是苾芻應將苾芻衆等者爲防三事故謂不將諸苾芻共觀處所違法修營若有蟲蟻蛇蠍等穴是名不淨處又復觀察若近王家或長者宅若外道舍若苾芻尼寺若斬伐大樹名有諍競處又復觀察若近屋邊一尋之内有井及道若近懸崖名無進趣處此皆不應與法異此應與造房苾芻應向本處從衆乞觀若合衆俱往若差別人去不應遥信便不親檢旣觀無妨應對衆前白言大德應知彼處房地我巳觀訖應法清淨宜可知時應先作白次爲羯磨若諸事皆違造房巳了堪應受用得衆教罪若不清淨處有諍緣邊無進趣衆不觀許肘量增多此諸過中隨有其一或時有過造而中休若被他奪若巳興功而便命過若作白衣若爲求寂若用巳物並窣吐羅若有苾芻語苾芻言爲我造房勿令違法若彼苾芻違法作者自得其罪若遺他者作如是言此處善好可爲作房我乞木等以相供濟

而實不淨餘二並得罪或時十人共造一房同與方便十俱得罪若令他造房若起疑心爲作不作房竟並得窣吐羅無犯者得先成屋及舊受用房并大蚊幬此皆無犯

根本薩婆多部律攝卷第三

音釋

穽疾政切陷穽也　塹七豔切坑也　詭居洧切詐也　趂丑刃切逐也
療力嶠切治病也　貲即移切財也　痔池爾切後病也　嗤赤脂切笑也
噎於結切食窒氣不通也　搥直追切擊也　胯苦化切　吒昌栗切呵叱也
硴下江切罌也　跋窶跋蒲撥切窶冂許切　荼同都切　笈其立切
矯古小切詐也　搔疥搔蘇遭切手爬也疥古隘切瘙疥也　趒他弔切越也
䏶旁禮切股也　睇特計切　犛莫交切牛名　牸疾二切牝牛也
迮側革切狹也　蚊幬蚊無分切幬直流切單帳也

根本薩婆多部律攝卷第四

尊　者　勝　友　造

唐三藏法師義淨奉制譯

造大寺學處第七

爾時薄伽梵在憍閃毗國六衆苾芻斬伐勝樹欲作大寺雖爲僧伽非不生惱妨修善業因起違諍爲防譏過制斯學處若復苾芻作大住處有主爲衆作是苾芻應將苾芻衆往觀處所彼苾芻衆應觀處所是應法淨處無諍競處有進趣處若苾芻於不應法處不淨諍競處有諍競處無進趣處作大住處有主爲衆作不將諸苾芻往觀處所於如是處造大住處者僧伽伐尸沙言大者有二種大一施物大二形量大若無過者爲衆聽造若有不淨等緣制不許作言住處者過去諸佛及聲聞衆咸悉受用佛所聽許諸信敬者造而奉施若苾芻作大寺時限至三層佛殿五層因許給孤獨長者造寺法式長者以金徧布其地買逝多林營飾既周奉佛聖衆若施主爲衆造寺更有施主於此寺中欲爲別人造房施者應問造寺施主方可興功自下因明分房舍卧具法或於夏前預分或至安居月分其授事人告大衆云某房有利有衣若欲得者隨次應取若當時不取行至第三方更索者一二索時未即須與三索應與索者得惡作罪房若少者應計人分之應留一房擬客苾芻不應盡分若餘住處有苾芻來及後夏者隨次應與不及後夏此不應與可依知識隨處而住衣食之利應共均分授事人等不應令作有五種人不應差作授事等人謂解蘇

呾羅毗柰耶摩咥里迦僧伽上座及爲衆讀誦者若於住處多有房舍應隨當時人數多少若一人與二或時與三皆於此房隨時受用或前食後食若有破壞用僧伽物若勸化白衣隨其力分而爲修補不應棄捨故令損壞若處迮狹同卧敷量均等共分匆令闕事諸坐枯等應並均分除安水瓨藥瓶之處并置齒木土屑瞿摩耶處及衆人行處若門屋下廊簷前上下閣道及倉庫處並不應分若在阿蘭若中於顯露地可留多少安瓶器處衆受用地亦不應分若有施主樂於寺內造別房施者住此房人應受其利并爲修理或任施主意取何人此人雖復受其別施大衆分利皆亦應與別房有施隨住房者而共均分若大牀大座難移轉者諸門徒等應爲舉之若爲衆事須出外行分房之時隨次留分阿蘭若處並乞食時應留守人共均與食藏門鑰時應爲私記爲防守故隨意養狗其畜狗者須知行法若窣覩波及房院地狗所爬齱應可平填若遺不淨即應除去若不修治並得惡作若有藥叉并猛獸處即不應居不兩房內而作安居設作安居應於二處物取一分凡出家者於諸利養皆悉不合越分貪求聞有諍者將欲來時應作三時預分房舍謂春夏冬。隨意分給復有六種分住處事一寺二寺勢分三寺外房四房勢分五園六園勢分若諍者云與我分房者應告之曰並已分訖若諍者去後還依常次准法更分若非鬪者應共同分若不與分得越法罪若爲日分此是今日此是明日或爲時分此處小食

此處大食或爲尊分此是阿遮利耶房此是鄔波馱耶房如此分者皆得惡作罪若病苾芻樂舊房者非次應與不應無病詐言有病若分房竟後有人來不以年高奪他房分若夜至若暫停夜索分房及以褥席若其與者授受二人咸得惡作若夜人至不應相惱可隨相識權時停止給孤獨長者爲乞食人造立停舍六衆聞之並皆詳集共分其舍得惡作罪凡是非法分與並不應取若有因緣須向餘寺時遍到者不論坐次隨處應食外有食來至斯住處欲得食者若無限局隨意食之若人食有限即不應食如於寺內隨次分房若在樹下若在平地若輭草處亦隨次分應以白二差具五法者令分卧具所有大衆卧具下至洗足盆並須聚在一處從上座分

有十二人並須差遣一分飯人二分粥人三分餅果人四分卧具人五分諸雜事人六藏器物人七藏衣人八分衣人九藏雨衣人十分雨衣人十一雜遣使人十二看檢房舍人若分卧具及以褥席亦隨次分有餘長者若客苾芻及尼來者應與令卧所有卧具從好行訖餘者白衆更應分掌勿令損壞凡是僧伽卧具受用之時不得隨宜將輕小坐具及垢膩踈薄惡物而爲儭替得惡作罪招黒背殃知僧事人半月半月應巡房舍觀其卧具若老若少不依法式用卧具者既檢見已若老宿者告衆令知少者應語二師奪其卧具准法訶責若寺房廊鳥雀栖宿爲喧鬧者應使人檢察巢無兒卵應即除棄有者待去方除若有蜂窠無兒應除有者以線縷纏之由

此緣故更不增長若施主造寺施僧伽已遇緣他行久不來者住寺苾芻不應為乏飲食故捨斯住處悉皆遠去應共乞食而自支濟乃至五歲尚不來者應共隣居比近之寺同一利養別褒灑陀寺主若來隨彼情樂若久不至具如廣文凡寺廢毀重欲修造或等或過不應減小若施主力薄小亦隨聽香臺制底等過非小若其尊容彩畫雕毀應可拂除還依舊狀而更圖畫佛語尊經字有磨滅刮其舊墨應更書新次明作淨廚法凡是寺內應作淨廚此類不同有其五種一生心作二共印持三如牛臥四故廢處五衆結作言生心者所謂隨一營作苾芻或復俗人初造房宇定輒石時心念口言今於此方處當為僧伽作淨廚共印持者謂檢校苾芻創安基石將欲興功告共住苾芻曰諸具壽仁可共知於此方處當為僧伽作淨廚如牛臥處者謂是房門無其定准撩亂而住故廢處者謂無衆僧空廢之處衆結作者謂大衆共和合秉白二羯磨作法結之應如是作修營處所悉備具已齊於界內并外勢分一尋將作淨廚僧伽同樂者即於此處敷座席鳴揵椎乃至令一苾芻為羯磨結此據大寺可寺坊內結作淨廚若隨一房小舍應知亦爾於中通塞具如廣文或於棚閣中層結淨上下四邊勢分咸淨若作法已得二種利樂一界外貯得界內煑二界內貯得界外煑並皆無過若異此者飲噉之時皆惡作罪又有十種不淨處不應熟食所謂露地門屋下房簷前溫暖堂洗浴室官人宅制底邊外道家俗人舍尼寺

中若煮食時皆得惡作上因造寺遂辯餘文次釋學處言應將餘苾芻者謂衆多人非僧伽也由何事故須將苾芻爲防後時諍競損惱故此中犯相者惟除過量餘並如前小房戒說若於住處有鬭諍者有汙家者有非理者應驅擯之

無根謗學處第八

佛在王舍城時蜜呾羅步弭迦二人由昔生中與實力子有怨讎故遂共妹蜜呾羅尼謗實力子云犯波羅市迦便爲舉詰自相符證由同梵行事及不忍煩惱故制斯學處若復苾芻懷瞋不捨故於清淨苾芻以無根波羅市迦法謗欲壞彼淨行後於異時若問若不問知此是無根謗苾芻我由瞋恚故作是語者僧伽伐尸沙言苾芻懷瞋者謂瞋或未斷也不捨者謂是現纏也謂欲作其無益之事言無根者根有三種謂見聞疑此若無者是無根事言謗者謂以惡事毀訾於他無根方犯若有三根即非是犯所言謗者謂非言諍也我由瞋恚故作是語者謂無實想故表由瞋恨故便生惡謗應知此中所謗之境有四種人形狀相似於清淨人有其二種一似清淨二似不淨於不淨人亦有二種一似清淨二似不淨若謗初二十事成犯五事非犯何謂爲十謂不見不聞不疑妄言見等是謂三事或聞而忘或疑而忘言我聞疑復是二事或聞而信或聞不信而言我見復是二事或聞而疑或聞不疑或但自疑而云我見復是三事語語說時咸得本罪五事無犯者謂不見不聞不疑有見等想而云見等是謂三事

或聞而忘或疑而忘有聞疑想而言聞等是爲二事此皆無犯謗後二人十一事犯六事非犯謂以見而忘一事於上兩處爲第四事餘事皆同思之可識前之二人體是清淨故無見忘若以書若以字印手印若遣使若自書字作如是言此字說汝有其犯事若對狂癡若眠若定若先犯人若授學人若謗苾芻尼若於大衆作如是言此中有人犯波羅市迦不斥名謗咸窣吐羅謗之境心句如上說若以半擇迦男女而謗他者皆窣吐羅謗式叉等咸犯惡作復有說言謗苾芻尼亦獲本罪謗式叉等得窣吐羅若以五無間謗苾芻者並得衆教以犯逆罪非苾芻故有云於中是吐羅者謗得輕罪尼謗他時准苾芻說其式叉等得惡作罪若鄔波索迦謗苾芻者應與作覆鉢羯磨若惡罵俗人不往其舍不受彼食及以牀座不爲說法若彼下心從衆求乞性調柔者應爲作仰鉢羯磨入邪部者爲正部人作覆鉢者不成作法翻此便成若善俗人家作覆鉢羯磨亦不成作若以一牀等壓諸界上一羯磨人得覆仰多鉢

假根謗學處第九

佛在王舍城時蜜呾羅步弭迦二人共見野鹿交會取相似事謗實力子毀同梵行事惱同前制斯學處若復苾芻懷瞋不捨故於清淨苾芻以異非分波羅市迦法謗欲壞彼淨行後於異時若問若不問知此是異非分事以少相似法而爲毀謗我由瞋恚故作是語者僧伽伐尸沙言異非分者異謂涅槃乖生死故四他勝法非是彼因名爲非分非分事

謗即是其諍若苾芻見餘苾芻犯波羅市迦時作非犯想或作餘罪想謗言犯波羅市迦者得衆教罪若於衆教作非犯想或作餘罪想乃至突色訖里多事亦如是隨其所謗得罪應知說謗之時前人領解犯衆教罪無犯者謂實見彼作他勝等事

破僧違諫學處第十

佛在王舍城時提婆達多由貪利故學得神通化未生怨令生信樂至如來所求索徒衆以不得故便起恚恨乃與孤迦里迦褰荼達驃羯吒謨洛迦底灑三没達羅達多以爲伴黨破和合僧僧設諫時惡心不捨由僧伽事及邪智煩惱制十十一二種學處若復苾芻與方便欲破和合僧於破僧事堅執不捨諸苾芻應語彼苾芻言具壽莫欲破和合僧堅執而住具壽應與衆僧和合共住歡喜無諍同一心一說如水乳合大師教法令得光顯安樂久住具壽汝可捨破僧事諸苾芻如是諫時捨者善若不捨者應可再三慇懃正諫隨教應詰令捨是事捨者善若不捨者僧伽伐尸沙言和合者謂同一味有其六種謂形相作業戒見軌儀及以活命言僧伽者總有九種謂無恥僧伽有恥僧伽恥無恥僧伽順理僧伽非理僧伽理非理僧伽未脫僧伽已脫僧伽脫未脫僧伽此九種中誰可破耶除初後二餘皆可破以其最初無羞恥衆犯四重禁破事已成已破之者無重破故後二聖衆破事無故第九學人餘應准說言欲破者提婆達多以愚癡故心生異見壞彼僧伽於形相等改佛正則自制五事謗三淨教勸諸

愚小習行邪法言五事者一不食乳酪犢子飢困故二不食魚肉由斯殺生故三不噉於鹽多有塵土故四不截衣縷廢損織功故五不住蘭若受房生福故言與方便者謂作破僧事於破僧事堅執不捨者既思衆破攝化門徒自守邪宗多求惡黨言莫欲破和合僧者欲顯若破善衆定墮無間若捨此心不受其罪汝諸具壽應與僧和合者謂衆多人勸諫之語或是僧伽或僧伽所遣雖無羯磨但以言遮令除惡見言共住者謂衣食利養同受用故言歡喜者善品增益各各情悅故言無諍者彼此見同共相受樂無諍訟故言一心者心若散亂當令寂定既得定已勤求解脫言一說者由契經等十二分教體無別故亦是更互相教之義如水乳合者行與理順一相無差大師教法令得光顯者於染瞋癡善能調伏令佛聖教得流通故言安樂住者謂四聖種現法樂住也依斯德故能獲勝果言再三者謂白四羯磨不廣不略但齊二三言諫時者謂作法時慇懃正諫者明衆至心隨教應詰者詰其所以遮其非理故

助伴破僧伽違諫學處第十一

次明助伴學處與前異者隨字而釋

若復苾芻若一若二若多與彼苾芻共為伴黨同邪違正隨順而住時此苾芻語諸苾芻言大德莫共彼苾芻有所論說若好若惡何以故彼苾芻是順法律依法律語言無虛妄彼愛樂者我亦愛樂諸苾芻應語此苾芻言具壽莫作是說彼苾芻是順法律依法律語言無虛妄彼愛樂者我亦愛樂何以故彼苾

芻非順法律不依法律語言皆虛妄汝莫樂破僧當樂和合僧應與僧和合歡喜無諍同一心一説如水乳合大師教法令得光顯安樂久住具壽可捨破僧惡見順邪違正勸作諍事堅執而住諸苾芻如是諫時捨者善若不捨者應可再三慇懃正諫隨教應詰令捨是事捨者善若不捨者僧伽伐尸沙言好者陳利益言惡者説無益事言法語者語詞圓足律語者合理無差有釋能引實義名曰法語出柔輭言名曰律語言無虛妄者謂曉其事方出於言我亦愛樂者彼所作事咸稱我心莫作是説等者勸隨正部捨背邪黨此中犯者始從隨順欲作破僧皆得惡作罪衆多人諫不肯捨者得窣吐羅罪若秉初白乃至羯磨第二竟時一一咸得窣吐羅罪第三竟時如法如律如大師教正爲開諫違而不捨者得衆教罪若作非法而衆和合或作如法衆不和合或作非法衆不和合或作似法衆不和等由作諫事不稱法故無犯若犯罪已即應説露若不爾者與他同秉一切羯磨咸得惡作若他諫時心同惡黨設令不語亦犯衆教有言不同而心樂破犯窣吐羅若雖言同作不破心或無破心不同其事者無犯若生疑者獲窣吐羅自有破而非鬧亂應爲四句鬧亂謂是始從搆集破衆之事或有破衆非是異住亦爲四句異住謂是異界而住或有破衆不爲别部亦爲四句别部謂是九清淨人别處而住一是正主餘八名助齊何名破謂是而授先領四人後破正衆四人同彼行籌羯磨齊是名爲破僧伽竟若授學人爲

行籌人及無戒人等皆不成破若戲笑行籌及秉羯磨作破衆事合衆咸得窣吐羅罪衆不因此而成破故若衆破已有餘部人在界内時不應作長淨等事由衆不集成别住故若如法部共非法部同集一處如法部解界時或解非法部解不成解其處中人應共如法部出界外作褒灑陀不應共非法部如法苾芻應教授尼衆此若無者其處中人亦應教授省緣而住不墮二朋名處中人尼衆若破不應教授應告彼曰姊妹應先和合已方求教授若苾芻尼衆不諮禀苾芻輙自擅意别爲軌則聚徒衆者得窣吐羅罪諸有被責室羅末尼羅等若餘苾芻輙供衣食而攝養者破他門徒得窣吐羅罪若作好心欲令調伏權時攝誘者無犯憍閃薄迦諸苾芻輩雖分二部無破衆心故不同此破僧伽罪隨事重輕有十八句若苾芻於非法事作非法相及正破時亦爲非法想者此則生無間罪亦成無間業若破僧時不作非法想者但生無間罪不成無間業故有六句重十二句輕

非法非法非法　非法非法法　非法非法疑　非法法非法　非法法法　非法法疑　法非法非法　法非法法　法非法疑　法法非法　法法法　法法疑　非法疑非法　非法疑法　非法疑疑　法疑非法　法疑法　法疑疑

汙家違諫學處第十二

佛在室羅筏城告諸苾芻曰若有苾芻苾芻尼爲汙家者衆應與作白四驅擯羯磨令出住處若鬪諍者衆應與作令怖羯磨應告彼

曰汝若不肯改前過者衆當與汝更與重罰令彼生怖故名令怖若見門徒欲爲鬭諍軌範師等宜應遮止或以苦摩他事而令止息若苾芻數數犯罪應與作折伏羯磨或以餘事而責罰之乃至未捨惡事已來令依止有德折伏而住故名折伏若苾芻與諸長者及苾芻等相觸惱者應令苾芻就長者等而求懺摩若不肯者衆應與作求謝羯磨令往愧謝若不見罪不如法悔不捨惡見此等皆應與作捨置羯磨由斯捨棄不同衆法故名捨置其捨置者若多朋黨恃怙强梁衆應量宜勿令鬭起於所犯罪如法爲除若不肯者不應强詰强令憶念若强抑與作捨置者得窣吐羅罪若鬭諍人各懷怨恨雖經多日不能除滅者有持經持律持論多聞多知識大福德足門徒衆所共知者應爲銷殄若怨讎者至俗家時應隔處中人令其間坐若於界内鬭諍紛紜諸處中人應出外長淨若共餘部爲長淨者不成作法得惡作罪凡有爲他作羯磨時不爲詰問不作憶念或實無犯事或有犯不惡或不對面或秉非法皆得惡作作法不成若得羯磨已所有行法應可順行云何行法所謂不應與他出家近圓及爲依止不畜求寂不應差教授苾芻尼設先被差亦不應去有犯苾芻不應詰問羯磨等事亦不應訶若有二十法者所作羯磨不應爲解何謂二十謂於衆處不現恭勤身不輕利故或於衆處不生卑下不蠲傲慢故或於出離不肯隨從不順治法故或於衆邊不行恭敬乖行敬法故或於界中不求解放於罪無悔故

或仗王家及斷事官或依外道及以別人不依於衆著俗人衣及外道服并依而住不應行事而復行之苾芻學處而不修習或罵苾芻或時瞋恚或復訶叱或令衆失利或不欲同住若有此二十法不應與解爾時世尊作教勑已令聖者阿難陀共諸上座苾芻在於路中差具五法者往枳吒山就彼詰責與阿濕薄迦補捺伐蘇行汙家者作驅擯羯磨其同罪者半豆盧呬得迦等中路聞已遂便逃向室羅伐城如法除罪時彼二人後往逝多林見此事已作如是言我輩同罪有驅不驅知諸具壽隨自已情有瞋有欲時諸苾芻告彼二人令其改悔先別諫已後爲羯磨諫由其受用鄙事事故而行汙家由家慳惱制斯學處若復衆多苾芻於村落城邑住汙他家行惡行汙他家亦衆見聞知行惡行亦衆見聞知諸苾芻應語彼苾芻言具壽汝等汙他家行惡行汙他家亦衆見聞知行惡行亦衆見聞知汝等可去不應住此彼苾芻語諸苾芻言大德有愛恚怖癡有如是同罪苾芻有驅者有不驅者時諸苾芻語彼苾芻言具壽莫作是語諸大德有愛恚怖癡有如是同罪苾芻有驅者有不驅者何以故諸苾芻無愛恚怖癡汝等汙他家行惡行汙他家亦衆見聞知行惡行亦衆見聞知具壽汝等應捨愛恚等言諸苾芻如是諫時捨者善若不捨者應可再三慇懃正諫隨教應詰令捨是事捨者善若不捨者僧伽伐尸沙言村落等者巷陌街衢住處名爲村村外遠家名爲落君王都處名爲城邑言汙家者有其二事能汙於

家一謂共住二謂受用云何共住謂與女人同牀而坐一槃而食同觴飲酒等云何受用謂採華摘果等云何惡行謂以麤惡法毁謗於他及戒見等中説其毁巳由依汙家生衆罪故見謂眼識聞謂耳識知謂餘識此顯見聞疑性汝可去者是驅逐言有愛等者於不驅者云有愛心於所驅者説有瞋恚言有癡者於汙家輩不善分別合驅不驅言有怖者於逃去者不敢治罰不驅擯者謂是半豆盧呬得迦等言汝等應捨愛等者謂是別人諫言再三者衆以白四諫但言愛等即得惡作別人諫時違犯麤罪初白及二羯磨違得三窣吐羅罪第三竟持便得衆教若秉法和別事並同前實有愛憎非愛憎想疑得窣吐羅罪若作愛憎想者無犯實非愛憎作此想疑便得衆教若未作驅擯羯磨言愛等者得惡作罪由謗衆故若於他人知無實事自生惡念妄説前人作離間言得二墮罪

惡性違諫學處第十三

佛在憍閃毗國闡陀苾芻不忍他語違如法教由惡性故遂生惱恨自損損他制斯學處

若復苾芻惡性不受人語諸苾芻於佛所説戒經中如法如律勸悔之時不受諫語言諸大德莫向我説少許若好若惡我亦不向諸大德説若好若惡諸大德止莫勸我莫論説我諸苾芻語是苾芻言具壽汝莫不受諫語諸苾芻於戒經中如法如律勸誨之時應受諫語具壽如法諫諸苾芻諸苾芻亦如法諫具壽如是如來應正等覺佛聲聞衆便得增長共相諫誨具壽汝應捨此事諸苾芻如是

諫時捨者善若不捨者應可再三慇懃正諫隨教應詰令捨是事捨者善若不捨者僧伽伐尸沙惡性者禀性麤言不用他語於佛所說者半月所說也戒經中者謂佛世尊所制學處言如法者謂依實事見聞疑說言如律者稱實而說與理相應出柔輭語也言少許者假令少言亦不許說言好惡者謂利非利言止者未說之言預相遮止莫論說我者謂情不忍可言佛聲聞衆便得增長者由展轉相教世尊聖教得長久住世言共相諫誨者謂欲諫時先求聽許然後方諫若他不許不應强詰然詰問時不以天眼見天耳聞若他不憶應爲作憶念憶時瞋忿應求聽許若不許者棄莫與言若仗託有力者不應教授不共長淨安居隨意即於此日應一苾芻作如是白我名某甲遮彼苾芻某甲爲長淨等事若此苾芻在衆中者不應對之而爲長淨及隨意等若所犯罪有餘無餘無有定實而遮他者皆成非法若天眼天耳若聾盲無識隨黨非黨在地居空等或翻此四皆不成遮於所犯罪事有定實爲遮他者是謂應法若以不善見聞疑而遮他者得惡作罪若一界內有多住處一處遮時餘皆悉遮若彼具五法者應受衆差爲詰問者應從座起脫革屣整衣左肩禮上座已合掌而住應以五法而自秤量我今頗是持戒者不有羞慚不有退悔不能攝伏諸根不是樂戒不又生五念謂實不實等次應告言汝某甲我今欲詰能容許不彼應荅曰由何事故爾詰於我說罪差別如律應知其被詰人應於五部學處自思忖

已當聽許之返令憶念爾於何處知我有犯當依實說勿構虛言應告彼云令任汝詰次能詰者先爲安慰方始出言然我不以錯誤之語及私屏語或造次語仁所說者我皆三問而詳審之次應白言汝某甲聽僧伽令我爲詰責人問爾實事衆當爲汝作羯磨法應可善思勿令損已亦不應調弄清淨之人并樂戒者耆宿有德亦不輕慢違此教者得惡作罪言共相諫悔者有所違犯心希清淨悔先所犯此中犯者謂別人諫時不用語者得窣吐羅罪若初白及二羯磨得窣吐羅罪第三竟時得僧伽伐尸沙惡語之人不先詰責輒便遮止得惡作罪餘義通塞如前所明其諫羯磨如百一羯磨中說我已說十三僧伽伐尸沙法九初便犯四至三諫若苾芻隨一

一犯故覆藏者隨覆藏日衆應與作不樂波利婆娑行波利婆娑竟衆應與作六夜摩那駝行摩那駝竟餘有出罪應二十僧中出是苾芻罪若少一人不滿二十衆是苾芻罪不得除諸苾芻皆得罪此是出罪法言我已說者彰其事了欲令諸苾芻重審其罪暫舒息故九初便犯者謂初九戒事成獲罪四至三諫者即破僧等違二羯磨方犯其罪若苾芻隨一一等者凡欲除罪須有五緣一由其罪謂所犯罪二由意樂謂知而覆藏三由治罪謂隨覆日與徧住等四由行已謂令衆心喜五由人殊謂滿二十衆言二十者若少不足作法不成故以數定行遍住者由其覆罪覆有兩種一謂覆夜二謂覆心若作覆心至過明相是名一夜覆藏罪若不識不憶由無覆

心雖經明相無覆藏罪後若憶識欲說罪者此則不須行徧住法應悔衆多惡作罪若與聾人及不解方言或非本性或被治罰如此之人雖可共住咸不成覆或時晝日與苾芻俱若至夜時無苾芻者假使盡形亦無覆罪若犯二罪二俱覆藏或一覆一非覆或二俱不覆或兩俱憶或一憶一不憶二俱不憶咸經兩月等如是應知於罪於日知數不知數一罪多罪有覆無覆或作白衣或爲求寂重受近圓或得解法覆與不覆或前或後於諸罪類治法衆多具如廣文此不煩說有四種人應行遍住有知罪數不知夜數有知夜數不知罪數或俱不知數或俱知數如百一羯磨中說若其重犯是前罪類應與復本遍住羯磨令其調伏謂壞前法從本更行行時更犯是前罪類應與重收根本羯磨若更犯者重收前日可更令行行遍住人所得之法黑白不同有其六種一者總黑謂總皆非法二多分黑遍住如法餘皆非法三向半黑復本是法餘皆非法四減半黑重收是法後皆非法五少分黑意喜是法後一非法六總是白乃至出罪悉皆如法名善出罪若如法行遍住法已應與意喜若不覆者但行意喜出罪能令衆意皆悉歡喜故名意喜行六夜中若重犯者應與復本意喜若更重犯應與重收六夜意喜此謂是前罪類言前類者前因故泄令還故泄餘皆准此若非一類即不壞法若行遍住及摩那馳時更犯衆教非同類者應須發露所有惡作別行遍住及摩那馳若其初日犯初衆教一夜覆藏乃至十三覆十

三日若欲説罪應據猛烈心煩惱重者先與行法行遍住意喜苾芻所有行法應隨順行謂不應受善苾芻禮敬亦復不應同一座坐不居勝座不並肩行若出行時應隨他後不同室卧不度人出家受十學處及與近圓不受依止不畜求寂不作羯磨不差爲使不教授尼亦不差遣先差應捨不詰苾芻不捨教誡開門然燈塗掃寺宇大小便廁洗除糞穢及供土葉寒時授火熱爲扇涼打揵椎嚴香火并讚歎佛應在近圓下求寂上坐僧伽卧具安鉢之具應爲收舉制底香堂常應塗掃依時巡禮應告曰數衆集之處以所行事告白令知不應一一爲白客苾芻來未安衣鉢應就爲白無苾芻寺不應輙往有緣須去不應經宿須覩時候供給湯水應與善苾芻洗足塗油寺中利養最後應受遍住意喜作法之時不應還以遍住意喜及授學人足其衆數亦非此人得共同處而行其法不居空寺亦非一人非二非三要須滿四是清淨人同處行法如前所説不依教者咸得惡作又正行時聞有諍者欲來住處應對善苾芻爲難緣故捨行法已同本性人諍者若去還對苾芻受其行法若行意喜不行遍住若行遍住不行意喜斯皆不應求衆出罪若並善行當求出罪餘如廣文説有六種人犯衆教罪對一苾芻説除其罪得名清淨何謂爲六一者遍持蘇呾羅藏二者遍持毗奈耶藏三者遍持摩咥里迦藏四者性極羞愧若説其罪懷慚致死五者衆中最老上座六者大福德人何故此六許易除罪罪滅因心不由治罰若

能於所犯罪決情斷絕誓不更爲深生慚恥心無欺誑是故除滅又爲耆年大德受持三藏人見治罰謗議便生聞一人悔若犯不共衆教罪者根轉之時過亦隨滅

根本薩婆多部律攝卷第四

音釋

咥許意虛吉二切 爬𧿹爬步麻切𧿹俱獲切爬𧿹爪跑也 覶初覲切真也 弭綿婢切 詰苦吉切責問也 蹇去乾切 驃毗召切 繢求位切織餘也 諮即移切訪問也 笘舒贍切 殄徒典切滅也 𨈆畢也切

根本薩婆多部律攝卷第五

尊者勝友造

唐三藏法師義淨奉制譯

二不定法

攝頌曰

若在屏障中　堪行婬欲處　及在非障處

無有第三人

爾時薄伽梵在室羅伐城逝多林給孤獨園時鄔陀夷苾芻在屏障處與女人笈多促膝而坐爲說法要時毗舍佉鄔波斯迦見是事已心不忍可往白世尊此因鄔波斯迦事由婬煩惱制初不定若復苾芻獨與一女人在屏障堪行婬處坐有正信鄔波斯迦於三法中隨一而說若波羅市迦若僧伽伐尸沙若波逸底迦彼坐苾芻自言其事者於三法中應隨一一法治若波羅市迦若僧伽伐尸沙若波逸底迦或以鄔波斯迦所說事治彼苾芻是名不定法此中不定法由事由處由情由證以爲其體若復苾芻獨與一女人者是事在屏障者是處堪行婬者是情若有正信鄔波斯迦隨一而說者是證言苾芻者欲染現前近圓人也言獨者謂無餘苾芻及男子言一者無苾芻尼及餘女言女人者謂是人女堪行婬事屏障者謂隱覆處堪障其形得爲婬事此有三種牆籬及衣諸餘屏處准此應知或男行就女或女行就男言堪行婬處者於一尋内同居一席身相逼觸得爲坐卧然彼女人或相容許或不隨從正信鄔波斯迦者謂見諦人有說設是異生有忠信者言行無濫亦依其語隨一而說者或女人見事

不忍而說或護彼苾芻不肯自說爲證之時方隨事說或波羅市迦者於四重中隨一而說或僧伽伐尸沙者於十三中隨一而說或波逸底迦者於九十中隨一而說自言者隨所爲事依實而說若者或是窣吐羅罪或對說惡作此中若聲是不定義若本意行婬同一座時得窣吐羅罪或以鄔波斯迦所說事治彼苾芻者欲顯鄔波斯迦於罪自性及罪因起不善曉知然見苾芻與女同座共一器食同觴飲酒如斯等事並應治罰是名不定法者言此罪體無定相故容有多罪不可定言此中犯相謂行處住處同坐隨自言事應可治之於此三中不自言者應與作求罪自性白四羯磨得羯磨已所有行法不得度人出家受十戒等如上所說若不依行咸得惡作復應問彼告事女人顏色形容進止處所若有第二人亦應問彼事相當者如說而治若不相當應隨苾芻語或時漫說餘罪或復非罪云罪或此罪作餘罪想斯皆取彼苾芻語治於第二不定中有差別者緣在王舍城因室利迦苾芻共蘇社多女同處而坐由鄔褒灑陀鄔波斯迦見而言告在非屏障處不堪行婬波羅市迦無容作故若復苾芻獨與一女人在非屏障不堪行婬處坐有正信鄔波斯迦於二法中隨一而說若僧伽伐尸沙若波逸底迦彼坐苾芻自言其事者於二法中應隨一一法治若僧伽伐尸沙若波逸底迦或以鄔波斯迦所說事治彼苾芻是名不定法

三十泥薩祇波逸底迦法

初攝頌曰

持離畜浣衣　取衣乞過受　同價及別主

遣使送衣直

有長衣不分別學處第一

佛在室羅伐城給孤獨園時諸苾芻多畜衣服廢諸善品此由長衣事多貪煩惱制斯學處若復苾芻作衣已竟羯恥那衣復出得長衣齊十日不分別應畜若過畜者泥薩祇波逸底迦言作衣已竟者由侍縛迦大醫長者布施衣服世尊因此聽畜衣也爾時世尊作如是念我今身形極爲柔輭但畜三衣尚得支持況諸苾芻身非柔輭畜三種衣而不充濟因制苾芻各畜三衣內得資身無盈長過於三衣外又聽受畜十種衣物此之衣外不應法者皆不應畜謂野麻衣駝毛綫樹葉衣豹皮鹿皮及小浴衣或深青色或復露形及以拔髮或角鵄毛或人髮綫或受瘂法此等皆是外道形儀非出家法作者得窣吐羅罪若更有餘外道衣服著時咸得惡作若著留纒衣或結纒衣或著襦袴等或時繫髮爲烏率膩沙或復裹頭或著俗人上下衣或爲雕彩及諸瓔珞婆羅門線或臂繫線鬘諸如是等非法衣服是俗形儀若著用者咸得惡作醫人爲病令臂安呪線者無犯應繫肘後若差解除不應輕棄應安牆木孔內應知三衣受用各別若作務時或道行時及在寺內常用五條若行禮敬及食噉時應披七條爲遮寒入聚落乞食噉食禮制底應著大衣後二衣應割截作若是貧人後必須截爲入聚落故何故不割截衣不入聚落然苾芻衣有其

二種與俗不同謂彩色形狀俗人純白不截苾芻壞色而截若得斯衣作僧伽胝及尼師但那兩重應作嗢呾羅僧伽及安呾婆娑一重應作若前二三重後二兩重者亦聽若以未分別物重帖之時得惡作罪至十一日便犯捨墮或作是念更覔餘衣以充其複遂便摘去第二重者得惡作罪至十一日便得捨墮若作是念爲浣染已還持此物重帖斯衣者無犯至十一日若不帖者得捨墮罪若得故衣造僧伽胝及尼師但那應四重作七條五條應兩重作或摘去還安准前應識若糞掃衣及故破衣隨意重數其條數壇隔法者若安呾婆娑壇隔法式一長一短嗢呾羅僧伽兩長一短若無容割截或是少欲貧人衣財不足雖不割截帖葉聽畜或現無暇當擬縫刺等設是縵條等守持無罪其僧伽胝條數九種不同謂九條十一條十三條十五條十七條十九條二十一條二十三條二十五條壇隔者初三兩長一短次三三長一短後三四長一短過此已上便成破納不堪持故總有三品僧伽胝衣謂上中下上者自肘量竪三橫五下者各減半肘二內名中嗢呾羅僧伽亦有三品上者三五小者各減半肘二內名中五條同此復有二種五條衣竪二橫五竪二橫四但蓋三輪是謂守持衣極小之量若身長大而肘短者依身爲量不依肘量若翻此者亦依身量若身絕大者裙應縫作厥蘇洛迦而受用之如前衣量若過若減不依量者咸得惡作其浣衣法苾芻不應令客浣衣人浣洗衣服恐壞衣故浣衣之家亦不

應往可自爲灰水安洗器中若手若足徐徐浣濯若於衣上被香泥汙或餘膩物應用湯水及灰屑等洗之其染衣法先取木皮洗去塵土打搥使碎日曝令乾三遍煑汁别安三處先用初汁次用第二後用第三欲染之時應取少汁安於器中方可捉衣斟酌少多令衣遍濕不應以衣於多汁中而染其衣亦不急挼令衣壞損既挼去汁更柔數遍方曬曝之曬衣之法横繫細繩衣邊搭上劈竹夾之其夾隨意多少汁流下邊還翻向上勿令垂滴應數數看若衣重大應於柴木上曬之數數翻轉新衣應用新樹皮汁日中曝之故衣應用舊樹皮汁陰處而曬待其乾後以少水濕柔色益鮮好令色不脱若於寺内爲染作時染汁汙地牛糞塗拭若石灰地應須水洗

其縫刺法依稻田畦勢而割截之葉向兩邊不應一靡葉有三别謂上中下上闊四指或如烏張足狹齊兩指二内名中凡爲小壇當大壇半應用竹籤或用鐵針而記其處然小壇望大壇裁割之時更須增其半葉一縫作了之後方始明闇正得相應異此非也四邊安緣稍狹於葉去緣四指肩隅置帖於此帖中穿爲小孔安細絛㡊可長兩指反自相繫便成二㡊胷前緣邊應安其紐疊爲三襵是安㡊紐處或隨身大小紐有三種一似蘡薁子二似蘗子三似棠梨子上邊既爾下緣亦然顛倒任披並成非犯若行出外内紐雙㡊繞頸通披角搭肩上有五種物不應割截一謂被帔二高襵婆三謂氈褥四是厚緂五破碎物凡欲裁衣下須安席若無席者可牛糞

塗地或布諸葉或灑掃淨地方爲割截若縫刺時應用竹木隨衣大小作揁布衣於上四邊繚定然後縫刺如前所制若不依者咸得惡作有五種衣一有施主衣謂定知有彼施衣人二無施主衣謂不定知施主之處三往還衣謂將往深摩舍那處而返持還四深摩舍那衣謂棄在屍林五糞掃衣此有五別一途中糞掃衣二河邊糞掃衣三空處糞掃衣四糞聚處糞掃衣五破碎糞掃衣復有五種謂牛爵鼠齧蟻穿火燒乳母棄衣此之衣體由事差別及出處不同總有七種何謂爲七一者毛衣二芻摩衣三奢搦迦衣四羯播死迦衣五獨孤洛迦衣六高詁薄迦衣七阿般蘭得迦衣言羯恥那衣復出者因此須明羯恥那事其舒張法及以衣財同受之人并所獲利兼論出衣法先説羯恥那衣舒張之事衆須和合於八月十四日總白僧伽言諸大德可於明日衆應同聚張羯恥那衣至時衆集秉白二法差具五德者作張羯恥那衣人次爲白二持衣付之彼受衣已應共諸苾芻作浣染等事乃至能行二三針者皆共助作其作衣人或二或三生如是念此衣我與僧伽當張作羯恥那現張作羯恥那已張作羯恥那於此三心但爲後二亦成作法若不作者得惡作罪餘處坐夏來此請作張衣之人亦成張衣其張衣人當於八月十五日白僧伽云明日我當爲大德僧伽張羯恥那衣仁等皆可於自三衣並須捨已持至衆中既至明日張衣之人應以塗香燒香及諸華彩嚴飾供養羯恥那衣已置淨盤上擎向衆首在

上座前捧衣而住作如是白大德僧伽聽此衣僧伽許張作羯恥那衣我苾芻某甲僧伽差作張羯恥那人我某甲是張羯恥那人我以此衣當爲僧伽張羯恥那第二第三亦如是說即於上座前舒張其衣上座告曰善哉張衣極善張衣此有利養及以饒益我當獲之如是乃至衆末其張衣人不應持此羯恥那衣往大小行處及烟火舍不住露地不向界外設有緣行不應經宿若至隨意日王增閏月者苾芻但可依其自安居受羯恥那衣不隨王法僧伽若破法黨應爲若兩衆共作張衣所得利養法黨應受何者衣財合張作羯恥那若於安居中多獲衣者應取其一爲羯恥那餘隨意分要是新衣已浣染者未曾披著及非急施衣若僧伽胝或嗢呾羅僧伽或安呾婆娑此中隨一咸須作了若未了者不合舒張五肘及過斯成應法若體踈薄往返蓋屍帖葉縵條先曾披著犯捨墮物破碎被杀及以補替並不應張若十五日得已成者亦得作羯恥那衣何人共張羯恥那衣謂同界處是善苾芻同共受衣及與欲者有十種人不合同受羯恥那衣一未有夏人二破夏人三坐後夏人四餘處坐夏人五張衣之時不現前人六行徧住人七徧住竟人八行意喜人九意喜竟人十授學人復有十人但得利物不獲饒益謂以求寂替前第四便成十人有五種人利及饒益悉皆不得謂三種捨置人餘處坐夏人僧伽破時非法之黨云何饒益謂有十種一畜長衣得過十日二畜長衣得過一月三得離衣宿四得上下二衣

隨處遊行五得多畜三衣六得別衆食七得展轉食八不受請得自往食九得非時入村不屬授十得法學家隨意受食從八月十六日至正月十五日是衣出時但由張衣獲其饒益非廢學處此羯恥那衣如何當出張衣之人於正月十五日應白衆言諸大德明日我當出羯恥那衣仁等各各守持自衣既至明日僧伽盡集秉白二羯磨而出聞有賊來恐被劫奪限雖未至亦得出衣若有利物亦即應分有八種本事出羯恥那衣何謂爲八

攝頌曰

初決去不定　決定失其衣　聞出出界疑
望斷同心出

此中決去失衣者謂若苾芻於此無戀心欲往餘方不擬重來決意出界者是不定失衣者謂若苾芻出界求衣或未作衣或已作半於此利物及以住處或有顧戀或無顧戀或有望心或無望心更擬還來作衣或起疑念者是決定失衣者同前所說於中別者而我今去更不重來亦復不能造支伐羅者是失去失衣者謂出界外造支伐羅起手作時遂便失去者是聞出失衣者出界求衣遥聞大衆出羯恥那衣情生隨喜者是出界疑失者苾芻自念若衣不了或還不還生如是心出界便失望斷失衣者本心出界擬還作衣既至彼方求衣不獲望心決斷便是失衣同心出衣者謂若苾芻出界求衣後還寺內同心共出此中略說餘如羯恥那衣事中廣明若衆破者此部張衣還須此部和合共出凡苾芻衆張羯恥那衣者於五月中獲其饒益不

張衣者一月饒益有何緣故此衣名作羯恥那耶謂是堅實精妙之義然由大衆捨持衣等此能荷負令無違犯有斯力用故名堅實或由此衣體精妙故言長衣者謂守持衣外得所餘衣體應淨物是合分別言齊十日者限至十日守持衣者謂十三資具衣一僧伽胝二嗢呾羅僧伽三安呾婆娑四尼師但那五裙六副裙七僧脚崎衣八副僧脚崎衣九拭身巾十拭面巾十一剃髮衣十二覆瘡衣十三藥直衣此等諸衣各别牒名而守持之應對一苾芻作如是說具壽存念我苾芻某甲此僧伽胝衣我今守持巳作成衣是所受用如是再三乃至藥直衣亦如是若得未浣染未割截物權充衣數者應如是守持具壽存念我苾芻某甲此衣我今守持欲當作九條僧伽胝衣兩長一短若無障難我當浣染割截縫刺是所受用如是再三餘二同此若無苾芻對餘四衆亦成守持若有緣捨三衣者對一苾芻應如是捨具壽存念我苾芻某甲此僧伽胝衣是我先守持衣今捨如是再三餘二准此若長毛衣及重大物不堪守持其毛短者應守持用長毛重大應作委寄他心而受用之得重物時應心念口言此是某甲施主物我爲彼故而受用之不須分别爲遮寒苦爲除熱故開踈薄物毛及芻摩紵布白疊氍毹座褥及所餘衣并絲縷倚帶皆悉聽畜若三衣肩上垢膩汙者於著肩處應以物替長一肘半廣一張手四邊縫著汙即拆洗若身有血出應作拭身衣當數浣染若雨浴衣須亦聽畜三衣佛法長三肘廣一肘半

長牒兩重縫之爲帒兩頭縫合當中開口長
内其衣搭在肩上口安㡊帶勿令蟲入凡置
衣時三衣在上餘衣在下用意防守如護身
皮欲令施主得福多故令受用者無闕乏故
其枕囊法長三肘廣一肘許或一重二重縫
爲直帒内貯木綿及羊毛等然後縫合用以
支頭作𨍏幬法周十二肘於上安蓋隨身長
短四角竪柱以帶繫之但三衣人聽畜洗裙
雖不守持無犯若苾芻有餘長衣合分別者
或已成衣或未成衣應於阿遮利耶鄔波馱
耶處作委寄意而分別之或餘尊人或同梵
行者其委寄人持戒多聞所有德行過於已
者委寄爲善應如是說具壽存念我苾芻某
甲有此長衣是合分別未爲分別以鄔波馱
耶爲委寄者我今持之第二第三亦如是說

其委寄人假令身在大海之外遥爲委寄分
別無犯爲分別時不應對彼委寄之人應共
餘者而爲分別委寄之人不應取彼分別之
物又復不應見委寄人身死之後衆取其衣
作亡人物分之此是作法與委寄人非實施
也其委寄人雖復身死未聞已來並成分別
若聞死已應指餘人爲委寄者其委寄人不
應言請亦勿告知若五條七條有盈長者並
須分別長僧伽胝不應分別直爾而畜爲利
他故謂若見有受近圓人無大衣者應與所
以佛令苾芻分別衣者防二種過若不分別
有盈長過若不聽畜有闕乏過異諸俗人及
外道故凡畜衣者須知五事一明畜人二明
受處三明避就四明棄捨五明受用言畜人
者佛許何得畜長衣謂少財利人或生來習

樂或從意樂天墮或身多病苦或多垢膩或多蟣虱或多寒熱處或營作人或於衣服性多愛玩由開長衣能攝念故是謂畜人言受處者若出家人或在家人雖現貧窮性樂布施不應從乞設持來施亦不應受恐闕乏故若顛狂人施不應受若知父母現在者應受若矯詐人博弈人好鬬人盜賊屠膾旃荼羅等持物來施皆不應受由多譏過壞淨信故何等衣物苾芻應受謂貴價緂僧伽應畜餘緂被帔苾芻得受若在中國諸皮衆衣及熊羆等皮皆不應畜是他物者受用無犯若熱皮席應用若在邊方聽苾芻受用諸皮若作皮鞋底惟一重若底穿者應補齊何處是邊方耶東至奔荼林西至二窣吐奴村南至攝伐羅伐底河北至嗢尸羅山

攝頌曰

東至奔荼林　西二吐奴村　南邊伐底河

北嗢尸羅山

此限域外名曰邊國内名中方若於獵人邊得熊皮者受取無犯應安佛堂門下與諸苾芻坐或常足躡爲明目故聖開受用若在俗家得皮卧具爲利施主應坐不應卧若患痔病及眼闇者聽取熊皮應坐毛上能蠲於疾本因十二億耳苾芻於中國開一重皮履由莫訶羅苾芻復還制斷爲護卧具復更開許若底多重者令俗人著已受用無犯若革屣重底蹋時出聲或如羊角或作雜華葉形刺繡文彩在薜舍離悉皆制斷又諸象馬師子虎豹犲狼之皮並不應用此諸獸筋不合縫物凡是鞋履或作菴頭擁前擁後並皆不合

露指皮鞋亦不應著若寒雪國應著富羅何謂寒國謂水凍成淩處若在寺中是於大小行處開著木屐若在俗家著亦無犯若麤䴸芒鞋及竹葉屩並不應著若苾芻脞脚有熱血病得著草鞋若巧苾芻自欲綴鞋應在屏處勿令人見其錐刀作具聽畜無犯是名受處言避就者若著三衣并餘衣服應善將護若蟲蟻食牛嚼鼠齧崖岸欲崩火燒風飄水漬盜賊如是之處皆不應置衣若上價㲲阿蘭若中則不應畜應安村內於苦葉上時曬曝之房無戶扇及無苾芻不應止宿若不將大衣不應出外有五因緣聽留大衣一處有苾芻并有門扇二疑天雨三度江河恐有傾覆四在羯恥那衣時中五得離衣法若衣緣斷壞者應以物貼或用線繚若身著衣不於澀鞕地木石糞掃無坐物處放身而坐應作木枯揩磨令淨或為草稕以物纏裹隨意大小用以為座若作務時應須善護勿令泥土汙衣若遊行時有棘刺處應可褰衣莫令垂破若應浣不浣應縫染不縫染皆得惡作著僧伽胝不應作務不在道行不褁胯坐及披而卧不赤體披禮拜之時衣勿拂地不褁膝頭亦不於下二衣上坐卧若無餘物聽用為儭坐卧無犯然於卧時少睡多覺亦不應隨處而卧若夢中多流泄者應以衣物掩身繫勿令脫在不淨地不應安衣若有俗人苾芻不應自擔衣物其長毛㲲不應輒披若多蟣虱以餘衣替所著衣服應數觀察可委信處應寄其衣是名避就言棄捨者若人稟性愛多衣者三衣之外並應捨棄由貪好衣繞亂心

故對治耽著障道眼故應著糞掃衣愛細滑衣者應著氈毛衣著糞掃衣人及住屍林人僧祇好物不應受用所謂衣帔雜色褥等凡著屍衣人不應入寺不禮制底若欲旋禮應離一尋亦不應用僧伽卧具不入衆中亦不爲俗人說法不入俗家設須往者應住門外主人喚入應告之曰我住屍林若言可來應隨意入如不命坐不應就座苾芻不割截衣不帶鉤紐不應入村除有難緣若入外道出家人舍不截無犯裙不繫條亦不入村及俗人舍是名棄捨言受用者隨安置處及受用時生如是念我於衣處心樂省緣趣支身命修諸善品非我力辦是施主衣自利利他受而當用是名受用如上所說不依行者咸得惡作言得長衣齊十日不分別應畜若過畜者謂苾芻得長衣不分別不守持至十一日明相出後是名過畜言泥薩祇波逸底迦者其物應捨罪應說悔何者是罪謂月一日若得一衣或得多衣齊十日來應分別應守持或棄捨若不爾者至十一日明相出時便得捨墮若月一日得衣於第二日復得衣乃至十日得衣若初日衣不分別後所得衣及諸雜物乃至鉢帒罥條等至十一日皆犯捨墮由前得衣相續染故二三日等准此應知何者名爲泥薩祇衣極小量謂縱橫一肘者是若已分別作未分別想但得墮罪而不須捨由此無有治罰事故若爲三寶畜衣非犯或時施主作如是言此是我物仁當受用雖不分別用之無犯若作是念此衣齊至其日我當分別或乃至十日我當分別者中間無犯

若不生心爲分齊者於日日中得惡作罪不憶者無犯或多煩惱貪染纏心或愚癡或惛沉或心放逸不爲分别者咸得本罪若衣縷雜駝毛者過十日時但得惡作以不淨故凡是已犯泥薩衹物或被蟲蟻食損或被飄流或時失壞但須説罪無物可捨於餘學處類此應知若十日内衣有損失者無犯或時物少不滿一肘或復聾盲而不聞見或是已物寄他或作未得想斯皆無犯得衣五日即顛狂者後若得心更開五日餘義通塞准事應思

離三衣學處第二

佛在室羅伐城給孤獨園時諸苾芻寄他衣服著上下衣隨意遊行不善護身受寄衣人復多營務由離衣故制斯學處若復苾芻作衣已竟羯恥那衣復出於三衣中離一一衣界外宿下至一夜除衆作法泥薩衹波逸底迦若復苾芻作衣已竟羯恥那衣復出者頗有苾芻作衣雖竟羯恥那不出耶應爲四句具如廣文於三衣中者謂僧伽胝嗢呾羅僧伽安呾婆娑此之三衣據守持已離方得罪餘之十物雖同守持離宿無犯於中別者若不將尼師但那不應往餘寺宿若有礙緣應借而卧或用嗢呾羅僧伽如法替卧若晝日往閑靜處或行乞食或當日擬來者無犯此中犯者謂向界外不持衣去不即還來經明相時得捨墮罪有三種離衣一舉處離二失念離三受用離言舉處離者謂在障難處而舉其衣不得重觀或因失落言失念離者於安衣處更不重憶言受用離者謂暫安衣即

遇緣隔不得受用雖復離衣若明相未出還得衣者無犯苾芻有緣入村坊內應持一割截之衣不入村者不持無犯除衆作法者由聖者舍利子及莫訶迦攝波大衆與法聽離僧伽胝或身羸老病無力持行者捨去無犯此中犯處者謂一舍村等謂山野人共爲一舍長行而居盡此室內并外一尋是其勢分此據常用處有別處者下當叙之若兩行舍事亦同此多舍村者謂人家亂住門無次序據別別家而爲勢分無其共處垣牆村者齊何處來是其勢分謂六牛所牽竹車得迴轉處或雞飛墮處柵籬村者齊何處來是其勢分謂牛羊入時蹄坌塵土所及之處或有慚愧人大小行處濠壍村者齊何處來是其勢分謂十二桄梯所及之處或棄糞掃時有麁麤甎石所至之處若苾芻身居村勢分衣著村中或復翻此並成非犯若異此者身衣別處明相未出便得惡作明相出時犯捨墮罪一村有一勢分者謂於此村有一園林一衆集堂一天廟處是也多村一勢分事亦同前一村多勢分者謂村有多園林等門是共處多村多勢分亦與前同其中別者謂無共處如是應知有十二處家店鋪樓場廠外道舍竹作家車船園樹如其次第以下十二事而屬當之門門坐牀梯柱門處天廟播處轅座桅邊井及樹根斯爲共處各有四句隨事應思若家主一人或兄弟不分此處名爲一勢分也若異此者名多勢分若外道家見情是一名一勢分翻此成多樹枝相交名一勢分翻此成多場與樹勢有差別者揚簸之時糠所

及處是場勢分夏至日中影所覆處無風葉落處并雨滴及處是樹勢分鋪者賣雜香物店謂貯積產貨餘如廣文若苾芻身居二處衣著兩邊或衣在二中身居異處如其次第無犯有犯或輕或重准事應知若在作法衣界身衣異處及空界地界皆名離衣若無衣界苾芻住處齊牆柵等若道行齊四十九尋住及坐卧周匝一尋是其勢分苾芻若在兩界上坐卧乃至衣角不離身者不名失衣

根本薩婆多部律攝卷第五

音釋

緂他感切毛席也 鴟赤脂切怪鳥也 襦袴襦汝朱切短衣也袴若故切脛衣也 複方六切重也 捩良辟切紾也轉也 安緣緣以絹切純也 縧 怐縧土刀切編絲繩也怐口侯切 襵陟葉切猶摺也 嬰萸嬰於盈切萸於六切藤也 楨知盈切引也 詀陟咸陟陷二切 氍毹氍强魚切毹山芻切氍毹毛褥也 蹋徒合切踐踏也 屐奇逆切木履也 屩居勺切草屨也 鞕魚孟切堅也 枮諸深切木跌也 稕朱閏切束稈也 濠胡刀切池也 廠昌兩切屋無壁也 簸補過切揚米也

根本薩婆多部律攝卷第六

尊者勝友造
唐三藏法師義淨奉制譯

一月衣學處第三

爾時薄伽梵在室羅筏城逝多林給孤獨園時諸苾芻多畜長衣或經一月或復過此廢修正業制斯學處若復苾芻作衣已竟羯恥那衣復出得非時衣欲須應受受已當疾成衣若有望處求令滿足若不足者得畜經一月若過者泥薩祇波逸底迦得非時衣者若五月一月是謂衣時異此名非時若在時中得衣不分別無犯於非時中若衣不足更有希望處應求令足應受者合畜也有望處者謂於親友及阿遮利耶等或五年會等我當得衣或時轉換若不足者我欠爾許衣求令滿足若苾芻於月一日得青黃等色衣應法滿足而不作衣復生異望更得如是相似之物我當成衣者或無希望於十日内無犯至十一日得捨墮罪若未足者得齊一月若過者得泥薩祇若十日内於所望處情皆斷絶過十便犯有二種衣一未用衣謂是新衣二曾用衣謂於三時隨一時中已經受用得此二衣量未滿足畜過一月不分別者得捨墮罪

使非親尼浣故衣學處第四

佛在室羅筏城給孤獨園時鄔陀夷苾芻因精汙裙與故二尼笈多令浣彼持不淨置女根内及安口中制斯學處若復苾芻使非親苾芻尼浣染打故衣者泥薩祇波逸底迦此爲除婬染煩惱故復爲廢彼正業是故因開

親尼爲浣又爲防其譏嫌過故亦爲數數親近女人令自煩惱轉增盛故爲斯衆過制斷非親言非親者非親族也言親族者謂從七世祖父母已來所有眷屬咸名親族異此非親言苾芻尼者謂受近圓非餘下衆諸餘學處同此應知言故衣者謂曾經著是守持衣體應淨法者方犯若老病無力或苾芻尼恭敬尊德情樂爲洗及是門徒悉皆無犯令洒氈褥得惡作罪浣者下至以水一浸即名爲浣或泥汙令洗染者乃至一入染汁打者下至將手一打一拍實非親族爲非親想疑令浣染打得捨墮罪實是親族非親想疑令浣染打咸得惡作與衣已後尼轉根者或時歸俗得方便罪使非親尼親尼爲浣亦得惡作意浣此衣錯浣餘衣者但得墮罪無其捨法凡見門徒爲非不止由不正教故師亦得罪言無犯者或三寶衣物或使親尼或時自浣或師主爲浣或鄔波索迦鄔波斯迦或使親尼非親爲浣斯皆無犯令他浣衣有四種別一者不浣二者微浣三者善浣四者過浣如是染打同有四別犯有輕重隨事應知有五染色謂根皮葉華果然非法色有其二別一謂八種大色何者是耶頌曰

紫礦紅藍鬱金香　朱沙大青及紅茜
黃丹蘇方八大色　苾芻不應將染衣

二謂深緋色及淺緋色此二種色若爲玩好心著者皆不清淨得惡作罪若有施主生敬重心將大色衣持施苾芻應用餘色壞其大色著時無犯凡著衣服應捨三種心生五種心言三種者一喜好玩飾心二輕賤受用心

三矯見名稱心後謂詐著弊衣欲令他知有德有行希招利譽如是三心皆不應作但求壞色趣得充身順大師教進修善品言五種心者一知量二知間隙三知思察四知時五知數言知量者受用衣時知其新舊量度而用徐徐緩牽勿使傷損後求難得言知間隙者不可頻頻常著一衣臭而疾破可間用之言思察者心常思察此衣來處極難非自臂力由他施已作報恩心受用之時勿為非法言知時者寒熱適時受用合度若乖時節自損損他自損者不益已身損他者福不增長言知數者十三資具足得資身多畜貯求長貪廢業

攝頌曰

知量知間隙　思察識其時　知數受用衣　自他俱利益

若衣須洗者或時自洗或遣門徒或近事男或近事女或是可信浣衣之人勿不用心令衣有損凡洗浣衣有五種利除臭穢氣蟣虱不生身無瘙癢能受染色堪久受用不洗衣者翻成五失著染色衣亦有五利順聖形儀故令離傲慢故不受塵垢故不生蟣虱故觸時柔輭易將護故過分浣衣有五種失能令疾破故不堪苦用故受用勞心故無益煩勞故障諸善品故著好染衣亦有五失自長驕恣生他嫉心故令他知是冶容好色故能令求時多勞苦故能障善品事故過染損衣用不牢故若過打時亦有五失四過同前五過打損衣用不牢故難陀苾芻過打衣故佛言受用衣者不應打不極打若於施主得極打

衣有好光色柔壞而用仍不壞者或置露中摩使光失或可以水灑浸而用若用僧伽物亦應如是有釋准此總不聽打又有釋云若爾但遮其打何須云極打耶故知遮其過打不遮其打又復遣浣染打遮非親尼不障餘者即知衣有許打之義如前所説不依行者咸得對説惡作之罪

取非親尼衣學處第五

佛在室羅筏城給孤獨園鄔波難陀苾芻從嗢鉢羅苾芻尼取賊施衣由貪著心制斯學處若復苾芻從非親苾芻尼取衣者除貿易泥薩祇波逸底迦言非親者由於非親尼處取衣自濟不顧有無若於親處懷顧念心因制不聽非親處取除貿易者或以衣換同體別體或全酬價或半價或少或多或劣或勝或相似物隨衣主意而換易之或觀彼意慇而爲受或爲報恩或爲福德或供養心受皆無犯又設非換易作如是心我當酬直此亦名換若爲飾玩若輕慢心若矯誑意而換易者咸得惡作若無上下衣者應受若過受者便得捨墮境想及疑同前學處或不對面取或遣書等取或衣不現前咸得惡作無犯者謂求寂女及學戒女或施僧伽或聽妙法情生欽仰或近圓時所有惠施或酬價直或共換易或知彼尼是福德者彼以衣物置苾芻前我有餘衣現無闕乏願爲受之作是言已捨衣而去或親友想或暫用想如斯等衣受皆無犯

從非親居士居士婦乞衣學處第六

佛在室羅筏城給孤獨園時鄔波難陀善能

說法諸俗男女深生敬信有心供養言許惠衣既聞語已往就其家强從索衣因生煩惱令他不樂長自貪求因譏嫌事制斯學處若復苾芻從非親居士居士婦乞衣除餘時泥薩祇波逸底迦餘時者若苾芻奪衣失衣燒衣吹衣漂衣此是時言居士居士婦者簡餘黃門謂是男子女人方得重罪若是不男二根外道之類但得惡作言乞者或自乞或使人乞言奪衣者謂被賊奪或他與衣後還却索言失衣者謂失落或忘處或蟲鼠齧傷言燒衣者或火燒或灰汁壞言吹衣者謂風吹去言漂衣者謂水漂也衣價色量三種不同價謂直五迦利沙波拏等色謂青黃赤白等量謂五肘等此中犯者謂價量滿足乞時惡作得便本罪於非親想疑等准上應說或現身相或遺書等或時減量或乞經緯或取時根轉或出諂言或詐欺誑或現異相或苦言求覓者咸得惡作無犯者謂失奪等或他施衣或乞衣纔得小片物或乞小片他與大段或乞雨衣或乞蚊幬或爲衆乞或從非人傍生趣乞咸悉無犯

過量乞衣學處第七

佛在室羅筏城給孤獨園六衆苾芻數被賊奪因斯過分乞上下衣惱事同前制斯學處若復苾芻奪衣失衣燒衣吹衣漂衣從非親居士居士婦乞衣彼多施衣苾芻若須應受上下二衣若過受者泥薩祇波逸底迦言施者謂重重施慇懃施真心施詐心施勝心施劣心施期心施隨順施不順施自財施他財施共他施去時施還時施瞋心施喜心施慣

習施不慣施現相施自言施遣他施自手施此等施相據施主心有斯差别隨順施詐心施瞋心施乞得之時得惡作罪餘皆本罪言上下衣者有其二種一苾芻上下衣上者僧伽胝横五肘竪三肘下者裙也横五肘竪二肘二俗人上下衣上者長十一肘闊三肘下者長七肘闊二肘有云下者謂裙及僧脚崎上者謂三衣也若乞苾芻上下衣或乞俗人上下衣各依量得者無犯若過量求者乞時得惡作入手犯捨墮若乞俗人上下衣縱少不足不應更乞若更乞者得罪若有盈長不須還主若乞苾芻上下衣不足者應須更乞若長應還若不還者得捨墮罪

知俗人許與衣就乞學處第八

佛在室羅筏城給孤獨園時鄔波難陀於俗人處强索衣價施主俛仰情不得已買物與之因相觸惱制斯學處若復苾芻有非親居士居士婦共辦衣價當買如是清淨衣與某甲苾芻及時應用此苾芻先不受請因他告知便詣彼家作如是語善哉仁者爲我所辦衣價可買如是清淨衣及時與我爲好故若得衣者泥薩祇波逸底迦言衣價者謂具齒金銀買者非乞得也言如是衣者謂價直五迦利沙波拏乃至五十迦利沙波拏或青色等或長五肘乃至五十肘言清淨者謂非駝毛緂等由體不堪爲衣用故言及時者謂順苾芻須用之時或順苾芻開畜之時言先不受請者未曾言請言善哉仁者即是讚歎勸喻之辭言爲好者更求勝大謂價色及量悉皆精妙若過量求乞時惡作入手捨墮未近

圓時已與方便近圓之後方始獲財准前應說無犯者若從天等乞或乞縷纋及小帛片等無犯

勸共作衣學處第九

若復苾芻有非親居士居士婦各辦衣價當買如是清淨衣與某甲苾芻此苾芻先不受請因他告知便詣彼家作如是語善哉仁者為我所辦衣價可共買如是清淨衣及時與我為好故若得衣者泥薩祇波逸底迦此之學處緣罪同前然由夫婦二人別出衣價欲各買上衣持施苾芻苾芻勸令合作一衣以此為異

過限索衣學處第十

佛在室羅筏城給孤獨園時王舍城大臣名勃里沙哥羅因有商客遂寄衣價與鄔波難陀時鄔波難陀聞已往取持付餘人復從強索彼人有事須赴衆集苾芻不許遂即取價相還由去違時遂乖衆制被罰六十迦利沙波拏取不淨財不護他意致生惱亂制斯學處若復苾芻若王若大臣婆羅門居士等遣使為苾芻送衣價彼使持衣價至苾芻所白言大德此物是某甲王大臣婆羅門居士等遣我送來大德哀愍為受是苾芻語彼使言仁者此衣價我不應受若得順時清淨衣應受彼使白言大德有執事人不須衣苾芻言有若僧淨人若鄔波索迦此是苾芻執事人彼使往執事人所與衣價已語言汝可以此衣價買順時清淨衣與某甲苾芻令其披服彼使善教執事人已還至苾芻所白言大德所示執事人我已與衣價得清淨衣應受苾

芻須衣應往執事人所若二若三令彼憶念告言我須衣若得者善若不得者乃至四五六返往彼默然隨處而住若四五六返得衣者善若不得衣過是求得衣者泥薩衹波逸底迦若竟不得衣是苾芻應隨彼送衣價處若自往若遣可信人往報言仁爲某甲苾芻送衣價彼苾芻竟不得衣仁應知勿令失此是時王者謂灌頂王大臣者謂親輔佐國政婆羅門者是貴種居士者謂諸貴人等者謂城内外人言此衣價我不應受者何謂不應謂諸苾芻不應自作一國之主及半國王等亦不受畜金銀寶等穀粟米豆村園奴婢牛羊車乘此金銀等僧伽應受别人不應受若田地園圃亦合衆畜應與寺家淨人及餘俗人計分徵課以供僧伽若使淨人及傭作人自作田者所有穀麥菜蔬果實並皆不淨苾芻不應食又銅盤銅椀釜鑊瓮瓦器咸是僧伽非别人畜若須守護應差掌器具人隨時摩拭勿令黑壞若僧伽器物分與别人受用無犯若諸苾芻畜私銅器者得惡作罪匙及飲水器并安鹽盤子衣鉢卧具病藥所須别人應畜言僧伽淨人者謂寺家淨人也鄔波索迦者謂受三歸及五學處言默然住者有四住處爲六詰問何謂四處一廠處二舍處三田處四店處廠謂於中作瓦器等及剃髮處舍謂居宅田謂稻蔗田中店謂賣貨之處言六詰問者謂掌衣價人見苾芻來作如是語仁何故來仁極善來應坐此座應食此餅應噉此飯應飲此漿苾芻聞已尋聲荅言爲衣故來一一言時若尋聲疾荅令彼無暇作餘

言者名不圓滿詰問若緩荅時令他得作餘語者名圓滿詰問言遣可信者謂可委寄人及已門徒等此中犯者若王臣等送衣價來不付淨人即自受者犯捨墮須衣苾芻欲從索者應就彼若三語六默不得衣時更欲從索初便惡作語得墮罪得衣犯捨有云雖自不設方便餘人爲索信而不遮得罪如上若執事人執云仁今可取衣直苾芻應言我已捨訖宜還本主若云仁可取衣我當語彼取時無犯苾芻不作如是次第求衣犯墮若以不實等事詰彼而索衣價及不報主知皆得惡作若三處並人過數索彼衣者犯捨墮若三處並非人過數得衣者犯惡作罪若以人雜非人總有八句罪有輕重具如廣文說

攝頌曰

三處人爲一　三句人各二　三非人爲一
二句兩非人　餘皆准義知　總成於八句
依教成非犯　過索罪便生

若苾芻從人乞衣價時得惡作得便捨墮若從非人或龍乞衣價時得惡作得便犯捨若遣使書印乞衣價時得惡作得亦犯捨有俗人爲苾芻以衣價寄外道及非人如是乃至更互相望若過索時得惡作得便捨墮無犯者皆依數求得或善方便而從索得若索衣價時作如是語先所與物可見相還我今衣服現有闕少

攝頌曰

高世耶純黑　分六尼師但　擔毛浣金銀
納質并賣買

用野蠶絲作敷具學處第十一

佛在室羅筏城給孤獨園時諸苾芻用高世耶蠶絲而爲敷具殺諸生命增長貪求廢自善品損他正信制斯學處若復苾芻用新高世耶絲綿作敷具者泥薩祇波逸底迦言新者有二種新一謂新造二謂新得此據新造高世耶者謂純高世耶蠶絲言敷具者謂卧褥也此有二種一者貯褥二者衦成此敷具言二種皆取下之三戒咸據衦成作者一自作二使人作爲求好故爲堅牢故爲換易故若一蠶或小團或大聚或披或擘或以弓彈乃至未成但得輕罪竟得捨墮高世耶高世耶想疑得捨墮非高世耶作高世耶想疑得墮不應捨於高世耶非高世耶想無犯若作未成而捨棄若爲他若兩人共作若毛若麻紵若不淨物而和雜者自作使人咸得輕罪無犯者若得已成或他已用或修故物或他施高世耶衣或施高世耶絲令他爲織或於其處高世耶絲綿易得者無犯或他告言我爲仁作高世耶衣意欲得故黙而不止遂貪心故亦得本罪此捨受心於餘學處皆犯應知（言捨受者謂不遮止前人也）

用純黑羊毛作敷具學處第十二

佛在室羅筏城給孤獨園時諸苾芻多求黑羊毛作新敷具由愛上色復求細輭廢業長貪遮無益故制斯學處若復苾芻用純黑羊毛作新敷具者泥薩祇波逸底迦言純黑羊毛者有四種色一性黑二性青三泥涂四尨色言新者謂是新作於純黑色若片若團若聚或披或擘或以弓彈乃至未成但得惡作成得捨墮餘並同前

過分數作敷具學處第十三

若復苾芻作新羊毛敷具應用二分純黑第三分白第四分麤若苾芻不用二分純黑第三分白第四分麤作新敷具者泥薩祇波逸底迦緣等同前言第三分白者謂是脅邊項邊及脊上毛言第四分麤者謂頭足腹毛由頭足腹是行動處毛麤惡故言不用者不依兩數便得本罪無犯者若作十斤毛褥五斤純黑二斤半白二斤半麤若更增減准此而說凡欲作褥應分其毛以爲四分兩分黑一分白一分麤黑中分兩三四義成隨作褥時於後二分或減一兩乃至半兩或用純黑已與方便得惡作罪成得捨墮此中犯者據用黑毛由難求故若後二分用作褥時隨意少多無犯若不爲已或得先成或黑者易得餘色難求斤數減增並成無犯

減六年作新敷具學處第十四

緣等同前爲遮不樂用故愛新好者制斯學處若復苾芻作新敷具縱心不樂應六年持若減六年不捨故更作新者除得衆法泥薩祇波逸底迦言六年持者縱不樂畜亦須年滿如於此年造一褥或於此年復造一褥乃至第五年造一褥若初造第二褥時得惡作罪成得捨墮其第一褥體非是犯若第六年更造新者若捨前作後或爲他作者無犯或已與方便後便還俗重受近圓更復修造或先轉根後還依舊重造成者得惡作罪或減六年作新褥者衆應與法或衆往觀應須三請不應隨彼樂欲便即與法或持褥來至衆中若長應截若短若狹應更裨補若薄應更

毛帖若全壞不堪料理者應作白二與其別褥

作新尼師但那不用故帖學處第十五

佛在室羅筏城給孤獨園時有年老苾芻爲造尼師但那於北方商人邊乞得五百張大疊故尼師但那悉皆棄捨世尊見已令更料理爲欲遮其輕賤心故制斯學處若復苾芻作新尼師但那應取故者堅處縱廣佛一張手帖新者上爲壞色故若苾芻作新尼師但那不以故者帖新者上爲壞色故泥薩祇波逸底迦尼師但那者謂敷具也縱廣者正方也所以帖者爲令牢故若無全者廣合集故物而帖言佛張手者中人三張手爲佛一張手當一肘半也爲壞色者是堅牢義由其重帖遂令受用久堅牢故若以故帖新於佛張手或減一指或減半指此不成帖得捨墮罪若有故者作有故想疑並如上説或忘故者或復全壞不堪補治但有新成者無犯作尼師但那法應兩重作或青或泥或赤色諸雜彩色並不應作可疊爲三分在下一分應截斷作葉與三衣葉同於四邊帖緣不依作者得惡作罪

自擔羊毛過三踰膳那學處第十六

佛在室羅筏城給孤獨園時六衆苾芻往泥波羅國於彼道中遇毛車軸折便從乞求多得羊毛自擔而去因譏嫌故制斯學處若復苾芻行路中得羊毛欲須應取若無人持得自持至三踰膳那若過者泥薩祇波逸底迦行路中者謂險路中言得者從他乞得言須者謂有所用隨意應取無人持者謂無淨人

此中犯者謂七極微成一微塵此七成水塵此七成銅塵此七成兎毛塵此七成羊毛塵此七成牛毛塵此七成隙遊塵此七成蟣此七成虱此七成𪍿麥此七成一指二十四指成一肘四肘成一弓五百弓爲一拘盧舍齊此名爲阿蘭若處若苾芻於無村處自負羊毛隨路而行若過三踰膳那得捨墮罪若路有村者或經七村一一村間有一拘盧舍若苾芻經此村間而行者半村惡作過村捨墮村間之路若半拘盧舍亦得惡作滿拘盧舍得捨墮罪乘空持去者得惡作罪若爲作帽富羅或罯條立播帑而持去者無犯凡諸苾芻不應負擔

使非親尼治羊毛學處第十七

佛在室羅筏城給孤獨園時鄔波難陀令大世主瞿荅彌治理羊毛因廢正修制斯學處若復苾芻使非親苾芻尼浣染擘羊毛者泥薩祇波逸底迦浣者下至以水一漬染者下至一入染汁擘者下至擘一片於非親苾芻尼令浣染等境想同上若遣書令作若爲他爲三寶或兩人共作若不淨毛咸得惡作餘皆同上浣故衣戒説

捉金銀等學處第十八

佛在王舍城竹林園中時諸苾芻捉金寳等衆人議曰若釋迦子得捉金銀等者世五欲樂何不受之佛言若苾芻須薪草等應求薪草不應因此遂求金等復於室羅筏城時六衆苾芻自捉金等或令他捉彼諸俗人外道因起譏嫌制斯學處若復苾芻自手捉金銀錢等若教他捉泥薩祇波逸底迦言苾芻自

手者謂自執捉教他者謂使人捉言金銀者謂金銀或貝齒或諸錢此中犯者若他人物或受他寄金銀等物及諸錢貝或復拾遺但得墮罪而不應捨若得已物不爲淨法自捉使人皆捨墮罪他施金等已作心受若自若他未捉觸時咸非本罪若教他取時有十八種咸成其犯謂告彼云

汝取此物　汝於此取　汝取此爾許

汝將此物　汝於此將　汝將此爾許

汝安此物　汝於此安　汝安此爾許

此之九句皆是對面教於此三三各初中後據物器數如次應知又有三三種據不對面教謂於前九改此爲彼即爲九句合成十八於可得處使他取時得惡作罪捉便本罪若不可得處二皆惡作金銀等物若成不成觸皆捨墮若非通用錢或鈌或廢或少分似捉皆惡作若於水陸得遺墮物應置顯處隨識者應取無主伏藏應取於三寶中隨利益處用若得有主伏藏當告主知應問記驗與相當者還之如不相當亦入三寶中用若輕慢心而捉觸者亦得惡作若金作金想疑皆犯捨墮非金作金想得墮無捨疑便惡作若金非金作非金想無犯銀等同此此據自物得捨墮若他物自他物得墮無捨若鍮石銅鐵鉛錫捉時無犯若被賊盜財寶等物自奪取時無犯聞有難事將欲至時無淨人可得若僧伽物若窣覩波物若法物應自掘坑密藏舉已當去若後時來應自出取無難爲者咸得本罪若坐夏時安居施主持衣價與苾芻衆即作委寄此施主心而受取之諸苾芻應

求信敬人若寺家淨人若鄔波索迦爲淨施主苾芻若得金等物時作施主物想執捉無犯縱相去遠得不淨物遥作施主物心持之乃至施主命存已來並皆無犯若無施主可得者應持金銀等物對一苾芻隨住隨立作如是說具壽存念我苾芻某甲得此不淨財當持此不淨財換取淨財如是再三應自持舉或令人舉若苾芻於行路中得金銀等爲道粮故應自持去或令淨人等及求寂持去應知求寂於金銀等但制自畜不遮執捉

出息求利學處第十九

佛在室羅筏城給孤獨園鄔波難陀共外道交易以已氎緂換他細緂因非法貪制斯學處若復苾芻種種出納求利者泥薩祇波逸底迦言種種者謂作多種經求方便出納息利者謂以錢等而規其利或以金銀真珠貝王及諸縷線貯聚穀麥驅馳車馬爲求利故或以成物博求成物應作四句未獲之時得惡作罪得便捨墮出物生利亦皆同犯若他將苾芻物爲生利時苾芻貪利黙而不止得利之時得根本罪自餘境想或爲他或轉根如斯等句准前應說若爲三寶出納或施主作無盡藏設有馳求並成非犯然此等物出利之時應一倍納質求好保證明作契書年終之日應告上座及授事人皆使同知或復告彼信心鄔波索迦若苾芻出息得利欲捨之時若是苾芻所應畜財捨與可信苾芻若不淨財捨與信心俗人此謂作法非是永施若不還者應就强索不可唐捐

賣買學處第二十

佛在室羅筏城給孤獨園因六衆苾芻種種賣買制斯學處若復苾芻種種賣買者泥薩祇波逸底迦言種種者謂作多種販賣或賤處賤時多聚財貨貴時貴處轉賣規求或瞻相時宜預知豐儉乘時射利以求活命言賣買者謂劫貝縷線芻摩白疊酥油糖蜜米豆稻麻銅鐵金銀真珠貝玉及諸錢貨此等諸物買時爲利買得輕罪賣無利心者無犯若翻前初無犯後得捨墮買俱有利心初輕後重俱無非犯有云初爲利買即得重罪後賣獲利方爲捨悔此賣買財准前應捨境想輕重類可思之若賣買時不依實說或以僞濫斗秤欺誑於他得妄語罪獲物之時便犯盜罪凡持財物欲賣買時先須定意無求利心隨處獲利悉皆無犯若諸苾芻設爲三衣不應規利而作販賣又於俗人作市易處不應自酬價直應令敬信俗人或使求寂爲買無犯若無此者應自酬直或二或三而還其價不應過此共爲高下若現前衆物欲賣之時上座應先爲作本價不可因斯即便唱斷應取末後價極高者方可與之實不欲買妄增他價得惡作罪唱得衣時未還價直即便著者得惡作罪若施主信心持妻子施應還問彼此欲如何若言唱賣我當酬直者隨施主意應賣苾芻不應增價若增價者得惡作罪然亦不應問其價直隨彼施主與價而受若父母信心持小童子施苾芻者應爲受取若彼却索應還若酬價者任彼多少取亦無犯此小童子在苾芻邊以袈裟片而繫于頸隨時濟養後時長大念報恩者持物來施隨意

應受

根本薩婆多部律攝卷第六

音釋

礦古猛切 瘙蘇到切疥瘙也 衦古旱切摋也 擘博陌切手擘也 䵃古猛切麥也 販方願切

根本薩婆多部律攝卷第七

尊者勝友造

唐三藏法師義淨奉制譯

攝頌曰

二鉢二織師　奪衣并急施　阿蘭若兩衣

迴僧七日藥

畜長鉢過十日不分別學處第二十一

爾時薄伽梵在室羅伐城給孤獨園時鄔波難陁苾芻由貪買鉢勸六十人人別各施六十迦利沙波拏又六衆苾芻處處從他多乞好鉢情貪積聚旣不自用復不施人增長煩惱妨修正業爲遮斷故制斯學處若復苾芻畜長鉢過十日不分別者泥薩祇波逸底迦言長鉢者謂現有一守持鉢更畜餘者名之爲長若不分別日日得惡作罪過十日泥薩祇波逸底迦若現無鉢後得鉢時不名爲長若不守持日日之中亦得惡作鉢有二種一鐵二瓦准知石鉢即是瓦類若不爾者世尊如何受天石鉢知非清淨而自用耶有四種鉢謂金銀瑠璃水精此若未受不應受若受應棄又四種鉢鍮石赤銅白銅及木此若未受亦不應受若受應作藥盂得隨意用若如法鉢應守持以鉢置左手中張右手掩鉢口上作如是說具壽存念我苾芻某甲此波呾羅是大仙器是乞食器我今守持常用食故第二第三亦如是說若欲捨者准捨衣法若有兩鉢應持好者餘應分別苾芻小鉢於尼成大其鉢量者後當說之其無犯者若減量若過量若畜長鉢擬與餘人出家近圓濟其所用雖不分別皆亦無犯若爲貯羹菜或用

飲水畜二小鉢及安鹽盤子并匙悉皆無犯又於大鉢之中隨容小鉢若順所須多畜非犯應更畜一大鉢防闕事故此異外道縫葉爲器或於手内立拱而食難養難供非福田相世尊許一非多非少善順中道資身修業頗有苾芻畜鉢一夜得捨墮耶有謂得鉢根轉爲尼經一夜時便得本罪持鉢之法不應令未近圓人洗若能存護者聽洗凡於鉢上不應書已名字若作私記者無犯別人之物皆應准此若書名時得惡作罪若人持物施三寶者應於所施物上鐫題施主名字此是其甲福施之物別人卧具應作私記於鉢帒中出内鉢時洗及曬曝並不應立亦不置地應以物替承不用除穢不安穢處牛糞有沙不應用洗若有濕潤不内帒中若已乾者不應久曬知量受用如護眼睛涉路行時不露擎去不衣角裹應以帒盛挂肩而去帒有三種一鉢帒二藥帒三雜帒若挂肩時應隨次第各置一肩不應交絡不應齊挂傍出肩隅如瓮鼓形作襻之法縫帶内氈以線絡之勿令卷縮凡安鉢處若在寺中應爲龕窟居蘭若者應編竹葦爲籠泥及牛糞塗其表裏若欲他行不應持去所到之處隨時更作若苾芻自解作鉢應居屏處勿令俗見

乞鉢學處第二十二

佛在室羅筏城給孤獨園時鄔波難陀爲行乞食於商人處乞第二鉢情貪好故增長煩惱招物譏嫌制斯學處若復苾芻有鉢減五綴堪得受用爲好故更求餘鉢得者泥薩祇波逸底迦彼苾芻應於衆中捨此鉢取衆中

最下鉢與彼苾芻報言此鉢還汝不應守持不應分別亦不施人應自審詳徐徐受用乃至破應護持此是其法言減五綴者謂未滿五綴時有苾芻以五片鉢綴而乞食日別料理廢修正業或但五綴或時過此聽畜餘鉢有五種鎔瀉物不應用綴鉢謂黑糖黃蠟鉛錫紫礦有五種綴鐵鉢法一以細釘塞孔二安小鐵片打入令牢三如魚齒四邊鉸破內外相夾四以鐵片掩孔周圓釘之五用屑末此有二種一錯鐵末二磨石末初補鐵鉢次補瓦鉢用末綴時以油和末於鐵椀中用鐵鎚熟研方用塞孔即以微火燒之使鞕若麤澀者更以油塗依法熏之若瓦鉢有孔隙者用沙糖和泥塞之以火乾炙若璺破者刻作鼓嚮以鐵鼓填之上以泥塗火熏應用汎論鉢者有四圓滿一體圓滿謂是鐵也二相圓滿謂堅牢無穴無綴不受垢膩三量圓滿謂是大鉢四得處圓滿謂衆中分得或施主處得或是舊好鉢若苾芻先有此鉢更求好者得時捨墮於衆中者此鉢應於衆中而捨應先勸請行有犯鉢苾芻具五法者應差始從敷座乃至問云汝某甲能與僧伽行有犯鉢不彼荅言能應一苾芻作白二羯磨差大德僧伽聽此某甲苾芻樂與僧伽行有犯鉢若僧伽時至聽者僧伽應許僧伽今差某甲爲行有犯鉢苾芻此某甲今與僧伽行有犯鉢白如是大德僧伽聽乃至我今如是持准白應作佛言汝諸苾芻行有犯鉢法我今當制行有犯鉢人衆和合時應告白言諸具壽明日我當爲僧伽行有犯鉢諸具壽各各持鉢

來集至明日僧伽盡集時彼苾芻持有犯鉢上座前立讚美其鉢白上座言此鉢光淨圓滿堪用若須者應取若上座取者應與即持上座鉢行與第二上座第二不用應與第三正與第三上座時第一上座更索者初一索時不應與第二索時亦不應與三索應與上座犯惡作罪應須說悔如是乃至行末若却索者准此應知如是行時展轉至終所得之鉢即應授與犯捨苾芻語言苾芻此鉢不合守持亦不應棄徐徐受用乃至破來行有犯鉢苾芻不依教者得越法罪持有犯鉢苾芻若乞食時以有犯鉢盛好囊中其守持者置餘鉢內若得好飯安有犯鉢麤者安守持鉢中有犯鉢置在一邊守持者常應用食若洗曝舉熏或時涉路有犯鉢常好安置乃至破來彼苾芻所有行法不依行者得越法罪此是汝鉢不應守持者謂先有守持鉢此鉢爲行治罰令其畜也不應分別者亦復不合分別作淨而畜不施餘人者不應持此施與他人應自審詳受用不應率爾生疲怠心故令破壞若故壞者得越法罪若求得多鉢者皆捨墮罪於此鉢中取一好者衆中作法所有餘鉢隨意分施此中犯者苾芻鉢破始從一綴齊五綴來堪得受用不作綴法爲好故更求餘鉢覓時惡作得便捨墮非好好想但得墮罪好與不好作不好想者無犯或爲他求或兩人共覓或遣書等或外道邊求得皆得惡作若以價買得或不爲好從他求得或轉換得此皆無犯

自乞縷使非親織師織作衣學處第二十三

佛在室羅筏城給孤獨園時鄔波難陀苾芻從撚線家求縷令闍頜織師織一上疊復依託王臣織一張疊惱物生譏制斯學處若復苾芻自乞縷線使非親織師織作衣若得衣者泥薩祇波逸底迦言自乞縷者或得半兩或一兩餘謂劫貝縷或高世耶縷或復家絲或毛或奢搦迦或芻摩或野麻或紵縷或高詁薄迦或阿鉢蘭得迦縷若乞高世耶使非親織作敷具便得二墮一捨由衣體一故若作餘衣或為偃帶等使織之時皆得惡作或從親乞或非親乞或自買得隨以何緣而得其縷使一非親織師或復衆多或令親人助織或自助織皆犯捨墮言無犯者從親而乞使親而織親為親想等句法如上又無犯者若彼施主自有信心令他為織或以價織若虛誑心陳已勝德乞得物時惡作他勝一時俱得實有德者得惡作墮罪雖親織師不知時故令他生惱或現異相皆得惡作以不淨縷而相和雜謂駝毛等或為他織皆惡作罪

勸非親織師織衣學處第二十四

佛在室羅筏城給孤獨園時鄔波難陀苾芻為自身故使織師織大白氎持滿鉢食與彼織師招世譏嫌制斯學處若復苾芻有非親居士居士婦為苾芻使非親織師織作衣此苾芻先不受請便生異念詣彼織師所作如是言汝今知不此衣為我織善哉織師應好織淨梳治善簡擇極堅打我當以少多鉢食或鉢食之類或復食直而相濟給若苾芻以如是物與織師求得衣者泥薩祇波逸底迦先不受請者先不隨意許其取索便生異念

者有四種念一念密緻謂應好織二念鮮白謂淨梳治三念精細謂善揀擇四念光澤謂極堅打初言好識亦兼廣大言鉢食者謂與五種珂但尼食或與五種蒲膳尼食言鉢食之類者謂以生穀米等言飲食之直者謂與食價此中犯者從初勸作乃至衣未入手皆犯惡作若得衣已便得捨墮若不淨衣或黃門二形勸作衣者皆得惡作

奪衣學處第二十五

佛在室羅筏城給孤獨園時難提苾芻以僧伽胝與達摩苾芻後因忿諍還奪其衣由不忍故生他謗議因取衣事不忍廢闕譏嫌煩惱制斯學處若復苾芻先與苾芻衣彼於後時惱瞋罵詈生嫌賤心若自奪若教他奪報言還我衣來不與汝若衣離彼身自受用者泥薩祇波逸底迦言與衣者是總標句若與彼衣時告言汝可與我作使若不爲作便奪衣者得捨墮罪言後時者謂是別時言惱者謂以身業現惱相故瞋者謂於內心結忿恚故言罵詈者由懷忿恨出不忍言故言嫌賤者現瞋忿相爲不益事奪者謂據本心有所希望情既不遂而返奪之作己物想若異此者得他勝罪言受用者作屬己心此中犯者謂若苾芻或身或語或身語二或自或他而爲牽奪乃至衣角未離身來咸得惡作既離身已得捨墮罪若諸俗人奪苾芻衣能生無量不善之業實未奪得作奪得想等如前應說若知前人性不謹愼沙門資具恐其散失善心奪舉者無犯

過後畜急施衣學處第二十六

佛在室羅筏城給孤獨園時六衆苾芻於安居中共分衣利因生違惱爲求衣事過限廢闕譏嫌煩惱制斯學處若復苾芻前三月夏安居十日未至八月半有急施衣苾芻須者應受乃至施衣時應畜若過畜者泥薩祇波逸底迦時勝光王邊境反叛勑大將軍善劒令總師旅伐彼不臣是時將軍便入寺中告諸苾芻兵戈交戰形命難保我施夏衣欲自親授時諸苾芻不敢受之爾時將軍留衣而去聚在一處多被蟲傷時諸苾芻舉以白佛佛言應受受已應白二羯磨差具五德者爲掌衣人言十日未滿者謂猶有十日未至八月十五日也言急施衣者有五種急難施衣謂自遭病施爲病人施欲死時施爲死者施將行時施又有釋云急難施衣者謂非時衣言應受者謂合受衣時言應畜者謂五月一月若不張羯恥那衣齊九月半若張羯恥那衣至正月半此是世尊開饒益事過此而畜咸得捨墮若有五種急施衣時隨受應分若施主言我欲自手而行施者雖未至限亦應受之無犯者謂已差得掌衣人若施主作如是語可留此衣等我還日自手持施者此不應分實未分別作未分別想疑句數如上隨意之後王爲閏月者應隨舊安居日而畜持之

在阿蘭若處過六夜離衣學處第二十七

佛在室羅筏城給孤獨園時阿蘭若苾芻被賊劫奪世尊聽許阿蘭若苾芻於三衣中隨留一一衣置村舍内於蘭若處住無離衣咎若有僧伽等事或窣覩波事或自事他事須

詣餘處得經六夜離處而宿不應更過是時六衆便經七夜離處而宿制斯學處若復衆多苾芻在阿蘭若處住作後安居有驚怖畏難處苾芻欲於三衣中隨留一衣置村舍内若苾芻有緣須出阿蘭若界者得齊六夜離衣而宿若過者泥薩祇波逸底迦言阿蘭若者謂去村一拘盧舍言後安居者謂坐後夏人爲前安居處有迮隘等過爲避此故詣無諍林爲後安居有驚者謂知此處有賊欲來有怖者一見賊來已被傷殺有畏難者謂數有賊來又有師子虎狼及非人類應如次配又復賊難或師子等難或蚊蝱蛇蠍或寒熱等難如次配前驚等四句言三衣者謂守持衣言置村舍者謂有巷陌康莊堪行之處置謂留寄他若有緣者謂三寶事及別人事言須出者謂離蘭若住處勢分此中犯者謂過六夜至第七夜明相未出得惡作罪明相出得捨墮復有釋云本心暫去即擬還來因事稽留不至衣所無離衣過其無犯者有八難事或得衆法六夜想等如上應知

預前求過後用雨浴衣學處第二十八

佛在室羅筏城逝多林給孤獨園六衆苾芻貪求利養多乞雨衣違出離行故制斯學處若復苾芻春殘一月在應求雨浴衣濟後半月來應持用若苾芻未至春殘一月求雨浴衣至後半月仍持用者泥薩祇波逸底迦春殘一月在者謂春時三月已過餘一月在從四月十六日至五月十五日於中應求雨衣未至此日不應預求若入夏中不應求覓然於夏中所應作者今次當說既至五月十五

日其授事人掃塗房舍令清淨已衆集之時應告白言明日苾芻應作安居夏中之事咸應思念若衆欲得入夏分房舍及卧具者如前造寺戒中應作至十六日授事人應看人多少可爲辦籌以香水洗香泥塗安淨盤中鮮華布上以淨物覆之鳴揵椎集大衆籌置上座前次應宣告夏中衆制令知衆者巡行告白諸大德若同心樂欲者應此安居諸苾芻衆不應夏中更相詰罪亦不應作非法制令諸苾芻不安樂住違者得越法罪其行籌者擎籌盤在前其收籌者持空盤隨後大師教主先置一籌次諸大衆皆捨本座蹲居詳審受取籌已兩手擎籌置空盤上若有求寂其親教師或軌範師應代取籌次取護寺天神籌總知數已應告白言今此住處現受籌者有爾許人施主某甲營事人某甲於某村坊是乞食處時諸苾芻皆應觀察乞食之處既觀察已當自念云我於此處堪作安居不令苦生設生能遣若有病患有看侍人給我醫藥齊某村坊爲乞食處飲食所須可得充濟作是念已應入靜處對一苾芻具修威儀蹲居合掌作如是說具壽存念今僧伽五月十六日作夏安居我苾芻某甲亦於五月十六日作夏安居我苾芻某甲於此住處界内前三月夏安居以某甲爲施主某甲爲營事人某甲爲瞻病人於此住處乃至若有圮裂穿壞當修補我於今夏在此安居第二第三亦如是說或前或後隨意應作若樂於此處前安居人至八月十五日應住其後安居人乃至九月半應住若於四界相近之處以牀

板等壓四界上於此牀上而作安居便成四處安居四處利養咸悉得分其安居人不應出界若有緣事須出界者應受日去若三寶事鄔波索迦鄔波斯迦等及餘親族請喚之事若爲外道除去惡見於其自行未得令得於三藏中爲除疑故應受七日去應對一苾芻蹲居合掌作如是說具壽存念我苾芻某甲於此住處或前或後三月夏安居我苾芻某甲爲僧伽事故守持七日出界外若無難緣還來此處我於今夏在此安居如是三說或有一夜事來乃至六日准七日應受或頻受一日或重受七日量事守持悉皆無犯若下三衆受七日等時求寂應對大苾芻受正學女等對尼而受若七日不了當爲羯磨守持八日而去若八日不了應受九日十日乃至四十夜若欲守持四十夜者鳴揵椎集僧伽已應一苾芻爲作白二羯磨大德僧伽聽此苾芻某甲於此住處界內或前或後三月夏安居此苾芻某甲今欲守持齊四十夜出界外爲僧伽事故此人今夏在此安居若僧伽時至聽者僧伽應許僧伽今與苾芻某甲四十夜此苾芻某甲守持四十夜爲僧伽事故當出界外此人今夏在此安居白如是大德僧伽聽此苾芻某甲於此住處界內或前或後三月夏安居此苾芻某甲今欲守持齊四十夜出界外爲僧伽事故此人今夏在此安居僧伽今與苾芻某甲四十夜此苾芻某甲守持四十夜出界外爲僧伽事故此人今夏在此安居若諸具壽聽與此苾芻某甲四十夜此苾芻某甲守持四十夜爲僧伽事故

當出界外此人今夏在此安居者默然若不許者說僧伽已與苾芻某甲四十夜法此苾芻其甲守持四十夜法此苾芻某甲守持四十夜當出界外爲僧伽事故此人今夏在此安居竟僧伽已聽許由其默然故我今如是持若與二三人作羯磨時隨名牒作律毗婆沙中作如是說得羯磨已更對一苾芻蹲居合掌作如是說具壽存念我苾芻某甲於此住處或前或後三月夏安居我苾芻某甲僧伽已許守持四十夜我某甲今守持四十夜當出界外我於今夏在此安居三說衆事既爾餘亦同然極多唯得四十夜不應過如世尊言多在界内少在界外是故但守持四十夜重請七日去者應計日數亦不得過四十夜若有命難等不還本處不名破夏若於乞食病藥所須及看病者有廢闕時亦隨意去若有女人男子及黄門等到苾芻所現非法相如斯等處亦不應住若有染心請喚苾芻亦不應往又有八難事謂王怖賊怖人非人怖猛獸毒龍水火怖處此不應居設出界外逢此難時不還無犯若房舍恐有隤壞爲損惱者去亦無犯若從法部向非法部經明相者便失安居若有同意苾芻欲破僧伽應守持七日往彼遮諫若盡日不還無犯若不往諫得越法罪然諸苾芻安居之處皆須灑掃塗拭令淨若不爾者得惡作罪復令施主福不增長於安居中有三事應作一修造事二分衣事三羯恥那衣事寺中上座應當獎勸修營之人若自要心向彼安居後悔不去得惡作罪餘義已了次釋本文言兩衣者謂著

在雨中洗浴故名雨衣或於井邊或泉池邊洗浴者亦開用雨衣洗浴言應求者於何處求謂於親戚設非親戚與者應取或以已財而買易得若異此者犯從非親乞衣捨墮若未到求時有惠施者應分別而畜至四月十五日守持應用言餘半月者謂去隨意日餘有半月在齊此應用過此用者得捨墮罪因明隨意事者安居欲竟去隨意日七八日在應於隨近村坊唱告所有老少苾芻及未近圓者於供養事咸共修營至八月十四日夜令持經者通夜誦經明日知時作隨意事勿過明相應差五德作受隨意人鳴揵椎集僧伽問荅許已應作白二大德僧伽聽此某甲苾芻今欲作夏坐僧伽隨意苾芻若僧伽時至聽者僧伽應許僧伽今差某甲爲隨意苾芻某甲當爲夏坐僧伽作隨意苾芻白如是大德僧伽聽此某甲苾芻今欲作夏坐僧伽隨意苾芻僧伽今差某甲爲隨意苾芻某甲當爲夏坐僧伽作隨意苾芻是諸具壽若聽某甲爲隨意苾芻某甲當爲夏坐僧伽作隨意苾芻者應默然若不許者說僧伽已許某甲當爲夏坐僧伽作隨意苾芻竟僧伽已聽許由其默然故我今如是持作隨意苾芻所有行法者應行生茅與諸苾芻上座應白大德僧伽聽今僧伽十五日作隨意事若僧伽時至聽者僧伽應許僧伽今作隨意白如是其受隨意苾芻應詣衆首蹲居而住爾時上座及餘下座各各用心受得一把茅已顛倒橫布即移身近前雙足俱蹈手取少許當前舉之作如是言大德僧伽聽今僧伽十五日

作隨意我苾芻某甲亦十五日爲隨意我苾芻某甲對僧伽向大德以三事見聞疑爲隨意事大德僧伽應攝受我意教示我應饒益我應哀愍我是能愍者願哀愍故若知見罪我當如法如律說悔其罪如是至三受隨意苾芻應言爾彼荅云善如是次第乃至下座衆若少者應差一人爲受隨意者衆若多者應差二三人若二人者一人從上座受隨意一人從半向下若三人者從三處起隨意苾芻若一人者應對已作隨意人而爲隨意若二三人者應自更互爲隨意事苾芻既了次喚尼衆令入衆中對隨意苾芻作隨意法次式叉摩拏求寂男求寂女如次一一對隨意者同前作法其隨意苾芻應在上座前作如是白言大德諸妹二部僧伽已作隨意竟二部僧伽並應唱言善哉已作隨意唱者善不唱者得惡作罪隨意苾芻應持刀子或持針線或持諸雜沙門資具在上座前立作如是言大德此等諸物頗得與安居竟人作隨意事不若於此處更獲財利和合僧伽應合分不舉衆同時荅云合分若異此者隨意苾芻及餘大衆皆得越法罪若住處唯一苾芻者隨其力分誦少多經應自守持如褒灑陀法若二三人或滿四人咸作對首隨意不應差人秉法若滿五人方爲衆法然此四人不應取欲有四種隨意謂一說二說三說及以衆作若患痔病不能久坐或嚲卧褥風雨將至或時施主持利養來或爲聽法或爲除諍由斯等事夜分將終或爲王等八難事至應須一說若難遠應作二說若無中者徐徐三說

若有大怖將至即應兩兩作對首法一說而去應如是說具壽存念今十五日應爲隨意現有如是恐怖事來不暇和合共作若於後時與衆和合當共彼和合衆爲隨意事若有犯波羅市迦應先除擯方爲隨意若犯餘罪如法悔已然後作法應對同見之人何謂同見謂於大師制聽之事其見皆同者名爲同見若隨意苾芻當時根轉者不成隨意詰問罪時若前人語移轉者此不須詰若如實言定引罪者應句詰之即如其犯而治其罪若於罪輕重有疑應問善三藏者取決斷已依事治之若有鬪諍徒黨來者應迷惑之而作隨意此中犯者若前安居者如前時節應求應畜違便獲罪若後安居者應隨其意或前或後而求覓之乃至八月盡持用無犯若預前求者得一墮罪此物應捨若過後持復得墮罪但有一捨非時非時想疑並泥薩祇二輕二無犯准二應說若是不應淨物及以踈薄或兩人共乞及持用者得惡作罪若未閏時求得衣後雖閏月畜亦無犯

迴衆物入已學處第二十九

佛在室羅筏城給孤獨園時有施主以妙白氎奉施僧伽鄔波難陀苾芻遂迴入已由貪煩惱制斯學處若復苾芻知他與衆利物已迴入已者泥薩祇波逸底迦言知者或自知或由他告言衆者謂佛弟子設令施物未至衆中迴入已時亦名迴也衆有五種一無恥衆謂破戒者二瘂羊衆謂於三藏不能解者三和合衆謂作羯磨者四世俗衆謂淳善異生五勝義衆謂學無學言利物者有二種利

一衣利二食利凡有衣服飲食卧具醫藥瓶鉢價直皆從他得故言利物此中利者據衣物利言與者謂施主作決定意令我此物施與僧伽或身或語而作施相齊此名施言入已者謂攝爲私物此中犯者或一人二人多人或是衆物迴入已者爲方便時得惡作罪得物屬已便犯捨墮有云知他與別人物自迴入已唯犯惡作或知他意與一別人即便迴與一二多人及與僧伽如是與二多僧伽迴與餘四由不入已得惡作罪或知他與此處僧伽遂便迴與餘處僧伽及苾芻尼衆或復知與此尼僧伽遂便迴與彼尼僧伽及苾芻衆或與二衆迴之與一或可翻此若僧伽破迴法部物與非法衆或復翻此咸得惡作若房廊簷宇門戶椽梁等違施主本心迴作餘事或非其處亦惡作罪或於尊像移此作餘及莊嚴具悉皆有犯若暫借用者無犯如是應知窣覩波及窣覩波物閣道階級華栱飛簷樓觀之處制底輪蓋安置層級隨其多少乃至寶瓶此等互用並得惡作報施主知隨他許者無犯或時將食擬施貧寒及以傍生轉惠餘者乖本心故亦犯惡作求不得者無犯如是餘趣准類應知實迴作迴想疑得捨墮罪不迴迴想疑突色訖里多迴及不迴作不迴想無犯知與衆物自迴入已下至一線縫著其衣此衣即須全將入捨復有釋云見他將物施無恥衆自觀已身福勝於彼爲益施主便迴入已者無犯若父母衣物及以資具欲施僧伽迴入已者得惡作罪若有持物施現前僧者應先言白次鳴揵椎衆既集

已或數人或行籌然後均分若安居人有緣出行囑授而去應取其分若不囑授則不應取若受囑人不爲取者應以己物准數酬還然獲利時總有八種一界所得利二立制所得利三依止所得利四夏所得利五僧伽所得利六苾芻所得利七對面所得利八定處所得利言界所得利者謂於一界有其定局或於二界或於多界隨其處別所獲利物各於界分即舊住者而共分之言立制所得利者謂諸苾芻或是隨黨或非隨黨共作制要然後安居於其村坊街衢之内其家屬我其舍屬汝若得物利依制而受名立制利若於隨黨住處請隨黨及非隨黨俱設食已與隨黨利與非隨黨吉祥水此即隨黨合得其利若於隨黨住處請隨黨及非隨黨隨黨者合得其利若於隨黨住處請隨黨及非隨黨俱設食已將其利物置二上座中於二上座皆授吉祥水此即隨黨者合得其利如是應知於非黨住處請黨非黨俱設供已隨其一處上座之前授其施物并授其水即非黨者合得其利如是准上應思又復應知於處中處請黨非黨俱設食已隨於一處上座之前授物授水此即黨與非黨共受平分言依止所得利者謂依男女及半擇迦而爲坐夏依此施主所獲利養者是言夏所得利者謂於此夏安居所獲利物隨其施主本心處分言僧伽所得利者謂決定利不作分局此物決定施與僧伽就中未爲分局爲與夏安居爲與現前此物應問施主而分苾芻所得利者謂決定利而作分局即房院等於此住者便受

其利對面所得利者謂對面所獲之利言定處所得利者謂世尊在日久住之處有八大制底一佛生處在劫比羅伐窣覩城嵐毗尼林二成佛處在摩揭陀法阿蘭若菩提樹下金剛座上三轉法輪處在婆羅痆斯仙人墮處施鹿林中四涅槃處在拘尸那城娑羅雙樹間五在王舍城鷲峯山竹林園內六廣嚴城獼猴池側高閣堂中七在室羅筏城逝多林給孤獨園八從天下處在平林聚落初之四處名爲定處後之四處名不定處若有施物擬施生處者其物唯於生處供養不應移轉若無力能送者三中隨一而爲供養餘之三處類此應知餘四制底與此不同若於夏內僧伽破者應與法黨利不與非法黨利安居過半便捨戒者應與其利異此不應若苾芻身死有飲食利下至一片樹葉其衣物利下至燃爲燈炷皆可均分若有上好貴價衣不應割破應賣取直而共分之若僧尼二衆共得衣利者亦應均分求寂男求寂女應三分與一正學女及欲近圓者應二分與一若飲食利無問大小悉應平分若苾芻數多尼數少者應數人分若苾芻少應中半分若作佛陀大會等所獲利物出家五衆應共分之爾時世尊在室羅筏城逝多林給孤獨園時具壽鄔波難陀命過所有衣資雜物直三億金錢時六大城諸苾芻衆咸皆集會各作是言我於此物合得其分諸苾芻不知云何以事白佛佛言若苾芻來及五時者應與利分云何爲五一打揵椎時二誦三啓無常經時三禮制底時四行籌時五作白時其作白法

應如是作敷座鳴槌大衆集已秉單白羯磨應如是作大德僧伽聽苾芻某甲於此處命過所有現及非現衣資雜物今作守持若僧伽時至聽者僧伽應許僧伽今於亡苾芻某甲所有現及非現衣資雜物共作守持白如是若衆不和集或無秉法人應爲初後法謂取亡人少許財物或兩錢等於衆首上座及最下座各行與之用爲定記然後現前僧衆如常共分更不須作法若作初後法竟有人來者不應與分若前四時有後二時無亦應與分若作白已現於界内應合得者皆應受利若不作白不作初後法者但是世尊聲聞弟子所有現住贍部洲中或餘住處悉皆有分總攝頌曰

揵椎誦三啓　制底畔睇時　及以行籌時
或衆同爲白　若大衆難集　可爲初後記
應取亡人物　初後行少許

問所應分物輕重云何頌曰

田宅店卧具　銅鐵及諸皮　剃刀瓶衣等
笐竿幷雜畜　飲食及諸藥　牀座幷券契
三寶金銀等　成未成不同　如是等諸物
可分不可分　隨應簡別知　是世尊所説

言隨應者所謂田宅邸店卧具氈褥諸銅鐵器並不應分若鐵鉢小鉢大小銅椀戸鑰針錐刀子鐵杓火爐及斧幷盛此諸帒若瓦器謂鉢小鉢淨觸君持所有貯油之器此並應分餘不應分其竹木器及皮卧物剃髮之具奴婢飲食穀麥豆等入四方僧若可移轉物應貯僧庫令四方僧伽共用若田宅村園邸店屋宇不可移者入四方僧伽若餘所有一

切衣被無問法衣俗衣若染未染及皮油瓶鞋屨之屬並現前應分大竿可作贍部影像處懸旛之竿細者行與苾芻作錫杖竿四足之内若象馬駝乘當與王家牛羊驢騾入四方僧伽並不應分若甲鎧之類亦入王家雜兵刃等可打作針錐刀子及錫杖頭應從上座行與現前僧伽罟網應用羅窻諸上彩色及黃朱青碧緑等物應入佛堂供畫像用白土赤土及下青色現前應分若酒已變應埋於地待成酢訖應供衆食若未壞酒應傾棄之雜藥草等應安僧伽淨庫以供病者珍寶珠玉分爲二分一分入法一分入僧伽法物可寫佛經幷料理師子座入僧者現前應分若賣等成牀榻等應賣衆共分之木所成者入四方僧所有經論並不應分當貯藏經四方僧伽共讀其外書賣之現前應分所有券契之物若能早索得者即可分之如未得者其券當貯僧庫後時得充四方僧用若有金銀及成未成器貝齒諸錢並分爲三分一佛二法三僧佛物應修理佛堂及髮爪窣覩波法物用寫佛經料理師子座僧物現前應分若更有餘物准此應分若苾芻在俗人家身死者所有衣物與先至人若俱時至與先乞者若同時乞任俗人與者受之或可隨他情所樂施若苾芻死處有餘苾芻尼不應與分苾芻尼死有餘苾芻亦不應與分若都無者應須互攝若兩界中間亡者隨頭所向處應得其分若卧兩界上者應共分之若處人多應十人等爲分任各自分如其朋内得分未分若一人身死此成死物還於十人内應分

若已分身死者大衆同有被捨置人若樂清淨者同居死物清淨者應分若無清淨者被治人共分隨黨住處非黨苾芻及以求寂身死者所有衣物隨黨應分若不樂獨分捨入大衆者此爲善捨大衆應分如是應知隨黨住處隨黨身死非黨住處非黨身死准事應知提婆達多說五邪法心許可者名爲隨黨若依伏世尊名爲非黨苾芻身死看病之人若出家五衆及餘俗人隨在何處若病苾芻死於亡人物中應用六物賞贍病者以報其恩言六物者三衣鉢坐具濾水羅計功量授若苾芻病作如是語我死之後可持此物與彼人者是俗人法不成囑授此物應分對面授者便爲善與其死屍應焚燒供養誦經事了然後分物若異此者得惡作罪若亡人寄物即於物所在處衆共分之若知事苾芻身亡之後所有資生與三寶物共相雜亂不可簡別者此死人物三寶共分若人在界內作界外想疑共分衣者得越法罪應須盡集若苾芻寄物與他兩俱命過其掌財者應作法守持隨意受用餘如廣文若一苾芻獲得大衆安居利物即應受取然受之時應爲心念守持言此衣今至是現前僧伽合得是可分物現前僧伽合分受用既無大衆此衣是我應受我今守持未守持時有人來者應與分若不與者得惡作罪界內得衣持向界外共分無盜心者得惡作罪若有賊心便得盜罪若夏中利物破夏者不應受分施衣時雖過有施夏衣亦應受取若是衣時有對面利未有夏人亦應同受若苾芻苾芻尼二部僧伽

俱設食已施主持物來不向上座前者應問施主方可分之若本爲苾芻而與供養二部食訖持物置上座前此應中半而分若苾芻身爲衆事夏內出行身雖不在夏利應取安居之人若前若後及坐過半者所有夏利悉皆合與凡爲衆首每見行食人乃至初下一七鹽時應教其人長跪合掌白衆云等供時至上座尋聲告曰可平等行第一不言第二應告若不言者其上座等得越法罪若施主於供養時以諸繒綵纏繫其樹爲嚴飾者物應收取每至節會還應繫此或懸餘處隨時供養若懸壁上者用將書壁在温堂者供浴室用在井池者供時非時漿若在瞻病堂應爲美食隨時供養若在戒壇及簷前樓側并門屋下所有供物苾芻應分若在寺中庭所懸置者是四方僧伽物不應分用有五種物體不應分一四方僧伽物二窣覩波物三瞻病堂物四根本出生物五所應食物其根果甘蔗等雖是應食物現前應分文云菴没羅果若多有者應分與衆僧隨自受用此果熟時應令苾芻黙住看守不應諠競違者得越法罪欲行果時應先觀蟲次以火淨若無火具人苾芻受取自行無犯若聲聞弟子制底之處所獲利物應還修營此諸制底若有餘長現前應分因明制底法者如來制底應圓滿作若獨覺者上無寶瓶若阿羅漢安四相輪餘之三果如次減一若淳善異生苾芻上無輪干名平頭制底若有施主施財造寺隨施主心以其財物造諸作具及作人飲食并塗足油燈明雜費勿令有闕若有施主造立

住處元施一人便更轉施一人或二或三或施大衆名非法施其受用者亦名不淨如是乃至施與大衆若苾芻衆若苾芻尼衆迴餘處者初名爲施後名非施施者受者並成非法然施主於自所施卧具等物但可本處料理受用不應持此更施餘處有五種受用人一是主受用謂無學人二父毋財受用謂有學人三隨聽受用謂持戒者四負債受用謂懶惰輩五盜賊受用謂破戒人何謂破戒謂四重中隨犯一事於諸飲食一口不銷於僧伽地不容一足如前所説不依行者得越法罪

根本薩婆多部律攝卷第七

音釋

鍮託侯切石名似金　鐫子泉切劖也　襻普患切衣襻也　鉸古巧切鉸刀也　鎚直追切　璺亡運切器破也　撚乃殄切搣也　蹲徂尊切踞也　圮皮美切毀也　栱居冢切栱枓也　嵐魯甘切　痆女八切　帒特耐切囊也　濾良倨切漉也　匕卑履切匙也

根本薩婆多部律攝卷第八

尊者勝友造

唐三藏法師義淨奉制譯

服過七日藥學處第三十

爾時薄伽梵在王舍城竹林園中由畢隣陀婆蹉依止弟子受惡觸藥復與飲食更相雜糅或自類相涂亦復不知此等諸藥何者應捨何者不應捨時與非時隨意食噉此因病藥事貪煩惱故制斯學處

如世尊說聽諸病苾芻所有諸藥隨意服食謂酥油糖蜜於七日中應自守持觸宿而服若苾芻過七日服者泥薩祇波逸底迦

言如世尊說者謂於毗柰耶中說醫藥處言世尊者舉教主也病有二種一主病二客病由此常應於食噉時作療病想然後方食因明瞻病所有行法若鄔波馱耶若阿遮利耶若親教弟子若依止弟子同鄔波馱耶同阿遮利耶及親友知識當於病者好心瞻視若無依怙人應合衆共看或作番次若同界者日應三迴往問看病之人於病者處置諸坐物令問疾者坐諸問疾人不應久住若病人貧無藥直者師主知識等應爲辦之或施主邊求或用僧伽物或窣覩波物或旛蓋等莊嚴之具依價賣之以供藥直若後病差應償若無力者不還無犯大師之子是父財故若看病苾芻供給病者除性罪已餘皆應作若病者命欲終時其看病人應移病者且私臥具上善爲方便勿令瞋惱若索衣鉢等應急呈現身亡之後所有喪事若亡者無物用僧伽物或看病人爲病者乞若有病人爲病所

囙便將衣鉢隨處布施其受施者不應即分應於餘日問其進不若重索者應還若言不取者應分然諸病人及瞻病者所有行法隨教應作不依行者得惡作罪言隨意者謂隨順病人所宜之事言服食者謂聽噉嚼也言諸藥者總有四種一時藥二更藥三七日藥四盡壽藥然此四種皆能療疾並名爲藥病者所須非無病者即此四種服食之時皆應先作療病心已然後受用

言時藥者謂五正食一麨二餅三麥豆餅四肉五餅及五嚼食等此並時中合食故名時藥言更藥者謂八種漿云何爲八一招者漿西方樹名亦名顛咀梨角同皂莢其味如梅角寬一兩指長三四寸二毛者漿即芭蕉子以少胡椒安在果上手極㨼之皆變成水也三孤洛迦漿狀如酸棗四阿說他子漿是菩提樹子也五烏曇跋羅其果大如李也六鉢魯灑漿其果狀如蘡薁子也七蔑栗墜漿即是蒲桃果也八渴樹羅漿形如小棗甜而且澀樹多獨立形若㯶櫚此等諸漿皆須淨洗手淨濾漉然後堪飲也除此八已若橘柚櫻梅甘蔗糖蜜等亦聽作漿味若甜者應和醋及醋漿醋果依夜分齊故名更藥

言七日藥者謂酥油沙糖及蜜言盡壽者有其五種謂根莖葉華果根謂菖蒲薑藕鬚莖謂天木栴檀葉謂瓜葉楝葉華謂龍華蓮華果謂訶梨得枳菴摩洛迦鞞醯得枳胡椒蓽鉢又有五種黏藥一阿魏二烏糖三紫礦四黃蠟五諸餘樹膠又有五煎灰藥一䴬麥灰二䴬麥芒灰三油麻根灰四牛膝草灰五諸餘雜灰此等諸灰水淋煎之隨意應用又有五種鹽藥一先陀婆因河名也二毗鄧伽因水名也三騷跋折攞因山名也四鶻路磨因地名也五三沒達攞

海鹽也又有五種澀物藥一奄没羅二詎婆三瞻部四失利灑五高苫薄迦（此並樹名東夏既無不可翻也）斯等咸是舉類而言若更有餘用皆無犯時藥者謂於時中食噉不許非時若苾芻等病困餘藥不除醫令與食者應在屏處非時噉食無犯然此四藥各隨強勢而服用之謂前前強後後弱時長是弱時促為強若後三藥與初相雜者應隨勢而服後二隨一後一隨一時過分限皆不應服若烏鵄鵰鷲白鷺鵂鶹象馬龍蛇獼猴犬狢食屍禽獸並不應食若皮是不淨其肉筋骨亦皆不淨不食彪殘及以人肉若食人肉得窣吐羅罪凡行食時若有肉食上座應問此是何肉觀彼荅言知是合食方可食之若上座不言次座應問若不問者俱得惡作有三種肉是不應食若見若聞若疑為我殺害而噉食者得越法罪或有病人醫處方藥隨病所宜聽食人肉若性不便見時變吐者應以物掩目令其噉食食了除去安餘美膳方解掩物其肉應令敬信之人於彼屠處而簡取之不應飲人乳作藥服者無犯有五種人聽於小食時食五正食一病人二看病人三客初來至四將欲行者五守寺人若在儉時於小食上亦聽食餅若寺內無淨地處與食同宿內煑自煑皆不應食惟除儉年若煑餅欲熟魚肉果菜其色變常煎乳三沸若無淨人溢時須觸者食之無犯若不食者應施貧人若先有施主設食之時後更有人持餅來施問先施主方可受之若有施主稱三寶名以衣食等施苾芻者應返問彼所云佛陀即兩足尊耶若云如是

便不應受若彼報云仁即是我佛陀者應受達摩僧伽准此應問凡於食處塗拭令淨地敷淨葉不應足蹈葉上若至牧牛人處乏少水者酪漿餅汁洗足無犯或於俗家已足食竟若有餘食更欲食者即用前受重食無犯若須殘食應自持去若施主持食列在衆前施心已成事急須去無人授者苾芻應作北洲想自取而食菴沒羅果核未成者不應食若核成者無犯又更藥者有六種醋物一大醋二麥醋三藥醋四小醋五酪漿六鑽酪漿此等醋物飲用之時應以少水滴之作淨絹氎羅濾色如竹荻時與非時病及無病隨意飲用大醋者謂以沙糖和水置諸雜果或以蒲桃木蜜餘甘子等久釀成醋麥醋者謂磨麵麥等雜物令碎釀之成醋藥醋者謂以根莖等藥酸棗等果釀之成醋小醋者謂於餅中投熱饙汁及以餅漿續取續添長用不壞酪漿者謂酪中漿水也鑽酪漿者謂鑽酪取酥餘漿水是也若沙糖以水和者體若未變應加守持爲七日藥諸雜果等欲作漿者若時中受取淨手搦碎水和澄清但時中飲若在非時自料理者聽非時飲若令未近圓人作者時非時得飲若欲作漿齊更飲者時中料理時中受取對人如法至初夜盡自取而飲若過此時便不應飲時中飲者隨濾不濾非時飲者必須澄濾其六醋物准此應知又七日藥者一受已後作法守持齊七日內食之無犯若有病緣非時須服欲求他授復無淨人應七日守持或時隨路自持而行有五種人得守持七日藥一行路人二斷食人三

病人四守護寺人五營作人作沙糖團須安麨末是作處淨非時得食行路之時若以沙糖内於米中以手拍去米應食若置麨中應以水洗若黏著者竹片刮除重以水洗食之無犯若不能令無滓涉者先水洗已手挼令碎投以淨水將物濾之不由此滓便成滓過非時得飲然此糖等時與非時病及無病食皆無犯應知更藥及以盡壽類此應知許五種脂時中煑熟濾使淨潔從他受取作法守持乃至病差隨意應服雖復病差亦得畜持擬爲餘人須者應與或可安在瞻病堂中若有須者任彼服用若不爾者得惡作罪不如法脂不應噉食若塗身灌鼻及以指身者無犯甘蔗牛乳油麻及肉若苾芻非時受取非時而壓雖濾守持並不應食若蜜以水滴淨時與非時隨意應食有智猨猴智馬智象及以師子虎豹等脂用塗足者得惡作罪又盡壽藥者若患疥者應用前五種澀物陰乾擣末以水熟煎先指疥瘡後將汁洗若病差已同前五脂餘盡壽藥隨病所須如藥事中說若患眼者醫人處方用五安膳那注眼者無犯（但是眼藥咸名安膳那也）一華安膳那二汁安膳那三末安膳那四丸安膳那五騷毗羅安膳那若病愈已安置亦同前法若是華藥應安盆器中汁藥安小合中末藥安置筩中後二安置佈中或可以物裹而繫之不依教者得越法罪不應爲嚴身故莊注其眼應畜二種注眼藥鎚一熱鐵二赤銅凡暴藥時或陰乾或日曬天雨將至無未近圓人自收内無犯若藥相雜簡取用之若有病緣醫人教服非常藥

者亦應服之爲消諸毒故令信心者爲取此有四種一新生犢子糞尿二掘路陀樹灰或菩提樹灰或烏曇跋羅樹灰三甘草灰四入地四指取其下土四事和擣或塗或服若苾芻無病蒜胡葱澤蒜並不應食爲病服者無犯凡食葷辛應知行法若服蒜爲藥者僧伽卧具大小便處咸不應受用不入衆中不禮尊像不繞制底有俗人來不爲説法設有請喚亦不應往應住邊房服藥既了更停七日待臭氣消散浴洗身衣並令清潔其所居處牛糞淨塗若服胡葱應停三日澤蒜一日若欲停貯先陀婆鹽者内牛角中還將角合或以蠟裹能令不疾銷盡悶頓有一物成四藥耶有謂甘蔗體是時藥汁爲更藥糖爲七日灰爲盡壽自餘諸物類此應知此四藥中或不受不守持或受而不守持或守持而不受咸不應食若受而守持者得服

若於寺界内不淨地中有果樹者子不合食若淨地生墮不淨地若經宿者亦不應食若淨地果樹還落淨地雖復經夜應食諸有制聽不依行者隨一一事得惡作罪於藥所須器具雜物亦皆聽畜謂函杓大鉢吸烟鼻筩此筩法長十二指應以鐵作或一筩雙筩吸烟入鼻可治諸疾飲藥銅盞貯藥之合承足小枯斯等器物咸不得以寶作若須煖水應作鐵鎚安鼻著鎖燒令極熱投之於水先置淨水次安觸水病人浸身聽畜鐵船及木槽等煎藥所須用銅鐵釜若營作時所須斧鑿鎌刀器物杵石并軸須塗足等油及油器此並應畜器有三種大者一抄小者半抄此内

名中諸雜類人既出家已不應輙顯昔時伎業亦不得畜工巧器具若先是醫人聽畜針筩及盛刀子袋若先書生聽留墨瓶又諸苾芻爲遮雨熱聽持傘蓋其蓋應織竹縫葉及用布等不應全白狀似人王亦不雕飾及用孔雀毛等若無雨熱即不應持其柄不應寶作及塗赤色亦不大長量與蓋等若入聚落不應正擎應偏持而去若乞食時恐天雨者亦應持行柄應護淨初入村時應寄俗舍乞食既了應取而還爲寒熱故開皮革屣若有棘刺沙礫之處底應二重足柔輭者不令生苦乃至六重過便不合富羅頂帽聽著無犯又寒雪國著立播衣及厚大帔隨意披服爲除極熱聽畜諸扇此有二種謂多羅葉及以衣角或復竹等並不應寶作亦不用寶釘校雕裝爲遮蚊蟲聽作拂扇或用麻紵白氎破衣諸葉其馬尾等不應爲拂若爲僧伽受取無犯爲持瓶鉢聽畜網絡若患肩痛應掛杖頭荷之而行有二種人開許乘轝一謂老弱二謂病苦諸有病人聽帶雜香及香塗身不應入衆及爲俗人說法設有請喚亦不應往若後病愈亦應除棄香熏之衣咸須淨洗并身沐浴方可如常無病爲者得惡作罪或有信心以馨香物持來奉施宜應受取安在牀頭或塗戶扇時以鼻齅能令眼明華亦如是或時施主請食之時以諸塗香塗苾芻足應受勿遮食了之時即應洗去若復有時爲講誦故踞師子座几案承足案有塗香應將物替方以足蹋餘義已了言諸藥者是總標言此中所論但惟七日言酥者是牛羊等酥油

者謂苣藤蔓菁及木蜜等并五種脂如法澄濾蜜謂蜂蜜糖謂蔗糖此中酥者亦攝生酥糖攝石蜜然諸病緣不過三種謂風熱痰癊此三種病三藥能除蜜及陳沙糖能除痰癊酥與石蜜除黃熱病油除風氣稀糖一種能除三病言七日者舉其極時中間多少隨意服之言應自守持者謂在時中先須洗手受取其藥對一苾芻置在手中右手掩上作如是說具壽存念此是七日藥我今守持自爲己身并同梵行者如是至三應知盡壽及以更藥皆准此法而守持之言觸宿而服者謂得自觸共宿而食不須更受時更盡壽未越期限皆無自觸等過藥有二種謂時非時從旦至中名之爲時過中已後總名非時時與非時聽食無犯言若過食者八日已去名之爲過服食生犯故此中犯者若苾芻須酥藥等或一或多或月一日或於餘日得而守持於七日中應服若日欲滿或時全棄或與淨人或與餘人或求寂或塗足等用若異此者隨有少多至八日時得捨墮罪若月一日守持七日藥或一或多至第二日更得餘藥亦復守持隨意應食至日欲滿准前處分若不爾者至八日時盡泥薩祇如是乃至第七日得由初日染咸犯捨墮既守持訖應生心念我此藥七日當服若不標心服食咽咽得惡作罪若不須滿七日欲少日守持者可隨日而稱此據極時故言七日日滿作滿想疑得泥薩祇不滿作滿想疑得惡作罪不滿不滿想滿不滿想無犯爲好容儀或著滋味或求肥盛或詐僞心服食諸藥皆惡作罪受七日

藥正服之時應告同梵行者作如是語我已一日服藥訖餘六日在我當服之乃至七日皆應准知上來已依別別學處隨有相應略說其事次於三十事中總決其要若苾芻隨犯一一泥薩祇罪其物不捨夜不爲隔罪不說悔或於三中闕一不作若更得餘物或同類或異類謂諸衣物網絡水羅及腰條等但是出家沙門資具而受畜者初得入手咸得泥薩祇罪由前罪勢相涂生故無犯者謂物已捨復爲間隔罪已說悔言捨物者謂持有犯物捨與無犯清淨苾芻言間隔者謂今日捨衣至第三日明相出已方名爲隔由其中間全隔一日故有處說云惟經一宿其罪說悔者謂說露其罪爲三事已方取本物捨物之時咸對別人不應對衆設令對衆亦不應共分此物除第二鉢此鉢令捨與衆故諸衣服等對近圓人金銀等寶對未近圓人及在家俗人其七日藥對非近圓等瞋奪他衣還彼奪處凡捨物時所對之人有其四種謂可委信不解律藏或解律藏不可委信或俱非俱是應持犯物對第四人而爲捨法應如是說具壽存念此是我物犯捨墮今捨與具壽隨意所爲此物如前作間隔已應還彼苾芻告言具壽此是汝物可隨意用犯還苾芻應對一苾芻隨其所應具威儀已應如是說具壽存念我苾芻某甲畜長衣犯泥薩祇波逸底迦及不敬教波逸底迦各有方便突色訖里多罪（隨犯應說）此所犯罪我今於具壽前並皆發露說罪我不覆藏由發露說罪故得安樂不發露說罪故不安樂不發露說罪不安樂

第二第三亦如是說彼應問言汝見罪不答言我見罪將來諸戒能善護不答言善護所對苾芻應云可爾其說罪者報言善若受捨人得他物已不肯還者應强奪取此乃爲作淨法故捨非決心捨諸餘捨法准此應知

九十波逸底迦法

總攝頌曰

故妄及種子　不差并數飡　蟲水命伴行
傍生賊徒食

初別攝頌曰

妄毀及離間　毀女說同聲　說罪得上人
隨親輙輕毀

故妄語學處第一

佛在王舍城竹林園中時具壽羅怙羅諸人來問世尊所在妄說方所以惱於他又因室羅筏城法手苾芻共南方善論義師剋日論義遂便詭詐而不往赴欺誑於彼由詐妄事覆藏煩惱制斯學處

若復苾芻故妄語者波逸底迦

故者是決定心表非錯誤言妄語者謂對了知人違心異說作詭誑言名爲妄語此中妄語始從二稱極增至九言九種者謂五部罪及四破行八謂三根及五部罪七謂三根及四破行六謂三時及以三根五謂五部罪四謂四破行三謂三根又有三種謂妄語人生如是念我當妄語我正妄語我已妄語二謂正妄語時及妄語已是故妄語極少惟二無有一種成妄語者言入波羅市迦妄語者謂自稱言得上人法入僧伽伐尸沙妄語者謂以無根毀他淨行入窣吐羅妄語者謂在衆

中非法說法入突色訖里多妄語者謂說戒時自知有犯作覆藏心默然而住入波逸底迦妄語若除向所說四種妄語諸餘妄語皆是波逸底迦由罪事殊妄成五部言波逸底迦者謂是燒煮墮惡趣義又波逸底迦但目於墮燒煮指其墮處雖復餘罪皆是其墮依共許聲斯得墮稱猶如瞿聲目其行義於人等處行義亦通衆許瞿聲於牛處轉墮亦如是故無有過又諸學處於方便位皆悉許有不敬聖教波逸底迦據斯少分墮義皆通若實不見聞覺知言見聞覺知皆得墮罪若實不妄生妄想疑於不見等處有見等想於見等處有不見等想起決斷心違情而說或於見等四事之中更互而說或時忘一餘皆不忘或時疑一餘皆不疑叅雜而說意欲迷彼一一說時各各得罪起心欲誑得責心罪乃至發言前人未解咸得對說惡作之罪語所言事身亦表知同得本罪實見見想而言不見者得根本罪實見生疑便云我見或云不見得惡作罪若實不見而有見想說見無犯若實不見而有疑心便云我見得惡作罪此皆由想有差別故而罪輕重然於境事或有或無若苾芻身著俗衣或外道服他有問言汝是誰耶答云俗人或云外道者得波逸底迦凡著外道服及作俗形者得惡作罪若作裸形外道容儀者得窣吐羅罪不由於此便成捨學無犯者稱彼三根依想陳說此妄語罪四支成犯一是苾芻二作妄心三說語分明四前人領解所餘學處與言相應者咸應類知佛之弟子言常說實不應爲盟自雪表

他不信故設被誣謗亦不應作誓

毀呰語學處第二

佛在室羅筏城給孤獨園時六衆罵諸苾芻爲攣跛等由出家人事不忍煩惱制斯學處

若復苾芻毀呰語故波逸底迦

言毀呰語者明所犯事故者第五轉聲目因起義由此爲因得波逸底迦罪若無故字義不相屬諸餘故字類此應知若苾芻作毀呰意或由瞋忿或因傲慢於苾芻處八種毀呰不問前人生恥不生恥咸皆有罪言八種者一氏族二工巧三形相四疾病五破戒六煩惱七無戒八非類言氏族者謂婆羅門刹帝利薜舍戍達羅若言汝是婆羅門刹帝利種得惡作罪由作毀他心故若言婆羅門刹帝利所有工巧汝當學之亦惡作罪若言汝是薜舍戍達羅種或下賤所生皆得本罪言工巧者營業不同復有多種謂捕魚人客縫人鐵瓦竹木剃髮等人舞樂奴婢賤品傭賃以斯等業譏罵前人或言汝當學此或言汝當營作言形相者謂攣跛侏儒等言疾病者疥癩癰疽等言破戒者謂五部罪等言煩惱者謂瞋恨惱嫉等言無戒者謂先犯重人謂求寂時及近圓後而犯重禁或近圓日衆不和合是賊住人半擇迦類壞苾芻尼或是非人狂心惱逼聾盲瘖瘂此等諸事毀呰他人若實若虛他領解時咸得本罪言非類者如言汝是苾芻尼式叉摩拏室羅末尼羅室羅末尼離皆得惡作罪若毀苾芻尼乃至俗人咸得惡作若苾芻尼毀苾芻尼時亦得墮罪若毀苾芻等得惡作罪若求寂等於苾芻等以

上諸事而毀呰言咸得惡作諸餘學處類此應知對中方人作邊地語對邊地人作中方語若他解者得根本罪若不解者得惡作罪爲書印等突色訖里多此事此事想於六句中四犯二無犯其無犯者若以種姓簡名而説謂婆羅阿苾芻某甲又無犯者先非惡心錯誤而説或爲教誨意或作饒益心犯緣同上

離間語學處第三

佛在室羅筏城給孤獨園因六衆苾芻依門徒事由畜衆煩惱制斯學處

若復苾芻離間語故波逸底迦言苾芻離間語故者謂作惡心令他離間而發其語或求資生或作無益或性嫉妬或爲福業事謂讀誦依止等若苾芻於一離一於一離二於一離多於一離衆或於二離一等乃至於衆離衆句亦如是然於此中事有輕重罪名無别若苾芻有離間意向餘苾芻作毀呰語欲令鬪諍言某甲苾芻曾於某處數作如是不饒益語作此語時得惡作罪若以氏族等而陳説者隨事輕重得罪不同爲離間語時令他解了便得本罪不要待他爲離間事或身在空前人在地或身在地前人處空或身在界内他在界外或身在界外他在界内或俱界内或俱界外皆得本罪若離授學人同善苾芻或於求寂離間苾芻或復翻此及先犯人等並得惡作爲離間意他不了時但惡作罪此事此事想六句如上其無犯者作利益心或於惡友令其離間犯緣同上

毀破殄諍羯磨學處第四

佛在室羅筏城給孤獨園時六衆苾芻如法羯磨殄諍已而更毀破由起諍事不忍煩惱制斯學處

若復苾芻知和合僧伽如法斷諍事已後於羯磨更發舉者波逸底迦

言知者謂知羯磨事是如法或自能知或因他知言和合者非是別住也謂諸苾芻界内和合現前作法應與欲者與欲應訶者不訶有十四人是不應訶一愚小者謂思其惡思說其惡說不應爲事而强爲之二無知者謂不持三藏三不分明者謂不閑文義四不善巧者於諸言義不善分別五無羞恥者謂犯波羅市迦六有瑕隙者謂曾鬪諍人七在界外者請居界外或雖界内而離聞處八異居者謂居界内而處於空九治罰者謂在界内被衆捨置十言無軌則者謂具口四過十一捨威儀者謂從座起去十二不住本性者謂苾芻學處不肯勤修於非所爲而常樂作十三盡形治者謂授學人十四衆爲作如法羯磨何者是應訶人謂清淨人言有軌則住在衆中威儀不捨住本性人若秉非法羯磨訶並成訶雖爲其人秉如法事情不樂欲訶亦成訶如羞十二種若求寂及正學女爲受具時或求寂女與二六法及與偏住乃至出罪若解其事訶亦成訶言僧伽者謂四人等若少一人非僧伽故作法不成若以授學人而足衆數或以俗人或扇侘類或先犯重或壞尼者或造無間或是外道或歸外道者或賊住者或衆不和或不共住或行偏住或是聾人或不解語或隨黨足或復翻此或衆在地

彼在空中或時翻此用如此等足衆數者不成作法得惡作罪若衆爲衆作羯磨者得窣吐羅罪以是破僧方便故言如法者謂如佛所說法如人和名爲如法若異此者名爲非法此有五種一非法別二非法和三如法別四似法別五似法和言非法者謂不合解而解或白二白四不作白而作羯磨或復翻此是名非法言似法者謂不合羯磨而作羯磨或前作羯磨後作白是名似法羯磨之法過便成就減則不成若以授學人等爲行籌者應知此亦不成羯磨若爲作捨置羯磨當時睡者聞白亦成若睡眠入定人但得聞白咸成足數或時合衆既作白已並皆睡者亦成捨置若於睡時而作白者不成捨置共作白時有難事起乃至一人得聞其白亦成捨置

乃至七種羯磨有成不成准上應說苾芻羯磨望苾芻尼所作羯磨其事皆別惟除二部共所作法言諍事者事是諍所依由託此事諍競便生諍有四種一鬭諍事二非言諍事三犯諍事四事諍事隨殄一諍以餘三法而來除滅各有多句皆不成殄准事應思言毀破者謂於其諍善爲斷訖惡心遮止欲令不成故名毀破此中犯者若知此鬭諍事或餘諍事如法除殄爲除殄想或復生疑而毀破者得波逸底迦不如法殄作如法想疑而遮止者得惡作罪法與非法作非法想而毀破時二俱非犯有五種人毀破羯磨一是主人二秉法人三與欲人四述情見人五是客人於所秉事若初中後咸悉知者名爲主人當時衆內秉羯磨者名秉法人有緣不集名與

欲人於此諍中宣陳已見名述情見人有五種人非法宣陳已見一別部住人二未近圓人三已被治人四法所被人五犯重人此五言時咸非應法若於初中後不能了知名之爲客前三毀破便得本罪後二破時但得惡作苾芻毀尼亦得惡作若毀破時以言告彼前人知解便得本罪

與女人說法過五六語學處第五

佛在室羅筏城給孤獨園時鄔陀夷苾芻善知身相見諸女人說其陰處有異記驗因爲說法招致譏嫌遂便遮制由觀利益復更開聽齊五六句時六衆苾芻故增句說以獼猴等爲有智人因說法事婬染過限待緣譏嫌煩惱制斯學處

若復苾芻爲女人說法過五六語除有智男子波逸底迦

言女人者謂能解知善惡言義言法者謂是如來親所宣說或聲聞所說亦名爲法言過者謂於五六語更多爲說言五六者五謂五蘊如言色是無常受想行識亦復無常六謂六根如言眼是無常乃至意亦無常五六相應所有言語名五六語此中犯者謂過五至六過六至七其無犯者對有智男子謂是人趣識善惡言或在家人或出家者言說容儀皆無婬濫名有智人又有釋云設對女人說亦無犯猶如捨戒對有智男雖曰女人智同男子由對此女無邪說故又無犯者謂於閣上爲說五語下至中層足成六語下至地時加至七語此由處別雖說無犯或時彼女所誦之業過數諮問或是聰明轉生疑問或苾

[illegible]語吃或性急頓言若荅若過並皆無犯無智男子無想及疑等若過五六語作過五六想疑境想句數如上應思若半擇迦等或無識知人或篾戾車或眠醉入定或愚惷或男無欲意女有染心或時翻此皆得惡作縱是聰敏亦不應說

根本薩婆多部律攝卷第八

音釋

糅 女救切雜也
鞞 府移切
黏 女廉切
狢 下各切獸名
彪 悲幽切小虎也
饙 府文切滫飯也
搦 尼戹切按也
麨 尺小切乾糧也
刮 古滑切剔也
挼 奴禾切搓也
筩 徒紅切斷竹也
擣 都皓切舂也
浸 子鴆切涵也
鎌 力鹽切鍥也
訾 將几切口毀也
惷 陟降切愚也

根本薩婆多部律攝卷第九

尊者勝友造

唐三藏法師義淨奉　制譯

與未近圓人同讀誦學處第六

爾時薄伽梵在室羅筏城給孤獨園時六衆苾芻共未近圓者齊聲讀誦如婆羅門諠譁雜亂致招譏損由教授事制斯學處

若復苾芻與未近圓人同句讀誦教授法者波逸底迦

言未近圓人者除苾芻苾芻尼餘者是也言人者假而非實由四種義假說爲人謂順世俗故易爲言說故又聞無人生恐怖故爲陳自他得失事故言同句者謂同句說或先句說或同字說或先字說句者所謂一伽陀中四分之一俱時而說名爲同句若阿遮利耶未說之時弟子在先抄說是名先句授謂受與受學之人法謂十二分教又有說云此中法者謂與毗奈耶相應之法既遮未具具便非犯若苾芻於所授人實未近圓作未近圓想疑或同句或先句或同字或先字而受說者得波逸底迦於近圓人作未近圓想疑得惡作罪或非人傍生或狂亂心或苦受所纏癡聾盲等同句說時咸得惡作以同句等望未近圓人應作四句隨事應思法作法想疑如前應說若有俗人爲求過失或偷法心或無信敬或無所知或是外道以與律教相應之說令彼聽者彼若聞時皆得墮罪若賊樂聞爲說罪相或令聽戒經或在王處或信敬人或是首領並皆非犯有五種人不應爲說毗奈耶藏謂性無所知强生異問或不爲除

疑而發於問或試弄故問或惱他故問或求過失故問返上五人爲說非犯無犯者若語吃若性急言若同誦爲正文句若教授時先告彼言汝勿與我同時而說雖同無犯若未近圓作近圓想及在後說想并非法想並皆無犯因授法言次明授受行法四威儀中皆得授與其受法者具三威儀爲敬法故不應眠受弟子之法若老若少到彼師所合掌鞠躬方申請問四大安不應生敬仰直心無諂請決所疑一心善領不令忘失若無疑者如常受法禮足而退若師出行隨後而去若師坐者自應蹲居或處卑座其師亦應敬彼學徒勿生輕慢虛心授與於法無悋善領善荅有忍有悲無懷恚恨令受業者情無疲惱常給侍者應數教授性愚鈍者亦應偏教若作吟詠之聲而授法者得惡作罪若說法時或爲讚歎於隱屏處作吟諷聲誦經非犯不應讚誦外書典籍若爲降伏異道自知有力日作三時兩分勝時應學佛法一分下時應習外典不應計年月以爲三分夜亦三時初後習定誦經中間繫心寢息若作婆羅門誦書節段音韻而讀誦者得越法罪若方言若國法隨時吟詠爲唱導者斯亦無犯苾芻尼律亦應習學尼來請學如法教示若有疑問善爲開釋若講誦時忘其因緣所在方處者於六大城隨一應說若忘國王并大施主及鄔波斯迦名者應隨意稱勝光大王給孤獨長者毗舍佉鄔波斯迦若論昔日本起因緣者國云婆羅痆斯王名梵摩達多長者云珊陀那鄔波斯迦云鄔褒灑陀又苾芻住處常於

月八日及十四日至小食時鳴揵椎集大衆設香華聽經法有外道來應設方便令彼出去應請耆宿情存虔敬善威儀者宣說聖言不應求利以爲活命得惡作罪若說非法上座應遮又說法人不應多領門徒以爲侍從彼自隨行者無犯既至彼已踞師子座下垂雙足若讀經者前置高案用承經典嚴設香華說法之師若他不請輙爲人說得越法罪

向未近圓人說他麤罪學處第七

佛在室羅筏城給孤獨園時六衆苾芻中有一年老苾芻犯僧伽伐尸沙罪餘苾芻知向未近圓人說令彼老少相輕慢故此由未近圓事不忍煩惱制斯學處

若復苾芻知他苾芻有麤惡罪向未近圓人說除衆羯磨波逸底迦

未近圓人者如上說言麤罪者謂初二部及彼方便此中意顯與婬相應自性方便是雜染故名爲麤惡除衆羯磨者因廣額苾芻松樹苾芻尼故世尊制令與羯磨法告諸俗衆先問誰能次作白二羯磨差遣既得法已方聽告語若怖畏彼獨一不能者應作單白合衆同告由於一人易爲害故所以須告衆人知者爲遮損減三寶故爲遮破戒惡黨增故令棄惡友近善友故又爲將護衆人心故勿彼總謂同惡行故亦勿總謂諸苾芻等多犯戒行想覆蓋故又勿令其於白衣舍因斯更作無益事故若苾芻於彼俗家他先不知苾芻麤惡罪爲不知想疑以苾芻麤惡罪而告語者得波逸底迦他若先知爲不知想疑而語他者得惡作罪此據得法而爲其四若未

得法望知不知亦爲其四得罪同前除與婬欲相應之罪以餘犯事及壞見等而告語他或於自身有麤惡罪向未近圓說或告他時他不領解或向苾芻尼說巳麤罪者咸得惡作麤罪麤罪想等六句如前應說雖得衆法於巳知人有私忿心而向說者亦得惡作罪由此應知出家之人所有言說皆爲利益不應私忿道說於他無犯者謂徧城邑聚落之内並悉知聞若他不知作巳知想或見諦人說他無犯

實得上人法向未近圓人說學處第八

佛在薛舍離跋窶末底河側有諸苾芻先所未得而今得之以上人法向未近圓者說因未近圓人似求名利似有貪故制斯學處

若復苾芻實得上人法向未近圓人說者波逸底迦

上人法者我如上說於中別者虛實重輕有差別故前是吐羅此得惡作前是惡作此還惡作此中犯者謂實得上人法向未近圓人說言我得得波逸底迦若對非人及顛狂等并先犯等而向說者得惡作罪或爲書印得惡作罪若苾芻手中執果他有問言仁獲果耶意在此果答言得者得惡作罪意在聖果答言得者得波逸底迦若對俗人現神通者得惡作罪若苾芻尼對大師前現神變者亦得惡作無犯者爲顯聖教現希有事自陳巳德或欲令彼所化有情心調伏故雖說無罪

謗迴衆利物學處第九

佛在王舍城時實力子爲衆營務三衣破壞世尊因聽羯磨與衣時蜜呾羅步彌迦二人

宿世已來與實力子常有怨嫌遂便惱謗諸苾芻衆因鬪亂事不忍煩惱制斯學處

若復苾芻先同心許後作是說諸具壽以僧利物隨親厚處迴與別人者波逸底迦

言先同心許者謂已情和同所作事隨親厚者謂阿遮利耶鄔波馱耶共住門人利物者衣也據緣起說通言利物亦攝於食與者謂不與衆與餘別人此中犯者不迴不迴想疑波逸底迦迴作不迴想疑得惡作罪無犯者迴及不迴而作迴想

輕訶戒學處第十

佛在室羅筏城給孤獨園時六衆苾芻半月半月聽波羅底木叉聞說波羅市迦時默然而住聞說僧伽伐尸沙等便生不忍出言輕毀因輕毀事心不忍可制斯學處

若復苾芻半月半月說戒經時作如是說具壽何用說此小隨小學處爲說是戒時令諸苾芻心生惡作惱悔懷憂若作如是輕訶戒者波逸底迦

言半月者謂半月半月也說戒經時者謂從四波羅市迦終至七滅諍法亦是總攝諸事及雜碎等所有學處言何用者是輕訶相由數犯罪聞說罪時情生不喜遂即輕訶言小隨小者謂下三部言學處者謂是三學所住之處名爲學處心生惡作者於愛非愛應作不作心生悔恨名爲惡作由惡作故熱惱害心名爲惱悔情生憂感故曰懷憂作是訶時便得墮罪若於十七事尼陀那目得迦處增五增六增十六摩納毗迦處及於餘經與毗奈耶相應之事而輕訶者皆波逸底迦若不

與此毗奈耶相應經教而輕訶者得惡作罪若令苾芻尼等生惡作者並得惡作知他實無惡作等事作無惡作等想疑六句咸皆有犯無犯者據自實心發言陳説

第二攝頌曰

種子輕惱教　安牀草蓐牽　强住脱脚牀
澆草應三二

壞生種學處第十一

佛在室羅筏城給孤獨園時有苾芻先是工師爲造寺故遂便斬伐近天神堂形勝大樹時樹天神即於其夜詣世尊所具陳上事世尊知時安慰神已告諸苾芻汝等不應斫伐樹木若營事苾芻須伐樹時去七八日應於樹下作曼荼羅讀誦三啓經次應爲作布施呪願又説十不善道是墜落因修十善業獲解脱果復應告曰此樹若有天神居者應向餘處今爲僧伽所須或作窣覩波作此告已方可伐之若有異相現者更應爲讃陀那功德毀慳悋業仍現變怪更不得伐又六衆苾芻手自誅伐草木外道俗人見生譏嫌無悲愍心損生住宅因種子及鬼神村事以譏嫌無悲煩惱制斯學處

若復苾芻自壞種子有情村及令他壞者波逸底迦

言種子村者種子之村名種子村村是聚義種子不同有其五種一者根種謂雀頭香及薑芋等因根生故二者莖種謂菩提樹及石榴等因莖生故三者節種謂甘蔗竹等因節生故四者開裂種謂桃杏豆等種子開裂芽乃生故五者異子種謂穀麥等異類諸子是

也又釋穀麥等亦因開裂方乃生芽是開裂
種攝其異子種者如因牛角能生荻等或因
羊毛而生青稊於牛糞聚生青蓮華從異類
生名異子種或云子子種從子生故言有情
村者謂是林薄諸有鬼神鳥獸等稟生命者
託之而住猶若人村言有情者謂諸禽獸蚊
蝱蛇蠍及蜂蟻等言及令他壞者壞是拗拉
拔掘斬截摧傷之總名也若苾芻於諸種子
及生草木有種子生草木想或復生疑而以
刀爪及持甎石水火杵木灰汁沸湯或是水
生出令乾死或牽柴所損或經行處以足蹋
傷隨以何緣或自或他故爲損壞者皆得本
罪若不傷者得惡作罪若於前境別別損壞
隨有所損皆得墮罪於多方便皆得惡作若
以一方便壞多種者得一惡作得多本罪若

多方便損一種者翻上應知於餘學處望境
望心論因果罪准此應說若樹葉新生及皺
朽皮者華已開或萎黃葉或成熟果損落此
者皆得惡作若活根若青葉若生皮華未開
果未熟者皆得本罪若青苔浮萍等水中揺
動咸得惡作舉出水時便得本罪若地甎石
有緣苔生蛇蓋菌等而損壞者或竿桁瓶衣
生白醭而受用損動者咸得惡作令他拂淨
者無犯諸有情村有生命居者隨損得罪窠
未生卵或時觳壞除者無犯若欲移諸生命
者應極詳審勿令傷損若行動時及有牽曳
傾瀉湯水并灑掃時無損害心雖損無犯然
諸根種及以果菜應合淨者先作淨已後方
食用淨法有五種火淨刀淨蔫淨鳥淨爪淨
又有五淨墮破淨拔出淨掐斷淨擘破淨非

種淨若蒲桃瓜果總爲一聚於三四處以火拄之此便爲淨若刀爪一一皆須别淨又生種中但有損者此即是淨然於種中有不熟種被蒸煑已食皆非犯若苾芻自將刀等而作淨者食時無犯淨得墮罪若以火淨有自煑過然於不淨地中又有内煑並不應食使他淨時内煑同自若涉險途無未近圓者及饑儉世不淨非犯

嫌毁苾芻學處第十二

佛在王舍城時實力子大衆差分卧具并知食次時蜜怛羅歩弭迦兄弟二人數行誹謗雖知大衆秉法訶責仍猶對面輕毁又作方便譏刺之言由謗讟事瞋恨煩惱制斯學處若復苾芻嫌毁輕賤苾芻者波逸底迦

言嫌毁者謂毁謗他或時對面或在私屏此中對面生過者若有苾芻被衆差已輙於其人爲嫌毁者應作白二訶責既得法已於彼十二種人被衆差者若對若背爲嫌毁者咸得墮罪若衆未作訶責法時爲輕毁者但得惡作若於惡人作惡人想爲嫌毁者無犯若惡人作非惡人想疑對面嫌毁者得突色訖里多罪若於善人作善人想疑嫌毁者得波逸底迦善人惡人想者無犯若託傍生而興譏謗或對不解方言者有人無人想或復翻此或所對境無清淨苾芻者皆惡作罪

違惱言教學處第十三

佛在憍閃毗國瞿師羅園時闡陀苾芻既犯罪已諸苾芻勸令改悔便説異言惱亂於衆苾芻應正教誨作白二羯磨訶責若黙而惱者亦秉法訶責雖得衆法仍不改者若語若

默或兩俱爲由違惱事瞋恚煩惱制斯學處
若復苾芻違惱言教者波逸底迦
言違惱言教者謂諸苾芻如法教時此是應
作此不應作旣聞語已遂便違敎出不忍言
或時默然而不應荅如有苾芻問苾芻言爾
見如是相貌苾芻及俗男女不便作惱心而
荅之曰如此之人我不曾見但見兩脚從此
而去或時默惱皆得墮罪如是乃至片有惱
心詭誑異說或時默然若對僧伽及清淨苾
芻違惱敎時咸得墮罪或他問時先語後默
者得惡作罪若於僧伽及尊重類稱理之教
垢心違惱亦得墮罪非稱理教作違惱言得
惡作罪僧伽敎勑遣作此事爲彼事者亦得
墮罪於稱理教稱理想疑違皆墮罪不稱理
教作稱理想疑得惡作若稱理教作不稱理
想雖違無犯若對不解語人而違惱者亦惡
作罪若違惱賊敎者得惡作罪如賊遣苾芻
於阿蘭若爲我作食佛言應可爲辦若不能
者移處去若住者得惡作有教須違謂非理
虛誑所有言說有教須爲捨受謂彼非理帶
瞋而言有教應反開悟謂非理不瞋言有教
當如說行謂有犯令悔言有教須順從令持
戒言若差知衆事以垢惡心應作不作不應
作而作皆得墮罪若無垢心得惡作罪若口
雖不語身惱他時遣去不去不遣去而去喚
來不來不喚而來有垢心無垢心並同前墮
罪及以惡作不犯者若苾芻見有獵人逐麞
鹿等從邊走過彼來問時應作是語時寒可
應向火毒熱可飲冷水若問不休應自看指
甲而報彼云諾佉鉢奢彌或看太虛而報彼

云納婆鉢奢弭或於四方周徧觀已作如是念一切諸行皆無有我亦無有情然後報云我實不見有一有情此皆無犯若口有病含藥不言無犯

不舉敷具學處第十四

佛在室羅伐城給孤獨園時諸苾芻在空露地安僧卧具棄而出去是時世尊見天欲雨手自舉置因卧具事由輕慢心制斯學處

若復苾芻於露地處安僧敷具及諸牀座去時不自舉不教人舉若有苾芻不囑授除餘緣故波逸底迦

言僧伽者有六種僧伽一四人僧伽二過此僧伽三現前僧伽四四方僧伽五主僧伽六客僧伽此中僧伽謂四方僧伽言敷具者謂牀座被褥枕囊小褥等言牀座者謂除非法高大牀座此非苾芻所應受用若坐卧者得惡作罪若俗人舍爲懸施主坐卧無犯牀有多種謂鏇脚小牀踞坐繩牀眠卧繩牀褥謂卧褥長四肘闊二肘四邊縫合貯以毛絮毛謂羊毛絮謂木綿荻苕劫貝蒲臺雜絮幷故破物或糞掃衣以如是物內在褥中拍令平正於中橫竪以線交絡勿使綿絮聚在一邊或幷毛爲褥復安表裏被謂卧物枕謂偃枕因諸苾芻食不消故世尊由此開許枕囊言小褥者即坐褥也空露處者無蔭庇處言不囑授者若有苾芻應囑授安敷具處若無苾芻應告求寂此若無者囑近施主無施主者應觀四方密藏戶鑰方隨意去若於路中逢苾芻者應須指的告戶鑰處言囑授者有其五事告彼人曰具壽此是住房此房可觀察

此是敷具應可掌持此是戶鑰有五種人不堪囑授謂無慚愧有讎隙年衰老身帶病及未圓人言餘緣者謂是命難及淨行難此中犯者謂於露地置僧敷具或爲他緣或輕慢心或由忘念捨之而去乃至未過勢分得惡作罪若過四十九尋便得墮罪若初去時忘中路方憶者應心念口言如此之事我更不爲凡是不應作事慢心而爲得惡作罪者犯時皆須心念口言作如是說如此之事我更不爲又念寺中同梵行者見我出行亦應爲舉若於路中見苾芻來應慇懃囑請若苾芻路中許他爲舉來至寺內初夜不舉乃至明相出不損而舉得惡作罪若損而舉者便得墮罪損壞有二一風壞謂風吹令卷二雨壞若表裏濕徹此據憶而不舉若忘念者但得惡作若諸敷具是不淨物謂駝牛鹿毛間雜羊毛經緯相兼或木牀過佛八指或寶莊物或先犯等人及苾芻尼物或非寺內謂在餘沙門婆羅門處設居寺內或是己物或別人物若不舉者咸得惡作於一牀座二人共坐在後起者應舉同時而起小者應舉若同夏者應共舉之境想六句初重次輕後二無犯用僧敷具所有行法令次當說若諸敷具與毒物相雜或脂油等之所霑污不應受用若不能防護無儭物者不應與敷具於諸敷具有水火等八難事至及猛獸等緣咸須囑授而去若難緣近者棄去無犯若有雕彩雜色糚畫敷褥僧伽應畜別人不應畜若有施主設供之時遣令坐者慇施主故暫坐非犯凡彩畫物若無儭替不應坐卧若多損壞坐亦

無犯但是僧伽被褥衣服不應在空露處披卧或冐雨住或出外遊行亦不應急走及浣染衣并熏鉢等諸餘作務不往大小行室不向食廚不應露體輒便披著應加儭替徐徐受用於五處存意勿使損傷或牽或推或烟或塵或垢凡是僧伽所有衣服不將餘物而儭替者不合受用其所替物或兩重或多重亦非踈破若有不淨霑汚尋即應洗苾芻癩病應住下房與下敷具不能自濟給供侍人若用僧伽敷具有損壞者不應默然捨不料理有破穿處應須縫補若斷壞者應爲連接若不堪修補者用充燈炷或爲拂帚或斬爲泥及和牛糞用塗牆壁或填孔隙念施福增門人弟子每於月八日十五日二十三日月盡日應觀師主卧具拂拭曬曝若不爲者咸得惡作若無門徒自須料理有賊等怖僧伽衣物不應輕棄堪受用物應持將去持者自用若後怖除應還本處敷卧具處先灑次掃令其淨潔復以故衣更須拂拭先安席巳方置氍褥氍毹等物應用敷坐及敷經行應數補洗爲護經行物故修定苾芻其足三日一度塗油少年苾芻染衣之時坐衆枯座老者來至不應令起恐廢事故又衆食處他人先至巳坐受食不應令起下至請鹽及取草葉即名受食亦復不應非其坐次輒便受食若客創至不應准其大小令主人起而論次第若於坐處起經行時應以僧脚踦或將偃帶而記其處僧伽所有編織坐牀求寂不應輒坐以物覆者聽若善用心無覆應坐凡聽法時苾芻尼來編織座牀亦不令坐若離欲者

夜聽法時應與令坐諸苾芻夜聽法時不應與尼及俗人求寂同一氈席相近而坐授學之人亦不同座有難緣者非犯無夏苾芻不應共三夏者同座而坐一夏者不與四夏者同座若二夏已去共大三夏者皆得同座若白衣舍處所迮時雖鄔波馱耶同座非犯於一牀上乃至三人亦聽同坐若大木枯聽二人同坐小方座者但一人坐在道路行借得敷具咸應均分理無獨用若多得者別別與之若一被者隨彼眠人普皆通覆施主被帔意爲多人不應獨披經行若是私衣披行無犯不應一牀二人同卧有慚愧者無犯若在行途得大牀大帔中間衣隔同卧非犯不重疊木枯而坐若有施主以衣物布地延請法衆願爲蹈者苾芻應生慇念起無常想蹈之無犯爲令外道生信敬故若有施主爲請衆僧須席褥時衆物應借若自送來者善若不爾者應鳴揵稚令門徒等更相率勵往彼取之若施主自有私緣借褥席者亦應與之令一苾芻隨去守護應在一邊自爲念誦若事了後應令送歸有油膩污應澡豆洗不淨污者應用土洗在空露處聽法之時若天雨者不應棄座而去同坐之人應共收舉師子座上以寶莊嚴或俗人衣持用敷設作無常想應坐非犯於蘭若中信心施主爲苾芻故造立寺舍若須敷具應暫與之若持送時遇天雨者應安樹下以故衣覆設會既了不肯還者應强奪取勿令散失若於露處安贍部光像若逢天雨無未圓人作大師心宜應擎入若軌範師或親教師或晝日林中靜心住處

若有坐枯應爲持返若師自灑掃或縫衣時應前白言尊勿自勞我當代作若師自求福樂爲先首或衆差遣作縫衣人不代無過若苾芻習誦經時應離閙處温理舊業勿惱傍人若斷惑習定者旣受教法隨於一處靜意而思自有俗人來請食者應鳴揵椎知時早去隨自門徒應須檢察衆首上座問客苾芻同去食不所有房門並牢閉不苾芻無事不應斷食若輒斷者得惡作罪若將衆僧座物往食處者可置牆邊或安樹下令人守護事了持歸俗人借座送至寺中不相報知遂捨去寺苾芻若見應即内之若不能者報授事人或時露處多曬敷具難緣若來應鳴揵椎衆共收舉苾芻若見火燒寺時先出自已所有衣鉢其次當出常住資財令無力人一處看守其火若盛不應輒入大水來漂亦應准此由失自財交有廢闕設損衆物不同斯苦如上所制違不行者並得惡作

不舉草敷具學處第十五

佛在室羅筏城給孤獨園時南方有二苾芻來至寺中敷草卧具去不收舉致損房舍由敷具事不敬煩惱制斯學處

若復苾芻於僧房内若草若葉自敷教人敷去時不自舉不教人舉若有苾芻不囑授除餘緣故波逸底迦

言僧房者謂四方僧伽房舍下皆同此若是私處但得惡作言房舍者於四威儀得爲受用言敷具者若草若葉而作敷具去時者謂離勢分勢分多少如上已明又不囑授者謂有苾芻應須囑授然諸苾芻受他囑授即應

存心爲作其事不依言者得惡作罪若於寺中有草敷具是常所敷主人遮時即不須却境想如前然此草敷有二種壞一風所吹二蟲蟻食亦如上說若白衣舍當須問主依他所說或去或留若違言者得惡作罪阿蘭若處舉起方行不舉動時得惡作罪若染衣時於草上曬問主同前若經行時將草布地不可日日常爲收舉然於去時總須縛束挂樹當行於大會處草薦坐時且應收舉置之一畔若會了後應即除棄牛糞土屑洗手所須安瓦器中勿令損壞

牽他出僧房學處第十六

佛在室羅伐城給孤獨園時鄔陀夷苾芻由瞋忿故於四方僧住處夜牽門徒令出因卧具事及攝養煩惱制斯學處

若復苾芻瞋恚不喜於僧住處牽苾芻出或令他牽出者除餘緣故波逸底迦

言餘緣者舍欲崩倒牽出病人者無犯若有苾芻是鬪諍者先無諍事能令諍生現有諍事令轉增長戒見軌式多有虧損如此之人瞋而曳出若無善心亦得惡作此中犯者或爲資財或念讎隙或因利養而生嫉妬或由毀謗師主門徒及餘知識生瞋恨故若自牽若使人牽出住處時咸得本罪若曳衣鉢得惡作罪若以書印等令他牽出者得突色訖里多若尼住處授學人處或先犯人或非人等所住之處或自私房或求寂住處或於空處或外道處於斯等處曳出清淨苾芻得惡作罪在僧伽處作僧伽想境想六句二犯墮罪四皆惡作無過苾芻作無過想亦有六句

初重次輕後二無犯若破戒人大衆應共驅出若恐鬬諍者應爲恐愶持其衣鉢方便令出若倚門若抱柱咸應斫去并推出之若事殄息所斫截處僧應修補若於門徒或於餘人爲訶責心冀其懲息牽出房時無犯然不應令出其住處應以五事訶責門徒謂不共語不共受用不受承事遮善品捨依止有五過失應訶責無信心有懈怠出麤言親惡友不恭敬若不應訶而訶應訶不訶得惡作罪若無破戒罪但難共語者應爲曳轤法而折伏之應遣智人就彼開諫令其息惡而來懺謝捨前五事應忍恕之不應恕而恕應恕不恕皆得惡作罪

若已近圓人不行恭敬不堪教誨者應與六物驅令出去若是求寂與上下二衣亦驅令去若於住處龍蛇忽至應可彈指而語之曰賢首汝應遠去勿惱苾芻若告已不去者應持輭物而羂去之勿以毛繩等繫勿令傷損於草叢處安詳解放待入穴已然後捨去若棄蚕蝨等不可隨宜輒便棄地應於故布帛上觀時冷熱而安置之此若無者應安壁隙柱孔任其自活如前所制不依行者咸得惡作

根本薩婆多部律攝卷第九

音釋

諠譁　諠況袁切譁乎瓜切諠譁衆聲也　懱　莫結切輕易也　稊　杜奚切　抝拉　抝於絞切拉力荅切抝拉折也　皴　七倫切皮細起也　萎　於爲切枯也　菌　渠殞切蕈也　醭　普木切　㲉　苦角切卵孚也　讟　徒谷切謗也　鏇　辝戀切　愶　虛業切恐迫也

根本薩婆多部律攝卷第十

尊者勝友造

唐三藏法師義淨奉　制譯

强力惱觸學處第十七

爾時薄伽梵在室羅筏城給孤獨園鄔陀夷苾芻欲惱他故久住門外共人談說夜喚開門入房强卧自恃凌他因生惱觸由卧具事情生不忍制斯學處

若復苾芻於僧住處知諸苾芻先此處住後來於中故相惱觸於彼卧具若坐若卧作如是念彼若生苦者自當避我去波逸底迦

知諸苾芻先此處住者或自先知或因他報故相惱觸者謂故恃强力觸惱前人卧具者謂牀座氈褥言生苦者謂禮敬時生苦或承事時供養時看病時請教時讀誦時諮問時與欲時飲食時受施時坐卧等時悉皆生苦但使發心作惱他意令他生苦於僧住處皆得本罪於餘住處咸得惡作設僧住處不作惱心强卧之時亦得惡作若有餘緣者無犯此中犯者若他先住作先住想疑惱時墮罪非先住人作先住想疑是先住人作非先住想故爲惱亂者亦得惡作若令未近圓人生惱觸者得惡作罪於尼住處等令他惱時亦得惡作時鄔陀夷廣爲惱觸若見苾芻麤食不足勸令誦經竟夜不卧若見他得飽滿美食令其徹曉端坐繫念若是寒時遣居露地以冷水灑經夜爲扇若在熱時遣居密室近火而住蓋以毛緂或於住處無大便處他置盆器擬夜所須並皆打破令諸苾芻事有廢闕遂於水竇放棄不淨便將此事徧告白衣

或故服瀉藥詐現病狀寢卧于牀令問病人久立勞倦又於苾芻禪思讀誦作業之處令他起動妨彼進修閙有怖至不許閉門欲彼驚忙不得眠睡苾芻不應大小行處久卧門邊妨諸來者凡作故心惱苾芻者咸得墮罪又亦不應於大小便處久作經行到此室時不依大小在前至者即應先入便利既了不應久住洗足之處須依長幼僧伽器物下至染器在前用者皆待事畢不應依年大小奪先用者亦不應器中安少染汁作留滯心廢他所用讀誦經時先來已坐不應依大小令彼起避僧伽剃刀既用已了應復本處不應停留更備後須此等不依行者咸得惡作

放身坐卧脫脚牀學處第十八

佛在室羅筏城給孤獨園時鄔波難陀由懷忿恚坐脫脚牀打傷乞食苾芻由卧具事瞋恚煩惱制斯學處

若復苾芻於僧住處知重房棚上脫脚牀及餘坐物放身坐卧者波逸底迦

言僧伽住處者已如上說若於僧伽房舍而坐卧脫脚牀者便得墮罪若餘房者得惡作罪言知重房棚上者謂是草室棚閣顯非牢固復不防備若屋牢固爲防備者無犯脫脚牀者謂揷脚牀雖是揷脚逆榍牢者無犯坐物者謂是諸餘揷脚小牀放身坐卧者謂情懷掉戲恣放其身得波逸底迦非掉戲者無犯脫脚境想六句二墮罪兩輕後二非犯如是准知住處住處想亦爲六句初二墮罪次皆惡作若板棚上若脚下安替或仰置者無犯

用蟲水學處第十九

佛在憍閃毗國時闡陀苾芻用有蟲水由用水事無慈悲煩惱故制斯學處

若復苾芻知水有蟲自澆草土若和牛糞及教人澆者波逸底迦

言知者不知有蟲無犯言有蟲者自觀有蟲他觀有蟲不觀有蟲客來蟲俱生蟲總有二種蟲一謂眼見二是濾得斯等濾用或可去蟲或取無蟲處用或可信人言水無蟲斯並無犯此中言水亦收漿醋等物若草土牛糞塗地泥墻自作使人並皆同犯於有蟲水作有蟲想疑咸得墮罪二輕二無犯縱無蟲水不應輙棄得惡作罪應須散灑或向竇邊齊一肘來是其傾處應作洗浴處并濯足處應近井邊壘甎而作四邊高一肘大如一牀一邊通孔徧以灰泥中間甎砌若老病者聽作洗足瓦盆底稍高起狀如象跡若僧伽物應安衆共知處或水竇邊莫令虧損若別人物安房門扇後或覆牀下若金銀等器咸不應畜凡是洗鉢及洗足處有水霑地應作曼荼羅形如槊刃或隨水流勢若正方正圓作者得惡作罪若爲三寶作曼荼羅者則形無定制其濾漉放生之法廣如餘處

過限造住處學處第二十

佛在憍閃毗國時六衆苾芻於一日中造成住處不閑水竇狀若方邸平閣三層因雨隤毀致招譏謗由房舍事貪慢煩惱制斯學處

若復苾芻作大住處於門楗邊應安橫扂及諸窻牖并安水竇若起牆時是濕泥者應二三重齊橫扂處若過者波逸底迦

言大住處者有二種大一形量大二施物大此據形大有主爲作凡造住處或自作教他作應安門樞户扇幷横居窻竇等事但齊居處者此出一日休息限齊謂用濕泥爲壁或時和草若過限齊者便得本罪若有别人爲衆與造告苾芻曰我解營作假令高大亦不傾隤苾芻信之斯亦無犯或時乾墼及以熟瓶木石等成便無限齊若濕泥者於其限外著一團時便得惡作若徧帀者便得本罪濕泥濕泥想疑有其六句初重次輕後二無犯遣書作時但得惡作雖是濕泥覆以草席雖遭雨水無懼崩隤或時施主須遣急營限齊雖過斯皆非犯

第三攝頌曰

不差至日没　爲食二種衣　同路及乘船

二屏教化食

衆不差教授苾芻尼學處第二十一

佛在室羅筏城給孤獨園時六衆苾芻各任自意輒出界外共相差遣或居界内不取他欲或闕德强差往尼寺中輒爲教授此由尼事貪心希望招世譏嫌待縁煩惱制斯學處

若復苾芻衆不差遣自往教誡苾芻尼者除獲勝法波逸底迦

此十學處起由尼者事及煩惱與此皆同其中别者第三由不忍辱第八由鄔波斯迦言不差者謂非白二衆同差遣有四過失差不成差謂界日衆人界謂界外差人非長淨日衆者人不集人謂七德虧言七德者一者持戒二者多聞三者住位耆宿四者善都城語五者不曾以身污苾芻尼設曾身污苾芻尼

者其罪已如法悔除六者於八他勝法所有開遮能廣宣說七於八尊重法能善開演言八他勝法者四同苾芻餘四有異一謂眼膝中間所有身分共染心男子相觸受樂二謂本心為不淨行共染心男子作期契等乃至全身卧地三知尼有重罪故心藏覆四被舉棄人隨順而住

攝頌曰

尼有八他勝　四同於苾芻　餘觸染男期　覆罪隨僧棄

八尊重法者一從苾芻受近圓事二半月半月求請教授三無苾芻處不應安居四見苾芻過不應詰責五不應瞋訶苾芻六應禮敬年少苾芻七在二部眾中行摩那䭾八往苾芻處為隨意事

攝頌曰

近圓從苾芻　半月求教授　依苾芻坐夏　見過不應言　不瞋訶禮少　意喜兩眾中　隨意對苾芻　斯名八尊法

若於七德有闕者若眾差遣眾得惡作設令作法亦不成差眾者謂是一味情不乖離苾芻尼者謂近圓尼言教授者極少乃至八尊重法他請問時能為開釋若處無人肯教授者眾應隨時令一苾芻作如是語諸姊妹等苾芻尼眾並悉和合清淨而住同修勝行無罪過不令此眾中無一苾芻樂為教授然僧伽有二教授一廣二略今作略教授法爾可謹慎勤修勝法莫為放逸敬奉行之言除獲勝法者此顯朱荼半託迦獲阿羅漢能令時俗生信敬心設不蒙差往教無犯於近圓尼

作近圓想等有六句二重二輕後二無犯若於彼先犯重等尼或授學尼黨教非黨尼或復翻此爲教授時咸得惡作若言不相解者亦惡作罪

教授至日没學處第二十二

佛在室羅筏城給孤獨園時難陀苾芻於非時中說法教授苾芻尼衆於城門外經夜共住明旦入城諸俗人見咸作是言諸釋迦子男女合雜同居一處何有淨行因譏嫌事制斯學處

若復苾芻雖被衆差教誡苾芻尼乃至日没時而教誡者波逸底迦

乃至日没者指其分齊日既没已名曰非時雖在時中若諸尼衆立而不坐或復營務紛擾未息或身有拘礙而爲說者亦曰非時日暮日暮想等六句二重二輕後二無犯若施主本意請說法師通夜說法或尼住處近對城門或復城門夜不關閉或尼住處同在城中或復尼衆在白衣舍此皆無犯其教授尼人一被差已盡壽教授更不須差

謗他爲飲食故教授學處第二十三

佛在室羅筏城給孤獨園時苾芻尼衆既蒙教授欲求無畏設好飲食供養教授師時鄔波難陀見而譏謗由懷嫉心制斯學處

若復苾芻向諸苾芻作如是語汝爲飲食供養故教誡苾芻尼者波逸底迦

爲飲食者謂五蒲膳尼五珂但尼境想同上若無惡心說言爲飲食者得惡作罪

與非親尼衣學處第二十四

佛在室羅筏城給孤獨園有一苾芻以巳大

衣與故二尼因致譏嫌制斯學處
若復苾芻與非親苾芻尼衣除貿易波逸底迦
言非親者由非親尼多不籌量苾芻三衣足與不足親族之人即不如是生顧念心然後方受如世尊說於巳父毋貧無食者應於鉢食減半與之或於施主勸化供給若不依行者得惡作罪言衣者謂是應法堪受持衣非親及尼境想六句並同前說若尼被賊現闕衣服設使非親與之無犯
與非親尼作衣學處第二十五
佛在室羅筏城給孤獨園時鄔陀夷苾芻爲笈多尼而作法服以五色線刺作巳形并作尼形抱頸而坐譏謗同前制斯學處
若復苾芻與非親苾芻尼作衣者波逸底迦
言作衣者謂割刺浣染境想六句亦同前說
與苾芻尼同道行學處第二十六
佛在室羅筏城給孤獨園時六衆苾芻共十二衆苾芻尼共期一路行諸俗人見作如是言男即是夫女即是婦足自相進何異我等由譏嫌故制斯學處
若復苾芻與苾芻尼共商旅期行者除餘時波逸底迦
餘時者謂有恐怖畏難處此是時此中與者謂共期契下至一苾芻尼同道而去便得墮罪言同路者始從住處詣餘處所若苾芻苾芻尼將行之時預先一日應白二師我今有事詣彼村坊聽不隨師不應違逆若無二師應白上座所有卧具囑他守護於同行伴普告令知勿有病人捨棄而去出門之時應相

告曰今日我等不有遺忘事不應可斟量所依商旅善惡進不無令廢闕於自同伴更相顧戀有讎隙者不應共行若有因緣須共行者應懺摩已與之同去凡涉路時應爲法語勿出惡言或爲聖默然勿令心散亂若至天神祠廟之處誦佛伽他彈指而進苾芻不應供養天神若於路次暫止息時或至泉池取水之時皆誦伽他其止宿處應誦三啓汲水繩索亦應持行此有三種長者一百五十肘短者百肘此內名中或隨方處地勢高低准望時宜可持而去凡至寺外停息之處振去衣塵洗身濯足皆令清淨次添瓶水行路皮鞋以破布拭不於柱壁打令傷損更淨洗手通披衣服容儀詳審方入寺中隨詣一房少作言語自整威儀問停止處舊住苾芻見客苾芻若少見長應起迎逆遥唱善來合掌而言畔睇客即報言極善來爲持衣鉢引進房中授座令坐解除衣服爲搦腨足以蠲勞倦持洗足盆爲其濯足言談良久方設敬儀整衣一禮手按雙足問其安不若未曾相見應問大小依位設敬若少者來准前問荅老者令少迎接衣鉢隨時置座遣爲解勞若有恩慈老者或時爲按肩背凡諸客苾芻創至他處應先禮敬衆首上座上座亦應唱善來等又若客至量已有無牀席卧具隨時供給如上所制不依行者得惡作罪言商旅等者若離此伴無由進路爲此聖開除餘緣故此中行法者苾芻尼食苾芻應持若至食時更相授與有病苾芻應共舁去若人少者尼亦助舁應在頭邊不應近足若至村落隨病所須

爲覓醫藥若乞食時令人看物持食來與若尼有病准此應知此中犯者半拘盧舍得窣色訖里多滿拘盧舍得波逸底迦尼作尼想境想六句及無商旅作無商旅想亦有六句並悉同前地行爲契後遂乘空現身共期隱形而去皆得惡作乘船亦爾

與苾芻尼同乘一船學處第二十七

佛在室羅筏城給孤獨園六衆苾芻與苾芻尼結契爲伴同乘一船譏過同前制斯學處

若復苾芻與苾芻尼期乘一船若沿波若泝流除直渡波逸底迦

期乘一船者謂元心同乘一船安危共同名曰結契沿波者謂下水泝流者謂上水時阿夷羅跋底河北施主請二部僧欲設大會諸苾芻不敢與尼同乘一船遂不得食因開直渡此中分齊者半半拘盧舍窣色訖里多滿滿拘盧舍波逸底迦對尼境想六句同前或近圓男與未近圓女或未近圓男共近圓女或俱未近圓結伴乘船咸得惡作若遠避灘磧若桅折若船師不用語或隨於一岸八難事生上下無犯

獨與女人屏處坐學處第二十八

佛在室羅筏城給孤獨園時鄔陀夷苾芻與女人笈多屏處同坐因招譏謗制斯學處

若復苾芻獨與一女人屏處坐者波逸底迦

言女人者謂堪行婬境人女非餘言獨一者更無餘人屏障者堪行非處坐者齊一尋內放身而坐屏處屏處想疑皆得墮罪次二句輕後二無犯若天女龍女藥叉健達婆緊那羅阿蘇羅畢麗多畢舍遮女及半擇迦女若

未堪行婬境若聾騃等共屏坐時咸得惡作雖是天女而可執持共彼坐時亦得墮罪若遣女人磨藥同在門邊門扇不掩多人出入如此之處雖坐非犯

獨與尼屏處坐學處第二十九

佛在室羅筏城給孤獨園時鄔陀夷苾芻共故二尼笈多屏障處坐此由尼事煩惱同前制斯學處

若復苾芻獨與一苾芻尼屏處坐者波逸底迦

此言坐者據起犯緣設餘威儀亦皆同犯自餘輕重皆如上說

知苾芻尼讚歎得食學處第三十

佛在室羅筏城給孤獨園時窣吐羅難陀苾芻尼知施主為尊者憍陳如等奉施飲食彼便讚歎六衆苾芻迴所施食自持將去因不敬事制斯學處

若復苾芻知苾芻尼讚歎因緣得食食除施主先有意波逸底迦

言讚歎者有二種一讚具戒二讚多聞過分稱揚令他敬信言食者謂五蒲膳尼五珂但尼又言食者謂吞咽也除先意者謂彼施主先生此念營辦飲食擬施其人設令讚歎具戒多聞此亦非犯由聞讚歎遂便不食是故復言除先有意此中犯者若苾芻尼向施主舍問食精麤若聞麤者勸設精妙讚彼苾芻證得四果明解三藏善修諸定若供養者感殊勝福知讚而食便得墮罪知他讚歎境想六句二重二輕二句無犯若遣書印教化得食若讚餘人此人輙食者咸得惡作無犯者

依實讚德無矯妄心或正信家或親族舍設知讚歎並皆無犯

第四攝頌曰

數食一宿處　受鉢不爲餘　足食别非時

觸不受妙食

展轉食學處第三十一

佛在薜舍離時六衆苾芻先受威嚴長者請已復於親識家飽食菴沒羅果及諸雜餅後至長者家不能美食爾時施主唐捐飲食便起譏嫌此由食事過分廢闕不寂靜譏嫌煩惱制斯學處

若復苾芻展轉食者除餘時波逸底迦

餘時者病時作時道行時施衣時此是時此攝頌中與食相應者皆應准此展轉食者謂此家食已餘家更食言病時者謂身有病乃至若食一食不能樂作或復爲人性多飢苦唯食一食不能濟者咸開數食作時者於僧伽地及窣覩波隨時灑掃如牛卧處或大如席許并牛糞塗拭是謂作時道行時者若一驛若半驛往還也施衣時者謂有施主施與浴衣及餘帔服或貝齒物等以充衣直若苾芻受前請有食有衣後請或有衣或無衣有衣有衣直或無衣無衣直（此是第一四番也）若受前請有食無衣後請有衣等准前應作（此是第二四番也）若受前請有衣有衣直後請有衣等唯前應作（此是第三四番也）若受前請無衣無衣直後請有衣等准前應作（此是第四四番也）若前請有衣或有衣直後請無衣等背前赴後受時得惡作食時得墮罪於諸番中應受不應受及有犯無犯若無衣衣直此即有犯異斯無犯准事

當思若欲受後請於前所受應作心念捨與餘苾芻者無犯若苾芻正食之時有餘苾芻至斟量施主可共食不若意弘廣應喚共食若心有限應問施主若於饑年多得請食同淨行者應與共去量食多少均分而食若施主遮餘人者應自食少許問施主已共分而食爲手印等而受請者但得惡作若於一舍或在寺中或阿蘭若爲求肥悅或樂美食而數食者得惡作罪若輕賤心或懷矯詐而不食者亦得惡作受請想等應爲六句初重中輕後二無犯

施一食過受學處第三十二

佛在室羅筏城給孤獨園時有外道造立住處供給外道沙門婆羅門四方客旅時六衆苾芻遂久停留家主出行便縱身語向授食女人説非法言家主伺知打之次死因外道住處事制斯學處

若復苾芻於外道住處得經一宿一食除病因緣若過者波逸底迦由舍利子開聽一食若更宿及重食者得惡作罪并波逸底迦若於此宿在餘處食得惡作罪若餘處宿於此處食得波逸底迦若經多食爲食想等境心六句初重中輕後二無犯後因舍利子遇有病緣開食無犯若是衆集及以親識施主慇懃相留與食若天廟處或苾芻處或是遊行外道處並皆無犯

過三鉢受食學處第三十三

佛在室羅筏城給孤獨園時六衆苾芻於施主家已足食竟復盛滿鉢而歸住處又婚娶家所有餅飯盡乞持去令他闕乏此由食事

多貪煩惱制斯學處
若復衆多苾芻往俗家中有淨信婆羅門居士慇懃請與餅麨飯苾芻須者應兩三鉢受若過受者波逸底迦旣受得已還至住處若有苾芻應共分食此是時
往俗家者乞食處然諸苾芻乞食儀式次當辯之其乞食人應執錫杖搖動作聲方入人舍若村坊亂住恐迷行次應作標記或飯或麨置於門際有五處不應乞食謂唱令家婬女家酤酒店王宮內旃荼羅家若知女人性多婬泆亦不從乞恐生患故言淨信者敬信三寶人麨謂諸麨餅謂雜餅鉢者有三種謂大小中大者可受摩揭陀國二升米飯於上得安豆糜并餘菜茹以大拇指一節鉤緣不觸其食斯爲大量小者受一升米飯二內名中餘如上說言過受者謂大鉢三或大鉢二兼處中一或大鉢二兼小鉢一或大鉢一兼處中二取要言之謂取過五升米飯取時輕罪食便得墮若取大鉢一中鉢一小鉢一或唯大鉢二或大鉢一小鉢二或中鉢二小鉢一或中鉢一小鉢二或中鉢三或小鉢三悉皆無犯還至住處者謂至本處共分食者謂共餘人均分而食若不分者得惡作罪無人者不犯是故文言若有苾芻若過受者謂過三鉢便得墮罪若天龍藥叉及諸鬼等或於外道及出家外道舍內或乞或取過三鉢至黨及隨黨互往其家若過取時咸得惡作或遣書請或令他取亦惡作罪過受過受想六句同前若即於此座過三而食或除餅麨但將餘物或施主歡喜隨意將去者並皆無犯

有三種虛損信施一施主信心知此苾芻是持戒者輟已而施苾芻受已便將此物與破戒人二知此苾芻是正見者信心惠施便將此物與邪見人三過量而受不自噉食乃至長受一掬之食除其施主先有隨意如斯三事並名虛損信施當招惡果

足食學處第三十四

佛在室羅筏城給孤獨園爾時佛告諸苾芻我爲一坐食能生少欲等諸功德汝等亦應一坐而食時諸苾芻食時見尊者來遂便離座將爲足食不噉更食由是世尊告苾芻曰應飽足食若尊者來亦不應起既受食已不應離座下至行鹽及受食葉皆不應起復因六衆苾芻食飽更食貪餮無猒制斯學處

若復苾芻足食竟不作餘食法更食者波逸底迦

苾芻足食竟者謂食噉飽足作遮止言心生棄捨若心未捨縱出遮言未成遮足若更食時但得惡作若作了心唱言休足此成遮足然具五支一知是食謂五正食二知有授食人謂是女男半擇迦等三知授入手謂已受得食四知足食謂作食了心發言唱足五知從座起若更食者得根本罪異此五種不成遮足若食雜不淨物者亦不成足餘如廣文言食者有五蒲膳尼即五種可噉食一飯二麥豆飯三麨四肉五餅魚是肉攝故不別言又有五種珂但尼即五種可嚼食謂根莖葉華果若先食五種嚼食及乳酪菜等後食五噉食者無犯若先食五噉食更食五嚼食及乳酪菜等名犯遮足應知有五未足之言謂

見他人授食之時未即須者應報彼言且待且去且有且待我食且待我盡若兼且聲名曰未足若無且聲即是遮足若未爲足意設作足言亦不成足得惡作罪由言不稱法故不作餘食法者若病人殘雖不作法開食無犯若得餘食作法食者自身樂住施主得福欲作法時先淨洗手受得食已應持就一未足苾芻或雖已足未離本座對彼蹲居告曰具壽存念我苾芻某甲食已遮足此勝上圓滿食我今欲食仁可爲我作餘食法時彼苾芻取兩三口食已而報之曰此是汝物隨意應食此據前人自未遮足得食無犯若自足已便不合食應以手按而告之曰斯是汝物隨意食之有五不成作餘食法一身在界內對界外人二不相及處三在傍邊四在背後五前人離座翻此便成若一人作法設餘人食並皆無犯若遮足已作遮足想疑不作餘長而吞咽者便得墮罪雖未遮足爲遮足想疑俱得惡作後二無犯若北方果若天神藕此等皆是難得之物或復饑年飲食難得不作餘法食之無犯粥若初熟豎匙不倒麨若和水指畫見跡此皆成足異此不成足爲足想六句如常

勸足食學處第三十五

佛在室羅筏城給孤獨園時有年老苾芻數數犯罪被師訶責生不忍心便告師曰阿遮利耶此好飲食已作長法宜可食之欲令他犯返詰過故制斯學處

若復苾芻知他苾芻足食竟不作餘食法勸令更食告言具壽當噉此食以此因緣欲使

他犯生憂惱者波逸底迦
勸令食者謂頻請白欲令他犯者是總標句
彼苾芻緣斯事故當生憂惱是別釋句令彼
苾芻緣斯犯罪生憂惱故若無惡心令他食
者無犯遮足想疑總有六句不作餘長想疑
亦有六句二重兩輕後二無犯
別衆食學處第三十六
佛在王舍城因提婆達多制斯學處
若復苾芻別衆食者除餘時波逸底迦餘時
者病時作時道行時船行時大衆食時沙門
施食時此是時
別衆者謂不同處食若四苾芻同一界內下
至一人不共同食並名別衆此言食者出犯
過緣謂是正食餘食非犯病時作時道行時
者皆如上說船行時者如道行說大衆食時
者謂作世尊頂髻大會若五年大會若六年
大會此大會日隨施主心各處設食若四若
五隨意分食雖不和同亦無別過沙門施食
者謂諸外道廣設供養於此時中開聽別食
雖曰外道亦稱沙門若於界內界內想疑別
衆食時得根本罪若在界外及居界內爲界
外想者無犯如是應知別食別食想六句應
思處有二種一大院住處二邊房住處若在
大院四人已上受請之時應問言邊房住處
頗有人來同此食不若不問彼有人不來別
衆食時便得墮罪若四人中一有開緣若一
求寂共三近圓若送少食下至送鹽一匙或
草葉一握若本施主但擬當房於此居人我
當供給若現神力空中而食若僧伽食若私
已食並皆無犯

根本薩婆多部律攝卷第十

音釋

榍 先結切 櫼也
槊 所角切 矛屬
梐 旁禮切 門桄也
隤 徒回切 推也
墼 紀力切 塼坏也
腨 市兗切 腓腸也
泝 桑故切 逆流而上也
餮 他結切 貪食也

根本薩婆多部律攝卷第十一

尊者勝友造

唐三藏法師義淨奉　制譯

非時食學處第三十七

爾時薄伽梵在室羅伐城給孤獨園時十七衆苾芻遇緣斷食便詣俗舍而行乞食旣得食已非時而噉因長貪招譏制斯學處

若復苾芻非時食者波逸底迦

言非時者有二分齊一謂過午二明相未出言食者謂是時藥可噉嚼物於非時作非時想疑若噉咽時便得墮罪時非時想疑得惡作罪時與非時作時想者無犯若有病緣醫人遣非時食麨食肉者應取牛糞中穀麥磨以爲麨與彼令食犲糞中肉非時聽噉若此等物病猶不差要食好食方除疾者應於屏處隨所須食而授與之贍部洲人向餘三洲及往天上應依本處時量而食頗有無病苾芻在南贍部非時食噉得無罪耶有謂東西兩洲苾芻來此依彼時分而食應知食時所有行法若大衆多於日時候難可知者佛言食時欲至先鳴揵稚長打一通更打三搥總名三下衆旣聞已各淨洗浴及諸大衆共浴尊像有病苾芻即應請食授事苾芻亦聽先噉次打三通更打三下總名長打大衆方食若聲小不聞應打大鼓或吹雙螺凡讀經浴像及洗浴時皆打三下打揵椎法復有五種若常集衆者長打三通大打三下若寺家營作長打三通大打兩下若苾芻死長打一通漸細便絶若坐禪處應摇錫杖警覺時衆若遭賊時欲令人覺任打多少大衆集會行食

難者隨處分坐於上座前各安飲食若恐行食不均平者其檢校人隨行觀察若行食人少檢校苾芻受取飲食應可共行不得兩人同一盤食若於行路無器可求共食非犯或共求寂同食亦聽苾芻先受取食持器勿放然後同食若有淨人須與食者應遥擲與若眷屬久離相遇心喜欲同食者屏處共食准求寂法苾芻惟著下裙上無衣者不應噉食若病羸老上著小僧脚崎或貫偃帶屏處而食若此亦不能著者隨時將息但著下裙屏處而食若金銀水精及瑠璃器並不應用若在天龍藥叉所居之處無器可求隨意用食若食時衆人坐定未唱時至不應行食乃至一七鹽亦不應受受者得越法罪若行食人不解者上座教唱上座若忘次座應教噉食之時不應隨情輒索飲食若火力微者得索熟果若少壯者隨意取生設有須索應小作聲食時踞坐好整威儀不應顧視當生猒想住於正念無掉亂心然後方食若異此者得越法罪若食了時所有餘食不應輒棄應與父母等若俗男女來乞食時應自防心隨有而惠若傍生類應施一搊安鉢草葉不應足蹈不脫鞋屨亦不應食若是病人恐身有損應踏皮革屣上若食脆鞕餅果不應作聲應須潤濕薄粥歠欲不得作聲若蘿菔等嚼破應食若在俗家上座食竟洗漱既了應復本座爲說施頌說施頌時若聞聲者即不應食若恐時過食亦無犯或聽一兩伽陀然後更食爲上座者常應觀察上中下座勿令怱遽食不飽足若食了時取一搊食以水洗之隨

意而棄以施傍生若有施主來請僧時應先行籌知數方報臨到食時更有客來或於數内有人他行應報施主若臨食時欲出行者應留待食然後聽去若多客來飲食少者上座應令平等而與若食多者隨彼施主多少行之若大衆食了施頌復訖應住少時觀望施主若欲聞法應爲宣說若無心者隨意而去苾芻食訖皆應誦念一兩伽陀報施主恩亦不應發邪惡之願爲斷煩惱求解脫故如上所說不依行者咸得惡作

食曾觸食學處第三十八

佛在室羅筏城給孤獨園時哥羅苾芻乞食而食所有餘食遂即暴乾風雨之時水漬而食由此非法制斯學處

若復苾芻食曾經觸食者波逸底迦

曾經觸者謂是自手先曾執捉或留經夜擬自噉食然曾經觸有其二種一謂中前從他受得齊日中時二謂中後受得齊初夜時過此限分若更食者得波逸底迦若不受而觸齊時分内食者得惡作罪是名輒觸若過時分又得曾觸波逸底迦曾觸想疑波逸底迦次二句輕後二無犯若在北洲曾觸輒觸不受並皆無犯由彼於物無彼我心或於彼取向餘處者亦無有犯若苾芻於三處有曾觸過謂由僧祇及由苾芻并授學人若苾芻尼於四處有曾觸過謂式叉摩拏以爲第四望二種人無曾觸過一無羞恥人謂不畏罪二有羞慚忘失正念若於求寂等有希望心持食與彼欲至食時還有望心得一惡作食得墮罪有望心與無望而食但得惡作無望而

與有望而食惟得墮罪俱無希望食之無犯若曾觸鉢匙盞鉢帒并支伐羅水瓶錫杖乃至戶鑰相染觸物及以觸口觸手而飲噉者咸得墮罪苾芻若欲飲水噉食時與非時皆須以水再三漱口方可飲噉若不爾者得惡作罪若是病人無可得處曾觸蘇等食亦無罪瀉水乳時流注向下承之以器與觸食相連苾芻疑不敢食佛言水等下流食之無犯在路行時所有糧食若求寂等力弱無堪不能持者應以繩繫令彼持繩方爲擎舉及以扶下並皆無犯或令彼持繩暫爲擎食令其憩息彼緣賊怖棄食逃走可自持行無觸宿過若越河澗無餘可求亦遣持繩共擎而渡若此兩人無方得濟獨持而渡此亦非犯僧祇米穀以車運載若車欲覆應共扶正若病苾芻須乘此車者應避軾邊若乘船者應避柂處曬穀米等有難緣來若無人者應自收內若行險路無人可求若有食糧應自持去所到之處換易而食必無換人分爲二分持一惠彼未近圓人持餘一分共易而食此亦無者應一日中斷食而行至第二日食一虎拳第三日中食二虎拳第四日已去隨意飽食若其糧食中途罄絕見有飲食無未近圓人可令授者縱不作淨及以不受或自上樹打果而食並開無犯若僧伽鐺鑊內煎蘇乳等涌沸流溢無人可使應自撓攪勿令棄失若苾芻曬暴藥等難至無人設自擎舉無觸宿罪凡因難事所有開緣至無難時皆不應作若蘇瓶等謂是煮染瓶器誤觸著者無犯若錯持此瓶欲上閣者若未半閣道應放置

地若行過半即應擎出凡飲非時漿先須洗手漱口令淨然後飲之若異此者得惡作罪然於口中常含津觸欲求極淨此故無緣應以澡豆及瞿摩等和水揩脣周徧令淨再三水漱飲時非犯若鉢中有隙者應再三洗之而用若盛熱食有膩浮上者無犯若鉢隙中有宿餅粒應擿去之水滌再三設有餘津食皆無犯苾芻及尼各有觸宿兩相換用者聽食若苾芻尼所有飲食苾芻爲舉作彼物心尼將施時得食境想六句准上應思

不受食學處第三十九

佛在室羅筏城給孤獨園時哥羅苾芻多住深摩舍那處有諸俗人祠祭先靈所有食飲自取而食時俗譏謗云食人肉惡聲流布法衆慚恥世尊因制他授方食既有授人堪爲明證是時六衆受與不受並皆取食因其非法制斯學處

若復苾芻不受食舉著口中而敢咽者除水及齒木波逸底迦

不受者謂不從授學入苾芻尼式叉摩拏求寂男求寂女并諸俗類而受得也若猿猴熊羆有智知受非受受者此亦成受受法有四一須作意二有授人三自手受四槃等置地手承一邊復有五種一身授身受二物授身受三身授物受四物授物受五置地受謂有方國嫌惡苾芻作漫荼羅置鉢於上還而指授遣置其中復有五種受法一仰手受二者牀受三木枯受四衣角受五安鉢中受有五種不成受謂在界外若遥遠處若在傍邊若在背後或時合手與此相違便成受法時有

施主持諸供食列在衆前本心擬施家中火起棄食往救無人授食時將欲過佛言應作北洲心自取而食若受得食有不受食墮中若有淨人更令其授必無授者撥去食之若汁墮中多却方食若先受得小兒來觸更受方食有五種塵觸塵非觸塵淨塵不淨塵及以微塵若可了知應須更受復有五塵飲食衣華及以果塵咸須受食凡欲受食先須用心或置鉢中或承以葉遣令置此遂墮餘處更受方食授食之人不閑軌則而放盤上應更總受亦不應自取持與淨人令授而食若是病人無人可得不受無犯凡看病人要須識知可不方與病人食言噉咽者謂在咽喉又灌鼻時先淨洗手從他受取然後灌之由其入口必吞咽故除水及齒木者水若渾濁鑒面不見亦令他授然諸濁水應用蒲萄及嬰薁子或以麨團内濁水中水即澄清方堪飲用若鹹水鹻鹵水堪爲鹽用此皆須受若池河内有棄飯粒取水濾用無犯若水中有油酪膩津上覆應撓動濾用若行路中見有轆轤汲水或用酪瓶皮帒盛水時及非時濾用無犯後爲難開不應常用有五瓶堈謂盛大小便及貯酒器此不應用應遠棄之盛蘇油瓶火燒去膩牛糞淨洗時及非時咸皆得用或池水中浸之令淨若鉢中盛飯有鳥來啄去觜四邊隨意而食穢處蝕蠅觸食非犯諸盛水堈應用甎木爲蓋勿令蟲入若淨水瓶傍口上穴應用竹木蓋塞若瓶中水少恐洗手不足應用葉飲無人取葉用黃落葉此若無者就連枝葉或此亦無蹲居一處以瓶

注口隨意飲之用齒木法事亦應知謂於晨旦嚼用之時得五種利一決除熱水二能蠲冷癊三令口清淨四樂欲飲食五能明眼目齒木有三種長者十二指短者八指二內名中嚼用之時先以澡豆土屑淨洗手已次洗齒木然後嚼之若嚼了已水洗方棄若乏水處於沙土中揩已而棄此由苾芻於前生中曾作毒虵嚼齒木時不洗而棄有蟲附近中毒而死因斯世尊制洗方棄然棄齒木及洟唾等應於屏處再三彈指謦欬然後方棄若常行處若是淨地若好樹邊少在老前咸非嚼處有三種事應在屏處謂大小便及嚼齒木若老病者畜承水器此若無者應臨水竇嚼頭寸許令使柔軟然後徐徐揩齒斷牙皆使周徧次用刮舌篦屈而淨刮勿令極利致使損傷應用竹木鍮石銅鐵除諸寶物餘皆聽作若無篦者應擘齒木爲兩片更互相揩准前應用若卒無齒木應用豆屑或乾牛糞淨洗口唇然後方食若食了已事亦同然乃至未將淨水洗漱口內食津不應輒咽此中犯者不受不受想或復生疑咸得墮罪次二句輕後二無犯若行食人少俗家蘇蜜等瓶如法受已苾芻應行若僧家器物則不應觸行餅果等所有筐籠苾芻先受俗人後提如其欲放苾芻在前俗人在後苾芻行時先已成受俗人與者是新受得諸有新果分爲三色謂上中下行時間取勿使不平放果盂中墮向餘處齊手及處自取而食此已成受如若更遠重應受之

索美食學處第四十

佛在劫畢羅筏窣覩國時六衆苾芻受大名施主請既至宅已見其所設無堪食者遂詣餘家求乞美膳得乳酪等飽足食已還至其舍更不能食因生譏議制斯學處如世尊說上妙飲食乳酪生蘇魚及肉若苾芻無病爲已詣他家乞取食者波逸底迦他家者非親族也乞者他不先許無病而乞無病而食得波逸底迦及惡作罪無病從乞有病而食乞得小罪食時無犯有病從乞無病而食乞時無犯食得墮罪第四無犯若乞食時欲得餘物者他持食與報言姊妹我飯已足若彼問言更何所須者即便隨情所欲從乞者無犯若彼施主告苾芻曰有所須者隨意可索或乞酪漿彼便施酪或從天龍藥叉舍乞求皆無犯

第五攝頌曰

蟲水二食舍　無服往觀軍　兩夜覩遊兵打擬覆麤罪

受用有蟲水學處第四十一

佛在憍閃毗國時闡陀苾芻受用水時害衆生命故制斯學處

若復苾芻知水有蟲受用者波逸底迦

言受用者有二種受用一內受用謂供身所須二外受用謂洗衣鉢等前之學處爲營作故局澆泥草今此通論隨何受用若苾芻以貪瞋等心或由忘念或由渴乏受用蟲水不問多少或觀不觀有蟲無蟲作有蟲想心無慚恥而不濾漉於瓶等中乃至飲一掬便得墮罪有說隨以瓶等取水之時若用盡者方得墮罪若起心欲取得責心惡作已起方便

得對說惡作諸墮罪處類此應知始終忘觀亦得惡作境想六句四犯二非犯有說於無蟲水作有蟲想亦得墮罪有五種眼不應觀水一患瘡眼二睛翳眼三狂亂眼四老病眼五天眼由彼天眼與人事不同故不許觀齊幾許時應觀其水謂六牛竹車迴轉之頃或心淨已來觀知無蟲設不濾漉飲亦無犯不觀不濾咸不合用應知濾物有其五種一謂方羅二謂法瓶三君持迦四酌水羅五謂衣角若苾芻無濾羅等不應往餘村餘寺齊三拘盧舍若所到之處知無闕乏不持去者無犯謂知彼僧祇恒有淨水若於河井先知無蟲若同行伴下至一人持羅而去然共行時應問彼云羅共用不或至別路或爾迴還能與我羅獨持去不如其許者可共俱往若不爾者不應共去若不問者得惡作罪若順河流齊五拘盧舍若不流河齊三拘盧舍雖無濾羅去亦無犯若順河流一度觀水無有蟲者齊一拘盧舍隨意飲用然須中間無別河入若不流水及逆流水一度觀時齊一尋內得用有五種淨水一僧伽淨二別人淨三濾羅淨四涌泉淨五井水淨若知彼人是持戒者存護生命縱不觀察得彼水時飲用無犯凡一觀水始從日出迄至明相未出已來咸隨受用若取水時手捉濾羅久生勞倦應用三股立拒羅繫兩邊若水駛不停蟲多悶死應於羅中安沙若牛糞末承之令住若作瓦梚銅梚緣穿三孔各安繩鎖繫在三竿其水羅角置之梚內下以盆器而承其水坑內觀蟲必須器滿若觀水時蟲細難見應草莛示

勿以指示取水旣訖羅置梚中若近河池就彼傾覆必居原陸可放井中不得懸虛羅翻井上令蟲悶絶或致損生應鑵爲放生器作小鑵子上下各安兩鼻繫以雙繩羅覆此中淨水澆瀝慇懃觀察知無蟲已正沉井內翻底拔之再三縱沒勿令蟲在羅須淨洗曬暴令乾若羅易壞者應以銅鐵瓦器底安華孔闊三四指高兩三指以絹或疊繩急繫之若於寺中安僧伽水坑應在便處并安木牀或爲氈座常應淨潔時時應以茅草洗刷勿令垢穢若有臭氣於陰處曬乾若不淨手不應輒觸若有飮緣須將去者或銅瓦梚或於葉內持去其行水人須著淨服勿以宿觸衣裳觸其瓨器諸小苾芻亦聽行水若有俗家來借瓨器應與故者不可與新苾芻借時隨意而與應以一房用貯器物銅器若少應共處安如其多者別置一庫其放生鑵一繩亦得承水之梚或置羅中

有食家强坐學處第四十二

佛在室羅筏城給孤獨園時鄔陀夷善解逆相預識人情知彼男女欲行非法即爲女說法而妨礙之由向俗家爲婬煩惱制斯學處

若復苾芻知有食家强安坐者波逸底迦

言知者識彼人心欲行交會有食家者女是男之食男是女之食謂男女行交會時更相受用故名有食强安坐者不問舍主自縱已心故云强也此中犯者謂彼男女各有婬心契合此時欲行交會苾芻染心强爲說法以妨其事令他瞋恨在座坐時便得墮罪有食有食想六句同前若天女及半擇迦等咸得惡作爲賊所逐避難潛形無婬染心者無犯

有食家强立學處第四十三

佛在室羅筏城給孤獨園鄔陁夷苾芻前入俗舍居門扇後自隱其身觀行惡法彼人知已遂便譏罵由詣他家及婬煩惱制斯學處

若復苾芻知有食家在屏處强立者波逸底迦言屏處者謂惟有二人前隨屏露以坐爲儀此但據屏以立爲事乃至少時即得本罪若有難緣同前非犯

與無衣外道男女食學處第四十四

佛在室羅筏城給孤獨園時阿難陁苾芻飯食已訖即以殘食與二無衣女人彼之二女一老一少不審觀察老與一餅少者與二老母語少者言彼與二餅意有所求汝今宜應備辦待之由外道事長物譏嫌制斯學處

若復苾芻自手授與無衣外道及餘外道男女食者波逸底迦

言無衣者謂露形外道也言及餘外道者總收餘類自手與者謂親自手決心施與此中犯者謂是露形等外道男女受者現前苾芻授與或墮手內或落器中者波逸底迦若未墮時得惡作罪由自手與彼生憍慢無羞慚故若不現前或時棄地先出其分後方食者咸得惡作境想六句如上應知若宗親若病苦與時無犯若欲出家與其共住如廣文說

觀軍學處第四十五

佛在室羅筏城給孤獨園時勝光王嚴整軍旅將欲征討時六衆苾芻輒往觀察此由觀軍事情亂煩惱制斯學處

若復苾芻往觀整裝軍者波逸底迦

言整裝軍者欲將鬬戰也軍有四種謂象馬

車步此中犯者去寺不遠有大軍衆嚴整師旅欲校兵旗苾芻往觀假使不校爲校而觀初見之時便得墮罪設方便時得多惡作若觀天龍阿蘇羅等軍亦得惡作乃至故心觀鶉等鬭並惡作罪境想同前不犯者若賊軍欲至須往觀望知其遠近若乞食遇見若軍營近路若軍來寺中若有難緣縱觀見時無犯

軍中過二宿學處第四十六

佛在室羅筏城給孤獨園時勝光王勑命軍旅六衆見已遂久停留由觀軍事及掉亂心制斯學處

若復苾芻有因緣往軍中應齊二夜若過宿者波逸底迦

此中犯者相去不遠有整兵軍苾芻有緣受請詣彼或有衣利引起貪心而彼軍營或整不整作整兵心停留觀察至第三夜明相出時便得墮罪設方便時亦多惡作不犯者若爲王等之所拘礙若餘難事者無犯

動亂兵軍學處第四十七

佛在室羅筏城給孤獨園時六衆苾芻詣整兵軍所動亂兵戈象馬逃奔令軍慴怖事惱同前制斯學處

若復苾芻在軍中經二宿觀整裝軍見先旗兵若看布陣者波逸底迦

言整裝軍者謂是裝束臨將戰時言先旗者四種旗中見先引者何謂四旗一師子旗二大牛旗三鯨魚旗四金翅鳥旗兵者四種兵中見首出者言布陣者陣有四種一槊刃勢二車轅勢三半月勢四鵰翼勢言散兵者除

前所引餘雜兵戎此中犯者觀已整軍即得墮罪若未整軍得惡作罪若觀整軍乃至散兵者俱得墮罪餘並同前難緣非犯

打苾芻學處第四十八

佛在室羅筏城給孤獨園時鄔陀夷因十七衆不隨其命遂便打之由伴屬事不忍煩惱制斯學處

若復苾芻瞋恚故不喜打苾芻者波逸底迦

言打者若手指彈若脚指蹴若甎瓦等若以草莛打著他者隨其所有手指多少及以芥子草莛數量還得爾許波逸底迦若不著者亦得爾許惡作之罪若殺心而打得窣吐羅言苾芻者若持戒若破戒有苾芻相起苾芻想或復生疑皆得墮罪若非苾芻作苾芻想疑或於柱壁或於餘事作掉亂心而打拍者咸得惡作無犯者不以瞋心爲利益事

以手擬苾芻學處第四十九

緣與前同以手擬爲異制斯學處

若復苾芻瞋恚故不喜擬手向苾芻者波逸底迦謂作打心而擬其手初舉手時便得本罪若一舉手向多苾芻隨其多少准人得罪若與苾芻相瞋恨時應往詣彼求其懺摩不應瞋心未歇往求辭謝彼亦不得同師子行爲堅鞕心不相容恕若不肯忍應遣智人方便和解速令諍息小者到彼瞋苾芻邊至勢分時即應禮拜彼應云無病若見苾芻鬬諍之時無朋黨心而爲揮解俗人鬬處不應住看恐引爲證故如上所說不順行者咸得惡作

覆藏他麤罪學處第五十

佛在室羅筏城給孤獨園時鄔波難陀犯僧伽伐尸沙罪有達摩苾芻見恐其外說遂作是言爾親教師我先知犯過惡揚善曾不語人汝見我非理應藏覆達摩聞已向諸苾芻說此由舊伴屬事覆藏煩惱制斯學處

若復苾芻知他苾芻有麤惡罪覆藏者波逸底迦

知者謂自見知或因他說言苾芻者若持戒若破戒有苾芻相皆曰苾芻言麤罪者謂初二部及此方便覆藏即是掩覆其過此中犯者若見聞作覆藏心至明相出便得墮罪自餘諸犯覆皆惡作破戒人邊設令發露不成發露境想准知無犯者若說他時令自不安若命梵難若破僧因緣爲護此故覆皆無犯

第六攝頌曰

伴惱觸火浴　同眠法非障　未捨求寂染
收寶極炎時

共至俗家不與食學處第五十一

佛在室羅筏城時鄔波難陀與達摩苾芻先有嫌惡便以美言誘說將至俗家遂不與食令彼饑乏由伴屬事不忍煩惱制斯學處

若復苾芻語餘苾芻作如是語具壽共汝詣俗家當與汝美好飲食令得飽滿彼苾芻至俗家竟不與食語言具壽汝去我與汝共坐共語不樂我獨坐獨語樂作是語時欲令生惱者波逸底迦

言俗家者謂婆羅門及餘俗家言令得飽滿者意欲不與飲食令受饑餓此中犯者有苾芻相作苾芻想爲惱亂心他領解時便得墮罪若惱授學人及以餘人得惡作罪若在尼

寺若天廟處若外道家而惱亂者皆惡作罪若隨醫教爲病令斷食者無犯

觸火學處第五十二

佛在王舍城因火燒樹熏出黑蛇諸苾芻見皆悉馳走或以火頭而遥打擲因掉戲煩惱制斯學處

若復苾芻無病爲身若自然火若教他然者波逸底迦

言無病者若有病縁觸亦非犯言爲身者非爲他也言自然者若吹令發燄若翻轉火薪若教他然者謂令他然火若爲戲謔掉弄火頭若作半月像若作車輪形凡諸觸火不在時中若然若滅若忘念若掉舉若氣吹若投薪若動柴炭纔動轉時皆得墮罪若不解方言人若遣書等若現身相使然火時咸得惡作若翻覆糠糞火或可於中燒餅而食雖在時内無心守持若毛髮爪骨洟唾血等置火中者咸得惡作無犯者謂在時中作心守持言時者謂爲三寶鄔波馱耶阿遮利耶若爲諸餘同淨行者所有事業或時爲已熏鉢染衣熟諸飲食或寒或病所有營爲作心守持乃至事訖中間忘念觸時無犯言守持心者若欲觸火應心念云我今爲作如是事故須觸此火及爲同梵行者若欲滅時應云爲無事故須滅若觸師子等得惡作罪作觸火想有其六句後二無犯若放野火得窣吐羅罪亦不應於石炭地上輒爾然火應將甎石厚布方燒若於廊廡及寺中庭然火之時勿令熏屋待煙並已方持入屋若營作人所須之木不應輒燒若輕損時得惡作罪爲翻火聚

應作鐵錘夜誦經時應炳燈燭所須燈樹應作一重若是僧物聽作多重

根本薩婆多部律攝卷第十一

音釋

嚼疾雀切咀也　楗椎梵語也此云磬亦云鍾隨有瓦木銅鐵鳴者皆曰楗椎楗巨寒切椎音槌　屨居御切草屨也　歃欱歃昌悅切欱呼甲切歃欱吸飲也　鞕魚孟切堅也　漬資四切浸也　膩乃計切肥也　熊羆熊胡中切獸似豕羆逋眉切獸似熊白色　鹻古斬切鹹鹵也　濾良據切漉也　齗魚斤切齒根肉也　窣蘇骨切　駃息漬切疾流也　慴質涉切懾也　槊色角切矛屬　蹴子六切踏也　莛音廷草莖也　謔迄却切戲調也　⿰麥弋羊即切麥⿰麥弋也

根本薩婆多部律攝卷第十二

尊者勝友造
唐三藏法師義淨奉　制譯

與欲已更遮學處第五十三

爾時薄伽梵在室羅筏城給孤獨園時鄔波難陀大衆爲作捨置羯磨難陀知已向餘苾芻作如是言我先安與爾欲由悔恨煩惱制斯學處

若復苾芻與他欲已後便悔言還我欲來不與汝者波逸底迦

言與欲已者謂僧伽有如法事先情許已後便悔者謂先與欲後起悔心也言還我來者此出遮詞誰知汝等取我欲去反於我等作不饒益此戒與前毀破學處有差別者前望羯磨事已先知此據不知但遮其欲此中犯者已與他欲後生悔恨煩惱旣生心無慚耻於所對境作苾芻想言告彼時便得墮罪

與未近圓人同室宿過二夜學處第五十四

佛在室羅筏城給孤獨園如世尊說常以月八日十四日大衆同集共聽經法便至夜半有老苾芻然燈而臥夢見故婦與共交通譀言外聞遂生譏謗因制不應與未近圓人同一室宿亦復不應然明而臥日月光者無犯又因尊者羅怙羅及病苾芻開經二夜至第三夜令未近圓人出宿出宿之時不應驅遣使出寺外及離簷前但可離其自房勢分若恐惡苾芻爲破戒緣者至第三夜應令求寂向善友房此若無者應共驅出罪惡苾芻或自將求寂餘處而臥若自安居已不得往餘處者應生心念爲防護故於三月中與求寂

同宿者無犯爲於行路至出宿時有虎豹等
恐驚怖者至第三夜若齊初分若第二分若
第三分乃至明相顯現已來皆不應睡若極
困之者聽睡無犯難事既息隨緣共去路有
驚疑應遣在前自居其後若行困極應與小
食時鄔波難陀有二求寂一名利刺二名長
大過二夜共宿幷與俗人同處由眠宿事不
寂靜煩惱制斯學處

若復苾芻與未近圓人同室宿過二夜者波
逸底迦

言未近圓人者除苾芻苾芻尼餘諸人類咸
犯斯學如是應知至第三夜共女宿時便犯
兩墮過二夜者謂經二夜至第三夜始從初
臥即得惡作明相出時便得墮罪言同室者
有四種室一總覆總障如諸房舍及客堂樓
觀等上總徧覆四壁皆遮二總覆多障於其
四壁少安窻户三多覆總障即四面舍於四
邊安壁中間竪柱四簷內入或低或平四多
覆多障謂三面舍謂於四面舍無其一邊若
半覆半障或多覆少障或簷際等並皆無犯
若過三夜淨宿之時與扇侘半擇迦等經明
相者得惡作罪於未近圓作未圓想等六句
四犯二非犯若崖坎下或空樹中者無犯若
與授學人同室者亦應淨宿此授學者亦應
與未近圓人而淨其宿凡眠臥時若有難緣
無餘牀席應疊嗢呾羅僧伽爲四重而臥其
上以僧伽胝疊安頭下或用覆身安呾婆娑
以充內服凡臥息時右脅著牀兩足重累身
不動搖作光明想安住正念情無嬈惱衣服
不亂於睡知量念當早起初夜後夜恒修善

品此是沙門眠息之法若無病苦晝不應臥若眠息時有人相惱者應向餘處

不捨惡見違諫學處第五十五

佛在室羅筏城給孤獨園時無相苾芻生罪惡見欲令捨故作白四羯磨衆開諫時猶故不捨由邪思事僻執煩惱制斯學處

若復苾芻作如是語我知佛所說法欲是障礙者習行之時非是障礙諸苾芻應語彼苾芻言汝莫作是語我知佛所說欲是障礙法者習行之時非是障礙汝莫謗世尊謗世尊者不善世尊不作是語世尊以無量門於諸欲法說爲障礙汝可棄捨如是惡見諸苾芻如是諫時捨者善若不捨者應可再三慇懃正諫隨教應詰令捨是事捨者善若不捨者波逸底迦

作如是語者謂引世尊所說雖有妻室獲得不還果遂生惡見世尊所說法者一世尊說二弟子說由大聖力法興於世雖弟子說亦名佛說障礙法者謂五部罪非障礙者謂不能障沙門聖果此中犯者若苾芻心生惡見謂爲正見云我所解最爲殊勝實不從佛聞如是語但出自意說其文義不生慚耻邪說誑他餘苾芻見時應爲屏諫若不捨者得惡作罪次羯磨諫作初白竟乃至第二羯磨竟若不捨者一一皆得惡作之罪第三竟時便得墮罪應於大衆中說悔其罪

隨捨置人學處第五十六

佛在室羅筏城給孤獨園時無相苾芻僧伽與作捨置羯磨時鄔波難陀與其同住損惱如上制斯學處

若復苾芻知如是語人未為隨法不捨惡見共為言說共住受用同室而宿者波逸底迦言未為隨法不捨惡見者雖得衆法不欲隨順所陳惡見無改悔心設未順衆若捨惡見者雖與同住無其墮罪共為言說者謂平論善惡受白事等共住者與作依止師受用者謂受供給同室宿者於前四種室中作如上事宿經明相皆得墮罪方便得輕若不知是被衆捨棄或身有病苦或欲捨惡見並無犯

隨順惡見求寂學處第五十七

佛在室羅伐城給孤獨園有二求寂一名利刺二名長大作諸惡行心無羞恥見昔朋友得羅漢果作是念言彼與我等舊行非法而令獲得勝增上果故知犯罪非障聖果此惡見人衆應開諫安在見處令離聞處大衆和合秉白四法令捨惡見若作白已應往告知乃至羯磨一一皆爾第三法竟若不捨者即應駈擯不應同住而鄔波難陀遂便攝養與共同住事惱同前制斯學處

若復苾芻見有求寂作如是語我知佛所說法欲是障礙者習行之時非是障礙諸苾芻應語彼求寂言汝莫作是語我知佛所說欲是障礙法者習行之時非是障礙汝莫謗世尊謗世尊者不善世尊不作是語世尊以無量門於諸欲法說為障礙汝可棄捨如是惡見諸苾芻語彼求寂時捨此事者善若不捨者乃至二三隨正應諫隨正應教令捨是事捨者善若不捨者諸苾芻應語彼求寂言汝從今已去不應說言如來應正等覺是我大師若有尊宿及同梵行者不應隨行如餘求

寂得與苾芻二夜同宿汝今無是事汝愚癡人可速滅去若苾芻知是被擯求寂而攝受饒益同室宿者波逸底迦

言攝受者謂與依止爲饒益者給彼衣鉢或教學業亦名饒益與同室宿經初二日各一墮罪至第三日得二墮罪若與依止及教讀誦皆得墮罪凡不見罪等被捨置人共爲受用皆得惡作餘如前說

著不壞色衣學處第五十八

佛在王舍城竹林園中時祇利跋窶山大節會日遠近城邑士女咸萃歌管音樂並皆雲集是時樂者作如是議我之管曲人皆見聞未是殊妙宜須改異更作新奇時有樂人取六衆苾芻形像變入管絃既是新異人皆競集自餘鼓樂無往看者遂多得珍財時六衆苾芻聞斯事已自相告曰無識倡優摸我形狀將爲舞樂尚獲多財豈若自爲而不得物既足衣鉢無假乞求遂於大會衆聚之時著俗衣裳自爲歌樂諸有看人咸集於此自外管絃並皆息唱是時樂人自相告曰前爲形狀多獲珍財今彼自爲我無所得可將珍貨密贈六人彼見哀憐必隨我欲時六衆苾芻既受貨已住彼作樂苾芻不應習學歌舞及往觀聽此由鼓樂事掉舉煩惱制斯學處若復苾芻得新衣當作三種染壞色若青若泥若赤隨一而壞若不作三種壞色而受用者波逸底迦

言新衣者謂是體新非是新得名爲新也衣有七種具如上說言青者取訶棃勒或研或擣和水成泥塗鐵器中停經一宿和以煖水

染物成青非深青色若泥者謂是泥染又云赤石是也若赤者謂是樹皮根莖枝葉華果堪染衣者皆得壞色言受用者謂披著也初操體時即得墮罪中間方便皆得惡作下至拭鉢巾拂足巾鉢俗濾羅腰條等咸須壞色作淨而畜若其衣體或經或緯是不淨物不壞而披皆得惡作先壞色衣王賊奪去後時重得舊淨已成若不壞色爲不壞色想六句如上若重大衣帔是僧祇物聽留縷繢而受用之亦不須染不應露著出外遊行必須出時表裏皆須赤衣通覆勿令外現若縷繢尚露出者應截去之若是別人物皆須作委寄法而爲受用應對苾芻作如是說具壽存念此重大衣以某甲施主爲委付者我爲彼想而受用之第二第三亦如是說

捉寶學處第五十九

佛在王舍城鷲峯山爾時世尊於日初分執持衣鉢將尊者阿難陀以爲侍者從鷲峯山詣王舍城乞食遇天大雨水蕩崖崩見劫初人所安伏藏光色晃曜世尊告曰阿難陀汝應觀此是大害毒阿難陀答言大德世尊實是可畏毒去斯不遠有一採根果人聞之生念我於先來但見齧毒至於害毒實未曾見勿令於夜螫害於我試往觀之識其形狀既其至已見是伏藏光彩外發竊生是念願此害虵恒螫於我父母妻子所有眷屬亦不辭痛遂將葉蓋細細持歸共諸親族隨意受用時未生怨王見其富盛遣使往察徐而問之汝於何處得王伏藏彼人報曰我實不得王家伏藏捉以送王王自問曰汝可實說得吾

伏藏耶彼人答言我實不得王問諸臣違王教勅罪合如何答云合死王言此違我命宜當准法所有眷屬皆繫獄中即將向殺處彼人悲泣隨屠者行高聲大喚阿難陀此是害毒此是害毒將刑有言法須返奏使持此語返報於王王曰言不相當必有其義即便喚返親自問之彼人具以昔緣而答王於佛法初始生信聞說此言不覺流淚告彼人曰汝緣世尊獲斯珍寶罪雖合死我今釋放并汝眷屬應將此物供養佛僧既蒙釋免遂辦上供奉請佛僧就其住宅佛爲說法踊躍歡喜便獲初果緣斯不聽苾芻捉寶又鄔波難陀往教射處復往樂坊怖其博士令輸餅直賣盡弓矢戲具之屬終致貧窮此是寶類又鄔波難陀於薜舍離取他童子瓔珞云是藥叉神物由珍寶事多貪煩惱制斯學處

若復苾芻寶及寶類若自捉教人捉除在寺內及白衣舍波逸底迦若在寺內及白衣舍見寶及寶類應作是念然後當取若有認者我當與之此是時言寶者謂金銀瑠璃硨磲碼碯珊瑚琥珀商佉右旋及牟薩羅帝青大青日月光等言寶類

言寶者謂末尼珠薜瑠璃商佉尸羅琥珀金銀碼碯牟娑羅大赤珠右旋螺等是也言似寶者謂鬪戰具所有兵刃或管樂所須戲具雜物自捉者謂自身觸遣他者謂教他觸寺內者謂苾芻住處因鹿子母遂開舉捉白衣舍者謂俗人舍捉他金囊欲爲藏舉者無犯此中行法者凡得遺物主若來索應反問之若說識同即宜還彼若差互者即不應還若

於寺外見他物時以葉草等蓋覆令密不應於此爲輕棄心無主來索收歸住處私自舉掌經七日八日無人索者應收貯僧庫經五六月又無索者應供僧伽買牢器具若後主索應勸喻彼令施僧伽若不肯施應酬本直若索利者應告之曰由佛制戒還爾本物更索其利是所不應若寶裝瓔珞若臂釧等嚴身之具若張絃樂器若堪吹螺角若弓弛弦躤若箭有鏃頭若像身中有佛舍利如斯等類自觸教他皆得波逸底迦方便之罪准果應知若嚴身具不以寶裝及諸假寶弓無弦箭無鏃未張樂器螺不堪吹乃至結草爲瓔珞具無舍利像及龍象頷珠自觸教他及作書等若坐寶座咸惡作罪若向天上觸時無犯若先是兵刃打壞無堪者無犯亦不應著諸瓔珞具若須執捉有舍利像及無舍利像作大師想然後方捉由是佛寶故若不守持心觸得本罪若月光珠及日光珠爲出水火觸亦無犯知是賊徒不應指示若須水火應與若觸輪王七寶隨其所應得輕重罪一得（觸女成殘珠輪墮罪）衆教二得墮罪餘四無犯（二惡象馬無犯應知）

非時浴學處第六十

佛在王舍城竹林園中時六衆苾芻在溫泉所作諸調弄惱影勝王由此爲緣遂遮洗浴身形臭氣時俗譏嫌因更開聽半月中洗復聽在時無過由洗浴事過分煩惱制斯學處若復苾芻半月應洗浴故違而浴者除餘時波逸底迦餘時者熱時病時作時行時風時雨時此是時

言故遠者謂遠限齊而浴熱時者謂春時餘有一月半當作安居即是四月初至五月十五日及夏初一月即五月十六日至六月十五日此兩月半名極熱時病時者若不洗浴身心不安作時等者義如上說風時者乃至微風吹動衣角雨時者乃至天雨有二三渧墮其身上風雨時者謂風雨俱有初開半月浴因大熱時後聽隨意更開病等皆非是犯此中犯者若灌頂若入河池若冷水若煖湯於斯等處不作時心守持而浴者從上澆水流至于臍若入河池水過臍上得波逸底迦若有要緣須渡河澗若繞灘磧若過橋堤脚跌墮水或時悶絕他以水澆若在河池為學浮故若遇天雨並皆無犯若在時內須數洗者應守持心方為沐浴苾芻住處咸須淨掃處若寬大修治難徧者應於要用處而掃拭之若至八日十五日應鳴楗椎合衆共掃衆集之時應說法語或聖默然事訖應浴禮制底已共相慰問隨意而去苾芻見地若灑若掃若牛糞塗欲履踐時皆誦伽他佛堂制底及幡幢竿須蹈影過亦誦伽他若有方處地多暑熱亦隨意浴若觸死屍亦應洗浴苾芻若死應檢其屍若無蟲者以火焚燒無暇燒者應棄水中或埋於地若有蟲若天雨應共輿棄空野林中北首而臥竹草支頭以葉覆身面向南望應於殯處誦無常經復令能者說呪願頌喪事既訖宜還本處其捉屍者連衣浴身若不觸者應洗手足若剃髮者亦在時攝若除爪甲應作剃刀形或斧刃形不得作稻粒形人頭半月及烏鳥觜不得揩使光

澤應刮去塵垢若剃髮者咸須總剃不應留頂上朱荼不應以剪刀剪髮若在瘡邊隨意剪之三隱處毛並不應剃若蟲生或有瘡應告上座方剃若脛腨毛近瘡應剃蘭若苾芻髮極長時得齊兩指餘不應爾剃髮之時不應披三法服應別畜一剃髮之衣此若無者可披僧脚踦若無剃髮人苾芻解者應於屏處剃之由此僧伽聽畜剃刀等物須者取用若大衆地灑掃淨處不應於中除棄爪髮若是老病及有風雨聽隨處剃剃髮竟時應以牛糞塗拭其地次洗浴身老病乏水應洗五支謂頭及手足若洗浴時應觀合不其澆水者應著二衣不應師子而洗野干謂破戒人使持戒者若是父母阿遮利耶鄔波馱耶此之四人縱是破戒亦應供養不應輕慢若洗浴時不應輒使不信之人及初信人入於浴室若洗浴時要須心念守持我今欲洗在何時中然後方浴不得將甎石等用揩脞腨不應露體而浴應畜浴裙長四五肘闊一肘半不應複作若複作者恐蟲住內將欲洗時應觀其水無蟲方浴若無裙者應以樹葉掩身屏處而浴若洗浴時蟲著身者此水則不應浴若在河池洗浴竟時應方便以手開掩浴裙漸漸出水勿令相著帶小蟲出若至岸邊暫時蹲住然後偏抽捩除其水不應濕體披支伐羅若拭身巾或以洗裙拭去身水方可披衣如上所説不順行者咸惡作罪

第七攝頌曰

殺傍生故惱　擊歷水同眠　怖藏貧索衣
無根女同路

殺傍生學處第六十一

佛在室羅筏城給孤獨園時鄔陀夷苾芻往教射堂自現已伎作五箭法輕忽人衆因害飛禽由生命事無悲煩惱制斯學處

若復苾芻故斷傍生命者波逸底迦

言故者謂作傍生想故心而殺言傍生者謂鳥禽蛇鼠等斷命者令彼命根身中不續此中犯者若苾芻以自身手若持器仗若擲餘物作殺心而打者或當時死或後命終皆得本罪若不死者得惡作罪使癲狂者行殺害時彼雖無犯教者本罪若遣書信若手印等令其行殺命斷之時皆得惡作境想六句亦如上說復有處說實非傍生作傍生想亦得本罪從心結重若故殺彼而錯殺此得惡作罪若無心當境者無犯

故惱苾芻學處第六十二

佛在室羅筏城給孤獨園時鄔陀夷苾芻見十七衆受近圓已作惱亂心而告之曰汝等雖蒙作法實不得戒何用勞心更求學業由戲弄事掉舉煩惱制斯學處

若復苾芻故惱他苾芻乃至少時不樂以此爲緣者波逸底迦

言故惱者謂彼本心以惡作事令他生惱少時不樂者謂被惱箭射其心也爲緣者謂以惱亂爲緣此中犯者說他事時言或稱理或不稱理作觸惱心謂時非時結界成不二師有過汝可更受汝於某處盜親教師衣或犯重罪說是語時他惱悔心生與不生言說了時便得墮罪除近圓事及波羅市迦若以餘緣相惱亂者咸得惡作若授學人及不解語

人欲令生惱亦得惡作若作饒益心隨順律教以理開導者皆悉無犯境想六句兩重四輕於惡作事想疑等亦有六句如上應思

以指擊歷他學處第六十三

佛在室羅筏城給孤獨園時十七衆苾芻中有一人被惱不樂彼十六人共來愧謝以指擊歷因笑過分遂致於死制斯學處

若復苾芻以指擊歷他者波逸底迦

若苾芻以一二指乃至十指擊歷他時各獲墮罪若二人身俱頑痺而擊歷者得惡作罪苾芻苾芻想兩重四輕於擊歷想亦爲六句若以指頭示瘡靨處者無犯

水中戲學處第六十四

佛在室羅筏城給孤獨園時十七衆苾芻在阿市羅跋底河中戲時勝光王見生譏嫌制斯學處

若復苾芻水中戲者波逸底迦言水中戲者因九事生犯謂自喜教他喜自戲教他戲自跳教他跳掉舉弄影身相打拍此中犯相者謂在水中若出若沒若去若來若拍水爲鼓若自作若共他作若隨三業所引起事若苾芻作戲調想初從座起著裙披衣去至洗處著洗裙入水中隨其深淺或堪不堪擬爲戲調一一皆得方便惡作若爲戲笑若浮若沒若去若還若沿波下若泝流上若打水作樂若畫水波文若於水埦中若於鑵器中若於羹椀中以手打拍作絃管音者咸得墮罪若以指彈作聲爲戲調心皆得惡作若作取涼冷意騰攪水波若渡河若學浮者無犯如世尊說苾芻應習浮恐有難緣不能浮渡若以

水灑弄他時隨滴多少咸得墮罪爲取涼冷水灑無犯油等滴他者得惡作罪除水已外若將餘物而戲調者皆得惡作水作水想有其六句有說實非是水而爲水想亦得墮罪

與女人同室宿學處第六十五

佛在室羅筏城給孤獨園時阿尼盧陀苾芻於無男子處與女人同一室宿女生染意請就家中設食供養强逼苾芻欲行非法由女人事婬染煩惱制斯學處

若復苾芻共女人同室宿者波逸底迦

言女人者謂是人女堪行非法手足相稱言同室者四室如前此中犯者苾芻與女人一處同宿至明相出便得墮罪若明相未出得惡作罪若女在閣上苾芻在下或復翻此若有梯除去有戶牢閉若不去梯應安關鑰若令苾芻等而爲守護其守護人不應眠睡若異此者便得墮罪或雖同室以物遮障使絶行路若女在室外牢閉其戶或牧牛羊孤獨舍中遮障同前若以柴棘周帀圍繞者無犯若不爾者明相出時咸得墮罪若天龍女可見形者及女傍生同處宿時咸得惡作小女傍生不堪行婬者無犯若居叢薄若在榛林若竂竹閒若空樹内若庛崖坎若蔭樹枝與女宿時咸得惡作無堪之女亦得惡作長行屋宇門各別開隨有女處同宿得罪女爲女想有其六句前四得罪後二無犯若苾芻先卧女人後來苾芻不知亦得本罪有說設無女人作有女想亦得本罪若有父母夫主等爲守護者同宿無犯

恐怖苾芻學處第六十六

佛在室羅筏城給孤獨園時鄔陀夷披著毛緂驚恐十七衆云神鬼來令生恐怖由戲弄事不寂靜煩惱制斯學處

若復苾芻若自恐怖若教人恐怖他苾芻下至戲笑者波逸底迦

下至戲笑者雖作調弄本爲惱心此中犯者若苾芻於餘苾芻作恐怖意以可惡事令生畏惱謂以色聲香味觸爲驚怖事告彼人曰畢舍遮等欲來殺汝隨彼苾芻有怖無怖解其言義便得本罪若以可愛色聲等事謂王欲來殺害汝者得惡作罪若於授學人及於餘人處爲驚惱者得惡作罪若說地獄傍生餓鬼情存化導彼雖生怖者無犯苾芻苾芻想有其六句初二本罪後四輕罪實無怖事作無怖想亦有六句有說設非苾芻作苾芻想亦得墮罪

藏他衣鉢學處第六十七

佛在室羅筏城給孤獨園時十七衆共六衆苾芻在水而浴時十七衆在水中戲沒不疾出是時六衆收取其衣藏草叢下捨之而去由調戲事不寂靜煩惱制斯學處

若復苾芻自藏苾芻苾芻尼若正學女求寂求寂女衣鉢及餘資具若教人藏除餘緣故波逸底迦

言正學女者若曾嫁女年滿十二若是童女年滿十八應與正學法作白二羯磨與之言正學法者謂是六法及六隨法云何六法

一者不得獨在道行　二者不得獨渡河水

三者不得觸丈夫身　四者不得與男同宿

五者不得爲媒嫁事　六者不得覆尼重罪

頌曰

不獨在道行　不獨渡河水　不故觸男子
不與男同宿　不爲媒嫁事　不覆尼重罪

云何六隨法

一者不捉屬己金銀　二者不得剃隱處毛
三者不得墾掘生地　四者不故斷生草木
五者不得不受而食　六者不得食曾觸食

頌曰

不得捉金等　不除隱處毛　不掘於生地
不壞生草木　不受食不食　曾觸不應食

若正學女及求寂男女受戒法式如廣文說言衣者謂應量衣合分別者鉢謂堪守持也言餘資具者謂鉢絡飲水器腰條針筒等言鉢絡者謂盛鉢帒若用布作若用織網若是老病聽畜杖絡飲水器者謂小銅盞也腰條者聽畜三種一匾條二圓條三方條若繩線類悉不應用若更有餘綺飾條帶皆不合畜若金銀莊嚴具是不淨物亦不應著但是沙門合畜之物得根本罪不合畜者得惡作罪除餘緣者若恐有王賊等難爲其藏舉者無犯此中犯者知是他物作故惱心或復戲笑隨彼前人生惱不惱藏彼物時便得墮罪若金銀等器若犯捨等鉢若不淨三衣若減量衣服若授學人物若此部餘部互爲藏舉若餘沙門婆羅門等物輒藏舉者咸得惡作

他寄衣不問主輒著學處第六十八

佛在室羅筏城給孤獨園時鄔波難陀以己三衣與依止弟子弟子得已浴染既訖作已物心還寄師主便往他方時彼師主歸取而著極令垢膩還安本處弟子後還見衣生惱

此由衣事及廢闕煩惱制斯學處

若復苾芻受他寄衣後時不問主輒自著用者波逸底迦

衣者謂三衣也不問者不從他借用者披著也此中犯者若苾芻與苾芻衣不問主自取而著不借不借想疑取衣著時二重二輕後二無犯授學人等衣及不淨衣不借而用並得惡作若親友物彼聞用時心歡喜者無犯有說雖實借得作不借想亦得墮罪

以衆教罪謗清淨苾芻學處第六十九

佛在王舍城竹林園中時窣吐羅步弭迦見實力子披衣拂著蓮華色苾芻尼頭遂便謗犯衆教罪由同梵行事不忍煩惱制斯學處

若復苾芻瞋恚故知彼苾芻清淨無犯以無根僧伽伐尸沙法謗者波逸底迦

言無根者謂無見聞疑根僧伽伐尸沙者於十三中隨一一事謗者謂非理出言於不淨人有十一事成犯六事非犯於清淨人十事成犯五事無犯如上應知以衆教謗便得墮罪若窣吐羅罪謗若謗授學人若前人不領解語咸得惡作淨與不淨作淨想疑得波逸底迦作不淨心得惡作罪有說雖非苾芻作苾芻想而謗他者亦得墮罪

與女人同道行學處第七十

佛在室羅伐城給孤獨園有諸苾芻從王舍城詣室羅筏悉底時有織師與婦共鬭其婦遂便捨家而去苾芻見之與爲同伴在路而行是時織師隨後尋見謂其誑誘打之次死由道行事譏謗煩惱制斯學處

若復苾芻共女人同道行更無男子乃至一

村間者波逸底迦

言無男子者謂惟有女言一村間者謂一拘盧舍也若半拘盧舍皆得惡作滿拘盧舍皆得墮罪若無男子境想四句同前下二無犯女爲女想亦有六句若化女天女龍女半擇迦女若二根若未堪行婬女同路行時咸得惡作有說若無女作有女想若有男作無男想亦得本罪若過險路以女人爲防援者或時錯道女人指示斯皆無犯

第八攝頌曰

賊徒年未滿　堀地請遮教　竊聽默然去
不敬酒非時

與賊同道行學處第七十一

佛在室羅筏城給孤獨園時有苾芻共興易人偷關稅者同路而去由行路事譏嫌煩惱制斯學處

若復苾芻與賊商旅共同道行乃至一村間者波逸底迦

言賊者若竊盜若強奪若偷稅人曲路而過言同道者謂是險道犯罪分齊如前應知若棄賊前去若癲狂病者無犯賊伴賊伴想有其六句有說非賊賊想亦得墮罪

根本薩婆多部律攝卷第十二

音釋

嗢呾（嗢烏沒切呾當達切）擯（必刃切逐也）窶（曰許切）擣（都皓切舂也）纒（求位切織餘也）蜇（之列切螫也）[illegible]（祖感切弦[illegible]也）鏃（千木切矢鏑）磧（資昔切水渚有石者）膍腨（膍部比切股也腨市兗切腓腸也）黶（於檢切黑子也）緂（他感切毳衣也）絡（歷各切）弭（莫禮切）詃（姑犬切誘也）

根本薩婆多部律攝卷第十三

尊者勝友造

唐三藏法師義淨奉制譯

與減年者受近圓學處第七十二

爾時薄伽梵在室羅筏城給孤獨園時尊者大目乾連與十七衆受近圓已不能忍饑遂便啼哭由近圓事攝衆煩惱制斯學處

若復苾芻知年未滿二十與受近圓成苾芻性者波逸底迦此非近圓諸苾芻得罪

言知年未滿二十者由其年小饑渴逼時不堪忍故言與近圓者謂能授所授進止威儀所有行法咸可知之言能授者謂鄔波馱耶阿遮利耶并餘僧伽有二種鄔波馱耶一初與出家二爲受近圓滿足十夏方住師位復須成就五法一知有犯二知無犯三知輕四知重五於別解脫經廣能開解於諸學處創結隨開若遇難緣善知通塞常誦戒本能決他疑戒見多聞自他俱利威儀行法無有虧犯具如是德名親教師由其親能教出離法故若苾芻雖近圓已於諸學處不識重輕設六十夏仍須仗託明德依止而住若師小者唯除禮拜自餘咸作此即名爲老小苾芻然不得與他出家及受近圓也阿遮利耶有其五種一求寂阿遮利耶謂授三歸五十學處二屛教阿遮利耶謂於屛處問其障法三羯磨阿遮利耶謂近圓時秉白四法四依止阿遮利耶乃至一夜依之而住五教讀阿遮利耶下至授彼四句伽他此之五人並當師位能生軌範總名軌範師也言僧伽者有二種一十人謂在中方二五人謂居邊地若於其

處有十人可得取五人者名善近圓衆得越法罪若但有五人斯名善受若衆數不足不得以佛而足衆數由佛陀僧伽寶體别故若狂聾人及天授部等將足衆數不成近圓言所授者有多種相謂意樂損壞所依損壞丈夫損壞白法損壞繫屬他人及有醜惡不端嚴相言意樂損壞者謂臨死時或怖來逼或爲活命而求出家言所依損壞者謂身有難療之疾欲投三寶望得除差丈夫損壞者謂半擇迦此有五别一生半擇迦謂生來不男二半月半擇迦半月男半月不男三觸抱半擇迦他抱觸時生支方起四嫉妒半擇迦見他行婬妒而根起五被害半擇迦謂遇病傷或被刀割此五黃門出家近圓悉皆非分後一不定若近圓已被傷損者若性行不移還依舊位若性改變應滅擯初一黃門亦名扇侘白法損壞者謂諸外道崇重邪教無正信故諸外道中除釋迦種及事火人自餘外道四月共住食大衆食著親教師衣供承作務一同求寂若不捨舊見即應遣去若捨舊見應與出家汚苾芻尼者謂尼不犯八他勝法若以不淨行汚此苾芻尼時若俱有染心先觸尼身後汚不淨行不名汚尼由尼已犯觸男他勝故言賊住者不依師主輒自出家共清淨苾芻經二三長淨乃至同作白四羯磨摩納毗迦中說未近圓人與他淨衆同爲白二或白四法長淨隨意并共衆差十二種人並名賊住歸外道者謂有外道投佛法内雖著法衣愛外道見而還本處不捨於戒脫去法衣經明相出殺父殺母殺阿羅漢惡心

出佛身血破僧伽諸助伴人知天授言是其非法作非法想亦是破僧先曾犯戒者謂於五學及十學處破其重戒若四他勝中曾犯其一此黄門等未受不應授已受應滅擯又有二種異住之人一從法黨向非法黨二者與作捨置羯磨若已還俗重來受戒亦不應授言繫屬他人者謂奴婢負債及王大將若父母不聽者不得若遠方者無犯前母生已即便棄擲餘母收養者若出家時應問養母若殺前母得無間罪言不端嚴相者謂是非人及傍生等變形爲人而來受戒或擎旗大賊若減三十歲若過分青黄赤白狀異人形若身生象毛若無髮若大腦若匾遞若多頭若凸眼若盲若瘂若象牛等頭若馬猨猪形若無耳鼻若象馬耳牙若無牙齒若項短若太長若太短若傴肩若曲脊若無生肢及卵若下墜若身極麤極細若被截手足跛躄聾瞎若膝行若被打傷若房室過度無所堪能若氏族卑下此等咸皆非出家相既近圓已爲說二頌

汝於最勝教　具足受尸羅　至心當奉持
無障身難得　端正者出家　清淨者圓具
實語者所說　正覺之所知

言進止威儀者若有俗人求出家者應隨彼心詣一師處其師即應問於障法若清淨者應攝受之觀其意趣有堪能者應授三歸并五學處次請親教師又請苾芻爲白僧者彼受請已問本師云已問此人諸障法未若不問者得惡作罪衆若和集應白僧伽若不集者巡房告知若不白衆犯惡作罪當白之時

衆咸語言若清淨者應與出家若不問者皆得惡作次令剃髮人剃髮剃將了時應留頂髻而問之曰除朱塗不若言留者遣隨意去若言除者應盡剃之應適時候爲其洗浴洗浴既訖爲著下裙方便檢身莫令其覺恐有二根及無根故次著僧脚崎後授縵條令頂戴持方爲披著請一苾芻爲受三歸及十學處應畜鉢盂若無鉢者不應出家次教請教白事同大苾芻若年滿二十師爲辦六物資縁若自無者應爲假借并爲請羯磨師及屏教師諸證人等若壇場中若大衆中受既入壇中安置衣鉢先教請鄔波馱耶即令三徧一一禮僧次令捧鉢巡行呈現大衆一一覩已咸云好鉢不道者得惡作罪即對衆前本師爲守持衣鉢次令其人向眼見耳不聞處合掌而立處仰大衆欲近圓人不應遠使不上高樹恐有損傷於屏障處其屏教師問障法已次喚入衆乃至令其蹲踞合掌在羯磨師前一心領受既羯磨竟即應量影折四指籌名爲商矩隨四指影皆號一人應告日時及五時差別應即爲說四他勝法次說四依及四聖作法若不說者皆得惡作罪若先說四依者得越法罪有其五事不成近圓一不稱鄔波馱耶名二不稱已名三不牒僧伽四不作羯磨五羯磨減少翻此五非即名善受正近圓時轉根爲女此亦成受應送尼寺尼近圓時變爲男者遣向僧寺各依自戒又苾芻苾芻尼二衆互秉羯磨若不問障法若無親教師若有而不請若不受十戒若不秉羯磨咸非近圓無親教師衆得越法得名善受

若知親教師是破戒者不成近圓如不知者得名善受實有障法而自言無實無障法而自言有前不成受大衆無犯後得近圓衆得越法罪正受近圓時云我捨學處或云我不樂受皆非近圓若耳聾若癡戾車但解語者成受近圓翻此不成衆僧得罪若鄔波馱耶及餘足數人作法之時根轉成尼若聞白方轉此成近圓異此不成互居空地亦不成受問曰齊何處所復齊幾人名受近圓答曰一界三人一時授與乃至四界人各一二三同時授與若更多界皆成近圓總有十種得近圓法云何爲十一者無師謂佛世尊二者證智謂五苾芻三者問許謂鄔陀夷四者歸依謂大迦攝波五者五人謂是邊國律師爲第五六者十人謂在中方七者受敬法謂大世主八者遣使謂達磨陳那九者二衆謂兩部俱集十者善來謂大師親命是名爲十世尊既開羯磨受已餘法皆止惟除善來由是最後生故

既近圓已所有行法次下當說小苾芻等應禮大者若初相見應問夏數及以受時時有五別一謂冬時四月二謂春時四月三謂雨時一月四謂終時一日一夜五謂長時三月少一日一夜有四種應禮一是如來一切人天並應致敬故二出家者不禮俗人是彼所敬故三已近圓苾芻皆應禮敬先受近圓者惟除尼衆彼敬亦爾四未近圓者應禮近圓有十種不應禮行徧住等四人授學人三種被捨置人諸在家人及未近圓是名爲十若一羯磨與二三人同時近圓者便無大小之

別互不致敬衆使巡來任他差遣禮敬之儀有其二別一謂五輪著地二謂執捉腨足口云畔睇有說禮大師時五輪至地若尊及尊類應手膝至地或時曲躬低頭合掌或捉腨或蹲踞合掌自餘所有同梵行者若但合掌或復低頭或口云畔睇若知他身有穢觸而爲禮敬或自身有穢觸而禮他者俱得惡作有二種穢觸一食竟未澡漱穢觸二便利未洗淨穢觸出家苾芻不應懷恨設有嫌隙者小近大時即須唱畔睇而禮拜大者見禮即云願無病惱如兩不言者俱得惡作若六苾芻懷恨而死墮毒蛇中小欲懺時應念宿形而行敬法若惟著下裙無上衣者不合禮他亦不受禮遠而行者俱惡作罪大者嚏時小云畔睇小者若嚏大云何路祇若不言者俱得惡作然不應云願得長命若俗老母及莫訶羅願長壽者道時無犯闇中禮拜不應至地口云畔睇即是致敬已辯出家受具禮敬法式其攝受門徒共相依止今次應說既近圓竟滿十夏已來在親教師邊受學律藏及餘經論等若親教師有緣不及自教者應令別仗明德可委付人依之而住次明受依止法凡欲受依止時當觀彼人性行溫恭有慚有愧是可信用於諸善品樂修習者應攝受之請依止時應整衣一肩禮敬訖以兩手按彼雙足作如是說大德存念我某甲今請大德爲依止願大德爲我作依止我依大德故得安隱住如是三說師云爾弟子云善或云極好若無依止師不應輒向餘處人間遊行若滿五夏五法明解識犯非犯知重知輕別

解脫經善知通塞得離本師及依止師遊方習業所到之處經二三日且自停息次當觀察誰可爲師應就依止若無依止不應停住設阿羅漢亦須依止況復異生若所到處五夜已來求依止師求心不息者現前利物應與其分異此不應有五法不與依止一無敬信心二出麤惡語三親近惡友四性恒嬾惰五心無恭順翻此應與應捨依止不捨依止於前二五如次應知有五事捨依止一決捨去出界外二謂還俗三親教師至四從此黨向餘黨五捨依止事若見鄔波馱耶時即失依止若道行時師有心住仍須供侍更相屬授若依止師及以弟子須出遊行中路而返若經多時意擬重來者還依舊位而作依止由心不捨故設於中閒別依止餘人亦不失前依止師位若於其處依止師死更無依止不應住經第二長淨亦復不於此處若前若後而作安居後安居内師命過者應自防心住經兩日過此已後更不應住若住處去阿遮利耶鄔波馱耶有兩踰膳那半應當半月半月就其禮問若五拘盧舍經六七日應往禮問若去五里日日應往若居界内日別三時而爲禮問若阿遮利耶鄔波馱耶於衣鉢等所有營務皆應先作此之二師及教授師皆應如法供侍若依止師及教授師二俱有病應看何者若有力能兩處俱看若無力能應看依止所以然者若無教授在處得住若無依止即不應住若教授師多有弟子應爲番次而作供侍阿遮利耶有嫌隙處不往親附應恭敬心給侍師長若不請白洒掃等事

及料理衣鉢并教授他皆不應作若有客來先不相識者不應即與按摩解勞以要言之在本師邊及依止師處於一切事不問不作惟除五事何謂爲五謂飲水嚼齒木大小便利於同界中齊四十九尋內制底畔睇如前所說行法軌式一一不依者咸得突色訖里多罪此等諸罪皆有不敬教波逸底迦及方便罪其請教白事晨旦問安各各別陳不得合作若事促者併諮無犯諮問之法晨朝早起自嚼齒木次往房中爲師按摩身體師既起已供水齒木安置坐處授拭巾等應自禮尊像次來禮師一拜低頭虔誠合掌作如是白鄔波馱耶若阿遮利耶存念我今請問不審鄔波馱耶等尊體起居宿夜安不師可隨時而答其事如有病患問知所須隨時供侍次應隨心自修善品欲食之時還須致禮而請白言鄔波馱耶或阿遮利耶存念我今請白我洗手足及鉢欲食粥或云我洗手足及鉢欲中食但是所有吞咽之物餅餅果等乃至乾薑半片胡椒一粒飲非時漿瞟黃洗足敷設卧具眠息等事咸須白知設無白事若至午時若在午後皆須禮拜若至晡時行禮制底日欲暮時還應禮師每日三時常行是事若欲出寺皆須就禮白云我今有如是緣欲往其處師應量宜隨意遮遣此乃略陳常行儀式凡是弟子應勤檢察不應恣其慢情不爲白事不修善品如無轡馬非法自居如世尊言汝諸苾芻寧作屠兒爲殺害業不與出家受近圓已捨而不問令我正法速時滅壞是故苾芻於弟子處極須檢察如不順教

隨事訶責若不可教驅令出去已辯餘義當釋本文言諸苾芻得罪者謂得越法罪此中犯相有其多種若有人年未滿二十爲不滿想或復生疑當問之時並依實說此二並不成近圓諸苾芻衆皆得越法罪是人不應共住有人年未滿二十作定滿想或復生疑當問之時並依實說若有人年未滿二十不識其年或復生疑當問之時默而不答斯之三類非受近圓若共清淨苾芻經二三長淨便成賊住若有人近圓時年實未滿而作滿想後有親屬報云不滿應數胎月閏月若滿者斯名善受若不滿者退爲求寂應更與受近圓若不爾者同前賊住若有人年滿十九作二十心而受近圓後經一年親屬來見報云不滿或自憶知不滿或年十八而受近圓後經二歲同前憶知斯等皆名善受正教難逢是開聽故若有人其年雖滿而相貌不滿應爲四句相貌滿者謂形狀事相并成熟相何謂形狀謂其形狀及以言聲非小兒狀言事相者於腋等處皆已生毛言成熟者觀其意思及以性行不同幼年於四句中初三無犯二四有犯若疑年不滿者應須方便審檢隱相方授近圓若年滿十五應與出家度爲求寂若異此者得惡作罪又下至七歲能驅烏者應爲僧伽守護穀麥以驅烏鳥合與出家應授三歸并十學處若異此者得惡作罪若八歲不能由七應與六歲能者非七不應度然苾芻不應畜二求寂若知其人能順教者與出家學處已應付餘人其所付人不得因此即授近圓須問本師方與圓具

壞生地學處第七十三

佛在室羅筏城給孤獨園時六衆苾芻手自和泥斵掘生地由作鄙業妨廢正修因壞地事作鄙業故制斯學處

若復苾芻自手掘地若教人掘者波逸底迦

言地者有二種一生地二非生地生地者謂未曾掘若曾經掘被人雨濕若餘水霑時經三月是名生地若無雨濕及水霑潤時經六月亦名生地異此非生此中犯者若苾芻知是生地不被火燒未經耕墾自掘教人掘若打橛若剗削堅鞕地皮崩岸隤牆著地堅泥舉令相離若土多沙少者咸得墮罪若地皮等不堅鞕處剗舉之時得惡作罪生地　生地想地爲地想各有六句並同前說無犯者若純沙石處或營事苾芻得好時日無驅使人須定屋基拼繩打橛深齊四寸者無犯過四月索食學處第七十四

佛在劫畢羅筏窣覩城多根樹園時六衆苾芻受莫訶男四月供養過此已後更從彼索由他施事多求煩惱制斯學處

若復苾芻有四月請須時應受若過受者除餘時波逸底迦餘時者謂別請更請慇懃請常請此是時

此開四月過不應受別請者謂別別施主請諸苾芻與其供養元由尊者畢隣陀跋蹉開受王請後更受王妹夫請食更請者謂諸苾芻後至王家不敢受食王問知已重受請食慇懃請者或云王家事多我當乞食王更至心請彼受食常請者四月既滿世尊受食諸餘苾芻皆行乞食王曰不限時節恒常請食

四月未竟請食麤食更求好者得惡作罪食便得墮請食好食更索麤食索時惡作食時無犯

遮傳教學處第七十五

佛在王舍城竹林園中世尊欲制共學處時二部僧伽並皆詳集制前四月戒尼不現前佛告阿難陀令半託迦苾芻往報尼衆時半託迦奉教而去是時六衆見而問之時半託迦具以其事答是時六衆便出惡言共相遮障由遮止事嫉妬煩惱制斯學處

若復苾芻聞諸苾芻作如是語具壽仁今當習如是學處彼作是語我實不能用汝愚癡不分明不善解者所說之言受行學處我若見餘善閑三藏當隨彼言而受行者波逸底迦若苾芻實欲求解者當問三藏此是時此中言愚者思其惡思說其惡說癡者謂不持三藏不分明者謂不了其義不善解者不能如理善為決擇說愚等時便得墮罪若說實者無犯

默聽鬬諍學處第七十六

佛在室羅筏城給孤獨園時十七衆得捨置法有所論說大衆苾芻便往屏處默然而聽由鬬亂事不忍煩惱制斯學處

若復苾芻知餘苾芻鬬諍事生求過紛擾忿競而住默然往彼聽其所說作如是念我欲聽已當令鬬亂以此為緣者波逸底迦

言鬬諍事生者謂見不可意事初始評論言求過紛擾者求覓過失更相道說言忿競者情不含忍發舉其事謂將此言說入鬬亂諍中自結朋黨共相扶扇也言默然往聽者謂

在屏處聽彼評論言令鬪亂者小事始生令成大諍紛紜不息若知諸苾芻在於上閣有所論説須欲往者應彈指或謦欬作聲者無犯若默而去聽彼言説初聞聲時便得惡作若解其義即獲墮罪若於中閣若在簷前若經行處隨彼而聽咸得本罪鬪諍鬪諍想六句如前有説實非鬪諍作鬪諍想亦得墮罪若情無向背若忽遇聞若聽其言欲令銷殄者此皆無犯

不與欲默然起去學處第七十七

佛在室羅伐城給孤獨園時十七衆既被六衆分離朋黨心生不忍便與鄔波難陀作捨置羯磨時鄔波難陀自惟無力恐被治罰遂將毛毯聚置座上默爾而出由評論事不寂靜煩惱制斯學處

若復苾芻知衆如法評論事時默然從座起去有苾芻不囑授者除餘縁故波逸底迦

如法事者謂三羯磨言默而去者謂從座起至離聞處不囑餘苾芻者若病看病授事人等有縁須去者應與欲若輒去者未離聞處得惡作罪若離聞處波逸底迦如法如法想六句有説實是非法作如法想亦得墮罪若大小便事訖還來若不離聞處若衆欲作非法羯磨默然而去悉皆無犯

不恭敬學處第七十八

佛在王舍城竹林園中時質呾羅苾芻在大衆中見他如法殄諍之時心生違逆或起瞋忿不肯隨順由評論事及不敬煩惱制斯學處

若復苾芻不恭敬者波逸底迦

言不恭敬者有二不恭敬一不敬僧伽謂見大衆有所論說二不敬別人謂阿遮利耶鄔波馱耶若苾芻在僧伽中評論事時或衆遣立或勿於此坐或時遣去或不聽來或遣取褥或不令取如衆所說不依行者得波逸底迦若阿遮利耶鄔波馱耶所有言教不依行者得突色訖里多若於二師順理告曰或餘耆宿作非法言欲令止息者無犯復更有餘說不敬之事謂法事佛事若尊人若弟子若人主若流俗於如是等不生恭敬若語若默有如法言不相順從若身語心隨其所應不敬之時各依輕重而得其罪言法事者先觀自身戒淨不淨若讀誦若教授若受施法式靜慮作意隨所應作而不修習若於外書應合學者若讀若聽隨時當習若不作者得墮罪若復嬾墮不修善品多眠飽食說無益言作不應作皆得惡作言佛事者謂於尊像雖復供養不生敬重制底香臺不時掃拭若見隤落有力能爲而不修補所應作事懈慢不爲言尊人者尊及尊類皆名尊人凡到尊處行住坐儀不高不下不通肩披衣不竪膝蹋足不直努身不背面坐不聞尊命不應輒坐不以胜重胜放身傲慢不令語時不應輒語尊人所說不應遮止有所言教不應違逆但應默然恭敬而住不嫉不恚除罪惡心恒爲敬養若不修敬者咸得墮罪弟子事者非時非處輒爲訶責於小過失不能容忍於弊訓事不善開喻若有疑悔不爲除殄心無哀愍出麤獷言不以法食共相攝受不存濟拔有惱害心皆得墮罪言人主者謂是國王王子

并諸臣佐遣來去等不用其言由此因縁情生不敬或爲殺害作無利益言流俗者於世俗人不相瞻顧自隨情好以致譏嫌不於道路大小便利令俗所呵亦不應與俗人違競若作輕慢心欲惱他者凡有所爲咸得惡作若大衆評論作評論想不生恭敬有六句初二墮罪四皆惡作

飲酒學處第七十九

佛在室羅筏城給孤獨園時莎揭多苾芻於俗人家得非時漿和酒而飲遂便大醉委卧街衢由乞求事譏嫌煩惱制斯學處

若復苾芻飲諸酒者波逸底迦

酒者若以餅麴或用米粉烝熟釀作復有雜酒謂根皮葉及以華果少安米麴醞釀成酒飲者謂呑咽也凡作酒色酒香酒味或闕一闕二而飲咽者能令人醉皆得墮罪若不醉人飲得惡作若體非酒而有酒色飲之無犯若用器飲若手掬飲乃至酒糟咸得墮罪若噉麴若噉華果能令人醉並得惡作境想六句後二無犯有說非酒酒想亦得墮罪如佛言曰汝諸苾芻依我爲師而出家者不應飲酒不與他不貯畜乃至不以茅端滴酒置於口中不犯者若酒被煎煑飲不醉人若口有病醫令含酒若酒塗身此皆無犯若苾芻先是躭酒人不得酒時遂便瘦弱者取造酒物麴及樹皮并諸香藥擣簁爲末布帛裹之以杖横繫懸於新熟酒甕之内勿令霑酒經一二宿以水和攪時與非時飲之無犯又無犯者酒變成醋飲不醉人澄清見面水解爲淨以羅濾之同非時漿隨意應飲

非時入聚落不囑苾芻學處第八十

佛在室羅筏城給孤獨園時鄔陀夷非時入村爲賊所殺由入村事招俗譏謗制斯學處

若復苾芻非時入聚落不囑餘苾芻除餘緣故波逸底迦

言非時者有二種分齊一過午二明相未出言聚落者俗人所居有街巷處餘苾芻者若無苾芻者無犯除餘緣者謂身有病若寄衣鉢在村被火燒舍須往村看若命難淨行難並皆無犯非時非時想疑波逸底迦時非時想疑得惡作罪後二無犯村作村想六句同前若住阿蘭若苾芻須入村中或道由村過若路在兩村中間若乘空入若無苾芻囑餘俗人者無犯

第九攝頌曰

食明相今知　針筒牀脚量　貯華并坐具
瘡雨大師衣

食前食後詣餘家學處第八十一

佛在室羅筏城給孤獨園時鄔波難陀親友白衣敬信三寶於自家中廣設供養以鄔波難陀爲首請苾芻衆時鄔波難陀報親友曰我有緣事須向某家要待我至方可行食既往餘處久待不來遂令大衆多不得食由俗家事過限廢闕煩惱制斯學處

若復苾芻受食家請食前食後行詣餘家不囑授者波逸底迦

食家請者謂受俗家請食若婆羅門及餘俗家食前者謂中前也不囑授去行過兩家便得墮罪食後者謂中後也行過三家亦得墮罪若語施主我設不來應與僧食勿令廢闕

若施主不以此人而爲先首去並無罪

入王宫學處第八十二

佛在室羅筏城給孤獨園時鄔陀夷有縁須詣摩利迦夫人處侵早入宫彼卧未起聞尊者來遂便驚覺著常宫内細薄之衣以見尊者由詣王宫并譏涂煩惱制斯學處

若復苾芻明相未出刹帝利灌頂王未藏寶及寶類若入過宫門閫者除餘縁故波逸底迦刹帝利者謂刹帝利種設非斯種若得灌頂亦名刹帝利王也明相未出者相有三别一者青相謂青色現二者黄相謂黄色現三赤銅相謂光如赤銅色未藏寶者謂於宫内未藏其寶言門閫者有其三種一城門閫二王家門閫三内宫門閫入初二門得惡作罪入内宫門便得墮罪除餘縁者如憍閃毗城王與瞿師羅舍王敎通爲一處者無犯夫敎勑者有其五種不得虧違何等爲五一者國王二如來大師三衆中上座四阿遮利耶五鄔波馱耶未曉未曉想等六句如上説若入四天王門揭路荼宫亦得惡作凡入王宫有十過失一宫人有娠便疑苾芻行不淨行二宫中失物三密言出外四王子有損五王身有損六舉大臣七黜國相八國人苦害九往征餘國十輒聚軍師如是等事咸疑苾芻故不應往

不攝耳聽戒作不知語學處第八十三

佛在室羅筏城給孤獨園六衆苾芻於半月説戒經時不用心聽作如是説我今始知是法是善逝説由不敬事亂心煩惱制斯學處

若復苾芻半月半月説戒經時作如是語具

壽我今始知是法戒經中說諸苾芻知是苾芻若二若三同作長淨況復過此應語彼言具壽非不知故得免其罪汝所犯罪應如法說悔當勸喻言具壽此法希奇難可逢遇汝說戒時不恭敬不住心不殷重不作意不一想不攝耳不策念而聽法者波逸底迦

不恭敬者是總標句不住心等是別釋句顯六過失謂無信心失無敬心失無樂欲失緣外境失心惛沉失生勞倦失如其次第而配屬之若苾芻已曾再三聞說戒經於長淨時作不知語若由煩惱或由忘念若睡眠若亂意隨一一戒不聽聞者皆得墮罪若聞苾芻尼不共學處作如是語得惡作罪若共學處便得本罪若老耄無所識知依實說者無犯長淨之時應令純熟善誦戒經者爲衆誦之先鳴揵椎時諸苾芻應自憶罪如法說悔然後赴集

根本薩婆多部律攝卷第十三

音釋

匾㔸匾邊典切㔸湯兮切匾㔸廣薄也　跛躄跛補火切躄必亦切跛躄足偏廢也　餅音飯　拼補耕切以繩直物也　橛其月切杙也　釀汝亮切醞酒　簁所皆切下物竹器也　閫苦本切門限

根本薩婆多部律攝卷第十四

尊者勝友造

唐三藏法師義淨奉　制譯

用牙角作針筒學處第八十四

爾時薄伽梵在室羅筏城給孤獨園時有巧師名曰達摩善牙骨作以自工巧告諸苾芻若須牙骨作者我當施手作時諸苾芻不知猒足終日驅使遣作針筒無暫停息遂令家業終致窮困由針筒事譏嫌煩惱制斯學處

若復苾芻用骨牙角作針筒成者應打碎波逸底迦

言針筒者有二種應畜一篘二鐵言作者若自作若使他作言打碎者謂作成入手應打碎棄之若作未成亦應捨棄若作成不自受或爲他作得惡作罪若得先成者受用無犯若對苾芻說悔罪時彼應問曰所作針筒已打碎未若不問時得惡作罪有四種針筒應畜銅鐵鍮石及以赤銅不應用金銀瑠璃頗胝迦寶而作針筒亦非鏇成揩以雜色畜針筒者應密藏舉若無慚愧苾芻及未圓人借不應與善能愛護者應與貯畜針刀恐鐵生垢應以蠟布裹之如作針筒不應受用令打碎者若作自餘違法資具准此應知刀子小印苾芻應畜刀子有三種謂上中下其形如雞曲翎或如烏曲羽上者長六指闊一指下者四指二內名中（此並連身鐵弝若木弝尖直皆不見畜）印有四種謂白銅赤銅鍮石及木若僧伽印文應作造寺主名上有轉法輪像隨其大小以爲記誌若別人印作骨鎖形或作髑髏形見時起念作不淨觀皆不應用寶作境想六句可

知

過量作牀學處第八十五

佛在室羅筏城給孤獨園如世尊說不應牀前洗足若有老病行來疲極應在牀兩頭而洒牀脚極短亦不應眠是時六衆便作大牀脚長十二肘安梯上下由卧具事憍恣煩惱制斯學處

若復苾芻作大小牀足應高佛八指除入梐木若有過者應截去波逸底迦

斯之事惱下戒咸同言作牀者若自作若使人作佛八指者謂中人一肘除入梐木者謂除入梐牀脚木也應截者過須截却方爲說悔以寶莊校得惡作罪凡牀脚應平截若恐損地應安承物謂穀糠袋或氈木等言中人一肘者長笏尺一尺五寸過此是高牀量用皆得罪

草木綿貯牀學處第八十六

佛在室羅筏城給孤獨園時鄔波難陀以草木綿貯僧卧牀餘苾芻卧徧身皆白由惱他故制斯學處

若復苾芻以草木綿貯牀座者應撤去波逸底迦

言草木綿者有其五種一荻苕二木綿三羯播花四羊毛五諸雜絮等言貯者謂於牀上散布其綿便用布襌隨時掩覆若以淨綿及淨布初作之時得惡作罪成者波逸底迦不淨綿布得惡作罪凡苾芻應合用者名淨不合用者名不淨

過量作尼師但那學處第八十七

佛在室羅筏城給孤獨園因諸苾芻作尼師但那不依應量故制斯學處

若復苾芻作尼師但那當應量作是中量者長佛二張手廣一張手半長中更增一張手若過作者應截去波逸底迦
言長佛二張手者謂當中人三肘量也更增一張手者謂肘半也總長四肘半廣一張手半者總廣二肘餘有六指作尼師但那應須割截安葉用儭卧具事如廣文

過量作覆瘡衣學處第八十八

佛在室羅筏城給孤獨園時諸苾芻多患瘡疥世尊聽許畜覆瘡衣由諸苾芻過量而作制斯學處

若復苾芻作覆瘡衣當應量作是中量者長佛四張手廣二張手若過作者應截去波逸底迦
作謂自作及教他作長佛四張手者當中人六肘廣二張手者當三肘量過量得墮罪滅量守持得惡作罪若爲他作亦得惡作

過量作雨浴衣學處第八十九

佛在室羅筏城給孤獨園時諸苾芻露身洗浴因毗舍佉鹿子母開畜雨衣由諸苾芻過量而作制斯學處

若復苾芻作雨浴衣當應量作是中量者長佛六張手廣二張手半若過作者應截去波逸底迦
作者或自作或使人作量依中人三倍減量守持得惡作罪

與佛等過量作衣學處第九十

佛在室羅筏城給孤獨園時鄔波難陀作大支筏羅縫刺既竟但披一邊餘聚肩上詣餘住處因招譏過制斯學處

若復苾芻同佛衣量作衣或復過者波逸底迦是中佛衣量者長佛十張手廣六張手此是佛衣量

言同佛衣量者此舉衣量從佛衣量是得罪分齊衣者謂堪守持長佛十張手者當中人十五肘廣六張手者當中人九肘若減此量作衣不得本罪若過五肘已上皆得惡作

四波羅底提舍尼法

攝頌曰

非親尼自受　舍中處分食　不請向學家　受食於寺外

從非親尼受食學處第一

佛在王舍城竹林園中時蓮華色苾芻尼自發願言我乞食時得初滿鉢奉施僧伽得第二鉢自供而食後因行乞見飢苾芻復持第二鉢以用布施緣斯斷食明日又乞初鉢施僧得第二鉢方欲自食時鄔波難陀從彼乞求便持施與身體虛羸於大巷中悶絶倒地諸居士見咸生譏議自言出家無悲愍意由苾芻尼事譏嫌煩惱制斯學處

若復苾芻於村路中從非親苾芻尼自手受食食是苾芻應還村外住處詣諸苾芻所各別告言大德我犯對說惡法是不應爲今對說悔是名對說法

言非親者若是親尼受食於彼非犯故苾芻尼者謂已近圓是清淨行於村路中者若尼住處受取若苾芻尼爲施主施食非乞得苾芻受取悉皆無犯自手者爲是自受若他爲受若尼遣人送者無犯言食者謂五珂但尼五蒱膳尼受謂受得即獲其罪言若噉嚼者

此說本意也是苾芻者簡苾芻尼應還住處者聖制遣村外住處說悔其罪設村路中有苾芻者亦不應說詣諸苾芻者謂清淨人我犯惡法者謂是如來所遮之事是不應爲者言非苾芻所應作法是名對說者各各對人出罪名也問曰自餘諸罪亦聽對說云何於此得對說名答曰謂於住處現有苾芻皆須一一別對陳說不同餘罪故受別名又犯罪已即須陳說不得停息亦異餘罪實非親尼作非親想疑得根本罪親非親想疑得惡作罪於親非親而作親想無犯

受尼指授食學處第二

佛在室羅筏城給孤獨園時六衆苾芻語窣吐羅難陀苾芻尼曰若有施主請僧食處汝可就宅教彼施主多以好食與我爾時彼尼既受教已於他請處多持好食偏授六衆由此食少不得周徧令諸苾芻空腹而去由飲食事譏嫌煩惱制斯學處

若復衆多苾芻於白衣家食有苾芻尼指授此與根果此與餅餅此與羹菜此可多與諸苾芻應語是苾芻尼言姊妹且止少時待諸苾芻食竟若無一人作是語者是諸苾芻應還村外住處詣諸苾芻所各別告言大德我犯對說惡法是不應爲今對說悔是名對說法

言衆多苾芻者二人已上乃至大衆白衣家者謂有門戶巷陌處也若在寺中者無犯食者如上說此與根果等者顯勝顯多姊妹且止少時者謂據食竟以爲少時是故云待諸苾芻食竟若無一人苾芻作是語者若一人

遮合衆無犯若在門外食者應問門内無苾芻尼指授食不若不問者得惡作罪若見有尼或出或入亦應問之若不問者亦得惡作若尼親族家若由彼尼而設供食指授者無犯

學家受食學處第三

佛在廣嚴城僧訶將軍已見諦理心生正信常行惠施所有庫藏遂致空竭世尊知時教作白二羯磨於彼舍内不應受食若有牀座應爲受之時尊者舍利子目乾連先受彼請於舍内食六衆見已作是念此人初見諦時亦請我就食又因食竟見彼家中有小男女求食而泣由乞食事譏嫌煩惱制斯學處若復苾芻知是學家僧與作學家羯磨苾芻先不受請便詣彼家自手受取珂但尼蒲膳尼食是苾芻應還村外住處詣諸苾芻所各别告言大德我犯對說惡法是不應爲今對說悔是名對說法

言僧伽者謂衆已爲作遮護法言學家者謂預流果一來果不還果惟此學人處在居家非無學人也學家法者謂衆詳許善爲羯磨先不受請者雖得羯磨受請非犯言自手者謂從彼手墮此手中初墮手時便得本罪列二五食者欲明羮菜等類受取無犯若作解法竟者無犯言解法者謂彼貲財還復如故應作白二捨前遮法境想六句如上應知

阿蘭若住處外受食學處第四

佛在劫畢羅筏窣覩城多根樹園時六衆苾芻在阿蘭若住處而住時彼林野多諸賊寇有信心者持供食來欲就林中興設福會是

時六衆預往迎食見彼女人被賊剥脫形體露現隱於草中六衆見巳强令授食家人後至問知非法斷絶信心因生譏謗由飲食事譏嫌煩惱制斯學處

若復苾芻在阿蘭若恐怖處住先無觀察險難之人於住處外受食食者是苾芻應還住處詣諸苾芻所各别告言大德我犯對說惡法是不應爲今對說悔是名對說法

阿蘭若者去村一拘盧舍有僧住處此據緣起故作是言若更遠處亦同此制凡是住處若有惡魔不信天衆可畏藥叉及諸猛獸並不應住若險難處無看守人者應著苾芻具五法者令往看守既被差巳彼應晨朝詣險難處用心觀察若見賊時應放火烟或道中布葉或竪高幡令人遠見若有施主送供食來見此標時令其警備或遣人迎接其觀察人聽在中前食五正食若看守人在道受供者無犯住處外者謂離住處也應還住處者前三學處過由家起故云向村外此一學處過在空林故云應還住處實無看守作無看守想疑得根本罪次二輕後工無犯在阿蘭若所居方地星辰道路咸應善知行人來往隨力供給乾麨及水量時貯畜若見客至應唱善來含笑先言不應嚬慼若女人來隨其年幾作母女姊妹等想餘文可知

第五部衆學法

衆學法者謂於廣釋及十七事中所有衆多惡作惡說咸悉攝在衆學法中是故總言衆多學法如苾芻衆不應鼓樂若供養時不得告云汝可作樂應語言汝可供養大師不應

三指點灰於自額上畫爲三道亦不以鏡及水爲好觀面覩蟲之時見面無犯若看面瘡痕若看頭白面皺觀知前後容顏改變生猒離想此皆無犯不應以梳理髮於諸善品不應嬾惰若爲大衆種植園圃未華未果不應捨而遠行若屬別人看守者無犯出入門戶咸須用心開閉之時不應造次若經行時勿緩勿急應畜洗足器若見瓶空應即添水不應以杙釘於制底不應登上若無求寂及以餘人者應香湯洗足爲供養事上亦無犯若作大師形像除脚玔耳璫餘莊嚴具隨意應作若菩薩像者聽佛陀大會旋繞村城行道之時五種咸應隨從圍繞其最老上座應受吉祥水有力少年應助擎像如是等於律所說不依行者咸得惡作又於苾芻尼學處苾芻所不應爲者亦皆得罪是故通言衆多學法此等皆由法式事譏嫌煩惱制斯學處

爾時世尊作如是念過去諸佛云何教聲聞衆著衣服耶是時諸天前白佛言如淨居天所著衣服世尊即以天眼觀知如諸天所說無有異也因制苾芻披著衣法言齊整者離不齊整著衣過也應當學者是應學事不太高者不過膝上也此中犯者若苾芻不依佛教不顧羞耻欲爲非法者捉衣開張得責心惡作若披著身得對說惡作若苾芻有順奉心而著衣不如法或時忘念或是無知非法著者惟犯責心惡作如是於餘學處准此應知不太下者謂不下垂至地齊何是著裙量謂齊踝上四指不象鼻者不放裙邊當齊內壓下垂於地由如象鼻故以爲喻不虵頭者

謂反出衣角屈攣腰間頭若龍虵不多羅葉者謂捉裙邊細疊成襵腰邊總攣形若多羅葉上聚下散者是也不豆團形者總捉上裙傍內腰裹同俗婦女著裙作豆團形也齊整披三衣者亦是離不齊整著衣過也不太高者謂不過膝上不太下者不垂過裙緣好正披者不張手足現撩亂相好正覆者應好覆蓋不偏露形少語言者不應同俗多作言說不大叫呼如童兒類設有須喚他不聞時應請俗人爲其大喚不高視者舉目視前一踰伽地是爲視量踰伽量者長四肘也不應傍視亦不迴顧端形直視徐行而進牛馬犬等應預觀察不應逼近恐有傷損不覆頭者不以衣物覆頭猶如新嫁女上下衣服不得偏抄一邊露現形體雙抄者總攝兩邊置於肩上凡是行步非大人相者皆應遠離不搖身者如衒色女搖身而行不掉臂者猶如小兒及癲狂類不搖頭者猶如象子搖動其頭不肩排者不以肩膊排觸於他不連手者不應連手在路並行未請坐不應坐者在室羅筏悉底城由鄔波難陀在婆羅門舍制斯學處不善觀察者亦在室羅筏悉底城由鄔陀夷不觀牀座坐殺小兒放身者緣在劫畢羅伐窣覩城由鄔陀夷習學菩薩昔在宮時生戲弄心放身而坐牀座摧破招譏故制不疊足者不以一脚重於脚上疊之而坐不重內踝者謂不正身重踝而坐不重外踝者准事應知恭敬受食者凡受食時極須存念不應寬慢致令鉢破食鉢不得滿者受食之時應觀其鉢勿令流溢所有羹菜不應多請後安飯

時恐溢出故行食未至不應遥喚隨到受之勿生食想若預申鉢表有貪心鉢臨食上是醜惡相言恭敬者不多言説相同婬女應善用心摶者謂以手爬飯非多非少可口而内非是摶令相著張口待食現饕餮相食在口中不應言説同白衣法羹飯不得互掩覆者意欲多求長貪心故應於飲食生猒離想是爲出家所應作事隨得隨食少欲爲念不彈舌食者施主設食其食過甜故爲彈舌詐現醋相不嚀噍食者其食實醋故嚀噍脣作聲而現甜相言呵氣食者其食過熱戲現冷相呵之使熱吹氣食者其食過冷戲現熱相吹之使冷此等皆是調弄施主致招譏過不手散食者不如雞爬食不齧半者半在口中半墮鉢中不舒舌者長舒其舌舐掠兩脣窣覩波形者下置麨團像其塔狀上置蘿菔作相輪形是地獄中脯爛拏塔爲其調戲致俗譏嫌舐手者手有餘食不應舌舐手有食水不振餘人繫心而食充軀長道不得觀他生嫌賤心污手捉淨水者謂食所霑及不淨所污凡欲食噉皆須土屑澡豆等淨洗手已方捉食器飲器及淨水瓶有諸俗人從苾芻乞鉢中水爲吉祥故爲除病故時鄔波難陀以所食鉢水和殘飯持與令生嫌賤是故聖制授鉢水法應先三徧淨洗鉢已盛滿清水誦聖伽他可兩三徧方授與人地上無替不應安鉢者若以樹葉等爲替者無犯不立洗鉢者恐墮破故及危險等處皆恐損故聽法之人先應虔敬若懷憍慢法水不停是故恭勤方能受道離憍慠相及諸兵刃方爲説法若有

病者無犯若青草上好樹下及華果樹人所停息者不應大小便若棘刺叢處者無犯若大林中行枝葉交茂應離人行處若涉生草田間無空處應持乾葉布上便利若無可得者無犯應於寺東北角安置圊廁其廁四邊應裁棘刺大小行廁並須別作各安門扇皆著傍居其便利處應在隱屏凡欲入廁應脫上衣在於上風淨處安置向洗手處於甎版石上先置灰土用爲洗淨其置土物長一肘闊一搩手餘用灰及土列作兩行行別七聚更安一聚總十五聚土須細末聚若半挑貯土之器應用木槽預收備擬無令闕乏將入廁時持土三塊事訖可用此物隨時去穢一將拭體一用洗身一塊偏洒左手若有籌片兩塊便得其籌不應棄於廁內應穿小孔向外棄之下濕之鄉別爲洗處水流外出不應停溢若懸絕臨崖者隨事籌量初入廁時作聲謦咳或時蹋地或復彈指應掩門扇閉以傍居便轉既竟左腋抱瓶右手開門至洗淨處蹲在一邊土近右手瓶安左膝左臂牢壓或安三叉木上注水向身然後右手撥取七土但洗左手後之七土兩手俱洗餘有一土用洗君持其水隨洗隨流勿令停住次向餘處別洗雙足披衣持瓶既到房已安置觸瓶以乾牛糞揩手取淨瓶水如法再三洗漱方名爲淨得作餘事此由身子作斯洗淨伏彼外道婆羅門故世尊因此制諸苾芻若不依行咸得惡作若小便時但一土洗身一土洗手如廣文說檢校寺人數觀廁處見有不淨即應掃拭塗治或水洗令淨其小行處有不

淨時應用草揩或破布拭以水灌洗有泥決通無令臭穢若有病人不能起動者應穿牀席作孔以破衣替身恐生瘡損除棄不淨應畜兩盆更互淨洗并將油拭大小行時不應披三衣但著僧脚崎及裙亦不應用好者善須詳審勿衣觸地若苾芻大小行訖乃至未將淨水漱口不受他禮亦不禮他不坐牀座及噉飲食違者皆得惡作若飲湯藥無水可求者無犯若服瀉藥若患苦痢乃至未差不應數洗須將籌土權時且拭若瀉痢竟依法而洗鞋履霑污即應洗除病人坐處及洗淨處勿令勞倦若便利未至不應預去時至不應久留若放下氣勿使作聲旋溺事竟不應久停圊内於廁屋中不棄洟唾若上座前若在淨地及食者前皆不洟唾凡洟唾時勿作大聲亦不應數爲洟唾若性多洟唾者應向屏處若有病緣聽安承唾器若沙若以石若斬草竪安器中莫使濆溢應數洗之勿令臭氣不在水中者若水闊應於木上若無可得同上草田樹過人不上者恐日時過望取食人若有虎豹聽上高樹但有難緣者皆無犯此衆學法總爲八例一著衣服事二入村事三坐起事四食噉事五護鉢事六說法事七便利事八觀望事餘如廣文

七滅諍法

應與現前毗柰耶　當與現前毗柰耶

應與憶念毗柰耶　當與憶念毗柰耶

應與不癡毗柰耶　當與不癡毗柰耶

應與求罪自性毗柰耶

當與求罪自性毗柰耶

應與多人語毗柰耶
當與多人語毗柰耶
應與自言毗柰耶　當與自言毗柰耶
應與草掩毗柰耶　當與草掩毗柰耶

若有諍事起當以七法順大師教如法如律而除滅之此等皆由他詰問事不忍他詰譏嫌煩惱制斯學處

七滅諍法者於四諍事七法能除是故名此爲七滅諍法何謂四諍一評論諍二非言諍三犯罪諍四作事諍言評論諍者如有諍云凡說法時獲利養者此物合入說法之人有云不合由此爲緣遂致紛競因評論事而起諍故名評論諍此之評論局在僧衆或望別人諍根有六若緣差別乃有十四何謂爲六一忿恨二覆惱三嫉慳四諂誑五無慚愧六惡欲邪見何謂十四事一法二非法三調伏四非調伏五有犯六無犯七重八輕九有餘十無餘十一責心罪十二惡作罪十三惡說罪十四越法罪下三對人說又有三種謂善不善無記亦是諍根問曰凡是評論即是諍耶應作四句第一句評論但私未入諍門第二句是諍非評論謂餘二諍第三句前二諍合第四句謂除前相餘之三諍各爲四句准此應說言非言諍者若前人是善不應詰責而詰責者名非言諍非者是鄙惡義謂以鄙惡之法而言詰他如世人云此非是人意欲說其是鄙惡人如以非法詰實力子而興於諍此即是根餘如上說犯罪諍者謂五部罪由爭此罪而起於諍此即是根從身語心有犯惟身如苾芻與未具人同室宿未出作已

出想若卧睡已女人後至或睡不覺他置高牀或他然燈燭等有犯惟語謂無故心過五六語爲女人説法有犯惟心謂長淨時有心覆罪有犯身心俱如殺生飲酒有犯語心俱如爲女説法故心過五六語有犯身語心俱謂殺生飲酒發言稱歎是謂三業犯罪差別作事諍者由作單白等羯磨之事而爲諍根於所作事諍得生故已明四諍七滅云何今於此中略言其要初評論諍以二法滅謂現前多人語及衆行籌有三種人謂能詰所詰及處中人此中能詰人有十六事當審觀察然後詰他他信語不其事實不是順時不有利益不有是聞疑根不爲身爲語若村野晝夜有餘無餘我有力不如是稱量自有五法成就方始詰他異此不應其被詰人亦有十六事當審觀察容他詰問此詰我人是持戒不有追悔不有多聞不善律教不見等十二如前已説稱量彼人具五法不及處中人亦具十六法謂持戒等有慈愛心親往二朋和諧諍事有德有能異此便非應以現前法而殄其諍有二現前謂人及法其稱量事有多十六法及以八法諸進不事其相繁多此不詳述其所治人若不肯隨順者應連轥杖等棄而調御之若仍不隨順者應授與僧及簡重簡人并具德行解三藏者若皆不能殄息應付上座遮不令諍若此亦不息者應還付僧作行籌等是名三法具如廣文又非言諍如初諍説憶念法者如實力子應與憶念法不癡法者如西羯多苾芻癡狂時犯應與不癡法又犯罪諍以四法除作事諍惟對衆滅

頗有諍事不以七法除滅得銷殄耶有謂二人爲鬪諍事隨一身死或時歸俗或復長病或向他方前云説法誦經之時所獲施物誰當合得因生諍競者但説法之人下至宣説一頌所得利養法師合受勿致疑惑有七種事以七法滅云何爲七謂所犯罪不自言事於他所説言無犯事制不自由曾爲惡事他詰問便諦事若他詰時時不自臣事先有許言後慢事初謂苾芻見自言悔事共相朋黨爲傲事不臣其罪衆應彼犯罪對面詰問彼臣其察彼罪非罪相隨所犯罪應令説悔不令更詰此之諍事以現前法而除滅之復次於他所説具以三根而詰問時彼云我不憶其事衆應善察問能詰者令其憶念觀知虚實以憶念法而除滅之復次制不由巳曾爲臣事他詰問時云我癡狂不自省覺差後不爲衆應對彼善三藏者宣陳其事彼當善察於犯不犯求其實性以求實事法而除滅之復次他詰問時初言有犯後言無犯衆應善察彼對多人自言其犯令云不犯取多人語而除滅之復次他詰問時不往衆中自言有罪即如法悔以自言法而除滅之復次若彼此兩朋共相紛競各執巳見恃怙慢情有善苾芻於後此朋各令息諍更相懺謝説悔其罪起卑下心不相擧發以草敷法而除滅之既識諍事及除滅法苾芻要行當總言之此别解脱戒經統明首末體義大綱要有其十事謂遮止不忍不證依仗僧伽淨信女人受用資具苾芻苾芻尼俗人相涉取食受請威儀軌範共相詰問若苾芻依此十相修行之

時有二種煩惱或容生起由忘正念便憶曾經遠境起染愛心造衆過失復由觀現前近境起染愛心而犯衆罪苾芻了知起犯緣已即於此事主對治心令其除滅若染緣强盛不能除遣應就尊宿及閑三藏有德行者所請受教誡作意蠲除若仍不息者當勤晝夜請誦聞思簡擇深義於三寶所至誠供養師長等處忘自劬勞盡心供給或遊他方或復減食於時時中制斷飲食或往屍林獨居蘭若修不淨觀等或爲四念住或作無常死想冀令煩惱因斯除滅若仍不除者應生慚耻作如是念我所爲非戒不清淨犯小隨小不能一一如法護持而復受他信心施主四事供養又復諸佛世尊及有天眼同梵行者并諸天人悉觀見我知我破戒爲此不應造衆惡業當自剋責如救頭然於清淨境說除其罪勿致後悔如上所說不能依行及受信心所有衣食皆得惡作罪若作如前對治行時性多煩惱未能殄息雖受信施者無犯然應審自觀察雖作種種折伏方便仍煩惱不能除者即應捨戒而爲白衣勿令有罪受他信施由受用時更造衆多罪惡之業定感當來苦異熟果如經廣說應善修持言此是如來戒經中所說所攝者於戒經中所有文句名爲所說其所有義即名所攝謂是略教或時有事非是佛遮亦非佛許苾芻於此當云何行若有此者應觀略教如律雜事中說佛告諸苾芻諸所有事我從先來非遮非許若違不清淨順清淨者此即是淨應可行之若違清淨順不清淨者此是不淨即不應行佛制

略教有其二意爲遮外道云佛非一切智故又令未來諸弟子衆得安樂住故即如用筋與食著黄衣等是由事無定准但以義攝之耳言若更有餘者謂是十七事等所說學法咸應修習言法及隨法者法謂涅槃清淨無累正行之法八聖道等能隨順彼圓寂之處故名隨法餘文勸學勿爲放逸當勤奉行

次明略教

問於此廣說毗柰耶中或時有事非佛所遮亦非開許苾芻於此當云何行答若有此事應觀略教如律雜事中說佛告諸苾芻或時有事我從先來非遮非許者然於此事若遮不清淨順清淨者此即是淨應可行之若遮清淨順不淨者此是不淨即不應行制此略教有其二意一爲遮外道云釋迦子非一切智故二令未來諸弟子衆得安樂住故總結如文此是如來應正等覺戒經中所說所攝若更有餘法之隨法與此相應者皆當修學仁等共集歡喜無諍一心一說如水乳合應勤光顯大師教法令安樂住勿爲放逸言所說者謂是文句所攝是義有餘謂十七跋窣覩等所說學法咸應修習法之隨法者謂涅槃清淨無累隨法即是八聖道等能隨順彼圓寂之處是故名隨餘文勸學可知

七佛略教法

毗鉢尸佛出現於世諸聲聞衆多樂苦身以爲正行又諸邪師順其情欲爲說邪法但由苦行能招樂果令生信解作如是說往昔惡業由苦身除今日新罪更不復作宿業既盡苦果不生果不生故破生死堰永出有流獲

得常樂作如是行方曰沙門爾時彼佛爲欲對治諸弟子故說斯略教

忍是勤中上　能得涅槃處　出家惱他人不名爲沙門

此頌意顯對治苦身修行之類故說忍是精勤中上不由自餓苦身受諸熱惱得勝涅槃此中忍者謂諦察法忍由解了法終獲涅槃是常善故不由苦身而能證會復爲遮彼邪見外道出家之類妄說異法教化他人無益苦身令同已行自他俱惱終無果益故云出家惱他人不名爲沙門沙門者是寂靜義尸棄佛出現於世諸聲聞衆多爲生天而修梵行希望後世受天妙樂爾時彼佛爲欲對治諸弟子衆說斯略教

明眼避險途　能至安隱處　智者於生界能遠離諸惡

如人有眼能避險難終獲安隱此中眼者謂是慧眼眼有明照與慧相應故名明眼險途者謂是二處一是生天二是惡道雖復生天受諸勝樂報盡之後還墮惡趣安隱處者所謂涅槃安隱常住智者即是善解方便修出離因生界者謂是三界衆生諸惡者謂是愚夫殺羊祠祀求生天樂智者了非不隨其見修出離行遠彼邪途毗舍浮佛出現於世諸聲聞衆多於持戒心生喜足更不修餘所有勝行又常樂說他人過失以語以意惱害於人爲遮彼故說斯略教

不毀亦不害　善護於戒經　飲食知止足受用下卧具　勤修增上定　此是諸佛教

此頌意明初遮口過不毀呰他次防意業不

欲害彼善護戒經等者爲對治彼不能證得沙門果故令依教行求妙涅槃要由戒淨離諸欲樂及以苦身不同白衣及諸外道離二邊過方能出離故言飲食知止足卧具者謂在蘭若依寂靜處常習定門順教勤修故云勤修增上定此是諸佛教

拘留孫馱佛出現於世諸聲聞衆多希利養慢修善品爲欲遮彼説斯略教

譬如蜂採華　不壞色與香　但取其味去
苾芻入聚然

彼佛世尊教諸苾芻行入聚落乞食之時不應壞彼淨信敬心喻若遊蜂在於華處少持輕藥無損色香趣得充虛勿生惱壞又釋云苾芻之行有二端嚴猶如妙華色香具足持戒喻色具定如香乞食資身勿虧此二

羯諾迦牟尼佛出現於世諸聲聞衆多自談已勝毀呰於他性習多聞講論義理好相違逆乖上人行爲對治彼説斯略教

不違逆他人　不觀作不作　但自觀身行
若正若不正

時彼苾芻由自持戒觀他破戒常多伺求他人過失是應作是不應作令心散亂不能證悟爲對治彼説初半頌下之兩句反上應知正不正者謂善惡行

迦攝波佛出現於世諸聲聞衆多樂習定心生味著更不進修爲對治彼説斯略教

勿著於定心　勤修寂靜處　能救者無憂
常令念不失　若人能惠施　福增怨自息
修善除衆惡　惑盡至涅槃

勿著於定心者勸勿放逸躭味於定勤修寂

靜處者謂是涅槃勸彼速令證入見諦由見諦理是妙涅槃所生處故能救者謂是苾芻無憂當令念不失者顯由見諦獲斯果利長無憂惱假令證定暫得無憂由定不能斷煩惱故由有煩惱心不靜息念不圓滿於未來世憂惱還生若見諦理更不復退諸餘煩惱漸次斷除次一行頌明見諦者斷餘煩惱次第之義初之三句明斷欲界煩惱除慳貪垢故能行施等其福漸增又於聖人清淨尸羅及行忍等息諸怨諍由上二地等持力故能除欲界散亂惡心惑盡至涅槃者若三界惑盡業累俱亡契會無生證涅槃樂

釋迦牟尼佛出現於世諸聲聞衆性多煩惱造諸惡業多行放逸不修善品作少善時便生喜足爲三事故說其三頌爲遮惡行示善方便令不忘念善品日增於十二年中爲無瘡僧伽說斯波羅底木叉略教

一切惡莫作　一切善應修　徧調於自心
是則諸佛教　護身爲善哉　能護語亦善
護意爲善哉　盡護最爲善　苾芻護一切
能解脫衆苦
善護於口言　亦善護於意　身不作諸惡
常淨三種業　是則能隨順　大仙所行道

此中初頌上句云一切惡莫作者明性遮罪俱不應作遮其惡行事通三業故云一切惡莫作所有衆善悉應奉行故云一切善應修心所行處悉皆調伏故云徧調於自心是則略明佛所教誡次頌即是示善方便初之三句如其次第別護三業故云善護身等一一不作體皆是善然生死涅槃皆由三業捨惡

從善勸令盡護即解脫衆苦故歎善哉是故苾芻隨其力分常善護持能證常樂次第三頌令不忘念然於三時人多忘念教令存意攝想現前一於他人詰罪之時應審護口以答於彼勿令失念爲卒暴言故言善護於口言二於先時所經欲境若起憶念當善護心勿生愛著故言亦善護於意三於五處非所行境而作遊行他不與物而輒自取所不應食而强食之或時以身觸惱於他離此諸過故言身不作諸惡此之三業常令清淨名善苾芻方是光顯奉順聖教能隨大師所行正道然七佛世尊褒灑陀日隨機布教多少不同初則六月一爲長淨說其略教次則五月乃至釋迦如來半月半月說斯略教

毗鉢尸式棄　毗舍俱留孫　羯諾迦牟尼
迦攝釋迦尊　如是天中天　無上調御者
七佛皆雄猛　能救護世間　具足大名稱
咸說此戒法　諸佛及弟子　咸共尊敬戒
恭敬戒經故　獲得無上果　汝當求出離
於佛教勤修　降伏生死軍　如象摧草舍
於此法律中　常爲不放逸　能竭煩惱海
當盡苦邊際　所爲說戒經　和合作長淨
當共尊敬戒　如犛牛愛尾　我已說戒經
衆僧長淨竟　福利諸有情　皆共成佛道

初有三頌是結集所說初則總說七佛名號言天中天者一切諸佛皆是淨天由彼自證清淨無上法故釋迦大師是天中天獨能於此五濁惡世調難調者號調御師隨機教化令得解脫故曰天中天次有二頌讚佛勝德諸聲聞

衆尊重戒經次有二頌是結集引經勸希出離勤修解脫言汝當求出離者發心出家修出離行於無常等不應樂著於佛教勤修者謂得見道降伏生死軍者謂得修道如象摧草舍者譬如大象摧於草舍未勞盡力智者亦爾壞生死獄不假多時依教奉行作自他利斷諸結漏於佛教中不爲放逸出煩惱海盡苦邊際證妙菩提次有三頌亦是結集所置初序勸誡作長淨意護戒殷勤寧死不犯如犛牛愛尾不顧身命次明所爲福業迴施有情廣利無邊俱成佛果

根本薩婆多部律攝卷第十四

音釋

鏇辝戀切轉軸裁器也 擪益涉切按也 襵質涉切猶摺也 膊伯各切肩膊也 饕餮饕他刀切餮他結切 噂䭌噂音博䭌秦入切噂䭌嘸貌 爬蒲巴切爪爬也 慠魚到切慢也 㩒側格切 灒則諫切濺也 韁杙韁居良切紲也杙音弋橛也 犛謨交切牛名

四分僧羯磨

唐西太原寺沙門懷素集

清刻龍藏佛說法變相圖

四分僧羯磨卷第一并序出四分律

唐西太原寺沙門懷素集

原夫鹿苑龍城啓尸羅之妙躅象巖鷲嶺闡解脫之玄宗於是三千大千受清涼而出火宅天上天下乘戒筏而越迷津內衆於是敷榮外徒由斯安樂其後韜眞細氎多開折軸之憂撿正微言罕見浮囊之固即有飲光秀出維絕紐而虛求波離聿興振隤綱而幽賛慧炬於焉重朗戒海由是再清其律教也弘深固難得而徧舉此羯磨者則紹隆之正術匡護之宏規宗緒歸於五篇濫觴起於四分實菩提之機要誠涅槃之津涉者也素以銳思弱齡留情斯旨眇觀至教式考義途亟歷炎涼庶無大過誤耳然自古諸德取解不同各述異端總有五本一本一卷曹魏鎧律師

於許都集題云曇無德雜羯磨以結戒場為首受日加乞不入羯磨屢有增減乖於律文一本一卷曹魏曇諦於雒陽集題云羯磨一卷出曇無德律以結大界為首受日增乞牒入羯磨魏郡礪律師受持此本銳想箴規雖去尤非未祛謏過分為兩卷并造義釋一本一卷元魏光律師於鄴下集此同曇諦集本述錄不順正文一本兩卷隋願律師於并州撰題云羯磨卷上出曇無德律願雖自曰依文無片言增減然詳律本非無損益兼造章疏并汾盛行一本一卷唐宣律師於京兆撰題云刪補隨機羯磨斯有近弃自部之正文遠取他宗之傍義教門既其雜亂指事屢有乖違并造義疏頗行於代素於諸家撰集莫不研尋校理求文抑多乖舛遂以不敏輒述幽深分為三卷勒成一部庶無增減以適時機衹取成文非敢穿鑿唯願戒珠增照叶日月而齊明繫草傳芳與天地而同朽後之覽者知斯志焉

方便篇第一

僧集律言應來者來又言僧有四種四人五人十人二十四人僧者除受大戒自恣出罪餘一切羯磨應作五人僧者除中國受大戒出罪除一切羯磨應作十人僧者除出罪除一切羯磨應作二十人僧者一切羯磨應作況復過二十若隨四位僧中有少一人者作法不成非法非毗尼和合律言同一羯磨和合集時處不來者囑授在現前應呵者不呵又言五法應和合若如法應和合若默然住之若與欲若從可信人聞若先在中默然而自坐如是五事應和合未受大戒者出律言不應在未受大戒人前作羯磨說戒又言聽除人未受大戒餘者在前作羯磨說戒又言有四滿數有人得滿數不應呵有人不得滿數應呵有人不得滿數亦不應呵有人得滿數亦應呵何等人得滿數不應呵若作呵責羯磨擯羯磨依止羯磨遮不至白衣家羯磨何等人不得滿數應呵若欲受大戒人何等人不得滿數亦不得呵若為比丘作羯磨比丘尼不得滿數亦不得呵式叉摩那沙彌沙彌尼若言犯邊等十三人若被舉若滅擯若應滅擯若別住若在戒場上若神足在空若隱沒若離見聞處若所為作羯磨人何等人得滿數亦得呵若善比丘同一界住不以神足在空不隱沒不離見聞處乃至語傍人不來諸比丘說欲及清淨唯除結界不得說欲其欲須與清淨合說若自恣時應言與欲自恣若有佛法僧事病患事看病緣聽與欲律言與欲有五種若言

與汝欲若言我說欲若言爲我說欲若現身相與欲若廣說與欲若不現身相不口說欲者不成與欲更與餘者欲其持欲入受欲已便命過若餘處行若罷道若入外道衆若入別部衆若至戒場上若明相出若自言犯邊罪等十三人若被擧若滅擯若應滅擯神足在空若離見聞處不成與欲應更與餘者欲若至中道若至僧中亦如是若應廣說欲者應至傳欲人所具儀作如是言

大德一心念我某甲比丘如法僧事與欲清淨時持欲比丘自有事起不及詣僧者聽轉欲與餘餘人轉時應云大德一心念我某甲比丘與某甲比丘受欲清淨彼及我身如法僧事與欲清淨持欲比丘至僧說時若能記識姓名者對僧一一稱說云大德僧聽某甲比丘某甲比丘如法僧事與欲清淨若不能記姓名但云衆多若受欲人若睡若入定或忘若不故作如是名爲成與欲若故不說者突吉羅僧今何所作爲然所爲事其有三種一爲情事如受懺等二爲非情事如結諸界三情非情事如處分離衣等此所爲事委僧量宜故須對衆問其所作某羯磨羯磨約體但三謂單白白二白四律言有七種羯磨不應作非法非毗尼羯磨非法別衆羯磨非法和合羯磨法別衆羯磨法相似別衆羯磨法相似和合羯磨呵不白止羯磨應作如法如毗尼羯磨白二羯磨如法作白如羯磨法作羯磨白四羯磨亦爾是爲如法如毗尼羯磨此方便六遍餘諸法唯除結界關者不成

結界篇第二

結大界法律言當敷座當打揵椎盡共集共集一處不聽受欲是中舊住比丘應唱大界四方相若東方有山稱山有壍稱壍若村若城若彊畔若園若林若池若樹若石垣牆若神祀舍如東方相餘方亦爾但結界處不得二界相接應留中間不得隔駛流水結常有橋船唱相之法應起禮僧白言

大德僧聽我舊住比丘某甲若非舊住識界者唱應除舊住二言爲僧唱大界四方相白已應唱謂從東南角等次第而唱乃至三說衆中差堪能作羯磨者若上座若次若誦律若不誦律當如是作大德僧聽此住處比丘唱四方大界相若僧時到僧忍聽僧今於此四方相內結大界同一住處同一說戒白如是大德僧聽此住處比丘唱四方大界相僧今於此四方相內結大界同

一住處同一說戒誰諸長老忍僧於此四方相内結大界同一住處同一說戒者默然誰不忍者説僧已忍於此四方相内同一住處同一說戒結大界竟僧忍默然故是事如是持

解大界法時諸比丘有欲廣作界及狹作者佛言欲改作者先解前界然後欲廣狹作從意當作白二解應如是作

大德僧聽今此住處比丘同一住處同一說戒若僧時到僧忍聽解界白如是大德僧聽此住處比丘同一住處同一說戒今解界誰諸長老忍僧同一住處同一說戒解界者默然誰不忍者說僧已忍同一住處同一說戒解界竟僧忍默然故是事如是持

結同一說戒同一利養界法時有二處別利養別說戒諸比丘欲結共一說戒共一利養界佛言自今已去聽各自解界然後白二結當數座等如前應如是作

大德僧聽如所說界相若僧時到僧忍聽今僧於此處彼處結同一說戒同一利養界白如是大德僧聽如所說界相今僧於此處彼處結同一說戒同一利養界誰諸長老忍僧於此處彼處同一說戒同一利養結界者默然誰不忍者說僧已忍於此處彼處同一說戒同一利養結界竟僧忍默然故是事如是持

結同一說戒別利養界法有二住處別說戒別利養比丘意欲同一說戒別利養佛言聽各自解界然後結結法同前唯改一句云同一說戒別利養白如是

結別說戒同一利養界法時二住處別說戒別利養時諸比丘欲得別說戒同一利養欲守護故佛聽白二結應如是作

大德僧聽若僧時到僧忍聽今僧於此彼住處結別說戒同一利養爲欲守護住處故白

如是大德僧聽今僧於此彼住處結別說戒同一利養爲守護住處故誰諸長老忍僧於此彼住處結別說戒同一利養爲守護住處故者默然誰不忍者說僧已忍於此彼住處結別說戒同一利養爲守護住處竟僧忍默然故是事如是持此及前二律無解法若欲解者準結翻解翻相應知

結戒場法時諸比丘有須四比丘衆五比丘衆十比丘衆二十比丘衆羯磨事起是中大衆集會疲極佛言聽結戒場稱四方界相若安杙若石若疆畔作齊限是中結者安三重相最內一重是戒場相中間一重是大界內相此與戒場相不得相入及並應留中間最外一重是大界外相先唱戒場相結唱法如上應如是作

大德僧聽此住處比丘稱四方小界相若僧時到僧忍聽僧今於此四小界相內結作戒場白如是大德僧聽此住處比丘稱四方小界相僧今於此四方小界相內結戒場誰諸長老忍僧於此四方相內結戒場者默然誰不忍者說僧已忍於此四方相內結作戒場竟僧忍默然故是事如是持次唱大界內外相唱及結如上

解戒場法文略無解若欲解者應翻結云

大德僧聽此住處比丘戒場若僧時到僧忍聽解戒場白如是大德僧聽此住處比丘戒壇僧今於此解戒場誰諸長老忍僧於此解戒場者默然誰不忍者說僧已忍於此解戒場竟僧忍默然故是事如是持

難結小界授戒法時有欲受戒者至界外六群比丘徃遮佛言汝等善聽自今已去不同意者未出界聽在界外疾疾一處集結小界應如是作

大德僧聽僧集一處結小界若僧時到僧忍聽結小界白如是大德僧聽今此僧一處集結小界誰諸大德忍僧一處集結小界者默然誰不忍者說僧已忍結小界竟僧忍默然

故是事如是持

解難結小界授戒法律言自今已去應解界已去不應不解界而去應如是解

大德僧聽今衆僧集解界若僧時到僧忍聽解界白如是大德僧聽今衆僧集解界誰諸長老忍僧集解界者默然誰不忍者說僧已忍解界竟僧忍默然故是事如是持

難結小界說戒法律言若布薩日於無村曠野中行衆僧應和合集在一處共說戒若僧不得和合隨同和尚等當下道各集一處結小界說戒當如是結

大德僧聽今有爾許比丘集若僧時到僧忍聽結小界白如是大德僧聽今有爾許比丘集結小界誰諸長老忍爾許比丘集結小界者默然誰不忍者說僧已忍爾許比丘集結小界竟僧忍默然故是事如是持

解難結小界說戒法不應不解界去應如是解

大德僧聽今有爾許比丘集若僧時到僧忍聽解此處小界白如是大德僧聽今有爾許比丘集解此處小界誰諸長老忍僧解此處小界者默然誰不忍者說僧已忍解此處小界竟僧忍默然故是事如是持

難結小界自恣法律言若衆多比丘於自恣日在非村阿練若未結界處道行若和合得自恣者善若不得和合者隨所同和尚等移異處結小界作自恣應如是作

大德僧聽諸比丘坐處已滿齊如是比丘坐處若僧時到僧忍聽僧今於此處結小界白如是大德僧聽齊如是比丘坐處僧於此處結小界誰諸長老忍僧齊如是比丘坐處僧於此處結小界者默然誰不忍者說僧已忍齊如是比丘坐處結小界竟僧忍默然故是事如是持

解難結小界自恣法不應不捨界去應如是捨

大德僧聽齊如是比丘坐處若僧時到僧忍聽僧今解此處小界白如是大德僧聽齊如是比丘坐處僧今解此處小界誰諸長老忍僧齊如是比丘坐處解小界者默然誰不忍者說僧已忍齊如是比丘坐處解小界竟僧忍默然故是事如是持

結不失衣界法時有猒離比丘見阿蘭若有一好窟自念言我若得離衣宿者可即於此窟住佛言自今已去當結不失衣界白二羯磨當如是作

大德僧聽此處同一住處同一說戒若僧時到僧忍聽結不失衣界白如是大德僧聽此處同一住處同一說戒僧今結不失衣界誰諸長老忍僧於此處同一住處同一說戒結不失衣界者默然誰不忍者說僧已忍此處同一住處同一說戒結不失衣界竟僧忍默然故是事如是持時諸比丘脫衣置白衣舍當著脫時形露佛言聽結不失衣界除村外界結法如上唯加一句云除村村外界白如是

解不失衣界法文略無解應翻結云

大德僧聽此處同一住處同一說戒若僧時到僧忍聽解不失衣界白如是大德僧聽此處同一住處同一說戒今解不失衣界誰諸長老忍僧於此處同一住處同一說戒解不失衣界者默然誰不忍者說僧已忍此處同一住處同一說戒解不失衣界竟僧忍默然故是事如是持有村解法翻亦同此

結淨地法時有吐下比丘使舍衛城中人煑粥時有因緣城門晚開未及得粥便死佛言聽在僧伽藍內結淨地白二羯磨唱房若處若温室若經行處應一比丘起已具儀於僧中唱某院及諸果菜等處作淨地唱已應如是作

大德僧聽若僧時到僧忍聽僧今結某處作淨地白如是大德僧聽僧今結某處作淨地

誰諸長老忍僧結其處作淨地者默然誰不忍者說僧已忍結其處作淨地竟僧忍默然故是事如是持律言有四種淨地一者檀越若經營人作僧伽藍時分處如是言某處爲僧作淨地二者若爲僧作僧伽藍未施僧三者若半有籬障若多無籬障若都無若垣牆若壍亦如是四者僧作白二羯磨結

解淨地法文略無解應翻結云

大德僧聽若僧時到僧忍聽僧今解其處淨地白如是大德僧聽僧今解其處淨地誰諸長老忍僧解其處淨地者默然誰不忍者說僧已忍解其處淨地竟僧忍默然故是事如是持

授戒篇第三

善來授戒法案律時聞法者即於座上諸塵垢盡得法眼淨見法得法成辦諸法已獲果實前白佛言我今欲於如來所出家修梵行佛言來比丘於我法中快自娛樂修梵行盡苦源唱此言已鬚髮自落袈裟著身鉢盂在手即名出家受具足戒

三歸授戒法時有聞法得信欲受具足戒時諸比丘將詣佛所中道失信不得受具佛言自今已去聽汝等即與出家授具足教戒令剃鬚髮著袈裟脫革屣右膝著地合掌作是語

我某甲歸依佛歸依法歸依僧今於如來所出家如來至眞等正覺是我世尊三說我某甲已歸依佛歸依法歸依僧於如來所出家如來至眞等正覺是我世尊三說

羯磨授戒與度人法若比丘愚癡輒便度人而不知教授以不教授故不案威儀乞食不如法處處受不淨食或受不淨鉢食在小食大食上高聲大喚如婆羅門聚會法佛言聽僧與授具足者白二羯磨彼至僧中具儀作如是求

大德僧聽我某甲比丘求衆僧乞度人授具足戒願僧聽我某甲比丘度人授具足戒三說僧當觀察此人若不堪能教授及不能二法攝取者當語言止勿度人若有智慧堪能教及二法攝取者應如是與法

大德僧聽此某甲比丘今從衆僧乞授人具
足戒若僧時到僧忍聽僧今與某甲比丘授
人具足戒白如是大德僧聽此某甲比丘今
從衆僧乞授人具足戒僧今與某甲比丘授
人具足戒誰諸長老忍僧與某甲比丘授人
具足戒者默然誰不忍者說僧已忍聽某甲
比丘授人具足戒竟僧忍默然故是事如是
持依止闍梨法亦同此
度沙彌與形同法時有巧師家兒來至僧伽藍中求諸比丘出家爲道諸比丘輒與出家爲道其父母啼泣來僧伽藍中問諸比丘頗見如是如是小兒來不不見者報言不見即便於諸房中求覓得諸長者譏嫌佛言自今已去若欲在僧伽藍中剃髮當白一切僧若不得和合房房語令知僧若和合作如是白
大德僧聽此某甲欲求某甲剃髮若僧時到
僧忍聽與某甲剃髮白如是作此白已然後剃髮
度沙彌與法同請和尚法若欲在僧伽藍中出家者先請和尚

具儀作如是請
大德一心念我某甲今請大德爲十戒和尚
願大德爲我作十戒和尚我依大德故得受
沙彌戒慈愍故三說應報可爾
請闍梨法具儀作如是請
大德一心念我某甲今請大德爲十戒阿闍
梨願大德爲我作十戒阿闍梨我依大德故
得受沙彌戒慈愍故三說應報可爾
白僧法若不得和合者當語一切僧知若得和合作如是白
大德僧聽此某甲從某甲求出家若僧時到
僧忍聽與某甲出家白如是
授戒法教著袈裟具儀作如是言　甲
我某甲歸依佛歸依法歸依僧隨如來出家
其甲爲和尚如來至眞等正覺是我世尊三說
我某甲歸依佛法僧隨如來出家竟某甲爲

和尚如來至眞等正覺是我世尊三說

授十戒相語云盡形壽不殺生是沙彌戒能持不答能盡形壽不盜是沙彌戒能持不答能盡形壽不婬是沙彌戒能持不答能盡形壽不妄語是沙彌戒能持不答能盡形壽不飲酒是沙彌戒能持不答能盡形壽不得著華鬘香油塗身是沙彌戒能持不答能盡形壽不得歌舞唱伎及往觀聽是沙彌戒能持不答能盡形壽不得高廣大牀上坐是沙彌戒能持不答能盡形壽不得非時食是沙彌戒能持不答能盡形壽不得執持生像金銀寶物是沙彌戒能持不答能此是沙彌十戒盡形壽不得犯能持不答能汝已受戒竟當供養三寶勤修三業坐禪誦經勸作衆事授已教誦十數其十者一一切衆生皆依飲食二名色三三受四四聖諦五五陰六六入七七覺分八八聖道九九衆生居十十一切入

度外道法律言自今已去聽與外道衆僧中四月共住白二羯磨當如是與先剃髮已著袈裟乃至合掌教作是言

大德僧聽我某甲外道歸依佛歸依法歸依僧我於世尊所求出家爲道世尊即是我如來至眞等正覺三說我某甲外道歸依佛法僧已從如來出家學道如來是我至眞等正覺三說次與戒相與法同上

與四月共住法次應教作是言

大德僧聽我某甲外道從僧乞四月共住願僧慈愍故與我四月共住三說安著眼見耳不聞處僧應作如是法

大德僧聽彼某甲外道今從衆僧乞四月共住若僧時到僧忍聽與彼某甲外道四月共住白如是大德僧聽彼某甲外道今從衆僧乞四月共住僧今與彼四月共住誰諸長老忍僧與彼四月共住者黙然誰不忍者說

僧已忍與彼外道四月共住竟僧忍默然故
是事如是持彼行共住竟令諸比丘心喜悅然後當於僧中受具足戒云何外道不能令諸比丘心喜悅故執持外道白衣法不親比丘親外道不隨順比丘誦習異論若聞人說外道不好事便起瞋恚若聞人毀訾外道師教亦起瞋恚若有異外道來讚歎外道好事歡喜踊躍若有外師來聞讚歎外道事亦歡喜踊躍若聞說佛法僧非法事亦歡喜踊躍是謂外道不能令諸比丘喜悅云何外道能令比丘喜悅即反上足謂外道共住和調心意令諸比丘喜悅之也
授具戒請和尚法應偏露等作如是請
大德一心念我某甲今請大德為和尚願大
德為我作和尚我依大德故得受具足戒慈
愍故三說答言可爾或云如是或云當教授汝或云清淨
莫放逸
請戒師法具儀作如是請
大德一心念我某甲今請大德為羯磨阿闍
梨願大德為我作羯磨阿闍梨我依大德故
得受具足戒慈愍故三說應報可爾
請教授師法具儀作如是請
大德一心念我某甲今請大德為教授阿闍
梨願大德為我作教授阿闍梨我依大德故
得受具足戒慈愍故三說應報可爾
安受戒人處所法應安眼見耳不聞處其受戒人若在空若隱沒若離見聞處若界外不名受具和尚及足數比丘亦如是
差教授師法案律有如是教一切汙辱衆僧者不得受具足戒一時有欲受戒者諸比丘將至界外脫衣看時受戒者慚恥稽留受戒事佛言不得如是露形看自今已去聽先問十三難事然後授戒是中戒師問云衆中誰能為某甲作
教授師若作師者即答云我某甲能答已戒師應作是白
大德僧聽彼某甲從某甲求受具足戒若僧
時到僧忍聽某甲為教授師白如是
往彼問遮難法時教授師往彼語言此安陀會鬱多羅
僧僧伽梨鉢多羅此衣鉢是汝有不彼答是已復應

語言善男子諦聽今是至誠時實語時我今問汝隨我問答若不實者當言不實若實言實汝不犯邊罪不汝不犯比丘尼不汝非賊心入道不汝非破內外道不汝非黃門不汝非殺父不汝非殺母不汝非殺阿羅漢不汝非破和合僧不汝非惡心出佛身血不汝非是非人不汝非畜生不汝非有二形不汝字何等和尚字誰汝年滿二十不衣鉢具不父母聽汝不汝非負人債不汝非奴不汝非官人不汝是丈夫不丈夫有如是病癩癰疽白癩乾痟顛狂病汝今有此諸病不若其一一隨事答無復應

語言如我今問汝僧中亦當如是問如汝向者答我僧中亦當如是答

問已白僧法彼教授師問已還來僧中如常威儀相云舒手相及處立作如是白

大德僧聽彼某甲從某甲求受具足戒若僧時到僧忍聽我已問竟聽將來白如是

從僧乞戒法彼應喚言汝來來已當爲捉衣鉢教禮僧已在戒師前具儀教作是言

大德僧聽我某甲從某甲求受具足戒我某甲今從僧乞受具足戒某甲爲和尚願僧慈愍故拔濟我三說若教乞戒不乞戒著俗服等若眠醉狂裸形瞋恚無心身相不具借他衣鉢若無和尚若多和尚皆不名受具足戒也

戒師白法戒師欲問先白白云

大德僧聽此某甲從某甲求受具足戒此某甲今從僧乞受具足戒某甲爲和尚若僧時到僧忍聽我問諸難事白如是

戒師問法語言善男子聽今是至誠時實語時今隨所問汝汝當隨實答汝不犯邊罪不汝不犯比丘尼不汝非賊心入道不汝非壞二

道不汝非黄門不汝非殺父不汝非殺母不汝非殺阿羅漢不汝非破和合僧不汝不惡心出佛身血不汝非是非人不汝非畜生不汝非有二形不汝字何等和尚字誰汝年滿二十不衣鉢具不父母聽汝不汝非負人債不汝非奴不汝非官人不汝是丈夫不丈夫有如是病癩癰疽白癩乾痟顛狂病汝今有此諸病不又須隨事一一答無

正授戒法戒法難生衆緣須具以法開導令起上上品心至誠諦受當如是作

大德僧聽此某甲從某甲求受具足戒此某甲今從僧乞受具足戒某甲爲和尚某甲自說清淨無諸難事年滿二十三衣鉢具若僧時到僧忍聽授某甲具足戒某甲爲和尚白如是大德僧聽此某甲從某甲求受具足戒此某甲今從僧乞受具足戒某甲爲和尚某甲自說清淨無諸難事年滿二十三衣鉢具僧今授某甲具足戒某甲爲和尚誰諸長老忍僧與某甲授具足戒某甲爲和尚者默然誰不忍者說三說僧已忍與某甲授具足戒其甲爲和尚竟僧忍默然故是事如是持作此法已應爲記時邊受與此無異

授戒相法時有比丘受具足已僧盡捨去所受戒人本二去彼不遠時受戒者即共行不淨佛言自今已去作羯磨已當先說四波羅夷應作是說善男子聽如來至眞等正覺說四波羅夷法若比丘犯一一法非沙門非釋種子汝一切不得犯婬作不淨行若比丘犯不淨行受婬欲法乃至共畜生非沙門非釋種子爾時世尊與說譬喻猶如有人截其頭終不還活比丘亦如是犯波羅夷法已不能還成比丘行汝是中盡形壽不得作能持不答言能一切不得盜下至

草葉若比丘盜人五錢若過五錢若自取教人取若自破教人破若自斫教人斫若燒若埋若壞色非沙門非釋種子譬如斷多羅樹心終不復更生長比丘亦如是犯波羅夷法已終不還成比丘行汝是中盡形壽不得作能持不答言能一切不得故斷衆生命下至蟻子若比丘故自手斷人命求刀授與人教死歎死勸死與人非藥若墮胎若猒禱殺自作方便若教人作非沙門非釋種子譬喻者說言猶如針鼻缺不堪復用比丘亦如是犯波羅夷法已終不還成比丘行汝是中盡形壽不得作能持不答言能一切不得妄語乃至戲笑若比丘不真實非已有自說言我得上人法得禪得解脱得定得四空定得須陁洹果斯陁含果阿那含果阿羅漢果天來龍來鬼神來供養我非沙門非釋種子譬喻者說言猶如大石破為二分終不還合比丘亦如是犯波羅夷法已終不還成比丘行汝是中盡形壽不得作能持不答言能

授四依法（有一年少外道來求出家諸比丘即與出家先與四依彼外道報言大德我堪受二依乞食樹下坐納衣腐爛藥我不堪此二事何以故誰能自觸已物即便休道不出家佛言此外道不出家大有所失若出家者當得道證自今已去先受戒已後受四依應語云）善男子聽如來至真等正覺說四依法比丘依此得出家受具足戒比丘法依糞掃衣比丘依此得出家受具足戒比丘法汝是中盡形壽能持不答言能若得長利檀越施衣割壞衣得受依乞食比丘依此得出家受具足戒比丘法汝是中盡形壽能持不答言能若得長利若僧差食檀越送食月八日食十五日食月初日食若僧常食檀越請食得受

依樹下坐比丘依此得出家受具足戒比丘法汝是中盡形壽能持不（答言）能若得長利若別房尖頭屋小房石室兩房一戶得受依腐爛藥比丘依此得出家受具足戒比丘法汝是中盡形壽能持不（答言）能若得長利酥油生酥蜜石蜜得受

汝受戒已白四羯磨如法成就得處所和尚如法阿闍梨如法衆僧具足滿汝當善受教法應當勸化作福治塔供養佛法衆僧和尚阿闍梨一切如法教不得違逆應學問誦經勤求方便於佛法中得須陀洹果斯陀含果阿那含果阿羅漢果汝始發心出家功不唐捐果報不絕餘所未知者當問和尚阿闍梨（自今已去令受具者在前而去）

與本法尼授大戒請羯磨闍梨法（彼受戒者與比丘尼僧中於阿闍梨前具儀作如是請）

大德一心念我某甲今請大德爲羯磨阿闍梨願大德爲我作羯磨阿闍梨我依大德故得受大戒慈愍故（三說彼應答言）可爾

乞戒法（彼禮僧已具儀作如是言）

大德僧聽我某甲從和尚尼某甲求受大戒我某甲今從僧乞受大戒和尚尼某甲願僧拔濟我慈愍故（三說）

戒師白法（此中戒師先白後問白云）

大德僧聽此某甲從和尚尼某甲求受大戒此某甲今從僧乞受大戒和尚尼某甲若僧時到僧忍聽我問諸難事白如是

戒師問法（語）汝諦聽今是真誠時實語時我今問汝有當言有無當言無汝不犯邊罪不汝不犯比丘尼不汝非賊心作道不汝非破內

外道不汝非黃門不汝非殺父不汝非殺母不汝非殺阿羅漢不汝非破和合僧不汝不惡心出佛身血不汝非是罪人不汝非畜生不汝非有二形不汝字何等和尚尼字誰汝年歲滿不衣鉢具不父母夫主聽汝不汝非負人債不汝非婢不汝是女人不女人有如是諸病癩白癩癰疽乾痟顛狂二道合道小大小便常漏涕唾常出汝有如是諸病不隨事答無復應問云汝學戒未即應答言巳學戒復應問云汝清淨不復應答云清淨復應問餘尼云某甲巳學戒未餘尼答云巳學戒復更問云清淨不復重答云清淨

正授戒法既方便具巳如前開導教至誠諦受當如是作大德僧聽此某甲從和尚尼某甲求受大戒此某甲今從僧乞受大戒和尚尼某甲某甲所說清淨無諸難事年歲巳滿衣鉢具足巳學戒清淨若僧時到僧忍聽僧今為某甲受大戒和尚尼某甲白如是大德僧聽此某甲從和尚尼某甲某甲求受大戒此某甲今從僧乞受大戒和尚尼某甲某甲所說清淨無諸難事年歲巳滿衣鉢具足巳學戒清淨僧今為某甲受大戒和尚尼某甲誰諸長老忍僧與某甲受大戒和尚尼某甲者默然誰不忍者說三說僧巳忍為某甲受大戒竟和尚尼某甲僧忍默然故是事如是持尼律中云自說清淨年滿二十僧今授某甲具足戒彼此俱文隨誦無失作此法巳應為記持邊受與此無異

授戒相法應語彼云善女人諦聽如來無所著等正覺說八波羅夷法若比丘尼犯者非比丘尼非釋種女不得作不淨行行婬欲法若比丘尼作不淨行行婬欲法乃至共畜生彼非比丘尼非釋種女汝是中盡形壽不得犯能

持不諮能不得盜乃至草葉若比丘尼取人五錢若過五錢若自取教人取若自斫教人斫若自破教人破若燒若埋若壞色彼非比丘尼非釋種女汝是中盡形壽不得犯能持不諮能不得斷衆生命乃至蟻子若比丘尼故自手斷人命持刀授與人教死讃死勸死與人非藥若墮胎猒禱呪術若自作方便教人作彼非比丘尼非釋種女汝是中盡形壽不得犯能持不諮能不得作妄語乃至戲笑若比丘尼不眞實非已有自稱言得上人法得禪得解脱得三昧正受得須陁洹果乃至阿羅漢果天來龍來鬼神來供養我彼非比丘尼非釋種女汝是中盡形壽不得犯能持不諮能不得身相觸乃至共畜生若比丘尼染汙心與染汙心男子身相觸腋已下膝已上若摩若捺逆摩順摩若牽若推若舉若下若捉若急捺彼非比丘尼非釋種女汝是中盡形壽不得犯能持不諮能不得犯八事乃至共畜生若比丘尼有染汙心受染汙心男子捉手捉衣入屏處屏處共立共語共行身相倚共期犯此八事彼非比丘尼非釋種女汝是中盡形壽不得犯能持不諮能不得覆藏他重罪乃至突吉羅惡説若比丘尼知比丘尼犯波羅夷不自舉不白僧不語人令知後於異時此比丘尼若休道若滅擯若遮不共僧事若入外道彼作如是言我先知此人犯如是如是罪彼非比丘尼非釋種女覆藏他重罪故汝是中盡形壽不得犯能持不諮能不得隨被舉比丘語乃至沙彌若比丘尼知比丘爲僧所舉如法如毗尼如佛所敎犯

威儀未懺悔不作共住便隨順彼比丘語諸比丘尼諫此比丘尼言大姊彼比丘爲僧所舉如法如毗尼如佛所教犯威儀未懺悔不作共住莫隨順彼比丘語諸比丘尼諫此比丘尼時堅持不捨彼比丘尼應乃至三諫捨此事故乃至三諫捨者善不捨者彼非比丘尼非釋種女犯隨舉故汝是中盡形壽不得犯能持不答能善女人諦聽如來無所著等正覺說四譬喻若犯八事如斷人頭已不可復起如截多羅樹心不更生長如鍼鼻缺不堪復用如大石拆爲二分不可還合若比丘尼犯八重已不可還成比丘尼行汝是中盡形壽不得犯能持不答能

授四依法應語彼云善女人諦聽如來無所著等正覺說四依法比丘尼依此出家受大戒成比丘尼法依糞掃衣出家受大戒是比丘尼法是中盡形壽能持不答能若得長利檀越施衣割截衣應受依乞食出家受大戒是比丘尼法是中盡形壽能持不答能若得長利僧差食若檀越送食月八日食十五日食月初日食若衆僧常食檀越請食應受依樹下坐出家受大戒是比丘尼法是中盡形壽能持不答能若得長利別房尖頭屋小房石室兩房一戶應受依腐爛藥出家受大戒是比丘尼法是中盡形壽能持不答能若得長利酥油生酥蜜石蜜應受汝已受戒竟白四羯磨如法成就得處所和尚如法阿闍梨如法二部僧具足滿汝當善受教法應勸化作福治塔供養佛法僧和尚阿闍梨一切如法教勑不得違逆應學問誦經勤求方便於佛法

中得須陀洹果斯陀含果阿那含果阿羅漢果汝始發心出家功不唐捐果報不絕餘所未知者當問和尚阿闍梨令受戒者在前而去

師資篇第四

制和尚行法

時諸比丘未被教授者不案威儀著衣不齊整乃至如婆羅門聚會法時有一病比丘無弟子無瞻視者命終佛言自今已後聽有和尚和尚看弟子當如兒弟子看和尚當如父展轉相敬重相瞻視如是正法便得久住增益廣大請法如上又告諸比丘自今已去聽十歲智慧比丘授人具足戒又制和尚於弟子所行和尚法應如是行弟子衆僧欲爲作呵責等七羯磨者和尚當於中如法料理令僧不與弟子作羯磨若作令如法復次若僧與弟子作呵責等七羯磨和尚於中當如法料理令弟子順從於僧不違逆求除罪令僧疾與解羯磨復次若弟子犯僧殘和尚當如法料理若應與波利婆沙當與波利婆沙等乃至當與出罪復次弟子得病和尚當瞻視若令餘人看乃至瘥若命終弟子若不樂住處當自移若教人移弟子有疑事當以法以律如佛所教如法除之若惡見生教令捨惡見住善見當以二事將護以法以衣食將護是中法將護者應教增戒增慧教學問誦經是中衣食將護者當與衣食牀臥具病瘦醫藥隨力所堪爲辦

自今已去制和尚法如是和尚應行若不行者如法治

制依止阿闍梨行法

時諸新受戒比丘和尚命終無人教授以不被教授故乃至如婆羅門聚會佛言自今已去聽有阿闍梨聽有弟子阿闍梨於弟子當如兒想弟子於闍梨如父想展轉相教展轉相奉事如是於佛法中倍增益廣流布當作是請具儀言

大德一心念我某甲今求大德爲依止願大德與我依止我依止大德住三說報言可爾或言與汝依止或言汝莫放逸闍梨行法並同和尚

制弟子行法

時諸弟子不行弟子法不白和尚入村等告諸比丘自今已去當制弟子法使弟子於和尚所行弟子法共行入法如前又不白和尚不得入村不得至他家不得從餘比丘或將餘比丘爲伴不得與不得受不得佐助衆事不得受他佐助衆事不得爲他剃髮不得使他剃髮不得入浴室不得爲人揩摩身不得受他揩摩身不得至晝日住處房不得至冢間不得至界外不得行他方彼當清旦入和尚房受誦經法問義當除去小便器應白時到乃至廣說彼當日三問訊和尚朝中日暮當爲和尚執二事勞苦不得辭設一修理房舍二爲補浣衣服和尚如法所教盡當奉行若遣往方面周旋

不得辭設假託因緣若辭設者當如法治自今已去制弟子修行法若不修者當如法治此行於阿闍梨所修行亦如是文同故不出

呵責弟子法時諸弟子不承事恭敬和尚阿闍梨亦不順弟子法無慚無愧不受教作非威儀不恭敬難與語與惡人爲友好往婬女家婦女家大童女家黃門家比丘尼精舍式叉摩那精舍沙彌尼精舍好往看[illegible]鼈有此等過應作呵責有三現前一弟子二出過三呵詞呵詞有五應語言我今呵責汝汝去汝莫入我房汝莫爲我作使汝莫至我所不與汝語是謂和尚呵責弟子法阿闍梨呵責弟子亦五詞不唯換第四句莫至我所云汝莫依止我彼盡形壽呵責佛言不應爾竟安居呵責亦不應爾病者亦不應呵

弟子懺悔法彼被呵已不向和尚阿闍梨懺悔佛言被呵責已應向和尚阿闍梨懺悔當如是懺悔當如是具儀作如是言大德我今懺悔更不復作若聽懺悔者善若不聽者當更日三時懺悔早起日中日暮若聽懺悔者善若不聽當下意隨順求方便解其所犯若彼下意隨順無有違逆而和尚阿闍梨不受者當如法治也

弟子離和尚懺謝法和尚有五非弟子應懺悔而去應語和尚言我如法和尚不知我不如法亦不知若我犯戒捨不教呵若犯亦不知若犯而懺悔亦不知如此懺謝應當輭語若不受者和尚應捨遠去依止闍梨應持衣鉢出界經宿已明日當還更依止餘比丘住

四分僧羯磨卷第一

音釋

躅直録切跡也　韜土刀切藏也　揜烏感切遮蓋也　隤杜回切摧也　亟去冀切數也　雒盧各切雒陽地名　礪力制切　鄴魚怯切　駛踈吏切疾也　痟相邀切消渴疾　腋羊益切脇下也

四分僧羯磨卷第二

唐西太原寺沙門懷素集

說戒篇第五

僧說戒法諸比丘於十四十五十六日不知爲何日說戒佛言聽上座布薩日唱言

大德僧聽今僧某月某日某時集某處說戒如是唱已說戒時至年少比丘先往說戒堂灑掃敷座具淨水瓶洗足然燈火具舍羅若年少比丘不知者上座應教若上座不教者突吉羅若不隨上座教者突吉羅收亦如是時諸白衣問比丘說戒時有幾人以不知故比丘慚愧佛言聽數雖數猶忘佛言當具舍羅舍羅當以銅鐵竹木等作不應用寶作若患零落當作函筒盛函筒亦不應用寶作僧集之時比丘常相檢校知有來不應先白然後說戒白等儀軌具如戒經

教誡比丘尼法於說戒時上座問言比丘尼衆遣何人來先受囑者應起禮僧具儀白言

大德僧聽某處比丘尼僧和合差比丘尼某甲禮比丘僧足求索教誡三說上座應更問云誰爲教誡比丘尼若有者應差教誡者多應遣信語比丘尼僧此多有教誡人汝爲請誰若彼尼言我請此人依彼請差若復報言我隨僧處分者僧應隨常教誡比丘尼次第差佛言若有比丘成就十法者一戒律具足二多聞三誦二部戒利四決斷無疑五善能說法六族姓出家七顏貌端正比丘尼衆見便歡喜八堪任與比丘尼衆說法勸令歡喜九不爲佛出家而披法服犯重法十若滿二十歲若過二十歲者應差教授比丘尼應如是差

大德僧聽若僧時到僧忍聽僧差某甲比丘教誡比丘尼白如是

大德僧聽僧差某甲比丘教誡比丘尼誰諸長老忍僧差某甲比丘教誡比丘尼者黙然誰不忍者說僧已忍差某甲比丘教誡比丘尼竟僧忍黙然故是事如是持彼被差者將一比丘爲伴往比丘尼住處應剋時到比丘尼亦剋時迎若比丘剋時不至突吉羅尼剋時不迎亦爾爾時教誡師觀衆集已爲說八不可過法及說法言八不可過者雖百歲比丘尼見新受戒比丘應起迎逆禮拜與敷淨

座令坐如此法應尊重恭敬讚歎盡形壽不得過比丘尼不應罵詈比丘訶責不應誹謗言破戒破見破威儀如此法應尊重等如上比丘尼不應爲比丘作舉作憶念作自言不應遮他覓罪遮說戒遮自恣比丘尼不應訶比丘比丘應訶比丘尼如此法應尊重等如上式叉摩那學戒已從比丘僧乞受大戒如此法應尊重等如上比丘尼犯僧殘罪應二部僧中行摩那埵如此法應尊重等如上比丘尼半月從僧乞教誡如此法應尊重等如上比丘尼不應在無比丘處夏安居如此法應尊重等如上比丘尼僧夏安居竟應比丘僧中求三事自恣見聞疑如此法應尊重等如上次爲說法量機開導

略教誡法若無教誡尼人徧請不得此受囑比丘還至上座前具白上座應語彼云

此無教誡比丘尼人及無說法者語比丘尼衆勤修莫放逸明日尼來此比丘傳上座語

告清淨法若十四十五十六日舊比丘欲說戒有客比丘來已說戒竟若少若多等應從舊比丘重說戒不者如法治若客多者舊比丘應求客和合若不得者應出界外說戒若舊比丘已說戒竟客比丘來欲說戒若少若等應求舊比丘和合若不得者應出界外說戒若客比丘多應從客比丘重說戒不者如法治若日同時不同舊比丘集已說序竟客比丘來少告清淨作是告云

大德僧聽我某甲比丘清淨作是告已餘者當次第聽若說戒竟舉衆未起若多未起告都已起亦告清淨不者如法治若說序竟客來等多舊比丘更爲重說戒不者如法治若說戒竟舉衆未起若多未起若都已起亦爲重說若客比丘集已說序等舊比丘來亦如是

略說戒法律言若有八難及餘緣聽略說戒言八難者若王若賊若火若水若病若人若非人惡蟲餘緣者若有大衆集牀座少若衆多病聽略說戒若大衆集座上覆蓋不周或天雨若布薩多夜已久或鬬諍事或論阿毗曇毗尼或說法夜已久聽一切衆未起明相未出應作羯磨說戒更無方便可得宿受欲清淨略前方便一如廣法量難遠

近若說戒序問清淨已難至應言

諸大德是四波羅夷法僧常聞乃至衆學亦爾七滅諍已下依文廣誦若難緣逼近不及說序者即以此緣應去

對首說戒法若有三人各各相向作如是言

二長老憶念今僧十五日說戒我某甲比丘清淨三說二人亦爾

心念說戒法若有一人應心念言今日衆僧十五日說戒我某甲比丘清淨三說

增減說戒法律言若有比丘喜鬪罵詈遞相誹謗口出刀劒欲來至此說戒者應作二三布薩若應十五日說十四日作若應十四日說十三日作若聞今日來即應疾疾布薩若聞已入界應至界外說戒若能如是者善若不能應作白却說戒作如是白

大德僧聽若僧時到僧忍聽僧今不說戒至黑月十五日當說戒白如是若客比丘不去應作第二却白應如是作大德僧聽若僧時到僧忍聽僧今不說戒至白月十五日當說戒白如是若客比丘故不去至白月者舊比丘應如法強與客比丘問答

非時和合法若因舉事遂有鬪諍能所不和別部說戒若能懺悔改過從僧乞解解已作白羯磨和合布薩應如是白

大德僧聽彼所因事令僧鬪諍誹謗互求長短令僧破令僧別住令僧塵垢彼人僧爲舉罪已還爲解已滅僧塵垢若僧時到僧忍聽僧作和合布薩白如是作是白已和合布薩

非時說戒法若因鬪諍令僧不和合令僧別異分爲二部若能於中改悔不相發舉此則名爲以法和合作如是白

大德僧聽衆僧所因諍事令僧鬪諍而不和合衆僧破壞令僧塵垢令僧別異分爲二部彼人自知犯罪事令已改悔除滅僧塵垢若僧時到僧忍聽僧今和合說戒白如是作是白已然後和合說戒

安居第六

對首法 告諸比丘汝不應一切時春夏冬人間遊行從今已去聽諸比丘三月夏安居應作是言

長老一心念我某甲比丘依某甲僧伽藍若在村內應云某甲聚落若在別房應云某甲房前三月夏安居房舍破修治故三說以安居依第五律師故須問言汝依誰持律彼應答言依某甲律師復應語言有疑當問彼復答言可爾後三月安居法亦如是安居有二種一前二後若前安居住前三月若後安居住後三月

心念法 律言從今日聽諸比丘若無所依人心念安居作法同前但除初句及後問答作其三說

忘成法 爾時比丘住處欲安居無所依人自忘不心念不知成不佛言若為安居故來便成安居

及界法 時諸比丘往安居處安居入界便明相出彼有疑為成安居不佛言若為安居故來便成安居次入園亦同次一脚入界入園亦如是

受日篇第七

對首法 若有佛法僧事檀越父母等請喚受懺病患看病求同業等緣不及即日還聽受七日法應如是作

長老一心念我某甲比丘受七日法出界外為其事故還此中安居白長老令知三說不應專為飲食故去

羯磨法 為前緣遠不及七日還佛言聽有如是事受過七日法若十五日一月日白二羯磨應如是作

大德僧聽若僧時到僧忍聽某甲比丘受過七日法十五日一月日出界外為其事故還此中安居白如是

大德僧聽某甲比丘受過七日法十五日一月日出界外為其事故還此中安居誰諸長老忍僧聽某甲比丘受過七日法十五日一月日出界外為其事故還此中安居者默然誰不忍者說僧已忍某甲比丘受過七日法十五日一月日出界外

爲其事故還此中安居竟僧忍默然故是事如是持

自恣篇第八

白僧自恣時法（自今已去聽安居竟自恣聽遮自恣不應求聽何以故自恣即是聽又諸比丘不知今日自恣明日自恣佛言自今已去聽若小食上中食上上座唱言）

大德僧聽今僧某月某日某時集某處自恣（餘儀軌等並同說戒）

差受自恣人法（諸比丘一時自恣鬧亂又不求次第自恣上座疲極佛言不應爾聽差受自恣人白二羯磨有五法者應差若不愛不恚不怖不癡知自恣未自恣者應如是差）

大德僧聽若僧時到僧忍聽僧差某甲比丘作受自恣人白如是

大德僧聽僧差某甲比丘作受自恣人誰諸長老忍僧差某甲比丘作受自恣人者默然誰不忍者說僧已忍差某甲比丘作受自恣人竟僧忍默然故是事如是持

自恣白法（律言聽比丘坐應知來不先白後自恣作如是白）

大德僧聽今日衆僧自恣若僧時到僧忍聽僧和合自恣白如是

僧自恣法（律言聽徐徐三說了了自恣不應反抄衣衣纏頸等應偏露等作如是言）

大德衆僧今日自恣我某甲比丘亦自恣若見聞疑罪大德長老哀愍故語我我若見罪當如法懺悔（三說若病比丘佛聽隨身所安自恣其告清淨緣及告法一同說戒）

略自恣法（律言若有八難及餘緣聽略自恣若難事尚遠容得廣說應廣說若難事近不得三說當再說若不得再說應一說若不者如法治若難事近不得一說者諸比丘即應作白各共二說自恣作如是白）

大德僧聽若僧時到僧忍聽僧今各各共三

語自恣白如是作是白已各共三語自恣再說一說亦如是若難事近不得各三語自恣亦不得白即應以此事去

對首自恣法若有四人各各相向作如是言

三長老憶念今日衆僧自恣我某甲比丘自恣清淨三說若三人三人亦如是

心念自恣法若有二人應心念言今日衆僧自恣我某甲比丘自恣清淨三說

增益自恣法律言若有衆多比丘結安居精勤行道得增上果證諸比丘作是念我曹若今日自恣便應移住餘處恐不得如是樂彼比丘即應作白增益自恣作如是白

大德僧聽若僧時到僧忍聽僧今日不自恣四月滿當自恣白如是作是白已至四月滿自恣

增減自恣法律言若自恣日聞異住處比丘鬪諍不和欲來此自恣彼比丘應作若三若三減日自恣若聞已入界應爲具洗浴器等安置置已至界外自恣若能如是方便作者善若不能者彼作白增上自恣作如是白

大德僧聽若僧時到僧忍聽僧今日不自恣至黑月十五日當自恣白如是作是白已增上自恣若客比丘住至黑月十五日者舊比丘應作白第二增上自恣作如是白

大德僧聽若僧時到僧忍聽僧今日不自恣後白月十五日當自恣白如是若客比丘猶不去舊比丘應如法如律強和合自恣

受比丘尼自恣法時比丘僧應爲盡集不來者囑授彼比丘尼於僧中說自恣已僧中上座語云

大德僧衆不見比丘尼衆有見聞疑罪可舉語比丘尼衆如法自恣謹慎莫放逸使尼禮足已還

衣鉢藥受淨篇第九

說三衣法依十誦云

長老一心念我比丘某甲是衣僧伽梨若干條受若干長若干短割截衣持三說受下二衣類準亦爾

捨三衣法應翻受云

長老一心念我比丘某甲是衣僧伽梨若干條受若干長若干短割截衣持今捨三說捨下二衣類準亦爾

受尼師壇法應云

長老一心念我比丘某甲此尼師壇是我助身衣受三說餘助身衣受同此法捨者翻受應知

受鉢法律言鉢有二種一瓦二鐵色亦二種一赤二黑大者三升小者一升半此應淨施持準十誦云

長老一心念我比丘某甲此鉢多羅應量受長用故三說捨者翻受應知

受非時藥法律言聽飲八種漿一梨漿二閻浮果漿三酸棗漿四甘蔗漿五微果漿六捨樓迦漿七波樓師漿八蒲萄漿若不醉人應非時飲若醉人不應飲若飲如法治應從淨人手受已次對比丘加法云

長老一心念我比丘某甲有某病緣故此某非時漿爲經非時服故今於長老邊受三說受餘二藥法同七日應言爲共宿七日服故盡形應言爲共宿長服故七日藥者酥等盡形藥者一切鹹醋等不任爲食者

眞實淨法應云

大德一心念我有此長衣未作淨今爲淨故捨與大德爲眞實淨故作眞實淨應問施主然後得著鉢藥類同

展轉淨法應云

大德一心念此是我長衣未作淨爲淨故施與大德爲展轉淨故彼受淨者應云長老一心念汝有此長衣未作淨爲淨故與我我今受之受已語言汝施與誰彼應答言施與某甲受淨者言長老一心念汝是長衣未作淨爲淨故施與我我今受之受已汝與某甲是衣某甲已有汝爲某甲善護持著隨因緣作展轉淨若問不問聽隨意著鉢藥類同事別爲異也

攝物篇第十

攝時現前施法律言自今已去不應於一切時春夏冬求索夏衣又不應此處安居餘處受夏衣分又有比丘在異住處結夏安居已復於餘處住彼不知何處安

居物佛言聽住日多處取若二處俱等聽各取半又云衆僧得夏安居衣僧破爲二部佛及言應數人多少分若未得夏衣若得夏衣及未得夏衣僧破二部亦數人分此等爲施現前分並無分法

攝非時現前施法 時王舍城諸優婆塞聞佛聽諸比丘畜檀越施衣即遣人大送種種好衣與諸比丘諸比丘不知云何佛言聽分不知云何分當數人多少分若十人爲十分乃至百人爲百分好惡相參分不應自取分使異人取不應自擲籌使不見者擲籌此既數人亦無分法

攝時僧施法 時有比丘未分夏衣便去後比丘分夏衣不取取去者分諸比丘不知成分不佛言成分應相待亦應屬授後人受夏衣分律言若一比丘安居大德僧夏安居衣物彼比丘應作心念言此是我物 其羯磨對首法準同非時僧施更無異故不出

攝非時僧施差分物人法 時有住處現前僧得可分衣物佛言聽分分時有客數來分衣疲極應差一人令分此人應具五法五法如上應如是作

大德僧聽若僧時到僧忍聽僧差某甲比丘爲僧作分物人白如是

大德僧聽僧差某甲比丘爲僧作分物人誰諸長老忍僧差某甲比丘爲僧作分物人者默然誰不忍者說僧已忍差某甲比丘爲僧作分物人竟僧忍默然故是事如是持 爲僧分粥分小食佉闍尼差請會敷卧具分卧具分浴衣分衣可與可取差比丘使沙彌使一切亦如是有五法爲僧分粥入地獄如箭射謂有愛等有五法分粥生天如箭射謂不愛等乃差沙彌使亦如是

付分衣人物法 既差人已應付物作如是付須

大德僧聽此住處若衣若非衣現前僧應分若僧時到僧忍聽僧今與某甲比丘彼當與僧白如是

大德僧聽此住處若衣若非衣現前僧應分僧今與某甲比丘彼當與僧誰諸長老忍此住處若衣若非衣現前僧應分僧與某甲比丘彼當與僧者默然誰不忍者說僧已忍與

其甲比丘彼當與僧竟僧忍默然故是事如是持作此法已準人多少等分沙彌若和合等分若不和合二分與一又若不和三分與一又若不與不應分僧伽藍人四分與一若不與不應分

四人直攝物法若但四分不成差不成付直作攝法應如是作

大德僧聽此住處若衣若非衣現前僧應分若僧時到僧忍聽今現前僧分是衣物白如是

大德僧聽此住處若衣若非衣現前僧應分今現前僧分是衣物誰諸長老忍此住處若衣若非衣現前僧應分今現前僧分是衣物者默然誰不忍者說僧已忍今現前僧分是衣物竟僧忍默然故是事如是持作羯磨已分法如前

對首攝物法若有三人彼此共三語受應作是言

二長老憶念此住處若衣若非衣現前僧應分此處無僧此是我等分三說二人亦爾分法如前

心念攝物法若有一人應心念言此住處若衣若非衣現前僧應分此處無僧此是我分三說分法如前

攝二部僧得施法爾時有異住處二處僧多得可分衣物時比丘僧多比丘尼僧少佛言應分作二分若無比丘尼純式叉摩那亦分二分及純沙彌尼亦分二分若無沙彌尼僧應分若比丘少比丘尼多亦分二分若無比丘純有沙彌亦分二分若無沙彌比丘尼應亦分二分已各至本處作羯磨等三法分之時僧得施亦爾其二部現前施並數人分

攝亡比丘物法時諸比丘分僧園田果樹又分別房及屬別房物又分銅瓶銅瓮釜鑊及諸重物又分繩牀木牀坐褥卧褥枕又分伊梨延陀耄羅耄耄羅氈毹又分車轝守僧伽藍人又分水瓶澡罐錫杖扇又分鐵作器木作器陶作器皮作器竹作器佛言不應分屬四方僧毾毲廣三肘長五肘毛長三指剃刀衣鉢坐具針筒盛衣貯器俱夜羅器現前僧應分先作此簡然後作法

看病人對僧捨物時看病人持物僧中具儀捨云

大德僧聽某甲比丘此若餘處亡云彼住處命過所有衣鉢坐具針筒盛衣貯器此隨現有六物作法若有闕者

應除又若物類衆多此言攝不盡者應言若衣非衣此住處現前僧應分三說

賞看病人物法律言僧問瞻病人言病人有屬授不誰負病者物病者負誰物有五法應與看病人物一知病人可食不可食可食能與二不惡賤病人大小便唾吐三有慈愍心不爲衣食四能經理湯藥乃至瘥若死五能爲病人說法令病者歡喜已身於善法增益有五法應取病人衣物其衣鉢等物隨現有賞無者不得將餘物替應如是賞

大德僧聽某甲比丘命過所有衣鉢坐具針筒盛衣貯器此現前僧應分若僧時到僧忍聽僧今與某甲看病比丘白如是

大德僧聽某甲比丘命過所有衣鉢坐具針筒盛衣貯器此現前僧應分僧今與某甲看病比丘誰諸長老忍僧與某甲看病比丘衣鉢坐具針筒盛衣貯器者默然誰不忍者說僧已忍與某甲看病比丘衣鉢坐具針筒盛衣貯器竟僧忍默然故是事如是持

差分衣人法具德如前應如是差

大德僧聽若僧時到僧忍聽僧差某甲比丘爲僧作分物人白如是

大德僧聽僧差某甲比丘爲僧作分物人誰諸長老忍僧差某甲比丘爲僧作分物人者默然誰不忍者說僧已忍差某甲比丘爲僧作分物人竟僧忍默然故是事如是持

付分衣人物法差已應如是付

大德僧聽某甲比丘命過所有若衣非衣此現前僧應分若僧時到僧忍聽僧今與某甲比丘某甲比丘當還與僧白如是

大德僧聽某甲比丘命過所有若衣非衣此現前僧應分僧今與某甲比丘某甲比丘當還與僧誰諸長老忍某甲比丘命過所有若

衣非衣此現前僧應分僧與某甲比丘某甲比丘當還與僧者默然誰不忍者說僧已忍與某甲比丘某甲比丘當還與僧竟僧忍默然故是事如是持（分法如前）

四人直攝物法（以不成差付直分云）

大德僧聽某甲比丘命過所有若衣非衣此現前僧應分若僧時到僧忍聽今現前僧分是衣物白如是

大德僧聽某甲比丘命過所有若衣非衣此現前僧應分今現前僧分是衣物誰諸長老忍某甲比丘命過所有若衣非衣此現前僧應分今現前僧分是衣物者默然誰不忍者說僧已忍今現前僧分是衣物竟僧忍默然故是事如是持（作羯磨已分法如前有看病人應口和賞）

對首攝物法（若有三人彼此共三說受作如是言）

二長老憶念某甲比丘命過所有若衣非衣此現前僧應分此處無僧此是我等分（三說二人亦爾分法如前有看病人亦口和賞）

心念攝物法（若有一人應心念言）

某甲比丘命過所有若衣非衣此現前僧應分此處無僧此是我分（三說分法如前）

無住處攝物法（時有比丘遊行到無比丘住村到已命過不知誰應分此衣鉢白佛）佛言彼處若有信樂優婆塞若守園人彼應賞錄若有五衆出家人前來者應與若無來者應送與近處僧伽藍

德衣篇第十一

受功德衣白法（律言若得新衣若檀越施衣若糞掃衣若是新衣若是故衣新物帖作淨若已浣浣已納作淨不以邪命得不以相得不激發得不經宿得不捨墮作淨即日來應法四周安緣五條作十隔若過是者亦應受應自浣染舒張𥖄治或作十隔縫治應在衆僧前受如是白）

大德僧聽今日衆僧受功德衣若僧時到僧忍聽衆僧和合受功德衣白如是

差持功德衣人法律言應問誰能持功德衣若言能者白二差持應如是作

大德僧聽若僧時到僧忍聽僧差某甲比丘爲僧持功德衣白如是

大德僧聽僧差某甲比丘爲僧持功德衣誰諸長老忍僧差某甲比丘爲僧持功德衣者默然誰不忍者說僧已忍差某甲比丘爲僧持功德衣竟僧忍默然故是事如是持

付功德衣與持衣人法差已作白二付應如是作

大德僧聽此住處僧得可分衣物現前僧應分若僧時到僧忍聽僧持此衣與某甲比丘此比丘當持此衣爲僧受作功德衣於此住處持白如是

大德僧聽此住處僧得可分衣物現前僧應分僧今持此衣與某甲比丘此比丘當持此衣爲僧受作功德衣於此住處持誰諸長老忍僧持此衣與某甲比丘受作功德衣者默然誰不忍者說僧已忍與某甲比丘衣竟僧忍默然故是事如是持

持衣僧前受法持衣比丘應起捉衣隨諸比丘手得及衣言相了處作如是言

此衣衆僧當受作功德衣此衣衆僧今受作功德衣此衣衆僧已受作功德衣竟三說彼諸比丘應如是言其受者已善受此中所有功德名稱屬我持衣人應答言爾如是次第乃至下座受已得作五事一得畜長衣二離衣宿三得別衆食四得展轉食五得不囑比丘入衆

差人作功德衣法律言若得未成衣僧應白二差人作應如是差

大德僧聽若僧時到僧忍聽僧差某甲比丘

爲僧作功德衣白如是

大德僧聽僧差某甲比丘爲僧作功德衣誰諸長老忍僧差某甲比丘爲僧作功德衣者默然誰不忍者說僧已忍差某甲比丘爲僧作功德衣竟僧忍默然故是事如是持作法如前

出功德衣法彼六群比丘不出功德衣作如是意以久得五事放捨佛言不應作如是意聽冬四月竟僧應出功德衣應如是作

大德僧聽今日衆僧出功德衣若僧時到僧忍聽僧今和合出功德衣白如是若不出過功德衣分齊突吉羅有八因緣捨功德衣一去二竟三不竟四失五斷望六聞七出界八共出復有二種捨功德衣持功德衣比丘出界外宿衆僧和合共出

除罪篇第十二

除波羅夷罪法案律懺悔有五種或有犯自心念懺悔或有犯小罪從他懺悔或有犯中罪亦從他懺悔或有犯重罪從他懺悔或有犯罪不可懺悔此不可懺罪謂波羅夷犯波羅夷罪得法有三一犯覆藏者與滅擯羯磨二犯不覆藏者與盡形學悔羯磨三學悔人重犯者與滅擯羯磨

與覆藏者作滅擯法若犯波羅夷覆藏者僧與作舉憶念與罪已應如是作

大德僧聽此某甲比丘犯某波羅夷罪若僧時到僧忍聽僧今與某甲比丘某波羅夷罪滅擯羯磨不得共住不得共事白如是

大德僧聽此某甲比丘犯某波羅夷罪僧今與某甲比丘某波羅夷罪滅擯羯磨不得共住不得共事誰諸長老忍僧與某甲比丘某波羅夷罪滅擯羯磨不得共住不得共事者默然誰不忍者說三說僧已忍與某甲比丘某波羅夷罪滅擯羯磨不得共住不得共事竟僧忍默然故是事如是持

與不覆藏者作盡形學悔法律言若比丘未犯波羅夷終不犯若已犯都無覆藏心如法懺悔者聽僧與彼比丘波羅夷戒羯磨彼應僧中具儀作如

是乞

大德僧聽我某甲比丘犯某波羅夷罪都無覆藏心今從僧乞波羅夷戒願僧與我某甲比丘波羅夷戒慈愍故三說僧應如是與法

大德僧聽此某甲比丘犯某波羅夷罪無覆藏心今從僧乞波羅夷戒若僧時到僧忍聽僧今與某甲比丘波羅夷戒白如是

大德僧聽此某甲比丘犯某波羅夷罪無覆藏心今從僧乞波羅夷戒僧今與某甲比丘波羅夷戒誰諸長老忍僧與某甲比丘波羅夷戒者默然誰不忍者說三說僧已忍與某甲比丘波羅夷戒竟僧忍默然故是事如是持

得波羅夷戒已當須盡形事事隨順行之隨順行法者不得授人具足戒不得與人依止不得畜沙彌若差教誡比丘尼不得受設差不應往教誡不應爲僧說戒不應在僧中問答毗尼不應受僧差使作知事人不應受僧差別處斷事不應受僧差使命不應早入聚落逼暮還當親近比丘不得親近外道白衣當順從比丘法不得說餘俗語不得衆中誦律若無能誦者聽不得更犯此罪餘亦不應犯若相似若從此生若重於此者不得非僧羯磨及作羯磨者不得受清淨比丘敷具洗足求拭華屣揩摩身及禮拜迎問訊不應受清淨比丘捉衣鉢不得舉清淨比丘爲作憶念作自言治不應證正人事不得遮清淨比丘說戒自恣不得與清淨比丘共諍與波羅夷戒比丘僧說戒及羯磨時來與不來衆僧無犯

與學悔人重犯者作滅擯法諸比丘言若與波羅夷戒比丘重犯復得與彼波羅夷戒不佛言不應爾應滅擯與作舉等應如是作

大德僧聽此某甲比丘犯某波羅夷罪無覆藏心已從僧乞波羅夷戒僧已與某甲比丘波羅夷戒此比丘於學悔中重犯某波羅夷罪若僧時到僧忍聽僧今與某甲比丘重犯某波羅夷罪滅擯羯磨不得共住不得共事白如是

大德僧聽此某甲比丘犯某波羅夷罪無覆

藏心巳從僧乞波羅夷戒僧巳與某甲比丘波羅夷戒此比丘於學悔中重犯某波羅夷罪僧今與某甲比丘重犯某波羅夷罪滅擯羯磨不得共住不得共事誰諸長老忍僧與某甲比丘重犯某波羅夷罪滅擯羯磨不得共住不得共事者默然誰不忍者說三說僧巳忍與某甲比丘重犯某波羅夷罪滅擯羯磨不得共住不得共事竟僧忍默然故是事如是持

除僧殘罪法羯磨有五一覆藏二若行中重犯者作覆藏本日治三摩那埵四若行中重犯者作摩那埵本日治五出罪但覆藏人有其二種一者得法重犯羯磨或四或五二者得法不重犯羯磨但三發露亦二種一者得法重犯羯磨有三二者羯磨得法不重犯羯磨有二

與覆藏法律言若比丘犯僧殘罪謂犯波羅夷偷蘭遮乃至惡說覆藏者是謂不覆藏若比丘犯僧殘罪若作僧殘意覆藏應教作突吉羅懺悔巳與覆藏犯波逸提乃至惡說亦如是若犯僧殘不憶犯數不憶日數者應與清淨巳來覆藏若憶犯數不憶日數者亦與清淨巳來覆藏若憶日數不憶犯數者應數日與覆藏疑不疑識不識亦如是彼比丘應僧中具儀作如是乞

大德僧聽我某甲比丘犯某僧殘罪覆藏若干日應隨覆藏年月日長短稱之下並同此我某甲比丘犯某僧殘罪隨覆藏若干日今從僧乞覆藏羯磨願僧與我某甲比丘隨覆藏若干日羯磨慈愍故三說僧應如是與法

大德僧聽此某甲比丘犯某僧殘罪覆藏若干日此某甲比丘犯某僧殘罪隨覆藏若干日今從僧乞覆藏羯磨若僧時到僧忍聽僧與某甲比丘隨覆藏若干日羯磨白如是大德僧聽此某甲比丘犯某僧殘罪覆藏若干日此某甲比丘犯某僧殘罪隨覆藏若干日今從僧乞覆藏羯磨僧與某甲比丘隨覆藏若干日羯磨誰

諸長老忍僧與其甲比丘隨覆藏若干日羯磨者默然誰不忍者說三說僧已忍與其甲比丘隨覆藏若干日羯磨竟僧忍默然故是事如是持

白僧行覆藏行法彼得法已即欲行者僧中具儀作如是白

大德僧聽我某甲比丘犯某僧殘罪覆藏若干日我某甲比丘犯某僧殘罪隨覆藏若干日已從僧乞覆藏羯磨僧已與我某甲比丘隨覆藏若干日羯磨我今行覆藏法願僧憶持三說彼白行已具行七五行其七五行已如上明彼至清淨比丘所一一如弟子於和尚所行弟子法有八事失夜一往餘寺不白二有客比丘來不白三有緣事自出界不白四寺內徐行比丘不白五病不遣信白六二三人共一屋宿七在無比丘處住八不半月說戒時白是為八事失夜隨違一事失一夜得突吉羅罪

半月說戒白法佛遣半月說戒時白彼至僧中具儀作如是白

大德僧聽我某甲比丘犯某僧殘罪覆藏若干日我某甲比丘犯某僧殘罪隨覆藏若干日已從僧乞覆藏羯磨僧已與我某甲比丘隨覆藏若干日羯磨我某甲比丘已行若干日未行若干日白大德僧令知我行覆藏往餘寺白法大同應知

白停行法若大衆難集若不欲行若彼人輕弱多有羞愧應至一清淨比丘所具儀白言

大德上座我某甲比丘今日捨教勑不作白行行法若欲行時應至一清淨比丘所具儀白言

大德上座我某甲比丘今日隨所教勑當作作是白已如前行之行法滿已白僧停法若行法滿即應向僧應至僧中具儀白言

大德僧聽我某甲比丘犯某僧殘罪覆藏若干日我某甲比丘犯某僧殘罪隨覆藏若干日已從僧乞覆藏羯磨僧已與我某甲比丘隨覆藏若干日羯磨我今行覆藏法竟願僧憶持三說

與壞覆藏者本日治法彼比丘行覆時更重犯佛言聽僧爲彼比丘作本日治白四羯磨此是新罪與舊罪合法應至僧中具儀作如是乞

大德僧聽我某甲比丘犯某僧殘罪覆藏若干日我某甲比丘犯某僧殘罪隨覆藏若干日已從僧乞覆藏羯磨僧已與我某甲比丘隨覆藏若干日羯磨我某甲比丘行覆藏時中間更重犯某僧殘罪覆藏若干日今從僧乞前犯中間重犯某僧殘罪覆藏若干日及覆藏本日治羯磨若重犯新罪不覆藏者但與舊犯本日治乞及與者皆應知之願僧與我某甲比丘前犯中間重犯覆藏若干日及覆藏本日治羯磨慈愍故三說僧如是與

大德僧聽此某甲比丘犯某僧殘罪覆藏若干日此某甲比丘犯某僧殘罪隨覆藏若干日已從僧乞覆藏羯磨僧已與某甲比丘隨覆藏若干日羯磨此某甲比丘行覆藏時中間更重犯某僧殘罪覆藏若干日今從僧乞前犯中間重犯某僧殘罪覆藏若干日及覆藏本日治羯磨若僧時到僧忍聽僧與某甲比丘前犯中間重犯覆藏若干日及覆藏本日治羯磨白如是

大德僧聽此某甲比丘犯某僧殘罪覆藏若干日此某甲比丘犯某僧殘罪隨覆藏若干日已從僧乞覆藏羯磨僧已與某甲比丘隨覆藏若干日羯磨此某甲比丘行覆藏時中間更重犯某僧殘罪覆藏若干日今從僧乞前犯中間重犯某僧殘罪覆藏若干日及覆藏本日治羯磨僧與某甲比丘前犯中間重犯覆藏若干日及覆藏本日治羯磨誰諸長老忍僧與某甲比丘前犯中間重犯覆藏若干日及覆藏本日治羯磨者默然誰不忍者說三說僧已忍與某

甲比丘前伲中間重犯覆藏本日治羯磨竟僧忍默然故是事如是持（若更重重犯者與法準知白行等法隨事具牒）

與不壞覆藏者摩那埵法（但摩那埵有其二位一不壞覆法二壞覆法彼不壞覆法比丘行覆藏竟佛言聽僧與作六夜摩那埵應僧中具儀作如是乞）

大德僧聽我某甲比丘犯某僧殘罪覆藏（若干）日我某甲比丘犯某僧殘罪隨覆藏（若干）日已從僧乞覆藏羯磨僧已與我某甲比丘隨覆藏（若干）日羯磨我某甲比丘行覆藏竟今從僧乞六夜摩那埵願僧與我某甲比丘六夜摩那埵慈愍故（三說僧應與法）

大德僧聽此某甲比丘犯某僧殘罪覆藏（若干）日此某甲比丘犯某僧殘罪隨覆藏（若干）日已從僧乞覆藏羯磨僧已與此某甲比丘隨覆藏（若干）日羯磨此某甲比丘行覆藏竟今從僧乞六夜摩那埵若僧時到僧忍聽僧與某甲比丘六夜摩那埵白如是

大德僧聽此某甲比丘犯某僧殘罪覆藏（若干）日此某甲比丘犯某僧殘罪隨覆藏（若干）日已從僧乞覆藏羯磨僧已與某甲比丘隨覆藏（若干）日羯磨此某甲比丘行覆藏竟今從僧乞六夜摩那埵僧與某甲比丘六夜摩那埵誰諸長老忍僧與某甲比丘六夜摩那埵者默然誰不忍者說（三說）僧已忍與某甲比丘六夜摩那埵竟僧忍默然故是事如是持

四分僧羯磨卷第二

音釋

詈力置切罵也誹甫尾切非議也瓮烏貢切罋也耄莫皓切氍毹氍強魚切毹山芻切氍毹毛席也貯丁呂切盛也碾尼展切屣踈士切履屬

四分僧羯磨卷第三

唐西太原寺沙門懷素集

除罪篇第十二之餘

白僧行摩那埵行法彼比丘得法已師欲行者應即白僧但摩那埵白總有四一犯僧殘覆藏不壞法白二犯僧殘覆藏壞法白三犯僧殘不覆藏不壞人夜法白四犯僧殘不覆藏壞六夜法白此是第一覆藏不壞法白應僧中具儀白言

大德僧聽我某甲比丘犯某僧殘罪覆藏若干日我某甲比丘犯某僧殘罪隨覆藏若干日已從僧乞覆藏羯磨僧已與我某甲比丘隨覆藏若干日羯磨我某甲比丘行覆藏竟已從僧乞六夜摩那埵僧已與我某甲比丘六夜摩那埵我今行摩那埵法願僧憶持三說佛聽行摩那埵比丘亦行如上七五之事一一如前覆藏行法餘白準知隨事具牒

日日僧中白法此行摩那埵比丘應在僧中宿日日白僧白時僧中具儀白言

大德僧聽我某甲比丘犯某僧殘罪覆藏若干日我某甲比丘犯某僧殘罪隨覆藏若干日已從僧乞覆藏羯磨僧已與我某甲比丘隨覆藏若干日羯磨我某甲比丘行覆藏竟已從僧乞六夜摩那埵僧已與我某甲比丘六夜摩那埵我某甲比丘行摩那埵已行若干日未行若干日白

大德僧令知我行摩那埵若經說戒及往餘寺等白同前準知又有大衆難集等緣捨及行法亦同於前

白摩那埵行滿停法若行滿已即應白僧應至僧中具儀白言

大德僧聽我某甲比丘犯某僧殘罪覆藏若干日我某甲比丘犯某僧殘罪隨覆藏若干日已從僧乞覆藏羯磨僧已與我某甲比丘隨覆藏若干日羯磨我某甲比丘行覆藏竟已從僧乞六夜摩那埵僧已與我某甲比丘六夜摩

那埵我今行摩那埵竟願僧憶持三說與壞覆藏者摩那埵法彼比丘至僧中具儀作如是乞大德僧聽我某甲比丘犯某僧殘罪覆藏若干日我某甲比丘犯某僧殘罪隨覆藏若干日巳從僧乞覆藏羯磨僧巳與我某甲比丘隨覆藏若干日羯磨我某甲比丘行覆藏時中間更重犯某僧殘罪覆藏若干日亦從僧乞前犯中間重犯某僧殘罪覆藏若干日及覆藏本日治羯磨僧亦與我某甲比丘前犯中間重犯覆藏若干日及覆藏本日治羯磨我某甲比丘前犯中間重犯覆藏若干日及覆藏本日治羯磨竟今從僧乞六夜摩那埵願僧與我某甲比丘六夜摩那埵慈愍故三說僧應與法

大德僧聽此某甲比丘犯某僧殘罪覆藏若干日此某甲比丘犯某僧殘罪隨覆藏若干日巳從僧乞覆藏羯磨僧巳與此某甲比丘隨覆藏若干日羯磨此某甲比丘行覆藏時中間更重犯某僧殘罪覆藏若干日亦從僧乞前犯中間重犯某僧殘罪覆藏若干日及覆藏本日治羯磨僧與此某甲比丘前犯中間重犯覆藏若干日及覆藏本日治羯磨此某甲比丘行前犯中間重犯覆藏若干日及覆藏本日治羯磨竟今從僧乞六夜摩那埵若僧時到僧忍聽僧與某甲比丘六夜摩那埵白如是

大德僧聽此某甲比丘犯某僧殘罪覆藏若干日此某甲比丘犯某僧殘罪隨覆藏若干日巳從僧乞覆藏羯磨僧巳與此某甲比丘隨覆藏若干日羯磨此某甲比丘行覆藏時中間更重犯某僧殘罪覆藏若干日亦從僧乞前犯中間重犯某僧殘罪覆藏若干日及覆藏本日治

羯磨僧亦與此某甲比丘前犯中間重犯覆藏(若干)日及覆藏本日治羯磨此某甲比丘行前犯中間重犯覆藏(若干)日及覆藏本日治羯磨竟今從僧乞六夜摩那埵僧與某甲比丘六夜摩那埵者默然誰不忍者說(三說)僧已忍與某甲比丘六夜摩那埵竟僧忍默然故是事如是持(白行等法並同於前作法理須隨事具牒)

與壞覆藏及壞六夜本日治法(此本日治有一壞覆藏及壞六夜二不壞覆藏壞六夜此據新合作治法彼俱壞者僧中具儀作如是乞)

大德僧聽我某甲比丘犯某僧殘罪覆藏(若干)日我某甲比丘犯某僧殘罪隨覆藏(若干)日已從僧乞覆藏羯磨僧已與我某甲比丘隨覆藏(若干)日羯磨我某甲比丘行覆藏時中間更重犯某僧殘罪覆藏(若干)日亦從僧乞前犯中間重犯某僧殘罪覆藏(若干)日及覆藏本日治羯磨僧亦與我某甲比丘前犯中間重犯覆藏(若干)日及覆藏本日治羯磨我某甲比丘行前犯中間重犯覆藏(若干)日及覆藏本日治羯磨竟已從僧乞六夜摩那埵僧已與我某甲比丘六夜摩那埵我某甲比丘行摩那埵時中間更重犯某僧殘罪不覆藏(此中且據重犯不覆者作法下並同此其重犯覆者合治自入應治中辯)今從僧乞前犯中間重犯某僧殘罪不覆藏六夜摩那埵及摩那埵本日治羯磨願僧與我某甲比丘前犯中間重犯某僧殘罪不覆藏六夜摩那埵及摩那埵本日治羯磨慈愍故(三說僧應與法)

大德僧聽此某甲比丘犯某僧殘罪覆藏(若干)日此某甲比丘犯某僧殘罪隨覆藏(若干)日已從僧乞覆藏羯磨僧已與此某甲比丘隨覆藏(若干)日羯磨此某甲比丘行覆藏時中間更

重犯某僧殘罪覆藏若干日亦從僧乞前犯中間重犯某僧殘罪覆藏若干日及覆藏本日治羯磨僧亦與此某甲比丘前犯中間重犯覆藏若干日及覆藏本日治羯磨此某甲比丘行前犯中間重犯覆藏若干日及覆藏本日治羯磨竟已從僧乞六夜摩那埵僧已與此某甲比丘六夜摩那埵此某甲比丘行摩那埵時中間更重犯某僧殘罪不覆藏今從僧乞前犯中間重犯某僧殘罪不覆藏六夜摩那埵及摩那埵本日治羯磨若僧時到僧忍聽僧與某甲比丘前犯中間重犯某僧殘罪不覆藏六夜摩那埵及摩那埵本日治羯磨白如是

大德僧聽此某甲比丘犯某僧殘罪覆藏若干日此某甲比丘犯某僧殘罪隨覆藏若干日已從僧乞覆藏羯磨僧已與此某甲比丘隨覆藏若干日羯磨此某甲比丘行覆藏時中間更重犯某僧殘罪覆藏若干日亦從僧乞前犯中間重犯某僧殘罪覆藏若干日及覆藏本日治羯磨僧亦與此某甲比丘前犯中間重犯覆藏若干日及覆藏本日治羯磨此某甲比丘行前犯中間重犯覆藏若干日及覆藏本日治羯磨竟已從僧乞六夜摩那埵僧已與此某甲比丘六夜摩那埵此某甲比丘行摩那埵時中間更重犯某僧殘罪不覆藏今從僧乞前犯中間重犯某僧殘罪不覆藏六夜摩那埵及摩那埵本日治羯磨僧與某甲比丘前犯中間重犯某僧殘罪不覆藏六夜摩那埵及摩那埵本日治羯磨誰諸長老忍僧與某甲比丘前犯中間重犯某僧殘罪不覆藏六夜

摩那埵及摩那埵本日治羯磨者默然誰不忍者說（三說）僧已忍與某甲比丘前犯中間重犯某僧殘罪不覆藏六夜摩那埵及摩那埵本日治羯磨竟僧忍默然故是事如是持（白行等法亦悉同前）

與不壞覆藏壞六夜本日治法（彼至僧中具儀作如是乞）

大德僧聽我某甲比丘犯某僧殘罪覆藏（若干）日我某甲比丘犯某僧殘罪隨覆藏（若干）日已從僧乞覆藏羯磨僧已與我某甲比丘隨覆藏（若干）日羯磨我某甲比丘行覆藏竟已從僧乞六夜摩那埵僧已與我某甲比丘六夜摩那埵我某甲比丘行摩那埵時中間更重犯某僧殘罪不覆藏今從僧乞前犯中間重犯某僧殘罪不覆藏六夜摩那埵及摩那埵本日治羯磨願僧與我某甲比丘前犯中間重犯某僧殘罪不覆藏六夜摩那埵及摩那埵本日治羯磨慈愍故（三說僧應與法）

大德僧聽此某甲比丘犯某僧殘罪覆藏（若干）日此某甲比丘犯某僧殘罪隨覆藏（若干）日已從僧乞覆藏羯磨僧已與此某甲比丘隨覆藏（若干）日羯磨此某甲比丘行覆藏竟已從僧乞六夜摩那埵僧已與此某甲比丘行摩那埵時中間更重犯某僧殘罪不覆藏今從僧乞前犯中間重犯某僧殘罪不覆藏六夜摩那埵及摩那埵本日治羯磨若僧時到僧忍聽僧與某甲比丘前犯中間重犯某僧殘罪不覆藏六夜摩那埵及摩那埵本日治羯磨白如是

大德僧聽此某甲比丘犯某僧殘罪覆藏（若干）日比某甲比丘犯某僧殘罪隨覆藏（若干）日已

從僧乞覆藏羯磨僧已與此某甲比丘隨覆藏(若干)日羯磨此某甲比丘行覆藏竟已從僧乞六夜摩那埵僧已與此某甲比丘六夜摩那埵此某甲比丘行摩那埵時中間更重犯某僧殘罪不覆藏今從僧乞前犯中間重犯某僧殘罪不覆藏六夜摩那埵及摩那埵本日治羯磨僧與某甲比丘前犯中間重犯某僧殘罪不覆藏六夜摩那埵及摩那埵本日治羯磨誰諸長老忍僧與某甲比丘前犯中間重犯某僧殘罪不覆藏六夜摩那埵及摩那埵本日治羯磨者默然誰不忍者說(三說)僧已忍與某甲比丘前犯中間重犯某僧殘罪不覆藏六夜摩那埵及摩那埵本日治羯磨竟僧忍默然故是事如是持(白行等法亦悉同前)

與壞覆藏及壞六夜出罪法(此出罪法有四一壞覆藏及壞六夜法二壞覆藏不壞六夜法三不壞覆藏壞六夜法四不壞覆藏及六夜法彼俱壞者至僧具儀作如是乞)

大德僧聽我某甲比丘犯某僧殘罪覆藏(若干)日我某甲比丘犯某僧殘罪隨覆藏(若干)日已從僧乞覆藏羯磨僧已與我某甲比丘隨覆藏(若干)日羯磨我某甲比丘行覆藏時中間更重犯某僧殘罪覆藏(若干)日亦從僧乞前犯中間重犯某僧殘罪覆藏(若干)日及覆藏本日治羯磨僧亦與我某甲比丘前犯中間重犯覆藏(若干)日及覆藏本日治羯磨我某甲比丘行前犯中間重犯覆藏(若干)日及覆藏本日治羯磨竟已從僧乞六夜摩那埵僧已與我某甲比丘六夜摩那埵我某甲比丘行摩那埵時中間更重犯某僧殘罪不覆藏亦從僧乞前犯中間重犯某僧殘罪不覆藏六夜摩那埵

及摩那埵本日治羯磨僧亦與我某甲比丘前犯中間重犯某僧殘罪不覆藏六夜摩那埵及摩那埵本日治羯磨我某甲比丘行前犯中間重犯某僧殘罪不覆藏六夜摩那埵及摩那埵本日治羯磨竟今從僧乞出罪羯磨願僧與我某甲比丘出罪羯磨慈愍故三說

僧應與法

大德僧聽此某甲比丘犯某僧殘罪覆藏若干日此某甲比丘犯某僧殘罪隨覆藏若干日已從僧乞覆藏羯磨僧已與此某甲比丘隨覆藏若干日羯磨此某甲比丘行覆藏時中間更重犯某僧殘罪覆藏若干日亦從僧乞前犯中間重犯某僧殘罪覆藏若干日及覆藏本日治羯磨僧亦與此某甲比丘前犯中間重犯覆藏若干日及覆藏本日治羯磨此某甲比丘行前犯中間重犯覆藏若干日及覆藏本日治羯磨竟已從僧乞六夜摩那埵僧已與此某甲比丘六夜摩那埵此某甲比丘行摩那埵時中間更重犯某僧殘罪不覆藏亦從僧乞前犯中間重犯某僧殘罪不覆藏六夜摩那埵及摩那埵本日治羯磨僧亦與此某甲比丘前犯中間重犯某僧殘罪不覆藏六夜摩那埵及摩那埵本日治羯磨此某甲比丘行前犯中間重犯某僧殘罪不覆藏六夜摩那埵及摩那埵本日治羯磨竟今從僧乞出罪羯磨若僧時到僧忍聽僧與某甲比丘出罪白如是

大德僧聽此某甲比丘犯某僧殘罪覆藏若干日此某甲比丘犯某僧殘罪隨覆藏若干日已從僧乞覆藏羯磨僧已與此某甲比丘隨覆

藏(若干)日羯磨此某甲比丘行覆藏時中間更重犯某僧殘罪覆藏(若干)日亦從僧乞前犯中間重犯某僧殘罪覆藏(若干)日及覆藏本日治羯磨僧亦與此某甲比丘前犯中間重犯覆藏(若干)日及覆藏本日治羯磨此某甲比丘行前犯中間重犯覆藏(若干)日及覆藏本日治羯磨竟已從僧乞六夜摩那埵僧已與此某甲比丘六夜摩那埵此某甲比丘行摩那埵時中間更重犯某僧殘罪不覆藏亦從僧乞前犯中間重犯某僧殘罪不覆藏六夜摩那埵及摩那埵本日治羯磨僧亦與此某甲比丘前犯中間重犯某僧殘罪不覆藏六夜摩那埵及摩那埵本日治羯磨此某甲比丘行前犯中間重犯某僧殘罪不覆藏六夜摩那埵及摩那埵本日治羯磨竟今從僧乞出罪羯磨僧與某甲比丘出罪誰諸長老忍僧與某甲比丘出罪者默然誰不忍者說(三說)僧已忍與某甲比丘出罪竟僧忍默然故是事如是持(次二位出罪法準類應知)

與不壞覆藏及六夜出罪法(彼至僧中具儀作如是乞)

大德僧聽我某甲比丘犯某僧殘罪覆藏(若干)日我某甲比丘犯某僧殘罪隨覆藏(若干)日已從僧乞覆藏羯磨僧已與我某甲比丘隨覆藏(若干)日羯磨我某甲比丘行覆藏竟已從僧乞六夜摩那埵僧已與我某甲比丘六夜摩那埵我某甲比丘行六夜摩那埵竟今從僧乞出罪羯磨願僧與我某甲比丘出罪羯磨慈愍故(三說已應與法)

大德僧聽此某甲比丘犯某僧殘罪覆藏(若干)日此某甲比丘犯某僧殘罪隨覆藏(若干)日已

從僧乞覆藏羯磨僧已與此某甲比丘隨覆藏若干日羯磨此某甲比丘行覆藏竟已從僧乞六夜摩那埵僧已與此某甲比丘六夜摩那埵此某甲比丘行六夜摩那埵竟今從僧乞出罪羯磨若僧時到僧忍聽僧與某甲比丘出罪白如是

大德僧聽此某甲比丘犯某僧殘罪覆藏若干日此某甲比丘犯某僧殘罪隨覆藏若干日已從僧乞覆藏羯磨僧已與此某甲比丘隨覆藏若干日羯磨此某甲比丘行覆藏竟已從僧乞六夜摩那埵僧已與此某甲比丘六夜摩那埵此某甲比丘行六夜摩那埵竟今從僧乞出罪羯磨僧與某甲比丘出罪誰諸長老忍僧與某甲比丘出罪者默然誰不忍者說三說僧已忍與某甲比丘出罪竟僧忍默然故是事如是持

與犯僧殘不覆藏者摩那埵法時有比丘犯僧殘罪不覆藏佛言聽僧與彼比丘六夜摩那埵白四羯磨彼至僧中具儀作如是乞

大德僧聽我某甲比丘犯某僧殘罪不覆藏今從僧乞六夜摩那埵願僧與我某甲比丘六夜摩那埵慈愍故三說僧應與法

大德僧聽此某甲比丘犯某僧殘罪不覆藏今從僧乞六夜摩那埵若僧時到僧忍聽僧與某甲比丘六夜摩那埵白如是

大德僧聽此某甲比丘犯某僧殘罪不覆藏今從僧乞六夜摩那埵僧與某甲比丘六夜摩那埵誰諸長老忍僧與某甲比丘六夜摩那埵者默然誰不忍者說三說僧已忍與某甲比丘六夜摩那埵竟僧忍默然故是事如是持白行等法亦並同前

與摩那埵本日治法彼比丘行摩那埵時中間更犯佛言聽僧與彼作摩那埵本日治白四羯磨案文但言更犯不論覆不直與本日治法即是新舊別明今約重犯不覆者舊新合說彼至僧中具儀作如是乞

大德僧聽我某甲比丘犯某僧殘罪不覆藏已從僧乞六夜摩那埵僧已與我某甲比丘六夜摩那埵我某甲比丘行摩那埵時中間更重犯某僧殘罪不覆藏今從僧乞前犯中間重犯某僧殘罪不覆藏六夜摩那埵及摩那埵本日治羯磨願僧與我某甲比丘前犯中間重犯某僧殘罪不覆藏六夜摩那埵及摩那埵本日治羯磨慈愍故三說僧應與法

大德僧聽此某甲比丘犯某僧殘罪不覆藏已從僧乞六夜摩那埵僧已與此某甲比丘六夜摩那埵此某甲比丘行摩那埵時中間更重犯某僧殘罪不覆藏今從僧乞前犯中間重犯某僧殘罪不覆藏六夜摩那埵及摩那埵本日治羯磨若僧時到僧忍聽僧與某甲比丘前犯中間重犯某僧殘罪不覆藏六夜摩那埵及摩那埵本日治羯磨白如是

大德僧聽此某甲比丘犯某僧殘罪不覆藏已從僧乞六夜摩那埵僧已與此某甲比丘六夜摩那埵此某甲比丘行摩那埵時中間更重犯某僧殘罪不覆藏今從僧乞前犯中間重犯某僧殘罪不覆藏六夜摩那埵及摩那埵本日治羯磨僧與某甲比丘前犯中間重犯某僧殘罪不覆藏六夜摩那埵及摩那埵本日治羯磨誰諸長老忍僧與某甲比丘前犯中間重犯某僧殘罪不覆藏六夜摩那埵及摩那埵本日治羯磨者默然誰不忍者說三說

僧已忍與某甲比丘前犯中間重犯某

僧殘罪不覆藏六夜摩那埵及摩那埵本日治羯磨竟僧忍默然故是事如是持白行等法亦並同前

與壞摩那埵出罪法出此罪法有二一壞六夜法二不壞六夜法彼壞法比丘應至僧中具儀作如是乞

大德僧聽我某甲比丘犯某僧殘罪不覆藏已從僧乞六夜摩那埵僧已與我某甲比丘六夜摩那埵我某甲比丘行摩那埵時中間更重犯某僧殘罪不覆藏亦從僧乞前犯中間重犯某僧殘罪不覆藏六夜摩那埵及摩那埵本日治羯磨僧亦與我某甲比丘前犯中間重犯某僧殘罪不覆藏六夜摩那埵及摩那埵本日治羯磨我某甲比丘行前犯中間重犯某僧殘罪不覆藏六夜摩那埵及摩那埵本日治羯磨竟今從僧乞出罪羯磨願僧與我某甲比丘出罪羯磨慈愍故三說僧應與法

大德僧聽此某甲比丘犯某僧殘罪不覆藏已從僧乞六夜摩那埵僧已與此某甲比丘六夜摩那埵此某甲比丘行摩那埵時中間更重犯某僧殘罪不覆藏亦從僧乞前犯中間重犯某僧殘罪不覆藏六夜摩那埵及摩那埵本日治羯磨僧亦與此某甲比丘前犯中間重犯某僧殘罪不覆藏六夜摩那埵及摩那埵本日治羯磨此某甲比丘行前犯中間重犯某僧殘罪不覆藏六夜摩那埵及摩那埵本日治羯磨竟今從僧乞出罪羯磨若僧時到僧忍聽僧與某甲比丘出罪白如是

大德僧聽此某甲比丘犯某僧殘罪不覆藏已從僧乞六夜摩那埵僧已與此某甲比丘六夜摩那埵此某甲比丘行摩那埵時中間

更重犯某僧殘罪不覆藏亦從僧乞前犯中間重犯某僧殘罪不覆藏六夜摩那埵及摩那埵本日治羯磨僧亦與此某甲比丘前犯中間重犯某僧殘罪不覆藏六夜摩那埵及摩那埵本日治羯磨此某甲比丘行前犯中間重犯某僧殘罪不覆藏六夜摩那埵及摩那埵本日治羯磨竟今從僧乞出罪羯磨僧與某甲比丘出罪誰諸長老忍僧與某甲比丘出罪者默然誰不忍者說三說僧已忍與某甲比丘出罪竟僧忍默然故是事如是持不壞

摩那埵出罪法準類應知

與比丘尼半月摩那埵法尼犯僧殘應在二部僧各滿四十人中半月行摩那埵彼比丘尼應至僧中長跪作如是乞

大德僧聽我某甲比丘尼犯某僧殘罪今從僧乞半月摩那埵願僧與我某甲比丘尼半月摩那埵慈愍故三說僧應如是與法

大德僧聽此某甲比丘尼犯某僧殘罪今從僧乞半月摩那埵若僧時到僧忍聽僧與某甲比丘尼半月摩那埵白如是

大德僧聽此某甲比丘尼犯某僧殘罪今從僧乞半月摩那埵僧與某甲比丘尼半月摩那埵誰諸長老忍僧與某甲比丘尼半月摩那埵者默然誰不忍者說三說僧已忍與某甲比丘尼半月摩那埵竟僧忍默然故是事如是持彼得法已白行等法並同比丘更無有異

與摩那埵本日治法既於行中重犯故與本日治法彼至僧中具儀作如是乞

大德僧聽我某甲比丘尼犯某僧殘罪已從僧乞半月摩那埵僧已與我某甲比丘尼半月摩那埵我某甲比丘尼行摩那埵時中間

更重犯某僧殘罪今從僧乞前犯中間重犯某僧殘罪半月摩那埵及摩那埵本日治羯磨願僧與我某甲比丘尼前犯中間重犯某僧殘罪半月摩那埵及摩那埵本日治羯磨慈愍故三說僧應與法

大德僧聽此某甲比丘尼犯某僧殘罪已從僧乞半月摩那埵僧已與此某甲比丘尼半月摩那埵此某甲比丘尼行摩那埵時中間更重犯某僧殘罪今從僧乞前犯中間重犯某僧殘罪半月摩那埵及摩那埵本日治羯磨若僧時到僧忍聽僧與某甲比丘尼前犯中間重犯某僧殘罪半月摩那埵及摩那埵本日治羯磨白如是

大德僧聽此某甲比丘尼犯某僧殘罪已從僧乞半月摩那埵僧已與此某甲比丘尼半月摩那埵此某甲比丘尼行摩那埵時中間更重犯某僧殘罪今從僧乞前犯中間重犯某僧殘罪半月摩那埵及摩那埵本日治羯磨僧與某甲比丘尼前犯中間重犯某僧殘罪半月摩那埵及摩那埵本日治羯磨誰諸長老忍僧與某甲比丘尼前犯中間重犯某僧殘罪半月摩那埵及摩那埵本日治羯磨者默然誰不忍者說三說僧已忍與某甲比丘尼前犯中間重犯某僧殘罪半月摩那埵及摩那埵本日治羯磨竟僧忍默然故是事如是持白亦同前作須具牒

與不壞摩那埵出罪法此出罪法有二一不壞摩那埵法二壞摩那埵法彼不壞法比丘尼行摩那埵竟應在二部僧各滿二十人中出罪彼至僧中具儀作如是乞

大德僧聽我某甲比丘尼犯某僧殘罪已從

僧乞半月摩那埵僧已與我某甲比丘尼半月摩那埵我某甲比丘尼行摩那埵竟今從僧乞出罪羯磨願僧那我某甲比丘尼出罪羯磨慈愍故三說僧應與法

大德僧聽此某甲比丘尼犯某僧殘罪已從僧乞半月摩那埵僧已與此某甲比丘尼半月摩那埵此某甲比丘尼已行摩那埵竟今從僧乞出罪羯磨若僧時到僧忍聽僧與某甲比丘尼出罪白如是

大德僧聽此某甲比丘尼犯某僧殘罪已從僧乞半月摩那埵僧已與此某甲比丘尼半月摩那埵此某甲比丘尼已行摩那埵竟今從僧乞出罪羯磨僧與某甲比丘尼出罪誰諸長老忍僧與某甲比丘尼出罪者默然誰不忍者說三說僧已忍與某甲比丘尼出罪竟僧忍默然故是事如是持其壞摩那埵出罪法準類應知

除偷蘭遮罪法案此偷蘭遮者有其二位一者根本二者從生於此二中懺階三品一者上品對大衆懺謂根本中破法輪主盜四殺天等從生中波羅夷下重偷蘭遮二者中品對小衆懺謂根本中破羯磨僧壞法輪伴盜三二等從生中波羅夷下輕偷蘭遮僧殘下重偷遮三者下品對一人懺謂根本中剃毛裸形人皮石鉢食生肉血著外道衣盜一錢等從生中僧殘下輕偷蘭遮

對僧乞懺法即前上品偷蘭遮罪應對僧懺彼至僧中具儀從僧乞懺作如是乞

大德僧聽我某甲比丘犯某偷蘭遮罪今從僧乞懺悔願僧聽我某甲比丘懺悔慈愍故三說

請懺悔主法欲懺悔者當清淨比丘所不得向犯者懺悔犯者不得受他懺悔若一切僧盡犯不得懺者若有客比丘來清淨無犯當往彼比丘所懺若無即當差二三人詣比近清淨衆中懺悔此比丘當還來至所住處諸比丘當向此清淨比丘懺悔具儀作如是請

大德一心念我某甲比丘犯某偷蘭遮罪今請大德作懺悔主願大德爲我作懺悔主慈愍故一說

受懺悔主白僧法其受懺悔主未得即許應須白僧白云

大德僧聽某甲比丘犯某偷蘭遮罪今從僧乞懺悔若僧時到僧忍聽我受某甲比丘懺悔白如是作是白已始應答云可爾

正懺悔法彼懺悔者先懺覆等諸罪懺法如下後根本應言

大德一心念我某甲比丘犯某偷蘭遮罪今向大德懺悔不敢覆藏懺悔則安樂不懺悔不安樂憶念犯發露知而不覆藏願大德憶我清淨戒身具足清淨布薩如是至三懺主語言自責汝心應生猒離懺者答言爾

對三比丘懺悔法即前中品偷蘭遮罪應對小衆懺但小衆者須對三人彼比丘應往三清淨比丘所請一爲懺悔主其懺悔主既受請已不得即許或單白爲問邊人應問彼二比丘云若二長老聽我受某甲比丘懺者我當受彼二比丘答言可爾彼懺悔主得二比丘許已方答懺者云可爾懺法如上對二人懺同此無異唯捨墮通得對二作對一比丘懺悔法即前下品偷蘭遮罪應對一比丘懺彼比丘往一清淨比丘所請爲懺法一一如前除問邊人

除波逸提罪法案此罪法有其二位一三十捨墮二九十波逸提但三十捨墮捨時除二寶及雜野蠶綿卧具若僧若衆多人若一人不得別衆捨若捨不成捨突吉羅

對僧捨財法犯捨墮衣不應不捨作淨施遣與人作三衣波利迦羅衣故壞故燒用作衣若數數著彼比丘應僧中具儀作是捨云

大德僧聽我某甲比丘故畜若干衆多長衣餘隨種名事別稱之過十日犯捨墮我今捨與僧一說

捨罪乞懺法彼捨財竟從僧乞懺作如是乞

大德僧聽我某甲比丘故畜若干衆多長衣餘隨種名事別稱之過十日犯捨墮此衣已捨與僧是中有

若干衆多波逸提罪今從僧乞懺悔願僧聽我某甲比丘懺悔慈愍故三說此等對僧儀軌大同前位以此捨墮人之數犯作法是難故更具述

請懺悔主法欲懺悔者即於僧中請一清淨比丘爲懺悔主詣清淨比丘所具儀作如是請

大德一心念我某甲比丘故畜若干衆多長衣餘隨種名事別稱之過十日犯捨墮此衣已捨與僧是中有若干衆多波逸提罪更有餘罪亦隨稱之今請大德作懺悔主願大德爲我作懺悔主慈愍故一說

受懺悔主白僧法其受懺主未得即許應白僧云

大德僧聽某甲比丘故畜若干衆多長衣餘隨種名事別稱之過十日犯捨墮此衣已捨與僧是中有若干衆多波逸提罪餘罪隨稱今從僧乞懺悔若僧時到僧忍聽我受某甲比丘懺悔白如是作是白已始應答云可爾

正懺悔法此中諸罪始終位別合有一十二位三罪第一三者謂長波逸提及根本展轉二種覆藏第二三者僧說戒時告清淨波逸提罪及二覆藏第三三者對首說戒自言清淨波逸提罪及二覆藏第四三者僧自恣時告清淨波逸提罪及二覆藏第五三者對首自恣自言清淨波逸提罪及二覆藏第六三者自身有罪爲衆說戒突吉羅罪及二覆藏第七三者自身有犯不合聞戒突吉羅罪及二覆藏第八三者僧說戒時二處三問默妄突吉羅罪及二覆藏第九三者心念說戒自言清淨突吉羅罪及二覆藏第十三者心念自恣自言清淨突吉羅罪及二覆藏第十一三者自身有罪受他懺悔突吉羅罪及二覆藏第十二三者著用捨墮衣突吉羅罪及二覆藏此等諸罪有無不定懺時並須緣知具闕準文正解懺開三位第一同懺二十四覆罪謂本長提乃至第十二著用捨墮衣下覆二突吉羅以此諸罪種類同故第二同懺不應說戒等七位突吉羅罪亦以此七種類同故第三同懺長等五位波逸提罪

懺二十四覆藏罪法行此懺法應須具儀至誠懇惻慇重慚愧永斷相續請乞證明泛爾輕淨罪必不滅應如是作

我某甲比丘故畜爾許衆多長衣餘隨種別稱之過十日犯爾許衆多尼薩耆波逸提罪既犯此罪僧說戒

時告清淨犯爾許衆多波逸提罪對首説戒自言清淨犯爾許衆多波逸提罪僧自恣時告清淨犯爾許衆多波逸提罪對首自恣自言清淨犯爾許衆多波逸提罪自身有罪爲衆説戒犯爾許衆多突吉羅罪自身有罪不合聞戒犯爾許衆多突吉羅罪僧説戒時二處三問犯爾許衆多默妄突吉羅罪心念説戒自言清淨犯爾許衆多突吉羅罪心念自恣自言清淨犯爾許衆多突吉羅罪自身有罪受他懺悔犯爾許衆多突吉羅罪著用犯捨墮衣犯爾許衆多突吉羅罪此等諸罪並悉識知故不發露經宿犯覆藏突吉羅罪不憶數知數者言知數經第二宿已去復犯隨展轉覆藏突吉羅罪不憶數知數言知我今懺悔不敢覆藏懺悔則安樂不懺悔不安樂憶念犯發露知而不覆藏我今自責心生猒離一説雖言責心言陳須具

懺不應説戒等七位突吉羅罪具儀懇惻請證如前應如是作

我某甲比丘故畜爾許衆多長衣餘隨種別稱之過十日犯爾許衆多尼薩耆波逸提罪既犯此罪爲衆説戒犯爾許衆多突吉羅罪又自身有罪不合聞戒犯爾許衆多突吉羅罪僧説戒時二處三問犯爾許衆多默妄突吉羅罪心念説戒自言清淨犯爾許衆多突吉羅罪心念自恣自言清淨犯爾許衆多突吉羅罪自身有罪受他懺悔犯爾許衆多突吉羅罪著用犯捨墮衣犯爾許衆多突吉羅罪我今懺悔等同前

懺長等五位波逸提罪至誠應如是作

大德一心念我某甲比丘故畜爾許衆多長衣餘隨種別稱之過十日犯捨墮此衣已捨與僧是中有爾許衆多波逸提罪既犯此罪僧説戒時告清淨犯爾許衆多波逸提罪僧自恣時告清淨犯爾許衆多

波逸提罪對首自愆自言清淨犯爾許衆多波逸提罪今向大德懺悔不敢覆藏懺悔則安樂不懺悔不安樂憶念犯發露知而不覆藏願大德憶我清淨戒身具足清淨布薩三說受懺者應語言自責汝心應生猒離懺者答言爾若捨墮物已用壞盡雖無罪位同前亦須一一緣知具闕如上懺之

還衣即座轉付法若衆僧多難集此比丘若因緣欲遠行應問言汝此衣與誰隨彼說便與應如是與

大德僧聽某甲比丘故畜爾許衆多長衣餘隨種別稱之過十日犯捨墮今捨與僧若僧時到僧忍聽僧持此衣與彼某甲比丘彼某甲比丘當還此某甲比丘白如是

大德僧聽某甲比丘故畜爾許衆多長衣餘隨種別稱之過十日犯捨墮今捨與僧僧持此衣與彼某甲比丘彼某甲比丘當還此某甲比丘誰諸長老忍僧持此衣與彼某甲比丘彼某甲比丘當還此某甲比丘者默然誰不忍者說僧已忍與彼某甲比丘衣竟僧忍默然故是事如是持一月衣急施過後畜長鉢及藥皆同唯稱事別為異

經宿直還法若無上緣要經宿已羯磨還主一月衣等亦同除此餘者即坐五還二還法同應如是作

大德僧聽某甲比丘故畜爾許衆多長衣餘隨種別稱之過十日犯捨墮此衣已捨與僧若僧時到僧忍聽僧持此衣還某甲比丘白如是

大德僧聽某甲比丘故畜爾許衆多長衣餘隨種別稱之過十日犯捨墮此衣已捨與僧僧持此衣還某甲比丘誰諸長老忍僧持此衣還某比丘者默然誰不忍者說僧已忍還某甲比丘衣竟僧忍默然故是事如是持

不還物法於僧中捨衣竟不還者突吉羅若作淨施若遣與人若持作三衣若

作波利迦羅衣若故壞若燒若作非衣若數數著壞盡突吉羅

對三比丘捨墮法應往三比丘所具儀作是捨云

諸大德憶念我某甲比丘故畜等餘詞同上唯不得稱

僧爲異次請一清淨比丘爲懺悔主請詞如前其懺悔主既受請已未得即許應作單白爲問邊人問彼二比丘云若二長老聽我受某甲比丘懺

者我當受二比丘應答言可爾受懺悔主得許可已方始答懺者云爾

正懺詞等同上還衣問和同上不還結罪同上若對二人及一捨懺一一同此更無有異對一人中除問邊人

捨乞鉢法是中捨者要須對僧又此住處非餘住處捨及懺悔詞並同前

還鉢法此比丘鉢若貴價好者應留置取下不如者與之白二羯磨應如是與

大德僧聽此某甲比丘鉢破減五綴不漏更求新鉢犯捨墮今捨與僧若僧時到僧忍聽僧今與此某甲比丘鉢白如是

大德僧聽此某甲比丘鉢破減五綴不漏更求新鉢犯捨墮今捨與僧僧今與此某甲比丘鉢誰諸長老忍僧與某甲比丘鉢者默然誰不忍者說僧已忍與此某甲比丘鉢竟僧忍默然故是事如是持

行鉢白法彼比丘鉢應作白已問僧作如是白

大德僧聽若僧時到僧忍聽以此鉢次第問上座白如是作此白已當持與上座若上座不取與彼比丘彼比丘應護衆僧故不取亦不應以此因緣受持最下鉢若受突吉羅若上座取應與上座取上座鉢與次座取不一如上座如是展轉乃至下座

付鉢令持法若持此比丘鉢還此比丘若持最下座鉢與與時應白二羯磨應作如是與

大德僧聽若僧時到僧忍聽僧今以最下座鉢若此是比丘鉢應云僧今以此比丘下鉢與某甲比丘受持乃至破白如是

大德僧聽僧今以此若最下座鉢若比丘下鉢與某甲比丘受持乃至破誰諸長老忍僧與某甲比丘

鉢者默然誰不忍者說僧已忍與其甲比丘鉢竟僧忍默然故是事如是持彼比丘守護此鉢不得著瓦石落處不得著倚杖下及著倚刀下不得著懸物下不得著道中石上杲樹下不平地不得一手捉兩鉢除指隔中不得一手捉兩鉢開戶除用心不得著戶閾內戶扉下不得繩牀木牀下牀間牀角頭除暫著不得立盪鉢乃至足令鉢破不應故壞及故令失作非鉢用

對俗捨寶法若比丘自手捉金銀若錢若教人捉若置地受彼有信樂守園人若優婆塞當語言此物我所不應汝當知之懺對一人作法同上

俗還物法若彼人取還與比丘者當作彼人物故受勑淨人使賞之若得淨衣鉢針筒尼師壇應易受持若優婆塞取已與比丘淨衣鉢尼師壇針筒者應取持之

俗不還寶法若彼取已不還令餘比丘語言汝應還此比丘物若餘比丘不語及語不還者當自往語言佛教比丘作淨故與汝若言與僧塔與和尚等與諸親舊知識若還本主何以故不欲失彼信施故

淨寶法因此便明淨寶儀軌若依此部別開信樂優婆塞及守園人為淨主實付彼人應語彼言此物我所不應汝當知之或言知是看是或為佛法僧等受取受時應作淨語淨語應言知是看是若不語彼人言知是看是者突吉羅若依說一切有部淨法者知錢一切寶物應先求一切法白衣淨人語令解意已復言云我比丘之法不畜錢寶今以檀越為淨主後錢寶盡施檀越若淨主死遠出異國應更求淨主然說淨有二種若白衣持錢寶來與者比丘但言此不淨物我不應畜若淨當受即是淨若白衣言與比丘寶比丘言我不應畜淨人答言易淨物畜即是作淨若白衣不言易淨物畜比丘自不說淨直置地去者若有比丘應向說淨隨久近畜說詞同上

捨雜野蠶綿臥具法比丘自至蠶家乞綿作臥具成者自以斤斧斬壞捨作如是法若以斧以斤細剉斬和泥若塗埵若塗埵自以壞捨故無有還懺對一人作法同上

懺九十波逸提罪法欲除本罪還先懺覆品數多少準前應知此中若除本罪先請懺主請法如上請已應對懺主作是懺言

大德一心念我某甲比丘故妄語犯（爾許衆多）波逸提罪（餘隨種名事別稱之）今向大德懺悔不敢覆藏等同上

懺波羅提提舍尼罪法（覆品如前請懺主已作如是懺）

大德一心念我某甲比丘無病故在村中從非親里比丘尼邊自手受食食犯（爾許衆多）波羅提提舍尼罪（餘隨種名事別稱之）大德我犯可呵法所不應爲今向大德悔過不敢覆藏等同上（一說）

懺突吉羅罪法（一切吉罪無問根本從生故作悞作覆及隨覆品數如前）（至誠懇責要期永斷作如是懺）

我某甲比丘故不齊整著僧伽梨犯（爾許衆多）突吉羅罪以故作故復犯（爾許衆多）非威儀突吉羅罪（若誤犯者即無故犯非威儀罪應云）我某甲比丘誤不齊整著僧伽梨犯（爾許衆多）突吉羅罪（餘隨種名事別稱之）我今懺悔不敢覆藏等同上

一切僧同犯識罪發露法（律言汝等善聽衆僧集在一處欲說戒當說戒時一切衆僧盡犯罪彼各各作念世尊制戒犯者不得說戒不得聞戒不得向犯者懺悔犯者不得受他懺悔彼比丘白已當懺悔作如是白）

大德僧聽此一切衆僧犯罪若僧時到僧忍聽此一切僧懺悔白如是（作是白已然後說戒）一切僧同犯疑罪發露法（律言汝等善聽者衆僧集在一處欲說戒當說戒時一切僧於罪有疑彼各各念言世尊制戒犯者不得說戒等如前彼切僧作白應說其罪當作是白）

大德僧聽此一切僧於罪有疑若僧時到僧忍聽此衆僧自說罪白如是（作是白已然後說戒）

別人識罪發露法（至一清淨比丘所具儀言）

大德憶念我某甲比丘犯某甲罪（若干衆多）今向大德發露後當如法懺悔（一說如是已得聞戒）

別人疑罪發露法（還至一清淨比丘所具儀作如是言）

大德憶念我某甲比丘於某犯生疑今向大

德自說須後無疑時當如法懺悔一說如是已得聞戒

說戒座中識罪心念發露法律言當說戒時有比丘犯罪彼比丘若有人舉不舉若作憶念不作憶念其人自憶罪而發露彼比丘語邊人言我犯某甲罪今向長老懺悔復作是念設語傍人恐鬧亂衆僧不成說戒彼比丘當心念言我犯某罪須罷坐已當如法懺悔作如是已得聽說戒

說戒座中疑罪心念發露法緣同於前準疑為異彼心念言我於某罪生疑須罷坐已無疑時當如法懺悔作如是已得聽說戒

四分僧羯磨卷第三

音釋

懇若很切懇惻情實也　閾雨逼切門限也　盪徒朗切搖動也　蠶昨含切吐絲蟲也　剉麤卧切剁也

四分僧羯磨卷第四

唐西太原寺沙門懷素集

治人篇第十三

與呵責羯磨法案律有二法僧應與作呵責羯磨非法説法法説非法乃至説不説亦如是乃至舉羯磨亦如是復有三事僧應與作呵責羯磨謂破戒破見破威儀乃至舉羯磨亦如是復有比丘喜共闘諍共相罵詈口出刀劒互求長短若復有餘比丘闘諍往彼勸助是故令僧未有諍事便有諍事已有諍事而不除滅佛言聽僧與作呵責白四集僧集已爲作舉作舉已爲作憶念作憶念已應與罪已如是作

大德僧聽此某甲比丘喜共闘諍共相罵詈口出刀劒互求長短彼自共闘諍已若復有餘比丘闘諍者即復往彼勸言汝等勉力莫不如他汝等多聞智慧財富亦勝多有知識我等當爲汝作伴黨令僧未有諍事而有諍事已有諍事而不除滅若僧時到僧忍聽僧爲某甲比丘作呵責羯磨若後復更闘諍共相罵詈者衆僧當更增罪治白如是

大德僧聽此某甲比丘喜共闘諍共相罵詈口出刀劒互求長短彼自共闘諍已若復有餘比丘闘諍者即復往彼勸言汝等勉力莫不如他汝等智慧多聞財富亦勝多有知識我等當爲汝作伴黨令僧未有諍事而有諍事已有諍事而不除滅僧爲某甲比丘作呵責羯磨誰諸長老忍僧與某甲比丘作呵責羯磨若後復更闘諍共相罵詈者衆僧當更增罪治忍者默然誰不忍者説三説僧已忍爲某甲比丘作呵責羯磨竟僧忍默然故是事如是持彼得法已修行七五之行此七五行具如上明

解呵責羯磨法若衆僧在小食上後食上若説法若布薩被呵責羯磨人正衣服脱革屣在一面住互跪合掌白如是言大德受我懺悔自今已去自責心止不復作佛言若隨順衆僧無所違逆求解呵責羯

磨聽解作白四羯磨僧應觀察有五法不應爲解謂違上七五之行有五法應爲解呵責謂不違上七五之行應至僧中具儀作如是乞
大德僧聽我某甲比丘僧與作呵責羯磨我
今隨順衆僧無所違逆從僧乞解呵責羯磨
願僧慈愍故爲我解呵責羯磨三說僧應如是與法
大德僧聽某甲比丘僧爲作呵責羯磨彼比
丘隨順衆僧無所違逆從僧乞解呵責羯磨
若僧時到僧忍聽解某甲比丘呵責羯磨白
如是
大德僧聽此某甲比丘僧爲作呵責羯磨彼
比丘隨順衆僧無所違逆從僧乞解呵責羯
磨誰諸長老忍僧爲某甲比丘解呵責羯磨
者默然誰不忍者說三說僧已忍解某甲比丘
呵責羯磨竟僧忍默然故是事如是持
與擯羯磨法時有比丘行惡行汙他家言惡行者自種花樹教他種等言汙
家者有四種事一依家汙家二依利養汙家
三依親友汙家四依僧伽藍汙家比比丘行
惡行汙他家見聞皆具佛言聽僧
爲作擯白四此作及解文如律明
與依止羯磨法若比丘癡無所知多犯衆罪共白衣雜住而相親附不順
佛法佛言聽僧爲作依止白四謂遣依止有
德人住不得稱方國土等作此作及解文亦
如律
與遮不至白衣家羯磨法白衣有五法僧應爲作遮不至白衣
家坰磨此人恭敬父母沙門婆羅門所應持
者堅持不捨比丘有十法僧應與作遮不至
白衣家羯磨惡說罵白衣家方便令白衣
損減作無利作無住處鬭亂白衣於白衣前
謗佛法僧在白衣前作下賤罵如法許白衣
而不實此作及差使送懺悔解等亦文如律
與不見罪舉羯磨法時有比丘犯罪餘比丘語言汝犯罪見不答言
不見佛言聽僧與作不見罪
舉白四此作及解亦文如律
與不懺悔罪舉羯磨法若有比丘犯罪諸比丘語言汝有罪懺悔
答言不懺悔佛言聽僧與作不懺
悔罪舉白四此作及解亦文如律
與不捨惡見舉羯磨法若有比丘如是惡見生作如是言我知佛
所說法犯婬欲非障道法佛言聽僧爲作呵
諫白四諫法如文彼比丘僧與作呵諫故不

捨惡見佛言與作不捨惡見舉白四此作及解亦文如律

與狂癡羯磨法有三種狂癡一說戒時或憶或不憶或來或不來二或憶而來三或不憶不來是謂三種狂癡是中下二不應與作初一應作白二羯磨應如是與

大德僧聽此某甲比丘心亂狂癡或憶說戒或不憶說戒或來或不來若僧時到僧忍聽僧與某甲比丘作心亂狂癡羯磨或憶或不憶或來或不來僧作羯磨說戒白如是

大德僧聽此某甲比丘心亂狂癡或憶說戒或不憶說戒或來或不來僧與某甲比丘作心亂狂癡羯磨或憶或不憶或來或不來作羯磨說戒誰諸長老忍僧與某甲比丘作心亂狂癡或憶或不憶或來或不來作羯磨說戒者默然誰不忍者說僧已忍與某甲比丘作心亂狂癡或憶或不憶或來或不來作羯磨竟僧忍默然故是事如是持

解狂癡羯磨法若狂病止應白二解彼應具儀作如是乞

大德僧聽我某甲比丘先得狂癡病說戒時或憶或不憶或來或不來眾僧與我作狂癡病羯磨作已病還得止今從眾僧乞解狂癡羯磨三說僧應與法

大德僧聽此某甲比丘先得狂癡病彼說戒時或憶或不憶或來或不來眾僧與作狂癡病羯磨與作羯磨已狂癡病還得止今從眾僧乞解狂癡病羯磨若僧時到僧忍聽與解狂癡病羯磨白如是

大德僧聽此某甲比丘先得狂癡病彼說戒時或憶或不憶或來或不來眾僧與作狂癡病羯磨與作羯磨已狂癡病還得止今從眾僧乞解狂癡病羯磨誰諸長老忍僧與某甲比丘解狂癡病羯磨者默然誰不忍者說僧

已忍與某甲比丘解狂癡病羯磨竟僧忍默然故是事如是持佛言隨狂病時與作羯磨狂止還解

與學家羯磨法時有居士家夫婦俱得信樂爲佛弟子諸佛見諦弟子常法於諸比丘無所愛惜乃至身肉若諸比丘至家常與飲食及諸供養故令貧窮衣食乏盡佛言聽僧與彼居士作學家羯磨應如是言

大德僧聽於某城中某居士家夫婦得信爲佛弟子財物竭盡若僧時到僧忍聽僧今與作學家羯磨諸比丘不得在某家受食食白如是

大德僧聽於某城中某居士家夫婦得信爲佛弟子財物竭盡僧今與作學家羯磨諸比丘不得在某家受食食誰諸長老忍僧與某居士作學家羯磨者默然誰不忍者說僧已忍與某居士作學家羯磨竟僧忍默然故是事如是持若先受請若有病若置地與若從人受若學家施後財物還多無犯

解學家羯磨法若學家財物還多從僧乞解學家羯磨者僧應白二爲解應如是作

大德僧聽於某城中某居士家夫婦得信爲佛弟子好施財物竭盡僧先與作學家羯磨今財物還多從僧乞解學家羯磨若僧時到僧忍聽解學家羯磨白如是

大德僧聽於某城中某居士家夫婦得信爲佛弟子財物還多僧今與某居士解學家羯磨誰諸長老忍僧與某居士解學家羯磨者默然誰不忍者說僧已忍與某居士解學家羯磨竟僧忍默然故是事如是持

作餘語羯磨法時有比丘犯罪諸比丘問汝自知犯罪不耶即以餘事報諸比丘汝向誰語爲說何事爲論何理爲語我爲語誰耶是誰犯罪罪由何生我不見罪云何言我有罪佛言自今已去聽白已名作餘語應如是白

大德僧聽此某甲比丘犯罪諸比丘問言汝

今自知犯罪不耶此比丘即以餘事報諸比丘言汝向誰語爲說何事爲論何理爲我說爲餘人說誰犯罪罪由何生我不見罪若僧時到僧忍聽當名某甲比丘作餘語白如是作是白已名作餘語若未白前作餘語者一切盡突吉羅若作白已作餘語者一切盡波逸提

作觸惱羯磨法時有比丘衆僧立制不得作餘語已便觸惱僧喚來不來不喚來便來應起不起不應起便起應語不語不應語便語佛言聽僧與此比丘作白羯磨已名作觸惱作如是白

大德僧聽此某甲比丘僧名作餘語已便觸惱衆僧喚來不來不喚來便來應起不起不應起便起應語不語不應語便語若僧時到僧忍聽制某甲比丘名作觸惱白如是如是白已名作觸惱僧未白前觸惱僧者一切盡突吉羅若作白已觸惱僧者一切盡波逸提

惡馬治法時有比丘惡性不受諫語多犯衆罪餘比丘語言汝犯罪見不答言不見僧應捨弃莫問語如是言汝今不見罪汝所往之處彼亦當舉汝罪爲汝作自言不聽汝作阿毙婆吒不聽布薩自恣如調馬師惡馬難調即合所繫韁杙弃之汝比丘不自見罪亦復如是一切捨弃汝所往之處乃至不聽汝布薩自恣是人不應求聽此即是聽

梵罰治法時有比丘惡性犯戒復不受諫作默擯治應如是作一切比丘默擯不與語是梵罰治然不改者將詣衆中諸人共彈使出莫與說戒亦莫與法會從事

捨教授比丘尼法時六羣比丘尼沙彌尼式叉摩那來至寺內共比丘沙彌共住更相調弄共唄共哭或共戲笑亂諸坐禪比丘佛言應喚來謫罰若不改者應爲沙彌尼和尚闍梨作捨教授羯磨

與白衣家作覆鉢羯磨法佛言白衣家有五法不應與作覆鉢不孝順父不孝順毋不敬沙門不敬婆羅門不供事比丘有五法應作即反上是復有十法衆僧應與作覆鉢駡詈比丘爲比丘作損減作無利益方便令無住處鬭亂比丘於比

丘前說佛法僧以無根不淨法謗比丘若犯比丘尼如是九八七六五四三二一與作覆鉢應如是與

大德僧聽此某甲某甲比丘清淨而以無根波羅夷法謗若僧時到僧忍聽僧今爲此某甲作覆鉢不相往來白如是

大德僧聽此某甲某甲比丘清淨而以無根波羅夷法謗今僧爲作覆鉢不相往來誰諸長老忍僧爲某甲作覆鉢不相往來者默然誰不忍者說僧已忍爲某甲作覆鉢不相往來竟僧忍默然故是事如是持

差比丘使告白衣法佛言應白二羯磨差一比丘爲使告白衣令知

其使比丘應具八德八德及差廣如律明此使比丘往至彼家不應受牀座飲食供養等直應語云今僧爲汝作覆鉢不相往來彼若不解應廣爲說彼人若言作何方便解我覆鉢還相往來者彼使應語云汝應往懺悔衆僧彼若懺悔隨順衆僧不敢違逆從僧乞解覆鉢還相往來者僧應爲解解文如律

設諫篇第十四

諫破僧法若比丘方便欲破和合僧受破僧法堅持不捨彼比丘諫此比丘言

大德莫方便欲破和合僧莫受破僧法堅持不捨大德當與僧和合歡喜不諍同一水乳於佛法中有增益安樂住大德可捨此事莫令僧作呵諫而犯重罪若用語者善若不用語者復令比丘比丘尼優婆塞優婆夷若王大臣種種異道沙門婆羅門求若餘方比丘聞知其人信用言者應來若用言者善若不用言者應作白作白已應更求

大德我已白竟餘有羯磨在汝今可捨此事莫令僧爲汝作羯磨更犯重罪若用語者善若不用語者

應作初羯磨作初羯磨已應更求

大德我已白作初羯磨竟餘有二羯磨在汝可捨此事莫令僧更爲汝作羯磨而犯重罪

若用言者善若不用言者應作第二羯磨作此第二已應更求云

大德我已作白二羯磨竟餘有一羯磨在汝可捨此事莫令僧更爲汝作羯磨而犯重罪若能捨者善若不能捨者與說第三羯磨說第三羯磨竟僧伽婆尸沙作白二羯磨竟捨者二偷蘭遮作白一羯磨竟捨者二偷蘭遮作白竟捨者一偷蘭遮若初白未竟捨者突吉羅若一切未白前方便欲破和合僧受破和合僧法堅持不捨一切突吉羅羯磨法體具如律明

諫破僧助伴法衆僧諫彼破僧比丘時復有非法羣黨比丘一二三衆多語諸比丘言大德汝莫諫此比丘此比丘是法語比丘律語比丘此比丘所說我等忍可諸比丘應語言汝莫作是語言此比丘是法語比丘律語比丘此比丘所說我等忍可而此比丘非法語比丘非律語比丘汝等莫壞和合僧當助和合僧大德與僧和合歡喜不諍等如前羯磨法體亦如律明

諫被擯謗僧法時有比丘行惡行汙他家見聞皆具僧作擯法便謗僧言諸比丘有愛有恚有怖有癡有如是同罪比丘有驅者有不驅者諸比丘應語彼言大德汙他家亦見亦聞行惡行亦見亦聞大德汙他家行惡行可捨此事莫爲僧所呵更犯重罪若隨語者善若不隨語者乃至與說第三如上白四法體亦如律明

諫惡性不受語法若比丘惡性不受人語諸比丘以戒律如法教授自身作不可共語語諸比丘言大德莫語我若好若惡我亦不語諸大德若好若惡大德上不須諫我彼比丘諫此比丘言大德莫自作不可共語當作可共語大德如法諫諸比丘諸比丘亦當如法諫大德如是佛弟子衆得增益展轉相教展轉相諫展轉懺悔大德可捨此事莫爲僧所呵更犯重罪若隨語者善若不隨語者乃至第三如上白四法體亦如律明

諫惡見說欲不障道法彼比丘作如是言我知佛所說法行婬欲非障道法諸善比丘應諫此比丘言汝莫作是語莫謗世尊謗世尊者不善世尊不作是語世尊無數方便說行婬欲是障道法汝今可捨此事莫爲僧所呵更犯罪若隨語者善若不隨語者乃至第三如上白四法體亦如律明

呵諫說欲不障道沙彌法同此無異

諫犯罪法時有比丘欲犯波羅夷乃至惡說諸比丘應諫此比丘言大德莫作是語此不應爾大德所作非法非律非佛所教然此比丘不從諸善比丘如法諫勸即便犯戒若此比丘自知所作是明他諫者非故作犯根本不從語者突吉羅若此比丘自知所作非明他諫者是故作犯根本不從語者波逸提若無智人不知諫法應語彼云汝可問汝和尚阿闍梨更學問誦經知諫法已然後設諫

滅諍篇第十五

與現前毗尼法時諸比丘人不現前便作羯磨佛言不應人不現前而作羯磨自今已去爲諸比丘結現前毗尼滅諍應如是說現前毗尼但現前有五謂法毗尼人僧界云何法現前所持法滅諍者是云何毗尼現前所持毗尼滅諍者是云何人現前言義往返者是云何僧現前同羯磨和合集一處不來者屬授在現前應呵者不呵者是云何界現前在界內羯磨作制限者是

與憶念毗尼法時諸比丘實不犯重罪波羅夷僧伽婆尸沙偷蘭遮諸比丘皆言犯重罪問言汝憶犯重罪不彼不憶犯答言我不憶犯如是罪即語諸比丘言長老莫歎詰問我諸比丘故諍問不止佛言聽僧爲作憶念毗尼白四羯磨乞作如文自今已去與諸比丘結憶念毗尼滅諍應如是說憶念毗尼云何憶念毗尼彼比丘此罪更不應舉不應作憶念

與不癡毗尼法時有比丘癡狂心亂多犯衆罪非沙門法言無齊限行來出入不順威儀後還得心時諸比丘言犯重罪波羅夷僧伽婆尸沙問言汝憶犯重罪不彼即答言我先癡狂心亂時多犯衆罪非故故作是狂癡耳諸長老不須數見難詰諸比丘故難詰不止佛言聽僧與作不癡毗尼白四羯磨乞作如文自今已去與諸比丘結不癡毗尼滅諍應如是說不癡毗尼云何不癡毗尼彼比丘此罪更不應舉不應作憶念

與自言治毗尼法比丘以大眼清淨見比丘犯戒不取自言牽出門外佛言不應如是若於異時亦不應如是令彼伏罪然後與罪不應不日伏罪而與罪自今已去爲諸比丘結自言治滅諍應如是說自言治毗尼是中人現前者受懺悔者是云何自言說罪名說罪種懺悔者是云何治自責汝心生猒離也

與多人語毗尼法諸比丘諍事現前不能滅者應多求知法比丘行舍

羅滅諍以籌多表語自今已去爲諸比丘結用多人語滅諍法應如是說用多人語云何多人語若用多人說持法持毗尼持摩夷

與罪處所毗尼法時諸比丘犯罪前後相違佛言聽僧與彼比丘作罪處所白四羯磨應如是與集僧集已爲作舉作舉已爲作憶念作憶念已與罪作法如文作已罪行七五之行自今已去爲諸比丘結罪處所滅諍法應如是說結罪處所云何罪處所彼比丘此罪與作舉作憶念者是

與草覆地毗尼法諸比丘作是念我曹多犯衆戒非沙門法亦作亦說出入無限若我曹還自共善問此事或能令此諍事轉深重經歷年月不得如法如毗尼如佛所教滅除諍事令僧不得安樂佛言應滅此諍猶如草覆地自今已去爲諸比丘結如草覆地滅諍法應如是說如草覆地云何草覆地此罪更不說罪名罪種懺悔者是

諍有四種言諍覓諍犯諍事諍云何言諍比丘共比丘諍言引十八諍事法非法乃至說不說若以如是相共諍言語遂彼此共鬪是爲言諍云何覓諍若比丘與比丘覓罪以三舉事破戒破見破威儀見聞疑作如是相覓罪共語不妄求伴勢力安慰其意若舉作憶念若安此事若不安此事不癡不脫是爲覓諍云何犯諍犯十種罪波羅夷乃至惡說是爲犯諍云何事諍言諍中事作覓諍中事作犯諍中事作是爲事諍舉藥對諍律文廣明

四分僧羯磨卷第四

音釋

韁杙韁居良切紲也杙與職切橛也唄蒲拜切梵音也謫陟革切罰也

詰苦吉切問也

四分僧羯磨卷第五

唐西太原寺沙門 懷素集

雜行篇第十六

結説戒堂法律言不知當於何處説戒佛言聽作説戒堂應一比丘具儀唱某大堂閣上堂經行堂若河側若樹下若石側生草處已應如是作

大德僧聽若僧時到僧忍聽在某處作説戒堂白如是

大德僧聽今衆僧在某處作説戒堂誰諸長老忍僧在某處作説戒堂者默然誰不忍者説僧已忍聽在某處作説戒堂竟僧忍默然故是事如是持

解説戒堂法時諸比丘先立説戒堂復欲餘處立聽解前説戒堂然後更結應如是解

大德僧聽若僧時到僧忍聽解某處説戒堂白如是

大德僧聽今僧解某處説戒堂誰諸長老忍僧解某處説戒堂者默然誰不忍者説僧已忍解某處説戒堂竟僧忍默然故是事如是持

結庫藏法時客比丘來移衣物著餘房不堅牢佛聽别房結作庫藏屋應一比丘唱某房若温室若重屋若經行處作庫藏屋唱已應如是作

大德僧聽若僧時到僧忍聽僧結某甲房作庫藏屋白如是

大德僧聽僧結某甲房作庫藏屋誰諸長老忍僧結某甲房作庫藏屋者默然誰不忍者説僧已忍結某甲房作庫藏屋竟僧忍默然故是事如是持若庫藏不堅牢聽差守庫藏人具德如上若不肯者與福饒與粥若故不肯一切所受衣食分應與二分若故不肯當如法治

解庫藏法文略無解應翻結云

大德僧聽若僧時到僧忍聽僧解某甲房庫

藏屋白如是
大德僧聽僧解某甲房庫藏屋誰諸長老忍
僧解某甲房庫藏屋者默然誰不忍者說僧
已忍解某甲房庫藏屋竟僧忍默然故是事
如是持
與無主爲已造房法彼比丘看無難無妨處已僧中具儀作如是乞
大德僧聽我某甲比丘自乞作屋無主自爲
已我今從僧乞處分無難無妨處三說僧應觀察此比
丘爲可信不若可信者即當聽作若不可信
者一切僧應到彼看若僧不去遣僧中可信
者看若彼處有難有妨處不應與處分若無
難有妨處有難無妨處亦應不與處分若無
難無妨處應與處分作如是與
大德僧聽某甲比丘自求作屋無主自爲已
從僧乞處分無難無妨處若僧時到僧忍聽
僧今與某甲比丘處分無難無妨處白如是
大德僧聽某甲比丘自求作屋無主自爲已

從僧乞處分無難無妨處僧今與其甲比丘
處分無難無妨處誰諸長老忍僧與其甲比
丘處分無難無妨處者默然誰不忍者說僧
已忍與其甲比丘處分無難無妨處竟僧忍
默然故是事如是持有主造房文同但稱有主爲異
與結不失衣法時有比丘得乾痟病有糞掃僧伽梨患重自思念言世尊
與諸比丘結戒不得離衣宿我今得乾痟病
有糞掃僧伽梨極重有因緣欲往人間行不
堪持行佛言自今已去聽僧與此病比丘結
不失衣白二羯磨應至僧中具儀作如是乞
大德僧聽我某甲比丘得乾痟病此糞掃僧
伽梨重有因緣事欲人間行不堪持行我今
從僧乞結不失衣法三說僧如是與
大德僧聽某甲比丘得乾痟病有糞掃僧伽
梨重有因緣事欲人間行不堪持行從僧乞
結不失衣法若僧時到僧忍聽與此比丘結
不失衣法白如是

大德僧聽某甲比丘得乾痟病有糞掃僧伽梨重有因緣事欲人間行不堪持行從僧乞結不失衣法今僧與某甲比丘結不失衣法誰諸長老忍僧與某甲比丘結不失衣法者默然誰不忍者說僧已忍與某甲比丘結不失衣法竟僧忍默然故是事如是持

與作新卧具法時有比丘得乾痟病有糞掃卧具極重自念世尊制戒作新卧具持至六年若減六年不捨故卧具更作新者尼薩耆波逸提我今得乾痟病此卧具重不堪持行佛言聽僧與彼比丘白二羯磨當往僧中具儀作如是乞

大德僧聽我某甲比丘得乾痟病有小因緣欲人間行有糞掃卧具極重不堪持行我今從僧乞作新卧具羯磨三說僧如是與

大德僧聽此某甲比丘得乾痟病欲人間行有糞掃卧具極重今從僧乞作新卧具羯磨若僧時到僧忍聽僧與此某甲比丘作新卧具羯磨白如是

大德僧聽此某甲比丘得乾痟病有糞掃卧具極重欲人間遊行今從僧乞更作新卧具羯磨僧與此某甲比丘更作新卧具羯磨誰諸長老忍僧與此某甲比丘更作新卧具羯磨者默然誰不忍者說僧已忍與某甲比丘更作新卧具羯磨竟僧忍默然故是事如是持

與畜杖絡囊法時有比丘羸老不能無絡囊盛鉢無杖而行佛言聽僧與彼老比丘作杖絡囊白二羯磨應至僧中具儀作如是乞

大德僧聽我某甲比丘老病不能無絡囊盛鉢無杖而行今從僧乞畜杖絡囊願僧聽我其甲比丘畜杖絡囊慈愍故三說僧應如是與法

大德僧聽此某甲比丘羸老不能無絡囊盛鉢無杖而行今從僧乞杖絡囊若僧時到僧

忍聽與某甲比丘杖絡囊白如是
大德僧聽此某甲比丘羸老不能無杖絡囊
而行今從僧乞杖絡囊僧今與此某甲比丘
杖絡囊誰諸長老忍僧與某甲比丘杖絡囊
者默然誰不忍者說僧已忍與某甲比丘杖
絡囊竟僧忍默然故是事如是持

六念法（依僧祇云）第一念（謂知日數月之大小黑白稱云）此月大（月小稱小）白月一日乃至十五日（黑月應云）黑月一日乃至十四十五日（西方本制月有黑白白月純大黑有小大此土月以三十日為故作念者通知大小即應此方立其月法別言黑白一二日等復順西方本制月日）第二念（謂知食處食處不定隨其食處稱云）或食僧常食或常乞食或受彼請或自食等（若無食處稱云）今日念不背請食第三念（謂知受戒時自歲數稱云）我於某年某月某日某時一尺木若干影受具足戒無夏（若有夏者隨夏稱之）第四念（謂知衣鉢緣資有無具闕若衣鉢有闕者隨有稱云）某衣及鉢具（餘不具者稱云）某衣及鉢不具念當時具（若總具足應云）三衣鉢具（餘長衣藥鉢念知已淨未淨若有未淨者稱云）有某長衣及藥鉢未作淨念當說淨（若無稱云）無長衣藥鉢第五念（謂知食之同別勸與衆同稱云）不別衆食第六念（謂知病不有病者云）我今有病念當療治（無病者云）我今無病依衆行道捨請法（若比丘無病及施衣緣一日之中有多請者應自受一請餘者轉施與人作如是言）長老某甲家請我施五正食我應往彼今布施汝（若不捨前受後請食食者咽咽波逸提若不捨後請受前請食食者咽咽突吉羅）

作餘食法（食有二種一者正食二者不正食不正食者謂根莖食等此非正食非足正食者謂餅麨乾飯魚及肉若粥初出釜以草畫之不合者是正食不得食於五種食中若食正食令飽足已捨威儀不作餘食法食者咽咽波逸提若欲食者持食至一未足食比丘所作如是言）大德我足食已知是看是此作餘食法（彼比丘應）

（取少許食已語此比丘言長老我已食止汝取食之彼應答言爾作此法已得隨意食）

別衆食白入出法（別衆者若四人若過四人若二人三人隨意食四人若過應分二部更互食若比丘有）我有某別衆食緣欲求入（別衆因緣欲入食者當起白言）（佛言當聽隨上座次入別衆食緣者病時作衣時施衣時道行時船行時大衆集時沙門施食時若比丘無別衆食因緣彼比丘即當起白言）我於此別衆食中無因緣欲求出（佛言聽出若比丘別衆食咽咽波逸提若有因緣不說突吉羅）

前食後食詣餘家屬授法（諸比丘大有請處畏慎不敢入城佛言聽諸比丘相囑入城若獨一房者當囑比房比丘作如是言）大德一心念我某甲比丘已受某甲請今有某緣入某聚落至某甲家白大德令知（病時作衣時施衣時開不囑授若囑授已欲詣所去處而中道還或不至所囑處更詣餘家乃至庫藏處聚落邊房及尼伽藍若至所囑處白衣家還出如是等皆先前囑授若欲往者當更囑授）

非時入聚落囑授法（若有僧事塔寺事瞻病比丘事聽囑授入聚落若獨房者當比房比丘作如是言）長老一心念我某甲比丘非時入某聚落至某甲家爲某緣故白長老令知（若道由村過若有啓白若喚受請或爲力勢所持繫縛等不犯）

修奉篇第十七

爾時世尊告諸比丘汝等諦聽善思念之若比丘說相似文句遮法毗尼此比丘令多人不得利益作諸惡業以滅正法若比丘隨順文句不違法毗尼如此比丘利益多人不令作衆苦業正法久住是故諸比丘汝等當隨順文句勿令增減違法毗尼當如是學佛說如是諸比丘聞歡喜信樂受持爾時佛告諸比丘如來出世見衆過失故以一義爲諸聲聞結戒攝取於僧以此一義故如來爲諸聲聞結戒佛說如是諸比丘聞歡喜信樂受持

乃至正法久住句句亦如是爾時佛告諸比丘如來出世以一義故爲諸比丘制呵責羯磨攝取於僧以是一義故如來出世爲諸比丘制呵責羯磨佛說如是諸比丘聞歡喜信樂受持乃至正法久住句句亦如是滅擯羯磨依止羯磨遮不至白衣家羯磨作不見罪舉羯磨不懺悔羯磨惡見不捨羯磨檢校法律所制制受依止制梵罰制舉制憶念制求聽制自言制遮阿㝹婆陀制遮說戒制遮自恣制戒制說戒制布薩制布薩羯磨制自恣制自恣羯磨制單白羯磨制白二羯磨制白四羯磨制與覆藏與本日治與摩那埵與出罪制四波羅夷制十三僧伽婆尸沙二不定法三十尼薩耆九十波逸提四波羅提提舍尼式叉迦羅尼七滅諍一一句如呵責羯磨

爾時佛告諸比丘有二見出家人不應行非法見法法見非法復有二見毗尼言非毗尼非毗尼言毗尼復有二見非犯見犯犯見非犯復有二見輕而見重重而見輕復有二見有餘見無餘無餘見有餘復有二見麤惡非麤惡非麤惡見麤惡復有二見舊法見非舊法非舊法見舊法復有二見制見非制非制見制復有二見說見非說非說見說復有二見酒見非酒非酒見酒復有二見飲見非飲非飲見飲復有二見食見非食非食見食復有二見時見非時非時見時復有二見淨見不淨不淨見淨復有二見重見非重非重見重復有二見難見非難非難見難復有二見蟲見無蟲無蟲見蟲復有二見破見不破不破見破復有二見種見非種非種見種復

有二見已解義見未解未解義見已解復有二見可親見非親非親見可親復有二見怖見不怖不怖見怖復有二見道見非道非道見道復有二見可行見非行非行見可行復有二見出離見不出離不出離見出離復有二見棄見不棄不棄見棄復有二見見世間常見世間無常復有二見見世界有際見世界無際復有二見是身是命身異命異復有二見有如來滅度無如來滅度復有二見有無如來滅度非有無如來滅度於佛法內有如是二見出家人不應修行若修行如法治佛說如是諸比丘聞歡喜信樂受持爾時佛告諸比丘有二種人住不安樂一喜瞋二懷怨復有二法一急性二難捨復有二法一慳二嫉妬復有二法一欺詐二諂曲復有二法一自高二喜諍復有二法一好飾二放逸復有二法一慢二增上慢復有二法一貪二恚復有二法一自譽二毀他復有二法一邪見二邊見復有二法一有難教二不受訓導佛說如是諸比丘聞歡喜信樂受持爾時佛告諸比丘破戒墮二道地獄畜生中持戒生二道生天及人中屛處造惡業生墮於二道地獄及畜生屛處造善業得生於二道生天及人中邪見生二道地獄及畜生正見生二道生天及人中佛聖弟子天人中尊貴有二法不得解脫一犯戒二不見犯有二法自得解脫一不犯二見犯有二法不得解脫一犯而不見罪二見犯而不如法懺悔有二法自得解脫一見犯罪二犯而能如法懺悔有二法不得解脫一見罪不如法懺悔二若如法懺

而彼不受有二法自得解脱一見罪能如法懺二如法懺者彼能如法受縛不縛亦如是有二種清淨一不犯二懺悔佛說如是諸比丘聞歡喜信樂受持爾時佛告諸比丘有二衆一法語衆二非法語衆何等非法語衆衆中不用法毗尼不以佛所教而說應教不教而住應滅不滅而住是爲非法語衆何等法語衆衆中用法毗尼隨佛所教而說應教教而住應滅滅而住是爲法語衆此二衆中法語衆我讚歎爲尊佛說如是諸比丘聞歡喜信樂受持復有二衆如法衆不如法衆何等不如法衆衆中若非法者有力如法者無力非法者得伴如法者不得伴作非法羯磨不作法羯磨作非毗尼羯磨不作毗尼羯磨非法便行是法不行是爲非法衆何等如法衆若衆中如法者有力非法者無力如法者得伴不如法者不得伴作法羯磨不作非法羯磨作毗尼羯磨不作非毗尼羯磨是法行非法滅是爲如法衆此二衆中如法衆我讚歎爲尊佛說如是諸比丘聞歡喜信樂受持有二衆等衆不等衆亦如是爾時佛告諸比丘若國法王力弱衆賊熾盛爾時法王不得安樂出入邊國小王不順教令國界人民亦不安樂出入生業休廢憂苦損減不得利益如是非法比丘有力是法比丘無力如法比丘不得安樂若在衆中亦不得語若在空處住是時作非法羯磨不作法羯磨作非毗尼羯磨不作毗尼羯磨非法便行是法不行彼不勤行精進未得令得未入令入未證令證則令諸天人民不得利益長夜受苦佛說如是

諸比丘聞歡喜信樂受持爾時佛告諸比丘若國法王力强衆賊力弱皆來歸伏或復逃竄時法王安樂出入無有憂慮邊國小王順從教令境内人民亦得安樂生業自恣無諸憂苦多得利益無有損減如是如法比丘得力非法比丘無力非法比丘來至如法比丘所隨順教令不敢違逆若當逃竄不作衆惡令如法比丘安隱得樂若在僧中得語若在空處住作如法羯磨不作非法羯磨作毗尼羯磨不作非毗尼羯磨是法便行非法不行勤修精進未得能得未入能入未證能證則令諸天人民得大利益佛說如是諸比丘聞歡喜信樂受持爾時舍利弗告諸比丘諸長老若有鬪諍舉他比丘及有罪比丘不自觀察當知此諍遂更增長不得如法如毗尼除滅諸比丘不安樂若比丘共諍舉他比丘及有罪者各自觀過當知此諍不復增長深重得如法如毗尼除滅諸比丘便得安樂住諸比丘云何自觀過有罪比丘作是念我犯如是事彼見我犯非我若不犯者彼不得見我犯非以我犯故令彼見我今應自悔過令彼不復以惡語呵我我若如是使善法增長是爲比丘能自觀其過云何舉他比丘自觀其過彼作如是念彼比丘犯非令我得見若彼不犯非者我則不見以彼犯非故令我得見若彼自能至誠懺悔者不令我出惡言如是令善法增長是爲舉他比丘自觀其過若比丘有諍事舉他比丘有罪比丘能作如是自觀其過當知此過不復增長如法如毗尼如佛所教諸比丘得安樂住舍利弗說如是諸

比丘聞歡喜信樂受持
爾時有衆多比丘往世尊所頭面禮足却坐一面白世尊言大德是法之主説言學云何爲學佛告諸比丘學於戒故言學云何學戒增戒學增心學增慧學是故言學彼增戒學增心學增慧學時得調伏貪欲瞋恚愚癡盡彼得貪欲瞋癡盡已不造不善不近諸惡是故言學佛説如是諸比丘聞歡喜信樂受持
爾時佛問諸比丘汝云何學云何爲學諸比丘白佛言大德是法之根本爲法之主如世尊向所説我等受持故言學復有三學增戒學增心學增慧學學此三學得須陀洹斯陀含阿那含阿羅漢果是故當勤精進學此三學爾時阿難在波羅梨子城鷄園中時有孔雀冠婆羅門至阿難所問訊已在一面坐白阿難言沙門瞿曇何故爲諸比丘制增戒學增淨行學增波羅提木叉學阿難答言所以爾者爲調伏貪欲瞋恚愚癡令盡故世尊爲諸比丘制戒復問言若比丘得阿羅漢漏盡彼何所學阿難答言貪欲瞋恚愚癡盡不造不善不近諸惡所作已辦名爲無學婆羅門言如向所説便爲無學耶阿難答言如是孔雀冠婆羅門聞已歡喜信樂受持佛告迦葉比丘言若上座既不學戒亦不讚歎戒若有餘比丘樂學戒讚歎戒者亦復不能以時勸讚歎迦葉比丘我不讚歎如是上座何以故若我讚歎者令諸比丘親近若有親近者令餘人習學其法若有習學其法長夜受苦是故迦葉比丘我見如是上座過失故不讚歎若中座下座亦如是次有上中下座如法反

上句是

爾時佛告諸比丘譬如有驢與群牛共行自言我亦是牛我亦是牛而驢毛不似牛脚不似牛音聲亦不似牛而與牛共行自言是牛如是有癡人隨逐如法比丘自言是比丘此癡人無有增戒增心增慧如善比丘與衆僧共行自言我是比丘是故汝等當勤修習增戒增心增慧學佛説如是諸比丘聞歡喜信樂受持

爾時佛告諸比丘有三學增戒學增心學增慧學何等增戒學若比丘尊重於戒以戒爲主不重於定不以定爲主不重於慧不以慧爲主彼於此戒若犯輕者懺悔何以故此中非如破器破石故若是重戒便應堅持善住於戒應親近行不毀闕行不染汙行常如是修習彼斷下五使於上涅槃不復還此若比丘重於戒以戒爲主重於定以定爲主不重於慧不以慧爲主如上若比丘重於戒以戒爲主重於定以定爲主重於慧以慧爲主彼漏盡得無漏心解脱慧解脱於現在前自知得證我生已盡梵行已立所作已辦不復還此滿足行者具滿成就不滿足行者得不滿足成就我説此戒無有唐捐佛説如是諸比丘聞歡喜信樂受持復有三學增戒增心增慧學何等增戒學若有比丘具滿戒行少行定行少行慧行彼斷下五使便於上涅槃不復還此若不能至如是處能薄三結貪欲瞋恚癡得斯陁含來生世間便盡苦際若不能至如是處能斷三結得須陁洹不墮惡趣決定取道七生天上七生人中便盡苦際若比

丘具滿戒行具滿定行少行慧行亦如上若比丘具滿戒行具滿定行具滿慧行亦如上復有三學增戒學增心學增慧學何等增戒學若比丘具足持波羅提木叉戒成就威儀畏愼輕戒重若金剛等學諸戒是爲增戒學何等增心學若比丘能捨欲惡乃至得入第四禪是增心學何等增慧學若比丘如實知苦諦知集盡道是爲增慧學

爾時世尊在婆闍國地城中告諸比丘我說四種廣說汝等善聽當爲汝說諸比丘言大德願樂聞之何等四若比丘如是語諸長老我於某村某城親從佛聞受持此是法是毗尼是佛教若聞彼比丘說不應便生嫌疑亦不應呵應審定文句已應尋究修多羅毗尼檢校法律若聽彼比丘說尋究修多羅毗尼檢校法律時若不與修多羅毗尼法律相應違背於法應語彼比丘汝所說者非佛所說或是長老不審得佛語何以故我尋究修多羅毗尼法律不與修多羅毗尼法律相應違背於法長老不須誦習亦莫教餘比丘今應捨棄若聞彼比丘說尋究修多羅毗尼法律時若與修多羅毗尼法律相應應語彼比丘言長老所說是佛所說審得佛語何以故我尋究修多羅毗尼法律與共相應而不違背長老應善持誦習教餘比丘勿令忘失此是初廣說復次若比丘如是語長老我於某村某城和合僧中上座前聞此是法是毗尼是佛所教聞彼比丘說時不應嫌疑亦不應呵應審定文句尋究修多羅毗尼檢校法律若聞彼比丘說尋究修多羅毗尼法律時不與

相應違背於法應語彼比丘言長老此非佛所說是彼衆僧及上座不審得佛語長老亦爾何以故我尋究修多羅毗尼法律不與相應違背於法長老不須誦習亦莫教餘比丘令當棄之若聞彼比丘語尋究修多羅毗尼法律與相應不違背於法應語彼比丘言長老是佛所說彼衆僧上座及長老亦審得佛語何以故我尋究修多羅毗尼法律而與相應無有違背長老應善持誦習亦教餘人勿令忘失此是第二廣說（次第三句從知法毗尼摩夷衆多比丘所聞亦如是第四句從知法毗尼摩夷一比丘所聞亦如是）是爲四廣說佛說如是諸比丘聞歡喜信樂受持

毗尼有五事答一序二制三重制四修多羅五隨順修多羅有五法名爲持律知犯知不犯知輕知重廣誦二部戒復有五法四法同前第五廣誦毗尼復有五法四法同前第五住毗尼而不動復有五法四法同前第五諍事起善能除滅有五種持律誦戒序四事十三事二不定廣誦三十事是初持律若廣誦九十事是第二持律若廣誦戒毗尼是第三持律若廣誦二部戒毗尼是第四持律若都誦毗尼是第五持律（是中春秋冬應依上四種持律若不依住突吉羅夏安居應依第五持律若不依住者波逸提）持律人有五功德戒品堅牢善勝諸怨於衆中決斷無畏若有疑悔能開解善持毗尼令正法久住復次有五種犯波羅夷僧伽婆尸沙波逸提波羅提提舍尼突吉羅亦名五種制戒亦名五犯聚若不知不見五犯者我說此人愚癡波羅夷乃至突吉羅復次死人有五不好一不淨二臭三有恐畏四令人恐畏惡鬼得便五惡獸非

人所住處犯戒人有五過失有身口意業不淨如彼死屍不淨我說此人亦復如是或有身口意業不淨惡聲流布如彼死屍臭氣從出我說此人亦復如是有身口意業不淨諸善比丘畏避如彼死屍令人恐怖我說此人亦復如是有身口意業不淨令諸善比丘見之生惡心言我云何乃見如是惡人如人見死屍生恐畏令惡鬼得便我說此人亦復如是有身口意業不淨者與不善人共住如彼死屍處惡獸非人共住我說此人亦復如是是爲犯戒人五事過失如彼死屍破戒有五過失自害爲智者所呵有惡名流布臨終時生悔恨死墮惡道持戒有五功德反上句是復有五事先未得物不能得旣得不護若隨所在衆若刹利衆婆羅門衆若居士衆若比丘衆於中有愧恥無數由旬内沙門婆羅門稱說其惡破戒惡人死墮惡道持戒有五功德反上句是有五種淨果火淨刀淨瘡淨鳥淨不任種淨復有五淨若剥少皮若都剥若腐爛若破若瘀有五法令正法疾滅何等五有比丘不諦受誦喜忘誤文不具足以教餘人文旣不具其義有闕是爲第一疾滅正法復次有比丘爲僧中勝人上座若一國所宗而多不持戒但修諸不善法放捨戒行不勤精進未得而得未入而入未證而證後生年少比丘倣習其行亦多破戒修不善法放捨戒行亦不勤精進未得而得未入而入未證而證是爲第二疾滅正法復次有比丘多聞持法持律持摩夷不以所誦教餘比丘比丘尼優婆塞優婆私便命終彼旣命終令法斷

滅是爲第三疾滅正法復次有比丘難可教授不受善言不能忍辱餘善比丘即便捨置是爲第四疾滅正法復次有比丘喜鬪諍共相罵詈彼此諍言口如刀劒互求長短是爲第五疾滅正法復有五法令正法久住上反句是爾時有異比丘往佛所白言大德以何因緣正法疾滅而不久住佛告比丘若比丘在法律中出家不至心爲人說法亦不至心聽法憶持設復堅持不能思惟義趣彼不知義不能如說修行不能自利亦不利人佛告比丘有是因緣令法疾滅而不久住大德復以何因緣令法久住上反句是爾時佛告諸比丘比丘至僧中先有五法應以慈心應自卑下如拭塵巾應善知坐起若見上座不應安坐若見下座不應起立彼至僧中不爲雜說論世俗

事若自說法若請人說法若見僧中有不可事心不安忍應作默然何以故恐僧別異故比丘應先有此五法然後至僧中

爾時世尊在瞻婆城伽伽池邊白月十五日說戒時於露地坐與衆僧俱前後圍繞時有比丘舉彼比丘見聞疑罪當舉罪時比丘乃作餘語答便起瞋恚佛告諸比丘應審定問彼人彼人於佛法中無所堪任無所增長譬如農夫田苗稊稗參生苗葉相類不別而爲妨害乃至秀實方知非穀之異既知非穀即耘除根本何以故恐害善苗故比丘亦復如是有惡比丘行來坐起攝持衣鉢如善比丘不別乃至不出罪時既出其罪方知比丘中稊稗之異既知其異應和合爲作滅擯除之何以故恐妨善比丘故譬如農夫治穀當風

簁揚好穀留聚其下秕䅘以風除之何以故恐汙好穀故如是惡比丘行來入出如善比丘不別乃至不出罪時旣出其罪方知比丘中秕䅘穢惡旣知已應和合爲作滅擯除之譬如有人須木作井欄從城中出手捉利斧往彼林中徧扣諸樹若是實中者其聲貞實若是空中者其聲虛而𩑶而彼空樹根莖枝葉如貞實者不異至於扣時方知內空旣知內空即便斬伐截落枝葉先去麤樸後斫剗細治內外俱淨以作井欄如是惡比丘行來出入攝持衣鉢威儀如善比丘不異乃至不出罪時旣出其罪方知沙門中垢穢稊稗空樹若知已即應和合作滅擯何以故恐妨害善比丘故而說偈言

同住知性行　嫉妬喜瞋恚　人中說善語
屛處造非法　方便作妄語　明者能覺知
稊稗應除弃　及以空中樹　自說是沙門
虛妄應滅擯　已作滅擯竟　行惡非法者
清淨者共住　當知是光顯　和合共滅擯
和合盡苦際

佛說如是諸比丘聞歡喜信樂受持

四分僧羯磨卷第五

音釋

㝹奴侯切　竄七亂切逃也　剝北角切割也　瘀依倨切　稊稗稊杜奚切䅘草也稗蒲拜切草似穀者也　簁所皆切下物竹器也　秕䅘秕卑履切不成粟也䅘古沃切禾皮　𩑶息兹切瓦破聲　斫剗斫舉傾切斧屬剗初限切削也

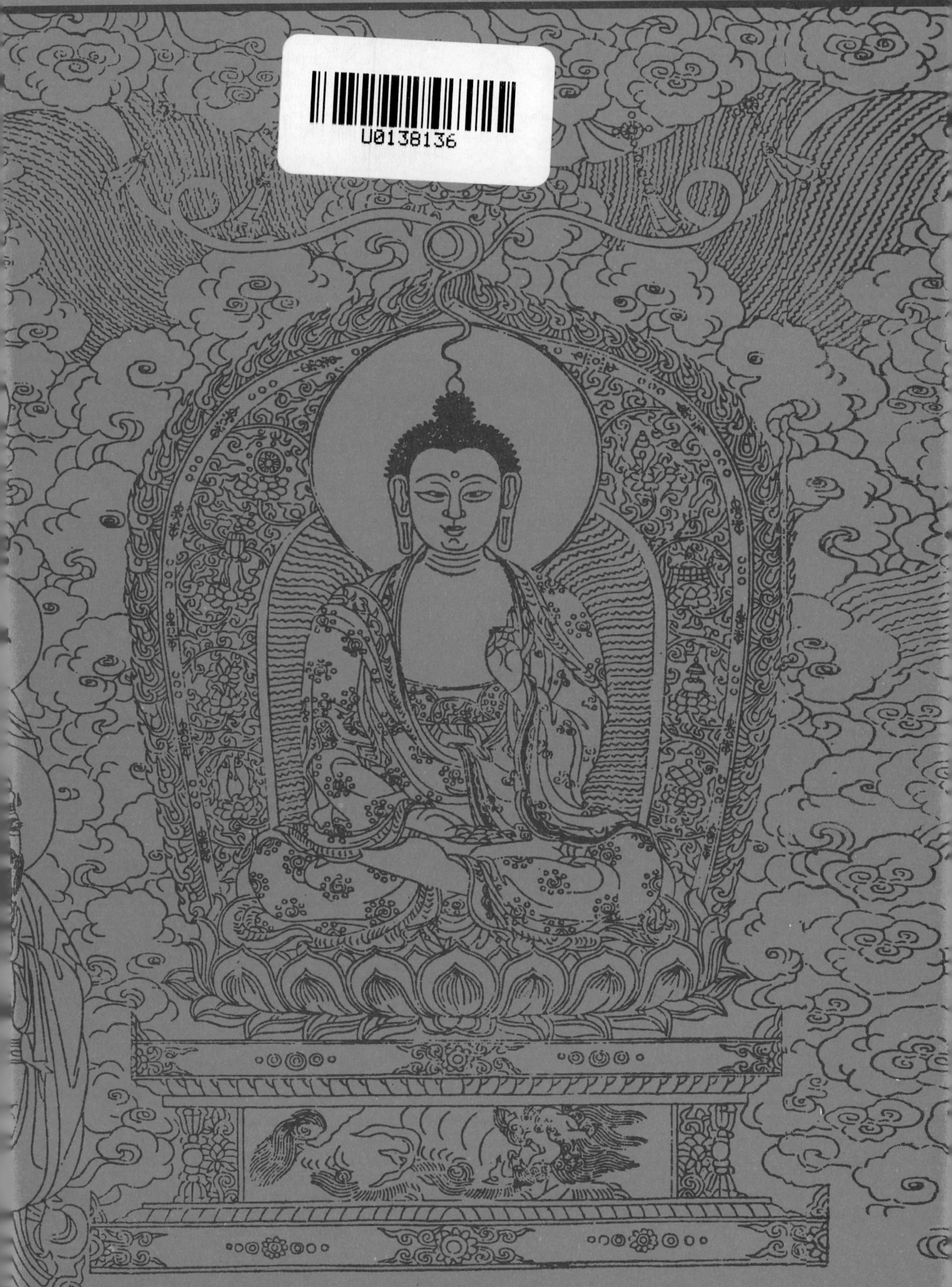